dtv

Rabaul, Neubritische Inseln, 1943: Die Hawaiianerin Sunny wird von den Japanern in einem Frauenlager gefangen gehalten und wie Tausende junge Frauen als sogenannte Trostfrau mißbraucht. Um ihren Mitgefangenen ein bißchen Hoffnung auf Leben zu geben, erzählt sie ihnen die Geschichte ihrer großen Liebe. Wie ein Lied aus einer längst vergangenen Zeit umschmeicheln Sunnys Worte die verzweifelten Seelen wie »Talismane, magische Formeln, die sie hier wegzaubern und ihnen das Leben retten würden.« Hawaii, Ende der 30er Jahre. Der junge Keo ist fasziniert von der amerikanischen Jazz-Musik und bringt sich selbst das Trompetenspiel bei. Erste Auftritte mit einer Band aus New Orleans bereiten ihm den Weg in die internationale Welt der Musik. Als er sich in Sunny verliebt, weiß er, daß er der Liebe seines Lebens begegnet ist. Im Sommer 1940 folgt Sunny ihm auf eine Konzertreise nach Paris. Dort erfährt sie, daß ihre behinderte Schwester Lili, die sie nie kennengelernt hat, in Shanghai lebt, und sie macht sich auf, um nach Lili zu suchen. Keo, voller Schuldgefühle, weil er sie hat allein reisen lassen, folgt ihr mit dem nächsten Schiff. Wird er sie wiederfinden, mitten im Gewirr der besetzten Stadt, oder hat er seine einzige Liebe für immer verloren?

Kiana Davenport ist hawaiisch-amerikanischer Abstammung und lebt in Boston und Hawaii. 1994 erschien ihr hochgelobter und international erfolgreicher erster Roman ›Haifischfrauen‹, zur Zeit arbeitet sie an ihrem dritten.

Kiana Davenport

Gesang der verlorenen Frauen

Roman

Aus dem Englischen
von Ulrike Seeberger

Deutscher Taschenbuch Verlag

Ungekürzte Ausgabe
April 2003
Deutscher Taschenbuch Verlag GmbH & Co. KG, München
www.dtv.de

Titel der amerikanischen Originalausgabe:
›Song of the Exile‹
(The Ballantine Publishing Group, a division of Random House, Inc.,
New York 1999)

Umschlagkonzept: Balk & Brumshagen
Umschlagfoto: © DMP, Inc. / William Claxton
Satz: Fotosatz Reinhard Amann, Aichstetten
Gesetzt aus der Aldus (QuarkXPress)
Druck und Bindung: Druckerei C. H. Beck, Nördlingen
Gedruckt auf säurefreiem, chlorfrei gebleichtem Papier
Printed in Germany · ISBN 3-423-20614-4

Ha'ina 'In Mai Ana Ka Puana …
Laßt das Echo unseres Gesangs erschallen …

Aus: »The Echo of Our Song: Chants and Poems of Hawai'ians«

Man kann nicht sagen, daß Hoffnung existiert oder nicht
existiert … es ist mit ihr wie mit den Straßen auf Erden.
Denn zu Anfang hatte auch die Erde keine Straßen,
aber wenn Menschen oft genug in eine Richtung gehen,
entsteht eine Straße.

Lu Hsun: »Call to Arms«

Zur Erinnerung an all die tapferen Frauen,
die im Zweiten Weltkrieg geopfert wurden,
und an »Eva« aus Singapur,
»Margaret« aus Kowloon,
»Sunny« aus Honolulu
... die überlebt haben

Teil 1

Hele Malihini

Als Fremder ankommen

Rabaul

Neu-Britannien, 1942

»Bald fliegt der 'Iwa-Vogel wieder. Riesige mütterliche Wellenbrüste brechen sich und brausen. Es kommt die Zeit des Makahiki. Herbst auf meinen Inseln …«

Sie schreckt im Dunkeln auf, überrascht damit ihren Körper. Die Finger irren über das Gesicht, ein Gesicht, das einmal beinahe makellos war. Sie zerrt ihre Handknöchel über die Wangen.

Draußen summt der Stacheldraht, der unter Strom steht. So quälend ist ihr Durst, daß sie die Schweißtropfen aufleckt, die ihr über den Arm rinnen. Dann steht sie vorsichtig auf, gleitet algengleich durch feuchte Luft. Sie lauscht auf das Meer. Denn danach dürstet sie – nach sich auftürmenden Wellen, in denen sie zu Kristallen zerfallen kann. Irgendwo gurgeln die Latrinen. Sogar dieses Geräusch ist Trost.

Eine Petroleumlampe wird auf die Dunkelheit gerichtet. Sunny betrachtet die Lampe, die schwebt wie in einem Traum, sich senkt. Die Hand eines Soldaten, die Hand der Erinnerung, stellt sie auf den Boden, läßt Licht auf ein versportes, zerfetztes Moskitonetz fallen. Darunter ein junges Mädchen auf einem schmalen Bett, so reglos, daß sie ebensogut tot sein könnte.

In den Wachtürmen, die den Frauenbereich umringen – zwanzig Wellblechbaracken, in jeder vierzig Frauen –, gähnen die Posten und streicheln zärtlich über ihre Gewehrkolben. Einer ist schon halb eingeschlummert, verfaßt halb schon im Traum einen tadellosen Brief an seine Familie in Osaka. »Mutter, wir gewinnen ... Die Kaiserliche Japanische Armee wird siegen!« Er wird immer magerer.

In einer der Baracken schiebt ein junges Mädchen, Kim, das Moskitonetz zur Seite. Brennend vor Schmerz kriecht sie zu Sunny in das schmale Bett, in ihre Arme, und schluchzt.

Sunny beruhigt sie und flüstert. »Ja, weine nur ein bißchen. Dann schläfst du besser.«

»Wenn der Himmel langsam heller wird, ist es am schlimmsten. Dann denke ich an meine Familie, die ich nie wiedersehen werde. Ich will am liebsten nach draußen rennen und mich gegen den Zaun werfen.«

Sunny seufzt, atmet den modrigen Geruch des Abwassers, des schwächer werdenden Fleisches. »Kim, du mußt stark sein. Denk an Musik, denk an Bücher, an normale Dinge, die einmal selbstverständlich für uns waren.«

»Ich kann mich nicht mehr erinnern.« Kim kratzt ihre schorfigen Beine, ein Mädchen von sechzehn Jahren. »Ich erinnere mich nicht mehr an das Leben.«

Sunny rüttelt sie sacht, spürt nur noch Haut und Knochen. »Hör zu. Wenn die Trillerpfeife zum Appell kommt, dann stehen wir kerzengerade da, essen die Brocken, die sie uns hinwerfen. Egal, wie faulig das Wasser auch sein mag, wir trinken es. Im Rest baden wir. Wir tun das für uns, damit unser Körper weiß, daß wir noch auf eine Zukunft hoffen.«

»Was für eine Zukunft?« flüstert Kim. »Zwei Jahre hier. Ich will nur noch sterben.«

»Psst, hör mir zu. Sterben wäre zu einfach, verstehst du das nicht?« Sunny seufzt, ihre Gedanken schweifen ab. »... In Paris wäre es jetzt schon kühl. Wir würden über die Boulevards schlendern.« Ihre Stimme klingt träumerisch. »Wir könnten sogar ein Taxi nehmen.«

Kim blickt auf und fragt ganz leise: »Und die Fahrer sind wieder so unhöflich?«

»O ja. Und mein Französisch ist so schlecht. Vielleicht gehen wir heute zu Chez L'Ami Louis.«

»Oh, das Essen dort ist so üppig, so wunderbar.« Für einen Au-

genblick ist Kim von neuem Leben erfüllt, denn das ist ihr Lieblingsspiel: Sich etwas vorstellen.

»Welchen Wein bestellen wir? Den Fleurie-Maison?«

»Und Leberpastete! Und Austern! Tunkst du meine in Meerrettich, Sunny?«

»Natürlich! Und dann schimpfe ich mit dir, wenn du das Streichholzbriefchen einsteckst, das machen doch wirklich nur Touristen!«

Ihre Stimme wird ganz zärtlich. Sie denkt an Keo, an die gemeinsame Zeit in Paris. Wie sie sich in den verschwenderischen Geometrien des Morgenlichts wiegten, nichts zwischen ihnen als ein Herzschlag. Wie sie unter marmornen Torbögen hindurchwirbelten, durch terrassenförmig angelegte Parks, jung und sorglos und im Exil. Sie sahen nicht, wie Paris rings um sie herum zu bröckeln begann, sahen nicht, wie ihr Leben in Scherben ging.

»Wie glücklich wir waren. Haben jeden Augenblick genossen, so lebendig waren wir.«

»Ich habe keine solchen Erinnerungen«, weint Kim. »Ich werde nie welche haben.«

»Natürlich wirst du das! Eines Tages geht das alles hier zu Ende. Deine Wunden verheilen. Das Leben wird dir helfen, alles zu vergessen.«

»... Ja. Vielleicht wartet in Paris ein Leben auf mich. Schönheit und Abenteuer. Spazieren wir heute abend die Champs Elysées hinunter? Stöbern in den Geschäften nach den weichsten Glacéhandschuhen? Und nach Parfüm? Trinken vielleicht irgendwo einen Kaffee und warten auf Keo? Ich mach die Augen zu und stelle mir vor, daß ich dabeisitze und euch beobachte.«

»Psst«, flüstert Sunny. »Es wird gleich hell. Wenn sie uns hier zusammen finden, schlagen sie uns wieder.«

Sie spürt, wie ihr die Tränen kommen: Hunger, Folter, endlose Schmerzen, die Gewißheit, daß sie, daß dieses Mädchen, daß sie alle dem Tod geweiht sind.

»Grüble nicht so viel. Das frißt dich auf. Dann überlebst du bestimmt nicht.«

»Überleben? Wozu denn?« Kim erhebt ihre Stimme. Hinter den Netzen richten sich andere Mädchen auf und hören ihnen zu.

»Du redest vom Leben. Wie können wir denn nach all dem hier dem Leben noch ins Gesicht sehen? Wie können wir uns selbst noch ins Gesicht sehen?«

Sunnys Stimme wird eindringlich. »Wir müssen *leben. Wofür hätten wir sonst so gelitten? Sollen denn all diese Jahre vergebens gewesen sein?«*

Unter ihrem Kopfkissen liegt eine improvisierte Landkarte, die sie gezeichnet hat, um sich immer daran zu erinnern, wo sie sind, wohin man sie vor Monaten verschifft hat. Hier ist die Stadt Rabaul auf der Insel Neu-Britannien, östlich von Papua Neuguinea, knapp nördlich von Australien. Dort ist der Pazifik, und weit, weit im Nordosten liegt Hawaii, Honolulu, ihr Zuhause. Noch weiter draußen die Welt, die großen Meere. Jenseits des Atlantik Paris. Gestern. Doch immer wieder kehren ihre Gedanken nach Rabaul zurück.

Erschöpft, schwächer, als sie es sich je vorzustellen vermochte, sinkt Kim wieder auf die schmutzige Matratze zurück, ihr Haar mit krustigen Reiskörnern verfilzt. »Ich möchte schlafen, träumen. Oh, bring mich zurück nach Paris, in die Geschäfte, in die Nachtklubs. Erzähl mir noch einmal, wie du und Keo in dem Auto mit offenem Verdeck gefahren seid ...«

Paris, denkt Sunny. Was waren wir für Unschuldslämmer. Haben nicht begriffen, daß schon Züge aus Bahnhöfen rollten, daß schon Straßen ganz dunkel von Blut waren. Sie seufzt, beginnt wieder von vorn, wie im Traum, und während sie spricht, erheben sich Mädchen mühsam aus ihren Betten, quälen sich durch die Gänge und streifen an ihrem Moskitonetz entlang. Manche sind so dünn, daß ihre Bewegungen gläsern und zerbrechlich wirken, manche sind so jung, noch halbe Kinder, Geister, die sich durch Gaze schlängeln. Sie wollen nur zuhören und träumen, sitzen da mit verschränkten Armen, die Köpfe gegeneinander gelehnt.

»... Ich erinnere mich noch, die Französinnen waren so elegant und so arrogant und immer unterwegs zu irgendeinem Rendezvous. Ich versuchte es ihnen nachzutun, ebenso schnippisch und schlagfertig zu werden. Aber es lag mir einfach nicht.«

»Und hast du dir jeden Tag die Fingernägel lackiert?«

»Hast du Champagner getrunken?«

Sie lächelte traurig. »O ja. Manchmal haben wir die ganze Nacht hindurch getanzt. Und dann standen wir auf kleinen Brükken und haben auf den Sonnenaufgang gewartet.«

Kim kuschelt sich wie ein Kind an sie. »Erzähl uns noch einmal von deinem Liebsten. War er immer nett zu dir?«

Sunny weint ein wenig, die anderen warten.

»Er war ein Mann von den Inseln, sehr nett. Und schüchtern. Ein Musiker, habe ich das schon erzählt? So begabt, er hat in ganz berühmten Städten gespielt. New Orleans. Paris. Er war richtig bekannt.«

Die Mädchen erschauern wonniglich und seufzen, als wären Sunnys Worte Talismane, magische Formeln, die sie hier wegzaubern und ihnen das Leben retten würden.

»Keo war nicht mein Erster, aber er war mein Einziger. Ich dachte, ich hätte ihn mir ausgesucht, aber jetzt begreife ich, daß ich die Auserwählte war. Es ist so wunderbar, wenn jemand die Hand nach dir ausstreckt. Versucht es euch vorzustellen. Ein junger Mann, gar nicht so besonders attraktiv. Dunkel, sehr dunkelhäutig, und so stolz. Sogar zu Hause in Honolulu war er immer etwas Besonderes ...«

Ke Alana

Erwachen

Honolulu, Mitte der dreißiger Jahre

Als die Morgendämmerung sich purpurn über die Ko'olau-Berge legte, schlenderte er die Kalihi Lane hinauf, die westlich der Innenstadt von Honolulu verlief. Die Gasse war so schmal, daß er die Büsche auf beiden Seiten beinahe mit ausgestreckten Armen berühren konnte. Eine ferne, unbesungene Welt, so bescheiden, daß man beinahe versucht war, sie zu verachten. Ihn beschlich manchmal die Furcht, dies könnte alles sein, was er je kennen würde.

Aus Holz errichtete Bungalows, die den Termiten zum Opfer fielen, deren Verandatreppen von Generationen von Füßen zu Festonbögen ausgetreten waren. Alle durch Maschendraht voneinander abgetrennt, durch den sich Chenille-Pflanzen, Crown Flowers und Klettertrompeten schlängelten. Der schwere Duft des Ingwers, des roten Jasmins. Jeden Tag verließ er diese Gasse hastig, außer Atem wie ein Tier auf der Flucht. Und jeden Abend kehrte er zurück.

An manchen Abenden hatte er das Gefühl, die Gasse streckte ihre Arme nach ihm aus, wunderschön im Mondlicht. In jedem Garten Hühnerställe, Orchideen, die üppig aus Ölkanistern wucherten, die blauen Seufzer der Jakaranda. Und Mangobäume mit Lianenschleiern, die Blüten der Wachsblume, die wie rosa Juwelen dort hingen. Über ihm streckten sich auf beiden Seiten struppige Palmen über die Gasse, bildeten ein fedriges Gewölbe, einen langen urzeitlichen Gang, der ihn in einen Wald mit schüchternen und freundlichen Ureinwohnern lockte.

Manchmal stand er mucksmäuschenstill und lauschte. Zu seiner Linken grunzte Mr. Kimuro seine Antwort auf die pfeifenden Schnarcher von Mr. Silva zu seiner Rechten. Mary Changs Telefon läutete, gegenüber saß Dodie Manlapit aufrecht im Bett. Keo hörte das Meer, hörte den Ruf des Ozeans. Er lehnte den Kopf an einen Baumstamm. *Ich habe überhaupt noch nicht gelebt.* Am Ende der Gasse trat er in einen winzigen Garten mit einer Garage ohne Auto, stieg die Stufen zum Bungalow hinauf und schlüpfte leise aus den Schuhen.

Auf einem Hocker im Eingang seine Mutter, Leilani, sie hatte den Tag bereits bewältigt. Mit ihren stämmigen Armen, ihrer faltenlosen Mokkahaut, makellos wie die eines Kindes, saß sie da und plauderte mit Tante Silky, die im Frauengefängnis von Palama die Schicht von sechs bis sechs arbeitete.

»... Hör mir mal gut zu, Mädchen, das war Scharlach un nich die Cholera, woran se gestorben is, damals ham wir so viel auszuhalten gehabt. Hat sich nie im Bett aufgesetzt. Einfach nur mit 'n Augen gezwinkert und is gestorben. Un da hat so 'n Scheißkerl ihr die Kristallkette geklaut. Und was meinste? Letztes Jahr kommt doch Milky Carmelita auf Pansys Hochzeit, und hat se nich die gleichen verdammten Klunkern umhängen! *'Auwē!* Beinah umgehauen hätt's mich. Momentchen, da kommt mein Junge, die Nachteule.«

Er stand im kühlen Luftzug und trank Guavensaft direkt aus der Flasche, machte den Kühlschrank zu und drückte seiner Mutter im Vorübergehen einen Kuß auf die Stirn. Der kleine Bruder Jonah lag hingeräkelt in seinem Zimmer, die Wände mit einem Karomuster aus Baseballhandschuhen und Ruderblättern geschmückt. Seine Schwester Malia schnarchte unter einer gespenstisch weißen Gesichtsmaske in ihrem Zimmer, den Kopf unter einem Helm aus plissiertem Metall, der ihr krauses Haar bändigen sollte.

In ihrem gemeinsamen Zimmer der ältere Bruder DeSoto, auf Landgang von der Handelsmarine. Keo riß sich Kellnerhemd und Hose vom Leib, hängte sie sorgfältig auf und legte sich in das untere Etagenbett. Er lauschte dem stotternden Tenorschnarchen seines Bruders, verbarg den Kopf in seinem Kissen, durchtränkte es mit einem Destillat aus Neid und Frustration.

Er hat den Pazifik schon siebenmal überquert. Die Antarktis gesehen. Frauen auf Java kennengelernt. Und ich bin noch nie von diesem Felsen runtergekommen. Bin nur ein Typ, der Tabletts schleppt …

Er hätte genausogut blind geboren sein können. Das Augenlicht schien an ihn verschwendet. Als Kind betastete er alles, als traue er dem nicht, was seine Augen wahrnahmen. Dann lief er jahrelang mit hoch erhobener Nase umher wie ein Hund, verließ sich nur auf seinen Geruchssinn. Als er zehn war, schaute er mit den Ohren, hielt den Kopf immer leicht schräg, reckte stets ein Ohr nach vorne, horchte das Leben ab. Die Leute hielten ihn für einfältig.

Als er 1921 elf Jahre alt war, eröffnete auf der South King Street die Kamaka Ukulelen- und Gitarren-Fabrik. Keo machte nach der Schule Botengänge, holte Tee und Lucky Strikes für die Arbeiter. Einer war taub, ein Filipino, der seine ganz eigene Methode hatte, beim Bau einer Ukulele die perfekte Resonanz zu finden.

Er hielt Keo die Ohren zu, legte die Finger des Jungen auf den Klangkörper einer ananasförmigen Ukulele und strich über die Saiten. Das gleiche wiederholte er mit einer gitarrenförmigen Ukulele, so daß Keo den Unterschied spüren lernte: sanftere Klänge aus der ananasförmigen Ukulele, weil der Klangkörper im Inneren anders geformt war.

»Das menschliche Ohr is nich immer genau«, sagte er. »Manchmal hastes Ohr besser in der Fingerspitze.«

Als Keo zwölf war, überreichte ihm der taube Mann seine erste Ukulele, verkaufte sie ihm für fünf Dollar. Keo saß im Dunkeln, streichelte das Ding, lauschte mit den Fingern. Dann überwältigten ihn die Töne, strömten in ihn hinein wie Licht. Schon nach wenigen Wochen konnte er jedes Lied spielen, auch wenn er es nur ein einziges Mal gehört hatte. Doch sobald er über sich hinauswachsen wollte, sich an ungestümen Variationen von Inselgesängen wie »Palolo«, »Leilehua« oder »Hawai'ian Cowboy« versuchte, war sein Spiel noch ungeschickt und grob.

Keo wußte sich nicht zu mäßigen, wußte nicht, wie man das Instrument sanft streichelte, bis es summte und strahlte. Statt dessen verzerrte er seine Klänge zu einem jammervollen Aufschreien malträtierten Holzes, spielte so viel und so heftig, daß er Schwielen an den Fingern bekam. Es war niemand da, der ihn angeleitet hätte, der die rasenden Zahnräder seiner Gedanken richtig ineinander gefügt hätte, niemand, der ihm das Sprechen beigebracht hätte.

Mit fünfzehn fand er ein ausrangiertes Radio, zog neue Kabel ein und reparierte das zerborstene Gehäuse mit Klebeband. Jeden Abend starrte Keo auf die gekalkten Wände, lauschte dem aufsässigen Schnarchen seines Bruders und drehte an den Knöpfen, bis er die rauschenden Signale von der Hauptinsel hereinbekam. Chöre. Konzerte. Musik, die sie »klassisch« nannten. Beim Zuhören verspürte er ein wild an ihm zerrendes Sehnen im Herzen; es zog ihn hin zu dieser Musik, die er nicht begreifen konnte. Starke Stromstöße fuhren durch ihn hindurch, so daß sein Körper beinahe versengt roch.

Wie in schlaftrunkener Zeitlupe wechselte er von der Ukulele und der Gitarre zum Klavier. Manchmal schlich er sich ins »Y«, wo Bands zur Unterhaltung der Truppen spielten. Die Zuhörer waren zumeist Weiße, abseits saßen ein paar schwarze Soldaten. Keo schob sich vorsichtig bis zur Bühne vor, versuchte die Musiker zu beobachten, wie sie die Instrumente hielten, wie sie den Atem kontrollierten. Weil er Zivilist und Hawaiianer war, bugsierten ihn die MPs nach kurzer Zeit immer wieder nach draußen.

Eines Nachts betrat er einen Raum voller Sandsäcke und schimmliger Boxhandschuhe. Schaler Gestank von Schweiß und Sägemehl. In einer Ecke fiel ihm eine dunkle, massige Kiste auf. So entdeckte er das Baldwin-Klavier. Er zog die dreckige Plane herunter, hob den quietschenden Deckel hoch und wischte die Tasten sauber. Nun schlich er sich jede Woche ein paarmal in diesen Raum und setzte sich ans Klavier.

Zunächst war es ihm gleichgültig, wie es klang, er freute sich nur an der Resonanz der Tasten auf seine Berührung. Der Kasten war völlig verstimmt, die Saiten waren rostig, an den Filzhämmern baumelten Insekten. Und doch brachte er es schließlich so weit, daß er beinahe wiedererkennbare Lieder spielen konnte, alles, was er je gehört hatte. Er spielte Bruchstücke von Bach und wußte es nicht. Rachmaninow, Ellington und Basie. Er spielte Stunde um Stunde, riß sich nur mühsam los, um im Royal Hawai'ian Hotel zu bedienen. An seinem freien Tag spielte er die ganze Nacht auf dem Baldwin, bis weit in den nächsten Nachmittag hinein. Er merkte gar nicht, was er da tat. Die Musik floß in solchen Strömen aus ihm hervor, daß er Nasenbluten bekam.

Jeden Abend gesellte er sich, sobald seine Kellner-Schicht zu Ende war, zur Band, die im Monarchenzimmer des Royal Hawai'ian Hotel spielte, klimperte ein wenig auf der Ukulele, tanzte mit reichen, einsamen Touristinnen Foxtrott. Sein Aussehen war eher ungewöhnlich als attraktiv, doch seine dunkle, mahagonibraune Haut schien wie von innen zu leuchten, von seiner makellosen Erscheinung ging eine beinahe elektrische Spannung aus, und Frauen fühlten sich zu ihm hingezogen.

Schon bald konnte Keo am Duft erkennen, welche Frau ihre Hüften gegen ihn drängen, welche Sex verlangen würde. Sachte bugsierte er sie dann über die Tanzfläche zu Tiger Puru hinüber, von dem die Frauen einfach nicht genug bekommen konnten, oder zu Chick Daniels, dem filmstarreifen ersten Ukulelespieler des Monarchenzimmers. Oder zu einem der anderen »goldenen Jungs«, deren Namen allein schon vor unverwüstlicher Gesundheit strotzten: Surf Hanohano, Turkey Love, Blue Makua, Krash Kapakahi, die Brüder Kahanamoku.

Mit ihren langen Gliedmaßen und muskulösen Körpern stolzierten sie wie lachende Bronzegötter über die Sandstrände von Waikiki. Strandläufer bei Tag – Schwimmlehrer, Surflehrer, Paddellehrer – und Serenadensänger bei Nacht, so waren die »goldenen Jungs« sogar in Hollywood-Filmen verewigt worden. Und deswegen tauchten die reichen weißen Frauen hier auf und suchten sie. Im Morgengrauen ließen sie die Frauen schlummernd in ihren Suiten im Royal zurück und fuhren in ihren klapprigen Lieferwägen völlig ausgelaugt nach Hause. In den Arbeitervierteln von Kalihi, Palama und Iwilei saßen sie in den winzigen Küchen und zählten ihr Trinkgeld.

Keo war anders als seine Freunde. Weiße Frauen machten ihm

Angst. Hinter all dieser blassen Sinnlichkeit vermutete er einen gierigen, unstillbaren Hunger. Als seien sie nur hierher gekommen, um Trophäen zu sammeln. Er verspürte kein Verlangen nach ihnen. In letzter Zeit dachte er überhaupt nicht an Frauen. Sein Blut pulsierte an anderen Stellen. Ihn verlangte nur nach dem Klavier, nach dem Gefühl seiner Finger auf den Tasten.

Eines Tages, als er am Baldwin saß, trat eine Freiwillige der USO in den Raum. Blond und blaß stand sie hinter ihm und hörte zu. Beim nächsten Besuch brachte sie ein Victrola-Grammophon und Schallplatten mit. »Avalon«. »When we're alone.« Keo spielte all diese Lieder Note für Note nach. Manchmal summte sie etwas, und er folgte ihr, schlich ihrer Melodie und ihrem Tempo nach. Und dann spielte er jede Komposition von Anfang bis Ende noch einmal.

Eines Tages war das Klavier gestimmt und poliert. Völlig verblüfft setzte er sich hin. Während er spielte, schloß die Frau die Tür ab, breitete etwas auf dem Boden aus und forderte ihn auf, sie zu lieben. Sie habe es noch nie mit einem Eingeborenen »getan«. Sie war dreißig und geschieden. Er war neunzehn. Sie meinte, nur ein einziges Mal, um der Erfahrung willen.

Er beobachtete, wie sein dunkler, angeschwollener Penis in ihr verschwand wie in einer bleichen, wulstlippigen Trompetenschnecke, ihre Oberschenkel von einem Spinnennetz blauer Adern überspannt. Als er kam, meinte er, das Hirn müsse ihm zerplatzen, der Schädel sei ihm abgetrennt worden und zischte. Vom Wahnsinn umnachtet würde er sterben, eingeklemmt in eine *haole**. Er schrie auf, versuchte sich krampfhaft aus ihr zu befreien, aber sie machte eine Handbewegung, und schon war er wieder hart. Fünf Stunden lagen sie da, stöhnten und jaulten. Er wußte nicht einmal ihren Namen. Er ging nie wieder hin. Es war nicht mehr wichtig: Inzwischen spielte er lautlose Akkorde auf jeder Oberfläche, auf dem Küchentisch, auf dem Kellnertablett, die Wand seines Zimmers entlang. Unaufhörlich trommelten seine Finger.

* *haole* [hau-li]: weißhäutig. Ein Glossar befindet sich am Ende des Buches.

Mondschein auf triefenden Lefzen. Dobermänner, die sich gegen einen Zaun warfen, ihn zu packen versuchten. Keo knurrte, provozierte sie zu wilden Zuckungen. Hinter dem Zaun verwandelte Tau den Rasen in ein orientalisches Perlenmeer. Die indisch-persisch angehauchte Festung einer Zinn-Erbin lag am Meer, gleich hinter dem Diamond Head. Für den Bau des Hauses hatten über zweihundert Männer ein Jahr lang nur an den Fundamenten geschuftet, hatten es aus zwei Hektar Lava ausgegraben.

Es war, als beobachtete man den Bau der Pyramiden – die schwer über ihnen lastenden Staubwolken, die stechende Sonne, die uralte Kalligraphie schuftender, dunkelhäutiger Männer. Für das Haus selbst hatte man dann noch mehrere Jahre gebraucht. Die Erbin weigerte sich, Toiletten für die ortsansässigen Arbeiter bereitzustellen. Die Männer waren gezwungen, sich im Schutt an ihrem Arbeitsplatz zu erleichtern, sie trugen mit Urin getränkte Tücher vor dem Gesicht, um an all dem Staub nicht zu ersticken. Die Erbin nannte ihre Festung *wahi pana*, den Ort der Legende. Die Leute vom Ort nannten ihn *wahi kūkae*, den Ort der Exkremente.

Keo beobachtete die Limousinen, die lautlos durch die Tore rollten. Das Haupthaus war hell erleuchtet, mehrere Bands spielten. Er brauchte den Wachen nur seinen Namen zu nennen: Sie wartete auf ihre »goldenen Jungs« aus dem Royal. Keo blickte auf seine spitz zulaufenden Lederschuhe, auf seine messerscharfen Bügelfalten. Er schaute über den Rasen. Er hatte hier nichts zu suchen. Was er auch brauchte, hier würde er es nicht finden. Er wandte sich ab, erinnerte sich, wie seine Mutter kurz vorher noch seine Hosen gebügelt hatte.

»Warum gehste dahin? Die reiche *wahine* da, die frißt euch Jungs doch bei lebendigem Leib, schmeißt euch raus, wenn se sich mit euch langweilt.«

Seine Schwester Malia hatte in ihrem sorgfältigen Salonenglisch dagegengehalten. »Mama, nein, so läuft das mit den *haole* nicht. Der Trick ist nämlich der: solange sie uns benutzen, benutzen wir *sie*.«

Ihre Mutter Leilani unterbrach ihre Bügelarbeit und blickte sie an.

»Mädel, wenn du nochma so mit mir redst, dann klatsch ich dir das Bügeleisen hier auf den Hintern. Langsam wirste mir zu hochnäsig, *maka-maka.*«

Malia fuhr zurück, als habe man sie geschlagen. »Aber *du* hast doch zu uns gesagt, *pau,* Schluß mit Pidgin in diesem Haus. Hier wird nicht mehr geredet wie bei den *kānaka. Du* hast doch gesagt, wir sollen ›richtiges Englisch‹ lernen!«

Leilani schüttelte den Kopf. »Stimmt. Trotzdem, Schätzchen, langsam wirste zu fein für uns.«

Malias Stimme klang leise und müde. Sie streckte die verschorften Arme aus. »Mama, schau dir das an. Ekzem von den Uniformen, die sie mit irgendwelchem billigen Zeug stärken. Den ganzen Tag lang Zimmermädchen im Moana. Und nachts tanze ich den *hapa-haole*-Touristen-Hula für die Leute, denen ich tagsüber die Toiletten schrubbe. Und dann soll ich keine Flausen im Kopf haben? Die habe ich mir hart verdient.«

Malia mit ihrer goldenen Haut, der fast üppigen Figur. Polynesische Gesichtszüge, zu einer Beinahe-Schönheit gebündelt. Einzige Tochter, geboren zwischen den beiden ältesten Söhnen, mit enorm viel Energie und Schlauheit »geschlagen«. Die Schubladen voll mit französischen Parfüms, die sie von Hotelgästen geklaut hatte. Designer-Schildchen, die sie aus Hüten und Kleidern geschnitten und in ihre eigenen Sachen eingenäht hatte. Sie war eine Blenderin, aber Keo liebte sie von ganzem Herzen. Irgend etwas an seiner Schwester beruhigte ihn.

»Ich bin stolz auf dich«, verkündete er. »Aus dir wird mal was.«

»Ach du.« Sie schob ihn von sich. »Einmal redest du Pidgin, dann wieder ›richtiges‹ Englisch. Menschenskind, entscheide dich endlich!«

Er grinste. Als Kind hatte er sich redlich bemüht, »richtiges« Englisch zu lernen. Auch wenn sie keinen Universitätsabschluß hatten, das hatte sich Leilani geschworen, sollten ihre Kinder gebildet reden, gebildet aussehen und echte Lederschuhe tragen und keine schlappenden Gummilatschen. Und doch verfiel Keo immer wieder ins Pidgin. So schaffte er es, sich selbst treu zu bleiben.

Nun bog er von der Kalakaua Avenue ab, schlenderte durch den Sand am Royal vorbei. Weiter unten lagen die Gebäude der US

Army, Fort DeRussy. Keo schlich sich in die Nähe der offenen Tanzfläche des Offiziersklubs, beobachtete Paare, die sich im Kreise drehten. Die schwarze Militärkapelle spielte mondblasse Varianten von »Body and Soul«, »You Are Too Beautiful«, die Augen der Musiker von der Langeweile tragisch umschattet. Plötzlich stand einer der Neger auf, richtete sein Instrument gegen die Decke, ließ es aufschluchzen und seufzen. Die Paare unterbrachen ihren Tanz und lauschten.

Die Melodie war noch zu erkennen, doch er spielte sie wie jemand, dem die Haut lose um die Knochen schlackerte, so satt hatte er die Welt. Er wippte nicht, wiegte sich nicht, stand einfach nur abseits von den anderen, in uralten Fußstapfen. Und dann, am Höhepunkt, wandte sich das Instrument gegen den Spieler, gerieten sich die Melodie und sein wildes Talent in die Haare. Er blies langsam, dann schnell, ließ das Instrument erst aufschreien, dann gurren. Es fluchte und wurde dann ganz zahm und zutraulich. Das Instrument hatte sich wohl zu nackt und exponiert gefühlt. Schließlich behielt die Melodie doch die Oberhand, ging in entspannte Rhythmen über, so daß sich die Paare wieder auf der Tanzfläche drehten.

Als die Band eine Pause machte, spazierte der Musiker nach draußen an den Strand, der Schweiß rann ihm in Strömen übers Gesicht.

Keo trat auf ihn zu. »Mann. Du warst erste Klasse.«

»Nee. Erste Klasse kommt nich hierher. Nicht auf diesen verdammten Scheißfelsen.« Er drehte sich um, sah genauer hin und bemerkte, daß Keo Hawaiianer war. »Oh, Mann, tut mir leid. Ich hab gedacht, du bist einer von den Jungs vom Stützpunkt.«

Keo lachte leise. »Ist mir egal. Ist das eine Klarinette?«

Der Soldat musterte ihn von oben bis unten. »Du hast ja wirklich überhaupt keine Ahnung. Das ist ein Tenorsaxophon.«

Er ging zum Podest zurück und kam mit dem glänzenden Instrument zurück, das so geheimnisvoll schimmerte wie eine alte Waffe. Zaghaft berührte Keo den großen vorzeitlichen Schlund.

»Das da unten hat nicht viel zu bedeuten«, sagte der Neger. »Hier oben« – und er ließ seine Finger über die Klappen tanzen – »da bringst du alles zustande.«

Er bemerkte, mit welcher Ehrfurcht Keo das Ding streichelte, wie gebannt er zuhörte. »Magst du Musik? Spielst du selbst?«

»Ukulele, Gitarre ... Klavier.«

»Was spielst'n so auf dem Klavier?«

»Alles. Ich brauch's nur einmal zu hören.«

»Kannste Noten lesen?«

»Brauch ich nicht«, erwiderte Keo.

»He! Ganz schön keck für 'n Typ, der 'ne Klarinette nicht mal von 'nem Saxophon unterscheiden kann. Das will ich sehen.«

Er ging zum Podium zurück, beugte sich zum Schlagzeuger hinab und gab Keo mit einem Handzeichen zu verstehen, daß er im Schatten warten sollte. Eine Stunde später packten die Musiker ihre Instrumente zusammen.

»Wir spielen noch eine Session im Hinterzimmer von Pony's Billards bei der Hotel Street. Nur wir ›dunklen‹ Jungs. Willste mitkommen?«

Keo wich einen Schritt zurück. »Ich bin kein Profi. Ich hab noch nie mit Leuten gespielt, die ich nicht kenne.«

Sie lachten freundlich. »Dann wollen wir mal sehen, wie gut du zuhören kannst. Ich bin Dew. Und das hier ist Handyman.«

So wurde er zu ihrem Schatten, folgte Dews Band an den Wochenenden von einem Stützpunkt zum anderen – Fort DeRussy, Schofield Barracks, Tripler Air Base – und saß danach mit ihnen bis in die frühen Morgenstunden bei den Jam Sessions in den Hinterzimmern von Billardsalons und Bars. Und immer noch brachte er nicht genug Mut auf, um mit ihnen zu spielen, mit solcher Ehrfurcht erfüllten ihn ihre dunkle, offensichtliche Noblesse, ihre wilden Ausflüge in die Welt der Klänge.

»Das ist also Jazz.«

»Jazz, Ragtime – ein anderes Wort für Leidenschaft«, erklärte Dew.

Er verliebte sich in ihren Slang, ihre Namen, sogar in ihre Hautfarbe – eine ganze Palette von Schwarz, Mahagoni, Hellbraun und Gelbbraun, gar nicht so viel anders als die Hawaiianer. Er schaute sich ihre ungeheuren Schweißströme an, die im rauchigen Scheinwerferlicht glitzerten, die wie feuchte Juwelen über dunkle Gesichter rollten, wenn einer da stand und sein Instrument so leise, so elegant wie nur möglich spielte. Erzählungen von verlorenen Träumen, von verspielten Königreichen, von verführter Unschuld und großen Ängsten. Ein anderer zerlegte das Schlagzeug, zerlegte die Lieder mit ohrenbetäubenden Donnerschlägen und Krachern, die in Tom-Tom-Rhythmen ausliefen, in irrwitzige Beckenwirbel zerstoben, und fügte dann alles wieder mit dem Besen zusammen, mit sanftem Wischen und Klatschen.

Keo trommelte auf die Tische, wollte schreien, ihnen irgendwie mitteilen, wieviel es ihm bedeutete, hier zu sein, bei ihnen zu sein, auf ewig von der Stille befreit. Sie zogen ihn auf, forderten ihn zum Mitspielen auf. Er war noch nicht soweit, wußte, daß er noch nicht gut genug war. Und doch gewann er ihre Herzen für sich, weil er den Rhythmus, das Tempo, die Synkopen liebte, wenn er auch unfähig war, diese Liebe in Worte zu fassen. Sie nahmen ihn unter die Fittiche, schleppten ihn mit in Tanzpaläste, wo Filipino-Bands lateinamerikanische Rhythmen mit Big-Band-Klängen mischten. Er konnte noch immer keine Noten lesen, hatte keine Gelegenheit zu üben oder zu improvisieren. Beim Einschlafen legte er sich das Radio aufs Kopfkissen, saugte gierig alles auf, was er bekommen konnte, sogar im Traum.

Eines Tages taumelten sechs stämmige Hawaiianer die Kalihi Lane hinunter. Zwischen ihnen schwankte ein Steinway-Klavier, ohne Deckel, und es fehlten Tasten. Keos Vater Timoteo hatte es auf der Müllhalde gefunden, hinter dem Shirashi-Leichenhaus, wo er Oberhausmeister und Sargreparierer war. In jener Nacht stand Keo nach der Arbeit da und sperrte Mund und Nase auf. Verzogene Hämmer, um die Ranken geschlungen waren, gerissene Saiten, irgendwie grob zusammengeflickt, die dunkle, kantige Vorderseite des Instruments eine Bulldogge, der einige Zähne fehlten.

Er kaufte Handbücher und Werkzeug, reparierte das Klavier, eine Taste, einen Filzhammer nach dem anderen. An seinen Händen haftete der Geruch von Leim und Lack. Jede Nacht hörten die Nachbarn den Hobel jaulen, Holzspäne kringelten sich in der Luft zu zarten Locken. Keos Mutter saß da und runzelte die Stirn über dieses schwarze Ungeheuer, das ihre Garage verunstaltete.

»Wozu brauchste'n das? Warum hörste nich einfach Radio? Sone anständige Musik wie bei ›Hawai'i Calls‹ ...«

Er erklärte geduldig: »Mama. Ich will ernsthaft Musik machen. Nicht wie so 'n Joker, der nur für Touristen ›Hukilau‹ dudelt.«

Sägemehl blieb an ihren Wangen haften. »Un warum spielste dann nich die Musik von *kahiko*, den Vorfahren? Echte Hawaii-Musik, mit Rasselkürbissen un Trommeln?«

»Ich will Jazz spielen.«

»Wasn das für 'ne Musik?«

Er wollte ihr erklären, daß diese Musik wie Beichten war, wie Buße und Reue, daß sich dabei Genie und Wahnsinn völlig erschöpften. Er wollte ihr sagen, im Vergleich zum Jazz erschiene ihm alle andere Musik völlig leblos.

Manchmal reichte ihm sein Bruder Jonah die Zange, den Saitenschneider, und er arbeitete bis zum Morgengrauen an dem Steinway. Dann machte er einen Spaziergang hinunter zum Meer. Und er trank die See, in der er schwamm, in sich hinein, und sie nährte ihn und zog ihn zu sich hinunter. In dieser stillen Zeit verlor alles seine Bedeutung. Keo hatte seinen Traum. Er hatte die See. Ihre nassen Wipfel trösteten ihn, und die Zeit löste ihm mit ihren salzigen Händen alle Verwirrungen auf.

Rabaul

Neu-Britannien, 1943

Regen. Nicht enden wollender Regen. Netze verrotten, Wände schimmeln. Ein Mädchen wird erschossen, weil es versucht hat, einem Flugzeug der Alliierten ein Signal zu geben. Die Türen werden verriegelt, die Fenster übertüncht. Es gibt kaum Sauerstoff.

Der Appell im Morgengrauen, die Aufstellung draußen zur allmorgendlichen »Verbeugung« vor jeder Baracke. Nur jedes zweite Mädchen ist noch kräftig genug, um aufrecht stehen zu können. Die Hände an den Seiten, die Füße akkurat nebeneinander, so verbeugen sich alle Mädchen von der Taille an, verharren derart eingeknickt, während jemand langsam bis fünf zählt. Andere kauern da gestützt auf Stöcke, einer Ohnmacht nahe, während die Wachen »Bango« *brüllen.*

Durchzählen auf Japanisch. »Ichi, nee, san, she, go, roku«, *und die Stärkeren rufen für die schwächeren Nachbarinnen mit.*

Wenn eine dabei erwischt wird, wie sie für eine andere Bango zählt, wird sie ausgepeitscht, muß stundenlang auf Bambusstangen knien. Beinahe achthundert Mädchen hatte man nach Rabaul verschifft – zu einem Militärstützpunkt mit über hunderttausend Mann, einer wichtigen Versorgungsbasis für Japan in seinem Kampf um Neuseeland und Australien. Inzwischen leben nur noch fünfhundert dieser Mädchen.

Diejenigen, die noch kräftig genug sind, stehen stundenlang über Waschbretter gebeugt und schrubben die Uniformen der Sol-

daten. Ihre Nasen triefen vom Chlorkalk, der in die Latrinen gekippt wird. Manche Wachen haben Mitleid, schleichen sich mit Kartoffelabfällen, Möhrenschalen und einem schimmeligen Stück Brot in die Waschküchen. Ein Wachmann bringt Zigarettenstummel, verbotene Streichhölzer.

»Wir nicht alle böse«, flüstern sie. »Wir gut, andere schlecht, wie überall.«

»Laßt uns frei«, betteln die Mädchen. »Helft uns, uns unter dem Zaun durchzugraben.«

Eines Tages greift Sunny, halbverrückt vor Hunger, einen Wachmann an: »Ihr habt uns zu Sklavinnen gemacht. Ihr laßt uns verhungern. Ihr werdet alle hängen.«

Der Mann tritt näher. »Du dummes Mädchen. Bald alle Völker überall ganze Welt japanische Untertanen.« Er tritt sie ins Gesäß, wirft sie zu Boden, tritt sie in den Magen und ins Gesicht, bis er müde wird. »Du sehr großes Mundwerk! Nächstes Mal, ich schneide dir Zunge raus.«

Mädchen knien nieder und kümmern sich um sie; manche sind so dünn, daß die losen Kleiderfetzen an ihnen herunterhängen wie an Nägeln. Und immer noch die tägliche Quälerei: Appell um sechs Uhr, aufstellen zum »Bango«. *Grauer Reis als Morgenmahlzeit. Ausleeren der mit Schmutzwasser gefüllten Eimer, Putzen der Baracken. Lange Warteschlangen vor den Latrinen. Wer noch in der Lage ist, nimmt an den »Wochenübungen« teil, sinnlose Runden um das Gelände, Armeschwingen und Rumpfbeugen, um den Kreislauf in Schwung zu bringen. In der Dämmerung die abendliche »Verbeugung« vor den Wachen, vor den inspizierenden Offizieren. Und immer wieder Zahlenrufen beim* »Bango«.

»Ichi, nee, san, she, go, roku ...«

Die Reihen auf und ab flüstern sich die Frauen Nachrichten zu. Wieder ein Bombenangriff der Alliierten auf Tokio, eine Niederlage der japanischen Marine in der Korallensee. Japanische Niederlagen in Corregidor, in Midway. Ein australischer Kriegsgefangener im Männerlager hat in dem Dreck unter seinem Bett ein selbstgebasteltes Radio verscharrt. Einmal in der Woche treffen sich die Männer und hören Sendungen aus Australien ab. Wochen, Monate später erreichen die Neuigkeiten über die halbe

Meile hinweg auch die Mädchen. Eine Chinesin, im dritten Monat schwanger – sie weiß, daß man sie ohnehin bald erschießen wird –, flüstert ihnen Nachrichten aus dem Männerlager zu.

»Die Alliierten haben Guadalcanal erobert ... Admiral Yamamoto ist bei Bougainville gefallen! Japsen in Lae und Buna besiegt ... Japanische Soldaten verhungern, fressen ihre Schuhe ... man munkelt von Kannibalismus ...«

Die Mädchen jubeln, pressen sich die Hand vor den Mund, lachen. Sie lachen schon beim geringsten Anlaß, platzen manchmal geradezu vor Fröhlichkeit, bis die Wachen ihre Bajonette auf sie richten. Wörter sind zu schwierig geworden, Tränen rollen allzu leicht. Gelächter ist ihr einziges Ventil. Ohne Lachen würden sie sich oder andere umbringen. Lachen kann alles ausdrücken – Trauer, Schmerz, Liebe, Haß. Sunny lacht sogar, wenn sie ihr Gesicht in einer Glasscherbe gespiegelt sieht. Dann wendet sie sich rasch ab. Es ist ein Jahr her, daß sie das letzte Mal in einen Spiegel geschaut hat.

Und weil sie alle Menschen sind, die darum kämpfen zu überleben, länger zu leben als die anderen, beäugen die Mädchen einander ganz genau – Chinesinnen, Indonesierinnen, Malaiinnen, Koreanerinnen, Filipinas, Eurasierinnen, sogar weiße Frauen, die in eroberten Städten gefangengenommen wurden – in Singapur oder Hongkong. Es herrscht Feindseligkeit, ja Hochmut zwischen ihnen. Das Fehlen jeglicher Intimsphäre – die öffentliche Nacktheit des Badehauses, die Latrinen, die nur aus Brettern bestehen, die auf überquellenden Betonbecken aufliegen – hat sogar Haß hervorgebracht.

Die Weißen – Britinnen, Amerikanerinnen, Holländerinnen – betrachtet man als Sklaventreiberinnen, als Imperialistinnen, hält sie für dumm und verzogen. Die Eurasierinnen gelten als faule Huren. Die Indonesierinnen, Malaiinnen und Filipinas sind listige Diebinnen, spionieren manchmal sogar für die Wachen. Die Koreanerinnen sind unaufrichtig, raffgierig und skrupellos. Die Chinesinnen, die auf einer der untersten Stufen stehen, gelten als schmutzig. Und die wenigen Japanerinnen, ehemalige Prostituierte, sind der letzte Abschaum.

»Ich wünschte, sie wären alle tot«, schreit Kim. »Sie sind alle so

selbstsüchtig. Charo, das Mädchen aus Manila, hortet unter ihrer Matratze Kartoffeln. Nachts kann ich hören, wie sie die Ratten vertreiben muß. Su-Su teilt ihre Zigaretten mit niemandem, nicht einen einzigen Zug. Maria hat ein Ei gestohlen. Sie hat es roh gegessen, sogar mit der Schale, und uns lief das Wasser im Mund zusammen. Ein Ei! Es ist Jahre her…«

Sunny wiegt sie wie ein Kind. Mit ihren vierundzwanzig Jahren hat sie begriffen, daß dies alles ist, was ihr an Mutterschaft zuteil werden wird. Mehr wird es für sie nicht geben.

»Verstehst du nicht«, flüstert sie. »Sie wollen, daß wir uns hassen, denn so bleiben wir schwach. So gewinnen wir unsere Menschlichkeit nie zurück.«

Und doch pflegen in Krisenzeiten in jeder Wellblechbaracke die Frauen einander, wiegen einander im Arm. Manchmal beobachtet Sunny Handreichungen, die eine derart reine Zärtlichkeit verströmen, daß sie die Augen abwenden muß. Manchmal denkt sie, daß sie die Menschheit nie so innig geliebt hat wie während der Jahre, die sie in dieser Baracke eingesperrt war. Sie versucht sich alle Einzelheiten einzuprägen, die einzigartigen Wesenszüge all dieser Mädchen in sich aufzusaugen. Sie schenkt ihnen so viel Liebe und Menschlichkeit, wie sie nur aufbringen kann, zum Dank dafür, daß sie hier wie durch ein Wunder mit ihr zusammen existieren, ihr Leid mit ihr teilen.

»Was, wenn ich das alles ganz allein aushalten müßte?«

Heute nacht, morgen schon könnten sie sterben, aber heute starren sie einander noch an, geloben, sich immer daran zu erinnern. In jeder Wellblechbaracke werden die Mädchen voneinander getrennt, von den Wachen in separaten Gruppen gehalten. Aber beim Appell am Morgen und am Abend und während der Tagesarbeit signalisieren sie sich Dinge nur durch ein Schulterzucken, flüstern sie durch die Wände. Irgendeine Verbindung, irgendein Zufall: das gleiche Land, die gleiche Stadt, der gleiche Name! Und sei es nur die gleiche Augenform. Manchmal wird eine Notiz weitergereicht, ein Versprechen, das jemand auf einen Fetzen Papier gekritzelt hat.

»Durchhalten! Durchhalten! Wenn ich fliehen kann, suche ich deine Familie. Ich erzähle ihnen, wie tapfer du bist und daß es dir gutgeht.«

Stimmen dröhnen im Dunkeln. Viele sind noch Kinder, Mädchen, die man so früh entführt hat – mit elf oder zwölf Jahren –, daß sie noch nicht einmal ihre Monatsblutung hatten. Sie kennen nichts anderes. Anderen rauscht in so mancher Nacht die Trauer durch die Erinnerungen. Die Schönheit hoch aufragender Berge, die sich in stillen Seen spiegeln. Das wunderbare Gefühl nackter Füße auf warmen Straßen, das herrliche Gefühl, wenn man mit guten, ruppigen Hunden durch hohes Gras rennt. Das Pflanzen auf dem Acker des Vaters, Seite an Seite mit ihm. Weinen im Heu mit einem Geliebten. Die Schönheit eines Tischgebets. Der Luxus des Denkens. Symphonien. Gedichte lesen. Sie reden von erträumten Kleidern, von duftendem Haar. Schmecken frisches Obst, Kaffee auf der Zunge. Sie weinen um die verlorene Berührung eines Ehemanns, eines Verlobten.

Sunny hört zu, spricht wenig, gibt immer weniger von sich preis, zieht sich zurück.

»... und dann rase ich auf meinem alten Fahrrad die Straße entlang. Metallicblau und -gelb. Links liegt Mr. Tashiros Haus mit dem breiten Vorgarten, dem schicken neuen Ford. Rechts die Nanakoas, hübsche, muskulöse Menschen. Der Sohn ist sehr groß und flirtet gern mit mir, auch wenn ich erst dreizehn bin. Und immer weiter hinauf, zu den violetten Hügeln! Häuser liegen versteckt hinter Kokospalmen, hinter Eisenbäumen. Die Zeit steht still. Wenn ich den Atem anhalte, kann ich die Blüten und Früchte sogar hören. Und aus den Banyan-Bäumen bricht das geschwätzige Gezwitscher der Minah-Vögel hervor, die beinahe zu bersten scheinen von den Neuigkeiten des Tages ...

Hoch und immer höher auf die Alewa Heights zu, langsamer dort, wo die Straße steiler wird, mit schmerzenden Beinen und rasendem Blut. Ganz weit oben die Berge, der Regenwald, weit unten die grünen Täler und das Meer. Dr. Hong sucht seine Veranda nach Termiten ab. Er arbeitet gemeinsam mit Vater in der Klinik, lädt ihn aber nie zu sich ein, weil er Koreaner ist. Lächelt mir nie zu. Und da vorne: Mama! Steht auf dem Rasen. So anmutig und hawaiisch. Süß duftend wie pakalana, *das chinesische Veilchen. Sie dreht sich zu mir um, kommt auf mich zugeschwebt ...*

Jetzt bin ich auf der King Street. Neben mir Freunde im Auto. Schau nur, da ist der Casino Ballroom, Tanz, Jazz. Wir halten an, mit halbstarkem Gegröle. Jetzt schaukele ich auf der Tanzfläche. Hitze. Rum und Coca-Cola. Irgend jemand in dieser Menschenmenge wird mein Leben verändern, mich aus diesem beschränkten Leben retten. Ich wache auf und sehe sein Profil. Keo …«

Sie schlägt um sich, ruft seinen Namen.

Nā 'Ike Na 'au

Erleuchtungen aus dem Bauch

Honolulu, Mitte der dreißiger Jahre

Spucke, die aus Messingröhrchen geschüttelt wird, Männer, die ihre Instrumente auseinandernehmen. Auch nachdem sie zu spielen aufgehört hatten, saß Keo noch wie versteinert da, sein Körper eine einzige, riesige Ohrmuschel. Er wollte haben, was sie hatten – eine Zukunft. Jazz. Wenn sie von der Ausmusterung sprachen, von der Heimkehr nach Memphis, nach New Orleans, dann wurde Keo übel, drehte sich ihm buchstäblich der Magen um.

Er schaute seiner Mutter zu, wie sie Uniformen für das Frauengefängnis flickte, sah das Gesicht seines Vaters, das vom jahrelangen Einatmen des Formaldehyds schon mit einem grauen Schimmer überzogen war. Den jüngeren Bruder Jonathan, der noch immer zur High School ging, aber schon einen Teil seiner Zeit als Beachboy in dem Hotel verbrachte, in dem seine Schwestern und Kusinen als Zimmermädchen arbeiteten. Alle waren sie in die Sackgasse geraten, steckten fest in einem Leben der Dienstbarkeit. Jazz erschien ihm der einzig erlösende Ausweg.

Am Abend, bevor Handyman, der Schlagzeuger, nach Chicago zurückkehrte, hatten sie sich zu einer Session zusammengefunden, die die ganze Nacht dauern sollte. Sie glitten ohne Übergang vom Blues zu Balladen, von den Refrains, die die ganze Band anstimmte, zu Solopassagen. Keo kippte einen Drink nach dem anderen, nahm schließlich all seinen Mut zusammen und näherte sich der Bühne. Das hier waren Profis, die würden sofort erkennen, ob jemand Talent hatte, wenn er sich nur eben kurz räusperte. Der Mann am Klavier stand auf und verbeugte sich in seine Richtung, winkte ihn herbei, deutete auf den Schemel.

Keo setzte sich. »Für Handyman.«

Die Musiker der Band zwinkerten einander zu, Blicke flogen hin und her. Dann setzten sie zu »Stardust« an, im New-Orleans-Stil, und alle stampften und röhrten miteinander. Mühelos glitten sie in den Memphis-Stil, legten während des ersten Refrains eine Melodie fest, und dann übernahm jeder ein Solo, spielte seine Variation. Als Keo an der Reihe war, atmete er tief durch und begann langsam und vorsichtig. Dann ging es mit ihm durch, er galoppierte durch »Stardust« wie ein Wahnsinniger, weiter zu »Black Bottom« und »Sister Kate«, donnerte immer weiter, wütete wie besessen durch Bach, Strawinsky, Chopin-Etüden – durch Musik, die er über Monate und Jahre Abend für Abend aus dem defekten Radio in sich aufgesogen hatte. Musik, die er nicht begreifen konnte, die wie geschmolzenes Glas heiß durch die Nähte seines Schlummers gesickert war und ihn für immer gezeichnet hatte. Wie vom Donner gerührt beugten sich die anderen zu ihm hin.

Was Keo spielte, war beinahe schon nicht mehr zu erkennen, von den Explosionen der linken Hand, die aus dem Nichts auftauchten, unkenntlich gemacht. Nervös zuckten die Finger sekundenlang die Tasten herauf und herunter, dann gerann der Tanz zu einer schläfrigen Pause, einer Meditation, ein einziger Finger tippte wie der Sekundenzeiger einer Uhr immer wieder die gleiche Taste an. Doch schon raste er wieder wie ein Wilder, eigentlich wie zwei Wilde, die verschiedene Songs gegeneinander spielten und doch irgendwie miteinander verbanden, um dann wieder in verschiedene Richtungen zu taumeln. Das war keine Musik. Das war kein Jazz. Sie fanden keinen Namen dafür.

Keo spielte weiter, wie besessen, hämmerte alles heraus, was er wußte, was er fühlte. Dann drang er wieder zu Kompositionen aus dem Hier und Jetzt vor – zu Tanzmusik, Popmelodien, die in seinen Fingerspitzen kreischten, während er Klänge massakrierte. Wie durch ein Wunder fand er über gequälte, verschlungene Pfade zu »Stardust« zurück, doch der Refrain war zersplittert, gequält, wie neu. Schweiß rann ihm in Strömen über Gesicht und Arme, bildete kleine Pfützen auf den Tasten. Seine Finger glitten herab und fielen ihm in den Schoß. Mühsam hob er sie und spielte weiter, bis er nichts mehr sehen konnte, bis er nur noch röchelte, mit der Stirn auf den Tasten zusammensank. Er hatte siebenundzwanzig Minuten ununterbrochen gespielt. Die anderen starrten ihn schweigend an.

Er hob den Kopf, blickte in die Runde: »Sagt mir die Wahrheit ... bin ich ... halbwegs gut?«

Dew räusperte sich und antwortete ihm leise: »Ich sag dir mal, was du garantiert nicht bist, Hulamann. Durchschnitt bist du nicht.«

Danach konnte ihn nichts mehr bremsen. Er konnte immer noch keine Noten lesen, konnte kaum ein Blasinstrument vom anderen unterscheiden, aber er lernte. Die Musiker, die er kannte, wurden ausgemustert, andere traten an ihre Stelle. Keo wartete vor Hickam and Schofield auf sie und spielte dann mit ihnen in den Hinterzimmern der Bars die ganze Nacht hindurch.

An manchen Abenden konnte er einfach nicht stillsitzen, spürte den Drang, dem Klang auch körperlich Ausdruck zu verleihen. Mitten in einem Klaviersolo kickte er dann die Schuhe von den Füßen, sprang von seinem Schemel auf und tanzte. Keiner wußte, was er da tanzte – die Kniebewegungen des hawaiischen Kriegstanzes, irgend etwas aus dem Kabuki-Theater, das Ballett eines Stierkämpfers. Er tanzte wie er spielte, völlig entfesselt, in großen Sprüngen und wilden Zuckungen verwandelte er seinen Körper in ein Instrument. Irgendwie hingen seine verrückten Bewegungen zusammen, eine Kette, auf die wilde Rhythmen gefädelt waren, von denen die Band sich immer weiter anfeuern ließ. Sie spielten, bis sie alle nur noch leise winselten, und dann warf sich Keo wieder auf den Klavierschemel und attackierte die Tasten.

Dew lieh ihm Schallplatten, Jelly Roll Morton, Fats Waller. Die mythischen Ragtime-Klänge von King Oliver für die tiefsten Wurzeln des Jazz. Er kaufte ein gebrauchtes Victrola-Grammophon. Die Nachbarn saßen mit Klappstühlen und Fächern draußen in der Gasse und schauten ihm zu, wie er so dasaß, den Kopf über das Klavier gebeugt, und versuchte, der Musik zu folgen.

»Was is'n das für'n Zeug, dieser Ragtime?« fragte Mary Chang.

Ricky Silva runzelte die Stirn. »Soll wohl heißen, daß de dir die Ohren mit'm Lappen zustopfen mußt. Komische Musik – hört sich eher an wie'n Auffahrunfall.«

Manchmal, wenn das wilde Wunder Armstrong erklang, ließ Keo entmutigt den Kopf hängen; er spielte seine Platten, bis sie völlig zerkratzt waren. Und dann dieses andere Genie, Earl Hines, der spielte wie niemand, den er bisher gehört hatte. Andere Männer, meistens solche, die noch den Stride spielten, waren immer noch in den wippenden Rhythmen des Ragtime gefangen. Hines jedoch machte mit dem Rhythmus, was er wollte, pickte mit der linken Hand einzelne, kleine scharfe Töne, spielte mit der rechten Akkorde und lange Töne. Was immer Keo auch versuchte, Hines hatte es bereits zur Vollendung gebracht. Neue Landkarten des Klangs aufgestellt.

Keo äffte seinen Stil nach. Er brach Melodien auf, sprengte sie durch im doppelten Tempo gespielte Passagen oder aus dem Tempo fallende Explosionen, während er dabei jedoch einen beinahe metronomischen Beat hielt. Er verzierte Songs mit blechernen Klängen und kleinen Verzögerungen, und dann massakrierte er sie mit scharfen Attacken, ließ sie manchmal mit einem Vibrato ausklingen – auf einem Instrument, das eigentlich kein Vibrato kennt. Er übte, bis er keinerlei Unterschied mehr zwischen einer Hines-Platte und seinem eigenen Spiel ausmachen konnte. Und doch war da natürlich ein Unterschied, und er kannte ihn ganz genau: Er imitierte. Es war nicht seins, es war kein Jazz.

Er versuchte, sich seine eigenen, seine ureigenen Klänge zurechtzuhauen, wühlte nach dem innersten Kern der Songs, nach der wahreren Wahrheit. Nach einer Weile kam etwas zum Vorschein, ein kleines eigenes Etwas, das ihm allein gehörte. Er nahm sich eine Melodie wie »The Sunny Side of the Street« vor, er wollte diese Straße verstehen, das Wetter dort, die Stimmung der Menschen. Er ließ sein inneres Auge schweifen, bis es irgendwo hängenblieb – an einem Sonnenstrahl, einem Vagabunden, der die Straße überquerte, an den Sorgen, die jemand auf der Türschwelle abgestreift hatte. Diese Einzelheit fror er ein, zerpflückte sie, während seine Finger auf und ab über die Tasten glitten, bis sich daraus das Wesen dieser Straße herauskristallisierte, die Landschaft, die Bedeutung des Songs.

An manchen Abenden saß Malia da und hörte ihm zu. »Ich hab immer gedacht, Jazz ist was eigenes. Für mich klingt das ganz so, als würdest du jemanden nachmachen.«

Er starrte sie an. »Aber es ist *meine* Interpretation ...«

Sie wedelte mit ihrer Zigarette. »Bruder, du spielst'n Lied, das jemand anders geschrieben hat, und dann äffst du bei deiner Interpretation diesen Typen Hines nach. Was ist daran eigen?«

Er warf die Hände in die Höhe. »Also, du willst was eigenes?«

Er stürzte sich in einen monströsen Boogie Woogie, glitt von da in einen Charleston aus den zwanziger Jahren, dann in einen leidenschaftlich pulsierenden Tango, der in einem Klagelied versank, in einem Stöhnen über Gestorbenes, das man aus dem Grab wieder ans Licht des Tages gezerrt hatte. Dann zurück zum Monster-Boogie-Woogie, der den Leuten auf der Gasse in die Füße fuhr.

Malia schüttete sich aus vor Lachen. »Du bist vielleicht ein Wilder! Aber da wächst du schon noch raus!«

Keo richtete sich auf, wie vom Donner gerührt: »Aus dem Jazz soll ich rauswachsen?«

»Aus dem Klavierspielen.« Sie zog an an ihrer Zigarette und stieß den Rauch mit grandioser Geste aus. »Auf dem Klavier kann man nicht richtig schreien. Und du, du mußt schreien.«

Er achtete nicht auf sie. Sie liebte dramatische Wendungen, sagte zu gern Dinge, die ihn aus dem Gleichgewicht brachten. Aber eines Nachts hämmerte er so hart auf die Tasten, daß er sich dabei einen Finger brach. Nun konnte er nicht einmal mehr kellnern. Tagelang trieb er sich bei Pfandleihern herum. Er wußte gar nicht genau, warum, bis er die Trompete sah. Er hielt sie in der Hand, schnüffelte daran, musterte sie genau. Im Park legte er die Lippen ans Mundstück und blies hinein. Es klang schrecklich, so als würde ein Wesen geschlachtet. Aber sie fühlte sich toll an, sie war genau richtig, hatte die richtige Größe. Keo legte sich hin, blickte zum Himmel hinauf, und die Trompete lag auf seiner Brust.

Er döste, hörte im Geist die Songs, die seine Trompete und er zusammen spielen würden, die Gedanken und Gefühle, die er ausdrücken würde, alle Facetten seines Lebens. Der Mann, der im »Royal« kellnerte. Der goldene »Beachboy«, der für die Touristinnen da war. Der Jazzbesessene, der sich in der Garnison rumtrieb. All diese Männer würde er mit seiner Trompete erkunden und dann mit der Zeit hinter sich lassen. Es würde für ihn bald nichts anderes mehr geben als Jazz. Er würde lernen, seine Trompete so gut zu spielen, daß sie ihm antworten würde, daß seine Finger seinem Drängen folgen würden, ehe er selbst wußte, was sie spielten. Er wanderte durch die Straßen Honolulus und fühlte sich wie neugeboren, wähnte, er würde ewig leben. Er hatte eine Sprache gefunden, die er mit sich herumtragen konnte.

Eines Tages nahm ihn sein älterer Bruder DeSoto im Kanu mit aufs Meer. Nachdem Keo stundenlang Bier getrunken und *'ahi* ausgenommen hatte, paßte er das Mundstück ein und spielte auf der Trompete. Er preßte die Zunge sorgfältig gegen die Zähne, und die Gewalt der Luft, die ihm aus den Lungen drang, krampfte ihm alle Eingeweide zusammen. Das Meer übertönte seine Klänge – er erinnerte sich an seine Zeit bei Kamaka Ukulele, wo ihm ein Tauber beigebracht hatte, wie er seine Finger zu Ohren machen konnte –, und er konzentrierte sich nur noch darauf, die Ventile herunterzudrücken, auf diese Weise die Töne abzusenken, mit allen Nervenenden seiner Fingerspitzen zu »hören«.

DeSoto lauschte und fragte schließlich: »Eh? Warum haste denn mit 'm Klavierspielen aufgehört? Das hat doch manchmal schon richtig gut geklungen.«

Keo zögerte. »Die Trompete hier … na ja, das is, als wär sie direkt ans Hirn angeschlossen, an den Mund, an das, was ich sagen will, gleich wenn ich's fühle. Beim Klavier, weißt du, da mußt du warten, bis es in den Fingerspitzen angekommen ist.« Er schüttelte den Kopf. »Vielleicht bin ich ja ein Idiot.«

DeSoto packte ihn am Arm. »Eh! Brauchst nichts zu erklären. Übe. Üb einfach. Eines Tages stehste auch mit der Trompete hier in Flammen. Ich hab'n Haufen Bands gehört, in Tokio, in Hongkong. Große Sache, dieser Jazz. Die Leute quasseln von nix anderem mehr als von Louis Armstrong, Duke Ellington un dem *haole* mit dem verrückten Namen – Big Spida' Back.«

»Bix Beiderbecke«, lachte Keo und liebte seinen Bruder.

»Ich sag dir mal was, Keo. Am besten übste hier – ganz einsam un allein – genau hier.« Er zeigte aufs Meer, auf die Flügelrochen, die man in der Ferne springen sah. »Haste Zeit, dir'n – wie heißt'n das nochma – Selbstbewußtsein aufzubauen. Kannst immer mit meinem Boot rausfahren, wenn de willst, ich geb's dir.«

Keo betrachtete seinen Bruder ganz genau. Der typische Hawaiianer – rauhbeinig, ein wenig furchteinflößend – mit der finsteren Miene und dem windgegerbten Gesicht der uralten Seefahrer. Ein Einzelgänger, immer ein wenig außerhalb der Zeit. Benannt nach einem Traumauto, das sein Vater nie besitzen würde, weil er statt dessen Kinder bekommen hatte. Mit zehn war DeSoto von der Schule abgegangen, um zum Unterhalt der jüngeren Geschwister beizutragen. Er sprach nur Pidgin-Englisch, und doch hatte er bereits sieben Mal den Pazifik überquert, hatte Bombay und die Antarktis gesehen. Wenn er zu Hause war, verbrachte er seine Zeit mit Angeln.

»Bruder«, fragte Keo. »Ich wollte immer schon mal wissen ... Woran denkst du, wenn du allein hier draußen bist?«

Er zuckte mit den Achseln. »Ebbe und Flut, Wetter, was ich für'n Fisch fang. Wie ich'n koch. Gedünstet. Gebraten. Mit wieviel Ingwer. Wieviel Soja. Wie *'ono* er dann schmeckt.«

Keo versuchte es noch einmal. »Was denkst du so, wenn du *pau* mit Angeln bist?«

DeSoto betrachtete ihn ganz genau. »Worauf willste denn raus? Schlüssel zum Leben? Das hier, das isser, der Schlüssel. Hier. Jetzt. Morgen, das gehört niemand.«

Danach paddelte Keo ganz allein aufs Meer, weit an allen Surfern und Fischern vorbei, wischte das Mundstück ab und spielte Trompete. Manchmal verlor er das Land ganz aus den Augen, während das Kanu in so tiefe Gewässer hinaustrudelte, daß das Wasser des Ozeans schon schwarzblau wurde. Manchmal folgte ihm ein Wal, gehorchte dem blökenden Ruf der Trompete. Sogar Delphine sprangen, antworteten ihm mit ihrem keckernden Gesang.

An manchen Tagen spielte er bis zur totalen Erschöpfung – todmüde Lippen, völlig verausgabte Lungen –, und dann lehnte er sich zurück, wendete das Kanu in Richtung Strand und hoffte, die Gezeiten würden ihn wieder an Land spülen. Manchmal hatte er schrecklichen Durst. Nach einer Weile gewöhnte er sich daran, brachte den Durst mit seinem brennenden Eifer durcheinander. Noch Jahre später sollte er sich an diese Zeit erinnern – erschöpft, völlig leer, beinahe von hohen Wellen ersäuft. Und er fragte sich, ob er damals wirklich Trompete geübt hatte oder ob er nur herausgefunden hatte, wieviel er aushalten konnte.

Mit wiegenden Schritten schaukelte Leilani stolz wie eine Königin eine große leere Schüssel durch die Gasse. Sie lächelte den Tofumann an und brach ihm ein klein wenig das Herz, er bekam ganz flehentliche Hundeaugen, so üppig, so altmodisch hawaiisch schön war sie. Braune Haut, dort mit Gold bestäubt, wo die Sonne ihre Wangenknochen und weichen Schultern modelliert hatte. Ein Wasserfall von schwarzem Haar. Tiefe Augen, schokoladenbraun wie *kukui*, Zähne wie aus *taro*, hart und glänzend. Sie lehnte sich an seinen Karren und döste vor sich hin. In großen blechernen Keksdosen schwammen Tofublöcke in frischem Wasser. Sie tauchte ihren Finger zwischen die wirbelnden Quader und sah sich ihr schimmerndes Spiegelbild an.

Der Tofumann beugte sich zu ihr herunter. »Eh, Leilani. Wie geht's deinem Keo? Spielt er noch diese Wahnsinnsmusik?«

Sie warf den Kopf zurück. »Wart's ab. Mein Junge, der wird mal berühmt. Der spielt mal die Trompete noch neumodischer als *manaka 'ukulele*!«

Mit wiegenden Schritten und erhobenem Haupt trug sie ihre Tofuschüssel wieder die Gasse hinunter, fürchtete, daß man hinter ihrem Rücken über sie lachte. Inzwischen hatte sie allmählich Angst vor dem Fischmann, dem *poi*-Mann, vor den Nachbarn in der Gasse. Das Zischen von Tintenfisch im Frittierfett, das Gurgeln von Reistöpfen auf einem Herd beschwor in ihr Bilder von Küchen herauf, die voller tratschender Menschen waren, voller flüsternder Stimmen, die ihren Sohn als *pupule* bezeichneten, der mit seinem Klavier redete und in eine Trompete hineinkreischte.

Sein Finger heilte, seine Lippen waren wund, und eine Zeitlang kehrte er zum Klavier zurück. Nachts hörten ihn die Nachbarn vor sich hin murmeln, Mücken totschlagen und auf kaputten Tasten herumhämmern. Aber ab und zu spielte er etwas, das sie wiedererkannten, spielte es so sehnsüchtig, so herzzerreißend schön, daß die Menschen sich in ihren Betten herumdrehten und einander umschlungen hielten.

Manchmal merkte er, daß Jonah in der dämmerigen Garage saß. Als Junge hatte Jonah eine starke Rivalität gegenüber Keo empfunden, nicht aus Neid, sondern aus reinem Selbstschutz, weil er das Bedürfnis hatte, mehr zu sein als nur »der jüngere Bruder«. Jetzt war er ein hoch aufgeschossener, muskulöser Teenager und hatte sich zum Starathleten und Superschüler entwickelt. Er war selbstsicher und suchte Keos Nähe, war beinahe so etwas wie ein Beschützer für ihn.

Eines Abends, als Keo ihn im Schatten bemerkte, wandte er sich zu ihm um: »Jonah. Was machste'n hier?«

»Zuschauen. Zuhören.«

»Verstehste dies Jazz-Zeug?«

»Nein ... aber ich schau dir gern zu, wie du dich da so kopfüber reinstürzt. Gibste mir'n gutes Beispiel.«

Die Bewunderung seines Bruders gab Keo Kraft. Da war jemand, der ihn anfeuerte, der seine Frustration und seine Furcht zur Hälfte mittrug. Manche Nacht spielte er bis zur Erschöpfung, und dann spazierten die beiden zum Meer hinunter, hatten einander die Arme um die Schultern gelegt.

Bald würde Dew ausgemustert werden und nach Hause, nach New Orleans, zurückkehren. Nun gab er Keo Trompetenunterricht, brachte ihm das Notenlesen bei: Wie man die Notenschrift entzifferte, die Lücken mit den richtigen Akkordfolgen ausfüllte, die Pausen ausnutzte – Grundlagen, die ihm eine Richtung wiesen.

»Ich kann dir nicht beibringen, wie du spielen sollst. Aber eines sage ich dir: Ehe du was eigenes machen kannst, mußt du zuerst die Traditionen kennen, mußt wissen, welche Regeln du später mal brechen kannst.«

Er nahm die Trompete auf und blies ein paar Töne mit solcher Klarheit, solcher scheinbaren Leichtigkeit, daß ihm Keo am liebsten einen Schlag aufs Maul versetzt hätte. »Ich denke, du spielst nur Saxophon.«

Dew lachte. »Ich bin Musiker. Würde dir guttun, wenn du das

auch würdest und nicht so von oben herab auf einige Instrumente herunterschaust. Die brauchst du nämlich, sogar bei deinen Solos.« Er entspannte sich ein bißchen. »Was ich gerade gespielt habe, das war gar nichts. Eines Tages wirst du so was wie im Traum spielen können. Du hast Feuer im Leib, Keo. Aber werd bloß nicht eingebildet.«

Er nahm Keo in die Tanzpaläste der Filipinos mit, wo er sich Bands aus Manila anhören konnte. Keo fand sie völlig übertrieben und angeberisch, sogar die Zuhörer protzten, wetteiferten und kämpften ständig. Während der Polizeirazzien klirrten Hunderte von Messern auf die Tanzfläche. Doch ab und zu fiel ihm eine Frau auf, die sich zu ihm umwandte, die Hände in die Hüften gestemmt, bereit, eine Nacht lang sein Gewicht zu tragen.

Er war damals Mitte zwanzig, verspürte alle Gelüste dieses Alters. In mancher Nacht nahm er eine Frau mit in ein Hotel, zahlte, worum sie ihn bat, liebte sie, lachte, blieb sogar noch ein Weilchen. Stets war er rücksichtsvoll, stets distanziert, nur in seine Trompete vernarrt. Er entwickelte eine Art Partnerschaft mit diesem Ding, eine Liebe ohne Eifersucht, ohne Verrat, hatte eine Ahnung, daß er alles, was er hier investierte, auch zurückbekommen würde. Manchmal preßte er die Nase gegen das Messing, sog die Luft tief ein, streichelte die fließenden Linien des Instruments. Es gehörte ihm, ihm allein; welche Töne er auch immer hervorbringen mochte, kein anderes menschliches Wesen konnte diese Klänge nachmachen.

Manchmal stellte er sich Notenblätter hin und spielte sie ohne Zögern von Anfang bis Ende durch. Dann legte er die Trompete zur Seite und studierte die kleinen Fähnchen und Kringel genauer, die ihn immer an Seepferdchen und ertrinkende glatzköpfige Männer erinnerten. Er fing noch einmal von vorn an, langsamer und mit Verzierungen, die nicht in der Partitur standen – mit pfiffigen kleinen Rutschern, einem Kopfsprung von einem Arpeggio. Manchmal klappte es, dann wieder nicht.

Und doch spielte er gar nicht gern vom Blatt. Er wollte nur seine Säfte hervorschleudern, einfach alles loswerden, nie zweimal das gleiche spielen. Er wollte seine Töne in gewaltige, triefende Farben tauchen. Dann wieder wollte er seine Musik sanfter gestalten, daß sie vom Gewaltigen ins Reuige, vom Fleischlichen ins Erfühlte umschlug, damit sich die Menschen atemlos fragten: »*Wie um alles in der Welt? Wie um alles in der Welt?*« Er wollte die Zuhörer erschöpfen, so daß sie alle nach Hause gingen und einander verziehen.

Vielleicht hat Malia recht, dachte er. *Vielleicht brauche ich nur das Schreien.*

Als fast alle seine Freunde ausgemustert waren, kehrte er wieder als Eintänzer in die Tanzpaläste zurück, belauschte dort eifrig die Bands. In den späten zwanziger Jahren hatten die Filipinos, die nach Hawaii kamen, neben ihrer eigenen Musik üppige Latino-Klänge mitgebracht, den Einfluß der vier Jahrhunderte, während derer sie Teil des spanischen Weltreichs gewesen waren. Mit ihrem natürlichen Rhythmusgefühl waren sie für Blues und Jazz wie geschaffen. Sie waren Hawaiis beste Tanzbands geworden und spielten in Ballsälen überall in der Stadt.

Keo wollte damit nichts zu tun haben. »Das ist doch ein Witz, wie die spielen. Du hast mal gesagt, Jazz findet im Kopf statt. Wenn man dazu tanzen kann – dann ist es kein Jazz.«

Dew schaute ihn liebevoll an.

»Junge, Junge, wenn du weiter so denkst, dann spielst du bald ganz alleine. Was die Typen hier spielen, ist zwar kein ›reiner‹ Jazz, aber sie bieten dir neue Klänge für die Ohren. Wir Jungs vom Militär, ewig weit weg von zu Hause – wo, glaubst du, kriegen wir unseren Saft her, unsere Inspiration? Von diesen Filipinos und von den Bands auf der Hauptinsel. Verdammt noch mal, Keo, hör auf, mir Löcher in den Bauch zu fragen. Such dir doch deine eigene Inspiration.«

Keo antwortete leise wie ein Kind: »Aber du bist doch der beste ...«

»Weil ich ein sogenannter Farbiger bin, weil meine Freunde und ich mit ›Pigfeet‹ und Bordell-Blues aufgewachsen sind?«

Keo schüttelte den Kopf, völlig unbeeindruckt. »Ich hör dir schon seit zwei Jahren zu. Niemand spielt Blues oder Jazz so gut wie die Neger. King Oliver. Und Armstrong. Und dieser Klarinettist, Bechet? Das sind doch Genies.«

»Und genau das bist du *nicht!* Noch nicht. Du willst dir bloß deine Trompete zur Brust nehmen und spielst, als wäre sie ein Flammenwerfer. Junge, du mußt erst mal lernen, wie man ein Teamspieler wird, du mußt auf dem aufbauen, was schon da ist, mit denen spielen, die gerade da sind. Du mußt anderen gegenüber großzügig sein, die zweite Stimme spielen und sie ergänzen.«

Dew zögerte, als wäre er im Begriff, das ewige Leben zu erklären, das Reich des reinen Geistes. »Keo, wirklich tolle Sachen hast du noch gar nicht gehört – Chicago, Kansas City, New Orleans. Vielleicht kriegst du die mal zu sehen. Gut genug bist du. Aber eines sage ich dir: Wenn du die Regeln nicht befolgst, dann kratzen dich die Jungs da von ihren Schuhsohlen.«

Zwei Wochen nach Dews Abreise begann Keo als Ersatzmann in Rizal's Dance Hall zu spielen, nach Mitternacht, wenn der zweite Trompeter der Band Pause machte. Die Filipinos waren leidenschaftliche, feurige Menschen; ihre überschwenglichen Klänge machten Keo mit neuen Ansichten, neuen Gedanken vertraut. Er befolgte die Regeln, begann Duette mit der ersten Trompete zu spielen, während sie die Band mit einem jazzigen, sinnlichen Rhythmus begleitete, zu dem die Paare tanzen konnten. Das war nicht der rauhe, improvisierte Jazz, den er liebte, aber es war eine Form von Blues, die ihm genügend Überraschungen bot, um ihn auf dem Quivive zu halten. Er prägte sich seine Noten ein, kannte bald jedes Trompetenarrangement auswendig.

Wenn die Band spielte, hielt er sich Ton für Ton an die Partitur, exakt so, wie es da geschrieben stand. Aber manchmal, während der Proben, kam er vom Weg ab, improvisierte und wußte sofort, daß er zu weit gegangen war, wenn der Bandleader die Augen zusammenkniff. Weil er hier nicht wild spielen durfte, konzentrierte er sich auf seinen Ton. Mit der Zeit schlich sich eine neue Klangqualität in sein Spiel, es kamen Töne aus seiner Trompete, die er noch nie zuvor vernommen hatte. Keo begann seine Solos mit einer derartigen Zurückhaltung und intelligenten Phrasierung zu spielen, daß die Musiker der Band ihn voller Interesse betrachteten.

Eines Abends spielte er »I Should Care« mit derart herrlichen, weit schwingenden Arpeggios, daß die Paare auf der Tanzfläche stehenblieben, um ihm zuzuhören. Er spielte weiter, richtete den

Blick nur noch auf die Wahrheit, dann schlich sich die Rhythmusgruppe wieder dazu – Klavier, Baß, Schlagzeug – und übernahm seinen Sound. Als das Stück zu Ende war, applaudierten die Leute und riefen Keos Namen.

Schließlich kamen auch Soldaten, um ihm zuzuhören, ernsthafte Jazzer. Er schrieb an Dew, hielt ihn auf dem laufenden. Aus New Orleans kamen Schallplatten. Ellington. Basie. Noch mehr Sidney Bechet. Und Wah-Wah-Klänge, Gutbucketing-Klänge, die Keo noch nie gehört hatte: Blues und Jazz, gespielt auf Trompeten, die mit Tellern, Tassen und Hüten gedämpft wurden. Keo fand diese Klänge häßlich, unorthodox. Er hielt Gutbucketing für Betrug. Aber je länger er zuhörte, desto mehr Gefallen fand er daran, wie man den Klang einer Trompete beeinflussen konnte.

Eines Abends hielt er eine Reisschüssel vor den Sturz seiner Trompete, ließ die Schale während des Spiels zittern, machte die Töne damit wellig, wäßrig. Dann benutzte er einen Derby-Hut, kopierte damit ein Foto aus »Downbeat«. Die neuen Klänge erregten ihn, und er schrieb lange Briefe an Drew – wie er alles in sich aufnahm und lernte.

Auf der Gasse trug Leilani ihren Kopf bereits wieder ein wenig höher.

Ho'onalu

Wellen bilden, meditieren

Nächte im Ballsaal des Kasinos, Zuhören. Eines Abends stach ein Gesicht aus der Menge hervor, blaß und arrogant und doch irgendwie melancholisch. Die Frau starrte ihn so lange an, daß er spürte, wie seine Gelenke aus der Fassung gerieten, wie all seine Membranen sich entflammten. Er hatte das Gefühl, wenn er jetzt nicht auf der Stelle wegsah, würden alle Regeln verändert, würde man mehr von ihm verlangen, als er zu geben hatte.

Als er ein paar Abende später bei Rizal's Trompete spielte, sah er sie wieder. Sie starrte ihn an, als wolle sie ihn ausnehmen. Während er auf der Gasse seine Zigarettenpause machte, tauchte sie plötzlich vor ihm auf.

»Ich wollte dir sagen, wie sehr mir dein Spiel gefällt.« Ihre Stimme klang leise, beinahe schüchtern.

»Hörst du viel Jazz?«

»Eigentlich nicht. Aber ich merke, wenn was toll ist.«

Aus der Nähe betrachtet, ging ihm ihr Gesicht durch Mark und Bein, so schön war es. Die weichen Konturen der Wangenknochen, die leicht fülligen Lippen und die Nase, die auf hawaiisches Blut schließen ließen. Doch in ihren ein wenig mandelförmigen Augen, ihrem geraden schwarzen, stumpf geschnittenen Haar konnte er auch andere Einflüsse erkennen.

»Wie heißt du?«

»Sunny... Sun-ja Uanoe Sung.«

Dann sagte er etwas Verrücktes. »Du hast eine tolle Haltung.«

Manchmal kam sie mit Freunden von der Universität. Dann wieder war sie allein und stand abseits. Er begann nach ihr Ausschau zu halten. Eines Abends, als er naßgeschwitzt und hundemüde von der Bühne kletterte, stand sie vor ihm. Ganze Nächte lang spazierten sie am Meer entlang, vorsichtig, beide auf der Hut. Keo redete wie wild drauflos, vom Zufall getrieben, ohne Übergänge. Sie beschrieb ihr Leben in Episoden, im Rückwärtsgang. Als hätten sich ihrer beider Leben nicht aus Ereignissen der Vergangenheit entwickelt.

Er erfuhr, daß ihr Vater Koreaner war. Als sie einander näherkamen, bemerkte er, daß ihre Haut im Sonnenlicht etwas dunkler schien, daß sich ihre Haare bei Regen ein wenig kräuselten. Sie verwirrte ihn noch mehr, wenn sie ganz entspannt, beinahe verspielt war. Ihre Lippen wurden dann voller, und in ihren Gesten lag eine elegante Trägheit. Wie alle Mischlinge war sie ein komplexes Wesen, einmal das eine, einmal das andere, manchmal schienen beide – die Hawaiianerin und die Koreanerin – um die Vorherrschaft zu kämpfen, und dann wieder verlor sie die positiven Aspekte beider Seiten.

Als sie eines Nachts am Strand saßen, sprach Sunny über ihren Vater, der sie nie gewollt hatte, der ihre hawaiische Mutter mißhandelte. Daß sie das Gefühl, nicht geliebt zu werden, manchmal unsichtbar zu machen schien. Sie sprach leise und traurig, bis sie sich selbst in den Schlaf geredet hatte. Vorsichtig legte Keo den Arm um sie. Wie hilflos sie wirkte. Und doch erinnerte er sich noch daran, wie sie ausgesehen hatte, als er sie das erstemal zu Gesicht bekam – kühn und verwegen hatte sie ihren Blick nach ihm ausgeschickt, so als würde alles, was er ihr zu bieten hatte, nicht ausreichen, um ihren Ansprüchen zu genügen. Nun zog er sie fest an sich und sprach über das, was ihm auf dem Herzen lag, über seine Angst vor der Mittelmäßigkeit. Er sprach davon, wie er mit reichen Frauen Foxtrott tanzte, ihnen die Teller zum Tisch trug, über seine Angst, das könnte sein ganzes Leben so bleiben.

»Ich bin mehr. Ich werde nicht als unerfüllte Hoffnung enden. Ich will zu den Besten gehören – ich brauche nur noch einen Plan.«

Im Mondlicht wirkte ihr Gesicht unglaublich jung. Er rüttelte sie wach.

»Sunny. Du gehörst nicht zu Leuten wie mir. Du bist ein College-Mädchen ...«

Langsam richtete sie sich auf.

»... dein Vater ist Arzt, du wohnst auf den Heights.«

»Er arbeitet als Techniker in einem Labor, und unser Haus gehört uns nicht.«

»Trotzdem. Was machst du hier? Dich mal unters gemeine Volk mischen?«

Sie musterte sein Gesicht. »Was das bedeutet, weiß ich genau. Und das ist es ganz bestimmt nicht.«

»Was ist es denn?«

»... Es ist alles, was du mir erzählt hast. Alles, was wir gesagt haben. Ich habe keine Angst.«

Sie neigte den Kopf wie ein junges Tier, das an einem Wassertrog trinkt, und führte seine Finger an ihre Lippen. Ihr Haar fiel nach vorn und legte ihren Nacken frei. Dorthin schmiegte er seine Stirn.

Sie war wie ein gutes Omen, versetzte ihn in ein Hochgefühl, brachte ihn dazu, von seinem eigenen Leben aufzublicken. Er begriff, daß ihre gute Haltung von der Angst hervorgebracht worden war, von dem ständigen Aufwallen des Adrenalins.

»Ich kenne den Geschmack der Angst seit meiner Geburt. Ich habe ihn mit der Muttermilch aufgesogen.«

So wuchs sie auf, erprobte immer wieder ihren Mut, legte sich nachts auf die Straße, wenn die Autos den Hügel hinaufgefahren kamen, hielt die Luft an, während das Licht der Scheinwerfer sie traf.

»Ich habe immer gewartet, bis sie auf die Bremse stiegen, dann habe ich mich weggerollt. Mama dachte, ich hätte Selbstmordabsichten, weil Papa mich so brutal behandelte. Sie hat nicht verstanden, daß ich leben wollte! Ich habe mich abgehärtet.«

Sie erzählte ihm, wie sie bei Sturm auf den Klippen stand, mit dem Wind kämpfte, die Zehen um die Sohlen ihrer Schlappen gekrallt.

»Ich habe gelernt, mich vor Dingen nicht zu fürchten. Ich bin immer völlig durchnäßt, benommen und schlammbedeckt nach Hause gekommen, und Papa hat mich geschlagen, weil er gedacht hat, ich hätte mit Jungs in den Feldern rumgemacht.«

Im Sommer arbeitete sie in den Konservenfabriken oder in den Büros der Kaufhäuser. Ihr »richtiges« Englisch und ihre honighelle Haut hätten ihr den Weg zu einer schnellen Beförderung ebnen können, aber immer wieder setzte sich Sunny für die Mädchen ein, die eine dunklere Haut hatten.

»Ich habe mit ansehen müssen, wie die Hawaiianerinnen und Filipinos herumgeschubst wurden. Das hat mich wütend gemacht. Ich habe kleine Streiks organisiert, Bittschriften verfaßt, die Bosse beschuldigt, ihre Lieblinge vorzuziehen.« Sie lachte. »Bei drei Stellen bin ich rausgeflogen.«

Sie erwähnte einen Bruder, der in Stanford Ingenieurwissenschaften studierte. Ihr Vater wollte, daß sie Medizin studierte.

»Willst du das auch?« fragte Keo.

»Es ist ihm egal, was ich will. So funktioniert das in Korea nicht. Da ist alles *kongbu haera, kongbu haera!* Lernen! Lernen!« Sie runzelte die Stirn, versuchte nicht ungerecht zu sein. »Papa sagt, Lernen ist eine Pflicht, die wir unseren Ahnen schulden. Er ist kein schlechter Mensch, nur hart und schicksalsergeben.«

»Und was ist mit deiner Mutter?«

Sunny zögerte. »Mama hat vergessen, wie man rennt oder auch nur barfuß läuft. Ich muß mir einen Stachel nach dem anderen aus dem Herzen reißen, wenn ich mir ansehe, wie er sie behandelt, weil er will, daß sie eine ›Lady‹ wird. Wenn sie sich zu sehr wie eine Eingeborene, wie eine vom elenden Pack verhält oder wenn sie Pidgin spricht, dann schlägt er sie. Dann möchte ich auf ihn losgehen. Ich muß aus dem Zimmer gehen, in dem er sich aufhält. Ich stelle irgendwas an, um ihn abzulenken, damit er statt dessen mich schlägt. Und manchmal sieht er selbst so traurig aus, daß ich ihn trösten möchte. Ich gehe so nah an ihn heran, wie es noch sicher ist.«

Keo schüttelte den Kopf. »Wenn mein Vater so was machen würde, ich würde ihn zusammenschlagen, bei allem Respekt.«

»Ich habe versucht, sie zu ihrer Familie in Waimanalo zurückzubringen. Aber, weißt du, sie liebt ihn. Seine erste Frau ist gestorben, kurz nachdem sie aus Korea hierhergezogen waren. Bei Mama – die aus Hawaii und nicht gebildet ist – hat Papa das Gefühl, daß er unter seinem Stand geheiratet hat. Sie war so jung und schön, und er war einsam.«

Sunny schlang ihre Arme um sich und seufzte. »Schwer zu erklären. Er kann nicht ohne sie leben. Und doch behandelt er sie so, wie die meisten Koreaner ihre Frauen behandeln, nennt sie nicht einmal beim Namen. Immer nur: *Yobo!* He du!«

Beim Zuhören hatte Keo das Gefühl, als wäre er in ein leeres Zimmer eingetreten und hätte dort dieses im Lichtschein der Verzweiflung sitzende Mädchen gefunden. Die ihrer Mutter das Leben retten wollte. Er versuchte, jede Verzweiflung zu übersetzen, sie zu dem Mädchen selbst zurückzuverfolgen. Versuchte, die Puzzlesteine zusammenzusetzen. Vielleicht mußte man *ihr* ja das Leben retten.

Sie hatte ein winzig kleines Zimmer in Manoa Valley, in der Nähe der Universität auf einem Campus, der so klein und ländlich war, daß Kühe direkt in die Abschlußfeiern spazierten. Als sie sich zum erstemal liebten, glaubte Keo, er würde alles tun, worum sie ihn bitten würde. Er würde ihr seine Trompete geben, seine Lungen, sein Leben, wenn er nur mehr von ihr haben könnte, wenn er nur so viel wie möglich von ihr bekommen könnte. Wochen vergingen wie im Rausch. Sie bewegten sich in einer Ekstase des Juckens und Kratzens aufeinander. Seine Küsse waren wie die Bisse eines Tieres beim Bespringen des Weibchens. Er, eingeseift, glitschig und naß in ihrer Scheide, die sich wie eine glatte, aufgerollte Zunge anfühlte, ihn bis zur Weißglut in sich hineinsog.

Atmen. Es kam ihm vor wie eine Höchstleistung, nur aus ihr herauszugleiten. Wieder zum Leben zurückzukehren. Oder zum halben Leben, denn es war nicht mehr von ihnen übrig als Schweiß und benommenes Knochenmark. Feurig entbrannt und samenprall, wie herrlich sie sich aufbäumte, wie ihre Haut beim Orgasmus in Flammen stand. Und selbst wenn sie erschöpft einschliefen, suchten ihre Gliedmaßen noch die Gruben und Spalten des anderen und fanden sie – glatt und schlau wie Wasser. Manchmal wachten sie auf und waren wieder ganz schüchtern, beinahe wie

Fremde, bis ihre Gier sie vereinte und auf ein einziges Ziel hin ausrichtete. Wie dann seine Lippen ihre Brüste suchten, wie seine Zähne sie – oh, so zart! – zwickten. Und dann schockierte sie ihn, wenn sie blind vor Verlangen auf ihn zukam, sich über seinen Penis stülpte, sich scheinbar in die Lüfte erhob.

»Lüstern und geil«, flüsterte sie. »Das sind wir.«

Er hoffte, daß es gute Worte waren. Was sie miteinander taten, schien wie schon längst vorbestimmt, schon vor dem ersten Treffen. Alles paßte. Organe, Gliedmaßen, wie Nut und Feder. Ihr vollkommener Mund, der ihn aufnahm, seine Härte, und ihre mahlenden Kiefer. Sogar als sie glaubte, sie habe nun umgekehrte Wehen – daß ein Mensch in sie hereinbrach, nicht aus ihr heraus, daß er sich dort immer tiefer verwurzeln wollte –, da paßte alles.

Sie sagte nicht, daß sie ihn liebte. Sie verstand das Wort nicht. Wenn das, was ihre Eltern miteinander teilten, Liebe war, dann bedeutete es das gierige Verlangen, zu bestrafen. Bestraft zu werden. Es bedeutete schreckliche Nachteile. Und doch ging sie ihm unter die Haut. Er atmete sie, trug sie wie einen dichten Mittagsschatten mit sich herum.

Sogar seine Mutter Leilani fühlte sich zu ihr hingezogen, zu ihrer Schönheit, zur Verwirrung ihres Mischblutes, zu der Zähigkeit, die über ihrer bebenden Zerbrechlichkeit lag. Nur seine Schwester Malia hielt sich zurück. Mit einem Hut auf dem Kopf, der aussah wie eine Schweinsblase, saß sie in der Küche und bestäubte eine Guavensahnetorte mit Puderzucker.

»Diese Sunny ist nicht gut für ihn. Hochnäsiges *maka-maka*-Collegemädchen. Die bricht ihm das Herz.«

Leilani starrte sie an. »Was weißt'n du schon über das Mädchen? Keo sagt, ihr Papa is 'n ganz gemeiner Hund, schlägt seine Frau. Ich glaub, die Sunny hat selbst auch 'n Haufen Narben am Leib.«

»Narben sind ansteckend, Mama. Manchmal brauchen verletzte Menschen es, daß sie andere auch verletzen.«

»Bist ja nur neidisch, wahrscheinlich. Willst wohl auch auf die Uni gehen wie Sunny.« Sie nahm ihre Tochter bei der Hand. »Brauchste nich. Ich sag schon immer, unsere Malia, aus der wird mal was. Du bistes einfach.«

Sie roch Spülmittel an den Armen ihrer Mutter. Chinesische Petersilie in ihrem Haar. Sie umarmte sie ganz fest. »Ich muß zugeben, manchmal fühl ich mich ganz schön einsam. Alle machen sich über mich lustig.«

Leilani streichelte Malia über die Wange, berührte ihre dauergewellten Haare. »Das isses ja, was mir Sorgen macht. Du bist so ehrgeizig, hast nie Zeit für die Jungs. Wie willste denn da 'n Mann finden? Du tust ja grade so, als wär'n die Jungs von hier alle Müll.«

Malia zündete sich eine Zigarette an, hielt sie wie selbstverständlich mit eleganter Geste. »Mama, alles braucht seine Zeit.«

Im überfüllten Bus nach Waikiki stellte sie sich ein Leben mit einem der »Jungs von hier« vor. Ein schäbiges, heruntergekommenes gemietetes Haus, Kinder in dreckigen Windeln, Bierdosen auf dem Fußboden. Eher würde sie Rattengift trinken. Was war schon dabei, wenn die Einsamkeit sie ab und zu dazu trieb, einen Touristen anzusprechen? Es war alles ganz unschuldig, ein Drink, ein Gespräch. So konnte sie die privilegierten Weißen genau studieren, konnte lernen, wie sie das Schweigen nutzten, wie sie mit einem einzigen Blick den Kellner herbeizitieren konnten.

Was war schon dabei, wenn sie Kleinigkeiten von den Hotelgästen mitgehen ließ – Parfüm, die Designeretiketten, die sie aus ihren Kleidern schnitt – Schiaparelli, Fortuny, Chanel – und in ihre eigenen einnähte. So konnte sie sich kostbar vorkommen, wertvoll. So war das Leben ein wenig erträglicher. Sie dachte an Sunny Sung, das Collegemädchen, das nur im Sommer arbeiten ging, das nie gezwungen war, in Plastikbaströckchen *hapa-haole*-Hula zu tanzen. Die sich nie von Fremden betatschen lassen mußte.

»Am besten nimmste 'n Schirm mit, gegen 'n Regen.«

Sunny hörte die klatschende Ohrfeige ihres Vaters, dann spürte sie die Wirkung.

»*Den Schirm!* Englisch! Sprich Englisch!«

Ihre Mutter weinte. Manchmal, wenn er sie geschlagen hatte, weinte auch er, haßte sich selbst dafür, haßte seine Minderwertigkeit in den Augen der Welt, wußte, daß diese Minderwertigkeit ihn überdauern würde. Er konnte als staatlich zugelassener Arzt keine Arbeit finden und mußte sich damit zufriedengeben, Blut und Urin zu testen, in kleinen Pröbchen von menschlichem Exkrement nach Bakterien zu jagen. In den Nächten, wenn eine ungeheure Müdigkeit sein perfektes Lehrbuch-Englisch verschwimmen ließ, taumelte er durchs Haus und sprach eine verworrene Mischung aus Koreanisch und Englisch. Wenn seine Frau ihm dann in Pidgin-Englisch antwortete, trieb ihn das zur Raserei.

Sunny rieb die Prellungen ihrer Mutter mit *kukui*-Öl ein. »Warum, Mama? Warum ist er so brutal?«

Ihre Mutter seufzte. »'n bißchen viel Bildung wohl.«

Keo fand sie in ihrem Studentenzimmer. Ihre Augen waren verheult, sie war völlig erschöpft von ihrem Kummer und näselte wie jemand, der lange und viel geweint hat.

»Wenn er sie noch einmal schlägt, bringe ich ihn um!«

Er versuchte sie zu trösten. »Begreifst du das nicht? Er rächt sich nur an all den *haole* und chinesischen Ärzten, die ihn nicht praktizieren lassen und die Koreaner immer noch für mittelalterliche Kräuterheiler halten.«

»Versuch bloß nicht, ihn zu entschuldigen!« rief sie. »Ich sehe Koreaner, die als Müllmänner arbeiten. Sie bringen ihren Frauen Ständchen, begleiten ihre Töchter zu Fuß in die Tanzstunde.«

Nachts hörte sie die beiden – das Knarren des Bettes, das Stöhnen ihres Vaters. *Vergib mir! Vergib mir!* Wie er versuchte, die blauen Flecken auszulöschen, die Beweise zu zerstören. Sunny schwor sich, niemals einen solchen Vertrag abzuschließen.

»Es ist so furchtbar, daß Mamas Glück, daß ihr ganzes Leben von dem abhängt, was er tun oder lassen will.«

»Ich glaube, es ist genau anders herum. Dein Vater ist von *ihr* abhängig, um seine Demütigung verbergen zu können. Hübsche Frau, schönes Haus. Kinder auf der Universität. Ihr seid seine Lebensleistung.«

Sunny lachte. »Ich bin sein Alptraum. Mama sagt, ich hätte sein Temperament. Aber es ist *meines*. Ganz allein meines.«

Er lehnte sich zurück, betrachtete die Bilder an den Wänden, Bilder, die ihn anzuspringen schienen, vor denen er instinktiv zurückwich. Menschliche Gliedmaßen, die in weiße Schlangen übergingen. Ein Mann auf allen vieren, mit dem bluttriefenden Kopf eines Hirsches.

»Grausiges Zeug. Worum geht es da?«

Sie schaute sich ihre Gemälde an. »Wut, denke ich. Und um Papas Getue mit seinen heiligen Tees. Das ist fast wie eine Religion. Albinoschlangentee für ein langes Leben. Gelber-Python-Tee gegen Neuralgien. Hirschhorntee für die Potenz... Leider gibt es keinen Tee für Mitleid.«

Noch ein Gemälde – ein Mädchen ohne Gesicht, immer und immer wieder.

»Wer ist das?«

»Das Mädchen, das mein Vater – ach, das erzähl ich dir ein anderes Mal.«

Während sie schlief, betrachtete er noch einmal alle Wände ganz genau.

Monat um Monat saß sie da und hörte ihm beim Spielen zu, hörte auch seine tiefe Konzentration, wenn andere ihre Solos spielten. Sogar sein Schweigen war beredt. Sie war stolz auf ihn – ja, Stolz, das war es. Ein solcher Stolz, daß ihr ein Schauer über den Rücken lief, wenn sie die Gesichter des Schlagzeugers, des Bassisten betrachtete, aus denen Respekt für Keo sprach. Nicht nur für sein Talent, auch dafür, daß er ihnen Raum ließ, wenn sie spielten, den Raum, auf den jeder Mensch ein Anrecht hat. Das erfüllte sie mit einer glühenden Energie, es war wie ein elektrischer Stromkreis, der sie alle verband.

Und doch vermutete Sunny, daß Keo ihnen diesen Raum nicht nur aus Höflichkeit ließ, sondern mit der blindwütigen Energie eines Mannes, der sich vortastete, der sich ständig fragte, wie weit er gehen konnte, ohne zu weit zu gehen. Der neugierig darauf war, wie *weit* dieses »zu weit« wäre. Allmählich begann sie ihn zu verstehen, seine Fähigkeit, sich mit solcher Leichtigkeit von der Welt abzuwenden, keinen Menschen mehr zu brauchen außer ihr. Vielleicht nicht einmal sie, vielleicht wirklich niemanden außer sich selbst. Und vielleicht nicht einmal sich selbst, sondern jemanden, den er sich in seinen innigsten Gebeten herbeiwünschte.

Langsam begriff sie auch das Wort *Liebe*, das in Wirklichkeit Vertrauen bedeutete. Eine beinahe unwillkürliche Verschmelzung. Mit diesem Wort stellte sich auch die Angst vor dem Verlust des geliebten Menschen ein. Vor dem Verlust des Gleichgewichts. Irgendwann in der Zukunft würde sie um ihn kämpfen, um seine Aufmerksamkeit buhlen müssen, und dieser Gedanke erregte sie.

Manchmal wartete er, bis er sie schlafend glaubte. Dann setzte er sich im Dunkeln auf und spielte tonlos auf seiner Trompete, wagte sich in Gedanken zu neuen Kombinationen, neuen Klängen vor. So spielte er weiter, bis ihm der Schweiß über Brust und Rücken rann, bis sich die Nässe über das Laken ausbreitete, ihre Hüften und Schultern berührte und kühlte.

Sie lag reglos da, versuchte sich vorzustellen, wie er suchte, seine Grenzen ausweitete, nie zufrieden war. Manchmal hegte sie den Verdacht, er hätte völlig vergessen, daß sie bei ihm war, hätte vielleicht sogar vergessen, daß sie überhaupt existierte. Dann kehrte er zurück und warf einen beinahe schockierten Blick auf sie. Und sie wartete ab, fragte sich, wie es wohl wäre, derart von einer Sache besessen zu sein. Wenn er die Hand nach ihr ausstreckte, reagierte sie heftig, griff wie wild nach ihm, um sicher zu sein, daß er wirklich da war.

Eines Tages spielte er ihr eine Schallplatte vor, die gerade in Frankreich erschienen war. Der belgische Jazz-Gitarrist Django Reinhardt. Beim Zuhören übersetzte sie sorgfältig die Titel. »La tristesse de Saint Louis – St. Louis Blues. Le thé pour deux – Tea for Two. J'ai du rhythme – I Got Rhythm.«

Keo schüttelte nur den Kopf. »Der Kerl ist ein Genie.«

Er hatte schon von Reinhardt gehört, einem Zigeuner mit zwei gelähmten Fingern, dem brillantesten Jazzmusiker jener Zeit. Er schloß die Augen, stellte sich vor, sie würden zusammen spielen.

Als sie die Platte umdrehte, fragte Sunny ganz nebenbei: »Hast du schon mal an Paris gedacht? Den Hot Club. Club Saint Germain des Prés.«

Er lächelte. »Ich habe mir sagen lassen, die brechen dort alle Regeln des Jazz. Da geht's völlig wild zu. Klar habe ich schon an Paris gedacht. Ich habe auch an New Orleans gedacht. Und an den Mond.«

Sie setzte sich ihm gegenüber. »Paar Wochen auf einem Schiff, das ist alles. Ich würde mitkommen, wenn du willst. Sobald ich wüßte, daß Mama in Sicherheit ist.«

Er dachte an die ungeheuren Unterschiede zwischen ihnen beiden. Er war ein Typ aus dem ärmlichen Kalihi. Sie dagegen ein Collegemädchen von den Heights, zu allem bereit, schleuderte sie der Welt ihre Herausforderung entgegen.

»Selbst wenn wir es uns leisten könnten, was würden wir denn da machen? Wie würden wir denn mit den Franzmännern reden?«

Sunny lachte. »Jazz ist international. Du bräuchtest gar nicht zu reden. Die sind doch alle da drüben, all die Typen, die du anbetest – Basie, Hawkins, Buddy Tate.« Sie lehnte sich mit todernster Miene vor. »Keo. Hier hast du alles erreicht, was zu erreichen war. In den Tanzpalästen geht es für dich nicht mehr weiter. Wenn die Big Bands nach Honolulu kommen, stellen sie keine Jungs von hier ein. Sogar Ellington bringt seine eigenen Reserveleute mit. Du mußt irgendwohin, wo niemand auf dich herabschaut. Wo du dich verbessern kannst.«

»Und was würdest *du* in Paris machen?«

»Mir einen Job suchen. Und malen. Denn das habe ich mir schon immer gewünscht. Denk nur an die Museen! Die Galerien! Stell dir vor, daß du dort all die Tizians und Rembrandts in *echt* sehen kannst, statt auf den winzigen Abbildungen in den Büchern.«

Ihr Lebenshunger verstörte ihn ein wenig. »Wenn du wegläufst, bringst du Schande über deinen Vater, zerstörst ihn vielleicht sogar. Haßt du ihn denn so sehr?«

»Ja, ich hasse ihn. Und ich liebe ihn. Ich höre ihn nachts weinen. Aber ich kann ihm nicht verzeihen, was er Mama antut. Was er anderen angetan hat.« Sie nahm seine Hand und hielt sie umklammert. »Es ist nicht nur Papas Schuld. Er ist ein Opfer der Geschichte.«

Sie erklärte ihm, daß Japan und Rußland zur Jahrhundertwende um die Vorherrschaft in Korea gekämpft hatten. 1905 hatte Japan gesiegt und das ganze Land annektiert und unterjocht.

»Sie haben alle koreanischen Geschichtsbücher verbrannt, unsere Muttersprache verboten. Kunst und Architektur zerstört.

Ganze Dörfer niedergemetzelt, auch die Kinder und Greise. Und es gab Massenvergewaltigungen, die schlimmste Schande für jede koreanische Frau. Tausende haben schüsselweise Lauge getrunken.«

Sie erzählte, daß man die Koreaner zu Japanern zweiter Klasse gemacht hatte, daß man ihnen Fingerabdrücke abgenommen hatte, wie Verbrechern. Man zwang sie, ihren Kindern japanische Namen zu geben.

»Papas Eltern waren Fischhändler. Ihr Vermieter war kinderlos und merkte, daß Papa intelligent war. Er finanzierte ihm das Medizinstudium. Als jemand Papa das Geld gab, um nach Honolulu zu gehen und sich dort ein besseres Leben aufzubauen, floh er aus Korea, stieg in Schanghai einfach auf ein anderes Schiff um. Aber in mancher Nacht höre ich ihn für seine Eltern beten. An solchen Tagen riecht unser Haus durchdringend nach Meerwasser, nach rohem Fisch. Am Morgen kann ich seine Eltern in seinem Atem riechen ...«

Sie lag in Keos Armen und schluchzte wie ein kleines Kind. »Das ist er, das hat er erlitten. Selbst wenn er brutal ist, selbst wenn er noch nie gesagt hat, daß er mich liebt, kann ich ihn doch nicht wirklich hassen.«

Keo wischte ihr die Tränen aus dem Gesicht, überlegte, wie sehr sich die Geschichte ihres Vaters und die ihrer Mutter glichen. Auch Hawaii war von fremden Mächten überfallen, die Monarchie zerschmettert. Das Land gestohlen. Die Muttersprache verboten.

»Ja, ich bin zweifach gezeichnet«, flüsterte sie.

Dann setzte sie sich auf, und es funkelte etwas in ihren Augen. »Und jetzt erzähle ich dir noch eine letzte Sache. Die Frau, die Papa aus Korea mit hierherbrachte, ist nicht an einer Krankheit gestorben, sondern an gebrochenem Herzen. Sie hatten eine Tochter, Lili, die mit einem Klumpfuß geboren wurde. Papa wollte sein neues Leben nicht mit einem Krüppel anfangen und ließ sie im Stich, nötigte sie Verwandten in Schanghai auf. Seine Frau verlor den Verstand und starb noch im ersten Jahr nach ihrer Ankunft. Mein Bruder hat Briefe gefunden, deswegen wissen wir es.«

Sie ließ den Kopf hängen. »*O Schwester, Schwester... eines Tages finde ich dich.*«

Hele Wale

Mit leeren Händen in die weite Welt hinaus

Keos Vater Timoteo machte in seinem winzigen Garten die Runde und goß die Orchideen aus rostigen Shoyu-Kanistern. *Seine einzige Entspannung,* dachte Sunny. *So schlägt er die Zeit zwischen den Leichen tot.* Sie beobachtete seine Augen, wie er seine Frau voller Anbetung anblickte. Hier, bei Keos Familie fühlte sie sich sicher. Solche robusten, schönen Menschen, es war, als säße man geborgen in einem Wäldchen mit riesigen dunklen Bäumen, die leise schwankten und einen beschützten.

Manchmal war sie mit Leilani in der Garage, sang und aß *crackseed,* während sie *'ahi*-Fische ausnahmen, die Arme und Beine von einer dicken Schicht Fischschuppen bedeckt.

»Kochst du gern mit deiner Mama?« erkundigte sich Leilani.

Sunny dachte an das Haus ihrer Mutter, das so makellos sauber war, daß man um Erlaubnis bitten mußte, ehe man etwas berührte.

»Mama ist nicht so locker. Sie hat vergessen, wie man sich entspannt.« Mit der Zunge schob sie eine salzige Spelze zwischen den Zähnen hervor. »Die Wahrheit ist, Papa behandelt sie wie ein Hausmädchen. Manchmal, wenn sie anfängt zu sprechen, schnipst er nur mit den Fingern, und das soll ›Ruhe!‹ heißen.«

Schockiert fuhr Leilani zurück.

»Ich weiß, Papa leidet auch. Die Ärzte in der Klinik sehen auf ihn herab, sie sehen in ihm nur einen Einwanderer. Ich denke, die schnipsen mit den Fingern, wenn *er* anfängt, etwas zu sagen.«

Manchmal überredete Sunny ihre Mutter, mit in die Stadt zu gehen, bei Kress Stoff zu kaufen, Eisbecher zu essen und mit den Händen an den schwarzen Marmorwänden des Kaufhauses entlang zu streichen. Oder sie gingen nach China Town und aßen ihre Lieblingsspeise, *char siu*-Ente, gönnten sich eine Fahrt mit dem Trolleybus die King Street entlang, während einen die lautlosen Gummireifen glauben ließen, man schwebte. Irgendwann schaute die Mutter stets auf die Uhr und verfiel in Panik, vergaß Sunny, vergaß alles und eilte nach Hause, zurück in ihr auf Knien verbrachtes Leben.

Sunny verbrachte mehr und mehr Zeit bei Keos Familie, eingelullt vom ständig rollenden Lachen dieses unbändigen, geschäftigen, überspannten Clans, dessen Mitglieder alle so rastlos und voller Träume waren, als müßten sich die Wände des Hauses unter dem ungeheuren Druck nach außen wölben. Sie brachte Essen mit, das ihre Mutter gekocht hatte, gefüllten Tintenfisch, Sushi, mit Jasmin gedünsteten *'ōpakapaka*.

Schließlich brachte sie ihre Mutter selbst mit und beobachtete sie im Gespräch mit Leilani – die beiden verspürten sofort eine Zuneigung –, und Sunny war neidisch. Sie hatte zwar die natürliche Liebe eines Hawaiianers für den anderen geerbt, aber dieses Gefühl war durch das Blut ihres Vaters verdünnt worden. Sie fragte sich, ob sie sich deswegen zu Keo hingezogen gefühlt hatte. Unter seiner dunklen Haut fand sie Licht, stark und echt, ein Gefühl dafür, wer er war – konsequent und stolz.

Nur Malia verhielt sich noch reserviert. Das fremde Mädchen irritierte sie. Sie schien jedes Zimmer des Hauses zu durchdringen.

»Findest du uns so unterhaltsam?« fragte Malia.

Sunny schaute sie genau an, ihr selbstgenähtes Kleid, ihren ernsten Hut. Sie verspürte eine wachsende Zuneigung zu ihr. »Eigentlich beneide ich euch.«

»Wenn du Keo weh tust«, sagte Malia, »dann kriegst du es mit mir zu tun.«

Ihm weh tun? Sie fragte sich, ob sie ihm jemals genug bedeuten würde, ob ihm je eine Frau soviel bedeuten könnte. Aber weil Sunny nun einmal der Typ Frau war, der mit eisernem Selbstbewußtsein stur bei seiner Wahl blieb – ohne daß sie diese Wahl vor sich hätte rechtfertigen müssen oder Bestätigung von ihresgleichen gebraucht hätte –, war Sunnys Treue unerschütterlich. Ihre Freunde von der Universität verlachten Keo: Kellner, Eintänzer. Auf der Bühne war er brillant, im Gespräch fanden sie ihn »langweilig«. Wenn er nicht gerade Trompete spielte, konnte man ihn mit einem Zwinkern abtun. Diesen Freunden kehrte sie für immer den Rücken, lieferte sich ganz seinen Händen aus.

So wenig bot ihnen Schutz, sie schienen ständig prekär auf der nadelfeinen Spitze sämtlicher Sinne zu balancieren. Nach und nach verspürte er eine solche Einheit mit ihr, daß es gar nicht mehr wichtig war, ob sie einander berührten. Er trug ihre Berührung überall mit sich herum. Sein Gefühl für sie wurde so intensiv, daß Keo ein Beben in seinem Körper verspürte, daß er glaubte, Gegenstände allein durch seinen Blick in die Luft heben zu können. Selbst wenn er versagen sollte, Sunny wäre immer noch da, würde ihn anfeuern, ihn ermuntern, es noch einmal zu versuchen, ihm beteuern, daß es eine Zukunft gab, für die es sich zu leben lohnte, daß er ein Leben vor sich hatte.

Eines Abends, als er in der Garage übte, während die Motten um die nackte Glühbirne tanzten, durchfuhr es Keo plötzlich wie ein Blitz. Vor seinem inneren Auge sah er drei Personen: sich selbst und Sunny und daneben das Wesen, das sie miteinander bildeten, eine vollkommen symmetrische Gestalt, die ihnen menschliches Gleichgewicht schenkte. Und da begriff er es.

»Ich liebe sie. Ich liebe Sunny Sung.«

Es machte ihn vorsichtig, um ihr Wohlbefinden besorgt, auch anderen gegenüber verhielt er sich rücksichtsvoller. Jedesmal, wenn sie die Rede auf Paris brachte, erwähnte er ihren Vater – den ihr Weggehen völlig niederschmettern würde.

»Der wäre doch bloß erleichtert«, meinte sie. »Aber zuerst muß ich für meine Mutter sorgen, ihr ihr eigenes Leben zurückgeben.«

»Sunny. Sie *hat* ein Leben. Sie will es so, sonst würde sie ihn verlassen.«

»Das verstehst du nicht.«

»Vielleicht würde ich es verstehen, wenn ich ihn kennen würde. Meinst du nicht, es wird langsam Zeit?«

»Ich könnte die Schande nicht ertragen.«

Keo zuckte zurück, als hätte sie ihn geschlagen.

»Ich meine die Schande, daß *du* diesen Mann kennenlernst, der ein Kind weggeworfen hat, der seine erste Frau auf dem Gewissen hat. Meine ganze Kindheit hindurch habe ich im Dunkeln gelegen und gewartet, daß er kommt und mich an irgendeinen Fremden abgibt. Er wollte einen Sohn, nicht mich.«

»Ich möchte diesen Mistkerl kennenlernen«, sagte er. »Ich möchte ihm in die Augen sehen.«

Sie weigerte sich, ließ keines seiner Argumente gelten. Er wandte sich ab.

Eines Nachts setzte sie sich im Dunkeln auf. »Also gut«, sagte sie leise. »Also gut.«

Als sie sich im vornehmen Alewa Heights dem Haus ihres Vaters näherten, war er so angespannt, daß ihm sein Schatten vorauseilte. Als er dem Mann vorgestellt wurde, begriff Keo zum erstenmal, daß eine undurchdringliche Miene taktisch ein Pluspunkt sein kann. Samchok Sung absorbierte den Schock, den ihm Keo versetzte, ohne erkennbare Reaktion, nur seine Augen wurden leicht glasig. So schaffte er es, aus seinem Gesichtsfeld alles auszublenden, was ihm obszön erschien. Keo war sich sicher, daß dieser Mann ihn für »obszön« hielt – keine Schulbildung, gotteslästerlich dunkelhäutig, eine Krankheit, die seine Tochter befallen hatte und aufzehrte.

Sein Haar war ein Helm aus rauchigem Grau, sein gebräuntes Gesicht ziemlich attraktiv, beinahe europäisch, wären da nicht die breiten Wangenknochen und die langen schmalen Augen gewesen. Ende fünfzig, schlank und drahtig, ein Meister des Tae Kwon Do. Als Keo zu ihm trat, um ihm die Hand zu schütteln, hörte er das Herz des Mannes lauter klopfen, als man es bei einem menschlichen Wesen je erwarten würde.

Keo hatte sich absichtlich schrillbunt angezogen, Hawaiihemd, leuchtende Leinenhose, hatte sich »schlechten Geschmack« auf die Fahnen geschrieben, um so der Kritik des guten Geschmacks die Spitze zu brechen. Und doch umgab ihn eine solche, ruhige Würde, legte er eine Haltung an den Tag, die bei Sunnys Vater auf den ersten Blick Verachtung weckte. Er sprach ganz offen von seinem Leben – kellnern, Trompete spielen – obwohl er wußte, daß der Mann Jazz haßte. Während des Essens plapperte Sunnys Mutter Butterfly von Keos Talent zum Surfen, von seine Familie, als sei er ein Haushaltsgerät, das sie ihrem Mann aufschwatzen wollte. Sie redete, bis ihr der Schweiß auf der Stirn stand, bis ihr die Schweißperlen die Lider schwer machten.

Mr. Sung reagierte nicht, er klapperte mit den Eßstäbchen, hob Speisen zum Mund, kaute beinahe beeindruckend gemächlich. Keo beugte sich vor, sprach ihn an, fragte ihn nach seinem Medizinstudium, nach den Kräutertees. Der Mann legte die Eßstäbchen weg, ließ seine geballten Fäuste rechts und links neben den Teller sinken, wie ein Gefangener, der Gitterstäbe umklammert. Minutenlang schaute er auf seinen Teller, nahm dann die Eßstäbchen wieder auf.

In der Stille sprang Sunny auf, warf ihren Stuhl um. »Ja, Papa, er ist ein *kanaka!* Wie ich auch. Ich liebe ihn. Auch wenn du mir beigebracht hast, daß Liebe Strafe bedeutet. Du hast mir beigebracht, mich selbst zu hassen für alles, was mir fehlt. Aber Keo hat mir beigebracht, daß ich etwas *wert* bin, daß ich nicht vom *Schicksal verdammt* bin, daß ich die Wahl habe. Ich wähle mein eigenes Leben. Eines Tages werde ich dieses Haus verlassen und irgendwohin gehen, wo Freundlichkeit und Güte herrschen. Und ich werde leben, leben, bis zum allerletzten Tag!«

Butterfly bedeckte ihr Gesicht mit den Händen und wiegte sich vor und zurück.

»Mama, ich werde dich nie verlassen. Ich nehme dich mit.«

In jener Nacht fuhr Keo aufs Meer hinaus, paddelte so verbissen, daß er sich nackt fühlte. Stunden später, als er sich durch die Gischt ans Ufer zurück arbeitete, stand sie da. Er stellte sich die Szene zwischen ihr und ihrem Vater vor.

»Ich habe es hinter mir.« Sie faßte nach seinen Händen wie ein kleines Kind. »Ich werde bei dir bleiben, wo immer du auch hingehst. Vielleicht müssen wir leiden. Aber das ist mir egal.«

Das Jahr verging, und sie gerieten in eine Art vorläufigen Schwebezustand, eine Wartehölle, hielten Ausschau nach Zeichen. Keo erkundigte sich bei Reedereien, erfragte den Preis für eine Überfahrt nach San Francisco, eine Zugreise quer durch die USA, eine weitere Schiffspassage nach Frankreich. Die Summe war phänomenal – er würde jahrelang darauf sparen müssen. Inzwischen war seine Aufmerksamkeit von etwas anderem gefesselt. Honolulu wimmelte nur so von Militärs. Die Bordelle platzten aus allen Nähten. Die Klubs waren gerammelt voll. Jeden Abend hastete er mit seiner Trompete vom Royal Hawai'ian zu Rizal's Dance Hall.

Im Dezember 1937 schrieb ihm Dew Baptiste und bat ihn, nach New Orleans zu kommen. Im Süden boomten die Blechfabriken. Den Leuten brannte das Geld in der Tasche, und Dew stellte eine Jazzband zusammen. An der Trompete wünschte er sich seinen Hulamann. Keo las den Brief immer wieder von vorn. Die Wiege des Blues und des Jazz. Die Heimatstadt von Fats Waller. Armstrong. Er war wie besessen von der Aussicht, in dieser Stadt zu spielen, durch Straßen zu gehen, über die diese Männer gegangen waren. Und doch ergriff ihn panische Angst.

»Du mußt gehen. Du mußt einfach.« Sunny wedelte mit dem Brief vor seiner Nase herum, zutiefst bestürzt bei dem bloßen Gedanken, daß er möglicherweise nicht gehen könnte. »Ich mit meiner sehr geringen Begabung sage dir das, dir, dem wirklich Begabten, ich flehe dich an.«

Ihre Ehrlichkeit schockierte ihn. »Ohne dich gehe ich nicht.«

»Ich komme nach. Sobald ich ein bißchen Geld zusammenhabe, bringe ich Mama nach Hause zu ihrer Familie. So hast du Zeit, dich schon einmal einzuleben.«

»Und was ist mit Paris?«

»Keo, New Orleans liegt auf der Hälfte der Strecke.«

»Schwöre es mir. Schwöre, daß du nachkommst.«

Sie lieferte ihm ihr Leben aus. »Begreifst du das denn nicht, ich *muß* doch bei dir sein. Wenn du diese Gelegenheit nicht beim Schopf ergreifst, dann gehen wir hier beide zugrunde.«

DeSoto arrangierte für ihn eine Überfahrt durch den Panamakanal als Arbeiter auf einem Frachter. Seine Freunde vom Royal sammelten Geld. Keo verlor die Nerven, gab das Geld zurück, sagte die Überfahrt ab.

Malia saß neben ihm am Steinway. »Klar, du kannst auch zu Hause bleiben. Alt und grau werden, *lū'au*-Liedchen spielen und auf Hochzeiten Musik machen …«

Er spreizte die Hände über den Tasten. »Verstehst du denn nicht, ich habe Angst. Was ist, wenn ich es nicht bringe? Ich kann immer noch nicht Noten lesen wie die Profis.«

»Unsere Vorfahren haben *ein Drittel der Erde* umsegelt und hatten nichts, woran sie sich orientieren konnten. Mach ihnen keine Schande.«

»Würdest du gehen?« fragte er. »Nach New Orleans?«

»Ich würde einen Arm hergeben, das schwöre ich dir, wenn ich irgendwie von dieser Insel wegkommen könnte. Aber ich bin nicht so begabt wie du. Ich weiß nicht einmal, ob ich überhaupt irgendwas richtig kann.« Ihre Stimme wurde hart. »Bruder, wenn du das jetzt nicht machst – wie willst du damit je leben?«

Eines Abends kamen seine Eltern zu ihm. Seine Mutter weinte, sein Vater sah so traurig aus, daß es ihm den Hals zuschnürte, als sei er wieder ein kleines Kind.

»Wahrheit ist das beste Reisegepäck«, sagte Leilani. »Manchmal weißte einfach was, Keo. Sechzehn Kinder hab ich verloren, eh's DeSoto, Malia und dich gab. So viel *pilikia* damals. Die Königin ham'se ins Gefängnis gesperrt. Die *haole* ham unser Land gestohlen. Nix mehr zu essen. Lungen von der TB schon ganz *puka-puka*, ganz durchlöchert …

Aber dann hat die Muttergöttin mir *mana* in meine Vorgeburt und Nachgeburt gepustet, in mein Bauch. Un DeSoto is geboren mit Lungen wie 'n Ochse! Un dann Malia. Ham 'wer immer noch gebettelt. Unkraut gefressen, Schlamm, Kiesel, damit wir was im Magen hatten. Wir sin richtige *'ai pōhaku*, Steinfresser geworden! Deswegen warste bei deiner Geburt auch so schwarz, Keo. Warst voll Dreck. Lava. Beinahe blind biste geboren, Augen vom Schlamm un Schleim verschmiert, weil ich so viel Dreck gefressen hab. Später, als du dann sehen konntest, haste dein Augen nich getraut.«

Er lag ganz ruhig da, erinnerte sich, wie sein Augenlicht ganz allmählich gekommen war, wie er dem nicht traute, was seine Augen sahen, er den Kopf immer zur Seite gedreht hielt, das Ohr nach vorne gereckt, sich immer noch lieber auf Klänge verließ.

»Leute ham geglaubt, du bist'n bißchen einfach im Kopf«, sagte Leilani. »Aber ich hab immer gewußt, du bist was Besonderes. Da war was in dir, du würdest mal ganz groß werden. Ich hab gesehen, wie sich die Leute die Tränen wegwischen, wenn du Trompete spielst. Du gibst ihnen den Stolz zurück. Und jetzt gehste weit weg und brichst mir'n bißchen das Herz. Aber da wirste ganz groß werden.«

Sie wiegten ihn in ihren Armen.

»Ein Jahr«, sagte Timotei. »Ob du groß wirst oder nich. Ein Jahr, und dann kommste wieder nach Hause, Junge.«

»Ein Jahr, Papa, vielleicht zwei. Ich schwör's.«

Sehr viel später wachte er auf und hörte erstickte Schluchzer. Jonah saß bei ihm in der Garage.

Sein Bruder hob langsam den Blick. »Scheiße, wirst mir fehlen, Keo.«

Keo beugte sich zu ihm, knuffte ihn liebevoll in den Arm. »Eh! Jonah, mein Junge – nicht vergessen, hier gibt's 'nen Haufen Leute, die dich mögen, die wirklich stolz auf dich sind. Toller Sportler, guter Schüler. Gehst auf die Universität, wirst Arzt, Richter. Mamas große Hoffnung! Und wenn du mal'n Rat brauchst, dann ist DeSoto immer für dich da!«

Der Junge schüttelte den Kopf. »DeSoto ist doch immer auf dem Schiff. Ich hab mich immer nach *dir* umgeschaut. Bei den Wettkämpfen – beim Baseball, beim Fußball – da hab ich immer gedacht: *Ich will erster werden! Volle Pulle! Keo schaut zu!*«

Beschämt blickte Keo zur Seite, »Oh, Jonah ...«

Da stand sein Bruder, braungebrannt und muskulös, zehn Zentimeter größer als er. Körperlich furchtlos, großmütig, mit einem riesengroßen Herzen, der geborene Champion.

Er packte Keo und drückte ihn fest an sich. »Du schaust dir die Welt an. Is wichtig für dich. Aber vergiß bloß nicht: Komm wieder nach Hause!«

Seine letzte Nacht mit Sunny. Von einer solchen Klarheit, als sei ihr winziges Zimmer von Flutlicht erhellt. Ihre Augen wie Anthrazitkohlen. Ausgestreckte Arme schoben die Stunden zurück. Zuerst waren ihre Körper ganz gelassen und langsam, als wäre da noch Zeit für Rituale, für das Spiel der Nasenflöten, das Klacken von Steinen, das Mahlen und Färben von *kapa*. Dann beschleunigte sich der Atem. Haut klatschte in weicher Dringlichkeit. Sie biß ihn in die Brust. Seine Zunge erforschte einen dunklen, ohrigen Kanal, vernebelte ihr die Sinne. In sie eindringen, ein schlüpfriges Eindringen.

Später tanzten sie, mit manierierten Trippelschritten. Von Traurigkeit durchwoben, tanzten sie sich gegenseitig zur Ruhe. Er trug sie zurück zum Bett, hielt sie in schmerzhaft enger Umarmung, wollte ihre Haut zu Öl zerschmelzen. Dieses Öl würde er schlürfen, es würde in seinem Blut pulsieren. Er beleckte ihre Zähne, ihre Augen, kaute ihr Haar. Er saugte an ihren Fingern, als wolle er ihre Fingerabdrücke stehlen. Er wollte ihre Nervenenden verschlingen, die Blutgefäße in ihrem Nacken, damit er ihr Anschwellen und ihren Puls fühlen könnte, wenn er in weiter Ferne Trompete spielte. Er wollte sich das Herz aus der Brust reißen, es bei ihr lassen, in ihr vergraben, seinen wild hämmernden Herzschlag, ihren.

Er wurde ganz sanft neben ihr. »Ich werde für dich sorgen. Alles, was das Leben zu bieten hat, wir werden es sehen und hören und schmecken.«

Sie lag völlig reglos da.

»Das willst du doch, oder?«

»Ja. Aber ich kann mich nicht einfach abwenden ...« Von ihrer Mutter. Von der Schwester, die durch ihre Träume spukte.

»Sunny, du hast mir das Leben gerettet. Du hast mich in die Welt gerettet. Du kannst nicht alle Menschen retten. Warum brauchst du das?«

Sie seufzte. »Vielleicht fühle ich mich schuldig. Mein Leben ist in so vieler Hinsicht gut, privilegiert. Und dann denke ich an meine Schwester, daß sie verkrüppelt ist. Wie lebt sie? Bettelt sie? Verhökert sie auf der Straße ihre Waren? Eines Tages werde ich sie finden, dabei hilfst du mir doch, nicht? Ich nehme sie mit nach Hause. Papa würde sie doch bestimmt lieben. Er würde sich doch bestimmt schämen ...«

Keo rüttelte sie sanft. »Hör mir mal zu. Du kannst nicht allen Menschen ihr Leben in Ordnung bringen. Du kannst nicht ungeschehen machen, was dein Vater getan hat. Ihn kannst du nicht in Ordnung bringen.«

»Nein,« erwiderte sie nachdenklich. »Das kann ich nicht. Schon als Kind habe ich immer ein Spiel gespielt. Habe mein Zimmer aufgeräumt, alle meine Spielsachen aufgeräumt. Alles genau an die richtige Stelle getan, damit alle zufrieden waren.«

»Vielleicht mußt du dir nur beweisen, daß du nicht wie dein Vater bist.« Er rollte sie auf die Seite und hielt sie in den Armen. »Ab jetzt, das mußt du mir versprechen, mußt du auch ein bißchen an dich denken.«

»Das verspreche ich.«

In der Morgendämmerung kleidete er sich an, sein Gesicht war verknittert und erbärmlich. Heulend rannte sie ihm durch den Korridor hinterher, zerrte ihn ins Zimmer zurück. Als er sich wieder anzog, blieb sie tapfer stehen, sehr förmlich. Nur ihre Lippen bebten.

DeSoto hatte ihm Arbeit auf einem Frachter verschafft, der von Singapur nach New Orleans fuhr. Die Gangway hinauf, die Knie weich vor Furcht. Die Eltern winkten, verbargen ihre Gesichter in den Händen. Etwas abseits Malia, ungeheuer stolz. Langsam, als wären ältliche Wale vor das Schiff gespannt, kroch der riesige Frachter mit seinem platten Bug aus dem Hafen von Honolulu.

Hinter ihnen lagen immer noch die Ko'olau-Berge am Horizont, hinter ihm versank langsam seine Insel, während der Erste Offizier die Verhaltensregeln an Bord erklärte. Kein Glücksspiel, kein Schnaps. Brücke und Frachtraum waren tabu. Keo hob und senkte sich der Magen mit den Bewegungen der See, er stolperte glitschige Treppen hinauf und hinunter, schrubbte Decks, ölte Maschinen, und wenn man aufrecht stehen konnte, schabte er dreckige Wände ab und lackierte sie neu. Vom Rollen des Schiffes hin und her geworfen, arbeitete er sich in endlosen Wochen vom Heck zum Bug vor und wieder zurück, das Beben des Frachters übertrug sich auf seinen Körper, sein Herz nahm das Trommeln und Hämmern der Dieselmotoren in sich auf.

Die meisten Männer der Besatzung sprachen Malaiisch und gebrochenes Englisch, schwatzten von Freundinnen, von Familien, von *kampongs*. Sie waren notorische Spieler und setzten sich über alle Regeln hinweg, klapperten mit *Mah-Jongg*-Steinen, spielten im Schatten *Fan-Tan*. Das Essen war grauenhaft, schmeckte wie Unrat, den das Schiff unterwegs aus dem Wasser gefischt hatte – ranzige Ochsenschwänze aus Penang, aus einem *klong* von Bangkok hochgeschwemmter Kohl, in Motoröl ertrunkene Tauben aus Kowloon. Keo würgte sich durch die Mahlzeiten, starrte seine Kabinengenossen über den Tisch hinweg an.

Ein drahtiger Tamile, der fingerdünne Schlangen dressierte, so daß sie ihm in den Mund hinein und aus dem Ohr wieder herauskrochen. Ein Javanese, bleich wie eine Kerze und mit roten Albinoaugen, der behauptete, er hätte Flügel, mit denen er vorwärts und rückwärts fliegen könne. Tätowierter Brite, tätowierter Australier, beide wortkarg und bedrohlich. Ein winziger Hawaii-Chinese mit Namen Oogh, ein menschlicher Wirbelwind von einem Zwerg, der ein verqueres, mit englischen und französischen Brocken durchsetztes Insel-Pidgin sprach und behauptete, Hellseher zu sein. Zu Keo sagte er, er hätte ihn im Traum gesehen, in einer Stadt, in der Frauen mit Schweinsfüßen und blauen Gesichtern auf dem Rücken von Windhunden ritten.

Keo lachte, und Oogh fuhr fort. »Jawohl, *mon ami*. Eines Tages wachst du an so einem gottlosen Ort auf. Und du trägst einen Smoking und spielst Roulette, und liebkost das gebrochene Herz einer Fremden.«

»Und wo soll dieser gottlose Ort sein?«

»Ahhh ... Schanghai!«

Keo hatte die Insel verlassen, war aus seinem Leben herausgetreten. Nun war das Meer sein Zuhause, seine einzige Sicherheit. Nachts stand er breitbeinig an Deck, um in der stampfenden See das Gleichgewicht zu halten, wischte sich die Lippen, hob die Trompete zum Mund und blies. Er spielte ohne zu hören, spürte nur die Schwingungen in den Fingern. Die Wale vernahmen seinen Schrei, kamen herbeigeschwommen, antworteten, begleiteten das Schiff viele Meilen weit. Wenn sie fort waren – wenn ihre Schatten immer kleiner wurden, wie große Gedanken, die man verscheucht hat –, verspürte er eine große Leere, dann stürzte etwas in ihm zusammen.

Eines Nachts kam er völlig durchnäßt in die Kabine zurückgestolpert, weil er während eines Regensturms gespielt hatte. Im Dämmerlicht öffnete Oogh sein linkes Auge.

»Hulamann. Ich habe dich im Schlaf spielen hören.«

»Niemand hört mich spielen. Ich kann mich nicht einmal selber hören.«

»*Ich* höre. Ich sehe.«

»Und was siehst du?«

»Leben, ganz neu.«

Keo kniete sich hin, so daß sie Auge in Auge waren. »Siehst du mich spielen? Siehst du meinen Erfolg?«

»Mit der Zeit. Eines Tages wirst du spielen, und es wird klingen wie Diamanten.«

»Wenn nur…« Keo barg den Kopf in den Händen.

»Aber du wirst spielen. Es wird Schmerz und Kummer geben. Ah, nun gut – was ist schon das Glück? Ein Koma.«

»Sag mir, wie soll ich mich darauf vorbereiten?«

Oogh wandte den Kopf, der so groß war, daß er seinen Körper zu überwältigen schien, und doch war sein Gesicht von vollkommener Symmetrie, eine orientalische Münze.

»Laß die Zeit verstreichen. Dies ist deine Wiedergeburt. Alles nahm auf dem Meer seinen Anfang, so mußt du es auch machen.«

Danach spielte Keo unerbittlich Trompete, goß in sein Spiel alles hinein, was er wußte und fühlte, woran er sich erinnerte, was er sich erträumte. Er spielte zu Ehren des tauben Filipinos in der Ukulelen- und Gitarrenfabrik von Kamaka, zu Ehren des Mannes, der ihm beigebracht hatte, daß man jedes Instrument wie einen Menschen im Arm halten mußte, jedes Zittern im Holz so spüren mußte, als sei es ein Ein- und Ausatmen. Nun hielt er seine Trompete so, als sei sie ein Kind, sein liebstes Haustier. Wochen verstrichen, allmählich überkam ihn eine große Ungeduld, eine Sehnsucht, seine Trompete zu *hören* und nicht nur in allen Nervenenden zu fühlen.

Die Route über den Pazifik und der Weg nach New Orleans waren ihm nicht ganz klar. Eines Abends, während der Tamile in seiner Koje lag, eine kleine smaragdene Schlange in seinen Mund glitt, dann kurz züngelte und aus seinem Ohr schaute, während der Albino aus Java im Türrahmen hing und seine wollig behaarten Schulterblätter reckte, die ein wenig an Drachenflügel erinnerten, setzte sich Oogh zu Keo und tippte auf eine Landkarte.

»Wenn du alt bist und zurückblickst, mußt du wissen, wo du überall gewesen bist. Siehst du, hier gleiten wir an der Küste von Mexiko hinunter, gehen dort in Manzanillo vor Anker, um Vorräte aufzunehmen. Und dann laufen wir noch Häfen in Guatemala, El Salvador und Costa Rica an. Und fahren durch den großen Panamakanal.«

Keo starrte auf die Landkarte. Die Welt war so groß, es dauerte viele Wochen, bis man ein Ziel erreichte. Und Panama. Auf der Karte sah es schmal und zart aus wie der Stengel einer Vanda-Orchidee, und doch trennte es die großen Weltmeere, den Atlantik und den Pazifik, voneinander. Was hielt diese Ozeane zurück? Was hinderte sie daran, in ihrer eiligen Begierde ihre Gewässer miteinander zu vermischen, Panama einfach zu zermalmen? Er konnte nicht schlafen, fürchtete, er würde die Ausfahrt aus dem Ozean seiner Geburt versäumen, fürchtete, alles würde wie im Traum an ihm vorübergleiten. Aber am meisten fürchtete er sich vor dem Ankommen.

In einer wolkenlosen Nacht stand er an Deck und fragte sich, was ihn wohl dort erwartete, wie sehr es ihn verändern würde. Sehnsucht überflutete ihn. Er dachte an Sunny, an die Stunden, in denen sich ihr Atem im Schlaf vermischt hatte. Er dachte an seine füllige, schöne Mutter, an ihre vom Ringen mit haarigen *taro*-Wurzeln schweißnassen Arme. An seinen jüngeren Bruder Jonah, der sein Surfbrett mit Siegelwachs aus den Marmeladengläsern seiner Mama einrieb. Und an DeSoto, der nach Meer duftete und Waitakizungen aus Auckland, einen Jaguarzahn aus Davao mit nach Hause brachte. Und an Malia mit ihrem vornehmen englischen Getue, an ihre Kleider mit den falschen Etiketten.

Er dachte an seine Kindheit, an die Kinder, die ihn *hōhē*, Feigling, nannten, weil er nicht schwimmen konnte, oder *keiki make*, Leichen-Junge, weil sein Vater beim Bestatter arbeitete. Er dachte daran, wie sehr er sich geschämt hatte, weil er sich vor dem Meer fürchtete und weil sein Vater nach Formaldehyd roch. Jahrelang weigerte sich Keo, seinen Vater zu küssen oder zu umarmen. Manchmal starrte der Mann ihn an, und sein Blick war so traurig, daß Keo meinte, er könne es nicht ertragen, weiterzuleben. Er glaubte, daß, wenn er seinen Vater jetzt nicht umarmte, er sterben würde. Dieser Mann, den er nicht zum Vater wollte, brachte tief in ihm etwas zum Schwingen. Aber da war dieser furchtbare Geruch.

Eines Nachts, er war zehn Jahre alt, weckte ihn etwas, packte ihn beim Hals. Keo stand auf und stellte sich neben seinen schlafenden Vater.

»Papa«, er rüttelte ihn wach, »bring mir das Schwimmen bei.«

Sie liefen durch die mitternächtlichen Gassen, bis sie ans Meer kamen. Sein Vater ließ sich mit dem Gesicht nach unten auf dem Wasser treiben, legte sich Keos Hände auf die Schultern und schwamm mit großen Zügen ins tiefe Wasser. Er war ein so kräftiger Schwimmer, daß Keo das Schwellen seiner Muskeln spüren konnte. Sie schwammen durch flaches blaues, dann durch schwarzes Wasser, bis zum Riff hinaus und weiter. Die Wellen trommelten auf sie ein, kleine Säugetiere streiften ihre Oberschenkel.

Keo hielt sich fest, schluckte Salzwasser. »Papa! Du brauchst nicht gleich bis China zu schwimmen!«

Timoteo lachte so herzlich, daß sie beide untertauchten. Der Junge sank, sein Vater mit ihm, er tätschelte ihm beruhigend die Brust. Allmählich trug sie die Luft in ihren Lungen an die Oberfläche zurück. Eine Weile hielt ihn der Vater in den Armen, bis er wieder bei Kräften war.

»Brauchst dich vor gar nix fürchten, Junge. Das Meer, das is deine Mama. Hör mal, was sie sagt. So ... und jetzt machst du mal mit den Armen ... so ...«

Und so schwammen sie dahin, Seite an Seite in der Dunkelheit, in diesem großzügigen Meer. Sie schwammen auf den Strand zu und wieder hinaus, und die Wellen klatschten ihnen ins Gesicht, machten ihre Wangen ganz benommen. Der Mond leuchtete. Sternschnuppen. Sie schwammen im Kreis, ließen sich auf dem Rücken liegend treiben. Wenn Keo Zeichen von Erschöpfung zeigte, nahm der Vater seine kleine Hand in die mächtige Pranke, drückte sie ganz fest, zog den Körper des Jungen nah zu sich heran, so daß der seinen Kopf auf der Brust des Vaters ausruhen konnte. Keo hörte das donnernde Herz des Mannes und schaute seinem Vater ins Gesicht. Und es war *sein* Gesicht. Die Hand, die ihn hielt, war *seine* Hand. Und er hörte *sein* eigenes Herz hämmern. Er hätte dort draußen sterben mögen, sie waren die einzigen, auf die es wirklich ankam.

In jenem Augenblick spürte Keo, wie er die Welt des feigen Schuljungen mit einem gewaltigen kühnen Sprung hinter sich ließ, die Welt, in der er sich für seinen Vater geschämt hatte. Wochenlang gingen sie jede Nacht heimlich schwimmen. Keo sollte ein kräftiger Schwimmer werden, ein Mann, dem das Meer zum großen Fluchttor wurde. Und immer sollte ihn das Meer zu jener Nacht zurücktragen, als er seinen Vater endlich ganz und gar zu lieben begann, als sie beide Hand in Hand nach Hause gingen und das Schlappen der Gummilatschen seines Vaters nur ein Echo seiner eigenen war.

Wieder dachte er an Sunny, die niemals mit ihrem Vater ins tiefe Meer hinausgeschwommen war, die nie ihren Kopf an seiner Brust geborgen und sein hämmerndes Herz gehört hatte. Er dachte an das junge Mädchen, das im Dunkel lag und darauf wartete, daß der Vater kommen und sie einem Fremden übergeben würde. Er dachte an ihre gemeinsame Zukunft, wie sie neben ihm liegen würde, wie er sie zu sich herumdrehen und sie festhalten würde, immer festhalten.

Rabaul

Neu-Britannien, 1943

Sie sitzt da und streichelt das braune, harte Ding; es ist voller schartiger Kanten und Ecken wie zerborstenes Steingut.

Kim hebt ihr Netz hoch, kriecht zu ihr hinein. »Was ist das?«

Sunny hält es in der hohlen Hand wie einen kostbaren Schatz. Dann drückt sie es langsam in eine Tasse mit schmutzigem Wasser. Als es langsam weich zu werden beginnt, steigt der halb verfaulte Duft auf. Das Wasser läuft ihnen im Mund zusammen. Sie beugen die Köpfe nieder, atmen tief ein. Als es weich genug ist, reißt Sunny es in zwei Stücke, gibt Kim die Hälfte. Die hält es sich vor die Nase, stöhnt auf vor Freude. Und dann schieben sie es sich ganz vorsichtig zwischen die zerbrochenen Zähne und kauen. Sie kauen stundenlang, erinnern sich. Sie kauen, bis nur noch Speichel übrig ist. Dann sitzen sie da, riechen an den Fingern, den halb vergessenen Duft von Orangenschalen. Tagelang waschen sie sich die Hände nicht.

Zwei Baracken weiter sind sechs Engländerinnen und Holländerinnen, die in Gefangenschaft gerieten, als die Japaner Hongkong einnahmen. Eine der Frauen, halb wahnsinnig von der Folter, hat einen japanischen Offizier gebissen. Im Morgengrauen wurde sie vor dem versammelten Lager enthauptet.

Nun erinnert sich Sunny an die nassfeuchte Luft, an die Fliegen, die ihre Lider schmückten wie Pailletten. Sie erinnert sich an den Offizier mit der bandagierten Hand, Leutnant Matsuharu in der makellosen Uniform. Sie ruft sich die Engländerin ins Gedächtnis, die niederkniete, die Arme auf den Rücken gebunden. Wahnsinnig, fast blind, hob sie ihren geschundenen Kopf und lachte. Das Leben hatte sie bereits verlassen, es war nur noch eine Hülle übrig, die weiter atmete, aus purer Gewohnheit. Sunny sah, daß dem Leutnant der Schaum vor dem Mund stand. Nicht ihren Körper wollte er zerstören, sondern dieses überlegene Lachen.

Er sah aus, als wäre er etwa in Sunnys Alter. Es ging das Gerücht um, er sei auf der Universität gewesen, ein Gentleman. Aber er hatte zu viele Gefechte miterlebt. Man hielt ihn für verrückt. Innerhalb eines Jahres hatte er bereits neunzehn Mädchen die Köpfe abgehackt. Die Wachen behaupteten, er sei süchtig. Wenn zu viele Wochen verstrichen, ohne daß er jemandem den Kopf abgeschlagen hatte, wurde er depressiv. Manchmal, wenn er auf dem Gelände der Frauen zwischen den Wellblechbaracken herumspazierte, fiel sein Blick auf einen Nacken, und er hielt inne. Sogar während er mit seinen Vorgesetzten sprach, munkelte man, maß er Neigung und Umfang der Nacken.

Sunny erinnert sich an seine Augen, die schwarz wie Ebenholz glänzten, als er sich zum Nacken der wahnsinnigen Engländerin herunterbeugte. Sie erinnert sich, wie er sein Schwert beinahe lässig aus der Scheide zog, es nie ganz weit nach oben hob oder schwang. Er schien es einfach nur über ihren Nacken zu ziehen.

Jetzt, drei Wochen später, befiehlt Matsuharu Sunny in sein Quartier. Sie wäscht sich mit dem Schwamm ab, kämmt sich das schüttere Haar, streicht sich das armselige, zerfetzte Kleid glatt. Sie wird ihrem Ende mit Würde entgegengehen. Die Mädchen schluchzen, umarmen sie.

Kim weint nicht. Ihre Umarmung ist beinahe förmlich. »Wenn du gehst, folge ich dir.«

Palmen rascheln im Sonnenlicht, die plötzliche Klarheit blendet sie beinahe. Von Wachen eskortiert geht sie aus dem Frauenbereich der Wellblechbaracken zum Quartier des Leutnants.

»Ich werde nicht um Gnade betteln. Vor allem werde ich hanohano bleiben.« Würdevoll.

Matsuharu grüßt sie mit todbringender Höflichkeit. Sie blickt nach rechts und links, sucht das Schwert. Da, in der Scheide. Er *bittet sie, sich hinzusetzen, bietet ihr Tee an, schaut überhaupt nicht auf ihren Nacken.*

Sie springt auf, ruft: »Gomen nasai! Gomen nasai!« *Ich bitte um Verzeihung!*

Beim Eintreten hat sie die rituelle Verbeugung vergessen. Nun holt sie alle Formalitäten nach, neigt den Kopf, zählt langsam bis fünf. Er schnipst ungeduldig mit den Fingern. Sie setzt sich wieder hin, während er ihr ein Tablett mit Porzellanschälchen reicht – Tapioka-Chips, Sagokekse, Ananas in Scheiben. Das Herz sitzt ihr auf der Zunge, die den ganzen Mund ausfüllt, so daß sie kaum schlucken kann.

»Wie ist der Name, den man dir gegeben hat?« fragt er. Alle Mädchen bekommen japanische Namen.

»Moriko.«

»Du bist ...?«

»... Vater Koreaner ... Mutter Hawaiianerin ...«

Sie hat furchtbare Angst, ist aber durch seine Fragen auch abgelenkt. Zum erstenmal sieht sie ihn aus der Nähe, ohne seine Militärkappe. Irgend etwas an ihm kommt ihr erschreckend vertraut vor.

Matsuharu spricht leise, mit kultivierter Stimme. Es sei ihm zu Ohren gekommen, daß sie gebildet sei und einmal in Paris gelebt habe.

»Ich habe selbst die Sorbonne besucht.« Er lächelt, beginnt in Erinnerungen zu schwelgen – Montmartre, der Surrealismus, Dada, bateaux mouches *auf der Seine in der Abenddämmerung. Ein seltsamer Tanz namens Java. Ausländerinnen, fremde Sprachen. Die viel gepriesene Unhöflichkeit der Franzosen.*

Er schüttelt den Kopf. »Und was ist jetzt von der Tyrannei dieser Faubourgs *und von ihrem Stolz noch übrig?«*

Während er spricht, tätschelt er zärtlich seine bandagierte Hand, in die ihn die Engländerin gebissen hat. Dann wischt er sich unsichtbare Schuppen von den Schultern. Tätscheln, wischen, seine Hände stehen nie still. Sie hegt den Verdacht, daß er einem Zusammenbruch nahe ist. Die Nacht senkt sich herab, er schließt die Verdunklungsvorhänge. Er zündet Kerzen an, starrt an die Zimmerdecke.

»... Fernet Branca in französischen Cafés ... Debatten über Trotzki, Freud, Ciné Liberté ...«

Er vergißt, daß sie da ist, dröhnt Stunde um Stunde weiter. Als er Bomben fallen hört, geht er zum Fenster, schiebt den Vorhang ein wenig zur Seite. Plötzlich wendet er sich ihr zu.

»Warum bist du aus Paris weggegangen? Hat man dich nach Hause zurückgerufen, genau wie mich? Hat man dich auch in den Kampf, in diesen Dreck, in dieses Menschenschlachten hineinbefohlen? Na?!!«

Sie stottert, erklärt, daß sie Paris verlassen habe, um in Schanghai ihre Schwester zu suchen, um sie von dort nach Honolulu mitzunehmen.

»Ich wollte sie kennenlernen. Sie wieder mit unserem Vater zusammenbringen. Ich wollte ihr ein gutes Leben bieten ...«

Matsuharu beugt sich vor, schlägt ihr brutal ins Gesicht.

»Du *wolltest*, du *wolltest*. Ihr Frauen aus dem Westen. Ihr seid so frei, so verzogen.«

Wieder schlägt er sie, so daß sie im Stuhl vornüber kippt. Er lehnt sich zur ihr herunter, schlägt sie immer und immer wieder, bis sie das Bewußtsein verliert. Er sitzt auf seinem Stuhl, entschwebt wieder auf seinen Erinnerungen. Französische Mädchen in Bugattis. Bernsteinfarben marmorierte Kastanien in den Tuilerien im Abenddämmerlicht. Und dann eines Tages sein Onkel Yasunari Seiko, der ihm mitteilt, er habe nach Hause nach Tokio zu gehen und für den Kaiser zu kämpfen.

Im Morgengrauen jaulen die Sirenen. Flugzeuge der Alliierten, das pfeifende Fallen der Bomben. Die ganze Nacht hindurch hat sie auf dem Boden gelegen, hat ihn beobachtet, seinem Gefasel zugehört. Nun zählt er die Explosionen. Er streichelt sein Schwert. Nach einer Weile weist er sie mit einem Fingerzeig zur Tür. Wachen stoßen sie mit dem Gewehrkolben, bringen sie zurück ins Frauengelände. Ihr Gesicht ist von Prellungen aufgedunsen wie ein Ballon, die Augen sind beinahe zugeschwollen. Und doch ist ihr Geist entflammt, ihr Körper jubelt. Sie lebt noch!

Beim Weg quer durch den Stützpunkt sieht sie riesige Pflüge, die zerbombte Einrichtungen dem Erdboden gleichmachen, Kriegsgefangene, die Leichen verscharren. In der Ferne fressen *sich stählerne Mäuler in die Hügel um Rabaul. Bald schon wird es dort eine gewaltige Festung aus unterirdischen Krankenhäusern, Bunkern und Kasernen geben.*

Nachts flüstern die Mädchen. »Das bedeutet etwas, das Blatt hat sich gewendet! Die Wachen sagen, daß es kilometerlange unterirdische Tunnel geben wird. Die Japsen werden sich dort jahrelang eingraben, aber ergeben werden sie sich nie!«

Im Dunkeln fragt Kim: »Und was wird aus uns? Nehmen sie uns mit in die Tunnel? Lassen sie uns frei?«

Diese Frage verfolgt sie, verfolgt sie im Schlaf und im Wachen. Sie essen Unkraut, durchsuchen die Matratzen der toten Mädchen nach Möhrenschalen und fragen sich: Was wird aus uns?

Und immer dieser Durst, dieser schreckliche Durst. Die Wasserleitungen sind zerbombt, die Zufuhr von frischem Wasser aus den Bergbächen abgeschnitten. Die Brunnen werden streng bewacht. Eines Nachts stöhnt Sunny in einem Dursttraum laut auf. Im Traum schlägt ihr Leutnant Matsuharu ins Gesicht und bringt ihr dann Wasser in einem Kristallglas. Sie befinden sich in einem in Terrassen angelegten Park, Musik erklingt. Sie wacht auf, von Gespenstern geplagt.

Immer noch kommen nachts die Mädchen hinter den Moskitonetzen hervor, aus den Betten gekrochen, flattern wie halbtote Nachtfalter um Sunnys Bett herum.

»Bitte, Sunny, erzähl uns noch einmal von deinem Liebsten. Warum hat er dich verlassen?«

»Und hast du sehr darunter gelitten?«

»Und wie, o wie hast du ihn wiedergefunden, so weit weg von zu Hause?«

Sie schüttelt den Kopf, will nur ihre Ruhe, will allein sein. Doch drei dieser Mädchen werden bald sterben, sie hört schon das Wasser in ihren Lungen rasseln. Illusionen, Träume, das ist alles, was ihnen noch geblieben ist.

Sie dreht sich auf die Seite, wendet sich ihnen zu. Und mit leiser, mütterlicher Stimme beginnt sie.

»Zu Hause in Honolulu habe ich mich von ganzem Herzen nach einem größeren, reicheren Leben gesehnt. Aber ich war

feige. Deswegen habe ich Keo geliebt. Er war mutig. Eines Tages hat er seine Trompete genommen und ist in die Welt spaziert, als wäre er meine Vorhut, und er hat mir den Weg bereitet. Irgendwann wollte ich ihm folgen. Aber erst ging er in eine Stadt, die allen Musikern heilig ist. Er war arm, er hat nur sehr wenig mitgenommen, hat sich seine Überfahrt auf einem Schiff verdient. Nach vielen Wochen, nachdem sie viele Häfen angelaufen hatten, erreichte er endlich New Orleans. Stellt euch seine Panik vor! Ein Inselmann, der den ganzen großen Pazifik überquert hat und seine erste richtige Stadt betritt …«

Kūnoni

Langsam vorankommen

Was würde ihm von seiner Ankunft in Erinnerung bleiben? Das Delta im Dunst. Die Sonne auf den Köpfen um die Wette schwimmender Mokassinschlangen. Der Geruch nach Kerosin und Ködern. Wo der große Mississippi schmaler wurde, winkten ihnen vom Ufer aus kleine dunkle Trauben von Negerkindern zu. Hinter ihnen der Schlamm, schiefe und krumme Hütten auf Spinnenbeinen.

Dann der Hafen von New Orleans – Frachter, die eine ungeheure Ernte einsaugten, Cajuns und Kreolen, die Lasten an grausig aussehenden Haken in die Höhe zogen. Hinter den von Menschen wimmelnden Docks dachte er sich den blendenden Glanz und das Glitzern der Großstadt. Noch atemberaubender war die Vorstellung von den Music Halls voller Jazzmusiker, die nur darauf warteten, sein Können zu testen. Männer, die hier Musikgeschichte geschrieben hatten, die der Hauch des Genies umwehte. Männer, die hier geboren waren, die hierher gehörten. Keo nahm seine ramponierte Reisetasche und seinen Trompetenkasten und ging über die Gangway.

Neger, die gerade einen Krabbenkutter schrubbten, wiesen ihm den Weg nach Storyville, zum Herzen des Jazzlandes. Einer rief ihm etwas nach.

»He, Junge, ehe du es mit Jazz versuchst oder mit Rag oder mit sonst was, besorgst du dir besser paar neue Klamotten. Die jagen dich sonst mit schallendem Gelächter aus der Stadt!«

Er trug ein geblümtes Hawaiihemd unter einem marineblauen Anzug, der nach den vielen Wochen auf See in einem rostigen, schillernden Lila schimmerte. Als er die Canal Street entlangging, sah er, wie die Weißen auf sein braunes, verschwitztes Gesicht und seinen glänzenden Anzug starrten. Er schlich durch schmale Seitenstraßen, deren überhängende eiserne Balkone sie wie mit einem schwarzen Häkelnetz überzogen. Dort blühte ein reger Tauschhandel mit Langusten, Austern und Chicorée. Die Szenen waren ihm so vertraut, daß ihn das Heimweh beinahe lähmte.

Durch Verandatüren erhaschte er einen Blick auf Räume, deren Decken verziert waren wie Hochzeitskuchen. In den völlig im Grün erstickten Dschungelgärten hing Moos wie grausiges blaues Haar. Der sinnliche Geruch von Jasmin und Gardenie. Er ging weiter, fürchtete sich beinahe stehenzubleiben. Die schäbigen Hütten in den Gassen waren mit Plakaten bepflastert, die JAX und DR. PEPPER ankündigten. In jedem zweiten Fenster hing ein handgeschriebenes Schild: Zauber. Gegenzauber. Honigbraune Huren mit spanischen Wangenknochen gurrten Lockrufe.

Aber Keo wollte keinen Sex. Er wollte bei jemandem im Wohnzimmer sitzen, erzählen, wo er überall gewesen war, was er alles gesehen hatte. Er wollte eine Tasse mit irgend einem warmen Getränk in der Hand halten und sagen, wie einsam er sich fühlte, und daß er ganze fünfzehn Dollar in der Tasche hatte. Ein hübscher Mischling, der auf dem Kamm blies, erklärte ihm, daß er sich im Vieux Carré, dem französischen Viertel befand.

»Paß bloß auf! Da lebt der Teufel! Kaum ist's dunkel, hast du ein Messer zwischen den Rippen.«

Die Sonne versank im Mississippi, tauchte alle Gassen in rosiges Licht, und irgendwo sprach eine Frau wunderbar weiches *patois*. Der Duft gebratener Austern. Keo ging im Kreis, während Neonlichter die Dämmerung erhellten, dann rollte er sich auf einer Bank zusammen und schlief ein. Im Morgengrauen wanderte er durch die Straßen von Storyville, erinnerte sich an die Geschichte, an die Söhne dieser Stadt – Buddy Bolden, King Oliver. Er stand vor Lokalen, die Dew ihm als Legenden genannt hatte. Tuxedo Dance Hall, The Frenchman's. Und da! In der Basin

Street Mahogany Hall und Lulu Whites Bordello Seite an Seite! Er setzte sich auf die Bordsteinkante und nahm alles in sich auf.

Der schale Geruch von Bier und Urin. Fensterläden quietschten, Gesichter blinzelten ins Freie, gähnten. Keo nahm seine Trompete aus dem Kasten, setzte das Mundstück ein und begann vorsichtig zu spielen. Deshalb war er hierher gekommen. Das konnte er. Zuerst spielte er Tonleitern, dann einfache Melodien. Und dann blies er seine Reise über den Pazifik.

Ein Mann mit gelacktem Haar und rosa Gamaschen warf ihm eine Münze in den Trompetenkasten. »So ist's recht, Junge. Erzähl's uns, ganz langsam.«

Dann spielte er lauter, berichtete von seiner Heimatstadt, von seinen Ursprüngen, von der Farbe der Morgenröte, die über den Ko'olaus aufzog, von den schnarchenden Nachbarn in der Kalihi Lane. Er erzählte von *taro*-Feldern, von Wäldchen mit singendem, jadegrünem Bambus. Von unbekannten Meeren, von der uralten Silhouette der Korallenriffe. Tief in seine Träumerei versunken vergaß er die Zeit, vergaß, wo er war. Im Licht der Mittagssonne wirkte alles wie ausgebleicht. Vielleicht hatte sein Spiel gar nicht so schlecht geklungen; eine kleine Menschenmenge war zusammengelaufen – ein Botenjunge, ein Briefträger, ein Metzger mit Schürze, der ihm einen Dime hinwarf.

Keo stand auf und packte die Trompete in den Kasten. »Ich suche jemanden in der Perdido Street. Dew Baptiste –«

Der Briefträger lachte. »Oho! Der! Der hat ein paar Huren laufen. Schuldet dir wohl Geld?«

»Ich bin hier, weil ich in seiner Band mitspielen will. Bin extra von Honolulu hergekommen.«

»Ho-no-lu-lu? Was 'n das für 'n Voodoo-Ort? Hast du gesagt, du bist ein Musiker oder ein Hexenmeister?«

Sie lachten, wiesen mit den Fingern auf ein heruntergekommenes Gebäude am Ende der Straße. »Dew wird aber erst am Nachmittag lebendig. Wenn du den jetzt weckst, ist er fähig und bringt dich um.«

Er kaufte sich ein Sandwich, setzte sich auf die andere Straßenseite und döste vor sich hin. Als er aufwachte, schlug Dew ihm krachend auf den Rücken und hüpfte begeistert auf und ab.

»Hulamann! Ich wußte, du würdest kommen. Ich wußte es!« Dann trat er einen Schritt zurück. »Wer hat dir denn diesen lila Witz angedreht? Da müssen wir dich aber fix von der Straße verschwinden lassen.«

Zwei knarrende Treppen hoch, Geruch von Erbrochenem, von schalem Parfüm. »Jetzt bleibst du erstmal bei mir. Wir schlafen abwechselnd im Bett.«

Er war immer noch flott und makellos gekleidet, trug einen Nadelstreifenanzug, Dubonnet-Krawatte, aber Keo fragte sich, wie er sich eine Band leisten konnte, wenn er in diesem winzigen Zimmer hauste. Einzelbett, ein einziger Stuhl, eine Sperrholzkommode.

Er bot Keo den Stuhl an, musterte ihn scharf, taxierte ihn sorgfältig.

»Hör mal zu. Daß du es überhaupt bis hierher geschafft hast, spricht Bände. Das beweist, daß du das Zeug dazu hast. Ich hoffe zumindest, daß du's noch hast. Das Zeug, das läßt sich nämlich nicht bändigen, oder aufpeppen. Kapiert?«

Keo glaubte, er hätte es verstanden, war sich aber nicht sicher.

»Zu viele Typen mit 'n bißchen Talent hängen sich an den ›Big Ride‹ an – an Bands mit großen Namen, schluchzende Geigen und diesen ganzen College-Swing-Scheiß. Ich will *Jazz*. Ich will Klänge, die sich nicht wiederholen, ich will Musik, die nach dem Spielen einfach weg ist. Ich will, daß die Leute sich die Kehlen wundschreien, immer mehr davon haben wollen. Und damit wir dahin kommen, müssen wir 'n paar Opfer bringen.«

Keo beugte sich ganz nah zu ihm, hing Dew bei jedem Wort an den Lippen.

»Was ich damit sagen will: Vergiß, wo du schläfst oder wann du ißt. Du brauchst nur deine Trompete zu kennen. Hulamann, ich habe große Pläne. Wieviel Geld hast du noch?«

»... so um die vierzehn Dollar.«

Dew schüttete sich aus vor Lachen. »Na ja, dann verbrennen wir erstmal diesen Clownsanzug.« Er warf ihm einen Morgenmantel zu. »Und dann will ich dich spielen hören.«

Die Session dauerte den ganzen Nachmittag, im Hintergrund Earl Hines auf dem Victrola. Wenn Keo zu laut spielte, zu große

Schritte zu machen begann, dann senkte Dew sein Saxophon und sagte ihm die Meinung.

»Junge, vergiß die kreischenden Visionen. Wenn du dran bist, dann darfst du meine Stimmung ein bißchen mit Wolken zuhängen, meine allzu handfesten Töne abdunkeln.«

Keo zögerte. »Du meinst, du willst, daß ich mich zurückhalte.«

Dew lächelte. »Ich will ... Poesie. Zieh deiner Trompete die Zähne. Tu einfach so, als wär's die Möse von deiner Allerliebsten.«

Keo wurde deprimiert, er fürchtete, Dew hätte ihn vielleicht überschätzt.

»Nein, nein«, meinte Dew. »Dich muß man nur ein bißchen ölen, du brauchst mehr Übung.«

Als sie eine Pause machten, erklärte er, wen er für die Band zusammengetrommelt hatte. Honey Boy Lafitte, einen halbblinden Mann, der Klavier spielte wie ein Wahnsinniger. Slow Drag Madeira, der am Baß sein Comeback machte, nachdem er das Heroin drangegeben hatte. Slamming Sunny Danilo, der überall in Storyville die Schlagzeuge zertrümmerte. Dew am Saxophon. Und Keo. Und später vielleicht eine Posaune oder eine Tuba.

»Hab gedacht, wir nennen uns Dew Baptiste's Persuasion Jazz Band. Das geht richtig schön von der Zunge.«

Zum Aufwärmen spielten sie die ersten Takte von »Honeysuckle Rose«, warfen sich den Refrain zu, hin und her. Nach zehn Minuten blendete sich Keo aus, ließ Dew hineingleiten. Als er ihn dabei beobachtete, wie er loslegte, das afrikanische, spanische und kreolische Blut, die hohen Wangenknochen, die scharf gezeichneten, sich blähenden Nasenflügel, da erhaschte er einen Blick auf den wahren Dew Baptiste.

Dew hatte mit großen Bands gespielt, in Chicago, in St. Louis, in Kansas City. Er konnte mit seinem Saxophon ganze Städte von der Landkarte blasen, aber dazu war er nicht geboren. Sein Ton war äußerst persönlich, sein Spiel subtil, hatte zu viele Schattierungen. Niemals hätte er mit anderen Saxophonspielern verschmelzen können. Er verließ alle Bands, weil er die Regeln, die sie aufstellten, nicht mochte.

»Wer sagt denn, daß das Tempo immer gleich sein muß?« fragte er. »Wer sagt denn, daß Jazz, der langsam anfängt, auch langsam bleiben muß? Oder wenn er schnell anfängt, immer weiterrasen muß? Wer sagt denn, daß Akkorde immer abgehackt sein müssen?«

Jetzt begriff Keo ihn als den echten Jazzer, der sich eigene Regeln und eigene Rhythmen schuf. Sogar wenn das bedeutete, daß er allein in einem winzigen Zimmer spielen mußte und dort Töne blies, die so makellos rein waren, daß sie einem wie Nadeln unter die Haut gingen.

Plötzlich legte Dew eine andere Gangart ein, langsam wuchs die Erregung. Er arbeitete das Thema weiter aus, baute eine schreckliche Spannung auf, so als würde er nie im Leben von dort zurückfinden. Aber er schlug immer eine Brücke nach seinen Improvisationen, fand beinahe wie durch Zauberhand nach Hause, und die Töne waren immer noch makellos und rein: »*Your confection, goodness knows, Honeysuckle Rose ...*«

Später hatte Keo seinen ersten Auftritt in Storyville: in einem maßgeschneiderten Anzug – ein bißchen zu lang, weil Dew größer war –, mit spiegelblank geputzten Schuhen, das krause Haar mit Pomade geschniegelt. So viele wunderbare Hautschattierungen: Gelbtöne, Teebraun, sattes Mahagoni, rötliches Kastanienbraun, Nerzbraun. Glattes Schwarz mit bläulichem Schimmer, und dann das echte, das majestätische Ebenholz – es kam in einem weißen Anzug mit weißen Gamaschen auf sie zu geschlendert. Honigbraune Frauen lächelten, wiegten sich in den Hüften. Dew schien sie alle zu kennen. Er geleitete Keo sicher durch die Fluten aus Hitze und Moschus, redete ihm mit väterlichen Worten gut zu.

»Diese Stadt hier ist verführerisch und gerissen. Manch einer wird die Angel nach dir auswerfen. Regel Nummer eins: Heroin bringt dich um. Ab und zu einen Joint, das ist o.k.. Regel Nummer zwei: Huren machen dich krank. Nimm die, die ich dir bringe.«

»Dew, die haben gesagt, du bist ein Zuhälter ...«

Er trat einen Schritt zurück und lachte. »Hölle nochmal, sogar Satchmo hat so angefangen, hat sich von den Mädels seinen Anteil ausbezahlen lassen.«

Weit nach Mitternacht führte er Keo in einen Klub mit einer winzigen Bühne, auf der eine wild zusammengewürfelte Band spielte.

»Den Trompeter nennen sie Buddha.«

Der Mann war quittengelb und hatte eine Glatze und durchdringende Schlitzaugen. Seine Lippen waren weich und schlaff, wie welke Blütenblätter, auf den Hängebacken lag ungeheure Müdigkeit. Er war unglaublich dick, winzig lag ihm die Trompete in der Pranke. Doch ehe er sie überhaupt zum Mund führen konnte, fürchtete Keo ihn schon. Buddha lächelte, streckte dem Publikum eine rauhe, violette Zunge heraus, die er obszön schlängeln ließ.

Die Band bestand aus fünf Musikern – Trompete, Tenorsaxophon, Gitarre, Baß, Klavier. Eine »Ohrenband«, nirgends gab es Notenblätter, auswendig gelernte Arrangements. Einer rief den Titel eines Songs, und dann legten sie los, glitten in den Refrain und wieder heraus, improvisierten abwechselnd, und keiner hetzte den anderen. Buddha ignorierte sie alle, spielte bei den ersten drei Songs gar nicht mit. Dann trat er mitten in »Sweet and Lovely« einen Schritt vor, schnippte mit den Fingern den Takt, wartete, bis er an der Reihe war. Mit beinahe schmerzverzerrtem Gesicht hob er die Trompete an die Lippen und blies dann nervöse, schartige Töne, die Keo bis in die Zahnplomben weh taten.

Keo beobachtete, wie der Mann kam und ging, wie er sich dem Refrain näherte, wieder davonflitzte. Er begriff, daß dieser Buddha nicht den Refrain spielte, nicht einmal den Song. Vielmehr lauerte er dem Song auf, spielte Tarnfarben, die ihn unsichtbar machten, während er seinen Überfall vorbereitete. Dann spielte er den Mississippi, tanzende Paare, Sex auf dem Flußdampfer, eine junge ertrinkende Hure, ein Mädchen mit einem süßen, lieblichen Gesicht. Da! Da war wieder der Refrain. Aber er spielte ihn tragisch, spielte, als wäre er der Fluß selbst. Er war dieses Mädchen.

»Erzähl's uns, Buddha, erzähl's uns!«

In dem winzigen Raum hämmerten die Leute auf die Tische, sprangen auf und tobten. Der Riese spielte weiter, entflammte das Lokal mit anklagendem Wahnsinn, und seine Trompete verschwand beinahe in seinem ungeheuren, teigigen Schwabbelbauch. Er flitzte davon und verschwand, spielte jetzt leise und intim, die

Töne glitten über die Flußdämme hinweg, streiften die weißen Schultern der Magnolien, zerteilten den Dunst des Deltas. Süß und lieblich, gewiß. Wenn die Menge das Gefühl hatte, bei ihm zu sein, ihn eingeholt zu haben, den nächsten Ton vorhersagen zu können, dann spielte er ihnen plötzlich Ragtime – alte, steife, punktierte Achtel und Sechzehntel – und glitt dann unmerklich in den glatten linearen Rhythmus des Swing hinüber.

Er machte das so glänzend, daß sie ihm vergaben, von seinem lang ausgedehnten Solo wie betrunken waren. Er zerrte sich die Trompete von den Lippen, war nur noch ein bebender Bergrutsch, und dann spielte die Band um ihn herum weiter und gab ihm den Rest. Irgend jemand schob ihm einen Stuhl unter den Hintern. Der Buddha beachtete ihn nicht, wischte sich den Schweiß vom violett angelaufenen Gesicht, hob die fetten Arme, japste zerfetzte Luftnetze ein und blies wieder. Leuchtend rot funkelten seine Augen, so als müsse ihm das Herz bersten. Immer noch hatte er alles ungeheuer fest im Griff, waren seine Rhythmen makellos ehrlich. Noch lauschte die Menge den letzten Klängen von »Sweet and Lovely«, die in seinen Lungen hängengeblieben waren. Er erzählte eine Geschichte, viele Geschichten, steigerte sich bis zum Höhepunkt.

Keo saß wie gelähmt da. Das war ein Jazzer allerersten Ranges, ein anatomisches Wunder wie ein großartiger Sportler, ein Mann mit beinahe übermenschlicher Kontrolle und Bandbreite, beinahe eine bizarre Karikatur, einer, der zum Himmel aufsteigen und schweben konnte wie ein Engel. Das hier war ein Musiker, der sich Nacht für Nacht in Lebensgefahr begab, weil er nicht aufhören konnte oder nicht aufhören wollte. Eines Tages würde man seine Lunge aus der Trompete zerren müssen. Schließlich schleppte sich der Buddha von der Bühne, dampfend, wilde Gerüche verströmend. Keo ließ den Kopf hängen, war völlig benommen.

Draußen auf der Straße wischte er sich übers Gesicht. »So wie der werde ich nie spielen.«

»Du sollst auch nicht so spielen wie der«, erwiderte Dew. »Der hängt an der Nadel, kapiert? Außerdem hast du eine ganz eigene Sorte Wildheit. Du mußt nur ein bißchen lockerer werden – dich in eine dumpfe Trance fallenlassen.«

»O Mann, red nicht so wirres Zeug, ich versteh kein Wort.«

Sie setzten sich in eine andere Bar. Dew schlürfte Pink Gins wie ein Dandy, bläulich schimmernde Fingernägel an den langen eleganten Fingern. Seine langsame Art zu sprechen klang aalglatt und weich; er redete bewußt noch langsamer, damit Keo ihm folgen konnte.

»Also gut, stell dir vor, du bist ein alter Mann, der sein ganzes Leben lang nur Bücher gelesen hat. Und du mußt all diese Bücher wieder einsammeln und rückwärts lesen, damit dein Kopf wieder so wird wie bei deiner Geburt. Leer. Sauber. Wir wollen nämlich an das rankommen, was vor deinen Gedanken da war.«

Keo beugte sich vor, versuchte, alles in sich aufzunehmen.

»Hulamann, du glaubst immer noch, Jazz ist Musik. Er ist alles mögliche, bloß keine Musik. Jazz ist Jazz, kapiert? Wenn du spielst, dich in deiner eigenen Landschaft verirrst, Töne bläst, die du nie zuvor gehört hast, vielleicht Töne, die du nie wieder so spielen wirst, dann geht's nicht darum, ob das guter oder schlechter Jazz ist, sondern darum, ob es sich überhaupt lohnt, das anzuhören. Du mußt anfangen, dich irgendwie als ... Hüter der Klänge ... zu sehen.«

Nachdenklich nippte Keo an seinem Drink. »Du meinst ... ich muß mich fragen, sind diese Klänge es wert, daß man sie anhört? Oder sind sie es nicht wert? Oder sind sie es einfach nur wert, daß man sie ...«

»Verwirft. Genau. Blitzschnelle Entscheidungen.« Um das Gesagte zu betonen, sprach Dew noch langsamer. »Also, was, wenn du rumblödelst, Experimente machst, wenn du da einen Ton bläst, aus dem vielleicht sogar etwas Glänzendes werden könnte? Das dein ganzes Selbstbewußtsein untergraben könnte, weil du der Sache am Ende doch nicht gewachsen bist. Was machst du dann?«

Keo schüttelte den Kopf.

»Sieh mal, darüber mußt du dir klar werden, wenn du spielst. Über das moralische Dilemma. Du mußt es dir vorher überlegen. Beim Jazz schwebt alles ständig in Gefahr, ausgelöscht zu werden. Du darfst nicht sentimental werden, mußt immer cool bleiben, Abstand wahren, auch vor dir selbst.«

Keo starrte ihn an. »Wie bist du bloß so gescheit geworden?«

Dew überlegte kurz und antwortete dann ganz leise: »Meine Mama und mein Papa haben ihre Lungen der Baumwolle geopfert. Als kleine Pächter. Bevor sie starb, hat Mama gemeint: ›Tu nie nich knausern. Nie nich klein beigeben. Bloß nicht ganz unten im Haufen bleiben.‹ Da bin ich also nach Norden gegangen und habe mir ein paar Helden gesucht, die mir das Denken beigebracht haben.«

Keo blickte so neugeboren und ängstlich drein, daß Dew ihn trösten wollte.

»Ich bin gar nicht so clever. Ich mache viele Fehler. Und manchmal wirst du mich von ganzer Seele hassen. Mich umbringen wollen. Aber manchmal mach ich dich mit meinem Saxophon fix und fertig. Oder der Schlagzeuger macht's oder der Bassist. Aber an anderen Abenden haust du *uns* in die Pfanne, zerrst du uns die Musik aus den Eiern. Du hast's in dir, Hulamann, das darfst du nie vergessen.«

Als sie wieder auf der Straße standen, bot ihm Dew ein Mädchen an, eine honigbraune Schönheit. Keo lehnte ab, und Dew trollte sich mit zwei Frauen. Keo wälzte sich im Bett hin und her, träumte von einem gespenstisch ruhigen Meer; jetzt schien sich das Land unter ihm zu heben und zu senken. Mittags rüttelte ihn Dew wach und zerrte ihn aus dem Bett.

»Okay. Dann wollen wir mal ein bißchen Dogma an die Wände blasen.«

In den späten zwanziger Jahren waren die meisten ehrgeizigen Jazzer von New Orleans nach Chicago, St. Louis oder Kansas City gegangen. Jetzt, in den späten dreißiger Jahren, lebte das Interesse an dem ursprünglichen New Orleans Jazz wieder auf, der nicht so verführerisch aalglatt war wie die Musik der Big Bands. Es war der Jazz der rauhen, rücksichtslosen Männer, die schnauften und Fehler machten, von wildem Hunger getrieben, manchmal sogar von Genie.

Dew Baptiste's Persuasion Jazz Band hatte diesen echten, wahrhaftigen Klang. Langsam machten sie sich einen Namen, spielten am Anfang für Drinks und ein Abendessen in kleinen Bars am Perdido. Huren, die Dew kannte, brachten ihre Freier mit. Fans von Slow Drag Madeira stellten sich ein. Manche kamen aus Neugier, weil ihnen zu Ohren gekommen war, daß der Trompeter ein »Hexenmeister« aus einem Ort namens Ho-no-lu-lu war.

Als sie beliebt genug waren, bekamen sie auch einen Anteil an den Eintrittsgeldern. Zwischen den Auftritten übten sie den ganzen Tag, gingen dann für verschiedene Abendjobs getrennte Wege. Als sie schließlich einen Wochenendgig im Moulin Rouge am anderen Flußufer in Algiers hatten, standen die Leute schon Schlange.

Manchmal blieben die Paare, die sich über die Tanzfläche schoben, stehen, waren völlig verzaubert von Honey Boy Lafitte, der halbblind am Klavier tobte wie ein Wilder. Oder sie ließen sich von Slow Drag sanft einlullen, der seinen Baß umarmt hielt und reife, vollmundige Akkorde herauspflückte, die schimmerten wie Rubine. Dew und Keo spielten verschlungene Ensembles, bewegten sich beinahe unmerklich in einem improvisierten Kontrapunkt aufeinander zu, glitten wieder heraus. Dann hob Dew mit seinem Saxophon ab, mit eleganten, tiefsinnigen Klängen, die stets leise ausschwebten, in einem letzten Stöhnen vergingen.

Keo lernte mit seiner Trompete sparsam umzugehen, aber tief in seinem Inneren verspürte er immer noch das dringende Bedürfnis zu schreien, und von Zeit zu Zeit erlaubte Dew es ihm. Manchen Abend hob er die Trompete an die Lippen und hielt inne, erfüllte den ganzen Saal mit einer angespannten Erwartung, die beinahe schon an Furcht grenzte. Dann warf er den Kopf zurück, ließ die Trompete hoch über sich aufragen, spielte ein halbes Dutzend Refrains mit glühender Intensität. Manchmal war das, was er blies, kein Ton mehr, bewegte sich außerhalb der Klangwelt, war vielleicht nur eine neue Atemtechnik. Und manchmal war, was er blies, tragisch und logisch.

Die meisten Leute hatten noch nie etwas von Honolulu gehört. Sie wußten nur, daß Keo von weit weg, von einer Insel kam. Aber wenn er so spielte, dann erzählte er den Negern die bittere Verzückung ihrer Geschichte und ihrer Gegenwart, in der sie sich noch immer vor dem weißen Mann beugten, noch immer unter seinen Augen geduckt vorbeischlurften. Er spielte ihnen die Wahrheit vor: von den Bordellen in der »Hinterstadt«, von den Straßenprostituierten, von den Puffs in Storyville, in denen zwölfjährige Mädchen lagen, von den Amüsierpalästen der Achtelnegerinnen, wo nur die reichsten Männer Einlaß fanden – denn wie sonst konnte sich ein Negermädchen seinen Lebensunterhalt verdienen?

Keo spielte ihnen den Nachhall der Straßenparaden, der Dixieland-Bands, der stolz marschierenden Kapellen, Klänge aus anderen Regionen – schmerzhafte Melodien, schmutzige Melodien, den Blues. Und dann den »Hot Blues«, die Wiege des Jazz. Er spielte ihnen die Wah-Wah-Klänge von King Oliver mit dem glasigen Schielblick. Er war der Mentor von Louis Armstrong gewesen, der Gründervater des Jazz, und war doch zahnlos als Hausmeister eines Billardsalons gestorben. Keo blies und kreischte ihnen von ungebärdigem Stolz, davon, daß sie ihre Geschichte überlebt hatten, daß sie der Welt diese einzigartige und geniale Sache geschenkt hatten, den Jazz.

Eines Nachts kam er bei den letzten Schluchzern eines Solos ins Taumeln, er war schweißblind, Hemd und Hose waren triefnaß, die Schuhe quatschten feucht wie Galoschen. Er hörte mit einem großen auffliegenden Jaulen auf, das weiter und weiter hinaufkletterte, so daß die Leute schon die Arme in die Luft werfen und sich ergeben wollten. Dann stürzte er sich endlich in die Tiefe, ließ sie ungläubig erstarren. Als er fertig war, den Kopf senkte, die Trompete an seiner Seite herabhängen ließ, umbrandete ihn ohrenbetäubender Applaus.

Erschöpft stand Keo da und dachte: *Aber so gut wie Buddha war ich nicht.*

Maka Kilo, Mako Kihi

Aus dem Augenwinkel genau beobachten

An einem Wochenende lieh sich Dew einen Wagen, und die Band fuhr nach Gulfport, Mississippi, und spielte im Great Southern Hotel. Die durchwegs weißen Zuhörer huldigten ihnen mit stehenden Ovationen, aber dann waren die Musiker gezwungen, ihre Mahlzeiten am Straßenrand einzunehmen, zusammengepfercht im Auto zu schlafen. In den Hotels und Restaurants war »Farbigen« der Zutritt verboten.

Genauso war es in Biloxi. Sie lebten praktisch im Auto, wuschen sich in Bächen, spürten »Farbige« auf, die ihnen die Anzüge bügelten. In Mobile, Alabama, spielten sie in der Tick Tock Dance Hall und mieteten sich ein leeres Zimmer in der Negerabteilung. Es war Winter, und sie schliefen auf dem Fußboden, fünf bibbernde Männer Seite an Seite, in Mantel und Schuhen und mit Hüten auf dem Kopf. Zwei Nächte lang lag Keo frierend da, zutiefst schockiert.

Die gleichen Weißen, die ihnen abends applaudierten, pöbelten sie bei Tag an, gingen in Dreierreihen durch die Straßen und zwangen sie, in die Gosse auszuweichen. An ihrem letzten Morgen in Mobile betrat Keo eine Snackbar, Karl's Kozy Korner. Er ließ sich erschöpft auf einen Barhocker fallen und lächelte die Blondine hinter der Theke an.

»Einen schwarzen Kaffee und ein Doughnut mit Marmelade, bitte.«

Flirtend lehnte sie sich zu ihm über die Theke. »Du bist aber ganz schön mutig, Junge. Wenn dich mein Papa hier erwischt, zieht er dir bei lebendigem Leib die Haut ab.«

Wie erstarrt saßen vier weiße Gäste auf ihren Hockern. Dann regte sich etwas hinter dem Mädchen. Später begriff Keo, daß es die Reflexion in dem Spiegel hinter ihr gewesen war, ein großer Mann, der sich ihm von hinten näherte, mit einem schweren Gegenstand ausholte. Betäubender Schmerz in der Schulter. Schwärze, Schreie. Auf der Straße kam er zu sich, den Mund voller Kies, während der weiße Mann weiter brutal auf ihn eintrat.

»Dreckiger Nigger... Spaziert hier einfach rein, am hellichten Tag! Und macht meine Tochter an!«

Eine Menschenmenge lief zusammen, wieder wurde der Baseballschläger geschwungen. Irgend jemand hielt ihn mitten im Schwung auf. »Hier nicht, Jake. Das ist einer von den Niggern aus dem Tick Tock. Warte, bis die heute abend mit dem Spielen fertig sind.«

Ein Stiefel krachte auf Keos Brust, er atmete Dreck und Glasscherben ein. Dew kam mit dem Wagen angefahren, stand inmitten der wütenden, aufgebrachten Menge und entschuldigte sich: »Jawohl, Sir. Jawohl, Sir.«

Er packte Keo in den Wagen und fuhr langsam und sehr vorsichtig los. »... völlig verrückt geworden? Hab ich nicht gesagt, paß auf, paß bloß auf, sag ich das nicht, seit wir aus New Orleans weg sind? Bist du taub? Bist du völlig meschugge?«

Keo krümmte sich vor Schmerzen. »Ich habe gedacht, Rassentrennung, das gilt nur für Busse und Hotels ...«

»Das gilt für *alles*. Karl's Kozy Korner. KKK! Kapierst du's immer noch nicht?«

Er riß das Lenkrad nach links und nach rechts, fuhr wie ein Wahnsinniger. Innerhalb von zehn Minuten hatte die Band ihre Sachen im Wagen verstaut. Leise, still und heimlich verließen sie die Stadt und den Staat Alabama. Sie tankten in Mississippi, pinkelten in den Wäldern und fuhren ansonsten schnurstracks durch bis New Orleans. Rippen gebrochen, Schulter gebrochen. Dew erklärte ihm, er hätte noch Glück gehabt, erzählte ihm, was die mit ihm gemacht *hätten*, wenn sie ihn nach Anbruch der Dunkelheit erwischt hätten.

Keo wurde vorsichtig. Enttäuscht und von Heimweh geplagt spazierte er manchmal abends durch die Jane Alley, wo Satchmo geboren war. Er setzte sich vor dem Haus auf die Bordsteinkante. Der große Louis Armstrong, dessen Mutter ihm aus Abfallresten Essen gekocht hatte. Ihm Schuhe aus alten Gummireifen gemacht hatte. Ein Mann, der mehr Seele und Genie besaß, als alle anderen Jazzmusiker zusammen, und doch nannten sie ihn im Süden immer noch »Nigger«. Der Gedanke an Satchmo beflügelte Keo, bestärkte ihn in seinem Entschluß, weiterzustürmen.

Keo schaute sich Dews Stil ab – Anzüge auf Taille, zweifarbige Golfschuhe, Krawattennadeln – und sah flott, ja sogar elegant aus, wenn sie in Lulu Whites Bordell und in der Mahogany Hall auf der Basin Street spielten. Jeden Abend kleidete er sich so sorgfältig an wie ein Priester fürs Hochamt, mit messerscharfen Bügelfalten und blendendweiß gestärkten Manschetten. Dann betrat er die Bühne und zerriß sich, stand schließlich völlig aufgelöst da, ohne Schuhe, das Hemd zerfetzt, der Anzug triefnaß, sein vormals geschniegeltes Haar stand ihm zu Berge. Die ersten Gagenschecks gab er nur für Kleidung aus.

Ein Talentsucher einer Plattenfirma aus dem Norden organisierte eine Aufnahme und stellte Keo fünf Meter vom Mikrophon entfernt auf. Doch noch immer übertönte seine Trompete alles andere. Bei »Body and Soul« verfiel Keo in Trance, spielte zwanzig Refrains, ehe Dew ihn unsanft aus seiner Verzückung weckte.

Der Talentsucher beschwerte sich: »Der Typ ist zu wild. Den kann man ja gar nicht runterfahren. Der mischt sich nicht.« Die Plattenfirmen ließen sie links liegen.

Keo empfand sich als Versager, spazierte durch die Straßen und landete in Chinatown. Winzige Läden mit gerupften Enten, alte Männer mit tätowierten Pfingstrosen auf den Füßen, die da saßen und *Fan-Tan* und *Mah-Jongg* spielten. Er setzte sich in eine Teestube, wo ihm ein Mädchen *oolong* servierte. Er roch Salz und Fisch und *jook* und schloß die Augen, spazierte in Gedanken durch die Kalihi Lane. Mama flirtet mit dem *Poi*-Mann, die Tasche mit der violetten Paste fest an sich gedrückt. Die Palama-Jungs von gegenüber singen mit Fistelstimme. Das Schnarchen von Mr. Kimuro zu seiner Linken, der seine Antwort auf die pfeifenden Schnarcher von Mr. Silva zu seiner Rechten grunzt.

Und jenseits der Gasse das Viertel Kalihi. Lee Sus Bäckerei mit den rosa und grünen *mochi,* Kalanas Imbiß mit frischem *laulau* und *limu*-Reis. In Jokios Fischgeschäft tanzen die Aale. Und dann hinter Kalihi noch Honolulus Chinatown – Nähmaschinen rattern in den Türeingängen, Frisörscheren klippklappern auf der Straße. An den Metzgerständen Girlanden aus Eingeweiden, Schüsseln mit Schweinebacken. Rosa geflammte Kaldaunen.

Und irgendwo in den Heights ist Sunny. Keo ließ den Kopf hängen, versank in den dunklen Seen ihrer Augen. Das Aroma der Guaven auf ihren Lippen, ihr seilstraffer Körper, den er erklommen hatte. Sunny, die ihn in die Welt hinaus geschoben hatte, ihn mit ihrem wilden, ekstatischen Beben elektrisch aufgeladen hatte. Doch sie war eine überaus nachlässige Korrespondentin. Jede Woche schrieb er ihr und erklärte, daß das Geld nur sehr langsam in die Kasse tröpfelte. Er selbst dagegen bekam höchstens einen Brief pro Monat, und in der Zwischenzeit zermarterte er sich das Hirn – sie hatte es sich anders überlegt. Hatte einen reichen, hellhäutigen Mann kennengelernt.

Wenn ihre Briefe kamen, gaben sie ihm neuen Schwung, er spürte förmlich, wie im gut geölten Motor seines Nackens und seiner Schultern ein höherer Gang eingelegt wurde, er bewegte sich mit größerer Dringlichkeit. Sie büffelte Französisch. Sie verkaufte ihren Schmuck, sparte jeden Pfennig. Ihre Briefe weckten in ihm die Sehnsucht nach Berührung, machten ihm die Einsamkeit beinahe unerträglich. Dew schleppte ihm Mädchen in allen Hautschattierungen an, aber stets wandte sich Keo ab.

Und doch liebten die Frauen ihn, wenn er Trompete spielte. Sie kamen in die Kaschemmen, die Strümpfe vollgestopft mit Dollars, und hörten ihm die ganze Nacht zu. Sein Name, Hulamann, seine seltsame Herkunft aus dem Pazifik, die Tatsache, daß er niemanden zu begehren schien, weder Mann noch Frau, all das machte sie neugierig. Die Frauen verrenkten sich den Hals nach ihm, starrten auf seine Trompete, nachdem er sie mit Händen und Mund bearbeitet hatte. Während einer Pause kam einmal eine Frau zum

Podium, beugte sich herunter und beschnüffelte seine Trompete Zentimeter für Zentimeter. Eine andere stahl ihm das Mundstück.

Die Band drängte weiter, war immer auf dem Sprung, immer hungrig. Wenn die Plattenfirmen sie nicht wollten, sagte Dew, dann würden sie, verdammt noch mal, ihre eigene Aufnahme machen. Sie liehen sich ein Mikrophon, ein Aufzeichnungsgerät und Plattenrohlinge und bauten alles in einem leeren Zimmer auf. Als sie sich die Platte anhörten, klang alles sehr rauh und blechern. Sie organisierten eine zweite Aufnahme, mit zwei Mikrophonen.

Diesmal kreischten ihnen keine Talentsucher dazwischen, diesmal dirigierte sie niemand mit Kopfhörern auf dem Kopf hin und her wie dressierte Affen, und diesmal war Keo ganz locker und entspannt. Er konnte immer noch nicht besonders gut Noten lesen, und nicht alle Töne, die er spielte, waren richtig. Aber bei den geschmeidigen Variationen von »Am I Blue« war seine Oberstimme perfekt, sein Ansatz direkt und drängend. Ein kleiner Blick, ein winziges Zeichen von Dew, und er wußte, wann er sich zurückhalten mußte, wann er elegant aus dem einen Refrain zum Solo des nächsten Spielers hinübergleiten mußte. Alle Songs schienen ihnen so mühelos, daß sie ohne Pause neun Nummern durchspielten. Als sie fertig waren, wußten sie, daß sie eine Platte gemacht hatten. *The First of Persuasion*.

Wochen später, nachdem er überall um Geld gebettelt und den Hut hatte herumgehen lassen, arrangierte Dew eine weitere Aufnahme in einem holzgetäfelten Saal mit idealer Akustik. Der erste Abend war für die Probe vorgesehen, der zweite für die eigentliche Aufnahme. Aber sie spielten so konzentriert – »Tiger Rag«, »I Should Care«, »St. James Infirmary«, »That's My Home«, »Mahogany Hall Stomp«, »Nobody's Sweetheart« –, daß sie gar keinen zweiten Abend brauchten. Dew klapperte die Radiosender ab, aber die DJs vor Ort waren Weiße, und wenn sie überhaupt »farbigen« Jazz spielten, dann wollten sie nur Louis Armstrong. Dew schickte die Platte an Sender in New York, Chicago, Kansas City. Nach ein paar Monaten rief er nicht mehr dort an.

Manchmal sah Dew Sax-Spieler im Publikum, die seine Kompositionen klauten, sich Melodien auf den Manschetten notierten. Er begann die Klappen seines Saxophons beim Spielen mit einem

Taschentuch zu verdecken, damit niemand seinen Griffen folgen konnte. Eines Abends äffte ihn Honey Boy nach, drapierte ein Laken über seinen Kopf und die Tasten. Bläser begannen Keo und Dew zu folgen, sprangen auf die Bühne, forderten sie zum »Wettspiel« heraus, Trompete gegen Trompete, Saxophon gegen Saxophon. Dew konnte sich behaupten. Kein Tenorsaxophon in ganz New Orleans konnte es mit der Schönheit und dem Erfindungsreichtum seines Spiels aufnehmen.

Und Keo: Es gab bessere Trompeter mit größerer Fingerfertigkeit, aber seine rauhen Klänge, seine sich hoch aufschwingenden Höhenflüge, seine fantastischen Spitzentöne ließen alle Herausforderer erblassen. Er hörte, wie ein anderer sein Instrument beherrschte, hörte jemanden lyrisch spielen und wurde wütend. Diesen Zorn blies er durch die Trompete in die Welt hinaus. Manchmal schaffte er ein hohes F, hielt es so lange, daß man munkelte, hier sei ein Mann aufgetaucht, der Lungen wie Satchmo hatte, allerdings nicht dessen Selbstbeherrschung und kaum die nötige Geduld zum Notenlesen.

Dew nahm ihn in Schutz. »Na ja, vom Blatt spielt er abgrundtief schlecht, aber er hat das absolute Gehör. Der Typ erwischt die Tonart von 'nem Furz haargenau.«

Es gab Männer, die Keo wirklich fürchtete. Wenn er die Musik der Giganten aus dem Norden hörte – »Red« Allen, Buck Clayton, Roy Eldridge –, dann wußte er, daß er diese Genialität niemals erreichen würde. Doch er hatte die Fähigkeit, in seine Musik jeden Klang einzubeziehen, den er je vernommen hatte – Beethoven, Wagner, das rauhe Knurren und Bellen von Bessie Smith, Werbespots für Getreideflocken, Bierreklame, das Beten und Fluchen der Neger, die dahockten und Glücksspiele machten – *Cooncan*, Pitty-Pat. Er begann seine Grenzen auszuloten, begriff, wo er nur vom Genie anderer borgte. Dieses Wissen war sein dunkles Geheimnis, der Ton, den er mit äußerster Vorsicht ausließ.

Einmal saß eine Gruppe von Schlägertypen im Abendanzug in der Nähe der Orchesterbühne. Nachdem Keo zwölf Refrains lang Solo gespielt hatte, zog er sich ein wenig zurück und überließ Slamming Dunlow und seinem Schlagzeugsolo das Feld. Einer der Weißen nahm Blickkontakt mit Keo auf und rieb sich ein paarmal die Nase. Keo schaute weg. Später, an der Bar, rückte ihm der Leibwächter des Typen auf die Pelle.

»Wenn Bateau Creole so macht«, er rieb sich die Nase, »dann heißt das, er will mehr. Mehr Bläser.«

Auch während des zweiten Sets rieb sich der Mann erneut die Nase. Die Band beachtete ihn nicht. Als Keo wieder hinunterschaute, hatte Bateau Creole einen Revolver vor sich auf dem Tisch liegen. Dew übernahm hastig ein Solo, ließ das Saxophon hoch über seinem Kopf tanzen. Als der Mann sich wieder die Nase rieb, ließ Keo acht Refrains »Just a Gigolo« folgen und blies so kräftig, daß ihm der Dämpfer aus der Trompete schoß und quer durch den Raum flog. Der Typ mit der Knarre war begeistert. Um drei Uhr morgens, als Dew und Keo den Klub verließen, führte das Rauhbein sie zum Fond seines Cadillacs.

»Als Zeichen meiner Wertschätzung.« Bateau Creole schüttelte ihnen die Hand und stopfte ihnen Hundertdollarscheine in die Taschen.

Er war klein und blaß und hatte ein Rattengesicht. In einem Vorderzahn blitzte ein Rubin. Seine schleppende Sprache klang ziemlich kultiviert. »Ihr Jungs seid sehrrrr gut. Ich liebe guten Jazz. Ich habe selbst einmal Geigenstunden gehabt, jawohl.«

Er sagte, er würde gern ihr Manager werden.

»Was soll das bedeuten?« wollte Dew wissen.

»Nun, es soll keineswegs heißen, daß ich euch vorschreibe, wo und was ihr spielen sollt. Es könnte bedeuten, daß ich euch die Menschen in hellen Scharen ranschleppe. Ich kann euch berühmt machen.«

»Und was müssen wir dazu tun?«

»Einfach nur spielen. Ich komme und höre euch zu. Ab und zu«, er rieb sich die Nase, »könntet ihr für mich ein paar Extra-Solos einlegen.«

Dew beugte sich vor. »Kennen Sie DJs?«

»Na klar.« Er lächelte. »Habt ihr Jungs eine Platte gemacht?«

»Zwei. Die DJs spielen sie nicht. Der einzige ›Farbige‹, den die wollen, ist Satchmo.«

Bateau Creole lächelte. Sein Rubin blitzte. »Schickt mir eure Platten. Und überlaßt den Rest einfach mir.«

Und wenn er ihnen Auftritte besorgt hatte, tauchte er danach immer mit Männern im Smoking und wunderschönen Mulattinnen auf, ließ »seinen Jungs« Champagner auf die Bühne bringen. Manchmal waren sie gerade dabei, die Nummer vor der Pause zu Ende zu bringen, als sich Bateau die Nase rieb. Dann atmeten sie tief durch und musizierten, bis sie umfielen. Einmal ließ er sie dreißig Stunden durchspielen, die ganze Nacht bis zum nächsten Abend. Jedesmal, wenn sie dem Zusammenbruch nahe waren, ließ er ihnen Essen und Schnaps bringen. Als alles vorüber war, kam er auf die Bühne gestürmt, stopfte ihnen Geldscheine in die Taschen, in die Ärmel, sogar in die Socken.

Dew begann sich Sorgen zu machen. »Dem Typ ist Musik völlig egal. Den interessiert nur Macht.«

Keiner hörte ihm zu, alle waren viel zu sehr damit beschäftigt, ihre Hundertdollarscheine zu zählen. Keo saß auf dem Bett, das geschniegelte Haar mit einem Tuch bedeckt, und bündelte seine Bargeldhaufen mit Gummiringen. Einen für Papa und Mama. Einen für Malia und die Brüder. Ein Bündel für Sunnys Überfahrt nach New Orleans. Als es an der Tür klopfte, lehnte er vom Bett herüber und machte auf. Dew betrachtete die kleinen Geldbündel, beugte sich zu ihm herunter und fegte sie alle zusammen.

»Denk nicht mal im Traum dran, was immer du auch damit vorhast. Das Geld kommt auf die Bank, wie meins auch.«

Er stopfte sich die Scheine in die Tasche und wollte gehen. Keo schleuderte ihn so heftig gegen die Wand, daß der Spiegel einen Sprung bekam.

»Ich hab dich wirklich gern, Mann, aber ich bin nicht dein Nigger. Das Geld gehört mir. Seit dem Tag meiner Ankunft schufte ich dafür.«

»Du wirst alles verderben. Wie immer.« Langsam stand Dew auf und zog die Geldbündel aus der Tasche. »Was ist das hier? Entwickelst du dich zum Menschenfreund?«

»Ich habe eine Familie. Verantwortung. Ich habe vor, irgendwann einmal nach Paris zu gehen, das hab ich dir doch gesagt. Mit uns geht's nicht voran. Die Band kommt nicht weiter.«

»Das dauert. Bateau hat Verbindungen.«

»Bateau ist ein Gangster.«

Dew ließ sich wieder gegen die Wand sacken. »Ja, darüber habe ich auch schon nachgedacht. Eine falsche Bewegung, und wir landen im Fluß.«

Ein Jahr war vergangen. Keo lebte immer noch von der Hand in den Mund. Und Malias Briefe machten ihm Sorgen.

... Das US-Militär baut immer mehr Kasernen und Startbahnen ... Sunnys Vater ist sehr nervös, hat Angst, seinen Job zu verlieren, wenn die Leute vom Verteidigungsministerium zu Tausenden hier ankommen. Er läßt es an ihrer Mutter aus. Sunny wirft sich dazwischen ...

Er hatte so ein schlechtes Gewissen, daß er noch mehr Geld nach Hause schickte. Dann wachte er immer öfter um drei und vier Uhr morgens auf, mit klopfendem Herzen, schweißgebadet. Er dachte an Sunny, die ihrem Vater schutzlos ausgeliefert war. Er stellte sich vor, wie der Mann sie schlug, sprang schreiend auf, fast blind vor Schmerz wegen der verletzten Schulter. Er stand im Dunkeln in seinem winzigen Zimmer, bis sein Körper zu zittern aufhörte, bis sein Atem nicht mehr keuchend kam. Er dachte an Sunnys helle, honiggelbe Haut, an ihre wunderschönen Mandelaugen. Hier würden sie sie Mulattin nennen. Auch hier wäre sie in Gefahr. Er schrieb ihr, erklärte ihr, daß sie in New Orleans nicht gerade großen Erfolg hätten. Er erwähnte den Rassismus – »viel schlimmer als in Honolulu«. Er machte vage Anspielungen auf das Gangsterunwesen.

Er änderte den Ton seiner Briefe, in der Hoffnung, so zu klingen, als wüßte er genau, was er als nächstes vorhatte. Er malte sich schon aus, daß sie beide in Paris wären. Sie würden hinfahren, schrieb er, sobald sie das Fahrgeld zusammenhätten. Er würde als Kellner oder Page arbeiten, ganz egal, nur um ihr Sicherheit zu bieten. Und nebenher würde er Trompete spielen.

Eines Abends trat er von der Bühne und glaubte zu träumen. »Oogh!« Sein kleiner hawaiisch-chinesischer Freund von der Überfahrt auf dem Frachter.

Oogh lächelte zu ihm auf und schüttelte ihm die Hand. »*Mon ami*, geht es dir gut? Du spielst bald in Paris, oder nicht? Dann mußt du vorbereitet sein!«

Keo neigte sich zu ihm hinunter, umarmte ihn. »Du Schurke, bist einfach verschwunden! Wir haben uns nie voneinander verabschieden können ...«

»Warum auch? Wir haben uns nie getrennt. Ich komme und höre dir zu, wenn ich im Hafen bin.«

»Ich habe dich noch nie gesehen.«

»Ich höre dir zu. Das ist wichtiger.«

Sie setzten sich, und Oogh begann zu erzählen, als überquerten sie an Bord des Frachters noch immer den Pazifik, als wäre ihr Gespräch nie unterbrochen worden.

»Hulamann, du hast immer noch ein wunderbares Gehör. Du kannst alles nachspielen. Aber nun mußt du langsam wissen, was du spielst, damit du weißt, welche Regeln du brichst. Europa ist anders. Bereite dich drauf vor. Hör dir Bach an, Strawinsky. Dein Freund Dew kennt diese Namen. Das waren Revolutionäre damals, die Jazzer ihrer Zeit.«

Stundenlang sprach er zu Keo, begriff seine Ängste: daß er keine Originalität besaß, kein Genie war.

»Was ist schon Genie? Angeblich die Vorstellung von einem großartigen Prinzip, das all den Versprechungen standhält, die die zwingende Logik einmal gemacht hat. Und wer besitzt eine solche Logik? Mozart? Beethoven? Sahara-Stämme mit Trommeln und Flaschenkürbissen?«

Keo seufzte. »Du weißt, daß ich immer noch Angst habe. Immer noch der Junge von der Insel bin. In Paris treffen sich die brillantesten Jazzer der ganzen Welt. Sie werden mich mit schallendem Gelächter aus der Stadt jagen.«

Oogh schüttelte den Kopf. »Hör mir genau zu. Europäer spielen keinen Jazz, sie spielen ihre *Vorstellung* von Jazz. Was ist Jazz denn überhaupt, außer Sehnsucht und Wut? Und was ist Musik, außer der Anordnung von acht Tönen einer Tonleiter? Wichtig ist nur, daß dir die nächste Note nicht egal ist, daß sie unverwechselbar und unvermeidlich ist. Und diese Gabe hast du, mein Freund.«

Am nächsten Abend brachte ihm Oogh eine Aufnahme mit, ein

Trompetensolo mit der »Nessun Dorma«-Arie aus Puccinis »Turandot«. Keo konnte sich vage an den Namen Puccini erinnern, aber nun, als er diese Trompete hörte, ihre tragischen, schwermütigen Töne, war er zutiefst erstaunt. Er weinte.

Oogh tätschelte ihm den Arm. »Ja, weine nur. *Das* ist Genie. Hier ist alle Sehnsucht des einzelnen eingefangen, der triumphale Sieg des menschlichen Herzens.«

Er spielte das Stück immer und immer wieder, sprang dann auf einen Stuhl, schlug sich mit theatralischer Geste auf den Brustkasten und übersetzte Teile der Arie.

»*Vincirà!* – Ich werde siegen! So etwas wirst du nie komponieren. Nur wenige schaffen das. Aber eines Tages wirst du lernen, diese Arie genau so zu spielen. Davon bin ich überzeugt.«

Keo rückte näher. »Oogh, wie soll ich mich denn nun vorbereiten?«

Oogh setzte sich, legte die Hände aneinander. »Du mußt alles verdauen und verarbeiten, was du hier gesehen und gehört hast, auch das Häßliche. Das wird dein Spiel bereichern. Später, wenn du verwirfst, was du nicht brauchst, dann machst du das aus einer Position der Stärke heraus und nicht aus Unwissenheit. Versuche auch die Kunst des Gesprächs zu erlernen. Die Europäer schätzen das Reden. Sogar das Wort ›Jazz‹ mußt du verstehen lernen, die meisten Menschen kennen seinen Ursprung nicht.«

Wie in Trance fuhr er mit leiser Stimme fort:

»*... Manche meinen, das Wort ›Jazz‹ habe seine Wurzeln im Jasminduft Storyvilles und seiner Prostituierten. Weißt du, die Franzosen haben die Parfümindustrie nach New Orleans gebracht. Jasminöl war eine beliebte Zutat. Wenn Parfümeure einem Parfüm diesen Duft beimischten, nannte man das ›jassing up‹, Aufpeppen. Außerdem wäre da noch das französische Wort* jaser, *schwatzen, plaudern ...*

Die mit Jasmin parfümierten Frauen werden ihre potentiellen Kunden wohl oft gefragt haben, ob sie ›Jass‹ im Sinne hätten, und haben damit natürlich mehr gemeint als nur ein kleines Plauderstündchen! O ja. Slangausdrücke für Samen waren ›gism‹ und ›jasm‹, und da bedeutete ›jass‹

dann ziemlich früh auch – na ja, l'amour. *Das Wort war bald in aller Munde, man beschrieb damit auch die Musik, die die kleinen Bands in den Kaschemmen und Bordellen spielten …*

Vielleicht lag es an der schleppenden Sprechweise des Südens, jedenfalls wurde das Wort ›Jass‹ immer mehr in die Länge gezogen, klang immer zweideutiger und erotischer – Jazzzzzzz. Als die Musiker aus New Orleans auf den Vergnügungsdampfern auf dem Fluß spielten und immer weiter nach Norden in die großen Städte zogen, folgten ihnen die Klänge des Jazz. Und damit auch die Erinnerung an ihre Familien, an ihre Herkunft, an die dröhnenden Trommeln ihrer Ahnen im Kongobecken …

Und es folgten ihnen Voodoo und Gris-Gris-Zeremonien. Die Alpträume der Sklaverei und der Flucht. Und vielleicht auch die Liebe zu den Choctaw. Das waren Indianer, die in den Sümpfen lebten und entlaufene Sklaven versteckten. Jazz birgt immer auch eine Wehmut, eine Art Sehnsucht nach dem, was wir hinter uns gelassen haben. Das ist die wahre Definiton, mon ami. *Jazz ist der Klang der Einsamkeit, der menschlichen Grundbedürfnisse. Jazz ist die Sprache des Exils …«*

Sie hörten sich das Trompetensolo aus »Nessun Dorma« noch einmal an. Als Keo wieder aufblickte, war Oogh verschwunden.

Scheinbar über Nacht wurden die beiden Platten der Band von den DJs der Gegend entdeckt. Es kamen viele Anrufe: Clubs wollten »Bateau Creole's Persuasion Band« für Auftritte buchen. Creole hatte den Namen geändert, wollte damit wohl andeuten, daß sie ihm gehörten. Ein wütender Dew suchte ihn auf, bearbeitete den Cadillac mit einem Vorschlaghammer, zermalmte beide Stoßstangen, zertrümmerte die Windschutzscheibe zu glitzernden Glasperlen.

Die anderen Musiker flüchteten nach Chicago. Dew und Keo nahmen ihre Ersparnisse und stiegen in den ersten Zug nach New

York City. Während die Landschaft an ihnen vorbeiraste, saß Dew da und knackte mit den Knöcheln.

»Mich besitzt niemand. Am allerwenigsten ein weißer Gangster.«

Alles, was Keo von New York sehen sollte, war ein Zimmer in Harlem, in dem sie sich wochenlang versteckt hielten, während sie auf Pässe und Kabinenplätze auf einem Schiff nach Frankreich warteten.

Eines Tages kam Dew angerannt und schwenkte die Papiere. »Wir haben unsere Pässe! Wir haben unsere Reservierungen!«

Was sie noch hatten: einen Job in einem Pariser Zirkus. Dort sollten sie in einer abgehalfterten Band spielen. Ein Beamter im Paßamt hatte Dew gewarnt, jetzt, wo in Europa jeden Augenblick ein Krieg ausbrechen konnte, kämen die meisten Amerikaner nach Hause.

Trotzdem reisten Keo und Dew 1939 in der Morgendämmerung eines Julitags in die entgegengesetzte Richtung. In einer Kabine dritter Klasse fuhren sie auf viele Tage unbarmherziger Seekrankheit zu. Schmutzig und völlig erschöpft gingen sie in Le Havre an Land. Dort reichte Dews Kreole-Französisch zumindest dazu aus, den Zug nach Paris zu finden. Und dort erwartete sie bereits ein Vertreter des Zirkus, und schon in der folgenden Woche spielten die beiden in der Band des Cirque Medrano.

Frankreich war naßkalt und grau. Die Band war furchtbar, setzte sich zum größten Teil aus Amateuren und Studenten zusammen. Nachts vor dem Einschlafen, den Geruch von Sägespänen und Dung in der Nase und das höllische Brüllen der Löwen im Ohr, erinnerte sich Keo an Ooghs Worte.

Jazz ist der Klang der Einsamkeit. Er ist die Sprache des Exils.

Ka Wehe'ana O Ke Kaua

Vorspiel zum Krieg

Dampfende Dickhäuter, sibirische Wildkatzen, die durch Feuerreifen sprangen. Flugartisten wie glitzernde Nachtfalter, die in atemberaubenden Fugatos durch die Luft wirbelten. Zuerst nahmen sie Paris nur durch das verzerrte Prisma des großen Zirkuszeltes wahr. Dann begannen sie sich mit der Metro ins Herz der Stadt vorzuwagen, standen verwirrt auf den Boulevards. So wenig von dem, was sie wußten, schien hier von Bedeutung zu sein.

Nach und nach drang der Puls von Paris, das Tempo der Stadt, bis in ihre Köpfe vor. Sie saßen in Cafés und versuchten den Gesprächen auf den Grund zu kommen. Die Franzosen debattierten über alles. Hier hatte sogar das Schweigen einen Mund voller Zähne. Dann entdeckten die beiden die *bals musettes*, wo sie für wenige Sous mit französischen Mädchen tanzten, die mit dem Duft des billigen *eau* und der Gitanes durchtränkt waren. Die Tanzmusik-Bands waren mittelmäßig, begeisterten sich immer noch für den Java, für den Foxtrott. Die Nächte dehnten sich bereits bis ins Morgengrauen, und noch immer waren die beiden auf der Suche nach »heißem« Jazz.

Am linken Seineufer lernten sie im Les Deux Magots den Maler Etienne Brême kennen, der sie im Cirque Medrano besuchte. Als er hörte, wie Keo seine einsame Verklärung durch die Trompete in die Welt kreischte, als er Dews meisterlichem Saxophonspiel lauschte, war der Mann entsetzt, fürchtete, ihr Talent würde auf immer und ewig in dieser von Augen umringten, sägespanbestreuten Zirkusarena begraben bleiben.

Er besorgte ihnen billige Zimmer und Jobs in Montmartre; sie spielten auf Hochzeiten und Beerdigungen, auf dem Ball eines berühmten Transvestiten – der mit kahlgeschorenem Kopf, den Schädel mit Zuckerguß und dreißig Kerzen verziert, aus einer Riesengeburtstagstorte sprang. Nach und nach machte Brême sie mit den Jazz-*boîtes* bekannt, und mit der Zeit begannen sie in den »heißen« Klubs – Can Can, Croix du Sud – bei den Sessions mitzuspielen.

In ihrem wilden Lebenstaumel, in ihrer Gier nach Anerkennung und Berühmtheit bekamen sie nur am Rande mit, daß halb Europa für Gasmasken Schlange stand. Paris machte mobil. Nachdem Hitler im September in Polen eingefallen war und Frankreich und England Deutschland den Krieg erklärt hatten, verschwanden Fleisch und Benzin spurlos von der Bildfläche. Aus den Grenzstädten im Norden kamen Familien in Trecks nach Paris gezogen und verwandelten die Parks in Flüchtlingslager. Die Laternen waren abgedunkelt, die blauen Flammen der Lampen verwandelten die Straßen in Traumlandschaften.

»Wenn ich nach New Orleans zurückgehe, kastrieren die mich«, sagte Dew. »Und du hast das Fahrgeld nach Honolulu nicht. Wir sind nun mal hier, und damit hat sich's.«

Sie meldeten sich bei der Fremdenpolizei, trugen ihre *cartes d'identité* bei sich und standen Schlange nach Lebensmittelmarken. Keo schrieb an Sunny:

> *... Ausländer werden schon evakuiert ... die Regierung versucht, einigen die Einreise auszureden. Ich weiß nicht, wie lange es noch dauert, bis es hier wirklich gefährlich wird. Mach dir keine Sorgen. Irgendwann kommen wir zusammen ... und wenn es an einem ganz anderen Ort ist.*

Die Ironie des Schicksals wollte es, daß der Krieg, die drohende Gefahr der Invasion, ihnen nun in den Cafés Tür und Tor öffnete. Plötzlich war Hot Jazz überall gefragt, das Publikum verlangte nach dieser anarchischen Musik, die nach Freiheit schrie. Eines

Tages flüchtete ein jüdischer Tenorsaxophonist nach England. Dew nahm im Java Club seinen Platz ein. Und Keo bot man einen Job im Club Can Can ganz in der Nähe an. Immer mehr Jazzmusiker gingen in den Untergrund, und »Farbige« rückten nach – Marokkaner, Südafrikaner, Männer aus Guadeloupe, Tahiti, Fidschi.

»Die Nazis sagen, wir sind alle gleich«, brüllten die Männer aus Guadeloupe, »›jazzverrückte Buschneger‹. Also, Jungs, dann mal los mit dem Swing!«

In der Nähe der Rue Pigalle traf Keo im Atelier von Etienne Brême einen Schlagzeuger aus Guam, einen anderen Mann aus Rarotonga, einen Maori aus Neuseeland, der Saxophon spielte. Sie kamen alle von den Pazifikinseln und begrüßten einander begeistert, sprachen in Wortfetzen ihrer Muttersprachen. Es stellte sich heraus, daß Brême halb Franzose, halb Roma war, ein Maler und Jazzfreund, der zehn Jahre lang die Südsee bereist hatte.

Sein Atelier glich einer Höhle, entwickelte sich zu einem sicheren Hort, an dem die Männer sich trafen, Jam Sessions zu den Platten seiner riesigen Sammlung spielten – Begräbnislieder der Maori, Sing-Sing-Gesänge aus Papua-Neuguinea, das *pitpitjuri* und die Känguruhfell-Trommeln der Aborigines aus Australien. Zum erstenmal in seinem Leben hörte Keo heißen Jazz, der in Sydney, in Tokio, auf den Philippinen aufgenommen war. Er hörte die Ursprünge des Jazz im Synkopenrhythmus afrikanischer Musiker des Lakka-Stamms.

Brême hatte seine Wände mit Fischernetzen, uralten Kriegerspeeren und Schrumpfköpfen aus Borneo behängt. Dazwischen Gemälde, primitive und moderne, einige alt und halbwegs wertvoll. Sobald sie auf eines der Bilder zeigten, erläuterte er ihnen stets in langen Tiraden deren Geschichte, den Aufbau des Werkes, die chemische Zusammensetzung der Farben, das Leben des Künstlers und erklärte ihnen noch, ob es sich um gute oder mittelmäßige Kunst handelte. Keo saß da und lauschte, sog alles gierig in sich auf: Es war, als ginge man zur Universität.

Das Atelier wurde zu einem Fels in der Brandung. Die Menschen von den Inseln schleppten ihre Seesäcke die enge Wendeltreppe hinauf, die sich wie die finster brütende Spirale eines Schneckenhauses vier Stockwerke in die Höhe wand. Ihr Duft, ihre weichen, melodiösen Stimmen, ihre dunkle, tätowierte Haut verwandelte den Ort in eine pazifische Oase. Als das Atelier voll war, schwappte der Rest in die es umliegenden Straßen, mieteten sie Zimmer in nahegelegenen Pensionen, versammelten sich in der Halo Bar. Trunken vom warmen Bier, tanzten sie die Tänze ihrer Inseln, schwenkten Briefe von Zuhause, sangen ihre Neuigkeiten hinaus in die Welt.

»Ta'a von Barakuda angegriffen!«

»Apirana endlich tätowiert ...«

Sunnys Briefe waren voller Sorgen. Ihr Vater wurde immer brutaler, ihre Mutter weigerte sich, ihn zu verlassen. Keo stellte sich vor, wie die beiden Frauen einander gegenüberstanden: Sunny unfähig, zu begreifen, daß ihre Mutter nicht gerettet werden wollte. Er grübelte, sah ihr Gesicht in einem Glas Rum an die Oberfläche treiben, im Dämmerlicht, das von seiner Trompete gebrochen wurde. Nachts saßen die Pariser da und hielten am Himmel nach Bombern Ausschau. Wieder einmal hatte er sich einen Wohnort ausgesucht, wo sie in Gefahr wäre. Er spielte mit dem Gedanken, nach Hause zurückzugehen, aber Dew war dagegen.

»Unsere Zeit ist gekommen. Dafür haben wir geübt, darum haben wir gebetet. Wir können jetzt nicht weggehen. Damit würden wir Verrat an unserer Zeit begehen.«

»Und wenn die Deutschen kommen?«

»Dann kannst du mich gerne noch mal fragen, Mann. Ich weiß nur über Hier und Heute Bescheid.«

Eines Abends gaben sie ein Benefizkonzert für polnische Kriegswaisen. Sieben »Farbige« in weißen Smokings, mit einem weißen Klavier, alle in einer Art vergoldetem Käfig hoch über einem Ballsaal aufgehängt. Sie spielten ohne Noten, riefen sich einen Songtitel nach dem anderen zu, wiegten sich, bogen sich und verausgabten sich, und ihr Schweiß triefte auf die betuchten Tanzpaare unter ihnen.

Die Klänge aus diesem aufgehängten Käfig – hämmernde, gespenstische Trommelschläge, schluchzende Bläser, die gleitenden Schleifer der Posaune – zogen die Zuhörer in ihren Bann, öffneten ihnen die Augen für den heißen Jazz, der seinen absoluten Höhepunkt erlebte. So makellos würde es nie wieder klingen. Nachher, egal wie lange der Krieg auch dauern mochte, würde eine andere Art von Klang kommen. Jetzt, zu diesem Zeitpunkt waren dies die höchsten und extremsten Klänge – genau das, was die Ahnen des Jazz immer beabsichtigt hatten. Die ganze Nacht hindurch spielten sie in diesem baumelnden Käfig, schweißdurchtränkt und wild. Als sie schließlich gegen Morgengrauen aufhörten, schienen sie alle so geschrumpft zu sein, daß ihnen die Smokings, ja sogar die Schuhe zu groß waren.

Immer mehr Musiker flohen aus Europa, und die Besitzer der Jazzklubs suchten verzweifelt nach Ersatz. Keo und Dew waren inzwischen bereits Wochen im voraus ausgebucht, manchmal spielten sie mit Gruppen, die sie kannten, manchmal mit Fremden. Abends starrte Keo auf Paare, die in fast erschöpfter Sinnlichkeit tanzten. Er beobachtete sie auf den breiten Straßen, sah ihre zweisamen Schatten über die Bordsteinkanten gleiten, in die Rinnsteine fallen, und ihre Unzertrennlichkeit ließ ihm Sunnys Abwesenheit nur noch bitterer erscheinen. Die Sehnsucht machte seine Musik noch heftiger; manchmal übte er einen solchen Druck auf seine zarte Oberlippe aus, daß sie in kleinen blutenden Rissen aufsprang.

Während Keo und Dew in den Läden der Gegend nach Lippenpomade suchten, kamen ein paar Schlägertypen in einem Wagen vorbei, die Stinkbomben nach ihnen warfen und schrien: »*Retournez en Afrique!*«

Die beiden hechteten durch eine Eingangstür. Der Ladenbesitzer schwor, diese Bomben seien nicht von Franzosen geworfen worden. »*Sales boches!*« schrie er. Dreckige Scheißdeutsche.

Eines Abends explodierte in einem Kabarett eine Stinkbombe. Am nächsten Abend brach das Publikum vor Lachen zusammen, als Dew und die Band auf die Bühne kletterten und sich Slips als »Gasmasken« vor die Gesichter gebunden hatten. In den Fenstern tauchten Schilder auf: KEINE SCHWARZEN, BRAUNEN ODER JÜDISCHEN MUSIKER. Als er einmal ein Kreuzworträtsel löste, drehte sich Keo schier der Magen um. Die Antwort auf sieben senkrecht war »Saujude«.

Dew war trotz allem noch immer völlig hin und weg von dieser Stadt. Die Leute wollten Autogramme von ihm, verglichen ihn mit Coleman Hawkins, der in die Staaten zurückgegangen war. Sein afrikanisches und spanisches Blut verblaßte nun vor seinem französisch-kreolischen Erbteil. Er sprach und gestikulierte wie ein Franzose. Er hing mit schönen Frauen in den Cafés herum, ließ ungeheure Rechnungen für maßgeschneiderte Anzüge auflaufen.

»Nicht schlecht für den Sohn eines kleinen Landpächters«, sagte er, wenn er sich an sein Leben im Waisenhaus und an die harten Zeiten erinnerte. Dann schimpfte er mit Keo. »Mann, du hast ja vollkommen vergessen, wie man sich anzieht! Willst du, daß man sich nur noch an deine Füße erinnert?«

Keo sparte seine Gage und trug seine beiden guten Anzüge auf. Es war ihm gleichgültig. Sogar in den schicken Kabaretts hatten sich die Leute daran gewöhnt, auf den barfüßigen Hulamann zu warten. Ganz egal, wie schnieke er anfing, am Schluß sah er immer völlig aufgelöst und durch die Mangel gedreht aus, der Anzug war triefnaß, seine großen Kanakenfüße hüpften nackt über die Bühne. Manchmal spürte Keo, während er spielte, wie seine Füße, sein ganzer Körper sich in ein Instrument verwandelten, so als spielte die Trompete *ihn*.

Sein liebstes Mundstück trug er wie einen Talisman mit sich herum, hauchte immer wieder hinein, ließ den Kontakt nicht abreißen. Seine Trompete behandelte er genauso, streichelte sie, reinigte sie sorgsam mit warmem Wasser. Er hatte das Gefühl, mit ihr leben zu müssen, ihr treu sein zu müssen. Sogar im Gespräch hob er manchmal in Gedanken die Trompete auf, bewegte die Ventile, spielte Tonleitern und lange Töne.

Wenn er andere Männer mit Mädchen sah, Dew mit einer üppigen polnischen Blondine, dann fürchtete er manchmal, die Trompete wäre das einzige, was ihm geblieben war. Mehr würde er vielleicht nie haben. Vielleicht lag Sunny jenseits seiner Möglichkeiten. In solchen Augenblicken glaubte er, vor Einsamkeit und sexueller Frustration sterben zu müssen. Die jubelnd aufsteigenden, glühend heißen Töne, die er spielte, die hohen Cs, die er zwölf, fünfzehn Minuten lang hielt, eines nach dem anderen (während die Menge mitzählte: achtundachtzig, neunundachtzig, neunzig!), das orgiastische F, das er manchmal erreichte – vielleicht war das seine einzige Möglichkeit, um nicht den Verstand zu verlieren.

Wieder ein Brief von Sunny:

> *... Die Ärzte in der Klinik glauben, daß Papa mit den Japanern sympathisiert. Ironie des Schicksals, was?... Er kommt nach Hause und wütet wie ein Berserker, schlägt Mama. Ich versuche mit ihm zu reden, ihn zu trösten ... Mit dem Geld, das du geschickt hast, habe ich mehr als die halbe Überfahrt nach Frankreich. Ich spare immer noch jeden Pfennig. Sobald Mama in Sicherheit ist, finde ich einen Weg und komme ...*

Als hätte sie seine Briefe nicht gelesen, als schwebte Frankreich nicht am Abgrund eines Krieges.

Malias letzte Nachrichten waren kurz und knapp. Eine Brandbombe war auf das Shirashi-Leichenhaus gefallen, in dem ihr Vater arbeitete. DeSoto hatte einen Faustkampf mit Mr. Chang gehabt, weil der Mr. Kimuro ein Stück aus dem Ohr gebissen hatte. Chang hatte Familie in Nangking, wo die japanische Armee Hunderttausende massakriert hatte. Alle waren schockiert, daß Keo in Paris blieb, anstatt nach Hause zu kommen, wo er hingehörte.

Schuldgefühle. Schmerz. Seine Augen versanken tief in den Höhlen.

Die Blondine namens Gilda zog bei Dew ein. Sie saß in den Cafés und warf ihm Kußhändchen zu, erzählte wildfremden Menschen, sie werde ihm Kinder gebären. An manchen Abenden kamen Gruppen von »Holländern«, von denen jedermann wußte, daß es Deutsche waren, und über die das Gerücht umging, sie gehörten zur Gestapo. Aber sie interessierten sich ernsthaft für Jazz, bettelten stets um Zugaben und Autogramme. Von der Bühne aus beobachtete Keo, wie sie Gilda voller Verachtung musterten, obwohl sie einen großen Busen hatte und wunderschön war – mit ihren glitzernden Zähnen und den blassen, arischen Gesichtszügen. Dann starrten sie auf Dew, der so elegant war und so negroid.

Eines Abends kam Dew in den Klub gestürzt. Gilda war auf und davon, vermutlich mit einem anderen Mann. Tage später bestellte man ihn in ein Krankenhaus, wo sie im Schock lag, ihr Gesicht ein Alptraum, so als hätte sie es halb weggekaut und heruntergeschluckt. Jemand hatte sie bewußtlos in einer kleinen Seitenstraße gefunden, man hatte ihr alle Zähne ausgeschlagen, ihr Mund war nur noch ein einziges gähnendes, blutiges Loch. Dew senkte den Kopf und weinte bitterlich, meinte, das hätte man ihr nur seinetwegen angetan.

Eine Nonne führte ihn in eine Kapelle, wo in roten Bechern Kerzen flackerten und ihre Wangen mit rubinroten Flecken überzogen. Sie erzählte ihm, daß, als man Gilda gefunden hatte, quer über ihr Kleid ein einziges Wort geschrieben stand: JUIVE. Jüdin.

Dew blickte auf, senkte seinen Blick wieder.

»Wußten Sie das denn nicht? Ihr Nachname ist Feibel.« Sie neigte den Kopf und bekreuzigte sich. »Eine Augenzeugin hat berichtet, daß sie es mit der Zange gemacht haben. Einen Zahn nach dem anderen.«

An dem Tag, an dem Gilda aus dem Krankenhaus entlassen wurde, schrieb sie Dew einen Brief und erhängte sich in ihrem möblierten Zimmer. Zwei Tage lang saß Dew dort und wußte nicht, wohin mit dem Leichnam. Dann kamen Keo und Etienne Brême mit Zigeunern und einem Lieferwagen. Sie fuhren sie aufs Land, wo die Roma sie unter Bergen von Blumen beerdigten, obwohl sie eine *gaje*, eine Nicht-Zigeunerin war. Brême stand an ihrem Grab und goß zu ihrem Gedenken einen Trank auf die Erde.

»Behaltet sie so in Erinnerung, unter Rosen und Lilien in der warmen Sonne, in den Wiesen meines Volkes.«

»Sie war so wunderschön«, sagte Dew. »So voller Leben.«

Brême blickte auf die Roma zurück. »Schönheit. Leben. Das sind Wörter aus einer anderen Zeit. Im Augenblick ist es besser, ein Nebel zu sein.«

Inzwischen schrillten die deutschen Schlagzeilen JUDEN-NIGGER-JAZZ IST VERBOTEN, und sogar Dew sprach davon, nach New Orleans zurückzugehen. Verglichen mit den Nazis schienen Creoles Gangster gutmütig und nett. Nach Gildas Tod veränderte sich Dew, seine Kleidung war nun weniger auffällig, sogar sein Spiel war zurückhaltender, was seinem Saxophon einen wunderschönen, klaren Ton gab, so daß es beinahe wie eine Klarinette klang. Er suchte Keos Nähe, berührte ihn ab und zu am Arm.

Auf den Straßen von Paris schwanden die Gedanken, verschwammen die Gespräche. Man befand sich im *drôle de guerre*, jenem Schwebezustand vor dem Fall Frankreichs. Immer noch regierte in ganz Europa in allen kleinen Kneipen und verrauchten Kellerbars der Jazz. Keo und Dew wurden zu Auftritten nach Holland und Belgien eingeladen, wo die Grenzen wie durch Zauber durchlässig waren. In allen Städten saßen wachsame Deutsche im Schatten, spiegelten sich die Musiker in der glitzernden Linse ihres starren Blicks.

»Keine Termine außerhalb von Paris mehr«, sagte Keo.

Als sie für einen Auftritt in einem Klub in die Stadt zurückkehrten, informierte man sie knapp, die Geschäftsleitung engagiere keine »Farbigen« mehr.

Keo saß in Cafés mit ausländischen Sorbonne-Studenten zusammen, warnte sie, daß sie als nächste an der Reihe sein würden. Die Deutschen würden alle und jeden außer den Ariern hinwegwischen. Die jungen Männer waren reich und privilegiert und lachten. Einige wenige waren Japaner, begeisterte Jazzfans, die im Jazz ein Symbol für die Anarchie, für eine Befreiung aus ihrem bürgerlichen Leben sahen. Sie folgten Keo von einem Klub zum anderen, wo immer er auch auftrat. Sie nahmen ihn zum *yosenabe* oder Sushi mit in japanische Restaurants, und er erzählte ihnen von Sunny, davon, daß er versuchte, sie nach Frankreich kommen zu lassen.

»Ich denke, inzwischen ist es zu spät. Vielleicht sollten wir alle nach Hause zurückgehen.«

Einer argumentierte: »Jetzt, wo es zwischen meinem Land und China Krieg gibt und die Vereinigten Staaten allen Ausländern gegenüber sehr mißtrauisch sind, ist Paris vielleicht der *sicherste* Ort.«

Ein anderer Student, ein hoch aufgeschossener, eleganter junger Mann namens Endo Matsuharu, beugte sich vor. »Hawaii ist ein riesiger US-Militärstützpunkt geworden. Eine ideale Zielscheibe. Keo, dorthin darfst du nicht zurück!«

Er erwähnte seinen Onkel, einen japanischen Diplomaten. »Er hat viele Kontakte hier, er könnte deiner Liebsten bei der Ausstellung eines Einreisevisums behilflich sein. Er könnte das Seine dazu tun, daß ihre Papier schnell bearbeitet werden. Mein Onkel kommt bald nach Paris. Bitte erweise uns die Ehre, mit uns zu Abend zu speisen.«

Eine Woche später saß Keo mit Yasunari Seiko, einem kleinen, gepflegten japanischen Konsul, in Belgien zusammen. Während der Mahlzeit erkundigte sich der Mann höflich nach Keos Musik, nach seiner politischen Einstellung.

Schließlich fragte er nach Sunny. »Warum Paris? Wir leben in gefährlichen Zeiten.«

Keo antwortete vorsichtig. »Ihr Vater, ein koreanischer Arzt, hält mich für Abschaum aus der Gosse. In Honolulu haben wir keine Zukunft.«

»In den Vereinigten Staaten gibt es auch Jazz«, sagte Seiko. »Dort wären Sie auch sicherer.«

Keo erinnerte sich an den Süden. Würde es im Norden viel besser sein? »Hier habe ich Arbeit. Und, na ja, wir haben immer von Paris geträumt.«

Der Mann senkte den Blick und dachte nach. Ja, meinte er, er könnte Sunny wahrscheinlich mit den Papieren helfen, mit einem Einreisevisum.

Keo dachte nicht daran, wie dringend ihn seine Familie brauchte, sondern schrieb an Sunny, daß Seiko ihr bei der Einreise nach Frankreich helfen wolle. Einige Wochen später, nachdem Seiko einige Telephongespräche geführt hatte, trafen sie sich wieder, und diesmal erwähnte er eine andere Arbeit, mit der er zu tun hatte – er half Juden bei der Flucht aus Europa.

Keo blickte ihn verwirrt an. »Warum sollte Japan jüdischen Flüchtlingen helfen?«

Seiko erklärte es mit leiser Stimme.

»Während des Russisch-Japanischen Kriegs von 1904 bis 1905, vermittelte das jüdische Bankhaus Kuhn und Loeb meinem Land ungeheure Anleihen. Das war, müssen Sie wissen, ein Protest gegen die Verfolgung der russischen Juden durch den Zar. Alle anderen Banken hatten uns Kredite verweigert. Die über Kuhn und Loeb arrangierten Anleihen finanzierten die halbe japanische Marine, die dann Rußlands Ostflotte besiegte. Nach unserem Sieg verlieh unser Kaiser dem Geschäftsführer der Bank den Orden der Aufgehenden Sonne. Japan fühlt sich immer noch in der Schuld.«

Keo musterte ihn ganz genau. »Und nach diesem Sieg ... hat Japan Korea versklavt.«

Der Mann nickte langsam. »Nicht alles in der Geschichte meines Landes erfüllt mich mit Stolz. Vielleicht möchte ich deswegen Ihrer Liebsten helfen. Und ... unter Umständen würden auch Sie es in Betracht ziehen, anderen zu helfen, wenn sich die Gelegenheit ergibt.«

Damals schlief gerade ein französisch-jüdisches Paar in Keos Bett, wartete auf den Nachtzug nach Marseille. Er dachte an das Mädchen namens Gilda. Er dachte an das, was ihm Brême gesagt hatte, als er sie beerdigt hatte: Auch Zigeuner begannen zu verschwinden.

»Ja«, erwiderte er. »Ich *würde* Hilfe leisten.«

Wochenlang deckte der Nebel Paris zu, fuhr einem bis in die Knochen. Keo taumelte durchs Leben, vermißte die Sonne, das Meer, seine Familie. Er fühlte sich hilflos, im Hier und Jetzt gefangen. Als sich der Nebel langsam lichtete, sah er, wie Paris mobil machte – der Himmel war voller Sperrballons, auf den Dächern sprossen die Flugabwehrkanonen. Während der Verdunkelung huschten Menschen mit gestohlenem Fleisch vorüber, mit gefälschten Papieren. Ab und zu Schüsse. Eine Leiche wurde von einer Brücke geworfen. Nach einer üblen Messerstecherei in der Herrentoilette einer Bar starrte aus dem Urinal ein menschliches Auge einsam und verlassen auf seinen Penis. Er hatte das Gefühl, wieder im Zirkus zu sein – Trommelwirbel, menschliche Kanonenkugeln, waghalsige Akrobatennummern voller Todesverachtung.

Zwei Monate vergingen. Während die deutsche Armee gegen Paris vorrückte, verschwand jeglicher Luxus. Überall der Geruch leicht versengter Finger, da man die Zigaretten bis zum letzten Stummel aufrauchte. Alte Leute hockten an den Fenstern und inhalierten den Duft aus ihren leeren Kaffeedosen, rieben sich die

Pulverreste ins Zahnfleisch. Die Bars schlossen früher, manche für immer.

»Wartet ein Weilchen, dann werdet ihr schon sehen«, versicherte ihnen Brême. »Die Franzosen sind sehr zynisch. Noch ein paar Wochen, noch einen Monat, und dann ist alles wieder wie immer.«

Und so war es. Nach der ersten Welle der Hysterie verebbte die Aufregung der Mobilmachung. Das Nachtleben blühte wieder auf, glänzender denn je, und am meisten gierten die Menschen nach Jazz. Eines Nachts stand Keo morgens um drei Uhr im Club Hot Feet auf der Bühne und spielte ein Solo. Er war ein Verdammter, völlig entwurzelt, ausgelaugt. Dann spürte er ein Strahlen, spürte, wie das Leben seine scharfen Krallen einzog. Er blickte auf, und sie war da.

Nā Ka'a Kaua

Kriegsmanöver

Das träge Delirium der Fortbewegung. Er trug sie beinahe die Straße hinunter auf sein Zimmer, zog ihr die feuchten, muffigen Kleider aus. Er legte sie ins Bett und deckte sie zu, ruhte neben ihr. Er wollte nur das, mehr nicht. Als Sunny Stunden später aufwachte, wusch er ihr das Gesicht und gab ihr zu essen. Er fürchtete sich, mehr als das zu tun, hatte Angst, er könnte sie sonst völlig verschlingen. Er hielt ihre Hände und hörte zu.

»Mein Bruder Parker ist von der Stanford University abgegangen. Er hat sich freiwillig zum Militär gemeldet! Papa ist völlig durchgedreht, er hat das Haus zu Kleinholz gemacht. Hat Mama zu Boden geschleudert und geschlagen … immer weiter geschlagen. Ich habe es nicht geschafft, ihn von ihr wegzuzerren.« Sie wandte ihren unbeteiligten, starren Blick zu ihm. »… Und dann das Küchenmesser, es lag mir kalt in der Hand … ich habe es ihm in den Rücken gestoßen. Beinahe hätte ich meinen Vater umgebracht, weil ich sie schützen wollte. Als die Ärzte ihr mitteilten, er würde am Leben bleiben, hat sie mich nur angeschaut und mit dem Finger gedeutet. Aufs Meer hinaus.«

Er konnte nicht schlucken, denn sein Mund war trocken wie Pergament.

»DeSoto hat mich in eurer Garage gefunden, ich stand unter Schock.«

»Aber … wie bist du nach Paris gekommen?«

»So hatte ich mir den Abschied von zu Hause nicht vorgestellt. Der Schmerz war unerträglich. Ich stand an Deck und wollte nur noch sterben. Und jetzt ist sie *immer* noch nicht in Sicherheit vor ihm.«

Sie schloß die Augen. »DeSoto hat auf mich aufgepaßt, hat auf dem ächzenden Frachter draußen vor meiner Kajütentür geschlafen. Irgendwann, auf der Höhe von Yokohama, habe ich den Schmerz weit von mir geschoben. Der Anblick von Festland ... Ich war auf dem Weg in die weite Welt, ich war auf dem Weg zu dir! Wir lagen zwei Tage im Hafen vor Anker und fuhren dann weiter nach Schanghai.«

Sie setzte sich auf und ergriff Keos Hand. »Da lebt sie, meine Schwester, die ich nie gesehen habe. DeSoto hat mir bei der Suche geholfen. Er hat mich in eine Seidenweberei mitgenommen. Dort haben wir ein Mädchen namens April Bao gefunden, die meint, meine Schwester zu kennen. Sie erinnert sich an Lilis Klumpfuß. Aber nach drei Tagen mußten wir wieder weiter. Ich habe April Bao deine Adresse hier gegeben.«

Er konnte kaum begreifen, was sie getan hatte. Er hatte das Gefühl, daß sie mit ihrem Bericht irgendwie ein Urteil über ihn fällte.

»DeSoto hat mich bis Bombay begleitet, dann ist sein Schiff nach Honolulu zurückgefahren. Ich hatte nur zweihundert Dollar dabei. Er hat alles bezahlt – Paß, Visa, die Überfahrt auf einem anderen Frachter. In Zeiten wie diesen, wenn viele Menschen aus vielen Ländern fliehen, wenn viele versuchen, nach Hause zu kommen, dann ist das nicht so schwer. Man braucht nur Geld.«

»Und von Bombay...?«

»Er hat mich der Obhut des Kapitäns anvertraut. Das war ein freundlicher Mann, der Bilder von seinen Kindern bei sich trug. Er hat mich zu meiner eigenen Sicherheit in der Kajüte eingesperrt, und der erste Maat brachte mir zu essen. Wochenlang war ich furchtbar seekrank, kann mich überhaupt nicht an den Suezkanal erinnern. Aber jede Nacht hockten fremde Männer, die Männer vom Schiff, vor meiner Tür, kratzten mit ihren Fingernägeln am Holz und flüsterten mir zu, was sie jetzt gern mit mir täten. Was sie mit anderen bereits getan hätten.«

Sie schloß die Augen.

»... Nie hatte ich mir auch nur vorgestellt, daß man Frauen solche Dinge antun könnte. Jede Nacht, wenn sie durch die Tür wisperten, hatte ich das Gefühl, mir würden diese Dinge tatsächlich angetan. Es war ein Alptraum ... Sonst kann ich mich nicht mehr an viel erinnern – bis zur italienischen Küste. Es kam mir wie ein Wunder vor, daß ich überlebt hatte.«

Er ballte die Fäuste und löste sie wieder, als wolle er ihren Schmerz, ihre Erniedrigung durchkneten.

»DeSoto hatte ein Telegramm an deinen Mr. Seiko geschickt. In Triest warteten zwei Männer auf mich. Meine Papiere waren auf das falsche Datum ausgestellt worden, und die Polizei wollte mich nicht durchlassen. Die beiden haben ihnen Geld gegeben. Dann fuhren wir in einem Metzgerauto mit, das rappelte so, als prallten einem dauernd Pistolenkugeln gegen die Zähne. Dann Frankreich ... die Frau flirtete mit den Grenzposten, damit sie bei meinen Papieren nicht so genau hinsahen. Ein anderes Auto, ein alter Mann in einem rostigen Fiat ... und nach vielen, vielen Stunden Paris. Und plötzlich stand ich draußen vor deinem Klub und hatte furchtbare Angst.« Ihre Hand flog zu ihrem Herzen. »Aber dann! Dann habe ich auf dem Bürgersteig deine Trompete gehört!«

Keo zog sich aus und schlüpfte neben ihr ins Bett, scheute sich, sie zu berühren, wagte kaum zu atmen. Sie starrten einander an wie zwei in eine Falle geratene Tiere. Dann küßte sie ihn nachdenklich auf die Stirn, auf die Wange, auf sein lockiges Haar. Alles war neu, alles mußte langsam gehen. Sie küßte seine Lippen, strich mit den Fingern sanft über seine braunen Schultern. Dann seufzte sie und schlief ein.

Er zog sich zurück, spürte, wie sich ihm die Brust zuschnürte. Er hatte sich an ihr Gesicht erinnert, an ihre Schönheit, aber er hatte die Wirkung ihrer Berührung vergessen – wie sich dann seine Gedanken beschleunigten, wie er eine Gänsehaut aus bebenden Haarwurzeln bekam. Er barg ihre blasse, honigfarbene Schulter in seiner Hand, spürte die Wölbung des Knochens darunter. Er hob ihr Handgelenk hoch, fein und doch unerschütterlich. Sogar ihre Ellenbogen waren zart. Ihre Haut hatte den Schimmer erröteter Seide.

Er betrachtete eine ihrer Brüste, studierte das Relief der Brustwarze, als sei sie ein nie gesehenes Ding. Warum rührte ihn eine solch weiche Form zu Tränen? Ließ ihm seine Erektion vulgär erscheinen? Er umfaßte beide Brüste mit den Händen, die Brustwarzen versteiften sich, und doch schlief sie. Er atmete den Duft ihres Haars, sog den Geruch ihres Ohrs, ihrer Unterarme ein, roch Salz und Rost und Frau. Er zog sie an sich, ließ seine Sinne von ihr umspülen.

Gegen Mittag wachte sie auf und wollte alles: ein Bad, Essen, ihn, am meisten ihn. Bedeckte ihren Körper mit seinem wie mit einem Fell. Stunden später, in Laken gewickelt, setzte er sie auf seinen Schoß, zog die Verdunklungsvorhänge zur Seite. Weißer Pollen bestäubte die Stadt, es war das erste Mal, daß Sunny Schnee sah. Sie griff danach, fing und schmeckte die Kristalle, während das Sonnenlicht in donnernden Akkorden durch die Stadt raste. Irgendwo der bronzene Schmerzensschrei der Glocken, das gedämpfte Rufen eines Kindes.

Er wußte, daß draußen vor der Stadt die Soldaten aufmarschierten, gerade zum Militär eingezogen, noch unbehaglich in den neuen Uniformen. Schweren Herzens führten Bauern ihre Pferde zum Sammelplatz. In dunklen Beichtstühlen übergaben Priester gefälschte Papiere an Polen und Juden und Zigeuner. Aber in diesem einen Augenblick, hier an diesem Ort, waren sie sicher. Das Leben hatte plötzlich an Tiefe und Schärfe gewonnen, an Klarheit. Es tat beinahe weh, die Dinge zu betrachten.

»Unser Traum ist in Erfüllung gegangen.«

»Ich hoffe, es gibt kein böses Erwachen«, flüsterte sie.

Jetzt wurden Morgen, Abend und Nacht durch den Luxus des Erwachens gemessen, an den langsamen, tierhaften Bewegungen des miteinander Verschmelzens. An den nutzlos gewordenen Uhren, der fließenden Bewegung der ungeplanten Stunden. Jeden Morgen machte er sich in der Dämmerung auf zu den Schwarzhändlern, kehrte mit Melonen, Käse, warmen Croissants und *tarte tatin* zurück. Päckchen mit Kaffeebohnen, Zigaretten. Bibbernd nahmen sie das Essen mit unter die Daunendecke, schlürften und kauten, lehnten sich zurück in die buttrigen Krümel. Zuckten und vergingen dann miteinander von neuem. Wachten auf und hatten Marmeladenflecke und zerkrümelte *Tartes Tatin* an den Hüften.

An manchen Tagen holte er seine Trompete für sie hervor, spielte so herzergreifend, mit einem derart bebenden Vibrato, daß sie es in den Kniekehlen spürte, im Nacken. Sein Spiel schmückte den Raum mit juwelenbesetzten Girlanden. Während er sich warmspielte, wurde auch das Zimmer wärmer. Ihr Leben lang würde sie sich an diesen Ort erinnern, im fünften Stockwerk, das über eine nach ranziger Butter riechende Wendeltreppe zu erreichen war. Das Zimmer selbst ein gekippter Würfel, ein abbröckelnder Balkon, der aus der gequälten Fassade des Gebäudes ragte. Das heimliche Gurgeln rostiger Rohre, Wände, auf denen ganze Schimmellandschaften sprossen. Sie würde sich auch an die unglaubliche Freude erinnern, endlich mit ihm zusammen zu sein, davon überzeugt, daß es niemals Krieg geben würde. Daß diese Tage, diese Stadt, ja sogar die Klänge seines goldglänzenden Trompetenmuskels, immer so weiterhallen, niemals enden würden.

Keo war so gerührt, daß es ihn schmerzte. An manchen Tagen schien sein Herz außerstande, das Blut durch die Adern zu pumpen, konnte es kaum bewältigen. Und dann tanzte es wieder, sicher und geborgen im Käfig seiner Rippen. Manchmal wachte Keo auf, zündete eine Kerze an, nur um sie anzustarren. Wie auf einen mystischen Zuruf hin drehte sich Sunny um, öffnete die Augen und zog ihn an sich. Er war so sanft, so zart, wie er nur sein konnte.

Aber er war sich nicht immer sicher, daß sie das auch wollte. Manchmal spürte er, wie sie sich zur Seite schob, so als wolle sie seinen Samenerguß aus der Ferne beobachten. Während sie sich selbst dem Orgasmus näherte, sah er in ihren Augen Todesangst, so als gehörten die Augen einer Frau, die gleich erschossen werden sollte. Ihre Augen weiteten sich, ihr Mund stand offen. Dann verlangsamte Keo sein Tempo, wollte sich zurückziehen, aber sie krallte sich mit aller Gewalt an ihn. Zuckungen, Schreie, und ihr Körper verschmolz mit seinem.

Er ging mit ihr tanzen, in die schicken Kabaretts, ins La Lune Rousse, ins Le Lapin Agile, die Jagdgründe der Schwarzhändler und Superreichen. Fremde starrten sie beide an, versuchten herauszufinden, wer sie waren. Keo, elegant und dunkel im Abendanzug, die Lippen vernarbt wie die eines Gangsters. Sunny ein wenig orientalisch, mit ihrem schwarzen, zu einem Pagenkopf geschnittenen Haar, der wie zufällig blaßgoldenen Haut. Aber da war noch etwas: die sinnliche Fülle ihrer Lippen, die wohlgerundeten Brüste und Hüften, eine undefinierbare, exotische Mischung. Sie sahen anders aus als alle anderen, und das machte sie irgendwie verletzlich.

Dew hieß Sunny willkommen wie eine Schwester. Sie brachte Erinnerungen an eine warme, farbenfrohe Insel mit, an Zeiten, als er noch ein vor Selbstbewußtsein strotzender, ungehobelter Rekrut gewesen war. Sunny behängte die Wände in Keos Zimmer mit *ti*-Blättern, die sie als Glücksbringer auf ihre Reise mitgenommen hatte, dazu alte Drucke von Ingwerpflanzen und tropischen Faltern. Sie bereitete ihnen Jasmintee, in dem kleine Blütenblätter schwammen. Barfuß kochte sie ihnen Mahlzeiten aus Dosenananas, Reis und Schwarzmarktschweinefleisch. Sie brachte ihnen bei, das Tischgebet auf Hawaiisch zu sprechen.

»*Pule ho'omaika'i i ka papa 'aina. 'Amene.*«

Sie ging mit ihnen am Ufer der Seine spazieren, nur um am Wasser zu sein, ganz gleich an welchem Wasser. Sie stand an den Fischständen des Schwarzmarkts, feilschte, streichelte die Bäuche der Thunfische. Sie korrigierte das fehlerhafte Französisch der beiden, schleppte sie zur Fußpflege und zum Friseur, fand Kirchen, die noch geheizt wurden und in denen sie stundenlang sitzen konnten. Sie war wie ein unerwarteter Balsam in jenen wahnsinnigen Tagen, die mit Hunger und immer neuen Schicksalsschlägen voranschritten.

Manchmal vergaß Sunny, was geschehen war. Im Halbschlaf wußte sie nicht mehr, wo sie war. Ängstlich lauschte sie auf die Stimme ihres Vaters, wurde hellwach und erinnerte sich ... *wie sie Papa das Messer in den Rücken stieß ... wie sein Fleisch klaffte ...*

Sie weinte, erinnerte sich, wie die Klinge eindrang, erinnerte sich an das erstaunte »Oh!« ihres Vaters, als hätte er etwas vergessen. Erinnerte sich daran, wie er die Arme hob, als versuche er zu fliegen. Sie erinnerte sich daran, geglaubt zu haben, es sei das Blut des Messers, nicht das Blut ihres Vaters ... *Metall altert, ermüdet. Konnte es nicht auch bluten?* Sie erinnerte sich an den Mund ihrer Mutter. An ihr Schweigen. An den Finger, mit dem ihre Mutter ihr die Richtung wies. Der ihr sagte, sie solle *makai* gehen, *makai* und *makai*. Weit weg, übers Meer. Sie hatte sie nicht einmal umarmt.

In diesen Augenblicken verspürte Sunny keinen Haß, nur nackte Angst. Vor dem, was sie ihrem Vater angetan hatte. Vor dem, was er ihrer Mutter schon so lange angetan hatte. Am meisten entsetzte sie, was Männer den Frauen antaten, nur weil sie ihnen körperlich überlegen waren. Dann wandte sie sich wieder Keo zu, betrachtete sein breites Kreuz und die muskulösen Arme und begann vor ihm zurückzuweichen. Er aber tastete im Schlaf zu ihr herüber, und seine Hände waren warm, so als brächten sie ihr das überschwengliche Glück des Sonnenlichts. Sie kaute und schluckte den Namen ihres Vaters herunter.

Inzwischen wimmelte die Stadt nur so vor wahnsinnigen Geschäftemachern. Bankiers verstauten Goldbarren in Särgen, begruben sie. Pelzhändler tauschten Hermeline und Zobel gegen einen Laib Brie. Man trank Ersatzkaffee aus gemahlenen Eicheln und strich durch die öffentlichen Parkanlagen, pirschte sich an Schwäne heran, schleifte die erdrosselten Vogelkadaver nach Hause. Auf den Dächern waren Taubenfallen montiert, gleich neben den Flakgeschützen.

Im Tausch gegen frische Lebensmittel teilte der Hausmeister seine Frau mit dem Gemüsehändler. Zweimal in der Woche wartete er pfeifend in der Toreinfahrt, während seine Frau und der Krämer es neben einem Käfig trieben, in dem jemand Meerschweinchen mästete. Sunny hörte sie quietschen. An manchen Tagen war alles wie ausgestorben, nichts als gespenstische Stille. Die Menschen hockten hinter ihren Verdunklungsvorhängen, während Aufklärungsflugzeuge über Paris hinwegflogen. Nur schlechtes Wetter und eine mangelhafte Ausrüstung hielt die Deutschen noch auf.

Zunächst wollte niemand wahrhaben, was da auf sie zukam. So als seien sie im Urlaub, schleppte Sunny Dew und Keo mit in Museen, wo sie gemeinsam Bilder von Velázquez betrachteten und das Licht bei Tizian und Vermeer begutachteten. Sie standen vor Gemälden von Braques und Picasso, und Sunny erklärte ihnen, wie der Kubismus natürliche Formen auf abstrakte geometrische Formen reduziert. Sie standen in Notre Dame und starrten die Fensterrosette im nördlichen Querschiff an, ein wirbelndes, flammendes Farbkaleidoskop von dreizehn Metern Durchmesser.

»Großer Gott«, flüsterte Keo. »Jazz zum Anschauen.«

In der Kirche der Sorbonne hörten sie Bachs Toccata und Fuge. Zutiefst bewegt schlang Keo die Arme um sich und erinnerte sich an Ooghs Worte, Bach sei das Jazz-Genie seiner Zeit gewesen.

Nach einigen Wochen baute Sunny eine Staffelei auf, malte frühmorgens, wenn Keo noch schlief, und abends, wenn er in den Klubs spielte. Sie malte unermüdlich Stunde um Stunde. Manchmal beobachtete er sie morgens durch seine halbgeöffneten Augen, sah die fließende Bewegung ihres Arms, als sei sie eine Tänzerin, die ihm seine Tage mit Farbe durchwebte.

Ehe sie gekommen war, war ihm seine Unterkunft wie eine Gruft für seine müden Knochen erschienen. Nun war hier lebendig pulsierendes Chaos ausgebrochen – die fröhlich bunte Palette, halb aufgezogene Leinwände, steifgetrocknete Lappen. In einem alten Kimono, das Haar zu einem Knoten zusammengebunden, beugte sich Sunny blinzelnd wie eine Scharfschützin zur Leinwand vor und hinterließ dort Hunderte von schrägen Pinselstrichen. Sobald sie ein Bild fertig hatte, drehte sie es zur Wand. Schließlich lehnten überall Stapel von Leinwänden, rundeten alle Ecken ab.

»Nicht ansehen«, sagte Sunny. »Die sind furchtbar.«

Eines Tages drehte Keo die Bilder um, beugte sich ganz nah zu ihnen hinunter und musterte sie eingehend. Alle waren in geometrisch kubistischem Stil gemalt. Ein Schwarm von Rasierklingen flog in Formation. Ein Kopf, aufgeschnitten wie ein Kuchen. Hochgeschwungene Keile, zerfetzte Würfel. Pyramiden aus Augäpfeln. Ein Mann, der zu fleischigen Quadraten explodierte, während er ein grinsendes Kind würgte.

Keo lehnte sich zurück und holte tief Luft. »O Mann!«

»Nun ... was hattest du denn erwartet?«

Er rang nach Worten. »Dew hat mir einmal gesagt, daß ich einen Ton nie ganz schnurgerade angehen darf. Daß ich nie alles verraten darf. Daß ich mich immer ein wenig bedeckt halten soll.« Er strich mit dem Finger über die Kante einer Leinwand. »Sunny, hier ist gar nichts bedeckt. Du schreist deine Wut völlig ungeschminkt heraus. Du prügelst das Thema zu Tode.«

»Ich weiß, daß ich mittelmäßig bin.« Sie sagte es ganz leise. »Alles läuft immer nur auf diese ohnmächtige Wut hinaus.«

Er schloß sie in die Arme. »Es tut mir leid. Ich liebe dich so sehr, ich könnte dich niemals anlügen.«

Sie malte weiter, sie brauchte das Chaos, die Bewegung als Abwehr gegen die Dämonen. Das hier konnte sie steuern. Der Rest ihres Lebens erschien ihr zunehmend unwirklich. Paris änderte sich täglich, eine Stadt, die für jede Erinnerung zu schnell war. In den Klubs und Kabaretts tranken sich die Menschen noch immer um den Verstand. Aber die Gesichter waren leer, beinahe wächsern. Einige Menschen hatten überhaupt keine Gesichtszüge mehr, versuchten möglichst wenig aufzufallen. Die Leute von der Gestapo mischten sich seelenruhig unter die jeweilige Menge und gaben sich als Dänen oder Norweger aus.

»Wie kannst du nur für die spielen?« fragte Sunny. »Wo du doch weißt, wer sie sind?«

Keo zuckte mit den Achseln. »Wir sind keine Politiker. Wir spielen einfach für alle, die Jazz mögen.«

»Ihr seid sehr wohl Politiker. Jazz verherrlicht die Freiheit. Hast du dieses Mädchen, Gilda, vergessen? Hörst du keine Nachrichten?«

Sie hatte damit begonnen, Hitlers Vormarsch in Europa zu verfolgen. Während der Proben ging sie unruhig vor der Band auf und ab, fand deren Einstellung ein wenig widerwärtig: Männer, die für andere Männer zur Unterhaltung spielten, für Männer, die Menschen niedermetzelten.

Keo versuchte mit ihr zu diskutieren: »Wir haben keine Wahl. Entweder wir spielen, oder wir verhungern. Ein paar von diesen Deutschen sind in Ordnung. Sie bringen uns Schnaps und Zigaretten, verschaffen uns sogar Auftritte.«

Sunnys Stimme wurde ganz leise. »Keo, in jedem Land, in das

die Deutschen eingefallen sind, fahren von den Bahnhöfen aus Züge voller Menschen los. Und niemand weiß, wohin.«

»Alles nur Gerüchte. Die Leute werden langsam hysterisch ...«

»Was weißt *du* schon von Hysterie? Oder von Terror? Du bist doch blind für alles, was nicht Jazz ist!«

Er zuckte zurück, als hätte sie ihn geschlagen.

»Ihr Männer hockt in euren Klubs und blast Trompete und wiegt euch in Sicherheit, weil ein paar Nazis eure Musik mögen. Wenn Hitler alle Polen und Juden und Zigeuner zusammengetrieben hat, dann macht er mit denen weiter, die er ›Schlammrassen‹ nennt. Mit dir. Und mit mir. Hast du darüber schon mal nachgedacht?«

Sie blickte sich in der Bar um, schaute auf all die schwarzen und braunen Gesichter – Gesichter aus Guadeloupe, aus Algerien, aus Rhodesien, von den Fidschiinseln.

»Mein Gott, wenn die Panzer erst hier einrollen, dann seid ihr für die leichte Beute.«

Wenn sie so redete, wich er zurück, sah ihre kämpferische Natur, die ihm Angst einjagte – eine Seite ihrer Persönlichkeit, die einfach jegliche Autorität anzweifeln, die Welt in Ordnung bringen mußte. Er dachte an ihren Vater, daran, was sie zur Verteidigung ihrer Mutter getan hatte. Er glaubte nicht, daß Sunny sich als Heldin sah. Sie konnte einfach nicht unbeteiligt danebenstehen.

Sie fand eine Stelle als Assistentin des Schaufensterdekorateurs im Kaufhaus Trois Quartiers. Als sie eines Tages in einem Schaufenster eine Puppe ankleidete, sah ihr dabei ein Zigeunermädchen zu, das in Lumpen und Tücher gehüllt auf der Straße bettelte. Das Mädchen kam näher, zeigte auf die glatzköpfige, halbnackte Puppe und lachte. Wange an Wange mit der Puppe tanzte Sunny einen Tango durchs Schaufenster, nahm dann eine Handvoll Francs aus der Tasche und überlegte gerade, wie sie diese dem Mädchen zukommen lassen konnte. In dem Augenblick näherten sich zwei Männer in langen Ledermänteln und preßten die Kleine gegen die Wand. Sunny sah, wie sich die Lippen der Männer bewegten. Das Mädchen schüttelte den Kopf, hin und her, hin und her.

Einer der Männer streckte die Hand aus, als verlangte er Papiere. Die Zigeunerin zuckte zusammen, versuchte sich zu verkriechen. Der eine Mann schlug ihr ins Gesicht. Der andere packte sie bei den Haaren und riß sie in die Knie. Beide Männer brüllten, das Mädchen schüttelte noch immer den Kopf. Als die Männer sie davonzerrten, schrie Sunny ihnen durch das Fenster etwas nach. Als sie das nicht hörten, donnerte sie den nackten Holzkopf der Puppe gegen die Scheibe. Immer lauter, bis die beiden sich umwandten.

Einer kam neugierig zum Fenster zurück. Sunny wedelte mit den Armen, schüttelte entschieden den Kopf – NEIN –, deutete auf das Mädchen. Der Mann konnte ihre Worte nicht hören, sah aber, wie sich ihre Lippen bewegten, sah ihr wütendes Gesicht. Er sagte etwas zu seinem Kameraden, deutete mit dem Kopf auf Sunny. Der andere horchte auf, drohte ihr mit dem Finger, und dann schleppten die beiden das Zigeunermädchen weg. Ehe Sunny auf der Straße war, waren sie verschwunden.

»Ich habe es mit angesehen«, sagte sie. »Und ich konnte nichts dagegen tun.«

Keo schüttelte sie heftig am Arm. »Misch dich *nie* wieder so ein. Du hättest verhaftet werden können.«

Sie wandte sich schockiert Etienne zu. »Wie in Gottes Namen können wir einfach wegsehen?«

»Für Gott ist hier kein Platz mehr«, sagte er. »Hier ist nicht einmal mehr Platz für Leben.«

Sie fühlte sich zu Brême hingezogen, verspürte eine Seelenverwandtschaft mit ihm, dem Mischling. Manchmal saß sie in seinem Atelier und hörte sich Platten mit alten Eingeborenengesängen an, während er sie genau betrachtete, sie zu ergründen versuchte. Zuerst war sie ihm mit ihren zarten Bewegungen und ihren schrägen Mandelaugen kühl und katzenhaft erschienen. Dann bemerkte er das Aufflackern ihres feurigen Temperaments, ihren hartnäckigen, forschenden Geist. Ihre beinahe bittere Intelligenz. Er fragte sich, wie lange sie Keos Leben würde aushalten können.

Allen, außer den Jazzern selbst und ihren Gelegenheitsfrauen, schien dieses Leben doch nur aus Trägheit und Wiederholung zu bestehen. Sunny dagegen, fand er, war eine Frau, die zu mehr bestimmt war. Sie mußte handeln, retten, erlösen. Doch gerade das eine begriff sie nicht: wie sehr Keo sie und ihre umsorgende Liebe brauchte. Sie sah in ihm nur den talentierten Mann, der niemanden brauchte, der besessen war von seiner Trompete. Brême dagegen sah in Keo einen Mann, der mit einem seltenen und verwundbaren Talent geboren war, das blitzschnell erlöschen konnte, weil es Keo am nötigen Selbstbewußtsein fehlte.

Sunny ging in Brêmes Atelier auf und ab, bestaunte seine Gemäldesammlung. »Corot, Utrillo? Ist das ein Original? Gaugin, den habe ich nie gemocht. Renoir… Oh! Hiroshige!«

Er folgte ihr, war beeindruckt. »Du kennst dich mit Kunst aber ziemlich gut aus.«

»Ich kenne mich mit Kunst *sehr* gut aus«, erwiderte sie. »Ich habe Bücher gelesen, ich habe Gemälde *auswendig gelernt*. Leider kann ich das besser als alles andere.«

»Hast du schon einmal zu malen *versucht?*«

»Oh, ich male wie eine Dilettantin. Das heißt: ohne ernsthafte Absichten. Wenn du dilletierst, dann schrumpft die Malerei zum Hobby, dann erwartet niemand Außergewöhnliches von dir.« Sie lächelte weise. »Ich tu mir nicht leid, Etienne. Es gibt Schlimmeres. Wenn ich nur herausfinden könnte, wozu ich wirklich auf der Welt bin, dann wäre ich schon zufrieden.«

»Du hast doch für… ein Medizinstudium gelernt…«

»Das ist ein für allemal vorbei. Jetzt gehört mein Leben mir. Ich möchte etwas tun, was wirklich sinnvoll ist.«

Er wurde nachdenklich. »Ich habe da vielleicht etwas, das dich interessieren könnte. Laß mir ein bißchen Zeit.«

Eines Abends war die Männertoilette im Café Chat Noir von Kugeln durchlöchert wie ein Sieb: die im Untergrund entstehende Widerstandsbewegung hatte einen deutschen Spion aufgestöbert. Dann erfuhr Dew, daß man zwei schwarze Jazzmusiker, die in Kopenhagen gespielt hatten, in Lagern gefangen hielt. Überall verschwanden Menschen. Jetzt war April, und Hitler brüstete sich damit, Paris spätestens im Mai einzunehmen. Die Männer saßen in Brêmes Atelier zusammen und redeten davon, daß sie nach Hause fahren wollten.

»Fahrt nur«, sagte der. »Ehe ihr euch auch in der Kanalisation verstecken müßt.«

»Und was ist mit dir? Sie treiben doch auch deine Leute zusammen.«

»Ich habe hier noch zu tun.«

Sie hatten sich manchmal gefragt, ob Brême mit den Nazis sympathisierte. Deutsche »Dänen« erschienen in seinem Atelier, tauschten mit ihm Ella Fitzgerald gegen Sidney Bechet, spielten ganze Nächte hindurch Count Basie. Keo hatte dagegen gehört, Brême sei einer der Roma-Partisanen, die gegen die bevorstehende deutsche Besatzung kämpften. Die Roma kannten das Land, sie schmuggelten und beherrschten die Kunst des Sich-Unsichtbarmachens ausgezeichnet.

Eines Abends setzte sich Brême in der Halo Bar mit Sunny zusammen.

»Ich hab da eine Idee. Mein Vater ist Restaurator im Louvre. Ich habe mir überlegt ... würdest du ohne Bezahlung dort mitarbeiten wollen, vielleicht für zusätzliche Lebensmittelkarten?«

Sie schenkte ihm ihre ungeteilte Aufmerksamkeit.

»Ich frage dich, ob du mithelfen willst, große Kunst zu retten.«

Stundenlang redeten sie in ihrer Ecke weiter.

»Du darfst niemandem etwas davon erzählen«, warnte er sie. »Niemals. Sonst wirst du wahrscheinlich erschossen. Ich erkläre Keo, was ich kann.«

Seit 1938 hatte der Louvre seine kostbarsten Schätze schon mehrere Male verschoben. Das erste Mal nach dem Münchner Abkommen, als Europa am Abgrund des Krieges zu stehen schien. Die Gemälde wurden in den Keller des Museums geschafft. Die Aktion war so sorgfältig geplant worden, daß die wichtigsten Gemälde bereits nach zwanzig Minuten hinter bombensicheren Mauern in einem Gewölbe verstaut waren, das einmal der Weinkeller von Heinrich III. und Katharina von Medici gewesen war. Nach weiteren zehn Tagen hatte man die Gemälde vollständig verpackt. Kaum, daß der drohende Kriegsausbruch abgewendet schien, packte man die Gemälde wieder aus und brachte sie an Ort und Stelle zurück. Sieben Tage später öffnete das Museum seine Pforten wieder.

Die nächste Krise war 1939 gekommen, als Hitler im März die Tschechoslowakei einnahm, im September Polen besetzte. Inzwischen hatte der Louvre leise, still und heimlich seine Meisterwerke – Bilder von Rembrandt, da Vinci, Delacroix – aus Paris in private Landschlösser gerettet. Bei diesem zweiten Alarm hatte man die schon legendären Verpacker von Antiquitäten hinzugezogen, die bereits die Sarkophage der Pharaonen von Ägypten ins British Museum gebracht hatten, die Smaragdtüren, so breit wie ganze Zimmer, aus dem Dschungel der Mayas in den Prado transportiert hatten. Männer, deren Hände so zart waren wie die von Eunuchen, andere, deren breite Kreuze und Schultern an Ringergestalten erinnerten.

Fünfzig Packer wurden ausgewählt, dazu ein halbes Dutzend chinesische Experten für Bambusgerüste: Sie beherrschten die mittelalterliche Kunst, Bambusstangen mit Hilfe von haarfeinen Fasern aus gespleißtem Bambus zusammenzufügen und so ganz ohne Nägel Gerüste von enormer Stabilität und Flexibilität zu errichten.

Die ganze Nacht hindurch trainierten zehn gedrungene Packer, sich rückwärts durch den Louvre zu bewegen, gaben ihren Kollegen mit der drei Tonnen schweren Last in dem feinen Bambusrahmen lautlose Signale, führten sie in Zeitlupe durch das höchste, breiteste Portal ins Freie. Dann fuhr ein großer Lastwagen durch die Nacht und brachte das Meisterwerk auf dem Land in Sicherheit. Und wieder saßen die Chinesen in Meditation versunken vor einem drei Tonnen schweren Ungeheuer, verdrillten ihre Bambusstreifen, verstärkten ihre Gerüste. Vielleicht dachten sie an die Legenden ihrer Vorväter zurück, an die Zeit vor der Erfindung des Papiers, an die Zeit vor zweitausend Jahren, als ihre Ahnen Literatur und Geschichte ihrer Zeit auf dieses flüsternde Jadegras namens Bambus geschrieben hatten.

Als nächstes wurden mit Hilfe der anmutigen, drahtigen Chinesen und ihrer Bambusgerüste die massige Venus von Milo und die geflügelte Siegesgöttin von Samothrake vom Sockel gehoben. Barfuß vollführten die Männer ihre Arabesken und Pliés, schienen auf nichts als Luft um die Skulpturen zu klettern, ließen Hebel, Flaschenzüge, Zugseile herunter. Die Statuen wurden eingewickelt und in Kisten verpackt, auf die Seite gelegt und durch die Flure und über eigens konstruierte Rampen zu den Lastwagen gezogen. Im eiskalten Morgengrauen bauten die Chinesen ihre Gerüste lautlos wieder ab, wickelten ihre haarfeinen Bambusstreifen auf, legten die Stangen ordentlich nebeneinander. Dann saßen sie da und blickten forschend auf die leeren Wände, stellten sich innerhalb der verrußten Umrisse die Gemälde vor, die sie gerettet hatten.

Jetzt, in den ersten Monaten des Jahres 1940, als Hitlers Invasion bevorstand, wurden auch die kleineren Meisterwerke verpackt – Ingres, Corot, Chagall. Brême bat Sunny, sich zu dem Notpersonal zu gesellen, das zumeist aus den Frauen der Kuratoren und Restauratoren bestand, die mit der Armee weggezogen waren. Sie sollte ihnen bei dem verzweifelten Versuch helfen, die Kunstwerke zu retten: vor den Nazis und ihrer Manie, »entartete Kunst« zu zerstören.

In einem grauen Overall, eine Mullmaske vor dem Gesicht und mit einem Haarnetz über dem Pagenkopf kniete Sunny mit Dutzenden anderer Frauen im Keller des Louvre, von Experten beaufsichtigt. Kleinere Gemälde wurden aus den Rahmen genommen und aufgerollt, während Leinwände von mehr als einem Meter Höhe im Ganzen verpackt wurden. Zunächst wickelten die Frauen um jede Leinwand sorgfältig ein dickes Tuch. Dann folgten mehrere Lagen Holzwolle, die sie gegen Stöße absichern sollten. Asbest zum Schutz gegen Feuer bildete die dritte Schicht. Teerpappe gegen Wasserschäden war die letzte Lage. Ab und zu unterbrachen die Frauen ihre Arbeit, traten einen Schritt zur Seite, rieben sich erschüttert die Augen. Schließlich wurden alle Pakete in Holzkisten verstaut, auf Holzdübeln gesichert, die während des Transports aufs Land alle Schwingungen auffangen sollten.

Wochenlang stand Sunny die ganze Nacht hindurch über Packkisten gebeugt, ihr Rücken schmerzte, die Finger waren vom ständigen Pieken der Holzwolle angeschwollen. Ausschlag legte sich ihr wie ein Ring um Arme und Handgelenke, erzeugt von der ständigen Reizung durch Teerpappe, erinnerte sie an den Ananas-Ausschlag während ihrer Sommerjobs in der Konservenfabrik zu

Hause. Sie beklagte sich nie. Jeden Abend betrat sie den Louvre mit übersteigerten Sinnen, beinahe wie betrunken.

Wenn sie im Morgengrauen völlig erschöpft nach Hause kam, gab ihr Keo zu essen und brachte sie ins Bett. Sie schlief ein, noch während sie ihm zu berichten versuchte, was sie in Händen gehalten hatte, das lebendige Fleisch der Gemälde, die sie berührt hatte. Sie versuchte ihm zu erklären, daß sie sich noch nie so nützlich gefühlt hatte. So lebendig. Sie fragte sich, ob in ihrem Leben jemals wieder etwas damit zu vergleichen sein würde.

Jetzt war der Louvre für das Publikum geschlossen. Alle Gemälde waren in Sicherheit. Nun begannen die Kuratoren und Arbeiterinnen das Gebäude zu säubern und zu polieren, schrubbten Wände und Marmorböden, die man jahrzehntelang nicht geputzt hatte. Sunny bewegte sich langsam, konzentrierte sich auf jedes Marmorquadrat, auf jede Mosaikfliese, kniete und schrubbte die Fugen mit winzigen Bürsten. Sie schrubbte wie ein Sträfling, den Kopf schuldbewußt gesenkt, das Gesicht so nah am Boden, daß sie den kalten Hauch des Steins spürte.

Jeden Tag bewegte sie sich langsamer, betete, der Krieg möge nicht kommen, möge an ihnen vorüberziehen, damit sie immer und ewig hier weitermachen konnte. Eines Tages gab es nichts mehr zu schrubben. Nun war der Louvre für alle geschlossen. Sie trat durch das Portal in den Nieselregen hinaus, lief langsam rückwärts vom Gebäude weg, bis die schimmernde Fassade so klein war, daß sie sie in der hohlen Hand hätte halten können.

Nā Hoa Paio

Der Feind

Malias Briefe von zu Hause hielten ihn auf dem laufenden.

... Die Menschen sind sehr nervös, beinahe eine Viertelmillion Militärs in Honolulu ... Jonah-Boy will von der Universität abgehen, zur Armee. Das macht Mama pupule ... *Das Leichenhaus von Shirashi ist noch immer geschlossen ... Papa arbeitslos.*

Keo ließ den Kopf hängen, Schuldgefühle mischten sich mit Sehnsucht. Er schloß die Augen, roch den Duft der Korallen, pelzig mit *limu* überwachsen. Er spürte seine Hände zärtlich über die Maserung der alten *koa*-Kanus streichen. Er hatte die Steine der Stadt zum Sterben satt. Gebäude, Straßen, sogar der Fluß schien aus Stein zu sein.

»Ich habe auch Heimweh«, flüsterte ihm Sunny zu. »Aber wir haben uns für das hier entschieden.«

Er überlegte, wie jämmerlich sie waren, wie Unkraut. Wie ausgedorrt er sich fühlte, ohne Meer, ohne feuchte Luft. Er vermißte die leisen, sanften Stimmen aus der Gasse, den Duft des Ingwers.

Sunny dachte an ihre Mutter. »Ich habe sie nicht *gerettet*. Papa wird es ihr heimzahlen ... alles.«

Sie fragten sich, ob sie sich auf ihrer Reise bereits zu weit von ihren Inseln entfernt hatten, ob sie dort jemals wieder hinpassen würden. Im Augenblick gab es hier genug, was sie am Leben hielt. Andere Jazzer, die es vom Pazifik hierher verschlagen hatte. Franzosen aus Tahiti mit Stoffgeschäften um die Rue Cordorcet. Polynesische Tanztruppen. Und in der Halo Bar hockten schließlich noch die ausländischen Studenten.

Manchmal saß Sunny in einem kleinen Park in der Nähe von Sacré-Cœur und beobachtete, wie das Sonnenlicht das Saxophon von Endo Matsuharu wie elektrisch auflud, während Keo ihm die Struktur der Melodien beibrachte. Endo war ein hübscher, sensibler junger Mann, der ernsthaft erwog, sein Jurastudium an den Nagel zu hängen und Jazzer zu werden. Was seinem Onkel Yasunari Seiko die Blässe ins Gesicht trieb.

Immer noch trafen sich die Männer in Etienne Brêmes Atelier, schliefen dort, übten, saßen herum und polierten ihre Instrumente. Manchmal kamen Zigeuner, dunkelhäutige, schweigsame Männer, die Revolver und Gewehre ölten, während Brême wie benommen leise davon erzählte, daß sich seine Leute inzwischen ebenfalls zur Flucht gezwungen sahen. Auch Frauen ließen sich hier häuslich nieder – Studentinnen, Au-pair-Mädchen, Starlets –, Frauen aus Tahiti, Fidschi, von den Philippinen. Sie nahmen Brêmes Atelier in Beschlag und machten sich ans Frisieren, Wäschewaschen und Kochen. Das Aroma exotischer Gewürze zog in Schwaden durch die Flure und auf die Straße, so daß man die »Inselleute« leicht finden konnten, wenn man nur den Kopf hob und ein wenig Witterung aufnahm.

Die Frauen zogen sich in Ecken und Nischen zurück und hängten als Raumteiler Leintücher auf, wie auf einem Zwischendeck. In diesen Höhlen tranken und tanzten sie und schliefen mit ihren Männern, wie in einem wäßrigen Ballsaal, der mit Girlanden aus Meerestieren und Fischernetzen geschmückt war. Auf ihre träge Art ließen sie sich alle von Brême als Rädchen in seinem Uhrwerk einsetzen.

»Seid bloß nicht zu höflich«, unterwies er sie. »Die Pariser haben keine Ahnung von Manieren.«

Mit geschmeidigen Schritten gingen die Frauen mit dem scheuen Rehblick in die Büros französischer Bürokraten, flirteten und feilschten um Einreisevisa, Ausreisevisa, ihre *cartes d'iden-*

tité, ihre Arbeitspapiere, die Papiere für nicht französischsprachige Zigeuner. Sie schlugen die Beine übereinander und fragten unschuldig nach Tips, was den Schwarzmarkt betraf, nach mehr Lebensmittelkarten oder nach Bekanntschaften mit Grenzsoldaten. Manchmal schliefen sie auch mit Beamten der Einwanderungsbehörde, um zu bekommen, was Brême brauchte. Sie begaben sich in Gefahr, machten alles, worum er sie bat. Es waren gefährliche Zeiten, alle waren ein wenig verrückt.

Eines Abends lieferte Sunny gefälschte Papiere an eine Frau, die ihr eine Smaragdbrosche dafür gab. Mit dem Stein konnten sie zusätzliche Lebensmittelkarten für drei französische Familien ergattern, deren Männer man an der Nordgrenze des Landes zum Militär eingezogen hatte. Als Sunny einmal mehrere Kilometer durch Paris wanderte, Elektrokabel für einen geheimen Untergrundsender, den man in einer Kirche aufbauen wollte, um den Leib geschlungen, da schoß ihr plötzlich durch den Kopf, daß sie sich wie durch eine Hintertür nach Paris eingeschlichen hatte.

Ehe sie noch auf den Eiffelturm gestiegen war oder die Madeleine von innen gesehen hatte, hatte sie im Keller des Louvre gestanden und Kunstwerke verpackt. Kaum hatte sie einen Blick auf die weißen Kuppeln von Sacré-Cœur erhascht, da machte sie auch schon Botengänge für die Untergrundbewegung – trieb Tauschhandel mit gefälschten Papieren, heftete für illegale Druckereien Broschüren zusammen. Die unverfälschte Energie dieser Stadt, in der die Menschen in einem Dutzend Sprachen über Kommunismus und Faschismus debattierten, ja sogar der allem zugrunde liegende Schrecken, all das elektrisierte Sunny. Sie kam von den Straßen nach Hause und strotzte nur so vor neuen Plänen, wie man die Nazis bekämpfen könnte.

Und doch wußte sie immer schon nach einem einzigen Blick auf Keo, wann er allein sein mußte. Er hob seine Trompete an die Lippen und trat in sein ureigenes privates Chaos ein. Manchmal kehrte er von dort wieder zurück und blickte sich im Zimmer um, verlangte nach mehr – nach mehr Geld, mehr Ruhm.

»Ich schufte Tag und Nacht, habe ich das nicht verdient?«

Solche Gedanken machten ihn trübsinnig, oft despotisch. Dann ließ er beim Üben die Trompete sinken.

»Die verdammte Uhr tickt zu laut.«

Sie packte die Uhr weg.

Er nörgelte weiter: »Zeit sollte man nicht *hören.*«

In einer Straße, in der der Tauschhandel blühte, tauschte sie die Uhr gegen ein altes Stundenglas mit Messingständer ein. Keo war begeistert, freute sich, nun die Zeit unter Kontrolle zu haben, weil die Stunden so lange stillstanden, bis er die Sanduhr umdrehte.

»Erinnerst du dich«, wollte Sunny wissen, »an unser wunderschönes Wort für Stundenglas? *Anahola.* Die Stunden messen. Beiseite gelegte Zeit.«

Es gab Tage, an denen sie für ihn völlig durchsichtig zu sein schien, an denen er sich mit Leib und Seele nur der furchteinflößenden Klarheit seiner Begabung widmete.

»Ich habe nicht das Gefühl, daß du überhaupt noch bei mir bist«, beklagte sie sich. »Selbst wenn wir uns lieben. Du bist nicht einmal im gleichen Zimmer wie ich!«

Sie stritten sich, tödlich verfeindet. Sunny rauchte eine Gauloise, stützte den Ellbogen des Zigarettenarms affektiert mit der anderen Hand, blies ihren ganzen Zorn in den Rauch. Sie kehrte ihm den Rücken zu, ihre hochhackigen Schuhe zwangen sie zu einem qualvoll eleganten Gang. Und sie rannte fort, ließ ihn leer zurück. Wenn er dann später im Klub spielte, tauchte sie wieder auf und wirkte tieftraurig. Er roch ihr Parfüm durch den ganzen Raum und beendete das Set, wollte nur sie.

So sehr war Keo in seinem Leben gefangen, in dem nichts außer Jazz wirklich Raum hatte, daß er gar nicht bemerkte, daß er etwas Wunderschönes und Unwiederbringliches verschwendete. Daß er immer wieder beiseite schob, was sie ihm beständig anbot.

Die Straßen von Paris waren verlassen, die Luft leblos. Ein Toter baumelte an einem Laternenmast.

»*Collabo*«, flüsterte jemand. »Die Partisanen haben ihn aufgeknüpft.«

Plötzlich klang Dews Stimme wie die eines jungen Mädchens: »Sagt es allen weiter. All meine Pokergewinne für eine Kabine dritter, vierter, egal welcher Klasse auf irgendeinem Schiff nach Amerika. Und wenn ihr gescheit seid, kommt ihr mit.«

Frankreich ergab sich, und über Nacht war Paris auf der Flucht. Sogar die Landschaft war verschwunden. Die Boulevards waren leer, die Tage bestanden aus monotonen, ewig gleichen Stunden. Nur Armeestiefel hallten durch die Straßen, das Knirschen von Panzerketten. Die Nacht war verboten. Die Menschen lagen vollständig angezogen da und hielten einander umschlungen, fragten sich, was wohl als nächstes geschehen würde. Um drei Uhr morgens Männer mit schwarzen Stiefeln in schwarzen Limousinen. Wie Schnitter in menschlichem Getreide ernteten sie manchmal die ganze Nacht hindurch. Zerrten Familien auf die Straßen. Maschinengewehre stotterten. Die Silben menschlicher Schreie. Und dann kam der Morgen. Die Leiche einer Frau saß in einer Toreinfahrt. Irgendwo der Fuß eines Kindes mit einem melancholischen Söckchen. In Brêmes Atelier bastelten die Männer Bomben.

Fahnen flatterten, Tuch mit Hakenkreuzen knatterte im Wind. Jeden Tag, wenn die deutschen Kapellen »Deutschland über alles« spielten, krochen Wagen mit Antennen durch die Straßen und tasteten die Luft nach Morsesendern und Funkgeräten ab. Plakate kündigten öffentliche Hinrichtungen von Widerstandskämpfern an, die Schienen in die Luft gesprengt oder deutsche Offiziere ermordet hatten. Um einen Nazi-Kommandeur zu rächen wurden vierzig Zivilisten gefoltert und erschossen. Brême ging durch die Straßen und riß Plakate herunter, sein Gesicht sah aus, als habe man es in einem Brennofen verfeuert.

Doch sogar nach der Niederlage kehrte Paris wieder zu seinen Alltagsgeschäften zurück, blühte das Nachtleben wieder auf. Die Klubs und Kabaretts waren zum Bersten voll. Hinter den Verdunklungsvorhängen saßen britische Agenten, deren Rasierwasser nach Limonen duftete, zusammen mit waffenschiebenden Zigeunern. Die Männer von der Gestapo klatschten rhythmisch, wiegten sich im Takt mit dem Untergrund. Alle miteinander Jazz-Fans, die um Zugaben bettelten. Im Morgengrauen schlurften die erschöpften Jazzer ohne Ausgangsgenehmigung nach Hause, versteckten sich beim Klang marschierender Stiefel in den Hauseingängen.

Doch in jenem Sommer 1940 ging es ihnen noch gut, auch wenn sie damals meinten, es wäre schon schlimm. Man konnte noch Zigaretten auf dem Schwarzmarkt bekommen, gepanschten Scotch und Gin. Und doch hatte Keo jeden Abend, wenn er spielte, das Gefühl, als lauerte im Schatten etwas auf ihn, irgend etwas Schreckliches, das ihm zuzwinkerte. Sogar im Traum blickte er ständig über seine Schulter. Im besetzten Holland hatte man einen anderen Musiker, den schwarzen Pianisten Freddy Johnson, verhaftet. Den Nazis waren seine Äußerungen zu freimütig gewesen. Sein Saxophonspieler und Schlagzeuger waren untergetaucht.

Eines Tages, als die Band in einem angemieteten Studio übte, traten Männer in schwarzer Lederkleidung die Tür ein.

»Jam Sessions sind verboten!« brüllte der Anführer. Sein Schlägertrupp zertrümmerte die komplette Einrichtung, aber die Musiker und ihre Instrumente rührten die Kerle nicht an.

»Das sind Freunde«, sagte Brême. »Das war eine Warnung. Der Hausmeister in dem Gebäude hier ist ein *collabo*.«

Tage später tauchte der gleiche Gestapomann bei Brême auf. Er war ungeheuer aufgeregt und hatte eine Aufnahme von Stan Getz dabei, die er über Schweden hereingeschmuggelt hatte. Als Brême ihm erzählte, Getz sei ein Weißer, fluchte der Deutsche angewidert.

»Da, nimm sie. Ich sammle nur Neger.«

Brême schüttelte den Kopf. »Ihr *ermordet* sogenannte Untermenschen, und trotzdem vergöttert ihr den Jazz der Neger. Wo bleibt da die Logik?«

Der Deutsche senkte den Blick. »Logik? Es gibt nur den Wahnsinn.« Er trat näher. »Sei vorsichtig, mein Freund. Du ziehst viel Aufmerksamkeit auf dich.«

An jenem Abend lud Brême Keo zum Abendessen ein. Als Keo ankam, saß Brême schon mit Yasunari Seiko, dem ehemaligen japanischen Konsul in Belgien, zusammen, der nun zum Konsulat in Paris gehörte. Keo war schockiert, daß die beiden einander kannten.

»In unseren Zeiten gibt es keine Zufälle«, lächelte Seiko. »Ich hoffe, Ihnen und Ihrer Verlobten geht es gut.« Eine sanfte Erinnerung daran, daß er bei Sunnys Einreise nach Frankreich nachgeholfen hatte.

Inzwischen hatte Göbbels Jazz ganz aus dem Radio verbannt und versuchte, Jazz und Swing überhaupt zu verbieten. Doch immer noch bestanden jazzliebende Deutsche – Industrielle und Superreiche – darauf, daß mehr schwarze Bands nach Deutschland auf Tournee gingen.

»Es wäre sehr gut«, sagte Seiko, »wenn ihr eine kurze Tournee machen könntet. Zum Beispiel im Berliner Hot Klub auftretet. Dort wartet jemand auf ... Dokumente.«

Keo musterte ihn genau. »Eine wichtige Person?«

»Außerordentlich«, erwiderte Brême. »Die Fans betteln, Dew Baptiste soll kommen. Wenn du ihn überreden kannst, zusammen mit dir zu fahren, könnten wir ihm eine Überfahrt nach Hause besorgen.«

In jener Nacht lag Keo während eines Luftangriffs auf dem Bauch in der Metro und atmete Gips und Schutt. Zu Hause weckte er Sunny.

»Heute habe ich in einer französischen U-Bahn gelegen und bin von britischen Flugzeugen bombardiert worden. Davor habe ich mit einem japanischen Diplomaten und einem Zigeunerspion zu Abend gegessen, die wollen, daß ich nach Nazideutschland fahre, weil jemand Papiere braucht.« Er griff ihre Hände. »So hatten wir uns unser Leben mit Sicherheit nicht vorgestellt.«

»So ist es nun mal gekommen«, erwiderte sie. »Ich komme mit.«

»Nein. Du bleibst hier.«

In Frankfurt und Hamburg benahmen sich die Deutschen mustergültig. Keo und Dew und die Band wurden behandelt wie königliche Hoheiten. An drei aufeinanderfolgenden Abenden war der Lili-Marlen-Klub in Frankfurt gerammelt voll, die Menge johlte nach mehr, Männer und Frauen in Abendkleidung tranken Champagner und Armagnac. Sie hatten es lieber ruhig, zogen Swing dem Hot Jazz vor: »Sophisticated Lady«, »Stardust«.

In Berlin ging es wild zu. Die Menge stürzte sich kopfüber in den Abgrund. Vor den Klubs hörten Studenten von draußen zu und tranken Haarwasser oder billiges Parfüm. Einige waren Nazigegner, die »Swing Kids«, die laut aufkreischten, wenn Dew und Keo den Refrain spielten: »Do you know what it means to miss New Orleans.« Als der Schlagzeuger aus Guadeloupe ausrastete und wie ein Berserker spielte, rissen sie sich draußen die Kleider vom Leib.

Sogar die älteren Zuhörer gaben sich ganz dem Leichtsinn hin. Gläser wurden bis zum Überlaufen gefüllt. Man trank Champagner und Kognak aus der Flasche. Keo hatte das Gefühl, als sehe er eine Krone mit glitzernden Juwelen, deren Fassung bröckelte und langsam vor seinen Augen verrottete. Vor den Klubs warfen sich Frauen in Pelzmänteln und Abendkleidern der Band an den Hals, winkten den Musikern aus Daimlers und Mercedes-Limousinen zu. Zum erstenmal in seinem Leben widerstand Dew der Versuchung.

Seiko hatte die Papiere in die Schulterpolster von einem von Keos Jacketts einnähen lassen. Eines Nachts, als Keo in die Garderobe zurückkehrte, waren die Schulternähte aufgetrennt, die Dokumente verschwunden. Auf der Rückreise zur deutsch-französischen Grenze hatten sie noch einen Abend in Stuttgart zu spielen. Am nächsten Nachmittag fuhr man sie zum Zug, wo sich die Band in zwei Abteilen einrichtete.

In einer kleinen Stadt wurde der Zug von deutschen Soldaten angehalten. Eine Stunde später fuhren schwarze Limousinen vor, in denen deutsche Offiziere mit den Abzeichen der Totenkopfdivision der SS saßen. Alle Reisenden wurden auf den Bahnsteig beordert. In diesem Augenblick faßte Keo den Entschluß, seine Schuld einzugestehen, sollte man ihn zu den Dokumenten befragen. Für Dew würde er sein Leben riskieren.

Die Soldaten ließen über hundert Männer, Frauen und Kinder in einer Reihe antreten – Deutsche und Franzosen, die über die Grenze zurück nach Hause wollten. Alle standen da, hielten ihre Papiere, ihre Durchreisevisa in der Hand. Der Kommandant spazierte über den Bahnsteig, trat auf einen jungen Mann zu und schlug ihm einige Male ins Gesicht. Die SS umringte ihn. Dann ein dumpfes Geräusch: Einer der Männer brach zusammen. Der junge Mann hatte eine Pistole abgefeuert. Nun hüpfte und zuckte sein Körper, als ihn von allen Seiten die Kugeln trafen. Von der SS kam kein einziges Wort.

Als es dunkelte, wurden Scheinwerfer eingeschaltet, die die angetretenen Menschen blendeten, während die Offiziere ihre Befehle bellten. Soldaten marschierten mit dem Maschinengewehr im Anschlag den Bahnsteig auf und ab, die Scheinwerfer umgaben ihre Helme mit Heiligenscheinen, spiegelten sich in den blanken schwarzen Stiefeln. Die Leute ließen die Köpfe hängen. Wer Blickkontakt aufnahm, mußte sterben. Willkürlich, beinahe lässig zerrten die Offiziere einzelne Menschen aus der Reihe, überprüften ihre Papiere, schlugen oder befragten sie. Frauen fielen ihn Ohnmacht, Stiefel trampelten über sie hinweg.

Völlig benommen stand Keo da, den Griff seines Trompetenkastens umklammert. Der Kommandant blieb vor ihm stehen, schnippte mit den Fingern. Ein Soldat riß Keo den Kasten aus der Hand, ließ die Trompete auf den Boden fallen. Genauso verfuhr er auch mit Dews Saxophon. Schweigend starrte der Kommandant auf die messingglänzenden, auffälligen Instrumente und richtete dann den Strahl seiner Taschenlampe auf Keos Gesicht.

»Ich bin kein Fan«, sagte er in präzisem Englisch, »von eurer Hottentottenmusik.« Seine Stimme wurde ganz leise. »Aber eines wüßte ich gern.«

Beinahe zärtlich führte er sein Offiziersstöckchen zwischen Keos Beine, immer weiter nach oben, bis es gegen die Genitalien drückte.

»Sag mir, wenn du diesen Krach machst, diesen sogenannten Jazz, erregt dich das?«

Er bewegte das Stöckchen beinahe liebkosend auf und ab. Nun war die Taschenlampe auf Keos Unterleib gerichtet. »Wirst du ... erregt?«

Keo konzentrierte sich nur auf den Stock, machte sich auf schreckliche Schmerzen gefaßt. Der Kommandant lachte, schnipste wieder mit den Fingern. Der Soldat hinter ihm stand stramm, richtete das Gewehr auf Keos Brust. Der hörte in seinem Schädel den Ozean rauschen ... *Ich habe in die Hose geschissen.* Was für ein erbärmlicher letzter Gedanke!

Plötzlich sprang ein Schatten vom Bahnsteig vor den Zug und begann über die Gleise zu rennen. Das Rattern von Maschinengewehren. Eine alte deutsche Frau links von Keo sank plappernd in die Knie. Der Kommandant sprach beruhigend auf Deutsch mit ihr, half ihr ganz sanft wieder auf die Beine. Einige beteten laut.

Über seinen eigenen Gestank hinweg roch Keo neben sich Dews Schweiß, wild und ranzig. Er hörte Dew japsen wie einen rennenden Hund. Der Strahl der Taschenlampe schwenkte auf Dews Gesicht. Der Schweiß rann ihm in Strömen über die Wangen, stand in Perlen in seinem krausen Haar.

Der Kommandant beugte sich zu ihm vor, wich dann zurück. »Gott, ihr Schlammrassen, ihr... STINKT!« Er hielt sich ein Taschentuch vor die Nase.

Ein Soldat knuffte ein Kind im Arm einer Frau. Ein totes Kleinkind, wahrscheinlich von Kugeln durchbohrt, zerfetzt wie eine Landkarte. Man riß ihr den kleinen Leichnam aus den Armen, und die Soldaten schlugen die Frau in den Unterleib. Sie spuckte einem ins Gesicht. Wieder das Rattern. Ein alter Mann wurde in die Knie gezwungen und dann von den Wachen zu einem Lastwagen geschleift. Mit weit aufgerissenen Augen starrte er auf Keo, eine flehentliche Bitte um Hilfe. Ein Paar wurde an ihnen vorbeigetrieben, von Gewehrkolben weitergeknufft. Als der Tag anbrach, hatte man über sechzig Menschen auf Lastwagen verfrachtet: Flüchtlinge, Saboteure, Unschuldige.

Um acht Uhr gingen die Offiziere frühstücken und kamen dann rülpsend und mit gelangweilter Miene zurück. Die Reisenden standen nun schon über sechzehn Stunden auf dem Bahnsteig. Eine Trillerpfeife schrillte. Die Soldaten bellten Befehle, wiesen die Wartenden an, wieder einzusteigen. Dew und Keo knieten nieder, klaubten ihre Instrumente wieder auf. Dann gingen sie mit zögerlichen kleinen Schritten auf den Zug zu. Sie stiegen ein, saßen Seite an Seite, stierten nur vor sich hin.

Der Zug keuchte und schnaufte, ruckte ein-, zweimal, fuhr langsam an. Die Soldaten grinsten zu den Fenstern herein, winkten ihnen zum Abschied. Sogar als der Zug beschleunigte und die Bäume und Wiesen ins Blickfeld kamen, bewegten sich Keo und Dew noch nicht, zuckten nicht mit der Wimper. Später hörte Keo neben sich Dews Zähne klappern, hörte ihn schluchzen, und beide stierten noch immer blicklos vor sich hin.

Als Keo sich wieder bewegen konnte, als er es endlich wagte, blickte er aus dem Fenster. Ein trüber Tag. Und doch blendete die Landschaft ihn beinahe. Er sah das Leben, das pure Wunder des Lebens – dessen uralte Gefilde, dessen riesige, mit Juwelen besetzte Tore –, und jeder Mensch stand in diesem Augenblick reglos still. Er sah das Leben, als wäre es das allererste Mal.

Lebendig sein, dachte er. *Lebendig sein dürfen!*

Mahuka

Fliehen

Er rannte die enge Straße im Montmartre entlang, als hätte er sie noch nie zuvor gesehen, als müsse er sie auswendig lernen. Er stand vor der verrotteten Fassade seines Hauses und wollte sie umarmen, jede ausgetretene Stufe der fünf wackeligen Treppen umarmen. Er badete und schloß Sunny in die Arme.

»O Sunny«, flüsterte er. »Wie ich dich liebe!«

Im Halbschlaf drehte sie sich zu ihm.

»Ich will dich heiraten. *Heute noch*. Ich will Kinder von dir.«

Sie setzte sich auf, war sofort hellwach.

»Wir fahren nach Hause. Zum Teufel mit dem Jazz. Und wenn ich in Honolulu Busfahrer werde.«

»Keo. Was ist denn passiert?«

Er schüttelte den Kopf, war unfähig, es ihr zu beschreiben.

»Ich kann nicht zurück«, sagte sie leise. »Hast du das vergessen?«

»Sunny, hier wird es allmählich brenzlig.«

»... könnten wir nicht in die Schweiz gehen?«

Er streichelte ihr mit der Hand über die Schulter. »Das ist die reinste Wüste für Jazz.«

»Und was ist mit Spanien?«

»Da tobt auch der Krieg. Er ist überall.«

Tagelang starrte er aus dem Fenster, dachte an die unschuldigen alten Leute, die man auf die Lastwagen gezerrt hatte. Dachte an den Stock zwischen seinen Beinen. An das O der Maschinengewehrmündung, die auf seine Brust gerichtet war.

Seiko hielt Wort und besorgte Dew eine Kabine auf einem Schiff von Marseille nach Amerika. Dew flehte ihn an, mitzukommen, und nach einer traurigen, wilden Nacht bei Brême war er fort. Keo war so deprimiert, daß er tagelang nicht spielte.

»Ich überquere keine Grenze mehr«, erklärte er Seiko. »Ich bin kein Held, ich hätte denen Ihren Namen sofort verraten.«

Seiko dankte es ihm, übertrug ihm einfache Botengänge. Er verbrachte viel Zeit mit Keo und Sunny, weil er spürte, daß sie einen älteren Menschen brauchten, dem sie sich anvertrauen konnten. Sunny erzählte ihm von Lili, der Schwester, die sie nie kennengelernt hatte. Sie fragte sich, wie ihr Leben wohl aussehen mochte.

»Wenn sie hübsch ist, ist sie wahrscheinlich in einem Bordell in Schanghai.« Diese Worte trafen sie wie Ohrfeigen. »Wenn sie ein Krüppel ist, wie Sie gesagt haben, dann bettelt sie auf der Straße.«

Er nahm sie bei der Hand. »Verzeihen Sie mir. Sie dürfen sich nichts vormachen. Wenn Sie nach ihr suchen, bricht Ihnen das Herz.«

»Man darf doch die Hoffnung nicht aufgeben«, weinte Sunny. »Die Hoffnung aufgeben, das wäre eigensüchtig. Unehrenhaft.«

An einem hellen, klirrend kalten Tag fanden sie Brêmes Atelier verwüstet, die wertvollen Gemälde im Rahmen zerschlitzt, die Sitze der Stühle aufgerissen, heraushängende Polsterwolle. Die Musiker und ihre Frauen liefen zusammen, warteten auf Brême wie verlassene Kinder. Nach einer Woche begannen sie, halb erfroren, alle möglichen Gegenstände in seinem Kamin zu verbrennen: zerfetzte Zeitschriften, Fischernetze, Holzrahmen. Eines Tages erschienen zwei Roma in der Tür, dunkle Filzhüte auf dem Kopf, Profile wie Habichte auf Beutezug. Sie hebelten Bodenbretter hoch und packten Waffen in Leinensäcke.

»Wo ist Brême?« schrie Keo.

Die Männer senkten die Augen. Sie schüttelten den Kopf und bekreuzigten sich.

Sie fuhren fort, alles zu verbrennen: zerfetzte Matratzen, hölzerne Bettgestelle, schäbige Souvenirs. Sie verbrannten alles. Am

Schluß war nur noch die Erinnerung an einen ruhigen, unverletzlichen Schutzraum übrig. Sie sprachen Brêmes Namen aus, den Namen des Mannes, der ihnen Zusammenhalt und Einheit geschenkt hatte. In ihren vielen Muttersprachen beteten sie für ihn. Dann machten sie sich auf den Weg in die Hafenstädte, zur spanischen Grenze, irgendwohin – wenn nur am Ende der Reise ein Schiff wartete, das sie zurück in die Heimat bringen würde.

Sunny begann zu träumen, daß eine Frau sie um Hilfe anflehte. Sie wachte auf und schrie nach ihrer Mutter. Und allmählich dämmerte ihr, daß Keo und sie ebenfalls jeden Augenblick verschwinden könnten.

Manchmal betrachtete sie ihn im Schlaf. Seine Lippen waren blutig und verkrustet von zuviel Trompetenspiel, weil er nicht wußte, wann er aufhören mußte. Sie berührte seine dunklen, glatten Wangen, seine langen schwarzen Wimpern, ließ die Finger über sein stacheliges Kinn gleiten. Außer den Botengängen für Seiko hatte sie keine Arbeit, keine Aussichten ... *Unser Leben hängt von einer Trompete ab.* An manchen Tagen spürte sie eine wahnsinnige Eifersucht auf diese Trompete. Sie erwog, das Instrument plattzuwalzen, es als Metallschrott für den Krieg zu spenden. Sie spielte mit dem Gedanken, Keos Lippen im Schlaf mit Rasierklingen zu zerfetzen. Dann würde sie ihn pflegen müssen, dann hätte sie seine ungeteilte Aufmerksamkeit. Ohne ihn, so glaubte sie, hatte ihr Leben keinen Sinn, gab es nichts, auf das man sich freuen konnte.

An Weihnachten 1940 bekamen alle Amerikaner die Anweisung, Frankreich zu verlassen. Keo und Sunny gingen zur amerikanischen Botschaft, wo es eine Warteliste von mehreren Wochen gab. Alle Schiffe liefen die Ostküste der Vereinigten Staaten direkt an. Yasunari Seiko meinte, er könne ihnen beim Verlassen des Landes behilflich sein, aber es würde einige Zeit dauern.

»In der Zwischenzeit sind noch viele Vorhaben zu erledigen.«

Sie nahmen ihre »Botengänge« wieder auf, tauschten Schmuck gegen Schwarzmarkt-Medikamente. Paßphotos blieben im Café de Flore in einer Zigarettenpackung liegen. Gefälschte Papiere wurden in Baskenmützen eingenäht. Sunny bewegte sich wie ein Profi, machte nie eine Pause, blickte nie zurück. Manchmal überlegte sie, wie es wohl wäre, geschnappt und verhört zu werden. *Dann würde ich endlich wissen, aus welchem Holz ich wirklich geschnitzt bin ...*

Im Frühling kam ein Päckchen, das so viele Poststempel trug, daß man die Briefmarken kaum noch erkennen konnte. Die deutsche Zensur hatte es unordentlich wieder zugeklebt, der Inhalt kam einem schon entgegen. Ein zersplittertes Glas Pflaumen. Eine chinesische Puppe mit eingeschlagenem Gesicht. Ein über und über befleckter und zerknüllter Brief von April Bao, dem Mädchen aus der Seidenweberei. Sie hatte Sunnys Schwester in Schanghai gefunden. Schwester Lili konnte ein wenig Englisch, aber nicht genug, um einen Brief zu schreiben. Sie hatte für Sunny das seidene Puppenkleidchen bestickt. Sie betete, daß sie sich eines Tages kennenlernen würden.

April Bao schrieb, wie schlimm die Dinge standen. Japanische und chinesische Truppen kämpften unmittelbar vor Schanghai. Ein ganzer Häuserblock war bombardiert worden, Tausende waren umgekommen. Es waren Deutsche dort, Russen, Juden und viele Franzosen. Man nannte Schanghai das Paris des Orients. April fragte sich oft: Züchtete man in Paris auch Seidenraupen? Verkauften die Apotheken Tigerherzen gegen Cholera? Trugen die Menschen auf den Straßen einen Mundschutz? Wie war die Mode? Sie bat Sunny, ihr eine Tube Lippenrouge zu schicken, für Lili ein Stück Spitze. Den Rest des Briefes hatte die Zensur unkenntlich gemacht.

Sunny saß da und drückte die zermalmte Puppe an die Brust. Nachts brachte sie sie wie ein kleines Kind zu Bett und deckte sie zu. Keo enthielt sie die Nachricht vor, sie brauchte selbst erst noch Zeit, um alles in sich aufzunehmen, um Entscheidungen zu treffen. Wenn sie ihm entgegentrat, wollte sie stark sein.

Eines Abends reichte sie ihm die Puppe. »Ich habe meine Schwester Lili gefunden.«

Er schrie auf. Seine Hand fuhr zum Mund. Er legte ihr den Arm um die Schulter, hielt sie auf dem Schoß, während sie ihm den Brief vorlas.

»Ich habe davon geträumt«, erzählte sie. »Ich dachte, es wäre Mama. Aber es ist Lili, die mich um Hilfe anfleht! Ich muß sie aus

Schanghai herausbekommen, an einen sicheren Ort bringen. Und wenn es Honolulu ist.«

Er verstand sie. Zumindest glaubte er, sie zu verstehen. »Sunny. Schanghai, das ist einmal um die halbe Welt.«

»Ich bin schon einmal um die halbe Welt gereist, um bei *dir* zu sein.«

Geduldig versuchte er, es ihr zu erklären. »Das war vor über einem Jahr. Jetzt ist Italien in den Krieg eingetreten, das Mittelmeer ist zu. Wir müßten um ganz Afrika herumfahren, fünf oder sechs zusätzliche Wochen ...«

»Andere Leute tun das auch.«

»Es ist sehr gefährlich.«

»*Das Leben* ist gefährlich. Keo, ich habe immer nur für mich gelebt. Jetzt muß Schluß sein mit diesem Egoismus.«

Er saß die halbe Nacht wach und dachte nach, versuchte, die Sache vernünftig zu sehen. Am Morgen hatte er einen Entschluß gefaßt.

»Es gibt nur eine Möglichkeit. Wir gehen als Mann und Frau nach Hause. Dann kann dein Vater dir nichts anhaben. Ich wollte das ohnehin schon immer. Wir gehen zur Botschaft, tragen uns in eine Warteliste ein, nehmen dann ein Schiff nach New York. Dann fahren wir mit dem Zug zur Westküste, mit einem anderen Schiff weiter nach Honolulu. Es könnte Monate dauern. Anders geht es nicht. Wenn wir zu Hause sind, lassen wir Papiere ausstellen, und wir holen deine Schwester über die richtigen Kanäle da raus.«

Sie starrte ihn an. »Bis dahin ist sie tot.«

Tagelang diskutierten sie hin und her.

Während er in den Kabaretts spielte, wanderte Sunny durch die Straßen, scherte sich nicht um die Ausgangssperre, dachte an ihre Schwester. Eines Abends stand sie in einem Klub im Schatten und beobachtete Keo. Sein Gesicht war dunkel von der Ekstase des Trompeteblasens, seine Augen starr auf einen Punkt weit jenseits der Zuhörermenge gerichtet. Irgend etwas traf sie wie ein Fußtritt in den Magen, ließ sie herumfahren. In diesem Augenblick begriff sie, daß er ihr niemals so viel würde geben können wie seiner Musik. Nie würde sie mit seiner Trompete mithalten können.

Drei Nächte hintereinander beobachtete sie ihn, wachte über ihn, während er schlief. Ihre Lippen bewegten sich wie im Gebet.

Eines Morgens wickelte sie einen Rubin aus, den sie bei einer Frau gegen Lebensmittelmarken eingetauscht hatte. Sie ging damit zu den Treppen vor Sacré-Cœur, die vor Schwarzhändlern nur so wimmelten, und suchte einen, den sie im Laufe der Zeit besser kennengelernt hatte. Jeden Morgen kam sie wieder, so lange bis sie das richtige Angebot hatte. Für eine unglaubliche Summe kam sie ganz oben auf eine Warteliste für eine Schiffspassage. Sie brachte ihre Papiere in Ordnung.

Eines Abends bat sie Keo: »Geh mit mir tanzen. Ich möchte dich nur in den Armen halten und tanzen.«

In den elegantesten Kleidern tanzten sie – Walzer, Tango, Paso Doble. Er wußte nicht einmal, was sie tanzten, seine Füße schienen einfach den ihren zu folgen. Ihre Augen waren an jenem Abend so riesig, daß sie das ganze Gesicht einzunehmen schienen. Sie strömte Hitze aus, ihr Körper glühte. Er hielt sie fest und grübelte. *So schön hat sie noch nie ausgesehen. Man könnte nichts hinzufügen, nichts wegnehmen.*

Sie blieben in allen Tanzsälen bis zum Zapfenstreich, tanzten wütend, zerstörerisch. Als sie ihm später nackt entgegentrat, hatte ihre Leidenschaft die gleiche wütende Verzweiflung. Im Morgengrauen schlief er, und sie saß weinend neben ihm, berührte sein Gesicht, nahm ihre Porzellanpuppe und ging. In Brest stieg sie an Bord eines Frachters, der zu einer langen und umständlichen Reise ins Südchinesische Meer aufbrach.

Am frühen Nachmittag wachte Keo mit schmerzenden Füßen auf. Ein Zettel war an den Spiegel geklebt. Langsam schritt er darauf zu.

Der Kontrapunkt von Gewehrschüssen. Das suchende Dreieck der Scheinwerfer. Das dumpfe Aufschlagen von Bomben in der Ferne. Er ging durch Straßen, in denen alle aussahen, als bräuchten sie dringend einen Krankenwagen. Hungrige Huren arbeiteten in engen Gäßchen, ließen sich mit Margarine bezahlen. Kinder ernährten sich von Abfall. Eine Stadt wurde Erinnerung. Vielleicht war Paris für ihn nie wirklich gewesen – nur eine Kulisse, während er Trompete spielte und auf Sunny wartete. Sie hatte ihn in die Welt hinausgetrieben, ihn vor der Versuchung gerettet, sich selbst zu besiegen. Sie hatte ihm geholfen, reifer zu werden, sich selbst als erwachsener Mann zu sehen.

Und doch wußte er, daß ein Mann sich an seiner Bereitschaft messen lassen mußte, Verantwortung auf sich zu nehmen. Mit seinem jämmerlichen Zögern hatte er sie im Stich gelassen, er hatte das Gefühl, auch sich selbst verraten zu haben. In finsteren Augenblicken meinte er, es gäbe vielleicht gar keine Schwester. Vielleicht hatte Sunny ihn nur loswerden wollen. Er log sich selbst etwas vor, damit er sich nicht eingestehen mußte, daß er das einzige, was er schützen wollte, in die weite Welt hinausgelassen hatte.

Er traf sich mit Seiko, bot ihm für eine Schiffspassage, einen Platz auf einem Frachter, all sein Geld an, sogar seine Trompete.

Seiko schüttelte den Kopf. »Schanghai? Da finden Sie sie nie. Auf einen solchen Ort sind Sie überhaupt nicht vorbereitet.«

Doch Keo war zu seinem Neffen Endo freundlich gewesen. Nicht alle in Paris hatten den Jungen gut behandelt. Nun war er weg; man hatte ihn gezwungen, nach Japan zurückzukehren und sich für die Kaiserliche Armee ausbilden zu lassen. Aus Dankbarkeit bot Seiko Keo zögernd seine Hilfe an.

»Allerdings sind die Wartelisten endlos lang. Tausende von Juden suchen in Schanghai Zuflucht. Alle anderen Länder haben ihnen die Türen verschlossen.«

Er setzte Keo auf eine Liste. In der Zwischenzeit gab es immer noch Botengänge zu erledigen.

»...eine Familie, die in der Rue Margot untergetaucht ist, das Kind braucht Penizillin. Und dann wäre da diese goldene Uhr zu verkaufen. Und dieses Photo muß vervielfältigt werden ...«

Inzwischen waren auch die besten Kabaretts halb leer. Weniger Musiker, weniger Instrumente waren zu finden. Die französische Hitlerjugend, deren Schlägertrupps durch die Stadt zogen, hatte Schlagzeuge zertrümmert. Klaviere waren ruiniert, die Stimmer in Kriegsgefangenschaft. In den meisten Klubs gab es nur noch Kerzenlicht oder Generatoren, die im Keller von erschöpften Pedaltretern angetrieben wurden. An manchen Abenden stand Keo ganz allein auf der Bühne, in der Hoffnung, es würden ein paar Mitspieler auftauchen. Er spielte wie ein Besessener, übte einen solchen Druck auf seine Lippen aus, daß sie aufplatzten und wund wurden, manchmal sogar bluteten. Aber weniger zu spielen, das wäre ein unendlicher Verlust für ihn gewesen.

Eines Abends spielte er gerade ein Solo, »I Got a Right to Sing the Blues«, hetzte sich selbst durch einen Refrain nach dem anderen, glitt Tonleitern auf und ab, die übermenschliche Kontrolle und Atembeherrschung verlangten. Er fühlte sich so einsam und verlassen, daß er nicht aufhören, nicht einmal mehr sein Tempo verlangsamen konnte. Er spielte weiter, immer höher hinauf bis zum hohen C, dann zu einem unwahrscheinlichen F.

Er spürte, daß seine Brust sich so straff spannte, daß seine Lunge für immer gezeichnet war. Er versuchte noch weiter zu klettern. Die Note, auf die er hinzielte, existierte noch gar nicht. Frauen kreischten; blaue elektrische Funken sprühten aus seinen Haaren. Die Deutschen jubelten ihm zu. Einen Augenblick lang war er wie geblendet und sackte in sich zusammen. Als er wieder zu sich kam, tupfte ihm gerade ein deutscher Offizier das Gesicht mit einem duftenden Leinentaschentuch ab. Blasse, schmale Finger, blond beflaumt.

Keo wehrte ihn mit einem Fausthieb ab, taumelte auf die Füße. Zutiefst beleidigt ging der Deutsche an seinen Tisch zurück und rief seine Freunde zusammen. Sie erhoben ihre Gläser und tranken auf Hitler. Die Menge sprang auf und erwiderte den Gruß. Keo hob sein Glas und goß den Inhalt feierlich auf den Boden. Die Deutschen gingen weg, und in die Stille hinein lachte jemand.

Keo fuhr herum. »Und ihr Franzosen könnt euch auch verpissen! Ihr selbstgefälligen Scheißkerle tut so, als hätte dieser Krieg mit euch nichts zu tun!«

Sein Benehmen wurde immer auffälliger und aggressiver. Noch in derselben Woche stand er an der Bar, stellte einem deutschen Offizier ein Bein und lachte. Seine Engagements in Klubs wurden immer seltener, die Besitzer hatten Angst. Er übernahm freiwillig mehr »Botengänge« für Seiko, brachte einem britischen Piloten, der sich in einer *boucherie* versteckt hielt, Landkarten, einen Rasierapparat und eine 38er Pistole. Er saß die ganze Nacht hindurch bei diesem Piloten, trank mit ihm zwischen schwitzenden Ochsenhälften schwarzgebrannten Kognak.

»Ich könnte jemand sein, der dich an die Gestapo ausliefern will«, meinte er. »Woher willst du wissen, daß ich zu den Guten gehöre?«

Der Pilot runzelte die Stirn. »Weil du mich noch nicht umgebracht hast.«

Sieben Stunden lang half er Partisanen, Fingerabdrücke von achtzehn massakrierten Zigeunern, die sie aus einem flachen Massengrab ausgegraben hatten, abzunehmen.

Er musizierte mit jedem, den er finden konnte, in Schlafzimmern, einer Bäckerei, einer Kapelle. Sein Leben hatte sich auf die Botengänge und das Auf- und Abgehen in seinem Zimmer reduziert, auf das Warten auf die Überfahrt nach Schanghai. Manchmal saß er die ganze Nacht im Dunkeln. Wenn er nur gewußt hätte, wie er sie erreichen könnte. Er hatte ihr gemeinsames Leben vorbeiziehen lassen, hatte es verschwendet. Was hatte ihm bloß gefehlt? Er hatte alles erleben wollen, alles, alles lernen wollen. Und doch fehlte ihm genau das: Er begriff, daß er nicht genug gelernt hatte, daß er nicht schnell genug gewesen war.

Die Müdigkeit lastete schwer auf ihm. Sie war auf seine Unfähigkeit, Dinge zu begreifen, zurückzuführen. *Was hätte ich tun müssen, um sie zu retten?* Der Gedanke verfolgte ihn. Sunny hatte alles aufgegeben, um zu ihm zu kommen. Und jetzt hatte sie sogar noch das bißchen Sicherheit in den Wind geschlagen, das er ihr zu bieten hatte, ihr gemeinsames Leben hinter sich gelassen, um noch weiter zu gehen, in ein anderes Extrem. *Ich habe das nie verstanden. Irgend etwas in ihrem Inneren mußte sie noch zum Ausdruck bringen.*

Er begann illegale Lebensmittelkarten zu sammeln, schlang Schwarzmarkteier und Steaks herunter, um Kraft für die Reise zu sammeln. Er wollte nicht wie ein Flüchtling, wie ein Verzweifelter aussehen. Er wusch seine Socken, Unterwäsche, Hemden im Waschbecken, breitete sie in Ermangelung eines Bügeleisens zum Trocknen flach auf dem Schreibtisch aus. Er polierte seine Schuhe mit der Unterseite des Bettlakens, erinnerte sich an die panische Angst seiner Mutter davor, mit einem Laken zugedeckt zu werden, an die alte hawaiische Phobie davor, wie eine Tote in ein Leichentuch gewickelt zu werden. Er bügelte seine Hose, indem er sie ordentlich faltete und unter die Matratze legte. Wie besessen achtete er auf seine Gesundheit und sein Aussehen. Aber manchmal, wenn er sich in einem Fenster widergespiegelt sah, erblickte Keo einen Halbwahnsinnigen, einen Mann, der sich in einem gefährlichen Strudel befand.

»Sie sehen furchtbar aus«, sagte Seiko. »Entspannen Sie sich. Lernen Sie, ein ausdrucksloses Gesicht zu machen.«

Keo übte, seinen Gesichtsausdruck ausdruckslos zu halten. Wenn er an deutschen Offizieren vorbeiging, senkte er den Blick, ließ artig die Schultern hängen, während er sich in Wahrheit danach sehnte, ihnen ein Auge auszureißen und es unter dem Fuß mit einem leisen Knall platzen zu lassen.

Er tauschte überzählige Zigaretten gegen ein Stück feine Seife ein, als er auf dem Heimweg plötzlich vor dem Louvre stand. Er war immer noch ungebildet, wußte nicht viel über die Schönheit der Dinge – über großartige Opern, großartige Gemälde. Aber in diesem Augenblick ließ Keo den Kopf hängen und trauerte um die zerbrechliche Schönheit, die man von diesem Ort in alle Welt zerstreut hatte, manches für immer verloren. Er dachte an Sunny, wie sie hier die Schätze verpackt hatte, erinnerte sich daran, wie er eines Abends geholfen hatte, sie in Lastwagen quer durch das Land zu transportieren. Für kurze Zeit hatte er im Fluß der Geschichte gestanden, war Teil dieses Flusses gewesen. Und im nachhinein war er dankbar dafür.

Er wurde ungeheuer rastlos, wollte irgendwohin und kämpfen, nicht einfach nur im Zimmer hocken. Er wollte eine Waffe, keine Trompete, irgend etwas, das er zusammenbauen, auf jemanden ausrichten und abfeuern konnte. Er gab sich noch einen Monat Zeit. Wenn Seiko ihm bis dahin keine Überfahrt besorgt hätte, würde er über die Pyrenäen nach Spanien gehen und sich mit den Engländern oder Holländern zusammentun und gegen die Faschisten kämpfen. Er würde auf einem Truppentransporter nach Schanghai fahren. Er würde ...

Eines Abends klopfte Seiko bei ihm an, knipste das Licht aus und setzte sich. »Man hat mich nach Tokio zurückbeordert.«

Er hatte eine Überfahrt für sie beide bekommen, als Begleiter einer der letzten Flüchtlingsgruppen, die nach Schanghai fuhren.

Keo rüttelte ihn heftig bei den Schultern. Ehe er sprechen konnte, nahm ihn Seiko beim Arm.

»Wir müssen weg. Jetzt gleich. Mit dem Nachtzug nach Bordeaux.«

Keo beugte sich herunter, um den Koffer unter seinem Bett hervorzuziehen. Der Griff des Mannes wurde noch fester.

»*Jetzt.* Augenblicklich. Ich habe herausgefunden, daß Ihr Name auf ihren Listen steht. Verstehen Sie, was das heißt?«

Ein Blick quer durch den Raum, dann ging er, ließ alles zurück. Seine Kleider, seine Trompete. An jeder Straßenecke, bei jeder Begegnung mit den Deutschen ließ er seine Gesichtszüge erschlaffen, leer, beinahe gelangweilt. Auf seinem falschen Paß, dem *visa de sortie*, ein Name, der indonesisch klang. Mit dicker Brille und einer abgewetzten Aktentasche ging er durch als Gummiexporteur auf der Heimreise nach Djakarta.

In Bordeaux drängten sie sich durch die Menge, zeigten ihre Papiere vor und gingen an Bord des Schiffes. Keo stand an Deck und umklammerte die Reling – immer noch konnten sie kommen und ihn holen. Er atmete erst wieder frei, als das Land langsam zurückwich. Er spürte, wie die Brise steifer wurde, wie das Schiff sich im Atlantik wiegte, nach Süden auf die spanische Küste zupflügte. Und die lange, lange Strecke an der afrikanischen Küste entlang. *Vielleicht hat Sunny die gleiche Route genommen.* Nachts wachte er auf und rief ihren Namen.

Zwei Wochen später Dakar. Männer verschiedener Hilfsorganisationen kamen mit Medikamenten und leichter Kleidung für die Flüchtlinge an Bord. Das Klima änderte sich, das Aussehen der Menschen auch. Keo merkte, wie blaß und ausgemergelt die Flüchtlinge waren. Er begann ihnen zuzuhören, begann zu begreifen, was sie in den Ghettos und Lagern durchgemacht hatten. Manche waren so mitgenommen, daß sie sich überhaupt nicht mehr rührten, nur noch auf den Ozean hinausstarrten. Andere wurden so quicklebendig, als lebten sie zum erstenmal.

Eine Frau stand an Deck und säbelte sich die Haare ab, warf die Strähnen über Bord. Sie schnitte damit ihr altes Leben ab, sagte sie. Leute bogen um eine Ecke und standen plötzlich vor Menschen, die sie für tot gehalten hatten. Sie würden überleben, denn

Schanghai hatte ihnen die Tore weit geöffnet. Keo dachte an seine Roma-Freunde, für die sich keine Türen geöffnet hatten.

Wieder einmal stellte er fest, daß er ins Unbekannte aufgebrochen war, ein Mensch, der versuchte, zum Kern der Dinge vorzustoßen. Manchmal saß er nachts stundenlang an Deck und dachte an Sunny, die ihm das Leiden beigebracht hatte. Ehe er sie kennenlernte, hatte er nichts von wahrem Schmerz gewußt.

Eines Abends saß Seiko neben ihm. »Wenn Sie sie finden, müssen Sie gut vorbereitet sein. Ein wunderbares Mädchen, aber... ruhelos. Manche Frauen drängt es immer weiter.«

Er wollte Seiko erwidern, daß er sich irrte, daß er nichts über Sunny wußte. Sie hatte ihm alles über gebrochene Herzen und Kummer beigebracht – ihr Weggehen war für ihn so gewesen, als hätte man ihm die Haut bei lebendigem Leibe abgezogen, hätte ihn wund und lebend zurückgelassen –, aber sie hatte ihm auch beigebracht, ein Mann zu sein. Sie war seine Augenzeugin gewesen.

Seine Lippen heilten, doch er vermißte den Schmerz, er vermißte sogar die kleinen Hautfetzchen, die er immerzu vom Mundstück abwischen mußte. Manchmal klammerten sich seine Finger um den Griff des Trompetenkastens. Er blickte nach unten, stellte entsetzt fest, daß der Kasten nicht da war. Nachts schlief er ein, während er imaginäre Ventile drückte, sich daran erinnerte, wie sich die Trompete in seiner Hand angefühlt hatte, wie ein elegantes, hartes Haustier, und er vermißte die kühle metallische Blüte des Schalltrichters. Ohne seine Trompete fühlte er sich wie gelähmt. Spielen war für ihn die einzige Möglichkeit, überhaupt etwas zu verstehen.

Wochen später in Kapstadt kamen wieder Hilfsorganisationen mit Ärzten und Nahrungsmitteln an Bord. Menschen, deren Augen und Haut sich auf der langsamen Reise nach Osten verändert hatten. Kontinente sickerten in ihn hinein, neue Sprachen, neue Düfte. Das Schiff fuhr in den Indischen Ozean, ging kurz in Kalkutta vor Anker. Dann durch die Malakkastraße und in das Südchinesische Meer.

Als sie die chinesische Küste hinauffuhren, stand Keo zitternd an Deck. Vor ihm lag Schanghai – und Sunny. Und zu seiner äußersten Rechten schmiegten sich die Sandstrände seiner Heimat in den Pazifik.

Pili Pū Ka Hanu

Vor Angst die Luft anhalten

Schanghai, Herbst 1941

Seiko versuchte ihn auf Schanghai vorzubereiten, auf den schäumenden Schmelztiegel des Fernen Ostens, die Stadt, die von Fremden die Hure des Orients genannt wurde.

»Kitschiger Flitter«, warnte er ihn. »Böses, das fasziniert. Sehen Sie sich vor.«

Keo zuckte die Achseln. »Ich will nur eines: Sunny finden.«

»Ja sicher, aber manchmal hat das Leben andere Pläne.«

Sie bogen in den großen Fluß Yangtse ein, über den Handel und Gewerbe ins Innere Chinas gelangten. Dort, wo der Yangtse sich mit dem Whangpoo vereinte, an dessen Ufern Schanghai lag, verwandelte sich das Wasser in eine tödliche Kloake. Über viele Kilometer trieb Unrat an ihnen vorbei – aufgeblähte Ochsenkadaver, ein menschlicher Leichnam. In der Nähe der Docks passierten sie chinesische Dschunken, Frachter, britische und amerikanische Kriegsschiffe; der Hafen schien beinahe so etwas wie eine eigene Stadt zu sein.

Vor Ablauf weniger Stunden würde Seiko nach Yokohama weiterfahren. Er gab Keo seinen amerikanischen Paß zurück, und die beiden umarmten sich.

»Wenn der Krieg kommt«, flüsterte Seiko, »behalten Sie mich bitte in guter Erinnerung.«

Vor der Zollabfertigung drängten japanische Soldaten mit weissen Gamaschen die Menschenmenge hinter Stacheldrahtzäune zurück. In dieser Millionenstadt blickte Keo wie benommen nach oben. Die hoch aufragenden Gebäude Schanghais verwirrten ihn, erinnerten ihn irgendwie an Paris. Wolkenkratzer im Art-Deco-Stil, neugotische Bürogebäude. Nur hatten einige Gebäude eine gespenstische Schlagseite – wie Schiffe. Später erfuhr er, daß Schanghai auf Schwemmsand gebaut war, der sich ständig verschob, daß nichts im Boden festhielt. Begrabene Särge trieben aufs Meer hinaus. Das Gewicht des in den Kellergewölben eingelagerten Goldes brachte die Banken in eine dramatische Schieflage.

Die Menschenmenge schob Keo über den Bund, den Hauptboulevard, der parallel zum Ufer verlief. Er lief in die nicht enden wollende Attacke fremder, furchterregender Gesichter hinein. Russen mit wilden Augen, Mongolen, Finnen. Südafrikaner, Ägypter. Großspurige »Schanghighlander« – Engländer und Schotten. Amerikaner, Australier, Sikhs. Und Horden von »Untermenschen«: Malaysier, Indonesier. Wogen elender Menschen, die Paris wie eine stille Provinzstadt erscheinen ließen.

Vor Luxushotels fuhren Rolls-Royce-Limousinen vor, nur zwei Schritte von kruzifixdünnen Kulis entfernt, die unter ihren Rikschas schliefen. Verhungernde Chinesinnen hielten ihre Kinder in die Luft, boten sie zum Kauf an. Keo sah Lebensmittelstände und Frisörgeschäfte, die in der Gosse florierten, Prostituierte, die sich an Matrosen anpirschten. Die Luft roch nach Abwasser und englischem Eau de Cologne. Überall trieben Gangster ihr Unwesen, schlugen Menschen zusammen, um an deren Geld zu kommen. Laut predigend standen Redner auf Seifenkisten, und eine Frau, die mit einer Pistole in der Luft herumfuchtelte, verfolgte einen Mann ohne Arme. Als Keo um eine Straßenecke bog, wäre er beinahe in ein Loch gefallen, das voller kleiner Leichname lag. Entsetzt aufschreiend fuhr er zurück.

Ein Weißrusse, der Kalk schippte, lachte zu ihm hinauf.

»Ha! Schon wieder so ein zimperlicher Schwarzer! Das ist die Grube für die Neugeborenen, für die unerwünschten Mädchen. Wenn es richtig klirrend kalt ist, kalt genug für fünf Mäntel, dann kannst du sehen, wie ihre Geister sich mit Reif überziehen.«

Keo wich zurück, verlangsamte einen Augenblick seine Schritte, weil er das Hinweisschild eines Stadions las:

Dann sog ihn ein riesiger Straßenmarkt auf – Stände mit Jade aus Indochina, mit Rubinen aus Burma, mit zinnoberroter Seide aus Taschkent, mit prächtigen Teppichen aus Kaschmir. Ein Mann in einem Regencape aus Seehunddarm bot Hermelinpelze aus Sibirien an. Alles wirkte so, als hätte es die stinkende Luft mit einem Schmutzschleier überzogen. Ein allgegenwärtiges Gefühl grausiger Gier, schrecklichen Leidens. Konkubinen wurden in Sänften vorübergetragen, trugen Lippenrouge auf, während blinde Bettler an Eiterbeulen herumfingerten. Selbst die reichen Weißen, die in ihren Bentleys vorüberfuhren, wirkten kränklich.

Keo kaufte sich mit seltsamen Münzen – Piastern – billige Hemden und einen gebrauchten Koffer. Ein chinesischer Bettler heftete sich ihm an die Fersen, einen halbverhungerten Glanz in den Augen. Er riß Keo den Koffer aus der Hand, zeigte auf seine nackte, knochige Brust. Er wollte sein Gepäckträger, sein Führer sein.

»Hotel!« rief Keo. »Billig! Billig! Du kennen!« Er schämte sich sofort, denn in diesem Kauderwelsch sprachen in Hawaii die Touristen mit den Einwohnern.

Der Bettler nickte, plapperte seinen Singsang, und seine Rippen glühten wie Glasstäbe. Keo stieg über eine Leiche, die ein Auto überfahren hatte, und folgte dem Mann die Canton Road hinunter, an zwei nackten weißen Männern mit Lederhandschuhen vorbei, die in einer Gasse miteinander boxten. Ein Mann in einem grellroten Turban sprang Seil. Etwas weiter weg saßen drei dicke Türken und spielten Tricktrack, spuckten räudigen Hunden unverdauliche Essensbrocken hin.

Keo und sein Führer erreichten die Avenue Foch, einen baumbestandenen Boulevard, der den internationalen und den französischen Bezirk voneinander trennten. Wieder bewaffnete japanische Soldaten und Stacheldrahtzäune, die eine kreischende chinesische Menge in Schach hielten. In gebrochenem Englisch erklärte der Bettler, dies seien Flüchtlinge, die aus den Dörfern, die kämpfende japanische und chinesische Truppen verwüstet hatten, in die Stadt drängten. Dann blieb er stehen. Weiter wollte er ihn nicht begleiten. Er deutete die Straße hinunter und schwenkte Keos Koffer.

»Billig! Billig! Hotel Jo-Jo! Du zahlst jetzt.«

Keo gab ihm ein viel zu hohes Trinkgeld, wedelte dem Polizeiposten mit seinen Papieren vor der Nase herum und wurde durch den Abfertigungsschalter in den französischen Bezirk geschoben. Unweit davon befand sich auf der schmalen Rue Ratard das Hotel Jo-Jo. Hotel Doppelt-Zauberhaft. Ein schäbiges Gebäude in falschem Tudorstil, das ein Auslandsfranzose zusammen mit seiner zarten indochinesischen Frau führte.

»Nicht zu fassen«, sagte der Franzose. »Sie haben Paris verlassen, um hierher zu kommen, in dieses Irrenhaus?«

Keo akzeptierte den angebotenen Kognak und erklärte, daß er gekommen sei, um Sunny zu finden.

Der Mann schüttelte den Kopf. »Hundertausende von Mädchen hier. Die finden Sie nie!«

Keo trank voller Verzweiflung. »Ihre Schwester Lili hinkt – sie hat einen Klumpfuß.«

Der Franzose brüllte vor Lachen. »Entschuldigung, aber das ist zu *drôle*. Nach einem solchen Mädchen zu suchen, hier, in der Stadt der gebundenen Füße!«

»Sie arbeitet vielleicht in einer Seidenweberei.«

Der Mann spuckte auf den Boden. »Grausige Löcher, eine wie die andere. Kindersklaverei. Sie brauchen die kleinen Händchen, die ihnen die Kokons aus dem kochenden Wasser fischen. Sie verbrühen sich, bekommen furchtbare Entzündungen – jede Woche karren sie die Leichname in Lastwagen weg.« Er zögerte. »Ist Ihre Verlobte hübsch?«

»O ja«, antwortete Keo. »Und sehr gescheit. Sie war auf der Universität.«

»Wenn sie versucht, mit ihrer Schwester hier herauszukommen, dann müssen die beiden furchtlos sein, enorme Risiken eingehen ...«

Keo beugte sich vor, verstand nicht recht.

»Schöne Mädchen sind sehr gefragt als ... Hostessen in den Sport- und Spielklubs. Vornehme *maisons tolérées* für Weiße und reiche Taipans.«

Um ein Haar hätte Keo ihn zusammengeschlagen. »In einem Bordell? Sie würde sich niemals verkaufen!«

Der Franzose lächelte. »Dann ist sie nicht in Schanghai. Dies ist die Stadt der Verzweifelten.«

Keo lief durch die Straßen und versuchte sich zurechtzufinden, wich Straßenbahnen und Limousinen aus. Aus ihren Autos heraus brüllten die Chauffeure, versuchten sich einen Weg durch eine Menschenwoge nach der anderen zu bahnen. In der drückenden Schwüle wirkten die Menschenmassen fanatisch, die Gesichter wie lackiert mit öligem Schweiß. Die Kleider schienen ihnen vom Körper zu triefen. Dann waberte Nebel herein, und die Menschen wurden zu wandelnden Leichentüchern. Keo hatte nie versucht, sich die Hölle vorzustellen. Nun dachte er sie sich so ähnlich wie diese Stadt. Hier würde sich der Teufel wie zu Hause fühlen.

Während er Tag für Tag über breite Straßen und durch enge Gassen wanderte, begriff er nach und nach, in welche Zonen die Stadt unterteilt war. Der internationale Bezirk mit seinen neoklassischen Wolkenkratzern, seinen Häusern im falschen Tudorstil wurde hauptsächlich von Amerikanern, Briten und sonstigen Westlern bewohnt. Der französische Bezirk wirkte schon ein bißchen weniger elegant mit seinen französischen und sich westlich gebenden Bewohnern. Dann war da noch die alte Chinesische Stadt, wo die meisten Orientalen lebten. Sie war ein Ort des mittelalterlichen Schmutzes und Elends. Hier drängten sich mehrere Millionen Chinesen in endlosen Reihen winziger, fensterloser Hütten – so als wären sie in Öfen gepfercht, ohne Elektrizität, ohne fließendes Wasser. Tausende schliefen auf den Straßen, die Reisschale fest umklammert.

Keo trieb sich in der Chinesischen Stadt herum, denn er wußte, daß Lili nur hier leben konnte. Er schob sich durch die Menschenmenge, in der sich alle einen Mundschutz gegen die Cholera, gegen den in der Luft schwebenden Dreck vorgebunden hatten. Er starrte in Gesichter, betrat Hunderte von Teestuben und Wäschereien und verließ sie wieder, beschrieb Sunny und die Schwester mit dem Klumpfuß. Alte Männer in Cheongsams starrten ihn an: den dunkelhäutigen Mann, der zwei Mädchen suchte. Sie schleiften aus dem Schatten ihre Töchter herbei, boten sie ihm an.

Nachts wälzte sich Keo unruhig hin und her, schrie im Traum, spürte, wie Sunny ihm durch die Finger glitt. Manchmal hörte er nachts, wie die Armeen draußen vor der Stadt miteinander kämpfen, hörte das ferne Grollen der Marinegeschütze, die auf Stellungen am Ufer feuerten. Nur die Privilegierten schienen von all dem nichts zu bemerken. Nach dem nächtlichen Regen sah Keo am klebrigwarmen Morgen Engländer, die ihren Chauffeuren im weißen Tennisdress durch Sprechschläuche Befehle erteilten. Wenn er die Theodore Road hinunterging, hörte er Orchester, die bei Gartenpartys spielten, sah blonde Kinder, die in Swimmingpools herumplanschten, während ihre *amahs* saubere Handtücher für sie bereithielten.

Eines Tages blieb er vor einer Pfandleihe stehen. Im Schaufenster nagte eine Katze an etwas herum, das wie ein Rattenschädel aussah. Links von der Katze lag eine Trompete. Mit dem glänzenden Instrument unter dem Arm spazierte Keo wieder aus dem Laden. Schanghai wimmelte nur so von Jazzbands. Er trieb sich in einigen Klubs herum, bis er den richtigen Sound hörte. In einem Klub namens Ciro's trat er an die Bühne und fragte den japanischen Saxophonisten, der die Band zu leiten schien, warum sie keinen Trompeter hätten.

»Nach Tokio zurückbeordert. Einberufungsbefehl.«

Keo hob seine Trompete hoch und bot sich als Ersatz an.

»Wo kommst du her?« fragte der Schlagzeuger, ein Filipino.

Als er Honolulu sagte, warf ihm der Mann einen belustigten Blick zu.

»Bist du dir da sicher, daß du nicht Ukulele spielst, Kumpel?«

»Kann ich auch«, erwiderte Keo.

Er paßte das Mundstück ein und begann zu spielen, nicht den aalglatten europäischen Stil, den die Bands für ihre Schanghaier Zuhörer spielten. Er stand da und lotete die ganze Tiefe aus, drang bis ins Herz des Jazz vor, inspiriert von Arbeitsliedern, von Rufen auf den Feldern, von Spirituals und Blues. Dann spielte er ganze zwölf Minuten lang immer wieder den Refrain von Duke Ellingtons »Diminuendo and Crescendo in Blue«. Als er fertig war, saßen die Musiker da wie vom Donner gerührt.

Noch in derselben Woche prangte sein Name im Schaukasten

des Klubs. Jeden Abend und nach jedem Set, bevor die Band eine Pause machte, trat Keo ans Mikrophon.

»Ich suche meine Freundin. Wenn jemand ein Mädchen namens Sunny aus Honolulu sieht, soll er ihr bitte sagen, daß ihr Hulamann hier bei Ciro's spielt.«

Die Zuhörer fanden das toll. Ob es nun stimmte oder nicht, diese Bitte umgab ihn mit einer gewissen Wehmut, wirkte wie ein wunderbares Gegengewicht zu seinem kühlen, kontrollierten Auftritt. Eines Abends erzählte er dem Saxophonisten seine Geschichte.

Der Mann schüttelte den Kopf. »Keine Adresse? Kein Foto? Dann kann dir nicht einmal ein Privatdetektiv helfen.« Er zögerte. »Obwohl, ich wüßte da was, das Haus der Seufzer. Topklasse ...«

Keo fuhr auf. »Sie kann nicht in einem Bordell sein.«

»Dann bleibt dir nichts anderes übrig, als eine Straße nach der anderen abzusuchen.«

Keo ging zur amerikanischen Botschaft. Dort erfuhr er, daß Korea eine japanische Kolonie war und die Schwester Lili daher als Japanerin galt. Japaner durften inzwischen nicht mehr in die USA oder in amerikanische Territorien wie Hawaii einreisen. Keo sackte ungeheuer deprimiert auf einem Stuhl zusammen. Wenn Sunny ihre Schwester gefunden hatte, würde sie niemals ohne sie abreisen.

Eines Tages hockte er in einer der Seidenhändlergassen. Über jeder Tür hingen deutsche Hakenkreuzfahnen neben den Flaggen der Vereinigten Staaten und Großbritanniens. Touristen kauften sie in verkleinerter Form im Dreierpack. Keo lief die Geschäfte ab und erkundigte sich nach Namen von Seidenwebereien. Die meisten befanden sich in einem Fabrikbezirk namens Pootung.

Vor einer mit Zäunen gesicherten Fabrik näherte sich Keo einem Wachposten. Er bot ihm Geld an und versuchte ihm Fragen zu stellen. Der Wachmann grunzte etwas Unverständliches, und Keo trat näher auf ihn zu. Mit einer einzigen blitzschnellen Bewegung schlitzte ihm der Mann mit einem rasiermesserscharfen Messingschlagring das Hemd von der Schulter bis zur Taille auf. Andere Wachleute kamen angerannt, fuchtelten mit Gewehren.

Der Eigentümer des Hotels Jo-Jo erklärte ihm, diese Wachmänner seien Mitglieder von »Schutz«-Banden.

Alle Seidenwebereien, die er besuchte, wurden von diesen Gangs »geschützt«. Maschendrahtzäune, bewaffnete Wachposten. Er lernte, in einiger Entfernung von den Webereien stehenzubleiben. Beim Schichtwechsel näherte er sich den Frauen und fragte sie, ob sie Sunny oder Lili Sung, die Verkrüppelte, kannten. Die Frauen rannten weg, fürchteten, er könne ein Kidnapper, ein Sklavenhändler sein. Keo trieb sich auch in Bars und Ballsälen herum. Er beobachtete Kleiderverkäuferinnen in den Kaufhäusern »Wing On« und »Sincere«.

Im Ciro's lernte er weißrussische Leibwächter kennen, die ihre Tage damit verbrachten, auf den Trittbrettern von Limousinen mitzufahren, ihre Gewehre um die Schulter gehängt. Sie bewegten sich in allen Schichten der Stadt, kannten Mitglieder der Roten Bande, der Grünen Bande, der Unterweltgesellschaften. Sie hatten ein Auge für schöne Frauen, aber keiner von ihnen hatte je von Sunny Sung aus Honolulu gehört.

Keo arbeitete sich weiter vor durch diese Stadt, die täglich weiter zu versinken schien, deren Luft allein ihm schon Übelkeit verursachte. Wenn er im Morgengrauen bei Ciro's fertig war, mußte er sich an Hausmauern festhalten und gegen den Brechreiz ankämpfen, wenn »Honigwagen« vorbeirumpelten. Diesen Unrat der Nacht verwendete man als Dünger, der auch frisches Obst und Gemüse zu tödlichen Fallen werden ließ. Keos Brust und Leisten waren von nässendem Schorf überkrustet. Die allgegenwärtigen Bakterien bescherten ihm entzündete Augen, und er lernte schon bald, mit einem Mundschutz herumzulaufen, mit einer Gazemaske, die er mit Bändern hinter den Ohren befestigte. Unbehandeltes Kloakenwasser sickerte durch den Boden bis ins Grundwasser, die Wasserversorgung der Stadt. Keo sah sich gezwungen, alles abzukochen, sogar Münzen, sogar seine Trompete.

In dieser Stadt schien überall der Tod zu lauern. Syphilis, Typhus, Tollwut. Kinder starben wie die Fliegen. Jeden Tage karrten Lastwagen die Toten weg. Eines Abends ging ein Rausschmeißer des Klubs mit einem Tanzmädchen nach Haus, beide waren betrunken und liefen barfuß. Irgend etwas mußte dabei durch ihre

Fußsohlen in den Körper eingedrungen sein. Innerhalb weniger Wochen waren sie beide gestorben, eng umschlungen, die Beine zu wäßrigen Ballons aufgedunsen.

Und doch gab es inmitten dieser Verderbtheit auch paradoxe Schönheit. Eines Tages sah Keo eine chinesische Prostituierte, ein kleines Mädchen von neun oder zehn Jahren. Mit Rouge bemalt und in vollem Kostüm saß die Kleine bei Sonnenaufgang am Pier und sang aus voller Seele. Mit ihrer winzigen Kinderstimme – ausgelaugt, benommen, jenseits von Schock oder Träumen – sang sie und sang und sang. Ihre Füße baumelten über die Kante des Piers, das Licht fing sich in ihren bestickten Schuhen, sie sang, bis die Sonne aufging, bis sie selbst nur noch ein glitzerndes Pünktchen im Lichtkranz war.

In dieser Stadt der kippenden Wolkenkratzer erschien in der Abenddämmerung wie durch Zauberei ein Kameltreiber mit seiner Herde. Im Halblicht wirkten die Kamele beinahe wäßrig, wesenlos. Die Straßen, durch die sie zogen, sahen plötzlich aus, als lägen sie unter Wasser, die Silhouetten der Tiere schienen vorsintflutlich. Keo stand da und überlegte, wie lang es wohl hersein mochte, daß ihre Saurierhälse aus den Wellen aufgetaucht waren, daß ihre Beine wie Flossen rechts und links gepaddelt hatten. Inzwischen war das Meer verschwunden, und sie waren zu Stuten geworden, die aber noch den schaukelnden Rhythmus der Meereswellen in sich trugen. Die Tiere erfüllten ihn mit Sehnsucht nach seinem eigenen warmen Meer, nach dem trägen Adagio seiner Inseln. Er setzte sich hin und schrieb endlich nach Hause.

Eines Tages schob ihn in der Alten Stadt in einer Straße, wo Schreiber für Analphabeten Briefe verfaßten und Eheverträge aufsetzten, die Menge zu einer Brücke hin, die in neunfachem Zickzack zu einem uralten Pavillon auf einer kleinen Insel inmitten des Sees führte – zum Wuxin-Ting-Teehaus. Bei der siebten Biegung hob er aus einem unerfindlichen Grund den Blick. Vor sich im Teehaus sah er zwei Frauen als Silhouette im Fenster. Eine von ihnen war Sunny. Wie angewurzelt stand Keo da, schrie dann ihren Namen, versuchte sich einen Weg durch die Menschenmenge auf der wackeligen Brücke zu bahnen. Die Leute lachten, schauten zu, wie er hinfiel, schrien, wenn er sich wieder aufrappelte. Zwischen der achten und der neunten Biegung blickte er noch einmal auf. Das Fenster war leer.

Er stürzte in das Teehaus, warf Tabletts um, schluchzte beinahe, während er von einem Tisch zum anderen hastete. Ein alter Kellner trat näher und sprach ihn in gebrochenem Englisch an. Keo umarmte ihn.

»Zwei Frauen hier.« Er hämmerte auf einen Tisch. »Vor fünf Minuten.«

Der Kellner nickte bejahend.

»Eine sprach Englisch? Sehr hübsch?«

»Ah, hübsch!« Der Mann berührte seine Wange. »Andere nicht so gut. Schlimmes Bein.« Er äffte ein Hinken nach.

»Wohin sind sie gegangen? In welche Richtung?« Keo stopfte ihm Scheine in die Hand. »Oh, helfen Sie mir doch. Bitte.«

Der Mann zuckte die Achseln, drehte sich langsam im Kreis, zeigte auf drei winzige Türen, die auf eine ringsum verlaufende Veranda führten, über die man wieder auf die Brücke der Neun Windungen gelangen konnte. Wie wahnsinnig geworden rannte Keo mehrere Male um die Veranda, drängte sich dann durch die Menge, rief Sunnys Namen.

Stundenlang lief er auf der Brücke auf und ab, trieb sich in den Straßen und Gassen der unmittelbaren Umgebung herum. In der Dunkelheit kam ein Mönch vorbei, der sich einen Eisenhaken in die Brust gebohrt hatte und daran eine drei Meter lange Kette hinter sich herschleppte. Hinter ihm schlug ein Brudermönch die Trommel und schepperte mit Zimbeln. Die beiden beugten sich über den dunkelhäutigen Mann, der auf der Straße zusammengesackt war und hoffnungslos und verloren wirkte. Sie leierten über ihm ihre Gesänge, bis Keo ihnen Geld gab, damit sie ihn endlich in Ruhe ließen.

Er setzte Anzeigen in die englischsprachigen Zeitungen. Er wartete vor den Zäunen der Seiden- und Baumwollwebereien, forschte in den abgezehrten Gesichtern der Frauen, deren Finger von weißem Pilzbewuchs überzogen waren. Manche hielten bluttränkte Taschentücher vor den Mund gepreßt, ein Anzeichen für Tuberkulose. Neben ihnen humpelten ihre Kinder und schleppten den scharfen Gestank toter Kokons mit sich, die Hände zu

Klauen verzerrt, die Arme schrecklich vernarbt, zur Strafe verbrüht, weil sie nicht schnell genug gearbeitet hatten.

Er begann zu beten. *Lieber Gott, mach, daß sie in einem Bordell ist, mach, daß sie nicht in dieser Hölle leben muß.*

Er folgte jedem Hinweis, ging in Kabaretts, Tanzcafés, Bordelle. Er suchte in Scherenfabriken, die höhere Löhne zahlten als Seidenwebereien, weil die Arbeit noch gefährlicher war. Die Bleivergiftung vom Metallstaub der Maschinen färbte die Gesichter und Gaumen blau. Chrom fraß nässende Löcher in Arme und Beine. Die Arbeiterinnen erblindeten. Und doch ließen sie es darauf ankommen, denn mit dem Lohn konnten sie sich eine Überfahrt im Zwischendeck kaufen – weg von Schanghai. Auf den Mohnfeldern Burmas oder in den Kautschukplantagen von Sumatra gab es genug Arbeit für Kulis, und wenn sie starben, blieben ihre Särge wenigstens in der Erde und wurden nicht aufs Meer hinausgeschwemmt.

In der Nähe des Bund-Boulevards ging in einem Laden für Hundefleisch, dessen Eigentümer als Kommunist galt, eine Bombe hoch. Käfige flogen durch die Luft, Tiere jaulten. Menschen rannten durch die Straßen und packten sich die saftigen, mit Reis gemästeten Welpen und Pudel, packten sogar Windhunde, die man vom Hunderennplatz gestohlen hatte. Keo sah, wie sich winzige alte Frauen mit gebundenen Füßen – blaugesichtige Arbeiterinnen aus der Scherenfabrik – auf Windhunde stürzten und versuchten sie zu Boden zu ringen. Wie benommen stand er reglos da und erinnerte sich an seinen Freund Oogh von dem Schiff nach New Orleans. Der hatte Keo in einer Vision vor sich gesehen: »*... in einer Stadt, in der Frauen mit Schweinsfüßen und blauen Gesichtern auf dem Rücken von Windhunden reiten ...*« Er erinnerte sich an den Rest von Ooghs Prophezeiung. »*... eines Tages wirst du spielen, und es wird klingen wie Diamanten. Aber du wirst bezahlen. Es wird Schmerz und Kummer geben ...*«

Inzwischen war es November geworden. Die japanische Armee hatte Schanghai umzingelt. Obwohl das International Settlement noch immer unter ausländischer Rechtsprechung stand, errichteten japanische Soldaten immer mehr Stacheldrahtzäune und Kontrollpunkte. Zwischen ausgebrannten Häuserblocks und zerstörten Gebäuden glitzerten die Wolkenkratzer wie Fata Morganas, und auf dem Yangtse kam der Handel zum Erliegen, nachdem man die Europäer evakuiert hatte.

Eines Nachts spielte Keo im Dachcafé eines großen Hotels als Ersatzmann für einen Trompeter. Die Band trug Smoking, und zwischen den Sets spielten die Musiker am Roulettetisch mit. Ganz entspannt saßen die Gäste mit Pink Gins und Kognakschwenkern da und sahen sich die »Nachtshow« an – die Granaten der japanischen Armee, die sich in hohem Bogen gleißend hell durch die Luft schwangen und auf die chinesischen Truppen niederprasselten. Ein Bomber dröhnte vom Fluß her, drehte träge zum Hotel ab. Lässig deuteten die Leute auf das Flugzeug, merkten an, dieser chinesische Kampfbomber sei wohl vom Kurs abgekommen.

Ein Kellner schrie: »Fliegt ... fliegt ... Ei! Seht!«

Keo setzte die Trompete ab, blickte gerade noch rechtzeitig auf, um die Bombe fallen zu sehen wie eine reife Schote. Essensgäste, Jazzer, Tanzpaare, alle standen sie völlig erstarrt da, das war alles, woran er sich erinnern würde. Dann klatschte ihm etwas Feuchtes ins Gesicht, ein Menschenarm. Fliegender Beton, schwarzer Qualm, das bebende Gebäude, das der Länge nach aufgeborsten war. Verwundete Tänzer und Kellner schleppten sich acht Treppen hinunter auf die Straße und sahen in der unversehrt gebliebenen Hälfte des Gebäudes Menschen, die sie stocksteif vor Schreck anstarrten. Büros, Wohnungen, Läden waren völlig intakt, es fehlte nur eine Wand. Ein Frisör starrte auf seinen eingeseiften Kunden, dem ein Metallbrocken den Kopf durchbohrt hatte. Neben dem Toten fuhr ein Mädchen unter Schock mechanisch mit der Maniküre fort.

Auf der Straße würgte Keo das Blut eines anderen Menschen hoch. Unsägliche Dinge klebten an seinem Jackett, glitschten in die Falten. Er setzte sich auf die Bordsteinkante und schaute den Feuerwehrautos, den Krankenwagen und den winselnden Menschenmassen zu. Schon säuberten Sanitätstrupps die Straße, fegten Leichen in die Gassen. Rikschakulis kämmten die herumliegenden Gliedmaßen lautlos nach Schmuck, Schuhen und zerfetzten Kleidungsstücken durch.

Er hörte donnernde Hufe, sah Pferde aus brennenden Ställen auf die Außenbezirke der Stadt zugaloppieren. Neben ihnen rannten Kulis her, versuchten ihnen Fleisch aus den Flanken zu schneiden. In den Vorstädten sollten sich Banditen und Gangster später erbitterte Schießereien um Pferdefleisch liefern.

Keo griff in seine Tasche und spürte etwas Scharfes. Er zog Rippensplitter hervor, ein Organ, das von einem Netz aus Fettgewebe umhüllt war. Er starrte es an, stellte sich vor, es schlüge noch.

»... Du wirst einen Smoking tragen und Roulette spielen, und das Herz eines Fremden zärtlich berühren ...« Wo hatte er das gehört? Wer hatte das gesagt? Er schleuderte das feuchte menschliche Organ von sich, schrie laut auf, schwankte hin und her wie ein Wahnsinniger.

Er wachte mitten in einer Strafpredigt wieder auf. Eine ältliche Chinesin, die Arme mit Jadereifen geschmückt, schimpfte mit einem winzigen weißen Elefanten. Beleidigt legte sich das kleine Wesen nieder und schluchzte.

»Bockig! Er will seinen Trick einfach nicht vorführen ...« Ihre Stimme war die eines chinesischen Vogels, ihr Englisch mit zart angedeuteten Pinselstrichen Französisch betupft.

Keo lag auf einem Diwan in der Ecke eines Raums, der wie ein Ballsaal aussah. Auf der Tanzfläche legten zwei Tingeltangelmädchen mit bis zum Oberschenkel geschlitzten Cheongsams einen Foxtrott aufs Parkett. Tommy Dorseys »Night and Day«. Sie bewegten sich wie Liebende, lasziv und gerissen.

Die alte Frau tröstete ihren schluchzenden Albinoliebling, wandte sich dann Keo zu.

»Mein Sohn ist fortgegangen, um dir Nachtigallensuppe zu holen. Du stehst unter Schock. Die Nonnen haben dich von der Straße hereingebracht.«

Verschwörerisch senkte sie ihre Stimme. »Sie leben nebenan, pflegen Kinder mit Syphilis. Und sie schmuggeln Jungfrauen in Särgen aus Schanghai heraus. Gescheit, was?«

Er sah, daß man ihn gebadet hatte, daß er wie ein Säugling in Tücher gewickelt war. Er stellte sich vor, wie ihn die Engel mit ihren Flügelhauben in Sicherheit gebracht hatten. Als er erwachte, hielt ihm Oogh eine dampfende Schüssel unter die Nase.

»So, *mon ami*, bist du endlich angekommen.«

»Oogh! Was machst du denn hier?«

»Schanghai ist mein Zuhause. Wo sonst würde ein *kanakapākē*-Zwerg hinpassen, wenn nicht nach Sodom?« Er nickte in Richtung der alten Frau. »*Ma mère*. Ihr gehört dieser Ballsaal, und viele Bordelle. Immer, wenn sie mich restlos fertiggemacht hat, steche ich wieder in See, denn sie ist so geldgeil wie ein Pharao.«

Oogh flößte Keo die Suppe mit dem Löffel ein. Sie schmeckte nach Gardenien und Abwasser und machte ihn seltsam schläfrig und träge.

»Ja. Alle Traurigkeit der Nachtigall ist in ihren Säften enthalten. Alle Erinnerungen werden wieder wach, lassen einen die schreckliche Gegenwart vergessen. Gebäude brechen auf wie Brotlaibe, Körper zerplatzen wie Feigen. Sag mir, hast du dein Liebchen gefunden?«

Keo schnappte nach Luft, erinnerte sich, daß Oogh seherische Gaben besaß. Er packte ihn beim Arm. »Ich habe sie gesehen! War es Sunny? Ist sie noch in Schanghai?«

Oogh schloß die Augen. »Vielleicht.«

»Oogh, bitte, hilf mir, sie zu finden.«

Oogh konzentrierte sich. Als er seine Augen wieder aufschlug, waren sie traurig. »Das Leben wird sie finden.«

Keo sank geschlagen zurück. »Ich habe so viel gesehen, seit wir uns das erstemal getroffen haben. Ich weiß immer noch nichts. Jeden Tag denke ich: Links abbiegen? Rechts abbiegen? Woher soll ich wissen, was weise ist?«

Oogh lachte leise. »Hast du das noch immer nicht gelernt? Weisheit braucht man gar nicht. Man kann ein Vollidiot sein und doch gut durchkommen.«

»Aber du bist weise. Du kannst in die Zukunft sehen.«

»Die Wunden von morgen bluten in meiner Seite ... Glücklich macht es mich nicht.«

Keo sah ihn an, als sähe er ihn zum erstenmal. »Was würde dich glücklich machen, mein Freund?«

»So groß zu sein, daß ich der Welt gerade ins Auge blicken kann. Daß ich die Menschen zwingen kann, zu mir aufzuschauen.« Oogh warf sich in die kleine Brust. »Ich wäre gerne Richter. O ja. Ich würde die Leute mit meinem Richterhammer in Angst und Schrekken versetzen.«

Er wandte sich Keo wieder mit ernster Miene zu. »Und du – erwarte nicht, daß du lebend davonkommst, wenn du deine Seele verkauft hast. Dir erwächst Glück nur durch deine Trompete.«

Langsam richtete sich Keo auf. »Und was ist mit Sunny?«

Ooghs Worte waren schlau und verletzend. »Deine Trompete hat sie bei lebendigem Leib gefressen. Aber Frauen sind wie Soldaten, sie überleben immer. Sie wird wieder in deinem Leben auftauchen. Sie wird sich zu dir gesellen. Wenn ihre Zeit gekommen ist.«

Er wies mit der Hand auf kleine Chinesenjungen, die im Kreis saßen und in Sklavenarbeit seidene Unterwäsche bestickten. »Ein weiterer Geschäftszweig von *ma mère*. Was für eine Barbarin sie ist. Ihre Gier ist meine Strafe. Schlaf jetzt. Wenn du aufwachst, führen dich die Jungen nach Hause.«

Keo fielen die Lider zu, vom Gewicht der Nachtigallen beschwert. »Oogh ... geh nicht weg ...«

Oogh lächelte. »Du wirst weggehen und wiederkommen. Du bist der Suchende.«

Er wandte sich zum Phonographen, setzte die Nadel auf eine Schallplatte. »Toccata und Fuge. Bach eignet sich hervorragend zum Sticken. Die Nähjungen sagen, daß die Musik die Seide erzittern läßt, ihr Sehnsucht nach den Kokons einflößt. Jetzt rede ich dich in den Traum. Nun ... soll ich dir die Geschichte vom Rikschamann erzählen?«

Seine Stimme wurde ganz zärtlich.

... Warum nennen ihn alle »Kuli«? Das ist ein gemeiner Name, da der Rikschamann doch in Wirklichkeit eine Legende, ein zerbrechliches Wunder ist. Er kam von Japan nach China, und eingeführt hatten ihn, jawohl, die Engländer. Er ist der einzige Kontakt mit der Armut, den die meisten Weißen in Schanghai je haben. Wußtest du, daß jeden Tag

und jede Nacht achtzigtausend Rikschamänner durch diese Stadt flitzen? Ein Rikschamann kennt jede Straße in- und auswendig. Warum? Die Straße ist sein Zuhause, seine Wiege, seine Matratze, sein Grab …

Aufstände, Feste mit vielen Fahnen, Hochzeiten, Massaker – das ist das tägliche Theater des Rikschamanns. Das Leben ist grenzenlos in seinem Schrecken. Und Essen! Das ist sein Glück. An manchen Tagen zählt er seine Reiskörner einzeln, tippelt auf Zehenspitzen am Abgrund des Verhungerns entlang. Ursprünglich waren sie Bauern, wußtest du das? Kriegsherrscher vertrieben sie vom Land. Zu Tausenden kamen sie in die Stadt, wie Ameisen. Ohne Frau, ohne Kinder, denn derlei Bindungen sind Luxus. Sie schlafen im Schlamm, im Stroh, Rücken an Rücken, in Viehställen, die den Rikschabesitzern gehören.

Hast du gesehen, wie sie aus den Bächen trinken, die durch die Stadt fließen? An der Yao Shui Lane gibt es viertausend Rikschamänner, keine Kerze, kein Licht, kein Wasser bis auf das in dem dreckigen Bach. Jeden Tag stirbt er viele Male, bei Überschwemmungen, in Feuersbrünsten, an Krankheiten. Im Winter meint man, der Rikschamann lacht, denn er wird oft mit einem Grinsen im Gesicht erfroren aufgefunden. Was für seltsame Namen wir doch dem Schmerz geben …

Frühling und Sommer, die liebt der Rikschamann. Hitze! Feuchtigkeit! Inmitten von Unrat, Dreck und Fliegen findet er eine Frau. Er sieht seinen Säugling krabbeln. Das ist sein Glück. Sonnenschein. Ein wenig Reis. Seine Familie auf der Straße um ihn herum zusammengekauert. 'Auwē! *Ab und zu frißt er sich zu Tode. Sein geschrumpfter Magen ist nicht vorbereitet auf derartige Essensmengen – Bohnenpaste, Nudeln, Klebereis.*

Weißt du das? Es kostet den Rikschamann einen amerikanischen Dollar, seine Rikscha einen Tag lang zu ziehen. O nein, sie gehört ihm nicht. Er teilt seine Rikscha mit einem anderen, in Schichten von zwölf Stunden – Arbeiten bis zum Umfallen. Hast du gesehen, wie er rennt und rennt? Wer stehenbleibt, wird ausgeraubt und geprügelt. An den meisten

Tagen hat er, nachdem er dem Besitzer den täglichen Mietzins bezahlt hat, nicht mehr genug Kupfermünzen für sein Essen übrig. Er trinkt eine Bambuskelle voll Schmutzwasser, ißt Erde und träumt, es sei eine Schüssel Reis. Manchmal stiehlt und betrügt er. Er schleicht hinter betrunkenen Weißen her, die aus den Nachtklubs torkeln. Für ein paar Kupfermünzen schlägt er sie nieder. Er stiehlt ihnen die Kleider und läßt sie nackt auf der Straße liegen. Manchmal hält er inne, schnuppert an ihrem Pomadenhaar, an ihrem nach Limonen duftenden Eau de Cologne, fährt mit der Nase über ihre Haut. Manchmal schneidet er ihnen die Finger ab oder die Ohren. Kannst du das verstehen? Kennst du die Abgründe des Hungers?

Der Rikschamann ist wie ein Nachtfalter. Im Sonnenlicht wird er immer weniger und weniger. Seine Haut ist so dünn, seine Rippen sind vom Sonnenlicht ganz versengt. Seine Lungen sind so schwach, daß er nur an zwei von drei Tagen rennen kann. Fragst du dich, wie er so viele Stunden schlafen kann, im Rinnstein, auf dem Fußweg, im Stehen? Verstehst du nicht, daß er zu Tode erschöpft ist? Ich kannte einen Rikschamann, der viel Phantasie hatte. Er verkaufte seine Tochter für eine Kanne Tee. Beim Trinken brach ihm vor Freude das Herz. Stell dir das vor. Sie sagen, er hätte im Tod gelächelt. Kein erfrorenes Lächeln, denn es war Sommer. Er lächelte, weil er glücklich war. Er hatte noch nie Jasmintee gekostet. Dieses Wunder! Der Rikschamann, der Vater von ma mère …

Ooghs Wangen waren tränenfeucht. Er seufzte, tätschelte dem schlafenden Keo den Kopf.

»So, *mon ami,* das ist meine *pākē*-Seite, meine chinesische Seite. Eines Tages erzähle ich dir, wie die Tochter des Rikschamanns dem Jasmineteemann entkommen und übers Meer nach Honolulu gefahren ist, als Photobraut aus einer Anzeige. Und wie sie statt dessen einen Hawaiianer geheiratet hat, der sie die Liebe gelehrt hat. Und auch die Verzweiflung. Schlaf jetzt … wenn du aufwachst, putzen dir die Stickjungen die Ohren sauber, schneiden dir die Nägel und bringen dich zurück ins Hotel Jo-Jo.«

Huli Pau

Überall suchen

Noch ein zufälliger Bombenabwurf. Wie Lumpen hingen die Leichen von den Gebäuden. Keo suchte im Schutt nach ihrem Gesicht. Er suchte an den Docks, unter den abreisenden Menschenmengen, hoffte, sie und Lili hätten eine Überfahrt nach Hongkong oder Manila, ganz gleich wohin gefunden.

Manchmal ließ er sich vom Leben der Stadt mit fortschwemmen. Die ausländischen Botschaften veranstalteten eine Art wöchentlichen Wettbewerb, die britischen Nachrichtenfilme berichteten von den Siegen der Alliierten in Europa, die Klubs der Achsenmächte von der Zerstörung, die Hitler hinterließ. Das Publikum johlte, rannte danach auf die Straßen und prügelte auf den Feind ein. Keo zerrte einen streitbaren Deutschen in eine Seitenstraße und hieb ihm ins Gesicht. Er dachte an Etienne Brême und schlug noch einmal zu.

Manchmal saß er, vom Suchen erschöpft, bei einem alten chinesischen Gelehrten in der Nähe des Hotels Jo-Jo, wo der Mann seine buddhistischen Texte im Sonnenlicht lüftete. Während er die stockigen Blätter durch die Hände gleiten ließ, stopfte er sich kleine silbrige Fische in den Mund, und davon wurden seine Zähne ganz grau und pelzig. Er war ein zerbrechlich wirkender, eleganter Mann und trug ein langes, grob gewebtes Gewand und spitze Schuhe. Seine Bewegungen waren lässig und wirkten gebildet. Eines Tages wandte er sich Keo zu und sprach ein beinahe fehlerloses Englisch.

»Warte nur ab. Wir Chinesen sind vierhundert Millionen Menschen. Das ist unsere Stärke, die Stärke der Ameisen. Wir gewinnen keine Schlachten. Aber wir haben unsere Eroberer bisher jedesmal aufgesaugt.«

Keo dachte darüber nach, daß nicht nur die Japaner, sondern alle Nationen der Welt in Schanghai zusammengekommen waren und dort mit Seide, Opium und Tee Reichtümer anhäuften und Kinder versklavten. Jetzt war der Yangtse zu, der Chinahandel erlosch allmählich. Keo überlegte, wie es wohl den vier Millionen Menschen in Schanghai ergehen würde, nachdem der Rest der Welt die Stadt verlassen hatte.

»Ja, die Japaner werden uns überrennen«, meinte der Gelehrte. »Aber wir werden sie in Chinesen verwandeln. Gib uns fünfhundert Jahre. Warte nur ab.«

Keo hegte den Verdacht, der Alte könnte recht haben. Im Westen dachte man in Größenordnungen von Tagen, von Monaten, die Chinesen in Generationen.

Nun, da der Krieg unmittelbar bevorstand, florierten die Klubs und Kabaretts, genau wie in Paris. Nazis, italienische Faschisten, offizielle Vertreter des Vichy-Regimes trafen ein, verbündeten sich mit ihrem Achsenpartner Japan. Unter ihnen waren wie immer Jazzfans. Wieder einmal spielte Keo Trompete mit der Energie nackten, puren Hasses. Er blieb, weil eine Frau, die er liebte, noch hier war, und er spielte, weil das sein Leben war und weil sein Leben, wenn er nicht spielte, gar keinen Sinn mehr hatte. Es schien, als hätte jeder Musiker in Schanghai seinen ureigenen Grund zu bleiben.

»Wo kann ich sonst hingehen?« fragte der japanische Saxophonist. »In Japan haben sie alle Tanzsäle geschlossen. In jedem anderen asiatischen Land würde man mich umbringen für das, was unsere Armee den Menschen angetan hat.«

Eines Tages reiste der Schlagzeuger ab, nach Manila, seine Stelle nahm ein polnischer Jude aus Warschau ein. Der polnische Bassist wurde durch einen Österreicher ersetzt, der angeblich für die Achsenmächte spionierte. Nachdem man ihn hinter Ciro's mit durchgeschnittener Kehle aufgefunden hatte, trat ein schwarzer Südafrikaner, den man als Kommunisten aus Peking vertrieben hatte, an seine Stelle. Das Publikum verfolgte diesen ständigen Wechsel mit neugierigem Interesse.

Plötzlich waren Musikinstrumente *bo gum*. Wertvoll wie Gold. Saxophone und Trompeten verschwanden, weil die Japaner sie beschlagnahmten und nach Japan verschifften, als Metallschrott für die Bombenherstellung. Eine Trompete blieb nur dann verschont, wenn ihr Besitzer außergewöhnlich gut spielte. Arbeitslose Musiker verscharrten ihre Instrumente zwischen besonders gekennzeichneten Grabsteinen. Keo trennte sich nun nie mehr von seiner Trompete. Er schlief mit ihr, führte sie wie ein Haustier auf der Straße spazieren.

An manchen Abenden ging er, ehe er spielen mußte, über die Brücke der Neun Windungen zum Teehaus im See. Woche für Woche spazierte er dorthin, hielt im Fenster nach dem Gesicht Ausschau, obwohl der alte Kellner ihm erzählt hatte, die beiden Frauen seien nie mehr zurückgekommen. Keo trieb sich in den Straßen und Läden der Umgebung herum. Er betete.

Eines Tages fuhr ein Mercedes mit Hakenkreuzstander viel zu schnell um eine Straßenecke und überfuhr ein Kind. Der Chauffeur sprang heraus, verprügelte den bewußtlosen Jungen noch mit seiner Peitsche und fuhr dann mit dem Wagen vor Ciro's vor. Der Mann, der ausstieg, kam Keo gespenstisch vertraut vor. Während des zweiten Sets erkannte ihn Keo an seinem Eau de Cologne. Es war der deutsche Offizier, der ihm eines Abends in Paris mit dem Taschentuch das Gesicht getrocknet hatte. Jetzt ließ Keo die Trompete sinken und ging von der Bühne. Die anderen kamen ihm auf die Gasse nach.

»Gestapo«, sagte der Schlagzeuger. »Solange er applaudiert, kann uns nichts passieren.«

Keo starrte ihn an. »Du, ein Jude, würdest für dieses Schwein spielen?«

Der Mann lachte. »Das halbe Publikum besteht aus Nazis. Für die spielst du doch auch jeden Abend.«

Der Bassist nickte. »Und die anderen sind Sympathisanten, vielleicht noch ein paar britische Spione. Wenn die keine Jazzfans wären, würden wir in Pootung hinter Maschendrahtzäunen vor Lepra- und Syphiliskranken spielen.«

Keo zog wütend an seiner Zigarette. »Freunde von mir sind in Paris ermordet worden. Und mir hätte um ein Haar ein SS-Mann mit seinem Stock die Eier zerquetscht.«

Der Bandleader berührte ihn sacht am Arm. »Vergiß alles, vergiß Nazis, Achsenmächte, Alliierte. Wir spielen nur, um am Leben zu bleiben. Bitte. Sie warten.«

Die Menschen im Publikum sahen allmählich alle gleich aus und klangen ähnlich – Deutsche, Amerikaner, Briten, sogar die japanischen Offiziere. Sie hatten den gleichen, höchst förmlichen Benimmkodex, lehnten sich auf die gleiche Weise vor, um intensiv zu lauschen. Ihre Blicke waren wie geschleuderte Messer. Und doch boten sie ihnen einen Waffenstillstand an: die Bedingung war Jazz. Keo begann sich in einer Welt der Wiederholungen zu bewegen, alles war ihm schon bekannt, war vorhersehbar. An bestimmten Abenden wußte er, wie das Publikum gekleidet sein würde, wie die Zuhörer riechen und welche Songs sie verlangen würden. Nach einer Weile ließ er sie alle hinter sich zurück, ließ die Stadt hinter sich zurück, spielte nur für sich selbst Trompete. Eines Abends stellte er sich vor, Sunny würde ihn hören, die Musik würde sie zu ihm führen.

Wieder war Keo so in sein Spiel versunken, daß er beinahe vergaß, wo er war. Wenn er vor der Morgendämmerung nach Hause ging – keine Lichter leuchteten mehr außer den schwankenden Laternen der Rikschas –, spürte er unter den Füßen die Bürgersteige von Montmartre. An anderen Abenden stellte er sich vor, die Seine flösse vorbei, ihre Wellen wie fröhlich tanzende Aale. Er sah elegante Paare beim *bal musette* völlig in den zögernden, schleppenden Rhythmus des Tangos versunken. Er roch das Salz der verrottenden Fischernetze in Brêmes Atelier, hörte das eindringliche Beben von Dews Saxophon.

Oder er hörte Gitarren und Geigen, sah die Roma in hellgrünen Wiesen tanzen, das Leben feiern. *Alegría!* Männer von wildem Wagemut, feurige Frauen, Menschen, die unmittelbar mit Gott lebten, die alles Wahre und Unfertige liebten. Er sah ihre Wagen brennen, die Farbe abblättern. Er hörte Maschinengewehre, sah Kinder wie gehetzte Fasane aus den Feldern fliehen.

Als er einmal um drei Uhr morgens vom Ciro's nach Hause kam, warf ihm der Besitzer des Hotels Jo-Jo einen beunruhigten Blick zu.

»Sie wartet schon die ganze Nacht in deinem Zimmer...«

Sie schlief in seinem Bett, das Laken als Keil zwischen den Beinen. Schatten rissen ihr Fleischfetzen aus der Schulter. Er stürzte durch das Zimmer auf sie zu, barg den Kopf an ihrer Brust. Sie wachte auf und schloß ihn in die Arme.

»Vergib mir!« flüsterte sie. »Ich wußte nicht...«

Er kroch zu ihr ins Bett und hielt sie fest. Sie zitterten am ganzen Leib, schluchzten wie die Kinder. Als sie sich wieder beruhigten, knipste er eine Lampe an, um sie sehen zu können.

»Als du weg warst, war ich tot. Ich schwöre es, ich bin gestorben! Ich suche hier schon monatelang die Straßen nach dir ab.«

Dunkle Monde unter den Augen, ihr wunderschönes Gesicht gequält. Furcht und Hoffnungslosigkeit und noch etwas.

»Sunny, du bist so dünn...«

»Dreck«, flüsterte sie. »Tötet den Appetit.«

»Du hättest warten sollen. Du hättest mich mitnehmen sollen.«

Sie richtete sich auf und seufzte müde. »Keo, ich habe Lili gefunden. Ich habe sie gefunden, aber ich bekomme sie nicht aus diesem Land heraus. Die Vereinigten Staaten wollen sie nicht mit mir nach Hause fahren lassen.« Sie klammerte sich an ihn. »Hilf uns. Hilf uns, bitte. Ich kann nicht ohne sie weg.«

»Ich war bei der Botschaft«, sagte er. »Sie gilt als Japanerin und darf nicht in die USA oder US-Territorien einreisen. Es ist hoffnungslos. Eines Tages, ganz bald, werden sie hier alle Amerikaner evakuieren. Du *mußt* mit mir kommen. Wir versuchen, sie später hier rauszubekommen.«

»Ich kann das nicht machen. Ich kann sie nicht im Stich lassen.« Sie begann wieder zu schluchzen. »Ich bin *nicht* wie mein Vater.«

Keo hielt sie im Arm, spürte nichts als Knochen, all ihre Weichheit war verschwunden. Sie schien nur aus Ecken und Kanten zu bestehen. Sogar ihre Brüste unter dem Unterkleid schienen flacher, als hätte diese Stadt, die insgeheim so grausam war, sie flachgepreßt.

»Was ist dir zugestoßen? Wie lebst du?«

Zuerst konnte sie ihm nicht antworten. Sie hatte die Arme um sich geschlungen, ihr Körper bebte erschüttert. Schließlich blickte sie ihm in die Augen. »Vergib mir. Ich wußte nicht. Ich hätte dich nicht verlassen, wenn ich gewußt hätte ...«

Ein kalter Schauder überlief ihn, er spürte, wie sein Gehirn sich ein wenig zusammenkrampfte.

»Wenn du was gewußt hättest? Was ist?«

In der Stille surrten Moskitos auf der Jagd nach Blut. Der Ventilator an der Decke zitterte wie ein verletztes Lebewesen.

»Ich habe ein paar Wochen gebraucht, um nach Schanghai zu kommen. Ich war seekrank, Tag und Nacht. Der Schiffsarzt hat mich untersucht.« Sie verbarg das Gesicht in den Händen. »Ich trug ... unser Kind unter dem Herzen ...«

Keo saß reglos da.

»... war schon fast im dritten Monat schwanger, als ich dich verlassen habe. Ich wußte es nicht! Sie wurde hier geboren, im August. So winzig und zart, aber sie lebt.«

»Wo ist sie?« Er packte sie an den Schultern und schüttelte sie. »Mein Gott, in diesem Dreckloch stirbt sie doch! Wo ...?« Es war zu viel für ihn. Er brach wieder in Tränen aus.

»Sie ist bei Lili und ihrer Tante, bei der Brücke der Neun Windungen. Ich konnte sie nicht mit hierherbringen, die Luft wimmelt nur so von Bakterien. Ich wollte es dir als allererstes sagen. Keo, du *mußt* unsere Tochter mit nach Hause nehmen, nach Honolulu, in Sicherheit. Ich komme mit Lili nach.«

Er schüttelte sie wieder heftig. »Wann?«

Er hörte nicht zu. Er konnte nicht zuhören. Er konnte einfach nicht glauben, daß sich ihr Leben schon so erschöpft haben sollte. Als er sich beruhigte, zog ihn Sunny wieder in die Arme.

»Eines Tages, im Morgengrauen, habe ich unsere Tochter geboren, Lili und eine Hebamme waren dabei. Lili hat sie aus meinem Schoß gezogen. Ich habe meiner armen Schwester Leben gebracht, bis dahin hatte ihr Leben nur aus den Webereien bestanden.«

Sie lächelte, und ihr Lächeln schenkte ihm Klarheit und Hoffnung.

»Sie sieht genauso aus wie du. Ihre Augen, ihr vollkommener

kleiner Mund. Ich habe sie ... *Anahola* genannt. Zeit in einem Glas. Ich habe mich daran erinnert, wie deine Hände das Stundenglas umdrehten, wenn du Trompete geübt hast.«

Er ließ den Kopf auf ihre Brust sinken. »O Sunny. Nimm mich mit zu ihr. Jetzt sind wir eine Familie. Wir müssen nach Hause zurückkehren.«

Er spürte wieder ihre alte Unbeugsamkeit, den Teil in ihr, der niemals verschwinden würde. »Ich *möchte* ja nach Hause. Bei dir sein. Lange ruhige Tage, ruhige Jahre verleben. Ich habe genug von der weiten Welt. Aber ich kann meine Schwester nicht hier zurücklassen. Hilf mir, sie herauszubekommen.«

Er hielt sie fest umklammert, plante Unmögliches. »Ein Typ im Ciro's kennt jemanden, der Pässe fälscht. Sie machen einen für Lili. Ich kenne einen Briten, der mit einer Frau aus unserer Botschaft schläft. Vielleicht würde sie uns helfen ...«

Im Morgengrauen flüsterten sie immer noch miteinander, schmiedeten Pläne, wie sie ihr Leben retten, wie sie wieder Kontrolle über ihre Existenz bekommen könnten. Sie liebten sich wie die Wahnsinnigen, voller Verzweiflung. Es schien, als hätten sie sogar die Kontrolle über ihre Körper verloren. Während Sunny döste, versuchte Keo zu begreifen, was sie ihm erzählt hatte, versuchte zu begreifen, daß sie überhaupt hier neben ihm lag, daß es kein Traum war ... kein Traum.

Als er mittags aufwachte, war sie verschwunden. Er rannte durch die Korridore, doch aus den Spiegeln kreischte ihm nur sein Gesicht entgegen. Seine Nerven zerbröckelten zu Salz.

Der Hotelbesitzer versuchte ihn zu beruhigen. »Sie kommt wieder. Sie sagte, daß sie dein Kind holen geht. Mein Freund, was immer du planst, beeile dich. Wer es sich irgend leisten kann, verschwindet jetzt.«

Drei Tage und Nächte saß Keo auf dem Zimmer und wartete. Jede Stunde zog langsam über seinen Körper. Vielleicht fürchtete sie, daß er sie, wenn sie ins Hotel Jo-Jo zurückkehrte, zwingen würde, mit ihrem Kind an Bord eines Schiffes zu gehen. Vielleicht weigerte sich ihre Schwester, das Kind herzugeben, hatte Angst, daß Sunny sie im Stich lassen würde. Vielleicht war das Kind gestorben. Gab es überhaupt ein Kind? Am vierten Tag war er halb wahnsinnig, rannte wie ein Verrückter durch die Straßen. Er suchte an der Brücke der Neun Windungen, saß dann brabbelnd in einer Gasse, erzählte den Bettlern, er hätte sie verloren. Er hatte sie wieder ziehen lassen.

Nach einer Woche ging er wieder zu Ciro's zurück. Aber in jeder freien Minute suchte er, jede erfolglose Suche ein neuer Horror. Jetzt gab es ein kleines Mädchen, sie nicht zu finden, bedeutete den Tod. Er lebte mit dem Dröhnen seines Herzschlags, beobachtete die nackten Hinterteile von Männern und Frauen, die neben den Bächen kauerten und die Spiralen ihrer Exkremente ins Wasser gleiten ließen. Wasser, in dem seine kleine Tochter gebadet wurde. Er betete, schloß einen Handel mit Gott ab. Alles würde er aufgeben, seine Trompete, sein *Leben,* wenn er nur Sunny und sein Kind retten könnte.

Kūā'ino

Sich vom Guten zum Bösen wenden

Eines Morgens, an einem Montag, zerbarst sein Bett, die Wände fielen über ihm zusammen. Er schnappte die Trompete, bedeckte das Gesicht und taumelte auf die Straße. Panzer rollten nebeneinander her und walzten alles platt, was sich ihnen in den Weg stellte. Keo sprang ihnen aus dem Weg und sah Bataillone japanischer Marinesoldaten mit aufgepflanzten Bajonetten in Formation vorbeirennen. Vor ihm bremste ein Motorrad; ein junger japanischer Offizier kletterte aus dem Seitenwagen.

»Du. Sofort beim Kontrollpunkt vorsprechen, für eine rote Armbinde.«

Keo stand wie benommen da. »Was ist los? Was ist passiert?«

Der Mann schlug Keo hart ins Gesicht. »Nicht gehorchen, ich töte dich. Deine Gedanken und meine Gedanken jetzt Feinde.«

Keo sammelte seine Papiere wieder ein, kämpfte sich durch den Schutt, bahnte sich einen Weg zu Ciro's, wo die Wachen ein Kurzwellenradio hatten. Eine Menschenmenge war zusammengelaufen, hörte Nachrichten. Ungläubig schaute Keo zu, wie die Menschen aufeinander losgingen. Bald zeichnete sich ein Muster ab: Die Unterdrückten schlugen zurück, schlugen ihre Unterdrücker.

Eine chinesische *amah* reckte sich, ohrfeigte ein weißrussisches Au-pair-Mädchen. Weißrussen wiederum schienen Franzosen zu schlagen. Ein Tingeltangel-Mädchen trommelte mit Fäusten auf die Brust eines Sikh-Polizisten mit rotem Turban. Der

Sikh wehrte sie unsanft ab, hieb dann auf einen schreienden Engländer in Golfhosen ein. Der Engländer japste nach Luft und schlug dann seine schluchzende Frau. Mütter prügelten ihre Kinder. Rikschakulis zerrten uniformierte Chauffeure aus Buicks und Bentleys und bearbeiteten ihre Köpfe mit Eisenrohren. Eine alte Frau mit leeren Augenhöhlen saß auf der Straße und drehte einem Huhn den Hals um.

In dem wahnsinnigen Getümmel hörte Keo Stimmen, die durch das Rauschen des Kurzwellenradios zu ihm durchdrangen und wieder verebbten: »... PEARL HARBOR ... PEARL HARBOR ...« Die Menschenmenge überwältigte ihn, schwemmte ihn zurück zum Bund unten am Hafen von Shanghai, wo britische und amerikanische Kriegsschiffe vor Anker lagen. Rundum ungeheuerliche Explosionen. Ein Gebäude sackte in sich zusammen. Zu Tausenden fluteten Menschen herbei, eine Woge nach der anderen, wußten nicht wohin.

Im Hafen standen japanische Marineoffiziere auf Kreuzern stramm, die das umzingelt hatten, was von den amerikanischen und britischen Kriegsschiffen noch übrig geblieben war. Die Flaggen mit der aufgehenden Sonne wehten nun dort, wo einmal die Flaggen der Alliierten geflattert hatten. Hilflos deutete Keo auf Matrosen, die in flammendem Öl trieben. Ein Engländer im Maßanzug schrie den brennenden Männern etwas zu, drehte sich dann um und schleuderte einem japanischen Soldaten Flüche entgegen. Der Soldat stieß ihm das Bajonett geradewegs durch den Hals.

Auf allen Straßen sah Keo, wie die Japaner die Stadt überrannten, marschierende Truppen und leichte Panzer in langen Reihen, sah den gleichen preußischen Militärschritt wie damals in Frankreich. Zwischen den geordneten Truppenreihen wimmelten die Menschen – Weiße und Orientalen –, rannten wie Wahnsinnige auf den Bund zu, in die Sicherheit.

Da, im blindwütigen Strudel Tausender Körper, die wild durcheinander taumelten, sah er sie. Ein Kleinkind auf dem Arm, zerrte sie ein hinkendes Mädchen neben sich her. Er rief ihren Namen. Er kletterte Wildfremden auf die Schulter und schrie ihren Namen. Immer und immer wieder. Sunny wandte sich um, blickte auf, ungläubig staunend. Nie würde er diesen Augenblick vergessen, ein Einatmen, ein gewaltiges Luftholen vor dem Strudel der Stromschnellen. Sie sah ihn, ein zärtliches Strahlen in den Augen. Sie streckte die Arme mit dem Kind nach ihm aus. Sie sprach seinen Namen. Dann sackten die Schultern unter ihm zusammen, und er fiel.

Er wachte auf einer Krankenstation auf, die so überfüllt war, daß Sterbende in den Ecken kauerten. Sein Kopf schmerzte furchtbar, er konnte nichts sehen. Doch eines Tages humpelte er zum Fenster. Schanghai war ein von den Japanern beherrschtes Gefechtsgebiet. Truppen, Panzer, Beobachtungsposten, in denen Soldaten mit Maschinengewehren saßen. Sie schlugen Rikschas zu Kleinholz, schlugen die Kulis zusammen, daß sie zerbarsten wie Mehlsäcke. Draußen im Hafen finstere schwarze Rauchschwaden, halb gesunkene Schiffe und Sampans. Der Hafen quoll über vor zerschmetterten Menschenkörpern.

Ein Schweizer Arzt mit der gebeugten Anmut eines müden Vogels erzählte ihm, die Vereinigten Staaten hätten Japan den Krieg erklärt. »Lassen Sie den Kopf nicht hängen, noch ein paar Wochen, und Sie sind auf dem Weg nach Hause auf einem Heimkehrerschiff.«

Moskitoschwärme brachten Malariafrösteln, Unwohlsein. Fieberwellen überrollten ihn. Eines Tages wachte er auf und roch Mandarinen.

»Hulamann. Das wird allmählich zur Gewohnheit.«

»Oogh. Ich habe sie gefunden. Und dann habe ich sie verloren. Und unser *Kind*.«

»Das hier ist kein Ort für ein Kind.« Er teilte die Mandarine in Spalten. »Auf den Straßen nagen sie den Rost von den Schubkarren. Es wird sehr schlimm werden.«

Die Süße der Mandarine schmerzte ihn im Mund, ließ seine Zunge wie unter Schock erzittern. »Wie hast du mich gefunden?«

Oogh seufzte. »Jetzt werd bloß nicht sentimental. Du mußtest gefunden werden. Die neueste Nachricht: Sie wollen dich im Club Argentina, dem Faschistenklub neben dem Haus von *ma mère*.«

»Sie?«

»Die üblichen. Achsen. Spione. Ciro's ist kaputt.«

»Ich kann jetzt nicht spielen. Ich muß sie finden.«

»Du *mußt* spielen. Sonst droht dir das Internierungslager. Oder Schlimmeres.« Oogh rückte noch näher. »Letzte Woche sind neun Menschen auf dem Operationstisch gestorben. Die Ärzte haben Anweisungen von der Gestapo. Willst du auch so verschwinden?«

Keo setzte sich auf, plötzlich hellwach. »Ich muß herausfinden, was mit meiner Familie geschehen ist. Sie leben in der Nähe von Pearl Harbor.«

Oogh rückte noch näher. »Ein Kurzwellenradio im Klo von *ma mère*. Nur wenige Verletzte in Honolulu außerhalb von Pearl Harbor. Die Japsen hatten es nicht auf Zivilisten abgesehen.«

Mit erstaunlicher Kraft packte er Keo beim Arm. »Komm. Jeder Tag, den du in diesem Dreckloch verbringst, ist ein Flirt mit dem Tod.«

Sie bahnten sich einen Weg die Treppe hinunter bis zu einem Ausgang. Auf der Straße zwangen Soldaten gerade sechs junge Mädchen, auf einen Lastwagen zu klettern. Mit aufgepflanzten Bajonetten standen Männer auf den Trittbrettern und bewachten sie.

»Wo werden sie hingebracht?« fragte Keo.

»Umzäunte Bezirke.« Oogh schüttelte den Kopf. »Zum Vergnügen der Soldaten.«

Er spielte im Club Argentina und trug eine Armbinde mit einem A für Amerikaner. Der jüdische Schlagzeuger trug ein J für Jude, britische Spione in der Zuhörerschaft, die sich als Niederländer ausgaben, ein H für Holland. Überall in der Stadt flatterten inzwischen Flaggen der aufgehenden Sonne und Hakenkreuzfahnen. Als jeden Tag mehr Menschen aus den alliierten Nationen verhaftet und mit Lastwagen in Lager außerhalb der Stadt verfrachtet wurden, begriff Keo, daß seine Freiheit nur noch davon abhing, wie gut er Trompete spielte. Und er konnte nur nach Sunny suchen, wenn er frei war. Das Leben ging weiter, nicht so wie früher, sondern als Parodie seines früheren Lebens.

Die Band war in den Hunan Mansions in der Nähe des Klubs

untergebracht, in einem schäbigen Hotel, das von Waffenschiebern, Schwarzhändlern und Nachrichtensammlern nur so wimmelte. Die Wochen schlichen dahin, wurden zu Monaten, während Keo weiterhin jeden Tag die Straßen durchkämmte und jeden Abend auf der Bühne saß und absolute Teilnahmslosigkeit vortäuschte. In Paris hatte ihm Sunny vorgeworfen, daß er nie nachdachte, nie beobachtete. Daß er immer nur Trompete spielte. Nun hatten sich die Zeiten geändert, er lebte anderswo. Er sah die sinnlose Brutalität der Japaner und der Nazis, die sich als Alliierte der Japaner ausgaben und sie doch gleichzeitig verächtlich als »kleine gelbe Affen« abtaten.

Er beobachtete sie mit ihren pomadigen Köpfen, ihrer makellosen Kleidung, ihrer peinlich korrekten Haltung. Die Autos, aus denen sie stiegen, waren elegante dunkle Gehäuse. Keo erinnerte sich an Brême, erinnerte sich an die drei Frauen aus der Résistance, die man öffentlich hingerichtet hatte, und schäumte vor Wut. Er betrachtete sein Spiegelbild. Das Gesicht geriet ihm aus den Fugen.

Nacht für Nacht wälzte er sich schlaflos, wußte, daß nicht der Kummer einen Mann umbrachte, sondern die Hilflosigkeit. Er dachte an sein Kind, sehnte sich danach, das Mädchen in den Armen zu halten, sehnte sich so sehr nach Sunny, daß er überhaupt nicht daran denken konnte, eine andere Frau zu berühren, schon die bloße Vorstellung nicht ertrug. Er konnte andere Frauen nicht einmal ansehen. Tingeltangel-Mädchen wiegten sich zart vor ihm, die Cheongsams hochgeschlitzt bis zum Oberschenkel. Konkubinen der Oberklasse blinzelten ihm aus Sänften heraus zu, schmollten mit feuchten Lippen. Weißrussische Huren in Silberfüchsen zwinkerten ihm zu, während sie mit Deutschen vorbeitanzten. Er sah weg.

Die Einzelheiten des Lebens begannen ihm zu entgleiten. Er vergaß bestimmte Rituale, badete und rasierte sich nur ab und zu, ölte sein Haar nicht mehr ein, so daß es drahtig und kraus wurde. Sunny hatte ihn gelehrt, seine Haut, seinen gedrungenen Körper zu lieben. Mit ihrer Liebe hatte sie seine dunkle Eleganz verherrlicht. Jetzt begriff er, daß Schönheit nur in den Augen eines anderen Menschen existiert, daß wir erst durch einen anderen Menschen menschliche Würde erlangen.

Eines Nachts schlich ihm ein Deutscher nach, der Nazi mit dem Eau de Cologne und den Leinentaschentüchern. Blaß, windhunddünn, im makellosen Anzug. Jedesmal, wenn Keo eine Note spielte, zappelte er auf dem Stuhl, applaudierte fieberhaft.

Der Bassist flüsterte: »Der hat ein Auge auf dich.«

Er folgte Keo in seinem schnurrenden schwarzen Mercedes die Straße hinunter. Der Wagen hielt neben ihm, die hintere Tür ging auf.

»Hulamann.« Die Stimme war leise, doch gleichzeitig scharf.

Keo stieg so selbstverständlich ein, daß es schon beinahe unanständig schien. Schweigend saßen sie da, während der Fahrer den Wagen langsam an den Kontrollpunkten vorbei und durch die ausgebombten Straßen manövrierte. Der Mann bellte etwas durch das Sprechrohr. Der Fahrer hielt an und stieg in der Nähe eines Parks aus, ließ sie allein. Beinahe unmerklich legte sich eine Hand um Keos Schulter. Lippen streiften die seinen, schmeckten nach Schnaps. Die andere Hand machte sich an seinem Hosenschlitz zu schaffen, zog den Reißverschluß auf, packte seinen Penis. Der Deutsche wimmerte und wand sich. In einer einzigen blitzschnellen, fließenden Bewegung zerrte Keo ihn aus dem Wagen und rammte ihn gegen die Tür. Er ließ seine Faust auf die Luftröhre des Deutschen krachen und reckte ihm das Gesicht entgegen.

»Ihr Nazis seid ja so *bleich*. Was ist? Macht auch die Sonne schon einen Bogen um euch?« Dann lächelte er und zog den Reißverschluß seiner Hose wieder zu. »Keine Sorge, Mann. Ich schlage dich nicht. Was ich an euch hasse, hat mit eurem Körper nichts zu tun.«

Er drehte sich um und ging weg, besann sich dann noch einmal, kam zurück, holte mit der Faust aus und schnellte sie dem Deutschen auf die Nase. »Das war gelogen.«

Es schien ihm eine ehrenhafte, eine würdige Tat. Als wäre er endlich am Ende einer langen Maskerade angelangt. Beinahe lässig schlenderte er durch die Schluchten und Gebirge der bombardierten Straßen nach Hause. Er schlief tief und fest, träumte von Oogh, der ihm einen Vortrag hielt.

»Hulamann, du gehst zu weit. Eines Tages wirst du das letzte Quentchen dem hinzufügen, was ohnehin schon zu viel ist.«

Im Morgengrauen jaulten Sirenen vor seinem Hotel.
Im Halbschlaf fragte er: »Komme ich ins Gefängnis?«
Oogh seufzte: »O ja.«
»Werde ich sterben?«
»... ein bißchen.«

Als er den nackten Trommelwirbel der Stiefel auf der Treppe hörte, stand er auf und zog sich an. Mit Bajonetten schnitten sie ihm die Kleider vom Leib, bis er rot überströmt dastand.

Die Straßen versanken in ewig gleichen Horrorszenen. Im Westen spiegelte ein Himmel in Hochofenrot die Farbe seiner Arme und Beine wider, auf denen sich bereits die ersten Schwären bildeten. Gegen ihn gedrückt lag in einer Lache aus Exkrementen ein Schotte, den man zu Tode oder auch nur bewußtlos gefoltert hatte. Auf den Ladeflächen der polternden Lastwagen kauerten zusammengepfercht Briten, Holländer, Amerikaner, an zusammengerollte Decken und Koffer gelehnt, vermieden sie den Anblick von Keos blutüberströmtem Körper, sahen lieber den halbtoten Mann neben ihm an. Japanische Wachposten auf den Trittbrettern stießen sie mit Bajonetten.

Sie waren auf dem Weg zum Internierungslager Woosung, drei Stunden nördlich von Schanghai, und kamen durch die reichen Vorstädte, wo japanische Truppen alle Anwesen beschlagnahmt hatten. Leere Swimmingpools voller Exkremente und Flaschen, ausgewaidete Daimlers in den Einfahrten. Ein Offizier im weißen Kimono, der auf einem Rolls Royce lag und eine Zigarre rauchte.

Weiter draußen sahen sie in einer wüsten Kraterlandschaft Eisenbahnzüge, die sich in den Überresten von Dörfern verschanzt hatten, während die geschlagene chinesische Armee sich ins Landesinnere zurückzog. Horden von obdachlosen Flüchtlingen streunten durch das Land. Der Lastwagen fuhr schnell, Fahrer und Wachtposten pißten lieber in Flaschen als anzuhalten. Banden von Räubern und Flüchtlingen lagen im Hinterhalt, lauerten den Lastwagen auf, die in die Internierungslager fuhren.

An einer von japanischen Truppen schwer bewachten Wasserstelle hielten sie an. Benommen standen die Gefangenen im Sonnenlicht. Manche hatte man wochenlang in Durchgangslagern in der Stadt festgehalten, so daß sie schon halb verhungert waren.

Sie tranken Wasser in kleinen Schlückchen, krochen dann auf der Suche nach etwas Abgeschiedenheit ins hohe Gras. Von überfluteten Reisfeldern aus schienen verwesende Leichname sie dabei zu beobachten. Mit ihrem Lastwagen wurden auch die Lebensmittelvorräte für das Lager transportiert: schimmelige Kartoffeln, käferbefallener Reis. Banditen lauerten draußen vor der bewachten Umzäunung im Hinterhalt, beobachteten alles und warteten.

Eine Meile hinter der Wasserstation hörte Keo den Fahrer plötzlich fluchen. Er rappelte sich mühsam auf die Knie und sah, daß die Straße mit Särgen verbarrikadiert war. Über die Felder mit ihren Bombenkratern hinweg bot sich ihm ein Anblick, der ihn sein Leben lang verfolgen würde: Hunderte von rennenden gelben Skeletten in Lumpen, rote klaffende Löcher an Stelle der Augen. Verhungernde Flüchtlinge – Männer, Kinder, alte Frauen – schwärmten auf den Lastwagen zu wie Heuschrecken, schwenkten Tennisschläger, Golfschläger, Kricketschläger – alles Beute aus den bombardierten Häusern am Stadtrand.

Die Wachen schossen wild um sich, konnten sie in ihren Visieren nicht ausmachen. Manche waren so dünn, daß die Kugeln glatt durch sie hindurchzugehen schienen. Der Fahrer bremste, und die Soldaten sprangen vom Wagen, zerrten die Särge aus dem Weg. Die Banditen kamen näher, kletterten hinten auf den Lastwagen, zerrten Säcke mit Kartoffeln und Reis an den vor Schreck erstarrten Gefangenen vorbei. Dann rissen sie ihnen die Kleider vom Leib, attackierten sie mit Golfschlägern und Kricketschlägern, schlugen die Gefangenen mit den Gerätschaften ihres eigenen Freizeitsports.

Ein weiterer Militärlastwagen folgte in rasender Geschwindigkeit, er war voller Soldaten, die aus allen Gewehren feuerten. Im Chaos fallender Körper kreischte eine Holländerin, der man ihr Kleinkind aus den Armen riß. Sie schrie noch, als die Flüchtlingswelle schon zurückflutete, wieder mit dem Land verschmolz, mit Reis und Kartoffeln als Beute, Schläger schwenkend. Maschinengewehre mähten Dutzende nieder, verfehlten die magere gelbe Gestalt, die das Kleinkind umklammert hielt wie ein saftiges weißes Hundejunges.

Würde sie je aufhören zu schreien? Ein Soldat kletterte auf den

Lastwagen und schlug sie ins Gesicht. In der Stille überlegte Keo, was mit dem Kind geschehen mochte, aber irgend etwas in ihm ließ ihn den Blick abwenden. Der Mann neben ihm gurgelte. Keo spuckte sich auf die Hand und befeuchtete dem Mann die Lippen, die so widerlich mit Pilz überzogen waren, daß Keo würgen mußte. Er wischte sich mit einem Lappen ab, der Schmerz der Bajonettwunden verstärkte sich. Er hatte solchen Durst, daß er sich in die Wangen biß und das Blut saugte.

Unter der Plane des Lastwagens war es stickig. Die Menschen waren so eng zusammengepfercht, daß sie schluchzten, wenn sie nur zu atmen versuchten. Ein Mann mit zersplitterter Brille kratzte sich heftig an Armen und Brust. Die Leute wichen vor ihm zurück. Läuse, Überträger des Typhus. Sie wußten, daß die Krankheit kommen würde. Alles würde kommen. Keo blickte an seinem Körper herab, die Haut war weißgrau vom Staub. Die Schnitte pochten, entzündeten sich. Am Gestank der Kloake erkannte er, daß sie das Lager Woosung erreicht hatten.

Die Tore öffneten sich. Die Wachtposten warfen sie buchstäblich vom Wagen. Auf Knien liegend blickte er sich erstaunt um. Hier waren bereits Hunderte, vielleicht Tausende Menschen aus den alliierten Nationen interniert. Manche sahen relativ gesund aus, andere waren dem Tode nah. Japanische Wachtposten rissen ihn auf die Füße, warfen ihm ein verdrecktes Hemd und eine Hose zu, die nach Urin stank.

Einer von ihnen sprach gebrochenes Englisch. »Du anziehen. Kommandant dich sehen.«

Sie schubsten ihn Treppen hinauf in ein Büro, von dem man das Lager überblicken konnte.

Leutnant Tokugawa war jung, hatte ein flottes Schnurrbärtchen. Er blickte liebenswürdig auf und lächelte.

»Ah, der Hulamann. Ja, Gerüchte verbreiten sich schnell.« Er zeigte auf einen Stuhl. »Bitte. Setz dich.«

Wichtigtuerisch ging er im Raum auf und ab, runzelte die Stirn. »Du nicht mögen Homosexuelle. Guter Schlag! Ha, ha. Nächstes Mal ... ›nach Osten antäuschen, im Westen zuschlagen. Schwert hinter breitem Lächeln verbergen.‹«

Keo schüttelte den Kopf, verstand gar nichts.

Die Stimme des Mannes wurde leise, beinahe flüssig. »›Kunst des Vorteils.‹ Alte japanische Schrift. Viele Strategien subtiler als Nase einschlagen.«

Keo murmelte: »Ich habe wohl einfach den Kopf verloren.«

»Sicherlich, beinahe den Kopf!« Tokugawa lachte. »Ich auch nicht mögen Homosexuelle. Aber im Augenblick sind Nazis wie Pfropfen in Hintern von Toten. Japan sie braucht, um Inneres zu halten innen.«

Er spreizte die Beine, stand mit in die Seiten gestemmten Armen vor Keo. »Hör zu. Du benimm dich. Ich benehme mich bei dir. Ich kenne Benny Goodman, Count Basie ...«

Er zog staubige Schallplatten hervor, die er aus Häusern geplündert hatte. »Vor Krieg, ich kenne Tango, Foxtrott. Wirklich Swing-Kid und Jazz-Fan.«

Keo wankte am Rande einer Ohnmacht. »Ich glaube ... ich muß mich hinlegen.«

»Okay. Geduld. Dieser Deutsche jagen viele Jungen. Peinlich für Nazis. Bald er in Schlaf überwältigt. Du hast große Fans. Kannst zurück in Club Argentina. Wenn benehmen.«

Zwei stämmige Holländer stützten ihn, trugen ihn beinahe einen Aschenweg entlang zu improvisierten Baracken. Drinnen waren die Betten durch hängende Lappen voneinander abgetrennt. In jedem dieser Räume regte sich ein menschliches Wesen im fauligen Gestank ungewaschenen Fleisches, der von der Ruhr verdreckten Kleider. Er kam an weinenden Menschen vorbei, die das Gesicht eines Kindes mit einem Tuch bedeckten.

Keo stand noch auf fremde Arme gestützt, als er schrie: »Gebt nicht auf! Gebt *niemals* auf!«

Sie legten ihn auf ein Bett, vom einen Nachbarn durch schmutzige Lumpen abgetrennt, vom anderen durch ein blutbeflecktes Leintuch. Der Blutfleck schien vor seinen Augen zu wachsen, zu einer riesigen fünfblättrigen Blüte. Er glaubte sogar, ihren Hibiskusduft riechen zu können. Schweiß rann ihm in Strömen über das Gesicht. Delirium. Er war zu Hause in Honolulu. Das gute Fett eines *laulau* troff ihm über das Kinn. Der Geruch nach *limu* und *'opihi*. Die Stärke des Meersalzes auf seinen Beinen, die Hände vom Paddeln des Kanus mit Blasen übersät.

»Mama.« Er richtete sich auf und streckte die Hand nach ihr aus.

Ein Murmeln, und da war sie. Golden, süß duftend, berührte seine Wangen mit Händen, an denen der Geruch der chinesischen Petersilie haftete.

»Pehea 'oe, pehea 'oe?« flüsterte sie. »Wie geht es dir, mein Sohn?«

Sie wedelte ihm die Fliegen vom Gesicht. Träufelte ihm mit einem Löffel Seewasser und frischen Tang zwischen die Lippen.

»Schluck runter. Schluck runter. Seewasser wie Menschenblut, siebenundneunzig Elemente. Seetang gibt dir Eisen. Du wirst stark, Mann. Jetzt schlaf... Mama singt dir Fieber runter...«

Während sein Körper unter dem steigenden Fieber bebte und fröstelte, badete Leilani seine Gliedmaßen, rieb sie mit dem Öl der *Kukui* ein. Sie sang. Ihre Stimme war so leise und säuselnd, daß die Insassen der Baracken sich umdrehten und ihr zuhörten. Aber sie sahen nur den fiebernden braunen Mann.

Rabaul

Neu-Britannien, 1944–1945

Haar wie verfilztes Wollgeflecht, Haut wie Borke. Wie lang liegt das letzte Bad zurück? Manchmal bäumt sie sich vom Bett auf, hat irgend etwas erspäht. Etwas, woran sie sich erinnern sollte. Leben. Jugend.

Jeden Tag kehliges Röhren, wenn die Flugzeuge der Alliierten hereinbrechen, ihre Bombenschächte über Rabaul entleeren. Flugplätze werden zu Staub zermalmt. Schiffe im Hafen ausgelöscht. Verwundete Soldaten häufen sich so rasch, daß die Operationssäle wie Schlachthöfe aussehen. Militärkrankenschwestern sterben an Typhus, Mädchen aus den Wellblechbaracken werden gezwungen, ihre Stelle einzunehmen. Den Mund mit Lumpen verhüllt, flicken sie Gliedmaßen zusammen und nähen Mägen, während hinter ihnen Wachposten mit aufgepflanzten Bajonetten stehen.

Nach den Siegen auf Guadalcanal, Bougainville und Buka schlagen die Truppen der Alliierten einen Bogen um Rabaul, ihr Augenmerk ist nun auf Saipan, Tinian und Okinawa gerichtet. Statt Truppen anzulanden, bombardieren sie den Hafen und den Flugplatz von Rabaul, um den Stützpunkt für die australischen Aufräumtruppen »aufzuweichen«. Und doch gibt der Oberbefehlshaber von Rabaul seinen Luftwaffen- und Marinetruppen weiterhin Durchhaltebefehle. Abends nach dem Reis diskutieren die jungen Piloten eifrig über Kollisionstaktiken und über kaiten, *das Selbstmordkommando der Marine.*

Nun da sie wissen, daß alles verloren ist, daß es nur noch den ehrenvollen Tod gibt, zeigen sich die Offiziere von ihrer menschlichen Seite, teilen das Essen mit ihren Lieblingsmädchen, mit denen, die noch nicht von den Krankheiten aufgezehrt wurden. Leutnant Matsuharu befiehlt Sunny in sein Quartier, besteht darauf, daß sie zuerst ein Bad nimmt. Manchmal spricht er wieder von seinen Studententagen in Paris. Oder er verfällt in Schweigen und starrt auf ihren Nacken.

Er vergißt, daß sie dem Hungertod nah ist, daß nur die Offiziere anständige Mahlzeiten zu sich nehmen. Er spielt mit den Speisen. Er sieht, wie sie ihn beim Essen beobachtet, indem sie bewußt nicht hinsieht, nicht bettelt. Eines Abends bietet er ihr gedünsteten Aal an. Der erste Bissen ist so saftig, ein solcher Schock, daß sie beinahe das Bewußtsein verliert. Sie fängt sich wieder, atmet tief durch, kaut so langsam, daß beinahe nichts mehr zum Schlucken übrig bleibt. Als der Hunger gestillt ist, nimmt sie sich Zeit zum Genießen. Der Aal schmeckt so frisch, daß sie sich den Augenblick noch vorstellen kann, als er getötet wurde, wie er geschrien haben muß. Sie erinnert sich daran, wie die langschnabligen Aale Auuuuu, Auuuuuu, Auuuuuu schreien, wenn sie aufgespießt werden, so als weinten sie. Sie erinnert sich an Fischfang mit dem Speer, zusammen mit ihrem Bruder, und beginnt mit träumerischer Stimme davon zu erzählen.

»… einmal hat mein Bruder eine große Muräne aufgespießt. Der Speer war ihr durch ein Auge gedrungen. Mit großer Kraft versuchte die Muräne sich loszureißen, schlug dabei gegen einen Felsen, war halb zermalmt. Ihr Unterkiefer war abgeschert, das Fleisch hing in Fetzen. Und doch war sie nicht zu besiegen, die Muskeln waren in schrecklichen Krämpfen erstarrt, das unversehrte Auge auf meinen Bruder, ihren Feind, gerichtet. Sie entkam. Noch jahrelang sahen die Speerfischer, wie sie sich zwischen den Riffs hervorschlängelte und blitzschnell wieder verschwand, der Speer ragte ihr noch aus dem Auge …«

Matsuharu mustert sie. »Wo ist dein Bruder jetzt?«

»Er war an der Stanford University, als ich … von zu Hause wegging.«

Manchmal ist es sicherer, wenn man redet. Manchmal gefähr-

lich. Er könnte wieder zu fiebern anfangen. Sie schlagen. Bis er nicht mehr aufhören kann. Er hat sie nie sexuell belästigt. Andere Mädchen schon, sogar vergewaltigt. Aber von Sunny will er etwas anderes. Er schont sie für etwas anderes.

An einem anderen Abend läßt er nach ihr schicken und tritt ihr völlig verwirrt entgegen. »Minister Tojo ist zurückgetreten. Nun bombardieren eure Flugzeuge Tokio. Wie konnten wir uns so verkalkulieren?« Er schüttelt den Kopf. »Unsere Kaiser stammen von den Göttern ab. Wir sind viel sauberer als die Chinesen. Viel weiser. Wir haben mehr erreicht. Unsere Städte, unsere Kriegsschiffe. Warum verteidigt eure Regierung China? Was kann China euch schon bieten?«

Er schaut durch sie hindurch.

»Ja, wir sind zurückhaltend, stolz bis zum Wahnsinn. An Tausende von Gesetzen und Konventionen gefesselt. Weißt du … ein Mann, der harakiri *begeht, darf nicht zur Seite umfallen. Eine Regel verpflichtet ihn, nach vorne aufs Gesicht zu fallen.«*

Bei jedem Besuch erscheint er ihr wahnsinniger, und doch hält er sich wie ein Offizier, makellos gekleidet, die Stiefel auf Hochglanz poliert. Er spricht perfektes Englisch, leise, höflich, legt nie die Grobheit der anderen Offiziere an den Tag. Zum Abschied verbeugt er sich, selbst wenn er sie vorher bis zur Bewußtlosigkeit verprügelt hat. Nun steht er da, zivilisiert und tödlich, mustert träumerisch sein Schwert.

»Niemand versteht das, Japan wollte Asien zurückerobern. Millionen von Bauern in China und Indien aus der Sklaverei der weißen Kolonialherrscher befreien …«

Irgendwie bringt sie den Mut auf, ihn zu fragen: »Wenn Sie die Asiaten wirklich lieben, wie können Sie dann weiterhin Millionen von Chinesen massakrieren?«

Geistesabwesend streichelt er sein Schwert.

»Wir hatten großen Respekt vor dem alten China. Was dort heute existiert, ist abscheulich. Hinter der großen Chinesischen Mauer gibt es nur noch Hunger und Korruption.«

Sunny denkt an ihren Vater und sein Heimatland Korea. »Und deswegen radiert ihr ganze Dörfer aus. Streicht sie aus der Geschichte …«

»So ist der Krieg. Wir brauchen Land. Unsere Inseln sind so klein. Nicht einmal die Kommunisten lieben China. Sie wollen ein zweites Rußland daraus machen! Da ist nichts mehr, nur verhungernde Millionen!«

»Hungertod ist ein tragisches Schicksal, kein Vergehen«, flüstert sie. »Mein Vater ist Koreaner, sein Volk stammt von den Chinesen ab. Man hat mich gelehrt, sie für ihre Weisheit zu verehren. Sie sind ein uraltes und sehr erfindungsreiches Volk.«

Matsuharu wendet sich ihr zu wie einem Kind. »Und was machen sie mit ihren Erfindungen? Sie haben das Schießpulver erfunden – und dann? Kleine Raketen haben sie gebaut! Jahrtausende hindurch nichts als Feuerwerke veranstaltet! Sich niemals träumen lassen, daß man damit Völker erobern könnte! Die Erfindung der Buchdruckerkunst. Über Generationen haben sie nichts als Gedichte gedruckt. Sentimentale Schriften. Sie haben es nicht geschafft, die Druckerkunst für Propagandazwecke zu nutzen. Schau dir Schanghai an – vier Millionen Chinesen, opiumsüchtige Huren, Rikschakulis, die im Dreck leben. Nur ein paar Tausend Weiße, doch die leben in Herrenhäusern, in Wolkenkratzern. Sag mir, welche Rasse ist da die überlegene?«

Er zeigt auf ein japanisches Landschaftsbild an der Wand.

»Und Japan. Unser Land ist wunderschön. Unser Volk ist fleißig. Wir haben keine Schulden, müssen bei niemandem betteln. Wir tolerieren alle Religionen. Wir sind ehrenwert. Was hat die Welt nur gegen uns?«

Sunny denkt wieder an ihren Vater, daran, was sein Heimatland von den Japanern zu erdulden hatte. Es ist ihr gleichgültig, ob sie lebt oder stirbt, und sie spricht voller Zorn.

»Das Schwert ist eure Religion. Ihr seid Eindringlinge, Barbaren. Ihr würdet ganze Länder auslöschen. Ihr bildet eure jungen Männer dazu aus, zu sterben, ehe sie überhaupt zu leben begonnen haben.«

Er schlägt mit den Armen um sich wie ein Wahnsinniger. »Wenn du Böses sehen willst, dann sieh dir zuerst den weißen Mann an!«

Wütend setzt er sich wieder hin, seine Augen rollen, er ist völlig außer sich.

»Was kannst du, was kann irgend jemand über uns wissen? Wir haben zuviel Gefühl. Wir sind Menschen der Seele. Ja, Japan lebt nach dem bushido, *dem Ehrenkodex der Samurai. Ja, wir sind kompliziert. Die Furcht vor dem Leben und der Mut zum Sterben wohnen Seite an Seite in unseren Herzen. Und doch ist da auch die Liebe zur Schönheit. Zur Natur.«*

Seine Stimme klingt wie von fern, ein kleiner Junge, der aus einem Traum spricht.

»... Ah, September. Ich höre das Rascheln der Reisrispen. Die Felder sind überflutet, der Boden wird zum Pflügen vorbereitet. Durch den Dunst ragen spitz und scharf die Tannen empor, ich höre Tempelglocken aus den fernen Bergen, wo kahlgeschorene Mönche in buddhistischen Klöstern meditieren. In sonnengesprenkelten Teichen schwimmen Karpfen. Mädchen mit großen Hauben stehen in den Teefeldern. Mein Vater schreibt im Schein der letzten Sonnenstrahlen Sinnsprüche. Mit so kühnen Pinselstrichen. O Vater!«

Sunny taumelt. Sie schließt die Augen. Endlich hat sie ihn erkannt. Es ist Endo Matsuharu, der junge Mann, der mit Keo auf Montmartre so lieblich-süß Saxophon spielte. Der Student, der über Schopenhauer und Poincaré debattierte, der Tränen über Albinoni und Bach vergoß. Nun vergewaltigt er Frauen. Enthauptet. Wer hat ihm das angetan? War das Böse schon immer in ihm?

An jenem Abend tritt Matsuharu, ehe er sie entläßt, zu ihr, streichelt ihr über die Wange, knöpft langsam ihr zerfetztes Kleid auf. An seinen wachen Augen, an der Geschwindigkeit seines gesenkten Blicks kann sie ablesen, daß er nicht ihre Brüste sucht. Seine Finger berühren ihre fiebrig glühenden Rippen. Er scheint sie zu zählen.

Bomben zerstören Japan. Napalmfeuer, die der Sturm weiterpeitscht, breiten sich wie Teppiche über ganze Städte aus. Tokio ist nur noch ein Skelett, zweihunderttausend Menschen tot. Nagoya Asche. Osaka. Kobe.

Eines Abends kriecht Kim zu Sunny ins Bett, die Wangen so knochig, daß ihre Augen auf Stielen zu stehen scheinen.

»Sie sagen, daß die Straßen von Tokio wegen der vielen Leichen nicht mehr passierbar sind.« Sie weint so kraftlos, daß es wie Bellen klingt. »Warum machen mich solche Nachrichten nicht fröhlich? Warum?«

Sunny hält sie im Arm. »Weil du immer noch ein Mensch bist, weil du immer noch ein Gewissen hast.«

»Ich will hassen. Ich brauche den Haß. Ich muß irgend etwas fühlen!«

Frühjahr 1945. Die Alliierten erobern die Philippinen zurück, sie siegen in Iwo Jima, in Okinawa. Eines Abends dringen aus dem Kriegsgefangenenlager der Männer Schreie zu ihnen. Deutschland hat kapituliert. Inzwischen sind die dreihundert Meilen Tunnel fertig, die Rabaul umgeben, machen es zu einer beinahe uneinnehmbaren unterirdischen Festung: Kasernen, Krankenhäuser, Bunker, Flak.

Die Sommerhitze ist unerträglich, eine weit aufgesperrte Ofentür. Staub überzieht ihre Gesichter wie eine weiße Maske. Salz wird so kostbar wie Wasser. Es muß im Körper ersetzt werden. In den Tropen bedeutete Salzmangel den sicheren Tod. In der Offiziersmesse beobachten die Mädchen, wie die Männer sich an Sake berauschen. Sie servieren ihnen Mahlzeiten, spülen ihr Geschirr, werden in ihre Betten gezwungen. Wenn die Offiziere endlich ganz besinnungslos sind, schwärmen die Mädchen in die Küche aus, stehlen Speisereste und Salz, so viel Salz, wie sie nur tragen können.

Die Mädchen wissen, daß die Alliierten durch den Dschungel immer näher rücken, und prügeln sich um jedes Stückchen Metall, das als Spiegel dienen könnte. Manche sehen zum erstenmal seit Monaten ihr Spiegelbild. Sie starren. Wie können sie nach all dem wieder normale Menschen werden? Die Kränksten, die beinahe Wahnsinnigen, sprechen von morgen, von der Zeit nach Rabaul – Partys, Flirts, Heirat –, als wollten sie die Normalität in ihr Leben zurückschreien. Sunny schaut ihnen zu, wie sie ihre zerlumpten Kleider flicken, ihre verschorften Lippen mit Pflanzenwurzeln rot färben. Seit über einem Jahr haben sie nicht gebadet. Sie können ihr Elend einfach nicht begreifen, nicht verstehen, daß sie Jugend und Gesundheit ein für allemal verloren haben.

Nach drei Jahren sind Sunnys Kleider zu hefigen Lumpen verwittert. Ihre Lederschuhe sind grün vor Schimmel, bröckelig vor Verfall. Bei jedem Schritt fühlen sie sich an wie feuchte Pilze. Ein Stück Schrapnell, das in ihrem Bein steckengeblieben ist, hat sich nach Monaten an die Oberfläche geeitert. Zurück bleibt ein großes, entzündetes Loch, an dem die Maden fressen. Sie gewöhnt sich an das Gefühl, daß ihr Körper ein lebendiger Wirt ist.

Sie fürchtet, daß sie alle sterben werden, ehe die Alliierten eintreffen. Von der Krankheit geschwächte Mädchen werden nach draußen kommandiert und erschossen oder auf Boote verfrachtet, die man im Hafen in die Luft sprengt. Etwas in ihr sträubt sich gegen das Aufgeben. Mit einem angespitzten Bambuspfahl, den Papua-Eingeborene über den Zaun geschleudert haben, geht sie durch ihre Baracke, schlägt gegen die Kopfenden, bedroht die Mädchen, die die Abflußrinnen vor der Hütte als Toilette mißbrauchen. Bei jedem neuen Aufflackern der Ruhr zwingt sie die Mädchen, Gruben auszuheben, in denen verseuchte Lumpen und Unrat verscharrt werden. Sie bettelt die Wachen um Klärkalk an.

Wenn sie im verfilzten Haar eines Mädchens Läuse findet, schert sie ihr den Kopf kahl, schert sich selbst kahl, zwingt alle anderen, es ihr nachzutun, weil sie weiß, wie schnell Läuse Typhus übertragen. Sie pflegt Mädchen, die an Beriberi sterben, ein Mädchen, dessen entzündetes Zahnfleisch den verhungernden Körper vergiftet hat.

Eines Abends nähert sich Sunny einem Arzt, der einem Mädchen eine Spritze mit Steroiden gibt, die gegen die Syphilis wirken soll. Das Medikament beeinträchtigt auch den Verstand, macht sie zu Zombies. Sie hat ihre Bambusstange zu einer brutalen Waffe zugespitzt und hebt sie hoch, zielt auf den Rücken des Arztes. Er wendet sich um, bietet ihr eine Tasse klares Wasser an. Sie hat schon so lange verschmutztes Wasser getrunken, daß ihre Zunge rissig und angeschwollen ist. Wenn sie noch einmal Cholera bekommt, hat sie keine Hoffnung mehr aufs Überleben. Sie nimmt dem Arzt die Tasse ab, vergißt ihn zu töten.

Jetzt erinnert sich Sunny jedesmal, wenn Matsuharu sie zu sich befiehlt, an ihren Vater, bedenkt, warum er so haßerfüllt war.

So gibt der Vater ihr Kraft. Haß verdrängt die lähmende Furcht. An manchen Abenden ist der Leutnant freundlich, ziemlich vage und distanziert. An anderen schlägt er sie, als versuche er zu vergessen, daß Krieg ist und daß er ihn verloren hat. Daß er jegliche Unschuld und Ehre verloren hat. Eines Abends schließt er sie in die Arme. Schluchzt an ihrer knochigen Schulter. Sie hält die Luft an, in den Armen des Scharfrichters.

Die Gefangenen im Militärlager sagen es den Frauen weiter. Hiroshima. Nagasaki. Verschwunden. Unter den befehlshabenden Offizieren breitet sich Hysterie aus. Immer mehr Mädchen marschieren in den Tod. Sunny gelobt sich, daß sie, wenn die Soldaten sie holen kommen, kämpfend und kreischend untergehen wird, bis sie alle ihre Patronen verschossen haben, bis alle ihre Schwerter verbogen sind. Man übergeht sie. Nachts zeigt sie den Mädchen, wie sie die Enden von Zuckerrohr anspitzen und über einer Flamme zu einer Speerspitze härten können, hart wie Feuerstein. Diese Stöcke verstecken sie unter den Betten. Sie läßt alle Mädchen geloben, sich mit Zähnen und Klauen zu verteidigen, wenn sie schon in den Tod gehen, nicht wimmernd und gesenkten Hauptes zu sterben.

Jetzt sind alle Tunnel abgesichert. Lebensmittel werden zusammengetragen und abtransportiert. Die Soldaten bereiten sich auf den Nahkampf gegen die Alliierten vor. Eines Abends marschieren Soldaten durch die Wellblechbaracken. Einer zerrt Kim aus dem Bett. Sie ist so schwach, daß sie nur noch leise aufstöhnt.

Sunny fällt dem Soldaten in den Arm, fleht ihn an: »Nimm mich mit! Nimm mich! Ich bin älter!«

Er schlägt sie mit dem Gewehrkolben. »Du! Du für Matsuharu aufgehoben!« Er deutet am Hals den Schnitt eines Schwertes an.

Kim ruft ihr beinahe wie im Traum zu: »Sunny, es ist vorbei. Jetzt nur noch ... seliger Tod ...«

Alles wallt in ihr auf. Die Mutter, die sie niemals mehr sein kann. Das todgeweihte Mädchen, das sie bemuttert hat. All das setzt sich in ihrem Rückgrat fest, ihre Wirbel, die kleinen Schädel, werden nie zu schreien aufhören.

Eines Tages Gerüchte. Murmeln. Der Krieg im Pazifik ist vorüber. Das Schweigen von sechzigtausend Mann. Einige Rebellen unter den Offizieren weigern sich zu kapitulieren, beginnen Truppen in die unterirdischen Quartiere zu verschieben, um dort den Feind zu erwarten. Keine zehn Mädchen sind in Sunnys Baracke übrig geblieben.

An jenem Abend ruft Matsuharu sie zu sich. Sie bereitet sich vor, wäscht sich den Hals. Wird von hinten mit dem Bajonett vorangetrieben, geht durch den Stützpunkt zu seinem Quartier. Sie sitzt in einer Zimmerecke. Er streichelt sein Schwert, betrachtet sein Spiegelbild in der Klinge. Sein plattes, recht hübsches Gesicht ist verschwunden. Niederlage und Schrecken haben es gespenstisch mager und oberflächlich gemacht. Seine Augen blicken leer. Der Kopf flattert unruhig hin und her wie eine Fledermaus.

»›Der Töpfer nimmt Ton, um einen Krug zu machen / Dessen Nutzen liegt allein in dem Raum, wo der Ton nicht ist …‹ Ein Zitat von Laotse«, flüstert er. »Verstehst du es?«

Sunny wartet.

»Eines Tages werde ich es dir erklären.«

15. Oktober 1942

Geliebter Bruder,

Gedankt sei der Muttergöttin, Du lebst noch! Möge sie uns allen gnädig sein! Dein 25 Worte langer Brief aus Woosung (vom April) brauchte drei Monate, bis er uns auf dem Umweg über das Rote Kreuz in Tokio erreichte. Die Japsen hatten in der Zensur fünf Worte gestrichen. (Ich kann es nicht fassen, daß ich sie wirklich Japsen nenne. Ich kann kaum fassen, was mit uns geschehen ist.) Als wir Deinen Brief bekamen, hat Papa bitterlich geweint. Wir hatten gedacht, Du wärst tot.

Dies ist mein dritter Brief. Hast Du die anderen bekommen? Wir sollen nur 25 Wörter schreiben, aber es gibt so viel zu erzählen! Ich schicke Dir dies an den Club Argentina. Vielleicht spielen Deine Freunde ihn Dir zu. Seit Pearl Harbor ist alles unwirklich geworden. Man hat Jonah-Boy eingezogen. Er wird irgendwo in Minnesota ausgebildet. Und dann schicken sie ihn mit dem Schiff nach Europa. Ich glaube, Mama ist schon tausend Tode gestorben.

DeSotos Frachter wurde bei Java oder Sumatra von den Japsen gekapert. Australische Soldaten haben ihn gerettet. Wir haben eine Postkarte bekommen. Bis Du diesen Brief bekommst, ist Dein Kumpel Krash Kapakahi längst fort. Er ist inzwischen im Nahkampftraining in Utah.

Kannst Du es glauben? In der Nacht vor Pearl Harbor spielte die Band im Royal, Krash an der Ukulele. Zwischen den Sets ist er kurz zum Rauchen an den Strand gegangen. Und in der Ferne hat er etwas gesehen, was wie ein Periskop aussah, und dann hat er gesehen, wie ein japanisches U-Boot auftauchte! Er sagte, es hat da draußen einfach auf dem Wasser gelegen. Er hat geschrien, und die Leute kamen rausgerannt. Da war das Ding schon wieder verschwunden. Die Leute meinten, er hätte wohl zu viel Rum getrunken. Wer hätte schließlich geglaubt, daß ein Japs-U-Boot sich durch die Minensucher der Marine schmuggeln und vor Waikiki kreuzen könnte? Wochen später stand es in der Zeitung – ein gefangengenommener japanischer Matrose erzählte, das U-Boot sei, während sie darauf warteten, Pearl Harbor anzugreifen, in der Nacht im Hafen von Waikiki an die Oberfläche gekommen, sie hätten die Lichter gesehen und sogar Musik aus dem Royal gehört!

In dieser Nacht kam Krash in die Kalihi Lane und berichtete uns, was er gesehen hatte. Was er meinte *gesehen zu haben. Er besucht uns ab und zu. Ich mag seinen Humor, seinen Ehrgeiz. Stell Dir vor, ein Strandjunge, der Abendkurse macht und Jura studieren will! Aber irgendwie geraten wir uns immer in die Haare. Wir hatten damals monatelang nicht miteinander gesprochen, seit unserem letzten Streit. Aus irgendeinem Grund spielten sie damals auf KGMB die ganze Nacht hindurch Musik, anstatt wie sonst um Mitternacht Sendeschluß zu machen. Wir saßen in der Garage und haben geredet. Daß alles meine Schuld ist, daß alles seine Schuld ist, warum wir ewig streiten. Wir sind die ganze Nacht aufgeblieben und haben zu beinahe jedem Song getanzt.*

Na ja, am nächsten Morgen, am Sonntag, machte Mama uns Shoyu-Eier, gebratenen Reis und ihr getoastetes taro-Brot. Krash schälte eine Mango und reichte mir ein Stückchen. Ich habe gerade an dem süßen, klebrigen Mus herumgelutscht und seine Hände bewundert, als ich das Dröhnen hörte. Ich erinnere mich noch, daß sich Mama wie in Zeitlupe umdrehte.

Wir rannten raus auf die Gasse. Muttergöttin, die flogen so nah, daß wir die aufgehende Sonne sehen konnten, die auf die Seite der Flugzeuge gemalt war. Und dann, o Mann, so eine Hölle habe ich noch nie gesehen. Pearl Harbor verwandelte sich in Feu-

erbälle. Gebirge aus schwarzem Rauch stiegen auf wie riesige Teufel. Eine Million Pfund Schießpulver ging auf den Schiffen in die Luft. All diese Jungen, all diese Haole-*Jungen ...*

Dann flog eine zweite Welle Japsen über uns, so niedrig, daß ihre Fahrgestelle unsere Telefonleitungen zerrissen. Papa tobte wie ein Berserker, schoß mit dem Gewehr, das er für die Schweinejagd hat, nach ihnen. Mr. Kimuro stand in der Unterhose da und wollte sie mit Pfeil und Bogen runterholen. Und ich? Ich rannte ins Haus und zog mich um. Wenn wir schon sterben sollten, dann wollte ich wenigstens elegant sterben, in meinem besten Kleid und mit dem Lily-Daché-Hut auf dem Kopf. So etwas plant man nicht. Seither liegt mir Mama damit ständig in den Ohren.

Krash schob Mama und Papa ins Haus, ging mit einem Tranchiermesser in der Hand vor dem Haus auf und ab. Ich weiß nicht, was über mich gekommen ist. Ich nahm seine Hand und ging neben ihm her. Ein Flugzeug stürzte direkt auf uns zu. Das war's dann, dachte ich. Ich schaute ihn an und sagte »Ich liebe dich.« Aber es flog vorüber.

Nachher sind wir per Anhalter ins Queen's Hospital. Eine kilometerlange Schlange von Blutspendern. Ich träume noch immer von versengtem Fleisch, habe den Geruch beim Aufwachen noch in der Nase. Matrosen, die mit schwarzem Öl überzogen sind. Fehlende Beine, zerstörte Augen. Sie haben sie auf Lastwagen herangekarrt, wie Ananas ausgekippt. Da war ein Kapitän, der hatte keinen Magen mehr, hielt die Ärzte und Krankenschwestern für seine Schiffsmannschaft. Gab noch im Sterben Befehle.

Vierzehn Stunden lang habe ich den Matrosen »M« (für Morphium) auf die Stirn gemalt, damit wir niemandem eine doppelte Dosis verpaßten. Manche flehten uns um eine Zigarette an und starben beim ersten Zug. Das Schlimmste war, den toten Jungs die Zigaretten von den Lippen zu lösen. Bald war ich von Kopf bis Fuß rot getränkt. Blut strömte durch die Korridore – die Leute glitten darauf aus. Mein gutes Kleid klebte wie ein Pflaster an mir. Die Krankenschwestern mußten es mir vom Leib schneiden, meinen Hut runterschneiden. Mein Haar war so blutgetränkt, daß es mir wie Flügel steif vom Kopf abstand. Die Schuhe habe ich weggeworfen und bin in jener Nacht barfuß und in ein halbes Laken gewickelt durch die Gasse gegangen, verfolgt von roten Fußabdrücken. Deswegen nenne ich sie heute Japsen ...

Die Leute sagen, daß kein einziges Flak-Geschütz bereit war, kein einziges Kampfflugzeug in die Luft aufgestiegen war, um sie zu empfangen. Pearl Harbor wurde ihnen präsentiert wie ein Mittagessen auf dem Silbertablett ... Du würdest Honolulu nicht wiedererkennen. Die Straßen sind von Zickzack-Gräben durchzogen, für den Fall, daß es noch mehr Angriffe gibt. Kriegsrecht. FBI. Menschen im Schlafanzug verhaftet. Wir tragen Personalausweise mit Fingerabdrücken bei uns. Alle sind geimpft, tragen Gasmasken auf den Rücken geschnallt. Natürlich sind alle Lebensmittel rationiert. (Was würde ich nicht für einen Brocken Schweinefleisch geben! Für einen Schluck echten Bohnenkaffee ...)

Nun, lieber Bruder, jetzt sind wir ein offizielles Kampfgebiet. Panzer bewachen den 'Iolani-Palast. Waikiki Beach ist nur noch Stacheldraht, die Touristen sind längst weg. Das Moana und das Royal Hawai'ian sind jetzt Lazarette für die Jungs aus dem Heer und der Marine. Sie bringen immer mehr Arbeiter für die Werften und Rüstungsfabriken von der Hauptinsel herüber. Der Wohnraum ist so knapp, daß sie in ihren Autos schlafen.

Alle hassen die Verdunklung wie die Pest. Jeder Block hat einen Aufpasser. Wir müssen Strafe zahlen, wenn wir das Licht anhaben, sogar für Scheinwerfer. Mamas Kalebassen-Vetter aus der Nähe von Haliewa kam ums Leben, als im Dunkeln zwei Busse zusammenprallten. Er ging gerade ohne Taschenlampe mit dem Hund spazieren, wurde zwischen den beiden Bussen zermalmt. O Baby, was für ein Horror ...

Jetzt kommen die Soldaten in unsere Häuser. Suchen und beschlagnahmen. Verhaften. Gerichtsverhandlungen ohne Geschworene. Die Armee versuchte den Gockel von Mr. Cruz zu erschießen, diesen irrwitzigen Tacky. Behaupteten, sein mitternächtliches Gekrähe könnte eine Art Spionagecode sein. Er hat einem Soldaten das halbe Ohr abgehackt und danach einen anderen die ganze Gasse hinuntergejagt. Er hat es überlebt, aber Mr. Cruz haben sie eingesperrt. Das Ganze war nur ein Vorwand, um ihn zu verhaften. Er hat einen Haufen japanische Freunde ... Hunderte von ihnen wurden in Kalihi, Palama, Chinatown verhaftet. Buddhistische Priester, Lehrer in Sprachschulen. Die sind nun alle im Internierungslager auf Sand Island. Wahrscheinlich so ähnlich wie Dein Lager. Lassen sie Dich dort Trompete spielen? Bekommst Du genug zu essen?

Habe gerade von unserem kleinen Bruder Jonah gehört. Die bringen ihm bei der Armee bei, mit einem Bajonett und mit Strangulierseilen umzugehen. Er hat gelernt, wie man mit Stacheldraht und Nägeln aus Baseballschlägern Kriegskeulen macht. Er hatte auch Unterweisungen in chemischer Kriegsführung, mit dem Maschinengewehr, mit Mörsergeschützen. Mir bricht das Herz. Ich habe den Brief zerrissen, damit Mama ihn nicht zu sehen bekommt. Was auch immer geschieht, ja selbst wenn dieser Krieg morgen zu Ende ist, Jonah wird nicht mehr derselbe sein, wenn er zurückkommt. Ich sage Dir: Wir alle werden nicht mehr dieselben sein.

... Hier sind die Mädchen wirklich knapp. Eine auf hunderttausend oder tausend Männer, je nachdem, mit wem Du redest. Die Bordelle auf der Hotel Street florieren. Die Armee und die Marine mußten ihre Verwundeten in Bordellen unterbringen, bis sie die Krankenhäuser ausgebaut hatten. Eine Weile sah Hotel Street wie ein Lager des Roten Kreuzes aus! Eines muß man diesen Huren lassen, sie haben diese Jungs wie die Kleinkinder versorgt. Wir haben alle unseren Teil beigetragen ...

Nachdem das Moana jetzt geschlossen ist, bin ich in der Frühschicht in der Dole-Konservenfabrik. Die alte Ananas-Nummer. Aber wir sind zu viele Arbeiterinnen, die Schichten sind zu kurz. Ich habe mich bei der Polizeiwache in der Stadtmitte für den Wartungstrupp gemeldet. Dann haben sie mir einen Eimer in die Hand gedrückt, damit ich (wieder!) Toiletten putzen kann. Das wär's dann also mit diesem Job gewesen!

Mama und Papa schaffen die Hypothekenzahlungen, aber Papa kann jetzt nicht zur Arbeit gehen. Das Militär führt ihn auf einer Liste von Sympathisanten mit den Japanern, weil er nichts auf seinen alten Chef Shirashi kommen lassen will. (Der ist jetzt auf Sand Island interniert.) Mama flickt noch immer Uniformen für das Frauengefängnis von Palama und bekommt dafür praktisch nur Pfennige. Ich habe hier in Kalihi einen Teilzeitjob als Näherin gefunden. Und drei Nächte die Woche das ewiggleiche Hapa-Haole-Hula *in einem Nachtklub für Militärs. Ach, wem mache ich eigentlich was vor? Es ist kein Nachtklub, nicht einmal eine Bar. Es ist ein schäbiges Dreckloch an der Hotel Street.*

... Außerdem wickele ich Bandagen für das Rote Kreuz und arbeite als Freiwillige für die USO-Tanzveranstaltungen. Irgend so ein Militärschnösel mit viel Lametta am Revers hat mich bei einem Armee- und Marineball gesehen. Dachte, ich sähe aus, als hätte ich teilweise japanisches Blut. Meinte, ich könnte mich nicht freiwillig melden, wenn ich mehr als ein Viertel Japanerin wäre. Ich sagte ihm, daß meine Augen angeschwollen sind, weil ich mich jede Nacht in den Schlaf weine. Warum? Weil ich einen Bruder in einem japanischen Kriegsgefangenenlager habe, einen zweiten Bruder, dessen Schiff die Japsen gekapert haben, und einen kleinen Bruder, der gerade ausgebildet wird, damit er in Europa gegen die Deutschen kämpfen kann. Na ja, da hat sich der Rotzbengel entschuldigt ...

He! Glauben die denn, daß die Hawaiianer einfach untätig daneben stehen, ihr poi *lutschen und die Sache vom Spielfeldrand aus beobachten? Ich sehe die Verwundeten und denke an Dich. Nichts ist wichtig, außer daß Du, Jonah und DeSoto, daß ihr heil und gesund nach Hause kommt. Und Krash auch. Muttergöttin, ich will nähen und hungern und mir die Füße bis auf die Knochen heruntertanzen, wenn euch das nur nach Hause bringt.*

Die Soldaten kommen aus dem Kampf zurück, sehen hier orientalische Gesichter und drehen durch. Jede Menge Prügeleien auf den Straßen, sogar Morde. Die Leute hier sind ganz verwirrt. Unsere japanischen Nachbarn tun mir wirklich leid. Sie müssen alle ihre ererbten Waffen abliefern, sogar uralte Familienbücher, in denen unsichtbare Schrift geschrieben sein könnte. Alle Schilder mit japanischer Schrift wurden abgenommen, niemand trägt mehr einen Kimono.

... Die chinesischen Nachbarn stellen in ihren Gärten Schilder auf: WIR SIND KEINE JAPANER. Die Verhaftungsteams des FBI jagen mit Militärfahrzeugen durch die Straßen. Verhaften sogar

Deutsche und Italiener. Gestern abend hat im Militärklub ein Soldat, der gerade von Guadalcanal zurück ist, einen japanischen Skalp aus der Tasche gezogen und geschwenkt. Ich mußte raus und mich übergeben. Also, wer hat da jetzt recht und wer nicht?

Vergib mir, lieber Bruder. Du bist im Gefängnis, und ich schweife vom Thema ab. Ich sterbe, wenn Dir etwas zustößt. Es ist kein Militärlager für Kriegsgefangene. Sie können keine Köpfe rollen lassen. Oder Dich foltern. Wir haben hier erfahren, daß das Schlimmste in diesen Lagern der Hunger und der Typhus sind. Paß gut auf, laß die Wachposten Deine Wut nicht spüren.

Uns ist auch zu Ohren gekommen, daß in Schanghai Schiffe auslaufen, die Menschen wieder nach Hause bringen sollen. Papa hat bei der Marine angerufen und gefragt, ob Dein Name auf einer dieser Listen steht. Nun ja, das ist geheim. Sie haben ihm gesagt, er solle sich zum Teufel scheren, es wäre Krieg. Wir haben in Midway gesiegt. Vielleicht ist die Muttergöttin auf unserer Seite … Hoffentlich bekommst Du das Päckchen. Das ist alles, was wir uns von unseren Lebensmittelkarten vom Mund absparen konnten. Frühstücksfleisch, Zigaretten, Milchpulver. Seife. Zucker. Salz. Und ein Rosenkranz. Fotos von uns allen …

'Auwē! Jedesmal wenn wir die Sirenen für den Fliegeralarm hören, rennen wir in die Luftschutzbunker und stehen dort knietief im Regenwasser, bis wir die Entwarnung hören. Wachtposten mit Helmen in jeder Gasse, Megaphone dröhnen: »ALLES LICHT AUSSCHALTEN! IM HAUS BLEIBEN! NICHT VOR SONNENAUFGANG AUS DEM HAUS GEHEN!« An manchen Abenden sitzen wir abwechselnd im Schrank und lesen mit der Taschenlampe.

Mama hatte irgendwann genug davon und hat das Badezimmerfenster zur Verdunklung mit Teerpappe vernagelt. Jetzt ist das unser Wohnzimmer. Die Zeitungen liegen in Stapeln auf der Toilette, auf dem Wäschekorb steht das Transistorradio für die neuesten Nachrichten. Manchmal kriegen wir diese Schlampe rein, die Rose von Tokio, die unsere Jungs aus der Schlacht weglocken will … Papa ist Blockwart! Wenn er abends damit pau ist, schleppt er einen Futon in die Badewanne und die Nachbarn quetschen sich mit ins Zimmer und »erzählen Geschichte«, spielen nach *dem Abendessen Ukulele. Prima Spaß! An manchen Abenden schleifen wir sogar noch den dämlichen Gockel Tacky Cruz mit rein. Und so sicher wie das Amen in der Kirche kräht der sich um Mitternacht die Seele aus dem Leib!*

Erinnerst Du Dich an Rosie Perez vom anderen Ende der Gasse? Sie wurde »ganz plötzlich ziemlich füllig«. Eines Abends, als sie in der Wanne saß, hatte sie auf einmal schlimme Krämpfe und begann zu schreien. Und eh wir uns versehen, erscheint ein kleiner Kopf zwischen ihren Beinen. Und sie preßt und preßt, und Mama spielt die Hebamme, packt diesen winzigen, glitschigen Körper. Und ich halte es, während Mama die Nabelschnur durchtrennt. Und dann weinen alle. O Mann, war das eine Nacht! Papa kam von der Schicht, und ich schrie: »Schau dir nur an, was da aus Rosie rausgepurzelt ist!« Er sackte zu Boden und lachte und weinte. Die Gasse rauf und runter kam einer nach dem anderen zu Besuch und hielt den kleinen Keiki. *Rosies Mann ist irgendwo in South Carolina in der Ausbildung. Bruder, wie kann ich Dir nur vermitteln, wie süß das war, das Schreien eines Neugeborenen mitten im Krieg. Unser bester Abend bis jetzt.*

... Swing-Bands kommen in Scharen hierher und spielen für die Soldaten. Artie Shaw, die Dorsey Brothers, sogar Louis Armstrong. Meiner Meinung nach kann sich aber niemand mit diesem Duke Ellington messen. Ich habe mir hinter der Bühne einen Weg bis zu ihm gekämpft und von Dir erzählt, daß du mit Dew Baptiste gespielt hast. Und dann saßen wir stundenlang in seiner Garderobe und haben geredet. New Orleans, Paris ...

Meine Güte, was für ein Charmeur! Er sagte, ich sei ein »Fräulein zum Anbeißen«, meine »Schönheit verliehe ihm Haltung«. Er meinte, wenn er länger hier wäre, dann würde er mich zu seinem Lieblingseis erklären. Meint er damit, daß er mich füttern will? Oder mich verschlingen? Junge, ich werde nie wieder die alte sein. Der Mann hat einen wunderbaren Körper. Dieses hübsche Lächeln, diese Schuhe mit den hohen Absätzen! Sein Anzug, sein Hemd, seine Krawatte. Nun, wenn Du wieder zu Hause bist, gibt es jede Menge Jazz-Termine. Die Leute wissen, daß Du in der weiten Welt warst. So viel Aloha *geht in Deine Richtung! Alle vermissen Dich ...*

Ich bin zu Sunnys Haus gegangen, aber ihre Mutter wollte mich nicht reinlassen. Sagte mir, daß sie nichts mehr von ihr gehört haben. Wenn sie lebt, und am Leben ist sie ganz sicher, denn sie ist zu gescheit, um zu sterben, dann erlebt sie gerade irgendwo ein wildes Abenteuer. Bastelt vielleicht mit kommunistischen Arbeiterinnen aus einer Seidenfabrik und ihrer armen verkrüppelten Schwester irgendwo in einem Keller Bomben. Vergiß sie. Komm nach Hause. Hier gehörst Du hin.

O Bruder, schau nur! Es ist Vollmond. Während ich Dir unsere Gebete und Alohas schicke, steht ein bunter Regenbogen – ein Omen für den Frieden – über der Kalihi Lane …

Alles Liebe von Deiner Schwester
Malia

Nā Kūlana Pō'ino

Die Glücklosen

Lager Woosung, Februar 1943

Die Hoffnung nährte die Fiktion der Normalität. Und dann, während Menschen verhungerten, erstarb diese Fiktion. Nichts als Schüsseln mit verunreinigtem Reis, eine verfaulende Karotte. Er lag auf dem Bett und erinnerte sich mit schmerzlicher Klarheit an großartige Mahlzeiten, löste sie unzählige Male auf und setzte sie wieder zusammen. Ihr Aroma, ihr Geschmack!

Er zog sich in die Vergangenheit zurück. Sunnys Gesicht in den blauen Rauten des morgendlichen Lichts. Ihre wilden Aufstände und ihre Ruhe, ihre Rätsel stiegen vor ihm auf wie Melodien aus seiner Trompete. Ihr gemeinsamer Traum hatte sich gegen sie beide gewandt, sie zu Flüchtlingen gemacht. Jetzt waren sie zwar in einer neuen Geschichte gefangen, doch in einer alten, uralten Zeit.

Trotz Hunger und Müdigkeit fürchtete Keo den Schlaf. Dann wurde er zur wehrlosen Beute: der widerlich fetten Fliegen, deren Bisse oft tödlich waren, der Mücken, die Malaria übertrugen. Läuse verursachten ihm Juckreiz, und er kratzte wie ein Wahnsinniger. Tausendfüßler tänzelten erbarmungslos über seine Kopfhaut und setzten seinen Schädel in Brand.

Die Lagerbevölkerung war auf beinahe zweitausend angewachsen. In einen fortwährenden Alptraum gezwungen, zogen sich die Menschen in Gedanken in die Zeit der Privilegien zurück, wollten die Gerüchte nicht glauben, daß chinesische Chauffeure ihre Autos sabotiert, Vergaser gestohlen, Benzintanks geleert hatten. Daß japanische Soldaten ihre palastartigen Häuser verwüstet, in ihre Betten gekackt hatten. Sie wollten nicht akzeptieren, daß nun das Lagerleben ihre Wirklichkeit war, sie hielten es nur für einen vorübergehenden Schrecken. Bald würden sie aufwachen und wieder im Luxus leben.

Als Malias Brief ankam, lag Keo zitternd auf dem Bett. Vier Monate waren vergangen, bis ihn das Schreiben über den Club Argentina erreicht hatte. Das Lebensmittelpäckchen kam niemals an. Aber als er nur die Worte las – Salz, Frühstücksfleisch –, schwindelte ihm. Er schloß die Augen und hielt sich den Brief unter die Nase, roch Ingwer und den Schimmel in der Garage seines Vaters. Malias schweres Parfüm, die Handgelenke seiner Mutter, die nach Gewürzen dufteten. Er konnte die Wäschestärke am Kragen seines Vaters riechen, Jonahs ledernen Baseballhandschuh, sogar den rauhen Meeresgeruch seines Bruders DeSoto.

Ganz still lag er da, dachte an Krash und Jonah auf dem Weg in den europäischen Krieg, an DeSoto, der irgendwo in Malaysia festgehalten wurde. Er dachte an Sunny und ihr Kind, das er auf dem Arm der Mutter nur einmal kurz erspäht hatte. Er drehte sich auf die Seite und trauerte mit verzweifelter Leidenschaft. Trauerte um sie alle, um ein Leben, das vorüber war.

Am meisten schockierte ihn Malias Meinung von Sunny.

»*... sie ist zu gescheit, um zu sterben, erlebt gerade irgendwo ein wildes Abenteuer.*«

Immer wieder las er diese Worte von neuem, verspürte solche Wut, daß er durch das Lager taumelte und in die Latrinen brüllte. Schrie heraus, daß Sunny ihn liebte, daß allein ihre Liebe ihn noch am Leben hielt.

Jeden Tag schien mehr Rattenscheiße seine Reisschüssel zu beschweren. Seine Zähne splitterten, weil er auf Kalkstein biß. Und doch zitierte ihn Tokugawa jedesmal, wenn Japan wieder eine Schlacht verloren hatte, zu sich in sein Quartier, bot ihm Zigaretten und gestohlene Jazz-Platten an.

»Ich hätte lieber Reis für die Kinder«, sagte Keo. »Sie sterben wie die Fliegen.«

Tokugawa schüttelte den Kopf. »Nicht einmal genug Reis für

meine Männer.« Seine Stimme wurde leiser. »Nicht einmal für meine Familie in Osaka.«

Taifun-Wetter. Eines Tages stand Keo bis zu den Knöcheln im Schlamm und leerte Latrineneimer aus. Im Wachturm stritten sich betrunkene Soldaten um eine Frau. Er hörte ihr Lachen. Manche Frauen meldeten sich freiwillig zum Putzdienst in den Wachstuben, boten sich den Soldaten für einen zusätzlichen Löffel Reis an, für einen Fetzen Stoff, mit dem sie ihre bröckelnden Schuhe zusammenhalten konnten, um dem Hakenwurm zu entgehen.

Wer kann es ihnen verdenken? dachte er. *Wenn es sie der Sterbehütte fernhält.* Das war der Ort für die Todgeweihten, für diejenigen, die in den letzten Stadien des Verhungerns und der Krankheit waren.

Durch den strömenden Regen starrte er auf das Land jenseits des Lagerzauns. Da hielten sich ganze Meuten von chinesischen Flüchtlingen nur noch mühsam auf den Beinen, so als hätte sein Erscheinen die Toten auferstehen lassen. Sie waren beinahe schon Skelette, viele würden sterben, während sie noch versuchten, des Rätsels Lösung zu finden: Wenn Japan kämpfte, um Asien den Asiaten zurückzuerobern, warum saßen dann die Feinde hinter Gittern und hatten zu essen? Warum sperrte man die Chinesen aus? Sie schrien Keo an, bettelten um Unrat, eine verfaulende Kartoffel, einen Säugling.

»Ja«, sagte Tokugawa. »Sie würden auch Menschenfleisch essen. Hast du je wirklich Hunger gehabt, den Hunger, der dich in den Wahnsinn treibt? Dann ist alles, was dir zu überleben hilft, deine Beute.«

Sie saßen in seinem Büro, und Tokugawa erklärte, daß man Keo endlich verziehen hatte, daß er den homosexuellen Nazi geschlagen hatte, der an »Ersticken« gestorben war. Er kam »auf Garantie« frei. Der Besitzer des Club Argentina hatte schriftlich zugesichert, Keo werde nicht gegen die Japaner arbeiten, man würde in Schanghai für seinen Lebensunterhalt aufkommen, seine Musik sei für die Unterhaltung der japanischen Offiziere unverzichtbar.

Tokugawas Lächeln war listig und schlau. »Wenn du zurück in Schanghai, ich dich schicke in Spezialgeschäft, wo Menschenteile zum Verkauf. Leber, Finger, Wange. Bei Kampf in China, ich auch monatelang Hunger. Ich selbst esse Lächeln von jemand.«

Keo musterte ihn. »Und nun sterben Sie unter Umständen, weil Sie nicht an die Kapitulation glauben.«

Der Mann fuhr zurück. »Nicht mein Fehler. Wir nie gelernt, wie Gefangene zu sein.« Er klatschte auf das Schwert an seiner Seite. »Hör mich. Wir Yankies nicht hassen. Wir angreifen, weil ihr euch einmischen.«

»Wie einmischen?«

»Embargo. US stoppen Lieferung von Öl und Eisen nach Japan. Sollten eigene Probleme denken. Unser Kampf nicht mit euch.«

Seine Arroganz erschütterte Keo, und er selbst bemerkte sie nicht einmal. »Hören Sie, dieser ganze Krieg hat nur angefangen, weil ihr China überfallen habt.«

Tokugawas Stimme wurde ganz leise, beinahe entschuldigend. »Japan zu viele Menschen. Müssen expandieren.«

Durch das Fenster beobachtete Keo einen kleinen dünnen Jungen, der sich damit abmühte, drei große, faulige Kartoffeln zu tragen. Er überlegte, wie viele Dinge man auf dieser Welt begehren konnte und mit wie wenig doch letztlich jeder Mensch wirklich umgehen konnte.

»Eh!« Tokugawa klatschte ihm auf den Arm. »Sogar USA schuldig Invasion. Deine Inseln. Sie werfen eure Königin vom Thron, machen euch Kolonie, wollen Pearl Harbor besitzen. Selbe Sache!«

Keo seufzte. »Ja. Selbe Sache. Aber sagen Sie mir, Herr Leutnant, wenn Japan morgen den Krieg gewinnen würde, was würde Ihnen der Sieg bedeuten?«

Tokugawa lächelte und schaute nach draußen auf den Jungen. »... Frau. Kind. Garten. Volle Mahlzeit. Guter Schlaf.« Er hielt inne, dachte darüber nach, was er sich sonst noch wünschen könnte: »Wenig Jazz-Platten ... Koichi Okawa, Benny Goodman von Tokio. Seltsam. Was ich *vorher* auch hatte.«

Als er in die Stadt zurückkehrte, sah Keo, daß die hysterische Energie Schanghais ungebrochen war, daß die Menschen sich weiterhin weigerten, vom Krieg, der auf der Welt herrschte, Kenntnis zu nehmen. Ganze Häuserblocks waren von Bomben ausradiert. Und doch zogen die Zahnärzte im alten chinesischen Stadtviertel noch immer auf offener Straße Zähne, sangen die Nachtigallen in Bambuskäfigen. Reiche Bräute wurden noch immer verborgen in rotlackierten Sänften vorbeigetragen. In den Seitenstraßen lehnten noch immer Bambusstangen von den Dachtraufen, drapiert mit Babywindeln und Fußbandagen. Schreiber saßen noch immer mit ihren Pinseln und dem Reispapier da, und ihre schwatzenden Äffchen rieben noch immer mit Ebenholzfingern die Tuschsteine.

Die Menschen weigerten sich zu sehen, daß die Stadt unter ihren Füßen versank, drängelten sich noch immer in die Bars und Bordelle von Blood Alley. Die Restaurants und die chinesische Oper florierten. In der Bubbling Well Road wurden weiter Jai-Ala-Wettkämpfe ausgetragen. Die Achsenmächte und die neutralen Nationen – die Schweizer und Holländer – tanzten noch immer im Atlantic Foxtrott, tranken Absinth im Französischen Klub. Jazzfans strömten noch immer in den Club Argentina.

Gelächter, der Duft der Reichen in ihren sauberen Kleidern, die in ihren westlichen Sprachen redeten, all das erschien Keo wie ein Wunder. Ein Bad in den Hunan Mansions, ein Bett mit sauberen Leintüchern, tagelang schlafen. Er verbrachte die erste Woche feierlich über Eßteller gebeugt und schloß sich dann einer Gruppe im »Argentina« an, trug seine Armbinde mit dem »A« für Amerikaner. Die anderen Musiker waren ihm fremd, zwei Armbinden mit »J«, zwei mit »I«. Zunächst spielte er vorsichtig, berührte die neue Trompete nur schüchtern. Aber bald spielte er mit der gleichen atemlosen Energie wie früher, wenn er auch merkte, daß er schneller ermüdete.

Er begann wieder nach Sunny und dem Kind zu suchen. Er befragte Leute auf der Straße, in Tanzsälen, sogar Gangster in ihren kugelsicheren Sänften. Er fragte Päderasten in Anzügen aus Shantung-Seide, die auf der Avenue Edward VII. das Haus der Kleinen Jungen betraten, befragte die Kunden des Blinden Scharfrichters, wo nackte Männer an Säulen gefesselt waren und von kleinen nackten blinden Mädchen, deren Augenlider mit Pailletten verziert waren, mit Drahtbürsten ausgepeitscht wurden. Er befragte sogar Leute aus der Zuschauermenge, als die Gilde der Kulis, die den Unrat der Nacht entsorgten, einen Protestmarsch veranstaltete, um höhere Bezahlung, kürzere Arbeitszeiten und Honigwagen zu fordern, die nicht umkippten.

Er fragte Wesen, die ihm im Nebel begegneten. »Habt ihr etwas von Sunny Sung aus Honolulu gehört?«

Nach ein paar Wochen begannen die kehligen deutschen Laute ihm Schauer über den Rücken zu jagen. Ebenso das Gelächter der weißrussischen Huren, die mit japanischen Generälen Foxtrott tanzten. Er hörte Franzosen zu, die sich über zehnjährige Chinesinnen mit »Schweinefüßen« unterhielten und behaupteten, deren Scheiden hätten um so mehr Windungen, je straffer die Füße gebunden waren, je mehr man sie gebrochen und verbogen hatte; was sie natürlich nur noch erregender machte. Solche Worte trafen Keo wie Ohrfeigen.

Er spielte langsamer. Seine Musik wurde grob und häßlich, er verfluchte die Paare auf der Tanzfläche damit, ließ musikalische Rülpser auf sie los. Die Leute lachten, amüsierten sich über seine dunkle, verschwitzte Perversität. Während er die wohlgenährten Menschen beobachtete, die Scotch tranken und wie Eisläufer über das Parkett glitten, dachte er an die Schrecken von Woosung. An solchen Tagen kehrte er in die Hunan Mansions zurück und schlug sein Zimmer kurz und klein. Dann riß er sich wieder eine Weile zusammen, fraß alles in sich hinein.

Eines Tages fragte ein Franzose nach Louis Armstrong und »... seinem schrillen Gesang wie in ›Tiger Rag‹ ...«

Ein Deutscher brüllte zu ihm herauf: »Ja! Spiel uns richtige *Niggermusik*.«

Da drehte sich Keo der Magen um. Er sprang von der Bühne, rammte dem Deutschen beide Füße in den Brustkasten, versuchte dem Mann mit der Trompete den Schädel einzuschlagen. Der Rausschmeißer des Klubs streckte ihn zu Boden. Als er wieder zu sich kam, schleiften sie ihn aus dem Argentina.

Blut rann ihm über den Kopf, und er schrie den Zuhörern zu: »Ihr Huren! Wißt ihr denn nicht, daß ihr den Krieg verloren habt!«

Im Lager von Woosung kauerten die Menschen in winterlich kalten Zementbaracken. Kahle Wände, nackte Fußböden, funzelige Glühbirnen. Die zerlumpten Laken, die man ursprünglich als Abtrennung aufgehängt hatte, waren nun Decken oder Leichentücher. Die Leute hatten einfach aufgehört, einander zu sehen. Nacktheit wurde überhaupt nicht mehr wahrgenommen, so daß auf perverse Weise doch wieder eine Intimsphäre entstanden war. Was sie alle zusammenhielt, war einzig und allein das Wissen, daß sie wahrscheinlich bald sterben würden.

In jenem Jahr hörten die Taifune überhaupt nicht mehr auf. Der Regen fiel in Strömen, überflutete die improvisierte Krankenstation, spülte die Patienten aus den Betten. Eine Baracke krachte zusammen und begrub sechs Menschen unter sich. Der Strom fiel aus. Schließlich liefen die Sickergruben über. Vom Dreck überwältigt, kapitulierten die Menschen. Sie gingen dem Schmutz nicht mehr aus dem Weg, hielten nicht länger die Luft an, schliefen und lebten einfach damit. Und Typhus breitete sich aus.

Eines Tages wog der kränklich aussehende Arzt Keos Nachbarn. Am Morgen 130 Pfund, mittags beinahe 150, am Abend war er entsetzlich aufgedunsen und wog 187. »Nasse« *beriberi*. Sein graugelbes Gesicht war so aufgebläht, daß er nicht mehr über die Gebirge seiner Wangen hinwegschauen konnte. Jede Nacht, wenn der Arzt ihn punktierte, um die Flüssigkeit abzuleiten, schauten die Leute entsetzt zu, wie dieser menschliche Ballon zu nichts zusammenschnurrte.

Mit dem Verhungern setzten Wahnvorstellungen ein. Männer streckten einander in Faustkämpfen zu Boden. Frauen gingen mit zersplitterten Fingernägeln und rostigen Haarnadeln aufeinander los. Kinder bissen einander wie Hunde. Und doch begriffen sie alle irgendwie, daß diese Kämpfe gut für sie waren, weil sie sie ein wenig vom Horror und vom Hunger ablenkten. Im März begannen sogar die Wachposten zu verhungern. Mittlerweile schien es völlig gleichgültig, wer den Krieg gewinnen würde.

Eines Tages streckte die Malaria den großen Kanadier Simmons, der für die Deutschen arbeitete, nieder. Die Parasiten vermehrten sich in seinen roten Blutkörperchen. Das Fieber tobte, überfiel ihn in kalten Schauern, dann in Hitzewallungen und endete im Delirium. Wildgewordene Zellen verstopften ihm die Arterien. Sein Urin wurde braun vor abgestorbenen Zellen, dann schwarz; er war am Ende.

Die Leute schlichen um sein Bett herum. »Laßt den Schweinehund doch sterben.«

In den vergangenen acht Monaten hatte sich der Mann in den Folterzellen im Sonderbezirk des Lagers von Woonsung herumgetrieben, wo die Japsen die abgeschossenen alliierten Piloten gefangenhielten, die meisten verletzt oder halbtot. Simmons quetschte noch Informationen aus ihnen heraus, indem er sie mit Morphium und Zigaretten köderte. Wenn sie die Aussage verweigerten, schlug er sie. Er hatte einen amerikanischen Piloten, der schwere Verbrennungen hatte, buchstäblich zu Tode getrampelt, während die Wachposten lachend dabeistanden und ihn anfeuerten.

Jetzt in seinem wilden Fieber war Simmons Gesicht beinahe nicht mehr wiederzuerkennen. Es war wie eine rohe Tierhaut, die man über Stöcke gespannt und in der Sonne getrocknet hatte. Sein ganzer Körper sah so aus. Keo starrte auf den eingefallenen Schädel. Riesig quollen die Augen hervor.

Der Kanadier packte Keo beim Arm. »Wasser. Hilf mir. Sie schicken Chinin aus Schanghai ...«

Keo hörte, wie dem Mann der Atem in der Brust rasselte. Er beugte sich herunter und schüttelte den Kopf. »Niemand schickt dir einen *Scheißdreck*.«

Simmons versuchte sich aufzurichten. »Ich zahle gut. Ich hol dich hier raus ...«

Keo fürchtete, sie würden wirklich Chinin schicken und der Kerl würde sich erholen, drückte ihn brutal zurück und zerrte ihm ein dreckiges Kissen unter dem Kopf hervor.

»Du Schwein. Das hier ist für die Jungs von der Luftwaffe, die du ermordet hast.«

Er drückte ihm das Kissen aufs Gesicht, setzte sich darauf und beobachtete, wie Simmons Hände nach Luft krallten. Er spürte durch die Oberschenkel, wie sich die Muskeln des Mannes noch einmal zusammenkrampften. Er biß die Zähne zusammen, bis das Zucken vorüber war. Einige beobachteten ihn von der Tür aus. In der Nacht schaufelte er den Leichnam in eine Grube voller Exkremente, bekreuzigte sich und betete für die Jungs von der Luftwaffe. Auf seinem Bett fand er Geschenke – eine neue Kartoffel, vier Zigaretten, saubere Socken.

Eines Abends nach der Ausgangssperre stand eine blasse, blonde Frau neben ihm. »Bitte, ich möchte mich hier hinlegen. Mir ist so kalt.«

Ein scharfer, weiblicher Geruch umströmte sie. Die meisten Frauen rochen nach der Monatsblutung so. Er fragte sich, wann sie wohl das letzte Mal gebadet, wann zum letzen Mal ein Stück Seife in der Hand gehalten hatte. Er zog sie zu sich aufs Bett, legte die Arme um sie. Sie begann zu weinen.

»Simmons war mein Mann ...«

Als Keo antworten wollte, hielt sie ihm den Mund zu.

»Wir haben uns in Schanghai kennengelernt. Er hat mich geheiratet, weil er eine Tarnung brauchte. Ich wußte das nicht. Als ich herausfand, daß er für die Deutschen arbeitete, habe ich ihn verflucht, ihm den Tod an den Hals gewünscht. Er sagte, er würde mich umbringen, wenn ich ihn verriete.« Im Dunkeln fand sie Keos Hand. »Ich bin in die Baracken für die Alleinstehenden umgezogen.«

Sie hieß Ruth. Sie war unwiderruflich mager und häßlich, rieb sich mit den Fingern ständig ihr blutendes Zahnfleisch. Aber sie war eine Frau, und ihr Körper war warm. Mit einem Mal hatte er schreckliche Angst, wollte nur noch seinen Kopf zwischen ihren Brüsten verbergen und weinen. Sie schliefen wie Kinder Seite an Seite. Wärme schien das einzige zu sein, was sie beieinander suchten. Dann sagte sie ihm eines Nachts:

»Suga, der Wachmann – er zwingt mich. Und wenn er fertig ist, stopft er mir eine Süßkartoffel in den Mund. Ich bin zu schwach, um mich gegen ihn zu wehren.«

Suga war ein großer stämmiger Wachmann, der ein wenig von Sinnen war. Keo merkte sofort, wann immer er sich in der Nähe befand, weil er so furchtbar stank. Der Mann brüstete sich, wie sehr er die Weißen haßte, die Chinesen haßte, sogar seine Vorgesetzten haßte. Seit man ihn eingezogen hatte, haßte er alles. Er hatte zwei Briten mit bloßen Händen getötet, dann ihre Schuhe gestohlen und eingetauscht. Im Dunklen lauerte er den Frauen auf.

»Wenn du verhungerst«, fragte Ruth, »ist eine Vergewaltigung dann so schlimm, wenn du hinterher etwas zu essen bekommst? Wenn ich als Bezahlung Essen nehme, ist es dann überhaupt noch Vergewaltigung? Oder doch Tauschhandel?«

Keo richtete sich langsam auf. »Wie oft macht er das?«

»Ein paarmal die Woche. Ich schreie nicht, sonst erwürgt er mich. Und ... ich habe solchen Hunger, daß ich nur an die Kartoffel denke. Bin ich dann eine Hure?«

Er wiegte sie in den Armen wie ein Kind. »Nein. Du versuchst nur, am Leben zu bleiben.«

Eines Nachts hievte sich Suga wieder auf sie, streckte sie zu Boden, preßte ihr die Beine auseinander. Keo näherte sich von hinten mit einem Stück Draht in der Hand. Er schlang ihn dem Mann um den Hals und zog so fest zu, daß er es krachen hörte. Suga rollte von der Frau herunter, rang nach Luft und zwinkerte, der Penis hing ihm noch aus der Hose. Keo war wütend, daß er ihn nicht ganz erledigt hatte, er fluchte, alles krampfte sich in ihm zusammen, und er warf seinen Körper nach vorn, ließ einen Stein auf den Kopf des Wachmanns heruntersausen. Der Mann starb mit dem Penis in der Hand. Er war noch steif, als sie ihn in ein Schlammloch warfen.

Keo führte Ruth zu seinem Bett zurück, beide zitterten und waren ganz benommen. Im Morgengrauen war sie verschwunden, aber am nächsten Tag erschien sie mit einem Stückchen eingetauschter Seife. Hinter der improvisierten Lagerküche erhitzten sie Wasser, badeten einander, lachten und weinten, während ihre Wimpern sich mit Eis verkrusteten. In jener Nacht wurden sie Liebende, halb verhungert, halb wahnsinnig.

»Erwähne bloß nicht das Wort Liebe«, flehte sie ihn an. »Oder Gott oder sonst was.«

Danach waren sie beieinander, so oft es ging. Er erzählte ihr alles, von seiner Musik, seinen Reisen, seiner Suche nach Sunny und ihrem Kind. Sie sprachen nie von Simmons oder dem Wachmann. Der Tod war ein alltägliches Ereignis, das Töten inzwischen auch. Keo würde es sofort wieder tun. Jeden Augenblick konnte es auch ihn erwischen. Es gingen Gerüchte um, daß man alle Lagerinsassen auf einem Marsch weiter ins Landesinnere Chinas bringen würde. Sobald die Alliierten die Japaner besiegten, würden die Gefangenen massenweise hingerichtet.

Sie dachten nicht an die Zukunft, achteten darauf, daß jeder Tag seine Botengänge hatte, daß jeder Tag einen Sinn bekam. Jede Nacht hielten sie einander in den Armen, nicht aus Liebe, sondern weil sie damit ein Zeichen setzen wollten, daß sie noch lebten, daß sie noch Menschen aus Fleisch und Blut waren und sich wie Menschen vereinten. Eines Morgens beim Appell beugte sich Ruth vornüber und übergab sich. Ihre Beine schwollen so sehr an, daß sie nicht mehr gehen konnte. Ihre Lungen pfiffen, waren voll Wasser.

Er begrub sie in ihrem eigenen kleinen Grab, verspürte nichts als unendliche Müdigkeit, so grenzenlos, daß nichts sonst mehr wichtig war. Alles war weit weg. Er hängte wieder die zerlumpten Laken als Sichtschutz auf, starrte auf die schimmelige Wand und hielt Malias Brief, mittlerweile feucht und zerfetzt, an die Brust gepreßt. Er kannte ihn auswendig, der Inhalt wurde immer unwichtiger. Nichts bewegte sich, weder in seinem Kopf, noch in seinem Körper. Er konnte sich keinen Grund denken, warum er sich bewegen sollte.

Dann bestand er nur noch aus Haut und Knochen, und seine Haut war von kränklicher Farbe, ein schuppiges Grau. Er wachte fiebernd auf, die Flüssigkeit in seinen Gelenken versetzte ihm nadelspitze Stiche. Furchtbare Schmerzen, dann Schüttelfrost. Die Bettnachbarn untersuchten seinen Urin, sahen erleichtert, daß er noch gelb war – eine milde Form der Malaria, noch nicht zum Schwarzwasserfieber fortgeschritten. Man schmuggelte Chinin ins Lager.

Eines Tages kamen Wachleute in die Baracke gestürmt, stießen die Männer grob mit ihren Gewehrkolben, rissen die trennenden Laken herunter. Sie kamen zu Keo. Einer beugte sich über ihn und schrie etwas in einer fremden Sprache, hieb ihn auf den Kopf wie ein Schlägertyp. Dann lehnte er sich herunter und bespuckte ihn, mit großen fetten Schleimbrocken. Verwirrt beobachtete Keo, wie die Kerle noch im Gehen seinen Pißeimer durch den Gang kickten. Schon kamen die Nachbarn mit einem Lappen herbeigeeilt und wischten ihm den Dreck von der Brust. Dabei entdeckten sie in dem Schleimpfropfen ein kleines Fläschchen von der Größe einer Schrotkugel, darin ein weißes Pulver.

»Heroin! Genug für eine Nacht Schlaf.«

In dem weißen Pulver versteckt war ein winziges Seidenfetzchen, auf dem in kaum lesbaren Buchstaben stand: MUT. OOGH.

Keo fand noch Kraft zu einem Lächeln.

Er war auf dem Weg der Besserung. Als er hörte, wie die Essenswagen – eine endlose Reihe von Schüsseln voll mit verrottendem Reis – über die Aschenwege rumpelten, setzte er sich auf und war plötzlich wie elektrisiert. Er witterte etwas, nicht den Reis, sondern die *Räder* der Karren, die Funken aus dem harten Stein schlugen. Funken, die rochen wie Knallkörper, wie *pōhaku,* wie die Steine, die man zu den uralten hawaiischen Kegelkugeln feilte. Sein Papa hatte ihm das gezeigt. Zum erstenmal seit Wochen schleppte sich Keo wieder nach draußen und reihte sich in die Schlange ein, nur um noch einmal die Funken zu riechen, die ihn einen Augenblick lang nach Hause fliegen ließen.

Eines Tages änderte sich überall das Tempo, das Lager wurde gefegt und aufgeräumt. Die Wachmänner bürsteten ihre Uniformen aus. Ein schwarzer Mercedes fuhr durch das Tor, flankiert von Lastwagen. Von den Trittbrettern aus richteten Soldaten ihre Maschinengewehre auf die Lagerinsassen. Tokugawa verneigte sich mehrmals, als ein japanischer Oberst ausstieg und eine Liste verlas, die ihm sein Adjutant vorlegte. Soldaten marschierten in die Baracken, zerrten eine amerikanische Familie, Vater, Mutter und Kind, heraus. Andere trieben zwei amerikanische Frauen und zwei Männer aus den Baracken der Alleinstehenden vor sich her. Der Oberst runzelte die Stirn und tippte auf seine Liste, grunzte Tokugawa etwas zu.

»Noch einer aus diesem Lager – Meahuna, Keo.«

Die Soldaten schleppten ihn von seiner Baracke fort und schoben ihn auf den Lastwagen. Das ganze Lager starrte ihm nach, niemand brachte den Mut auf, ihm zum Abschied zuzuwinken. In den folgenden drei Stunden betrachtete Keo eingehend die Mündung eines Maschinengewehrs, in der sicheren Gewißheit, schon bald tot zu sein. Sicher brachten sie ihn nach Schanghai, wo man ihn erschießen würde, weil er Simmons, den Spitzel, erstickt hatte. Oder enthaupten, weil er den Wachmann umgebracht hatte. Oder den homosexuellen Nazi geschlagen hatte.

Ein seltsames Nagen marterte seine Eingeweide, panische Angst verzehrte seine Sinne. Der Wachmann gleich neben ihm roch furchtbar. Der Atem des Kerls, sein Schweiß, sogar seine Kleidung, alles stank nach ranzigem, ekligem Fett, nach Schweineschmalz. Monatelang hatte sich Keo aus Angst, sonst völlig den Verstand zu verlieren, nicht gestattet, an Essen zu denken. Jetzt, da er meinte, bald sterben zu müssen, gönnte er sich diesen Luxus.

Gebratene fetttriefende Schweinehälften. Saftiges *kālua*-Schwein. Dicke Streifen knusprig gebratener Speck. Er konnte sie schmecken, spürte, wie sie zwischen den Zähnen krachten, wie ihm das Wasser im Mund zusammenlief. Er begann zu kauen, kaute ein Gebet, ein erhörtes Gebet. Er besabberte sich und den Soldaten. Er besabberte den Lauf des Maschinengewehrs. Lachend wichen die Wachmänner vor ihm zurück, glaubten, er sei wahnsinnig geworden.

An seine Ankunft in Schanghai konnte er sich später nicht erinnern. Rotkreuzschwestern halfen ihm wieder auf die Beine. Und er stand da und erwartete die tödliche Kugel, den Gummiknüppel, das Bajonett. Ein indisch aussehender Arzt kam auf ihn zu, eine Spritze in der Hand, wischte ihm mit Alkohol über den mageren Arm.

»Das ist Glukose. Im Augenblick würde feste Nahrung Ihren Magen völlig ruinieren.«

»Werde ich erschossen?«

Der Arzt trat einen Schritt zurück, seufzte und tätschelte ihm beruhigend die Schulter. »Lieber Mann, wir schicken Sie nach Hause.«

Keo schüttelte verwirrt den Kopf.

»Verstehen Sie? Sie fahren nach Hause.«

Weiße Laken. Betten mit Menschen, die zu Skeletten abgemagert waren, gegen die er vergleichsweise massig wirkte. Er dachte an die, die in Woosung und anderen Lagern in ganz Asien zurückgeblieben waren – Kinder mit Typhus, Männer, die gerade noch achtzig Pfund wogen. *Warum ich? Warum hat man mich ausgewählt und freigelassen?* Von Schuldgefühlen und ungeheurer Müdigkeit gebeutelt dachte er an Sunny und das Kind und weinte. Die Rotkreuzleute fragten ihn nach seinem Namen und seiner Nationalität, befragten ihn zu seiner Zeit im Lager. Er weinte. Ein Glas Wasser, die kühle, saubere Bettpfanne, all das trieb ihm die Tränen in die Augen.

»Ja, weinen Sie nur«, ermunterten sie ihn. »Das hilft.«

Die Ärzte gaben ihm Beruhigungsmittel, damit sein Körper sich entspannen und selbst heilen konnte. Das Malariafieber kam wieder, ebbte dann langsam ab. Die Geschwüre an Armen und Beinen begannen abzuheilen. Die schreckliche Pein des Salzmangels schwand allmählich aus seinen Knochen und Muskeln. Er hatte gar nicht begriffen, wie furchtbar sein Zustand war. Er nahm ein Pfund zu. Dann noch eins. Der Mann neben ihm starb, weil er sich überfressen hatte. Nach zwei Wochen verlegte man Keo auf die Station mit den gehfähigen Patienten. Jetzt konnte er feste Nahrung verdauen. Er rauchte eine Zigarette. Seine Hautfarbe wandelte sich von Grau zu einem matten Braun.

Er verglich seine Geschwüre, seine Verdauung, seinen knochigen Hintern mit denen anderer Männer. Er lag drei Stunden im Bad, ließ sich die Haare schneiden. Er sah sich Filme an, versuchte die Zeitschrift »Life« zu lesen. Überall auf der Welt tobte der Krieg, Millionen wurden massakriert. Er erfuhr von den Nachwehen von Bataan, von den siebentausend alliierten Soldaten, die in den Tod marschiert waren. Freiwillige brachten ihm Zivilkleidung, aber er lehnte sie ab. Bis er wieder Uniform tragen und seinem Land dienen konnte, wollte er den Kampfanzug der GIs tragen.

Auf den Listen der Internierten, der Heimgeführten suchte er Sunnys Namen. Daß er ihn nicht finden konnte, bedeutete nur, daß sie geflohen war, daß sie und das Kind herausgekommen waren. Er konnte den Gedanken nicht ertragen, daß die beiden vielleicht tot waren. Die Verhandlungen über den Austausch von japanischen Kriegsgefangenen und alliierten Gefangenen zogen sich über Wochen hin. Dann standen eines Abends Militärbeamte vor ihnen.

»Ihr seid jetzt keine Gefangenen mehr. Ihr seid jetzt Evakuierte. Ihr tragt jetzt Tag und Nacht Schwimmwesten.«

Beinahe zwölfhundert Menschen wurden im Morgengrauen von den Docks auf einen riesigen Dampfer verfrachtet, der im Hafen wartete und sie nach Tokio bringen sollte. Von dort würde sie ein umgebauter Truppentransporter nach Honolulu bringen. Langsam und umständlich schoben sie sich die Gangways hinauf und standen an der Reling, während Schanghai in immer weitere Ferne rückte. Schon Stunden später, nachdem sie über den Whangpoo in den großen Fluß Yangtse gefahren waren, lagen Dutzende von Menschen auf der Krankenstation, waren zu schwach, noch zu stehen oder Nahrung bei sich zu behalten. Andere schluchzten, weil sie vergessen hatten, wie man die Sanitäreinrichtungen und die Utensilien der Reinlichkeit benutzt.

Sanft halfen ihnen die Matrosen weiter, richteten sie auf, wo sie zusammengebrochen waren. Manche waren hysterisch, fürchteten, alles sei nur ein Witz: Jeden Augenblick würde ein Japsen-Schiff sie überfallen, sie wieder in die Lager zurückzwingen. Oder sie stellten sich vor, der Dampfer würde auf eine Mine fahren, in Fetzen gerissen.

»Nur deswegen haben sie den Familien die Kabinen zugewiesen, damit sie wenigstens zusammen sterben können, wenn wir getroffen werden.«

Den Alleinstehenden wurden Matratzen oder Hängematten an Deck zugewiesen.

Keo saß stundenlang da und holte die Nachrichten der letzten Zeit nach: Mordanschlag auf Hitler, Admiral Yamamoto im Pazifik abgeschossen. Geschichten aus den Lagern – von sadistischen Kommandanten, Greueltaten. Manchmal saß er, nur um allein zu sein, auf der Toilette. Am besten waren die Nächte, wenn er in Armeedecken gewickelt dalag und neben ihm der Ozean schäumte.

Eines Nachts, während er im Halbschlaf döste, spürte er eine federleichte Berührung an der Wange. Er lächelte, wußte schon, daß es nur Oogh sein konnte.

»So, Hulamann, hast du jetzt genug Abenteuer erlebt?«

»Ich hätte es wissen müssen. Wie hast du mich aus Woosung herausbekommen?«

Oogh ließ ein goldenes Feuerzeug aufschnappen und mit eleganter Kavaliersgeste aufflammen. »Schau hin.«

»Gold.«

»Die *Flamme.* Was entzündet sie? Schlichte Feuersteine. Sie verrotten nicht und sind inzwischen sehr gefragt. Nach Gewicht bringen Feuersteine inzwischen höhere Preise als Gold. *Ma mère* hat sie gehortet, zur Absicherung gegen die Inflation. Jetzt hat sie in Schanghai das Monopol. Die Japsen sind ganz wild auf Feuerzeuge. Also brauchen sie auch Feuersteine, stimmt's?«

»Aber warum ausgerechnet ich? Es brauchten doch so viele andere auch Hilfe ...«

Oogh stampfte mit dem Fuß auf. »Immer diese Fragerei. Dein Leben draußen in der Welt ist vorbei, begreifst du das immer noch nicht? Trag dein Wissen mit dir nach Hause und nutze, was du gelernt hast.«

Er schien Uniform zu tragen, ein Miniatursoldat im GI-Kampfanzug.

»Ja, auch ich werde evakuiert. *Ma mère* ist mir zu anstrengend, immer noch so geldgeil wie ein Pharao. Ich habe ihr nie verziehen, daß sie mich von Honolulu schanghait hat, als ich noch ein kleiner Junge war. Ist nach China zurückgerannt und hat behauptet, mein Papa wäre zu *moloā,* zu faul. Sie wollte einen ›reinrassigen Chinesen‹ aus mir machen, den Hawaiianer aus mir ausbluten lassen. Und jetzt gehe ich zu meinem *kanaka*-Papa zurück.«

»Du brichst deiner Mutter das Herz.«

Oogh warf den Kopf zurück und lachte. »Sie hat Tsih-Tsih! Flieh-Flieh! Dieser langweilige kleine Dickhäuter! Ein vollkommener Sohn, der Tricks beherrscht und auf Kommando weint.«

»Aber wie kannst du ...«

Oogh schob ihn in seine Hängematte zurück, verfiel in das Pidgin-Englisch seiner Insel zurück. »Macht nix! Zeit gekommen für *Moe Moe.* Vielleicht is, wenn wir wach werden, der Krieg *pau.*«

Zum ersten Mal seit Monaten schlief Keo tief und fest. Einen so langen, tiefen Schlaf, daß seine Erinnerungen an den Hafen von Tokio nur verschwommen waren, an die Rotkreuzschwestern, die ihn über die Gangway auf einen riesigen umgebauten Truppentransporter geleiteten. Dazu spielte eine Band sentimentale Songs.

Seine Hängematte hing auf dem offenen Deck, und Keo schaukelte im Mondlicht, während die ruhige See die Nächte in süße Unwirklichkeit wiegte. Vor ihnen prüften Minensucher die Gewässer. Jeder Tag war eine endlose Spirale aus Mahlzeiten und nicht enden wollenden Gesprächen. Keo war der Menschen bereits müde.

Er dankte Gott für jede Nacht, die er allein verbringen konnte, in der das Blut in seinen Adern sich wieder zusammenfügte, in der seine Adern im Rhythmus der Gezeiten, des Ozeans pulsierten. Dieser Ozean, der ihn in die Welt hinausgetragen hatte, brachte ihn nun wieder nach Hause. Und er kehrte ohne Sunny zurück.

Teil 2

E Hulihuli Ho'i Mai

Umkehren und zurückkommen

Ho'owahine

Zur Frau heranreifen

Honolulu, Frühling 1943

Eine Stadt mit Kriegsnerven. Das allnächtliche peitschende Jaulen der Sirenen. Alles rationiert, alles jenseits ihrer finanziellen Möglichkeiten. Nun blieb Malia nur noch die Hotelstraße von Chinatown, sie wiegte ihre in Plastikbaströckchen gekleideten Hüften, tanzte für die Militärs. In ihrer Freizeit half sie drei Felder und fünf Gassen weiter in Kalihi einer Frau, nähte Cheongsams für Straßenmädchen und *haole*-Huren in Bordells wie den Bronx Rooms, dem Senator oder dem Beach Hotel.

Als die Näherin, eine stattliche Hawaiianerin namens Pono, herausfand, daß Malia bei den schäbigen Tanzveranstaltungen für die Militärs mitmachte, schimpfte sie Malia aus, sagte, sie könne die *haole* buchstäblich an ihr riechen. Sie meinte, dies beflecke ihre Stoffe, sogar ihr Nähgarn. Sie wuchtete die uralte Nähmaschine hoch, deren Unterseite orange verfärbt war und in Placken abblätterte. Sie deutete mit dem Finger auf Malia.

»Dein *haole*-Gestank hat sogar meine Singer rostig gemacht. Schande über dich!«

Malia warf ihr einen bösen Blick zu. »Red mir nicht von Schande! Ich füttere meine Mama und meinen Papa damit durch.«

»Mit dem Geld eines Barmädchens? Das ist das gleiche, als würde man dreckigen Reis essen.«

»Ich hab keine andere Wahl.« Malia ließ die Schultern hängen. »Papa hat seinen Job verloren. Bruder im Ausland, im Krieg.«

Pono seufzte, blickte kurz zu zweien ihrer vier Töchter hinüber, die im Garten Wäsche aufhängten. Sie reichte Malia sieben zusammengefaltete Dollarscheine.

»Geh. Komm wieder, wenn du nicht mehr mit dem stinkenden Atem von Matrosen verunreinigt bist. Dann bring ich dir die Geheimnisse des Modeentwurfs bei. Du bist ganz schön *akamai* im Nähen.«

Malia steckte die Scheine in die Tasche. »Und wovon soll ich in der Zwischenzeit leben?«

»Mach's wie alle *kānaka*. Konservenfabrik.« Pono deutete auf ihre Mädchen. »Für die arbeite ich 12-Stunden-Schichten. Komme dann nach Hause, koche, bügle, nähe.«

»Wo ist ihr Vater? Im Ausland?«

Ponos Körper schien zurückzuweichen. Sie verschloß ihr Gesicht wie eine Tür.

Sie war eine wunderschöne Frau von edler Statur und Anmut, die aus einer langen Ahnenreihe von Polynesiern, den furchtlosen Wikingern des Pazifiks, abstammte. Sie war über einsachtzig groß, schwarzes Haar rauschte ihr wie ein Wasserfall über den Rücken, und sie hatte etwas Furchteinflößendes, die Stärke einer Frau, die viel gelitten hatte, die für den Vater ihrer Töchter alles nur Vorstellbare getan hatte, für einen Mann, den der Fluch des *Ma'i pākē* getroffen hatte. Die Lepra.

Vor Jahren noch hatten sich die beiden im Regenwald versteckt, waren ständig auf der Flucht vor den Kopfgeldjägern gewesen, die Leprakranke in Scharen zusammentrieben. Nach einem Jahr hatte man Ponos Geliebten eingefangen, ihn auf eine Insel verbannt, wohin man Leprakranke verfrachtete, um sie dort dahinsiechen und sterben zu lassen. Pono floh weiter, und während die Kopfgeldjäger sie verfolgten, blühte sein Samen in ihrem Schoß auf. Ärzte wollten sie in Quarantäne nehmen und studieren, ob sich die Schwären ihres Geliebten auch an ihr zeigen würden. Doch Pono war immun gegen die Krankheit, hatte im Dschungel ganz allein einer gesunden Tochter das Leben geschenkt und dann Arbeit in der Wäscherei einer Zuckerplantage gefunden.

Monatelang hatte sie die nächtlichen Übergriffe des *haole*

luna, des Vorarbeiters, erduldet, der ihr drohte, er würde sie den Kopfgeldjägern überantworten. Eines Nachts, während er noch auf ihr lag, durchbohrte sie ihm das Herz mit einem angespitzten Eßstäbchen. Dann packte sie ihre Tochter und rannte fort, rannte jahrelang, von einer Insel zur anderen.

Doch einmal im Monat ließ sie ihr Kind allein, schlug sich zur Insel Moloka'i durch, um bei ihrem Geliebten Duke Kealoha zu sein, in der Leprakolonie, am Ort der lebenden Leichen. Im Laufe der Jahre erblickte eine zweite Tochter das Licht der Welt, dann eine dritte und eine vierte. Jeden Monat, wenn der Dampfer nach Moloka'i fuhr, vertraute Pono ihre Mädchen einer Nachbarin an, manchmal sogar einer Wildfremden, irgend jemandem, türmte die Kinder auf wie Opfergaben, die sie der Welt darbrachte.

Als die Mädchen alt genug waren, um nach ihrem Vater zu fragen, erzählte Pono ihnen, er arbeite in den Goldminen von Alaska. Als die Älteste wissen wollte, ob er je wieder nach Hause kommen würde, antwortete Pono: »Mit der Zeit.« Lieber ließ sie die Mädchen vaterlos aufwachsen, als ihnen einzugestehen, daß er *Ma'i pākē* war. Duke wollte es so, denn er konnte den Gedanken an die Schande nicht ertragen, wenn sie die Wahrheit wüßten. Pono war kein eigentlich mütterlicher Typ, ihre Sinne schienen auf etwas anderes, etwas viel weiter Entferntes gerichtet zu sein. Und doch hielt sie tapfer durch, opferte ihre Jugend und Schönheit, um die Töchter dieses Mannes zu ernähren, zu schützen und zu erziehen. Sie liebte die Mädchen, aber sie verfluchte sie auch. Wenn sie nicht gewesen wären, hätte sie immer bei ihm in der Verbannung bleiben können.

Duke Kealoha liebte Musik, Bücher und Gespräche. Er stammte aus einer gebildeten Familie, deren Mitglieder alle die Lepra dahingerafft hatte, die in der zweiten Hälfte des 19. Jahrhunderts über Hawaii hereingebrochen war. Immer noch rottete diese Krankheit ganze Familien aus. Ehe Duke sie gefunden hatte – ein wildes Wesen, das sich ganz allein durchs Leben schlug –, hatte Pono nicht gewußt, wer sie war, was alles in ihr steckte.

Als Kind hatte sie merkwürdige Visionen gehabt, man hatte gemunkelt, sie sei eine *kahuna*, eine Seherin. Als sie zur jungen Frau heranwuchs, sagte man, sie vermöge Schmerzen von einem

Menschen auf einen anderen zu übertragen, sie sei mit der Gabe des doppelten *mana* gesegnet. Sie könne durch ihren Blick den Tod bringen. Es gab sogar Gerüchte, sie sei zum Teil *manō*, Haifischfrau. Des Nachts, wenn sie im Meer schwamm, schworen die Leute, sie hätten gesehen, wie ihre Haut grau wurde, wie sich ihr Kiefer zu einem Fischmaul verformte. Völlig verängstigt hatte ihre Familie sie für alle Zeiten verstoßen.

Duke hatte ihr doppeltes *mana* respektiert, hatte sie geduldig unterstützt, ihre besten Eigenschaften ans Licht gebracht. Mit der Zeit hatte er sie die Wahrheiten des Lebens, des Herzens gelehrt – Mitleid und Stolz, Mitgefühl und Opferbereitschaft –, ohne die ein Menschenleben zum Scheitern verurteilt ist. Ganz gleich, wie furchtbar ihn *Ma'i pākē* verwüstete, wie schrecklich die Krankheit sein Gesicht und seine Gliedmaßen entstellte, Pono würde ihn immer lieben. Er hatte ihr das Leben neu geschenkt, er war ihr Herz, immer noch.

Jetzt weinte sie oft in ihrer Einsamkeit. Die Liebe hatte sie aller Kraft beraubt. Alle ihre *kahuna*-Kräfte konnten nicht bis zu Duke vordringen. Sie vermochte ihn nicht vom *Ma'i pākē* zu heilen. Jahr für Jahr mußte sie mit ansehen, wie sein Gesicht allmählich zerfiel, wie seine Gliedmaßen sich in leblose Gegenstände verwandelten.

Fünf Tage hielt Malia die Arbeit in der Konservenfabrik aus: Den pappig-süßen Gestank der Ananas. Den Ausschlag, der sich auf ihren Armen ausbreitete. Die Vorarbeiterin, die hinter ihr kreischte: »*Heb deine Ananas auf! Heb deine Ananas auf!*« Das Klicken und Schlitzen der breiten Messer. Die geflüsterten Berichte von abgehackten Fingern, abgehackten Händen. Danach suchte sie sich eine Putzstelle, schrubbte die Böden auf der Polizeiwache in der Innenstadt. Bis man ihr einen Lappen und einen Eimer in die Hand drückte und auf die Toiletten zeigte.

Sie verbrachte einen Monat in Pearl Harbor und wurde als Schweißerin ausgebildet, ehe die zotigen Bemerkungen begannen. Zu Tausenden waren die Werft- und Bergungsarbeiter, Elektriker und Mechaniker vom Festland gekommen. Die Anständigen schienen gegenüber den Schweinen hoffnungslos in der Minderzahl zu sein. Ein Mechaniker mit einem blonden Bart nannte sie Java. Java-Hüften. Prahlte, er würde nur zu gerne mit seinem Schwanz ihren Kaffee umrühren. Malia drehte sich zu ihm um, ging mit beinahe sinnlicher Lässigkeit auf ihn zu und hieb ihm die Nase von der Wurzel bis zur Spitze mit der Klaue ihres Hammers auf.

Wovon sollte sie leben? Wovon ihren Unterhalt bestreiten? Eines Abends starrte Malia auf die rationierte Mahlzeit und auf ihren arbeitslosen Vater, zog sich einen Cheongsam an, schlängelte und schmuggelte sich in die Einbuchtungen und Risse der Hotel Street hinein und nannte sich Colette. Mit ihrem weichen, knisternden Wiegegang glitt sie dort entlang, zog die Augen der Militärs auf sich. Armee-Khaki, Marine-Weiß, die Farben der Pfadfinder und Jungfrauen. *Gott, die bringen mich zum Lachen.* Wenn man von den *haoles* die Sahne abschöpfte, ihre weiße Haut, dann steckten darunter auch nur Männer, ganz gewöhnliche Männer. Keine Spur anders als die *kānaka*, die *pakē*, die *flips*, alle mahlten sie nach dem gleichen alten Rhythmus: verebbten im Schoß einer Frau, hinterließen ihren Samen, ihre Hufabdrücke.

Und doch dachte sie selbst bei den Soldaten und Matrosen, denen sie zu viel Geld abnahm – so viel, daß sie denken mußten, sie wäre wirklich etwas wert –, dachte sie sogar in den billigen Absteigen bei der Liebe im Schnelldurchgang an Krash Kapakahi, erinnerte sich an das erste Mal, als sie einander geliebt hatten. In der Nacht vor Pearl Harbor.

Sie waren nur fünf Wochen lang ein Liebespaar, dann meldete er sich freiwillig zum Militär. Aber in dieser kurzen Zeit hatten sie einander völlig durchdrungen, hatte der eine die Knochen des anderen neu geformt. Sie hatten einander beinahe bis zur Durchsichtigkeit verschlissen, bis sie nur noch aus angehaltenem Atem bestanden. Sie machten einander keine Versprechungen, näherten sich einander stets mit sonntäglich langsamer Zielstrebigkeit, mit der verstohlenen Vorsicht nächtlicher Tiere. Malia dämmerte allmählich, daß diese Liebe nicht vergänglich war, daß sie bis ins Mark drang, widerspenstig.

Nachdem Krash in den Krieg gezogen war, spürte sie an einer

kleinen Spannung im Körper – an einem kleinen, munteren Flackern –, daß sie sein Kind unter dem Herzen trug. Während es in ihr wuchs und sich regte, wurde Krashs Abwesenheit so übermächtig, daß Malia sich fragte, wie sie, falls er überleben sollte, seine tatsächliche Gegenwart ertragen könnte. Nun mußte sie diese Gegenwart täglich ertragen, im Gesicht ihres Kindes, in der Art und Weise, wie die Leute sie mit listigen Blicken anschauten, wenn sie behauptete, das Kind sei *hānai*. Adoptiert. Sie ertrug es und sah voller Angst in die Zukunft.

Monatelang trennte sie ihr Leben als »Colette« streng von ihrer übrigen Person. Es hatte nichts mit ihr zu tun. Jede Nacht, wenn sie die Hotel Street verließ, zog sie, ehe sie in die Kalihi Lane einbog, den Cheongsam aus. In der winzigen Garage ihres Vaters spritzte sie sich mit dem Gummischlauch ab, schaute zu, wie der Schweiß der Fremden im Garten im Abfluß versickerte. Und doch konnte sie sich erst wieder ertragen, nachdem sie sich ein zweites Mal gebadet hatte – nachdem sie ihre Haut mit reinigender Seife und der Wurzelbürste abgeschrubbt hatte, in der Wanne, in der Rosie Perez angeblich eines Nachts während der Verdunklung ein Kind geboren hatte, nur mit Malia und Leilani als Geburtshelferinnen.

Manche Nacht saß sie im Dunkeln und erinnerte sich. Neun Monate durch den Tunnel des Nichtblutens gewandert. Dann die Geburt, zutiefst verstörend, Blutorchideen. Sie erinnerte sich, wie sie die Zähne in ein Stück Seife hieb, um die Schreie zu ersticken. Ihr Körper war glühend heiß, plötzlich geschrumpft. Die Haut vom weichen Beigeweiß der Eierschalen, die Augen vom zögerlichen Blau der Pflaumen. Das winzige Gesicht, eine Kopie von Krashs Gesicht. Ein ruhiges Baby, das da neben Malias Leben baumelte, kaum bemerkt, mit einer nie erzählten Geschichte. Aber irgend etwas in seinem aufmerksamen Blick begann zu Malia durchzudringen, der Blick ihres Kindes war beinahe ein Flehen. Eines Nachts zog sie ihren Cheongsam aus und ließ »Colette« für immer hinter sich.

Sie kehrte zum *hapa-haole*-Hulatanz in den Spelunken der Hotel Street zurück. Doch kein Mann berührte sie dort mehr. Da war etwas in ihren Augen, so daß keiner der Männer es wagte. In mancher Nacht stand sie neben dem in der Wiege schlummernden Baby in Jonahs Zimmer. Sie blickte auf das schlafende Gesicht, fragte sich, ob die Brüder wirklich glauben würden, daß dieses Kind eine *hānai* von Rosie Perez war, die schon einen ganzen Stall voll Kinder hatte. Rosie und ihr Mann, mit hawaiischen und portugiesischen Ahnen, hatten Kinder in allen möglichen Hautschattierungen produziert, eines mit goldener Haut, eines tofubleich, ein rothaariges mit Sommersprossen und ein echtes *kanaka*-dunkles.

Sogar Timoteo glaubte, daß das Kind Rosies Baby war. Die gute Frau. Sie hatte sich Malias Geburtsblut auf die Oberschenkel geschmiert und war in die Wanne gekrochen, auf das blutige Handtuch, wickelte gerade das Baby in Windeln, als Timoteo von seinem Wachdienst auf der Gasse nach Hause kam. Nun berührte Malia sanft die Wimpern des schlafenden Kindes, schnupperte Talkumpuder, Windelwasser. Ein Geruch, von dem ihr immer übel wurde. Was weniger mit dem Kind zu tun hatte als mit ihrer Mutterrolle.

Ich lasse mich nicht aufhalten. Ein einziger Fehltritt darf kein Hindernis werden.

In mancher Nacht blickte sie sich in ihrem kleinen Zimmer um, schaute auf die wie Soldaten in Reih und Glied aufgehängten Kleider, auf die in Reihen versteinerten Schuhe. Sie erinnerte sich daran, daß Keo sie aufgefordert hatte, das Leben mit beiden Händen zu packen, gescheit und mutig zu sein. Und was war in den fünf Jahren aus ihr geworden? Wie konnte sie ihm ins Gesicht sehen, ihm, der draußen in der weiten Welt gewesen war, der alles gesehen und getan hatte? Während ihr Leben auf einen Teelöffel paßte.

Jetzt, spät nachts, nachdem sie sich abgespritzt, abgeduscht und abgeschrubbt hatte, hob sie ihr Gesicht dort wieder auf, wo sie es im Spiegel hatte hängenlassen. Sie legte sich hin und erinnerte sich an ihn. Ihre Gedanken schwangen sich in den Himmel, ließen ihre Körpertemperatur emporschnellen, ihre Körpersäfte aufschießen wie Zucker und Insulin. In jenen Augenblicken hatte sie das Gefühl, jede Körperzelle sei konzentriert und angespannt. Krash hatte ihr Würde verliehen. Mit ihm hatte sie das Gefühl gehabt, eine Zukunft zu haben – jenseits der Hulatänze für Touristen, jenseits der Arbeit als Zimmermädchen: Betten neu beziehen, in die Koffer der Fremden starren, sich fragen: *Was kann ich stehlen? Was wird nicht vermißt?*

Zunächst hatte Malia sein Kind lieben wollen, es nähren wollen. Aber dann, als sie begriff, welch unendliche, geistlose Geduld die Mutterschaft von ihr forderte, beschloß sie, daß es *nicht* Krashs Kind war. Nur so konnte sie es abtun und mit ihrem eigenen Leben fortfahren. Und doch verfolgte er sie, berührte im Schlaf sanft ihren Nacken. Ihre Tagträume von Krash hemmten sie, als hätten die Götter begriffen, daß sie Bodenhaftung brauchte.

Na gut, sollte er nach Hause kommen, sollten sie doch alle nach Hause kommen. Sollte der Krieg doch vorbei sein.

Dann würde sie es ihnen allen zeigen.

Vor kurzem hatte es noch geregnet, dann hatte sich der Regen in flüssige Sonne verwandelt, die Ko'olaus mit einem Diadem dreifacher Regenbogen überkrönt. Gute Nachrichten für die Kalihi Lane. Dodie Manlapits Jungen hatte man nach Island versetzt, weit weg von den Kämpfen in Europa. Er schrieb nach Hause und bat um zwanzig Dosen Frühstücksfleisch. Und Walter Palamas Junge Noah hatte in den Staaten einen Posten als Judolehrer bekommen. Die Armee traute ihm nicht im Gefecht, da er doch an jeder Hand sechs Finger hatte.

Walter schüttelte den Kopf. »Noah is richtig *hilahila,* weil er nich mit den andern Jungs kämpfen darf.«

Timoteo nickte verständnisvoll. »Habt ihr Noah mal mit'm Gewehr gesehen, Leute? Der hat das Ding auseinander und wieder zusammen, ehe ihr nur mit der Wimper zucken könnt! Die US-Armee is ganz schön *hūpō!*«

Aber dann, in den verdunkelten Schlafzimmern, waren die Eltern auf die Knie gefallen und hatten Dankgebete zum Himmel geschickt. Zum Feiern trafen sich die Leute mit Klappstühlen, Gitarren und Ukulelen in Timoteos Garage. Hinter den schwarzen Verdunklungstüchern brachen sie Krüge mit *'ōkolehao,* mit *ti*-wurzelwein und Bier an. Dann begannen vier Männer, die sich *ti*-Blätter an die Shorts gehängt hatten, für ihre Söhne im fernen Ausland die uralten Sprechgesänge des *mele kahiko* zu tanzen. Wild klatschten sie sich auf Arme, Brustkasten, Oberschenkel, Füße wirbelten Dreck und Kieselsteine auf. So lebenssprühend war ihr Gesang, so aus tiefster Seele aufgestiegen, daß es in den Nachbargassen ganz still wurde, während die Leute dort stehenblieben und zuhörten.

Stunden später kam Malia mit schweren Schritten die Gasse entlang, der Vollmond ließ sie die langen, mühseligen Stunden vergessen. Sie schleuderte die Sandalen von den Füßen, spürte, wie klebrige *liliko'i* ihr die Zehen verpappte. Eine Decke aus Sternen überzog den ganzen Himmel, verwandelte die Gasse in eine orientalische Tuschzeichnung, alles war in einen bläulichen Schimmer getaucht, in das Blau des Eises, der Schatten, der gerade eben erinnerten Träume. Das Blau fauliger Gartenschläuche im tiefen Gras, das Blau der Fußabdrücke und Tätowierungen. Vor sich hörte sie Stimmen, die uralte Lieder sangen – »E Ku 'u Morning Dew« und »Nani Ho 'omana 'o« und »Pua Sadinia«.

In jenem Augenblick schien es, als regnete der Mond eine Million silberner Tröpfchen in regenbogenfarbiges Licht, das auf sie heruntertroff, auf diese enge Gasse troff, die vor menschlichen Rhythmen überschäumte. Auf diese Gasse, die so eng war, daß jemand auf der einen Seite eine Maui-Zwiebel schnitt und auf der anderen jemand davon weinen mußte. Plötzlich schien die Gasse ein beinahe mystischer Ort, den nur wenige vom Glück Begünstigte kannten, ein winziges Königreich, dessen Einwohner träumten und fabulierten, wo weiße Trompetenblumen rankten wie Chöre kopfüber hängender Engel, die Jasminblüten und Ingwerblätter an die Lippen führten und darauf Melodien in ihr Leben bliesen.

Die Leute wanderten durch die Gärten und Höfe, erinnerten sich an die alten Stämme, die sich aufmachten, um Feuer zu holen. Geckos rutschten und husteten wie kleine grüne Schwindsüchtige. Malia lehnte sich an einen Zaun, beobachtete junge Liebende, die durch die Schatten huschten wie Fische an einem Riff. Sie lächelte, dachte darüber nach, daß jeder Gang durch die Gasse noch stets wie ein Spaziergang durch einen Basar war.

Jeder Hof, jede Garage war der Stand eines Händlers, wo irgend etwas angeboten wurde, wo jemand eine Vorstellung gab. Die Alten, mit Zähnen wie gelbe Elefantenstoßzähne, schuppten *aku*-Fische. Ganze Schwesternschaften von Porzellanfrauen – zartgliedrige Chinesinnen und Filipinas – standen schrubbend über Waschbretter gebeugt. Krieger mit tätowierten Schultern polierten die goldenen Rückenpanzer umgedrehter Kanus. Und durch die Büsche huschten Karawanen von Kindern mit grün-lila Limonadenzungen, die »Ting-a-Ling« spielten oder selbstgebastelte Drachen aus Papiertaschentüchern steigen ließen. Hier ein rattenschnäuziger Hund namens Gott, der immer nur rückwärts lief, dort ein Gockel, der zur Mitternachtsstunde krähte.

Bis Pearl Harbor, bis die Welt vor ihren Augen in Flammen stand, hatte Malia nie begriffen, daß diese enge Gasse, die so kostbar und so vergänglich war, jeden Augenblick verschwunden sein könnte. Jetzt verstand sie, daß jede Nacht eine Heimkehr war, so als nähme man wieder Verbindung zu den Wurzeln aller Gefühle auf. Hier traten in der Abenddämmerung die Leute aus der Arbeitswelt in eine Art Wiedergeburt ein. Sie, die kaum je von Gewerkschaften gehört hatten, von freien Sonntagen oder gleichem Lohn für gleiche Arbeit, setzten ihre Essenseimer ab, zogen die Schlappen oder Schuhe aus und stellten ihre nackten Füße auf den Boden, der ihnen neue Kraft gab, sie ihnen freizügig schenkte. Hier waren elementare Kräfte am Werk, und Malia reagierte mit all ihren menschlichen Regungen darauf.

Von der Garage ihres Vaters wehten Lieder herüber, und irgendwo zwischen den versammelten Nachbarn hörte sie die vogelgleiche Stimme von Kiko Shirashi, die in den Gesang einstimmte. Timoteo hatte ihren Ehemann verteidigt, der inzwischen interniert war, und fand nun deswegen keine Arbeit. Jede Woche brachte die Frau Leilani jetzt Säcke mit Reis, Fässer voll *shoyu*, ein halbes Schwein, und ihr großes schwarzes Auto schimmerte auf der Gasse. Stets trug sie eine winzige amerikanische Flagge und das Abzeichen, das sie als freiwillige Rotkreuzhelferin auswies, und sie erkundigte sich nach Timoteos Jungen. Manche Nachbarn warfen ihr giftige Blicke zu und fragten sich, wie sie wohl die Benzinrationierung umging. Aber die meisten waren freundlich zu ihr.

Malia trat in die Garage, hinter die Verdunklungsvorhänge, fühlte sich ein wenig schüchtern, als Kiko ihr zuwinkte und für sie zur Seite rückte. Die Frau war immer wunderbar angezogen, schwarz mit wenigen goldenen Glanzlichtern oder mit Jade, sie erinnerte an eine elegante Spinne. Sie saßen da und schauten Tante Moa Kalani zu, die auf das Lied »Hanohano Hanalei« Hula tanzte, außer daß sie da, wo im Lied *'ulī 'ulī* gefordert waren, rasselnde Kürbisse und Bambus, statt dessen leere Bierdosen schüttelte. Und dann tanzte sie mit Onkel Pahu einen ziemlich gewagten Hula.

Tantchen war schon weit über siebzig, hatte üppige Arme und Schenkel. Onkel Pahu, ein hübscher Filipino, war gertenschlank und hatte eine Glatze wie eine Kegelkugel. Als sie zu »Princess Pupule« tanzten, schwenkte Tante Moa wie wild ihr Hinterteil, rauschte »ziemlich lüstern über die Insel«. Hilflos vor Lachen brachen die Leute zusammen, wischten sich die Gesichter mit Handtüchern, streckten die Hände nach mehr selbstgemachtem Wein aus. Halb betrunken schwankte Timoteo zur Seite und schneuzte sich in den Orchideen, um mit vollkommener Würde wieder aus den Blütenblättern aufzutauchen.

Die Lieder wurden langsamer, Kiko Shirashi wandte sich Malia zu und musterte sie, lächelte anerkennend. Malia hatte ihre untersetzte Figur verloren, jetzt kam ihr polynesischer Knochenbau zum Vorschein. Eine atemberaubende Schönheit würde sie nie werden, aber sie sah außerordentlich gut aus. Kiko hatte schon immer Mitgefühl mit der jungen Frau verspürt, hatte gemeint, sie könne ihr vielleicht behilflich sein, doch Malia ermutigte niemanden zur Hilfe. Ihre gewählte Sprache und ihre Manieren führten sie ins dunkle Abseits, ließen sie eher seltsam als vornehm wirken. Das machte Kiko besorgt, war doch das einzige Vergehen dieses jungen Mädchens, daß sie sich verbessern wollte, daß sie träumte und ihr Ziel weit gesteckt hatte.

Bei der ersten Begegnung hatte Malia ein Kleid getragen, das vielleicht eine Hotelbesucherin abgelegt hatte. Es war verblichen, aber teuer, mit elegant eingesetzten Ärmeln und hervorragend verarbeiteten Nähten. Sie war im Beerdigungsinstitut Shirashi aufgetaucht, in spitz zulaufenden hochhackigen Schuhen, die ihr viel zu klein waren und ganz bestimmt aus dem Goodwill-Laden stammten. Sie hatte versucht, mit eleganten Schritten zu trippeln, war aber über die polierten Holzböden geschlittert, mit schrillen Quietschgeräuschen, die Kiko an das Jaulen der Schrauben in den Sargdeckeln erinnerten. Sie hatte Kiko sehr leid getan, die fürchtete, all dieser Ehrgeiz und all die natürlichen Talente des Mädchens würden sich nie in Ruhe entfalten können.

Doch nun erschien ihr Malia erwachsener. Sie hatte die schnellen, elektrisierten Flirtgesten abgelegt, setzte sich nicht mehr übernervös in Szene. Sie hatte ihre seltsamen Hüte durch Haarnetze und Aufsteckfrisuren ersetzt. Ihre Kleider waren schlichter, hatten breite Schultern und schienen sich der Form ihres immer noch üppigen Körpers gut anzupassen.

»Nachdem das Moana geschlossen war«, vertraute ihr Malia an, »habe ich keine abgetragenen Kleider mehr bekommen. Ich schneidere mir meine Sachen jetzt selbst.«

Sie wirkte entspannt, aber jetzt, da der Krieg so nah gekommen war, war sie vielleicht auch nur so müde, daß für Extras kein Platz mehr war. Doch es lag immer noch Verzweiflung in ihren Augen, so als hätte ein Wesen ihr seine Klauen in den Rücken geschlagen. Kiko hatte Gerüchte gehört – über Leilanis neue »*hānai*«-Tochter, das wunderhübsche Kind, das ihnen im Augenblick wie ein kleines Blütenblatt um die Füße wehte.

»Du hast also jetzt eine kleine Schwester«, sagte Kiko und streichelte dem Kind den Kopf.

»... ja.«

Kiko drehte sich zu ihr um und nahm ihre Hand. »Du siehst wunderbar aus, Malia. Ein bißchen schlanker vielleicht?«

Sie lächelte. »Rationierung. Und das Traurigsein setzt einem auch zu, nicht? Die arme Mama, drei Söhne weg.« Ihre Hände flogen zum Gesicht. »Oh, Kiko, es tut mit leid. Wie geht es deinem Mann? Darf er dir schreiben?«

Sie nickte traurig. »Aber, seine Würde – er will nicht zulassen, daß ich ihn besuche. Er ist inzwischen in einem Lager am Lake Tula in Kalifornien.«

Sie sprach im wohlmeinenden, ahnungslosen Ton der Reichen und Untätigen, der es einem zunächst nicht leichtmachte, Mitgefühl für sie zu empfinden.

»... zwanzigtausend japanische Amerikaner sind mit ihm in diesem Lager. Manche nehmen sich das Leben, weil sie sich so schämen.«

»Traurig! Wie traurig!«

Kiko ließ die Schultern hängen. »Niemand ruft mich an. Das Gras auf meiner Türschwelle ist schon hoch gewachsen. Ich muß mich selbst frisieren. Mir die Nägel selbst lackieren. Ich bekomme einfach keine Termine. Es ist schwer, sich da nicht einsam zu fühlen und Schande zu verspüren. Aber dann wieder so etwas wie heute abend. Deine Eltern! All das hier!«

Ihre Hand beschrieb einen Kreis, bezog die Musik, die Nachbarn mit ein. Sie tippte Malia auf die Hand. »Alles, was du suchst, es ist schon hier.«

Malia lächelte ungeduldig. »Du bist viel gereist, nicht?«

»O ja, überall hin. Nach Paris, Athen, Peking. Und ich habe vier Jahre in London verbracht. Toll.«

»Aber du bist wieder nach Hause gekommen.«

»Wir kommen alle wieder. Geh, schau dich nur um, Liebes. Dann verstehst du es.«

»Was verstehe ich dann?«

»Daß wir alle zu unseren Anfängen zurückkehren. Ich habe zum Beispiel in meiner Jugend jahrelang nur Parfüm von Guerlain getragen, ›L'Heure Bleu‹, teures französisches Parfüm. Eines Tages, da war ich schon fünfzig, habe ich eine Ingwerblüte gepflückt. Ihr Duft war viel kostbarer, viel teurer als jedes Parfüm.« Sie hielt Malia die Innenseite ihres Handgelenks unter die Nase. »Frisches Ingwer-Parfüm, direkt aus dem eigenen Garten.«

Malia beugte sich zu dem Arm herunter, atmete tief ein, blickte sich schon im Garten ihres Vaters nach Blüten um. Monatelang würde sie sich Ingwerblüten auf die Unterarme pressen wie gelbe Druckverbände.

In jener Nacht nahm Kiko sie, ehe sie fortging, beiseite. »Komm mich mal besuchen. Dann können wir stundenlang plaudern. Jetzt, wo ich weiß, daß du nähen kannst, würde ich dir gern viele Meter Stoff schenken, die ich noch habe. In Paris und Rom gekauft.«

In jener Nacht war nicht an Schlaf zu denken. Malia lag wach und betrachtete Kikos Angebot als ein Zeichen des Himmels. Die Frau würde sie unterweisen, sie für das nächste Stadium ihres Lebens vorbereiten. Sie stellte sich Paris vor, Rom. Stellte sich vor, wie sie mit eleganten Schritten über die großen Boulevards ging. *Ihr Kleid. Ihre Schuhe. Ihr Gang. Ihre Gespräche.*

Doch selbst dann höhnte in ihr eine spöttische Stimme, nagte der Verdacht, daß es ihr gar nicht um drastische Veränderungen dieser Art ging. Daß ihr Schicksal immer diese Insel sein würde, daß sie immer vom Hunger nach Leben getrieben sein würde, nicht von bloßer Reiselust.

Um zwei Uhr morgens schlüpfte sie aus dem Bett, rannte über die Felder und über die Gassen zu Pono. Durch das Fenster beobachtete Malia die gebeugte Frau, wie sie Uniformen einer katholischen Mädchenschule bügelte. Massig war sie und wunderschön, und die Tränen auf ihren Wangen zischten im Dampf. Beinahe eine Stunde lang beobachtete Malia sie. Sie beobachtete sie, weil sie ihre Augen nicht von ihr abwenden konnte. Irgend etwas an dieser Frau zog sie mächtig an. Sie näherte sich der Gittertür und klopfte leise, in der Hand neun Dollarnoten.

»Pono! Ich habe es nicht vergessen. Hier sind deine sieben Dollar plus Zinsen.«

Pono hakte die Gittertür auf, schwitzend und erschöpft. »Was treibst du dich denn so spät noch rum? Immer noch die ›Colette‹-Nummer in der Hotel Street?«

»*Pau,* Colette. Dieses Leben hat mir schlechte Träume gebracht.«

Pono blickte sie skeptisch an. »So, was arbeitest du denn jetzt?«

Sie seufzte. »Immer noch *hapa-haole*-Hula, und dann verkaufe ich noch Kriegsanleihen und arbeite als Schwesternhelferin. Rolle Bandagen auf. Dies und das.« Sie war ungeduldig. Sie hatte etwas auf dem Herzen.

»Immer noch zu fein für die Konservenfabrik?« fragte Pono. »Na gut, dann bleib Krankenschwester. Mach eine Prüfung. Verschaff dir Respekt.«

Entsetzt trat Malia einen Schritt zurück. In gummibesohlten Schuhen Blutkonserven abfüllen, das war nicht ihr Lebensziel. Und die Pflege der beinahe noch halbwüchsigen Soldaten auch nicht. Sie erinnerte sich an ihre Augen, konnte tief in ihrem Innersten, in den verschlungenen Eingeweiden immer noch ihr Sterben spüren.

»Pono, ich habe etwas Wichtiges mit dir zu besprechen.« Sie setzte sich hin, faltete die Hände. »Ich möchte auf deiner Singer-Nähmaschine üben. Zwei, drei Tage in der Woche, während du in der Konservenfabrik bist. Als Gegenleistung passe ich auf deine Mädchen auf.«

Die Frau musterte sie mißtrauisch.

»Ich schwöre. Ich möchte richtiges Kleiderdesign lernen. Elegante Kleider schneidern. Ich will nämlich reisen, weißt du.«

»Ho! Der Krieg ist dir wohl aufs Hirn geschlagen. Was sind denn das für *lōlō*-Pläne! Während unsere Jungs im Sarg nach Hause kommen.«

»Hör gut zu. Ich muß einen *Traum* haben für die Zeit, wenn der Krieg zu Ende ist. Du gibst mir Unterricht und läßt mich auf deiner Singer-Maschine üben. Ich zahle es dir mit meterweise seltenen Stoffen zurück – aus Paris.«

Pono fuchtelte mit dem Arm. »Siehst du mein Leben hier? Waschen, bügeln, kochen. Konservenfabrik in Zwölf-Stunden-Schichten, damit ich für die Mädchen genug zu essen habe. Was soll ich da wohl mit hochnoblen Stoffen anfangen?«

»Was ganz Besonderes schneidern. Für irgend jemanden möchtest sicher auch du ganz besonders schön sein? Für jemand ganz bestimmten? Den Vater deiner Kinder?«

Pono konnte sich gerade noch beherrschen. Die Erwähnung des Mannes, den sie liebte, schien ihr so lästerlich, daß sie Malia beinahe ins Gesicht geschlagen hätte. Statt dessen lehnte sie sich nachdenklich zurück.

»Vielleicht. Vielleicht. Komm nächste Woche, und dann machen wir einen Versuch. Bring Stoff mit, und ich zeige dir im Gegenzug, was ich weiß: die geheimen Wege der Nähmaschine. Wie man den Stoff dreht und wendet, wie man doppelte Nähte macht, während der Faden hinein und wieder heraus gleitet. Wie man es schafft, daß ein Kleid so nahtlos aussieht wie ein Handschuh.«

Es war schon beinahe vier Uhr morgens, als Malia aufstand, erschöpft vom Reden und vom Pläneschmieden.

Pono beobachtete, wie sie im Morgendunst verschwand, und lächelte verschwommen. Im Traum hatte sie ihre eigene Schneiderei verblassen und verschwinden sehen. Sie wandte sich nun einem anderen, dringenderen Leben zu. Ihr Talent zum Schneidern würde nun in Malias Fleisch und Blut übergehen, sie bereichern. Die schwarz lackierte, vorsintflutlich aussehende Singer-Nähmaschine würde ein Teil von Malias Leben werden, beinahe ein Teil ihres Körpers.

Säume würden mit so feinen Stichen genäht, daß sie zu verschwinden schienen. Menschliche Adern und Seidenfäden würden sich miteinander verschlingen. Wolltweed würde sich in feines Haar verwandeln, Leinen in sonnentrunkene Haut. Ein herzförmiges Nadelkissen würde zu pochen beginnen. Malia würde das Stechen der Stecknadeln körperlich spüren. Wenn sie einen Faden durch das Gewebe zog, würde sie ein Summen in ihrem Gehirn bemerken.

Mein Vermächtnis an dich, dachte Pono. Denn sie glaubte, daß man eine jede Frau, die sich das Leben so sehr wünschte, mit all seinen Rückschlägen, seinen schnellen Elektroschocks, daß man sie mit Begabungen ausstatten sollte wie mit Waffen. Dann, als sie so dastand und bügelte, schrie Pono plötzlich auf. Ein Schreckensbild war durch den Dampf zu ihr aufgestiegen. Das Gesicht eines jungen Kriegers, Malias Bruder, die Kettenabdrücke eines Panzers.

Distanziert und mit heiterer Gelassenheit schritt Malia durch die King Street. Ihr Kleid, ihre Haltung, sogar die Gasmaske, die sie sich über den Rücken gehängt hatte, sahen elegant aus. Ihr Haar hatte sie mit einer Blüte hochgesteckt.

»Dorothy Lamour! He, Dorothy Lamour!« Die Militärs rannten ihr immer noch hinterher, begehrten sie, begehrten sie mehr als die Frauen, die sie in den Bordellen fanden. Sie warf ihnen tödliche Blicke zu, hatte sie weit hinter sich gelassen. Kiko Shirashi hatte ihr eine Tür geöffnet.

Wenn sie ruhig und gelassen hinter ihrer Verkaufstheke stand, fühlte sie sich wie am Futtertrog auf dem Bauernhof. Sie hielt den Kopf tief geneigt, tauchte immer wieder in die Waren ab, während die Kundinnen zeigten und deuteten und grunzten und ihre Meinung änderten. Die Stimmen gewisser reicher Frauen trafen sie wie sirrende Kugeln. Sie gab ihnen mit gleicher Münze zurück, gewährte ihnen keine Gnade und keine Absolution. Im Innersten ihres Herzens wartete Malia immer auf elegante Kundinnen wie Kiko, damit sie ihnen ihre Klasse demonstrieren konnte. Aber Frauen wie Kiko kauften nicht selbst ein, für sie erledigten die Bediensteten alle Besorgungen.

Am Tag, als man sie herausgeworfen hatte, saß sie deprimiert bei Kiko.

»Für mich paßt einfach gar nichts. Ich kann mich einfach nirgends einfügen.«

»Du hast eine ganz eigene Art, Malia.« Kiko tätschelte ihr die Hand, während sie einen Tom-und-Jerry-Cocktail schlürften.

In der Stille blickte sich Malia im marmorverkleideten Wohnzimmer um. »Dein Haus ist so wunderschön. Alle Häuser an dieser Straße sind riesengroß. Ich habe mich oft gefragt, was die Leute mit all den Zimmern anfangen.«

»Sie leiden, meine Liebe. Und jetzt schauen wir uns einmal die Stoffe an.«

Kiko brachte Leinen aus Belgien, Damast und Seide aus Frankreich, leichte Tweedstoffe aus Italien. Meter über Meter. Malia verschlug es den Atem, sie musterte den Fadenlauf der Gewebe, als könne sie darin eine Formel für Eleganz, für unwiderrufliche Klasse geschrieben finden. Kiko schlug die Stoffe in Seidenpapier ein, gab sie ihr alle mit.

»Putz dich großartig heraus. Sieh zu, daß in deinem Leben etwas geschieht.«

Wie hätte sie Malia sonst helfen können, ohne ihr direkt Geld zu geben? Die höchste Hoffnung, die sie für das Mädchen hegte, war, daß sie einen Mann von gutem Geschmack finden und heiraten würde.

Malia ergriff ihre Hand. »Ich nähe dir ein herrliches Kleid. Was gefällt dir am besten? Leinen? Ich mache es ärmellos, ganz schlicht, gerade geschnitten. Sehr elegant.«

Kiko lächelte. »Ja, mach es schlicht. Ich muß mich ans Schmucklose gewöhnen.«

Sie wandte sich um zu den hohen Teakvitrinen, die alle kunstvoll mit Intarsien aus Jade und Rosenholz verziert waren. Es waren vier, unschätzbar wertvolle Antiquitäten. Und sie standen völlig leer da. Malia folgte ihrem Blick.

»Sie haben hier bei uns nach aufrührerischen Schriften gesucht«, flüsterte Kiko. »Wir mußten alles verbrennen. Antike Fächer, Schriftrollen, Gedichtbände. Pastellminiaturen mit Kanji-Schriftzeichen.«

Ruhig nippte sie an ihrem Cocktail. »Wir haben unsere gesamte japanische Bibliothek verbrannt. Und dann den Hausschrein. Und die Kimonos meiner *obāsan*. Ich war dankbar, daß wir keine Kinder haben. Sie mußten unsere Schande nicht mitansehen.«

Malia stellte ihren Drink hin und schloß sie in die Arme.

»Oh, Kiko. Vergib mir. Ich habe nur an mich gedacht. Und meine Probleme sind so klein.«

Kiko wischte sich die Augen. »Nichts im Leben ist je klein. Das Leben wird voll. Und es wird leer. Klein ist es nie. Aber eines sage ich dir, Malia. Bleib du nur immer ein bißchen egoistisch. Wenn du alles den anderen gibst, bist du bald ein hohles Gefäß.«

Eines Tages kam ein Militärgeistlicher in die Gasse und fragte nach den Meahunas. Die Nachbarn wiesen ihm den Weg und schauten dann mit offen Mündern hinter ihm her, die Hände trotzig hinter dem Rücken gefaltet. Der Mann klopfte an die Tür, blickte durch das Fliegengitter. Als Leilani einen *haole* in Uniform sah, schrie sie auf. Sie weigerte sich, ihn hereinzubitten – wer wollte schon den Tod auf den Teppich triefen lassen? –, und hielt die Gittertür geschlossen.

Der Geistliche sprach, wiederholte es noch einmal. Was er sagte, was er ihr erzählte, hatte die langsame Urgewalt des Ozeans, die alles wieder in seinen Mittelpunkt zurücksog. Er brachte *sie* wieder zu ihrem Mittelpunkt zurück, mit seiner ernsten, rauhen Stimme, als er sagte, daß man Keo nach Hause zurückbringen würde. Malia wandte sich ihren Eltern zu, brachte kein Wort heraus. Sie schob sie vor die Gittertür, ließ den Mann seine Worte immer wieder von neuem sagen.

Timoteos Stimme klang träumerisch wie die eines Kindes, seine Worte ließen den Ventilator an der Decke schwingen, als Echo widerhallen, widerhallen, widerhallen.

»Keo ... Keo ...«

Leilanis Stimme stieg auf wie ein Vogel, besang die Wiedergeburt ihres liebsten Sohnes. Sie zerrte den Geistlichen nach draußen, wo die Nachbarn angstvoll warteten.

»Erzählen!« schrie sie, rüttelte ihn am Arm, drehte sich dann zu den Nachbarn um. »Er kommt heim! Mein Junge, mein Keo. Wirklich!« Sie rüttelte den Mann wieder am Arm.

Der Geistliche lächelte, deutete mit einer Kopfbewegung auf ein Militärauto, das in der Gasse stand, und dann strich er mit der Hand über ein Dokument.

»Ja, ich bin hier, um seine Familie zu informieren, daß durch Gottes Gnade ... Keo ... Mea ... huna auf einem Transportschiff und auf dem Weg nach Honolulu ist.«

In jener Nacht kam der Regen, ein reinigender Eukalypthusduft wurde von den Ko'olaus heruntergeschwemmt. Malia stand draußen und ließ sich von den Tropfen die Augenlider, die Brüste, die Rippen peitschen. Ein scharfes, prickelndes Gefühl, als häutete sie sich, als würde sie glatt und neu aus der alten Haut schlüpfen. Als wäre sie wie ein Schlange in Trance.

Sie wirbelte im Kreis. »Keo ... Keo ...«

Der Himmel grollte die alten Parabeln. Sie erinnerte sich an den Geistlichen, der die Nachricht gebracht hatte. Erinnerte sich an seine Stimme, die Stimme eines Jungen, der Gedichte rezitiert. Erinnerte sich an das Militärauto, das ihn gebracht hatte, daran, wie die blutroten Rücklichter aufgeleuchtet hatten, als sie davonfuhren und ihren Bruder bei ihnen zurückließen. Ihr sein blutrotes, reifes Leben wiederschenkten.

Nā Pali o nā Ko'olau

Die Klüfte der Ko'olau-Berge

Die Angst vor dem Sehen. Sehen konnte so gefährlich sein. Es war ein langer, langer Schlaf gewesen, er hatte darin nach einem Ausgang getastet, aber überall war Nacht, rundum, nirgends eine Tür. Er durchforschte seine Träume nach Hinweisen und Schlüsseln. *Vielleicht wache ich wieder in Woosung auf.* Dann doch besser bewußtlos bleiben.

Kurz nach Sonnenaufgang umrundete das Schiff die Landspitze von Ka'ena. O'ahu lag noch im Schatten, aber die von der Sonne beschienenen kleinen Boote glitzerten wie Juwelen auf dem Meer. Keo rappelte sich aus seiner Hängematte auf. Inzwischen wimmelten die Decks von Passagieren, einige waren so schwach, daß man sie stützen mußte.

Jemand rief: »Der Hafen von Honolulu!«

Halb bewußtlos drängte Keo sich zur Reling vor und blickte auf die Insel.

Das verschwommene Bild in seinem Kopf, der Traum, den er so lange in sich geborgen hatte, stieg plötzlich wieder an die Oberfläche. Sein Meer, sein blaugrünes Wasser, da lag es vor ihm, rings um ihn. Der Sonnenaufgang, der sich durch die *pali* der Ko'olau-Berge schlängelte, färbte seine Wangen rosig. Dinge stürmten auf ihn ein, die Geometrie seiner Kindheit, die Physik seiner Jugend.

Die Royal Hawai'ian Band spielt, die Hulatänzerinnen tanzen am Dock. Ozeanriesen machen an den Liegeplätzen beim Aloha-

Turm fest. Wo ist Krash? Wo sind die Jungs? Zeit, daß wir für die Touristen nach Münzen tauchen …

Später sagten die Leute, er habe zuerst etwas gerufen oder eine Art Sprechgesang angestimmt. Dann war er auf die Reling geklettert und hatte sich mit einem Kopfsprung ins Wasser gestürzt.

Nackt und mit Öl eingerieben treibe ich mein Kanu pfeilschnell über das Riff voran. Tauche tief und immer tiefer in die Korallentäler hinein … in die Lagunen der ewigen Erinnerung. Schau, schau da, ein Haifischzahn … Unsere 'aumākua, *deren Zähne nicht im Wasser versinken. Laß mich versinken. Laß mir Schwimmhäute zwischen den Fingern wachsen, laß mir Schuppen auf dem Rücken wachsen. Laß mich dort niedersinken, wo meine Zellen sich an den Kalk erinnern … O laß die See an mir nagen, mich in die Korallen verstreuen. Laß sie mir meine Muttersprache ins Ohr flüstern … Laß mich auflösen, rasselnd, klappernd, klickend, nach den uralten Rhythmen trommelnd, nach dem Rhythmus dieser alten Meeresjazzbands. Laß mich nie wieder solchen Durst leiden …*

Die Rettungsboote schlugen auf den Wellen auf, Matrosen sprangen hinter ihm her. Während die Truppenschiffe der USA die Schiffe mit den befreiten Gefangenen mit Salutschüssen begrüßten, lieferte man Keo in ein Marinekrankenhaus ein und verabreichte ihm ein Beruhigungsmittel. Sein Problem war, daß er nicht wieder in Woosung aufwachen wollte. Wenn es ein Traum war, so wollte er immer weiter träumen. Jedesmal, wenn er merkte, daß seine Gedanken sich wieder zum Bewußtsein hin bewegten, schlug er wie wild um sich und schrie, kämpfte mit aller Macht dagegen an.

Eines Tages rüttelte ihn eine Krankenschwester voller Ungeduld. »Stell dich nicht so an. Du hast nicht einmal an einem echten Gefecht teilgenommen.«

Da wachte er mit einem Ruck auf. Auf der ganzen Krankenstation nichts als hagere Gesichter, die ausdruckslos vor sich hinstarrten. Manche würden nie ins Leben zurückfinden. Bis zu seinem vollständigen Erwachen ging ihm eine Reihe von kleineren Lichtern auf, die Abstände zwischen den lichten Momenten wurden allmählich geringer, alles wuchs schließlich zu ganzen klaren

Wegstrecken zusammen. Als Keo das zweite Mal ins Leben trat, schien ihm alles neu, gespenstisch unbekannt. Wenn er zurückblickte, dachte er oft, wie klein der Kosmos doch sei, wie jämmerlich und billig im Vergleich zu den Gefühlen der Menschen, zu dem unglaublichen jubelnden Aufschwingen seiner Seele in dem Augenblick, als er seine Schwester Malia wiedersah.

Er döste vor sich hin, als sie an sein Bett trat. Er war wie ein ausgewaideter Kadaver, der Schädel geschrumpft, Zähne wie die Reißzähne eines Raubtiers. Dunkle Halbmonde, wie mit dem Kohlestift gezeichnet, umringten seine Augen. Er wachte auf, spürte eine winzige Veränderung in seiner Umgebung, eine neue Gestalt, die wie mit Pinselstrichen in die Luft gemalt war, spürte, daß ihn jemand am Zeh zupfte. Ganz sanft zog sie, es war ein altes hawaiisches Ritual, um Tote wieder ins Leben zurückzuholen.

Immer würde er sich daran erinnern, wie sie dastand, zitternd und doch würdevoll, strahlend und kühl, ganz in Weiß. Breitschultriges Kleid, passendes Hütchen, das goldene Gesicht bebte beim krampfhaften Versuch, nicht zu weinen. Sie kam näher, zog seine Hand an ihr Herz, schmiegte ihre Wange an seine. Sogar seinen Duft hatte er verloren. Er strömte einen unbekannten Geruch aus, roch wie ein Maschinenteil. Aber er war da; irgendwo unter den vielen Schichten verborgen lag er da und grübelte. Sie schlüpfte neben ihm ins Bett, schluchzend wie ein kleines Kind.

»Bruder! *Alhoa au iā'oe!*« Ich liebe dich.

Als er die Augen das nächste Mal aufschlug, rieb seine Mutter ihm gerade die Hände mit *kukui*-Öl ein, und sein Vater stand plappernd neben ihr.

»... und was wir dir nie gesagt haben, Junge, deine Mama ist von der Hebamme Victoria Na'ai auf die Welt geholt worden, und die war auch Hofdame bei der Königin Lili'uokalani. Die gleichen Finger, die Schultern und Haar der Königin berührt haben, haben deine Mama auf die Welt gezogen. Hat ihr'n ganz besonderes *Mana* gebracht. Un ihren Gesängen haste's zu verdanken, daß'de wieder zu Hause bist.«

Er schien mitten in einer langen Tirade seines Vaters aufgetaucht zu sein. Timoteo konnte einfach nicht aufhören.

»... un dann machen wir 'nen Haufen *'ōkolehao* für dich ...

Ein-Finger-*poi* und *laulau*, wenn du nur nach Hause kommst. Un wirklich frische *aku* ... Weißte noch, wie ich dir's Schwimmen beigebracht hab? Mannomann! Da sind wir nachts manchmal beinahe abgesoffen ...«

Sie schleppten sein Schuljahrbuch von der Farrington High School an. Keo deutete auf Schnappschüsse, erkundigte sich, welche Jungs in Übersee kämpften. Fragte, wie bald er sich zu ihnen gesellen könnte. Da brach seine Mutter schluchzend zusammen und sein Vater geleitete sie aus der Krankenstation.

Malia blickte böse auf ihn herab, als wolle sie ihm die Augen aussaugen. »Du hast doch schon in deinem eigenen Krieg gekämpft. Und der ist noch lange nicht vorbei.«

Ein Arzt setzte sich auf die Bettkante, versuchte es ihm zu erklären.

»Großer Hunger macht den Körper zum Kannibalen. Er weigert sich zu sterben und beginnt, sich selbst aufzuzehren, zuerst das Fett, dann die Muskeln. Im letzten Stadium die Organe. Du hast Glück gehabt, Keo. Deine Organe sind noch intakt. Die Muskeln baust du schon wieder auf, und mit viel Ruhe, guter Ernährung und Thiamin-Spritzen kannst du dich wahrscheinlich wieder ganz erholen. Von der Malaria wird dir ein Fieber zurückbleiben, das regelmäßig wiederkehrt. Das wirst du nie los. Mit Vitaminen können wir die Reste der Beriberi-Krankheit angehen. Ja, es braucht alles seine Zeit.«

Er schaute sich auf der Station um, die mit Heimkehrern aus den Gefangenenlagern überfüllt war.

»Ruhr, Typhus, Cholera ... Ihr müßt euch klarmachen, daß ihr dem Tod näher wart als die Soldaten, die höchstens von einer Kugel getroffen und auf der Stelle getötet werden. Sie sind jung und gesund, bis die Kugel aufprallt. Ihr Leute dagegen wart monatelang, jahrelang wandelnde Mikrobenträger, Wirte für alle Bakterien unter der Sonne. Ihr müßt noch einmal ganz von vorne anfangen wie Säuglinge.«

Keo begriff nur langsam: »Du meinst, ich kann mich nicht zur Armee melden? Ich kann nicht mitkämpfen?«

»In diesem Krieg nicht und auch in keinem anderen.«

Keo wandte sein Gesicht ab.

»Ich habe gehört, du bist Musiker. Das brauchen die Jungs jetzt – Unterhaltung. In den USO-Klubs, in den Tanzsälen, wo sie sich erholen sollen. Sie kommen von Midway, von Guadalcanal, und sie wissen nicht mehr, daß sie überhaupt Menschen sind. Gib ihnen wieder festen Boden unter den Füßen.«

Eines Tages schlurfte Keo über einen Korridor und gelangte auf eine Station mit Verbrennungsopfern. Der Schock durchzuckte ihn bis in die Haut seiner Hoden, der After krampfte sich ihm zusammen: völlig verkohlte Matrosen von verbrannten Schiffen. Junge Piloten ohne Arme, ohne Gesichter. Er setzte sich auf einen Stuhl, betastete seine Arme, seine Beine, seine Finger, hielt sie fest wie Geschenke.

Er begann alles zu essen, was man ihm brachte, wie ein Hund, der nur noch die Freuden des Vollgefressenseins kennt. Danach leckte er die Teller ab. Sein Zahnfleisch schmerzte, seine Muskeln schmerzten. Er begrüßte diese Schmerzen freudig. Sie bewiesen, daß er lebendig war. Er heftete sich den Krankenschwestern an die Fersen und erkundigte sich nach einem kleinen Mann namens Oogh. Er erkundigte sich nach Heimkehrerschiffen aus Japan. Das Blatt hatte sich gewendet, Japan verlor den Krieg, die japanische Armee ermordete ganze Lager voller alliierter Gefangener, sprengte Rotkreuzschiffe auf offener See in die Luft.

Er saß auf einem *lānai*, beobachtete die Flugzeuge, die am Himmel patrouillierten. »Ich habe sie verloren. Sie ist mir einfach entglitten.«

Malia wandte voll Ungeduld den Blick von ihm. »Sie hat dir nie gehört, du konntest sie also gar nicht verlieren. Sie wollte immer nur die Welt retten. Das hast du nie begriffen.«

Er ließ den Kopf hängen. »In Schanghai hat sie ihre Schwester gefunden. Ich habe es nicht geschafft, die beiden aus dem Land zu bekommen. Vielleicht sind sie tot.«

»Frauen wie Sunny, die sterben nicht. Die ist einfach irgendwo anders, das ist alles.«

»Sie hat mich geliebt. Sie hat sogar mein Kind geboren. Ja, eine Tochter, die wahrscheinlich auch nicht mehr lebt.« Er starrte seine Schwester an. »Dein Problem, Malia, ist, daß du nie jemanden geliebt hast. Du liebst nur deinen Ehrgeiz.«

Augenblicke verstrichen. Sie ließ den Kopf hängen, durch den so viele Gedanken wirbelten.

»Wie geht es Sunnys Mutter Butterfly?« erkundigte er sich. »Kommt sie Mama besuchen?«

»Alles *pau*. Zuviel böses Blut. Weil du und Sunny weggelaufen seid. Jede Mutter zeigt mit dem Finger auf die andere. Sunnys Vater ist nur noch ein lebender Leichnam. Sunnys Bruder hat in Stanford aufgehört und ist zum Militär gegangen. Jetzt macht er Geheimdienstarbeit in Okinawa.« Sie schüttelte den Kopf. »Mein Gott. Was für ein Leben.«

Er wagte kaum zu fragen: »Und Jonah?«

»Beim letzten Brief war er auf dem Weg nach Frankreich. Ich kann den Gedanken kaum ertragen. Ich bete nur noch.«

»Mama sagt, DeSoto ist in Sicherheit.«

»In Australien. Macht Reparaturarbeiten an den Schiffen der Alliierten, die angeschlagen im Hafen von Perth einlaufen.«

So viel Schweigen. Manchmal weinte er, ohne es zu bemerken, sein ganzes Gesicht weinte, sein Mund, seine Nase. Sie sah, wie er aus dem Schlaf aufschrak, mit angstgepeinigten Augen. Jedesmal, wenn sie die Krankenstation verließ, nahm sie etwas von ihm mit, eine Socke, seinen Kamm, kleine Totems seiner Existenz, die bewiesen, daß er wirklich nach Hause gekommen war.

»Hat Mama dir von dem Baby erzählt? Ein *hānai* von Rosie Perez.«

Er lächelte, war froh, daß etwas Neues in ihr Leben getreten war, inmitten der vielen Verluste. »Und Krash? Hast du was von ihm gehört?«

Sie zuckte die Achseln, spielte ihm Gleichgültigkeit vor. »Ist in Frankreich oder Italien. Sie lassen sie nicht viel schreiben.«

Er kehrte ganz leise in die Gasse zurück, ohne Begrüßung.

»Langsam. Langsam.« Timoteo half ihm aus dem Taxi.

Er bewegte sich mit einer eigenartigen Anmut. Malia stützte ihn, erinnerte sich, daß er sich schon immer so bewegt hatte. Jetzt war es eine andere Anmut, die eines Mannes, der gesegnet und verflucht zugleich war, vom Leben gebeutelt und ein wenig zerbrechlich. Seine Mutter stand da und lachte unter Tränen und Schluchzern, hielt ein Kind in den Armen. Er humpelte ins Haus und ließ sich völlig erschöpft auf einen Stuhl fallen. Sie setzten ihm das Kind auf den Schoß; es brach sofort in eine Salve aus Gurgeln und Spucken aus.

Keo barg sein Gesicht im Haar des kleinen Mädchens. »Sie riecht so sauber, so *'ono!*« Er drückte sie an sich, hielt sich an ihr fest.

Die Gärten waren leer, die Gardinen vorgezogen. Hinter den Vorhängen umklammerten die Nachbarn Rosenkränze, kleine Buddhas. Ein Aufatmen ging durch die Gasse. Einer der Jungs hatte es nach Hause geschafft.

Keo bewegte sich wie jemand, der jahrhundertelang in einer unter Sand vergrabenen Stadt geschlafen hatte. Er strich zu ungewöhnlichen Zeiten durch das Haus, starrte auf das klare Wasser, das aus dem Wasserhahn kam, weinte über eine derartige Verschwendung. Er starrte die Toilette an, hatte vergessen, wie man die Spülung bediente. Er beobachtete das Auge auf der Rückseite der Dollarnote. Das Auge beobachtete ihn. Er hatte die Bedeutung bestimmter Worte vergessen. Deodorant. Mayonnaise.

Irgend jemand sagte: »Shampoo.« Und er schrak zusammen. Für ihn klang es wie ein Befehl.

Autos hatten Fehlzündungen, und er verkroch sich unter dem Tisch. Er mußte schreien, wenn er während der Verdunklung im schwach beleuchteten Badezimmer saß. Aber wenn er allein im Dunkeln hockte, weinte er. Mahlzeiten waren am schwierigsten. Alle sprachen, damit sie ihn nicht anstarren mußten. Verwirrt musterte er die Messer und Gabeln und aß mit den Fingern. Er schüttete ganze Berge von Salz und Zucker gleichzeitig auf sein Essen. Er aß alles außer Fleisch – dieser Anblick versetzte ihn wieder in diese schreckliche Landschaft zurück, wo unaussprechliche Dinge auf Spießen steckten. Manchmal, wenn er in die Küche kam, überwältigte ihn der schiere *Überfluß* des Essens so sehr, daß ihm schwarz vor Augen wurde. Spät nachts hörte ihn Malia im Müll wühlen. Sie fand angefressene Lebensmittel, die er unter seinem Bett hortete.

Manchmal verriegelte er die Tür zu seinem Zimmer, so neu war es für ihn, eine Intimsphäre zu haben. Dann riß er die Tür, von Angst gepeinigt, wieder sperrangelweit auf. Allmählich tauchten die Nachbarn auf, einer nach dem anderen, brachten zugedeckte Schüsseln, hielten tapfer die Tränen zurück, obwohl sie über seinen Anblick schockiert waren, so wie er zusammengeschrumpft war.

»Wir sind so froh, daß du wieder zu Hause bist. Nimm dir Zeit, Keo, Junge, viel Zeit.«

Der Duft frischen Kaffees beschäftigte ihn den ganzen Vormittag. Der Schock der Zahnpasta auf seiner Zunge. Der Duft des Regens. Das Geräusch des Menschenlachens. Die seidige Haut des Kindes, das auf seinen Schoß geschmiegt saß. Sein ganzer Tag war nur vom *Sein* erfüllt. Er saß in dem winzigen Garten, im üppigen Grün. Er konnte tun, was er wollte. Und das ließ ihn völlig zur Reglosigkeit erstarren. Manchmal umklammerte er das schlafende Kind, trug es wie einen Talisman mit sich herum, hielt es hoch, um seine Alpträume abzuwehren, so wie Menschen Kruzifixe in die Höhe halten, um sich gegen Vampire zu schützen.

Er stand in Jonahs Zimmer und berührte die Football-Schutzpolster, die Surfausrüstung seines Bruders. Er musterte die Schnappschüsse, den großen athletischen Körper, das attraktive Gesicht, das Herzen brechen sollte. Der gescheite Sohn, vom Schicksal dazu bestimmt, der ganze Stolz der Familie zu werden. Er erinnerte sich an den letzten Abend, den sie miteinander verbracht hatten, wie Jonah ihn umarmt und ihm gesagt hatte, er sei sein Vorbild.

Dann saß er auf dem Stockbett und sehnte sich nach seinem älteren Bruder DeSoto, den er zunächst ignoriert und dann mit einiger Verspätung bewundert hatte. Nach diesem Mann mit den vielen Schichten, mit einer Lage über der anderen, mit all seinen schwer auszumachenden Wahrheiten. Beide Brüder waren beinahe übermenschlich tapfer gewesen, hatten jeder Gefahr furchtlos ins Auge geblickt, hätten sich gar nicht von ihr abwenden können. In jenen Nächten war das Loch, das ihre Abwesenheit gerissen hatte, so riesengroß, daß Keo vor Furcht ganz benommen war. Er dachte an die Statistik, überlegte, welchen Bruder es wohl treffen würde, welcher nicht zurückkehren würde. Ihm war, als hätte er durch sein Überleben einen der beiden geopfert.

Dann kam die Nachricht, daß Butchie Santiagos Sohn in Frankreich gefallen war. Den ganzen Tag lang herrschte Schweigen, während die Sonne die Schatten in Stein verwandelte. Nachts dann erschallte lautes Wehklagen, so als suche jemand die Augen, die man ihm aus dem Kopf gerissen hatte. Eines Abends stieg Butchie weit über die Kalihi Heights hinaus, weit den Hang hinauf in den Regenwald der Ko'olau-Berge. Dort hängte er zuerst seinen preisgekrönten Kampfhahn auf, dann sich selbst. Ein kleiner und ein großer Leichnam baumelten da wie seltsame Früchte.

Herbst. Eines Tages krachte der hintere Verschlag eines Lastwagens auf, und nur zwei Häuserblöcke von Kalihi Lane entfernt prasselten reife Ananasfrüchte auf die King Street. Die Rationierung des Krieges hatte Ananas so kostbar gemacht, daß niemand sie sich mehr leisten konnte. Jetzt, während die Autos noch rutschten und schlidderten, rannten die Menschen mit Fässern, Handwagen und Einkaufsnetzen auf die Straße.

»*'Ono loa!* Die allerbesten!« schrien sie. »Und genau richtig!«

Der Verkehr erlahmte, während die Fahrer ihre Autos platschend durch zwanzigtausend Pfund verdorbene Ananas lenkten. Leilani und Timoteo bückten sich, packten zerborstene Stücke und saugten sie, gierig auf den Saft, gleich aus, zerrten dann den mit Früchten beladenen Handwagen nach Hause. Als sie in die Gasse einbogen, sah Leilani das Auto und mußte sich auf den Kiesweg setzen. Immer würde sie sich daran erinnern, wie sie da saß, wie ihre Hand auf einem klebrigen Klumpen Gummi zu liegen kam. Sie würde sich daran erinnern, daß sie den Gummi wie eine verirrte Perle in der Hand hielt, wie eine graue Perle erstarrten Kerzenwachses – wie den Stumpf einer Kerze in einem Schuppen, als sie noch ein kleines Mädchen war. Sie würde sich daran erinnern, daß die Leute aus der Gasse auf sie zukamen, daß Timoteo flehentlich mit ihr redete. Luft, sie brauchte Luft.

Der Militärgeistliche. Die Dinge, die er zu sagen hatte. Sie umklammerte den Gummibrocken, spürte, wie er in ihrer Hand weich wurde.

... Eine Holzhütte. Mama und Papa arbeiten in den Zucker-

rohrfeldern. Schwitzen den Zucker sogar aus den Poren. Das Zuckerrohr drängt sich durch die vermoderten Fenster, wächst in den Nischen und Ecken ihrer Gedanken ... Ihre Teenagerjahre, die Armut, der Zuckerschuppen. Sie wächst zur jungen Frau heran, ist rußgeschwärzt vom Zuckerrohrfeuer, fragt sich, ob sie je über dieses Leben hinauskommen wird. Sogar heute noch wandelt sie in ihren Träumen immer wieder von vorn durch die verbrannte Zuckerluft ...

Keo saß auf der Treppe, der Geistliche hatte ihm die Hand auf die Schulter gelegt, das Kind sabberte auf den Schuh des Geistlichen. Keo blickte auf seine Eltern. Sie erschienen ihm so klein, so kindlich. Er spürte, wie seine Zähne knirschten, wie sich seine Fäuste ballten, fragte sich, wie er es je von seinem Sitzplatz zu den Eltern schaffen sollte. Langsam stand er auf, ging mit sorgfältigen kleinen Schritten auf sie zu. Er mußte zu ihnen, mußte sie retten.

Leilani sah, wie sich seine Lippen bewegten. Dann fiel sie wie in Zeitlupe langsam auf die Straße. Ihr Junge war tot. Ihr Jonah-Junge.

Als Malia an jenem Abend in die Gasse einbog, wo alles verdunkelt war, hörte sie ersticktes Schluchzen.

Ihr Vater weinte im Badezimmer, Keo hielt ihn im Arm wie eine Frau. »Jonah ... nie wiedersehen! Nicht möglich!«

Sie glitt an der Wand entlang auf den Boden, erinnerte sich an all die Nächte, in denen sie auf Knien gebetet hatte. Die Muttergöttin hatte sie gehört, aber ihre Bitte nicht erfüllt.

Keo blickte auf, grau und gespenstergleich. »Geh zu Mama. Sie liegt einfach nur da.«

Sie ging ins Zimmer ihrer Mutter, legte sich neben sie und nahm sie in die Arme. »Mama. Warum Jonah? Warum?«

Leilani seufzte. »*Oia nō.* So ist es eben. Immer die Unschuldigen.«

»Weine nur, Mama. Weine. Laß alles raus.«

»Kann nich mehr«, erwiderte sie. »Nichts mehr übrig.«

»Ich wäre für ihn gestorben«, flüsterte Malia. »Ich habe sogar gebetet – nimm mich, nimm mich. Nicht Jonah.«

Im Dunkeln packte ihre Mutter sie bei den Armen. »Sag so was nie, nie wieder. Du bist doch mein Leben, mein kleines Mädchen, mein einziges ... Du bist meine Mama, meine *Tita*, meine Freundin ...«

Reglos vor Schock lag Malia da. Das hatte sie nicht gewußt. Sorgfältig zündete sie eine Kerze an, stellte sie neben das Bett.

»Mama? Wirklich wahr?«

»Wahr. Ich hab so um dich gebetet, um ein einziges kleines Mädchen gebetet, das überleben würde. Bist meine große Freude. Haste das nich gewußt?«

Malia schüttelte verdattert den Kopf.

»Und dann haste mir noch 'n Baby geschenkt, das Mädchen von mei'm Mädchen, hast mich doppelt glücklich gemacht. Auch wenn wir den Leuten sagen müssen, sie ist *hānai*.«

Sie hatte sechzehn Kinder wieder an die Erde zurückgeben müssen. Und nun hatte die Erde auch ihren Jüngsten, ihren Jonah zurückgefordert.

»Wenn dir das Leben so viel wegnimmt, dann is irgendwann mal *pau* mit Trauer. Irgendwas in dir hört einfach auf mit Erinnern. Dann liebste nur das, was de noch hast, 'n bißchen mehr. Oh, mein schöner, mein tapferer Jonah ...«

Schließlich gab sie nach, ließ sich von wilden, trockenen Schluchzern überwältigen. Malia hielt sie fest im Arm, wiegte sie wie ein kleines Kind, mit sanfter, fraulicher, zeitloser Geste. Während sie sie so wiegte, überlegte sie, was sie ihrem Kind vorenthalten hatte, dem Kind, das sie kaum je berührte.

Mit der Zeit verebbten die Schluchzer, wurden leiser, und Leilani flüsterte: »Bring mir Baby... aus Jonahs Zimmer.«

Sie sagte es so leise, daß Malia nur hörte: »... bring Baby Jonah ...«

Sie schlüpfte aus dem Zimmer, hob das Kind aus der Wiege und brachte es zu Leilani: »Hier, Mama. Baby Jonah.«

»Ja!«

Und so sollte das Mädchen viele Jahre genannt werden.

Ho'olohi iā nā Mea Nui

Langsam auf die Dinge zugehen, die wirklich wichtig sind

Weihnachten zog ruhig vorüber, auf der Gasse wurde nur wenig gefeiert. Stürme, die sich über den Aleuten-Inseln zusammengebraut hatten, peitschten den nördlichen Pazifik zu winterlicher Wut, trieben riesige Wellen südwärts auf Hawaii zu. Jeden Tag pirschten sich Sturmwolken an die Küsten an, donnernd wie Riesen. Wellen türmten sich zu zehn Meter hohen Kathedralen auf.

Die Surfer waren des Krieges müde, sie hatten die Vorsicht satt und benutzten ihr Schwarzmarktbenzin, um heimlich zur anderen Seite der *pali* zu fahren. Die Nachbarn bepackten ihre Lieferwagen mit Surfbrettern, kamen bei Keo vorbei, der im Garten saß – »E hele mai!« – Komm mit und amüsier dich! –, und nahmen ihn mit zum Surfen. Sie fuhren quer durch die zerklüfteten, grünen Zähne des Nu'uanu Pali, jene schwindelerregenden Ausläufer der Ko'olau-Kette, und waren schon auf dem Weg zu den grauen Winterstränden des Nordens.

Keo schaute zu, wie die großen, muskulösen Hawaiianer auf ihren Surfbrettern durch das flache Wasser paddelten und dann dort auf Wellen lauerten, die sich haushoch über ihnen auftürmten. Sprungbereit standen sie auf ihren Brettern. Die stärksten Surfer behielten ihren Kurs bei, ritten tollkühn auf dem Kamm jeder Welle, glitten dann wie schwerelos an ihr herab.

Keo stand am Strand, das Gesicht von der Gischt besprüht, und spürte, wie seine Lungen bebten. Drei Monate war er schon wieder zu Hause. Noch immer zerbrechlich und untergewichtig dachte er daran, wie vergleichweise klein und unwichtig nach diesem Krieg alles andere wirken würde. Alles außer der See. Wie winzig die Menschen schienen, wenn sie sich gegen die Wellen stemmten.

Er lauschte dem symphonischen Zusammenprall, den langsamen Abstechern in Fugenthemen, während die Wellen erschöpft zusammenfielen, zu Balladen ausrollten. Dann predigten sie, sangen den nachdenklichen Blues der weichenden Flut. In jenem Augenblick reichte etwas in ihm seinem zerbrochenen Selbst die Hand, jenem Menschen, der einmal auf der Suche nach dem vollkommenen Ton, der magischen Kombination gewesen war. Dem jungen Mann, der mit jeder Pore Musik geatmet hatte, der schwamm wie ein Amphibienwesen.

Manchmal drückten seine Finger unsichtbare Ventile nieder. Er starrte auf die alte Trompete im Schrank. Er dachte kurz daran, wieder zu spielen, konnte sich jedoch nicht dazu durchringen. Wie konnte er spielen, wo sie doch nicht mehr bei ihm war? Musik und Sunny waren so untrennbar miteinander verbunden, in seinen Gedanken so sehr miteinander verschmolzen. Wenn er sie oder ihr Kind erwähnte, wurde Malia traurig. Und doch wünschte sie sich, sie hätte Beweise für Sunnys Tod, damit Keo sie ein für allemal richtig betrauern und dann mit seinem Leben fortfahren könnte.

»Wir haben alle gelitten«, versuchte sie ihn zu trösten. »Sieh zu, daß deine Wunden verheilen, und blicke nach vorn.«

»Du mußt mir helfen«, bat er. »Ich muß wieder lernen, mit Menschen zu reden. Ich betrachte andere immer noch als Konkurrenten im Kampf ums Essen.«

Er preßte sich die Finger an die Schläfen. »Ich bin nicht einmal sicher, ob ich wirklich begriffen habe, daß Jonah tot ist. Ich denke immer noch, er ist nur schwimmen gegangen. Mit DeSoto und Krash ...«

Bei der Erwähnung von Krashs Namen wurde ihr Mund ganz trocken.

»Bruder, glaubst du, daß man einen anderen Menschen jemals wirklich kennen kann?«

Keo schüttelte den Kopf. »Ich glaube, das könnten wir nicht ertragen.«

»Woher weißt du dann ... ob du jemanden liebst?«

Er sah weg. »Vielleicht merken wir es daran, daß wir unsere Sterblichkeit vergessen. Daß wir eine Weile nur aus Güte handeln, nicht aus Gier.«

Er saß am alten Steinway in der Garage, dessen Deckel inzwischen von einem Schimmelpelz überzogen war, dessen Tasten verquollen waren, der geradezu prähistorisch klang. Trotzdem spazierte Keo in den stillen Nächten der Verdunkelung leise über die Tasten, spürte das Verlangen in den Fingerspitzen. Er spürte, wie sich seine Lippen im Schlaf anspannten, sich in seiner Erinnerung gegen das Messing preßten. Manchmal, wenn er an dem Schrank mit der Trompete vorbeikam, schwankte sein ganzer Körper. Die Leute hatten Berichte über seine Heimkehr gelesen, von seiner langsamen Genesung. Manche erinnerten sich an den Hulamann. Es kamen Fanbriefe, Langspielplatten. Ellington, Fitzgerald, Bechet.

Militärs, Neger auf dem Weg in den Kampf auf Tinian oder Guam, spürten ihn in Kalihi auf. Sie sahen, wie zerbrechlich er wirkte, wie gehetzt. Sie hatten Mitleid, stellten ihm keine Fragen, unterhielten sich nicht richtig mit ihm. Sie waren zufrieden, einfach nur dazusitzen und Platten zu hören, Kommentare zu einem Musiker abzugeben, ein Arrangement zu loben. Er spürte das Bedürfnis dieser jungen Männer dazusein, sein Klavier zu berühren, die Tasten zu streicheln, nicht so sehr der Musik wegen, sondern weil er schon dort gewesen war. Vor dem Feind.

Ein junger Kerl kam aus New Orleans, Dew Baptiste hatte ihn geschickt, er spielte zur Unterhaltung der Truppen in Fort Bragg. Keo packte ihn bei den Schultern und umarmte ihn. Stundenlang redeten sie, und es war völlig gleichgültig, was sie sagten.

Als der junge Mann in den Kampf zog, sagte Keo zu ihm: »Sei bloß kein Held. Es geht nicht um Heldentum. Komm lieber zurück und besuche mich.«

Eines Tages kam der Leader der Acht-Mann-Band und Hula-Tanztruppe aus dem Lau Yee Chai zu Besuch. In jenen langen, längst vergessenen Nächten, als Keo noch in Rizal's Filipino Dance

Hall Trompete spielte, war er Teenager gewesen. Als er nun sah, wie zerbrechlich Keo war, wandte er den Blick ab, sah Timoteo zu, der verfaulende Mangos zusammenkehrte.

»Du warst mein großes Vorbild«, sagte er schließlich. »Sobald du wieder soweit bist, komm doch ins Lau Yee Chai und spiel mit.«

Es war eines der besten Restaurants von Honolulu während des Krieges. Es hatte die beste Speisekarte, die beste Kundschaft. Die Band trug weiße Smokings.

»Jeden Abend gibt es in unserem wunderschönen Garten Unterhaltungsmusik.« Er machte eine kleine Pause. »Wir spielen keinen richtigen Jazz. Mehr so *hapa-haole*-Touristenzeug. Aber alles ist sehr geschmackvoll. Da könntest du vielleicht wieder richtig in Form kommen.«

Keo lächelte. »Weiß nicht, ob ich je wieder die Kraft haben werde, Trompete zu spielen.«

Der Mann tippte ihm auf den Arm, verfiel in breitestes Pidgin. »Dann ... kommste eben als Nummer eins Ukulele!«

Im Dunkeln drückte Keo tonlos die Ventile der Trompete, hielt das Instrument in der Hand, spürte den Klängen nach, die tief innen warteten. Sie waren da, er wußte nur nicht, ob er sie noch hervorbringen konnte, ob er noch hatte, was man dazu brauchte: Die Lungenkraft. Die Courage. Er summte ein paar Töne, drückte mit den Fingern Ventile herunter, stellte sich die Klänge vor, heimlich, verstohlen, und sie brachten das tote Meer seines Herzschmerzes in Wallung. Er legte die Trompete in den Schrank zurück. Sie erinnerte ihn an zu viele Dinge – und inzwischen wimmelte es in seiner Welt von Vermißten.

Eines Abends stieg er in den Bus und stand plötzlich vor Sunnys Elternhaus. Durch das Fenster konnte er ihre Eltern reglos dasitzen sehen. Stundenlang verharrten sie so. Zwei ausgestopfte Puppen, die Gesichter völlig ausdruckslos. Er sprach Sunnys Namen aus. Sah, wie er im Dunst hing und dann entschwebte. Er konnte den Gedanken nicht ertragen, daß sie fort sein sollte, konnte sich seine Welt ohne sie nicht vorstellen. Traumverloren stand er da.

... mit offenem Verdeck über französische Straßen fahren, und Sunny singt neben mir... Wellen von Sonne und Schatten auf

uns, Sunnys Nacken und Schultern schweben im Lichtfiligran. Wir fahren durch ein Meer aus Luft ...

Nun, da Sunny fort war, wußte er plötzlich, daß er in der Zeit, die ihm vom Leben noch geblieben war, in der Zeit, die er noch bewußt erlebte – in jener kostbaren, geliehenen Zeit, die man ihm zugeteilt hatte, damit er nachdenken, Weisheit erlangen, ein ehrenhaftes Leben führen könnte –, nach ihr suchen mußte. Er mußte sie zurückgewinnen.

Ganz allmählich wagte er sich aus der Gasse heraus auf die Straßen von Kalihi, auf die King Street, die Hauptstraße. Vorbei am *'A'ala*-Park, wo sie sich früher einmal Puppentheater und *kinipōpō*, Baseball, angeschaut hatten. Vorbei an den Spelunken, in denen Musikautomaten die Hits der Kriegszeit ausspuckten. Durch Gruppen von Militärs hindurch, deren Jugend ihm das Gefühl gab, uralt zu sein, sich dem Greisenalter zu nähern, während sie wie mechanische Spielzeuge zum Aufziehen waren.

Er kam an den Lebensmittelständen von Chinatown vorbei, wo er mit Sunny die silbernen Pyramiden der Kohlköpfe, die Gliedmaßen der tanzenden Ingwermänner gestreichelt hatte. Vorüber an Geschäften, wo sie von winzigen Frauen Kirschen gekauft hatten, die die Stiele mit der Zunge verknoteten. Dann sah er die baumelnden Kadaver der Tauben und Enten und dachte an die gehäuteten Hunde von Schanghai, an einen menschlichen Leichnam in einer Gasse, um dessen After wilde Fliegen schwirrten. Der Schweiß rann ihm in Strömen über das Gesicht, während er sich nach Hause quälte.

An einem anderen Abend klopfte Keo bei strömendem Regen an die Tür von Sunnys Elternhaus. Ihre Mutter Butterfly öffnete, leuchtete ihm mit der Taschenlampe ins Gesicht. Seine Haut war klatschnaß, schimmerte wie Mahagoni. Er versuchte zu lächeln, was sein Gesicht grausig verzerrte. Sie schrie auf und ließ die Taschenlampe fallen, im Schimmer des Lichts sah er noch den angeschwemmten Tang ihrer Strümpfe, die einen Tümpel um ihre Knöchel bildeten. Er hob die Taschenlampe wieder auf, ließ sie nach oben wandern, über die zitternden Gliedmaßen, über ihr zerlumptes Kleid. Sie sah aus wie eine Ruine; ihre ganze Schönheit war dahin. *Ist das meine Schuld?* fragte er sich.

»Sunny... Ich habe versucht sie in Schanghai zu finden. Haben Sie von ihr gehört?«

Schaudernd schloß sie vor ihm die Tür, ließ ihn im Regen stehen.

Er war noch nicht soweit, Trompete spielen zu können, hatte die Kraft noch nicht. Er begann als Ersatzmann an der Ukulele. In jener ersten Nacht, als er auf die kleine Bühne im Garten des Lau Yee Chai stieg, erhoben sich die Leute und applaudierten. Ein paar von ihnen erinnerten sich noch an den Hulamann, den wilden Trompeter aus dem Vorkriegs-Honolulu. Andere hatten gehört, daß man ihn aus einem Lager befreit hatte.

Zwischen den Sets saß er da und redete mit den Blechbläsern über Jazz, und manchmal hockte er nach dem Zapfenstreich noch draußen im Dunkeln und erzählte sich mit den Sängern der Hulatruppe »alte Geschichten«. Eines Nachts blickte der Alte, der den Rasselkürbis schüttelte, zu den Sternen auf und sprach wortgewandt von der uralten Musik der Hawaiianer.

»Du warst lang weg, Keo. Vielleicht haste vergessen, wo wir *kānaka* den Drang her haben zum Schreien, zum Liedersingen. Erinner dich mal, die uralten Hawaiianer, das warn Dichter und Sänger. Die hatten feierliche Gesänge, Geschichten aus dem frommen Leben, über die Ahnen und über Schlachten. Und fröhliche Gesänge, leidenschaftliche Sachen über die Liebe. Die haben sie begleitet mit Tänzen und mit Felltrommeln, mit Rasselkürbissen, mit klappernden Steinen. Das war *mele hula*. Die hatten natürlich auch noch Unsinnslieder, nur so zum Lachen, zum Spaß ...

Dann sin die Missionare gekommen und ha'm uns unsere uralte Musik verboten. Un die *kāhuna* der alten Tänze mußten ihr Wissen heimlich weitergeben! Die Gesänge verklangen, die Hawaiianer war'n stumm. 1898, als sie uns unser Königreich gestohlen ha'm, haben wir wieder die alten Lieder gesungen, daß uns nich das Herz gebrochen is ...

Dann kam der Ragtime, un damit vermischt häßliche Lieder vom Festland, wie'n Frikassee, die haben unsere Musik total verblödet. Und dann noch der Jazz und der Blues, die Big Bands ...«

Seufzend lehnte sich der alte Mann zurück. »Manchmal hab ich Angst, unsere Musik is gestorben, und dann hör ich auf einmal wieder jemand so herrlich traurig mit seiner Fistelstimme singen, oder ich hör ne Slack-Key-Gitarre. Da läuft's mir eiskalt den Rücken runter, ich kriege ne Gänsehaut, das klingt so nach Hawaii un is so voll Aloha.

Es kommt ne neue Zeit für die Hawaii-Musik. Die Leute entdecken den echten Hula wieder, was unsere alten Vorfahren gesungen haben. Und weißte warum? Die Musik hat ne echte Unschuld, ne echte Reinheit und nen Zauber. Das sin Klänge, da gehn den Menschen die Herzen auf ...«

Nun wandte er sich im Dunkeln Keo zu.

»Bald, Junge, nimmste deine Trompete wieder. Ich spür's, wie deine Lippen sich danach sehnen. Wenn de spielst, dann erinner dich immer an die Wasserrhythmen die de im Blut hast. Was de spielst, das kommt alles aus den alten Liedern, die de mit der Milch von deiner Mama aufgesaugt hast und von deiner Mama ihrer Mama und noch viel, viel weiter zurück. Lieder voll Poesie un Ahnenlieder un Kriegslieder ...«

Eines Abends begann es während der Vorstellung im Garten in Strömen zu regnen. Band, Tänzer und Gäste, alle flüchteten kopflos ins Lau Yee Chai. Nach einer Weile ging diese Flut zu einem sanften Regen über. Keo fühlte sich eingesperrt und trat nach draußen. An einem der Tische saß ein Soldat im Regen, gedankenverloren, gerade eben aus dem Gefecht auf Saipan zurückgekehrt. Keo ging über den Rasen, nahm eine Trompete auf, die jemand auf der Bühne hatte liegenlassen, und wischte sie trocken. Beinahe geistesabwesend drückte er die Ventile, putzte das Mundstück ab, hob es an die Lippen. An nichts von alledem sollte er sich später erinnern. Nur an einen jungen Soldaten im Regen, mit hängendem Kopf, mit völlig leeren, verlorenen Augen.

Zwei Jahre hatte er nicht gespielt. Er war sehr schwach. Und doch wollte Keo in jenem Augenblick nur eines, und das mehr als alles andere: für diesen jungen Soldaten spielen. Ihm helfen, seine Verluste, seinen unerklärlichen Schrecken zu ergründen, herauszufinden, ob es für ihn überhaupt noch etwas gab, das sich zu retten lohnte. Keo wollte ihm helfen, sich zu erholen, weiterzuleben. Er blies ein paar stotternde Refrains von »It's Been a Long, Long Time«, spürte, wie seine Lungen bebten, sich dann aber langsam weiteten. Vorsichtig leitete er über zu »I Got a Right to Sing the Blues«, dem Oldie von Louis Armstrong aus seiner Zeit in New Orleans. Er spielte noch einen Refrain, dann noch ein halbes Dutzend weitere.

In Gruppen traten die Leute auf den *lānai* hinaus. Geschützt vor dem Regen standen sie da wie das Vieh zur Fütterungszeit, ließen ihre Augen von Keo zu dem Soldaten schweifen. Als wären sie durch einen unsichtbaren Draht miteinander verbunden, so schien die grüblerische Einsamkeit des einen den anderen zu inspirieren. Keos Lippen schmerzten. Er spielte nicht hervorragend, das Blasen erschöpfte ihn völlig. Aber er spielte auch nicht schlecht. Er konnte beinahe spüren, wie die Rädchen sich wieder in Bewegung setzten, wie etwas schmolz und seine Gelenke ölte.

Er machte eine Pause, holte tief Luft und spielte »Ain't Misbehavin'«, langsam, sehr langsam, wie jemand, der aufwachte und gähnte. Dann kraftvoller, die Muskeln anspannend, die Lungen aufblähend. Auf der anderen Seite des Rasens nickte der Soldat, wiegte sich ganz leise, beinahe unmerklich, war lebendig genug zum Zuhören.

Die Füße fest auf dem Boden verankert, den sanften Regen auf den Wangen, spürte Keo, wie ein seltsamer Prozeß einsetzte. Zum erstenmal seit langer Zeit verspürte er eine ruhige, faßbare Freude. Er meinte, auf dem Hochseil des Bewußtseins zu balancieren, als könne er einen winzigen Augenblick lang ohne Furcht aus der Höhe herabschauen. Tatsächlich hatte er immer noch Angst, schreckliche Angst. Aber zumindest hatte er endlich die Augen aufgemacht.

Der Regen hörte auf, langsam strömte die Menge zu ihm hin, der Soldat verschwand. Aber es kamen andere Militärs, baten ihn inständig, in den Militärklubs zu spielen, wo sie sich inbrünstig nach Unterhaltung sehnten. Als er das nächste Mal im Lau Yee Chai einen freien Abend hatte, spielte er als Ersatzmann im Armeeklub Maluhia Trompete. Die Tanzfläche war riesig, Tausende von Männern und nur dreißig oder vierzig Frauen. Er begann dort regelmäßig nachmittags zu spielen, als Ersatzmann in der Militärband, löste den Trompeter ab, spielte manchmal auch bei Tourneebands mit.

Er strengte sich nicht übermäßig an, übertrieb es nicht. Diese Jungs wollten keinen grüblerischen, suchenden Jazz. Sie hatten zwei Minuten Zeit, um mit einem Mädchen zu tanzen, ehe eine Trillerpfeife sie unterbrach. Sie wollten Jitterbugs, Liebeslieder, alles, was den Tod vertreiben konnte. Männer, die schon bald in See stechen würden, sahen ganz besonders jung aus, ganz besonders blaß und großäugig. Er hätte sie in jeder Menschenmenge erkannt. Diejenigen, die gerade aus den Kampfgebieten auf Guam oder auf den Philippinen gekommen waren, brachten Brutalität und Wut mit zurück. Ihre geschundenen, müden Körper strömten einen versengten Geruch aus, wie brennende Drähte.

Frühlingsende 1944. Die Leute sagten, der Krieg sei im großen und ganzen vorbei. Aber immer noch war da Iwo Jima, Okinawa. Soldaten und Matrosen, die auf Urlaub waren, stürzten sich in wilde Faustkämpfe, ausgewachsene Prügeleien, warfen einander von Balkonen und Dächern. Männer wurden ermordet. Die Militärpolizei sah sich gezwungen, Löschschläuche mit achtzig Bar Wasserdruck einzusetzen. Keo schaute zu, als die Körper wie Surfer vorbeiflogen.

An manchen Abenden spazierte er während der Verdunkelung den Strand entlang zum Royal Hawai'ian Hotel, das inzwischen voller Militärs war, die gerade aus dem Gefecht zurückgekehrt waren, sonnenverbrannt und mit gehetztem Gesichtsausdruck. Keo stand da und erinnerte sich an seine Freunde. Die »goldenen Jungs«. Er erinnerte sich an ihre dunkle, robuste Schönheit, an ihre Unschuld, daran, wie sie über den Strand spaziert waren, wie lachende, sonnengebräunte Götter. Tiger Punu, Turkey Love, Surf Hanohano. Krash Kapakahi, der ihm einmal das Leben gerettet hatte, als er ihn aus einem Kabbelwasser zerrte. Alle kämpften sie jetzt in Europa, im Pazifik. Manche waren schon tot.

Leina a ka 'Uhane

Die Klippen der Geister

Neunzehnhundertvierundvierzig. Hawaii galt nicht mehr als Kampfgebiet. Die Nächte waren lau, die Menschen saßen auf der Treppe und plauderten, waren ein wenig entspannter. Sogar der *Manapua*-Mann kehrte zurück, der winzige, verschrumpelte Japaner, der jahrelang Tag für Tag durch die Gasse geschlurft war und aus ehemaligen Schmalzkanistern, die er an einem Stock über der Schulter hängen hatte, Klopse mit Schweinehack verkauft hatte.

»Mana ... pua ...! Mana ... pua ...« Sein Schreien ließ die Welt wieder sicher erscheinen.

Obwohl das Gerücht umging, daß die Alliierten gewinnen würden, wurde die Lebensmittelrationierung verschärft, es gab von allem zu wenig – Fleisch, Zucker, Kleidung. Die Nachfrage nach Kleidern und Cheongsams stieg. Die Prostituierten schickten Malia Kleiderstoffe vom Schwarzmarkt, zahlten jeden Preis, den sie verlangte. Sie gewann an Selbstvertrauen, begann rückenfreie Kleider zu entwerfen, mit Bolerojäckchen und passenden Gürteln.

Wenn Pono von ihren Doppelschichten spät abends nach Hause kam, saß Malia noch an der Singer und arbeitete, das gußeiserne Pedal wippte auf und ab, das Schwungrad summte, während die Nadel durch den Stoff tanzte. Sie gab Pono zusätzlich Geld für den Verschleiß der Maschine, versuchte sogar, sie dazu zu überreden, zwei Maschinen aufzustellen, so daß sie beide an den Prostituierten viel Geld verdienen könnten.

Eines Abends saß Pono mit verschränkten Armen da und starrte Malia an. Sie hielt eine Hand hoch. Der größte Teil eines Fingers fehlte.

»Ja, auch ich habe mal Cheongsams für diese Frauen genäht. Aber die Scham hat mich dann wieder in die Konservenfabrik getrieben. Dann habe ich diesen Finger an der Schneidestraße verloren. Als ich krank geschrieben war und verzweifelt Geld brauchte, habe ich wieder Cheongsams genäht. Da sah ich meine Töchter, die heranwuchsen. Ich fragte mich, wie ich ihnen erklären sollte, daß ihr Essen und ihre Kleider von Frauen bezahlt wurden, die sich für andere hinlegen. Und da bin ich in die Konservenfabrik zurück.«

Sie lehnte sich zu Malia hinüber. »Aber du, du nähst dir da einen Sturm zusammen. Bist eine Art Kupplerin geworden.«

Malia fuhr auf. »Was meinst du damit?«

»Mit deinen schicken Kleidern sehen die *haole*-Huren gut aus. Die Männer bezahlen ihnen mehr. Die Huren zahlen dir mehr. Wie einem Zuhälter. Spürst du denn keine *hilahila,* Scham?«

Langsam stand Malia auf. »Bisher hast du mein Geld auch nicht zurückgewiesen. Verspürst *du hilahila?*«

Sie war froh, daß Pono saß. Die Frau war riesig, nur so hatte Malia eine Chance, einmal auf sie herabzublicken. Sie fuhr fort:

»Hör mir mal gut zu. Ich zerpickse und zersteche mir Abend für Abend die Finger. Die Hälfte der Kleider ist mit meinem Blut befleckt. Was ich hier mache, hält meine Familie am Leben. Weißt du, wieviel Geld diese Prostituierten verdienen? Die kaufen Häuser, Immobilien. Wenn der Krieg vorbei ist, gehört halb Honolulu den Huren.«

Malia klatschte zur Bestätigung mit der Hand auf die Singer. »Ob ich Scham verspüre? Nein, ich bewundere sie. Das sind clevere Geschäftsfrauen.«

Pono hob die Augen, beinahe träge. »Und dein Kind? Das Kind, das ihr als *hānai* bezeichnet? Wenn sie erwachsen ist, wirst du ihr dann erzählen, daß du deinen Lebensunterhalt auf dem Rücken der Huren verdient hast?«

Malia fuhr zurück.

»Wirst du es ihrem Vater erzählen, dem mit der einen Lunge, der im Krieg verwundet wurde?«

»Krash, verwundet? ... Muttergöttin, laß ihn nicht sterben.«

In Zeitlupe sank Malia auf die Knie. Sie schloß die Augen, betete inbrünstig für den Vater ihres Kindes.

»Er wird nicht sterben«, sagte Pono. »Aber du wirst ihn noch viele Male verwunden.«

Nach einer Weile öffnete Malia die Augen. »Ich weiß, daß du *Kahuna* bist. Dann schau nur in deine Kräuter und Teeblätter, da kannst du sehen, daß ich diesen Mann liebe. Da siehst du auch, daß ich eine Zukunft habe. Ich werde nicht mein ganzes Leben lang für die Huren nähen. Ich übe sogar im Schlaf, ich lerne alles auswendig, was du mir beibringst, damit Schere und Faden alles ganz neu und ganz anders zuschneiden und zusammenfügen. Eines Tages werden reiche Leute meine Modelle tragen. Ich werde es zu etwas bringen. Wenn das Krash verletzt, dann hat er mich nicht verdient.«

Amüsiert blickte Pono sie an. »Von Hurenkleidern einmal abgesehen, was für ›Modelle‹ machst du denn noch?«

»Den Frack, den mein Bruder an seinem ersten Abend im Lau Yee Chai getragen hat, eine Jacke, die sich dem Körper ganz eng anschmiegt, statt nur lose darüber drapiert zu werden. Dazu war er zu dünn. Ich habe seine Hose gerader geschnitten, als sie nach der vorigen Mode war, denn das wirkt heute lahm und sieht nach Vorkriegszeit aus.« Sie hielt inne. »Und ich habe mir eine neue Strandmode ausgedacht. ›Hüttensets‹ für Männer und Frauen, alles Ton in Ton. Das wird der letzte Schrei!«

Malia faltete ein Kleid auseinander, das aus einem prächtigen dunkelgrünen Brokat genäht war, einen fließenden Rock, in dem sich das Licht brach, angefertigt aus einem von Kikos Stoffen. »Und das hier entwerfe ich für dich.«

Pono starrte auf das Kleid. Es war wie ein strahlender Schimmer, der nur darauf wartete, sie zu umschmeicheln.

»Ich hatte zuerst an Rot gedacht«, fuhr Malia fort. »An die Farbe der Leidenschaft. Aber Grün ist weicher, und es wird deine Schönheit prächtig zur Geltung bringen.«

Pono senkte den Kopf, staunte. »Ich bin Freundlichkeit einfach nicht gewöhnt. Das Leben hat mich hart gemacht.«

Malia dachte an die vier Mädchen, die im Nebenzimmer schliefen. An den unbekannten Vater. Sie dachte an das Leben, das draußen auf diese Frau wartete. Wieviel Kraft sie brauchte, um jeden Morgen durch die Tür zu schreiten.

»Ich hoffe«, sagte sie, »daß es einen Zeugen für deine Schönheit geben wird, jemand ganz Besonderen, wenn du dieses Kleid trägst.«

Pono schaute träumerisch in die Ferne. »Vielleicht. Wenn der Krieg zu Ende ist.«

»Geht der denn je zu Ende?«

Pono schloß die Augen. Als sie wieder aufblickte, war das Schwarze ihrer Augen – schwarz wie das rotschwarze Herz der *aku* – zu Braun verblichen, dann zu Weiß, so daß es aussah, als seien ihre Augäpfel nach innen gewandt und wollten in ihrem Gehirn lesen.

»In einem Jahr. Es wird etwas Gewaltiges geben. Einen Donnerschlag. Der löscht den Krieg, wie wir ihn kennen, ein für allemal aus.«

Im Oktober, als man das Kriegsrecht aufhob, kam DeSoto auf einem US-Truppentransporter nach Hause und brachte salzige Seeluft mit. Keo trat ins Haus, und da war der Geruch. Die alte vertraute Gestalt, schlafend, ein Arm hing wie der eines Tintenfischs über die Bettkante. Keo schnüffelte an der großen bronzefarbenen Hand, an der schwieligen Handfläche. Das Stakkato des brüderlichen Blutes trommelte in diesen Adern. Seine Seele schwang sich in ekstatischer Freude zum Himmel hinauf.

In den Buchten, in denen sie vor Militärpatrouillen sicher waren, verbrachten sie Stunde um Stunde in DeSotos Kanu, sie fischten, hängten Süßkartoffeln als Köder an die Angel, die die Chirurgenfische so gern mochten. Sie kauten *kukui*-Nüsse und spuckten das Öl aus, damit es sich auf dem Wasser ausbreitete und seine Oberfläche glättete, damit sie hinunterschauen und die Fische dabei beobachten konnten, wie sie den Köder schluckten. Sie versuchten all die vielen Jahre nachzuholen, aber es dauerte seine

Zeit, und beide waren sie ein wenig befangen. Es war Geduld vonnöten. So wie wenn man zuschaut, wie in den Kanus aus *ti*-Blättern das Meerwasser verdunstet. Minuten, die langsam zu Kristallen erstarren.

»Ich habe mich nie bei dir bedankt«, sagte Keo, »daß du sie zu mir geschickt hast.«

DeSoto nickte feierlich. »Sunny liebt dich über alles. Ich glaub, ohne dich is sie 'n bißchen verrückt geworden. Haste rausgefunden, wo sie is, was ihr passiert is?«

Er schüttelte den Kopf. »Ich lese jede Woche die Nachrichten vom Roten Kreuz. Schreibe Briefe an Krankenhäuser. Bruder... Sunny und ich, wir hatten ein Kind. Es wurde in Schanghai geboren. Ich hab es nie im Arm gehalten.«

DeSoto ließ den Kopf hängen. »Scheißkrieg.«

Keo streckte die Hand aus, berührte seinen Bruder schüchtern am Arm. Sie umarmten sich fest.

»Keo, hör mir zu. Sunny is am Leben. Ich weiß es. Ich *spür* das! Du findst sie wieder... irgendwie. Wenn du willst, such ich sie für dich. Wenn du reden mußt, dann versuch es mal bei mir.«

»Ich habe mich davor gefürchtet.« Er blickte aufs Meer hinaus. »Ich hab so viel gemacht ... ich mußte ...«

DeSoto nickte. »Ich hab auch Sachen gemacht ... ich vergeß das nie. Red da auch nie wieder drüber, nich mal mit 'nem Priester. Jetzt red ich zum Beichten mit 'nem Spiegel.«

Sie schwiegen eine Weile. Dann fragte Keo: »Hey, glaubst du, daß unsere kleine *hānai*-Baby-Schwester wirklich ... *hānai* ist?«

DeSoto grinste. »Ich find, sie sieht genau aus wie Malia.«

»Und ... 'n bißchen wie Krash?«

»'n bißchen sehr wie Krash! Helle Haut wie seine Mama. Sie hat irgendwo *haole* in der Familie.«

»Das wird ganz schön interessant, wenn Krash nach Hause kommt.«

Eines Tages nahm ihn DeSoto zum Angeln mit in die Gewässer beim Ka 'ena Point, an der Nordwestspitze von O'ahu. Ein gottverlassener Ort, eine Landspitze, an der im Winter fünfzehn Meter hohe Wellen auf die Strände explodierten. Als sie dort angekommen waren, verfielen beide Brüder in Schweigen.

Die Alten nannten diesen Ort *Leina a ka 'Uhane*, die Klippen der Geister. Die Hawaiianer glaubten, die Seelen der Toten brächen von hier aus ins Nachleben auf, sprängen von den dreihundert Meter hohen Klippen ins Meer hinaus. *Ka'ena* bedeutet »glühendrot«. Dieser zerklüftete Landfinger deutete kühn gen Westen, hatte seinen Namen verdient: Beim Sonnenuntergang brodelten die Gewässer hier in Orangetönen, knisterten die Korallenstrände, brachen die Büsche in Flammen aus.

Die gesamte Küste war von Lavahöhlen durchzogen, die Fontänen spuckten – riesige Brocken aus Vulkangestein, durch die das Wasser in den Himmel schoß. Jetzt krachte die See gegen diese Felsen, und die beiden hörten Stöhnen, Schreie, Gesänge. Das Meer, das über Dünen aus zermahlenen Korallen hinwegkratzte, klang wie das Bellen von tausend Hunden.

Keo fröstelte. »Ich bin auf einmal richtig müde.«

DeSoto flüsterte: »Zeit für *moe moe*. Mach die Augen zu. Entspann dich.«

Hinterher wußte Keo nur, daß er geschlafen hatte, weil er geträumt hatte. Im Traum saß jemand zwischen ihnen im Kanu. An jenem Geisterort angelten drei Brüder und lachten, erzählten wunderbare Stunden lang »alte Geschichten«. Viel später, als die Wellen schon beinahe über sie hereinbrachen, wachten sie auf, paddelten fieberhaft.

Als alles ruhig war, erkundigte sich DeSoto: »Haste'n auch gesehn?«

Tränen rollten Keo über die Wangen. »Bruder Jonah! Er war hier. Hat gelacht, Witze gemacht. Wie in alten Zeiten ...«

»Ich kenn den Jungen. Weiß, daß seine Seele hier auf uns gewartet hat, damit wir ein *aloha* mit ihm teilen, eh er sich auf die lange Reise nach *Kahiki* macht, wo alle Polynesier ihr Zuhause finden.«

Als sie zum Strand zurückblickten, fuhr DeSoto plötzlich auf und schrie. Aus dem Nichts war ein *'Iwa*-Vogel mit einer ungeheuren Flügelspannweite aufgetaucht, hockte hoch oben auf einem großen weißen Felsen über den Klippen. Nun schlug er mit den Flügeln und schwang sich langsam in die Lüfte. Flog in Kreisen, die er mit Leichtigkeit immer weiter ausdehnte, direkt auf Keo und DeSoto zu, mit herzzerreißenden Schreien, mit Flügeln, die so weit ausgebreitet waren, daß sie die beiden überschatteten.

Keo reckte die Hand nach oben, schrie Jonahs Namen. Der große Vogel schwebte so lange über ihnen, daß Keo beinahe ohnmächtig wurde, als sei er von ihm besessen. Er kam so nah heran und schwebte reglos über ihnen, so nah, daß die beiden Männer ihr Spiegelbild in den riesengroßen, alles verzeihenden Augen sehen konnten. Zitternd spiegelten sich die Gedanken der beiden Brüder in dieser Klarheit. Dann senkte der *'Iwa* die Flügel, schrie noch einmal auf, ein langgezogenes Sopransolo. Er schwang sich in die Luft, flog hinauf und immer weiter hinauf, folgte dem Ruf seines Körpers, der ihm schon vorausgeeilt war.

»Flieg, Jonah-Boy«, schrie DeSoto. »Flieg hoch hinauf! Du gehst nach Hause!«

Sie beobachteten den Vogel, bis er nur noch ein kleiner Fleck im Auge der Brüder war. Sie senkten die Köpfe, das Bild hatte sich für immer in ihre Gedanken eingegraben.

Im Frühling 1945 kam ein Brief von Krash Kapakahi, der eine »kleinere Verwundung« erlitten hatte und sich in Italien davon erholte. Dann in der Post seltsame Souvenirs. Zwei lange, gebogene Knochen, auf jedem war sein Name eingraviert. Malia starrte sie an, wickelte sie ein und trug sie zu Pono. Die Frau strich darüber, preßte einen ans Ohr.

»Hörste das Klopfen? Knochen erinnern sich an den Herzschlag.«

»Das versteh ich nicht«, sagte Malia.

»Sie mußten sie wegschneiden, damit sie die Lunge rausschneiden konnten, die von einer Kugel zerfetzt war. Das sind die Rippen deines Geliebten. Er macht dir den Hof.«

Malia preßte sich die Rippen an die Wangen. »Mach, daß er gesund wird! Ich tu alles. Er soll bloß kein Invalide bleiben!«

»Er wird wieder gesund. Eine Lunge reicht. Aber sein Atem wird manchmal klingen, als hätte er Perlen geschluckt.«

Malia streichelte die Rippen, als wären sie Totems. »Pono, ich habe Angst. Ich weiß nicht, was kommt.«

»Deine Liebe wird verschlungene Wege gehen. Ihr werdet beide vorwärts leben und immer zurückschauen.«

Die Kapitulation Deutschlands, Tanz auf der Gasse. Im Juni, als die Alliierten Okinawa einnahmen, schleuderte Keo im Club Maluhia die Schuhe von den Füßen. Jahrelang hatte er nicht mehr barfuß gespielt. Jetzt beschleunigte er das Tempo. Er tanzte einen Boogie quer über die Bühne, spielte siebzehn Refrains von »Birth of the Blues«, und die Militärs zählten mit. Hinterher drängten sie zu ihm.

Sogar der junge blonde Schlagzeuger sprudelte vor Begeisterung. »Ich muß es dir einfach sagen, du spielst so hohe Töne, daß es mir schon beinahe das Wasser in die Augen treibt.«

Keo hatte zugenommen. Er schwamm wieder, seine Muskeln wurden fester. An manchen Abenden fühlte er sich so gut, daß er den ganzen Nachhauseweg bis nach Kalihi zu Fuß ging und dann bis zum folgenden Nachmittag durchschlief. Eines Tages im August wachte er auf, und in der ganzen Nachbarschaft war es totenstill. Kein *manapua*-Mann, der in der Gasse sang. Kein Tofu-Mann. Die Eltern saßen schweigend da und schauten auf ihre Hände. Er schlief wieder ein. Am frühen Abend sah er die Nachbarn auf der Gasse, ganze Familien, die weiß gekleidet waren und Papierlaternen trugen wie bei einer Prozession. Ab und zu blieben sie stehen, als wollten sie dem Schatten eines Abwesenden den Vortritt gewähren.

»Mama? Papa?« Er blickte von einem zum anderen.

Sie schüttelten den Kopf.

Baby Jonah kam von der Gasse hereingerannt. »Onkel Papa! Alle flüstern sie: ›*Kulikuli! Kulikuli!*‹ Sei ruhig! Ich frag: Warum *kulikuli?* Un sie sagen: ›*Hir-osh-i-ma.*‹ Was heißt 'n das?«

Die Schaufenster wurden dunkel. Der Verkehr kam zum Erliegen. Irgendwo in kleinen Buchten, an verborgenen Stränden ließen Familien in weißen Gewändern weiße Papierlaternen aufs Meer hinaustreiben. Breite Bänder sanft leuchtenden Lichts schwebten auf den Wellen, brachten die Geister der Toten ins Paradies der Buddhisten.

Tage später ruderten die japanischen Nachbarn, die auf den Zuckerrohrfeldern arbeiteten – und die stets verräuchert und versengt nach Hause kamen, aneinanderklebten wie Toffee – zu der winzigen Insel Mokoli'i, knappe sechzig Meter vor der Nordküste. Dort knieten sie auf Kissen nieder und nahmen sich das Leben. Als er diese Geschichte hörte, versuchte Keo sich das zarte, alte Paar vorzustellen, wie sie sich umarmten, voneinander verabschiedeten. Dann bohrte sich in beide Bäuche die scharfe Spitze einer Klinge.

Und schließlich die Sirenen. Das widerhallende DONNG der Friedensglocken. Noch Jahre später würden die Leute die Atombombe mit dem Ende des Krieges, mit der Kapitulation gleichsetzen. Sie würden sagen, dafür wäre so etwas nötig gewesen.

Rabaul

Neu-Britannien, 1945

Sie kratzt sich die Beine, sammelt dabei Fossilien ein, ganze Zellkolonien. Sie mustert ihre dürren Arme, als wären sie nichts weiter als Mikroben von ungeheurer Größe. Sie atmet ein. Und aus. Sie konzentriert sich auf Reiskörner, jedes Korn eine eigene, strukturierte Welt. Jede Welt behält sie solange im Mund, bis sie sich nicht mehr von ihrer Spucke unterscheiden läßt.

Sie stellt sich die rauhen Steppen vor, die Reisfelder, Menschen mit gebeugtem Rücken, die diese Felder pflügen. Sie stellt sich die Arabeskenhörner der langsamen Ochsen vor, die über die geernteten Reisrispen trampeln. Sie stellt sich vor, wie jedes der Körner von Stroh und Spreu und Staub befreit wird, seinen »Reisgeist« im Boden hinterläßt. Sie wiegt beinahe nichts mehr, kann kaum ihre Knochen heben.

Auf der Flucht vor den Bodentruppen der Alliierten, die die Westküste der Insel eingenommen haben, treffen japanische Truppen in Rabaul ein, halb verhungert, halbtot von Typhus und Wundbrand, viele haben einen Arm oder ein Bein verloren. Diejenigen, die noch nicht ganz wahnsinnig sind und noch reden können, erzählen den Mädchen, daß die Alliierten ihnen die Haut bei lebendigem Leibe abziehen werden, daß sie ihr Körperfett einschmelzen werden, um daraus Schmiermittel für Flugzeuge und Bomben zu sieden.

Sunny hört zu, fühlt nichts, fragt sich: »Wann spüre ich endlich

Wut und Entsetzen? Wann schreie ich, daß ich mehr nicht ertragen kann?«

Sie schläft nicht mehr. Sie steht neben sich und beobachtet sich. Vielleicht ist sie neugierig – wie wird das alles enden? Wasser ist inzwischen so kostbar, daß Hände und Gesichter mit Schlamm verkrustet sind. Baden ist eine ferne Erinnerung.

Eines Abends wird sie ins Quartier von Matsuharu beordert.

»Was nun?« fragt sie, so schwach, daß die Worte sich nur schwer durch die Einkerbungen ihrer Gedanken schleppen.

Er mustert sie mit irrem Blick.

»Wir gehen in den Untergrund. In unserer Festung werden wir überleben, bis Anweisungen vom Kaiser kommen. Bis zum bitteren Tod kämpfen wir gegen die Alliierten.«

Sie denkt, er meint damit, daß die Truppen sich in der unterirdischen Festung verschanzen. Sie denkt, er meint damit, jetzt sei ihre Zeit zum Sterben gekommen. Sie berührt ihren Nacken, stellt sich den anmutigen Bogen seines Schwertes in der Luft vor.

»Wer geht in den Untergrund?« fragt sie.

»Du. Ich. Jetzt.«

Ho'okaumaha

Tiefen Schmerz verursachen

Honolulu, 1945–1946

Mit zaubergleicher Geschwindigkeit fand die Gasse zum Leben zurück. Die Menschen spazierten Arm in Arm, begrüßten den *poi*-Mann, den Tofu-Mann. Spät nachts saßen sie noch bei hellem Licht, feierten das *pau* der Verdunklung. Noch später trieben sich andere in der Gasse herum, die Kriegsveteranen, erschöpft wankend wie Schlafwandler, sie hockten sich heimlich in die Büsche, zielten mit imaginären Gewehren auf Wäsche in Menschengestalt, die auf den Leinen flatterte.

Sogar die Eltern der toten Jungs erwachten zu neuem Leben, sparten sich ihren Kummer für die dunklen Schlafzimmer auf. Auf dem Soldatenfriedhof oben im Punchbowl-Krater wurden die Jungs so beerdigt, wie sie in der Schlacht gefallen waren, ohne Rücksicht auf Rang und Rasse. An manchen Tagen stand Keo vor der Gedenktafel für Jonah und vor den Tafeln für Freunde, die in Belgien oder in der Normandie umgekommen, von einem Heckenschützen ermordet worden waren, am Tag, als die Alliierten Berlin einnahmen.

Er dachte an die Jungs aus Hawaii mit ihren dunklen, grüblerischen Gesichtern, die so wunderschön waren. Er erinnerte sich an ihre gedrungenen, seetüchtigen Körper, an die Haut, braun mit einem goldenen Unterton. Er erinnerte sich daran, wie der Goldton beim Surfen im Mondlicht erst richtig zum Vorschein kam, so als hätte ihn die strahlende Helle des Sonnenlichts verdunkelt.

Nun waren vier seiner Freunde fort. Zwei Mordskerle von der Farrington High School und zwei der Strandjungen vom Royal.

Sie gehörten zu den vierzig Prozent kämpfender Soldaten aus Hawaii – Chinesen, Portugiesen, Filipinos, Koreaner, Puertoricaner, sogar Samoaner und *haole* –, denen niemand zugejubelt hatte, als sie nach Hause kamen, die niemand gefeiert hatte. Keine flatternden Fahnen, keine Paraden am 'Iolani-Palace nach dem Motto »Willkommen zu Hause 442. Regiment« – für die furchtlos kämpfenden japanisch-amerikanischen Jungs von den Inseln, die ein eigenes Regiment gebildet hatten.

Keo kam regelmäßig zum Punchbowl-Krater, um sich mit den Ruhmlosen »alte Geschichten zu erzählen«, um ihnen zu Ehren ab und zu das Unkraut von den Gedenktafeln zu entfernen. Eines Tages, als er neben Jonahs Täfelchen saß, beobachtete er eine Szene in weiter Ferne: Es sah aus, als würde dort ein Kind von einer Riesenschlange gewürgt, die sich um seine Arme wand und mit dem Schwanz peitschte. Keo blinzelte und schaute noch einmal hin: Es war ein Zwerg, der mit einem langen Gartenschlauch kämpfte.

»Oogh?«

Wie ein Hauch Ammoniak stieg ihm das Erkennen in die Nase und brachte seine Nasenflügel zum Brennen, ließ die Vergangenheit scharf aufflackern. Oogh, der ihm auf dem Frachter seine Zukunft vorhergesagt, ihm in New Orleans Puccini vorgespielt hatte. Oogh, der ihm in Schanghai Nachtigallensuppe eingeflößt hatte. Keo rannte auf ihn zu, hob ihn hoch und wirbelte ihn umher.

»Hulamann. Du machst mich ganz schön müde, so oft wie du hierherkommst ...«

»Was? Wie lange arbeitest du denn schon hier?«

»Drei, vier Monate jetzt.«

Keo setzte sich erstaunt ins Gras. »Aber warum auf einem Friedhof?«

»Die Toten sind so wahnsinnig taktvoll. Starren dich nicht an.«

Oogh setzte sich neben ihn, wischte sich seine große Stirn, sprach immer noch in einer Mischung aus Englisch, Französisch und Pidgin.

»Ich habe ein paar Monate im Halekulani gearbeitet. *Très* vornehm, was? Sie haben mich in eine Uniform gesteckt, ich sollte den Pagen spielen, wie der Philip-Morris-Typ. Und dann wollten mich so 'n paar Touristen hochheben. ›Oh, wie süß. Ist der echt?‹ So 'n Riese aus Texas, der hat tatsächlich versucht, mich zu kaufen. MICH KAUFEN! Wollte mich als Souvenir mitnehmen.«

Keo biß sich auf die Lippe, versuchte ein Lachen zu unterdrücken.

»Okay. Is vielleicht komisch, das. Aber nächstes Mal, als er mich hochgehoben hat, was hab ich da gemacht? Ich hab ihm 'nen Kopfstoß verpaßt, voll in die Eier. Der Riesentyp lag auf den Knien und stöhnte. Jetzt hat er 'n Prozeß gegen Halekulani. Nix mehr ›Gespräch für Philip Morrrrrrisssssss‹ ...«

Lachend lagen sie zwischen den toten Jungs im Gras.

Dann schimpfte Keo mit ihm. »Ich hab monatelang nach dir gesucht, nachdem ich angekommen war.«

»Hulamann, ich tauch doch immer wieder auf. Garantiert.«

»Aber wo wohnst du?«

»Bei meinem *kanaka*-Papa. Drüben bei Wai'anae. Was für 'n Typ, was für 'n Typ! Kann nich lesen, nich schreiben, aber mit 'nem Speer fischen, surfen, Fischnetze knüpfen, *taro* pflanzen wie ein Profi. Jeden Tag zum Mittagessen *aku*.«

Keo rückte näher zu ihm hin. »Vermißt du deine Mama in Schanghai nicht?«

Seine Stimme und Körperhaltung änderten sich. »Manchmal.« Er zündete sich eine Zigarette an, blies eine Reihe vollkommener, immer kleiner werdender Rauchringe, die sich ineinander schmiegten wie Babuschkapuppen.

»Vielleicht werde ich immer hin und her gerissen sein. Irgendwie immer im Exil. So wie du.«

»Ich? Ich bin wieder da, wo ich hingehöre.«

»Nein, Hulamann. Du wirst nie ganz dazugehören. Deswegen halt ich ja die Augen auf.«

»Was meinst du?«

Oogh schüttelte den Kopf. »Immer Erklärungen. Das Exil, das ist nicht nur körperlich. Das steckt tief in dir drin. Die Wahrheit – hast du dich nicht sogar bei deiner Allerliebsten ein bißchen wie im Exil gefühlt?«

Keo senkte den Blick. »Ich erinnere mich nicht mehr.«

»An deinen glücklichsten Tagen in Paris, warst du da nicht immer ein wenig allein?«

»Ich dachte, das wäre meine Angst, nur mittelmäßig zu sein. Das ist immer noch mein Alptraum.«

Oogh sprang auf die Füße und verfiel in Pidgin.

»Hey! Was is 'n verkehrt mit mittelmäßig? Bedeutet gewöhnlich, was die meisten Leute sind. Gewöhnlich sein, das ist die allerbeste Eigenschaft. Schau nur, wie die mittelmäßigen Leute leben – still, gemütlich, fallen kei'm auf 'n Wecker. Denken nach über Verdauung, über Liebemachen, über Rumliegen am Strand. Was gibt's 'n Besseres? Die Mittelmäßigen, die kapieren, das Leben is nur kurz, leben solang se können. Der ganze andere Kram – Genie, Originalität, Arbeit, Arbeit, Arbeit – alles für die Katz'! Wird man nur häßlich von. Un alle wer'n mißtrauisch un ehrgeizig. Wer is am besten? Wer is am besten? Wen interssiert's, wer am besten is?«

»Dew Baptiste hat immer gesagt, wenn es mittelmäßig ist, dann ist es kein Jazz.«

Oogh ließ den großen Kopf auf die Brust sinken, starrte auf seine krummen Beine. »Ah, Mann. Wie ich immer drum gebetet habe, mittelmäßig zu sein. Keo, die echten Alpträume, die kennst du gar nicht.«

Keo schaute auf den kleinen Mann, der so viel von seinem Leben miterlebt zu haben schien, der es so beeinflußt hatte. Er verspürte eine tiefe und große Zuneigung.

»Warum? Hast du Alpträume? Was für welche?«

Oogh blickte weg. »Daß ich aufwach und an einer Leine festgemacht bin oder in einem Käfig sitze. Als Souvenir von irgend jemand.«

Der Frieden machte den Hamsterkäufen ein Ende. Leilani hörte auf, Kisten voller Frühstücksfleisch und riesige Säcke mit Reis in den Schlafzimmerschränken zu horten. Als sie es über sich bringen konnte, packte sie Jonahs Sachen weg, bis das Zimmer leer war bis auf Baby Jonahs Bett.

Nun lehnten überall an den Wänden Stoffballen. Zuschneidetisch. Schneiderpuppe. Das Kind schlief ein beim Keuchen und Schnappen der Schere, der Zickzackschere. Manchmal, wenn das Mädchen schlief, hob Malia sie auf, preßte ihr ein Schnittmuster auf den Rücken, wickelte ihr Stoff um Arme und Beine. Noch viele Jahre später würde sie sich daran erinnern, in Stoff eingehüllt zu sein, während sie im Halbschlaf vor sich hindöste. Sie erinnerte sich, daß ihr kleiner Körper mit Kreidestrichen markiert war wie eine Zielscheibe, erinnerte sich an Malias Gesicht ganz nah und groß, den Mund verwoben mit einem Spinnengewebe aus Nadeln und Fäden. Sie würde sich an Reihen kleiner Kleidchen in ihrem Schrank erinnern, die da hingen wie vollkommene kleine Kinder, denen man die Zungen herausgeschnitten hatte.

Eines Tages reichte Malia Pono eine Rolle Geldscheine, zurrte die Singer auf einem Handwagen fest und zerrte sie fünf Gassen weit.

»Höchste Zeit, daß sie dir gehört«, sagte Pono. »Ich bin *pau* mit Nähen. Fang ein neues Leben an.«

Hochdramatisch stand sie da in dem grünen Kleid, das Malia für sie geschneidert hatte. Die Meeresströmungen ihres langen schwarzen Haars hatte sie gebändigt und hochgesteckt. Sie trug schicke schmale, hochhackige Schuhe, die ihr eine furchteinflößende, eine majestätische Größe verliehen. Es war nichts Zaghaftes an ihr, alles drängte vor zum Licht – die vollen Lippen leuchteten, die Augen waren so fest und solide wie Revolverkugeln. Die Wangen so gerötet und auffallend, daß sie beinahe schon fiebrig aussahen. Diese Frau war bereit, dem Leben mutig entgegenzutreten. Diese Frau würde ihre eigenen Töchter überleben.

Malia starrte zu ihr hinauf. »Mein Gott, ich hoffe nur, daß dieser Mann dich verdient hat.«

Zum ersten Mal in ihrer zaghaften Freundschaft hatte sich Pono aus der Reserve vorgewagt. »Er ist alles, wofür ich lebe.«

Jahre später fand Malia heraus, wohin Pono an jenem ersten Tag nach dem Krieg gegangen war, als man den Frieden erklärt hatte. Sie war ausgezogen, um einen Mann zu holen, der sich den größten Teil seines Lebens versteckt gehalten hatte, ein Opfer des *ma'i pākē*. Der Krieg hatte das Wunder der Sulfonamid-Medikamente gebracht, und irgendwie dachte Pono, diese Arznei könnte ihn heilen, sie könnte ihn nun nach Hause holen. Aber sie fand einen Mann vor, dessen Fleisch der Medizin schrecklich vorausgeeilt war. Der Schaden ließ sich nicht mehr rückgängig machen.

Den ganzen Krieg hindurch waren Krashs Briefe sehr kurz gewesen. Grundausbildung im Ausbildungslager, wo sie ihn alle für einen Mexikaner hielten, dann vage, papierdünne Briefe aus Übersee. Und kurze Schreiben aus dem Krankenhaus, wo er genesen sollte. Er berichtete nur kurz von seiner fehlenden Lunge und den Rippen, als hätte er sie irgendwie verlegt und sie würden schon wieder auftauchen. Und doch waren beide Rippen, als sie sie erhielt, so sorgfältig graviert – KRASH KAPAKAHI in einer altmodischen Schrift – und so vorsichtig gepolstert und verpackt gewesen. Malia nahm sie immer noch jede Nacht mit ins Bett, streichelte sie wie ein Bogenschütze einen Miniaturbogen, und ihre stummen Schreie waren die Pfeile.

Endlich kam er nach Hause. Die Briefe wurden sogar noch kürzer, keine Spur von Freude, von Vorfreude. Als wäre seine Hand verwundet, als wäre das Briefschreiben nichts als eine Übung, mit der er die Nervenenden in seinen Fingern intakt halten wollte. Sie preßte den letzten Brief an ihre Brust, sah, wie das Papier zitterte.

»Ich erwarte nichts«, log sie. »Wir hatten eigentlich nie viel gemeinsam.«

»Er wird anders sein«, sagte Leilani. »Die kommen alle verändert wieder.«

Jungen mit leisen Stimmen waren als laute Männer zurückgekehrt. Und es war etwas in ihren Augen, als hätten sie bis zu den Knien im Feuer gestanden. Sogar bei den ganz jungen Burschen mit den süßen Gesichtern. Sogar bei den hartgesottenen »Draufgängern« – dem 442. Regiment von japanischen Amerikanern, die sich zehntausend Purple-Heart-Auszeichnungen verdient hatten, fünftausend Bronzesterne, sechshundert Silbersterne. Sogar bei denen, die nie in der Schlacht gewesen waren. Alle kamen sie verändert zurück.

Malia stand da, als der Truppentransporter vor Anker ging, der so riesig war wie ein Häuserblock in der City. Männer, Tausende von Männern lehnten an der Reling, während auf dem Dock die Hulagruppen tanzten. Eine Militärkapelle spielte; Tragbahren wurden zu den Krankenwagen gebracht. Dann kamen die Männer über die Gangway geschlendert. Fremde in Khaki-Uniformen. Magerer, ruhiger.

Krashs Familie umflutete ihn. Dann schnappte ihn sich Keo, der weinte und dem das egal war. Malia stand wie gelähmt da, so nah bei ihm, daß sie sein Aftershave riechen konnte. Sie hatte vergessen, welche Wirkung er auf sie hatte, wie seine Nähe ihre Zunge dick und pelzig anschwellen ließ. Sie hatte vergessen, daß seine bronzefarbene Haut ganz rauh war, mit kleinen Narben auf den Wangen, aber sein Gesicht war immer noch schön. Er war ungeheuer anmutig, sogar, wenn er einfach nur dastand. Schüchtern schüttelte sie ihm die Hand.

Tage später, bei einem *lū'au* zu Ehren der Truppen, spazierten sie zusammen über den Strand. Aus der Nähe konnte sie sehen, daß er der gleiche geblieben und doch anders war. Er war noch immer muskulös, aber auf eine magerere Art, das Gesicht war schmaler, sogar die Lippen weniger voll. Seine Stirn war von tiefen Falten durchzogen. Er hatte jetzt etwas Kantiges an sich, wie jemand, der einer Konfrontation entgegensieht, und doch war seine Stimme neben ihr so sanft, daß sie es kaum ertragen konnte.

»Ich habe für dich gebetet.« Sie hielt den Kopf gesenkt. »Gott sei Dank, daß du nach Hause gekommen bist.«

»Es scheint alles ... anders jetzt«, erwiderte er.

»Anders?«

»Die Leute schwatzen soviel.«

»Deine Angehörigen wissen nicht, wie sie dir dafür danken sollen, daß du überlebt hast. Sie müssen jetzt einfach reden. Das ist alles.«

Sie wollte seine Rippen erwähnen, wie sorgfältig sie sie aufbewahrt hatte. Aber das würde ihnen zu viel Bedeutung geben.

Dann nahm er ganz vorsichtig ihren Arm. »Hast *du* alles gut überstanden?«

Eine Minute lang wollte sie einfach nur im Dunkeln neben ihm liegen, ab und zu leise mit ihm reden, dann ihren Kopf neben dem seinen auf ein Kissen betten. Sie wollte sein Gesicht in beide Hände nehmen und ihm versprechen, nie wieder egoistisch zu sein. Wollte ihm sagen, daß sie gelernt hatte, vorsichtig und großzügig mit ihren Gefühlen umzugehen, und daß sie ihn jederzeit verteidigen würde. Sie wollte ihn bitten, sie durchs Leben zu geleiten, sie auf den Beinen, sie am Leben zu halten. Sie blickte ihm in die Augen. Sie huschten hin und her, waren nicht ganz fokussiert, und da verlor sie den Mut.

»*Hast* du alles gut überstanden?« wiederholte er.

»Mir geht es gut«, antwortete sie. »Ich weiß immer noch genau, wo ich hin will.«

»Immer noch ganz versessen auf die Lebensart der *haole*?«

Sie wimmerte leise, als hätte er ihr in den Magen geschlagen.

»Ich verstehe das. Ich habe auch viel gelernt da drüben. Manche *Haole* sind gut, manche schlecht. Wie überall. Ein Weißer hat mir das Leben gerettet, hat verhindert, daß ich verblutet bin. Ich habe gelernt, daß sie auch weinen und Schmerz empfinden. Gefühle haben, genau wie wir.«

Eine Weile blickte er aufs Meer hinaus. »Ich habe ganz ernste Pläne, Malia. Ich werde es zu etwas bringen. In ihrer Welt.«

»In ihrer Welt? Wie?«

»Das GI-Gesetz. Ich gehe auf die Universität zurück. Nicht im Abendunterricht, sondern Vollzeit. Uncle Sam bezahlt mir meinen Abschluß.« Er atmete tief ein. »Dann ... ein Aufbaustudium, Jura. Vielleicht in Kalifornien.«

Irgend etwas in ihr fiel in sich zusammen. Er war zu ehrgeizig zurückgekehrt. Wie alle. Er wollte zurück zu den hellen Lichtern, wollte wieder weg.

Sie wandte sich zu ihm um, wollte ihn ohrfeigen. »Jura? Hoffentlich hast du das Zeug dazu.«

Sie ging zum Lagerfeuer und zu der Musik zurück, zu den Tischen mit den fetten Speisen und dem verschütteten Bier. Sie saß abseits und ließ Sand durch ihre Finger gleiten. Sie dachte an ihr Kind, fragte sich, wie er die Nachricht aufnehmen würde, wieviel er ertragen könnte. Sie hatte das Gefühl, er sei über alle Überraschungen hinweg, gleich welcher Art. Nun, auch sie hatte gelernt, was Krieg bedeutete.

Aber irgendwann in diesem endlosen Krieg, in den Jahren der

nächtlichen Verdunklung, hatte sich Malia etwas geschworen. Sie würde immer ein wenig *Schmerz* leiden, sich immer ein wenig Leben vorenthalten. Nach einer Weile würde sie sich an den Schmerz, an die Pein gewöhnen, würde sie beinahe vergessen. Dann würde sie den Schmerz überhaupt nicht mehr wahrnehmen, hätte vergessen, was *Schmerzlosigkeit* war, wie sie sich anfühlte.

Sie blickte über den Strand zu Krash. Und genau in diesem Moment sah er sie auch an, trug sein ganzes Herz in den Augen. Sie sah seinen Schmerz, er schien beinahe zu schimmern vor Schmerz. Als hätte auch er einen Pakt geschlossen. Immer ein wenig Schmerz zu spüren. Diesen Schmerz nicht aufzugeben.

Eines Tages saß Krash mit Keo und DeSoto im Smile Café, ihrem alten Stammlokal, und erzählte ihnen von seinem Plan, Jura zu studieren und dann eine Kanzlei aufzubauen, um den Hawaiianern wieder auf die Beine zu helfen.

»Weißt du, in Europa habe ich einen Professor, einen Neger, kennengelernt. Und einen Inuit-Eskimo, der Richter werden will. Ich habe zusammen mit Männern aus Guam gekämpft, die mit Hilfe des GI-Gesetzes Ärzte werden wollen. Ich hab mir gedacht: ›Verdammt, ich bin doch genauso gescheit wie die!‹ Meine Mama hat mir schon immer gesagt: ›Krash, du bist furchtbar *akamai*, wirklich gescheit! Geh auf die Universität, mach ein Examen, und dann zeigste den *haole*, wo's langgeht.‹ Also, das mach ich jetzt.«

Er betrachtete Keo, der ganz still dasaß. »Was meinst du? Glaubst du, ich bin *ho'okano*, eitel?«

Keo klopfte ihm auf die Schulter, um ihm zu zeigen wie stolz er auf ihn war. »Ich glaube, Osborn Kuahi Kapakahi ... du wirst ein verdammt gemeiner Scheiß-Rechtsanwalt. Bist unsere Zukunft, Bruder!«

Krash grinste, schaute vom einen zum anderen. Aber er sah die Leere in Keos Augen, als zögen die Stunden jedes Tages in weiter Ferne an ihm vorüber.

»Keo, es tut mir wirklich leid wegen Sunny. Aber, hör mal, du darfst die Hoffnung nicht aufgeben. Immer noch werden Tausende von Vertriebenen aus den Krankenhäusern entlassen, in ganz Asien.«

Keo fuhr zusammen, so als wolle er sich den Schmerz vom Rücken schütteln. Dann erinnerte er sich, daß Krash sein bester Freund war.

»Der hat jede Menge Hoffnung«, sagte DeSoto. »Wenn der je die Hoffnung aufgibt, brech ich ihm alle Knochen einzeln im Leib.«

Krash lachte und nippte an seinem Bier, er war so voller Pläne, daß seine Gedanken immer neue Gedanken ausbrüteten.

»Eure Schwester wollte doch schon immer reisen, oder? Vielleicht kommt sie mit mir aufs Festland? Wenn ich erst mein Examen habe, dann versuch ich's mit einem Aufbaustudium an einer Jura-Fakultät. Kalifornien.«

DeSoto runzelte die Stirn. »Wie meinst du das, mit dir mitkommen?«

»Na ja ... um ganz ehrlich zu sein, es hat ein paar Mädchen gegeben in Europa. Die Sorte, mit der man nur rummacht, nichts Ernstes. Malia, an die habe ich immer denken müssen. Und wenn sie noch so störrisch ist, diese *wahine*. Verdammt, und eines Tages habe ich begriffen, daß ich sie liebe. Ich will sie *heiraten*, sie als meine Frau mitnehmen.«

Keo starrte in sein Bier, blickte dann Krash an.

»Du bist noch gar nicht in der Gasse gewesen, seit du wieder hier bist. Komm, wir gehen und ›erzählen uns zusammen mit Papa alte Geschichten‹, um der alten Zeiten willen. Vielleicht kannst du Malia da antreffen.«

Krash stolzierte zwischen den beiden die Gasse hinunter. Seit dem *lū'au* war er ziemlich zerstreut, es war der Schock der Heimkehr. Nun wollte er Malia sehen, ruhige Stunden mit ihr verbringen. Er wußte, daß Leilani ein kleines *hānai*-Mädchen hatte, das inzwischen beinahe vier Jahre alt war. Als er sich dem Haus näherte, hörte er das Kind lachen. Sie saßen alle draußen in der Garage.

Baby Jonah warf sich Keo in die Arme. »Onkel Papa!«

Leilani stand ein wenig furchtsam daneben und umarmte Krash.

»Hey, Krash, wie geht's denn so? Schau! Unser kleines *hānai*-Mädchen. Hübsch, was? Nach Jonah benannt.«

Malia saß auf einem Klappstuhl und wich seinen Blicken aus, während ihre Mutter nervös weiterplapperte.

»Rosie Perez war schon mit vier Kindern völlig überfordert, und der Mann kämpfte in Übersee. Eines Abends fragt sie mich: ›Leilani, möchtste die Nummer fünf hier nich als *hānai* nehmen?‹ Ich sag, und ob! Warum nicht. Alle meine Kinder gehen eigene Wege. Außer Malia, die Gott sei Dank für uns sorgt, wenn die andern alle weg sind. Ja. Gott sei Dank hatten wir Malia.«

Keo blickte von Krash auf seine Schwester, dann auf das Kind. Eine vollkommene Mischung aus den beiden. Es war so offensichtlich, daß es nur ein Blinder hätte übersehen können. In diesem Augenblick begriff es sogar Timoteo. Er starrte das Kind an, dann Krash, dann Malia, und Tränen rannen über seine Wangen. Die gleiche hohe Stirn wie ihr Vater. Die gleichen weit auseinanderstehenden Augen. Das gleiche Grübchen im Kinn, die gleiche niedliche Form der Ohrläppchen, kleine Herzchen, genau wie bei ihrem Vater.

Von Malia hatte sie die hohen Wangenknochen, die kleine, ein wenig platte Nase, die vollen wunderschön geformten Lippen. Die stolze Haltung. Ihre liebenswerte Plumpheit – wie auch ihre Mutter würde sie eine üppige Figur bekommen. Von Krash wiederum die langen Beine, die großen Füße, die leicht einwärts gerichteten Fußspitzen. Und dann war da noch ihr Alter. Sie war genau neun Monate nach der Nacht vor Pearl Harbor geboren worden.

Als Krash dieses Spiegelbild seiner selbst sah, stand er sprachlos da. Sein Mund formte tonlos Wörter. Malia stand auf und starrte ihn an. Trotzte ihm. Verweigerte ihm das Wissen über sein Kind. *Laß ihn doch in die Welt hinausziehen. Laß ihn doch dort zu Ruhm kommen.*

Krash spürte nichts davon, breitete seine Arme für Baby Jonah aus. Das wunderhübsche, pummelige Mädchen versteckte sich hinter Leilanis Röcken, lugte kokett dahinter hervor.

Scheinbar eine Ewigkeit stand er so da, dann machte er langsam auf dem Absatz kehrt und wankte fort, die Gasse hinunter. Sieben Jahre später, als er nach Hause zurückkehrte, um dort seine Kanzlei aufzubauen, war er mit einer *haole* verheiratet.

Hili Pō

Im Dunkeln wandeln

Honolulu, Ende der vierziger Jahre

Jeder Tag hatte seine Aufgabe, seine Trompete gab jedem Tag einen Sinn. Manchmal war sie ein steil aufsteigender Habicht, den sein Atem und die Strömungen in seinem Körper in der Schwebe hielten. Die Spannung dieses Habichts hielt die Welt zusammen. Er pirschte sich an ihn heran, zerzauste ihm die Federn, bis ihm die Arme schwer wie Quecksilber wurden, sein Hals nur noch aus Staub und Glasscherben bestand.

Wenn er morgens aufwachte, war sein Mund ein verschorfter Krater. Und doch spielte er am nächsten Abend wieder Trompete, und am übernächsten auch, jeden Tag der Woche, schleppte seine Lungen nach Hause wie schlaffe Luftballons. In mancher Nacht stand er schnaufend da in eine ziellose frühmorgendliche Trance versunken, starrte auf Baby Jonah und wünschte sich, sie wäre sein Kind. In mancher Nacht rief die Schneiderpuppe nach ihm.

Da stand er im Dunkeln der kopflosen, armlosen Frau gegenüber. »Sunny.«

Er legte ihr die Hände auf die Schultern, wollte sich die Haut vom Leibe reißen, weil er ohne Sunny nach Hause gekommen war. Er wollte ein Loch in die Welt reißen und sie suchen. Was für einen Zweck hatte das Leben noch? Wie konnte es noch einen Sinn haben? Er dachte an die vom Krieg zerfetzten Städte Asiens, in denen noch immer Überlebende aus dem Schutt gekrochen kamen. Sie waren dort, irgendwo, sie und ihr Kind. Er wußte, daß sie dort war, weil Oogh gesagt hatte, das Leben würde sie finden. Er wollte nicht auf das Leben warten. Er wollte es überholen, überlisten, sie finden und endlich mit seinem Leben fortfahren. Sechs Jahre. Sie könnte tot sein. Er weigerte sich, das zu glauben, die geringe Wahrscheinlichkeit schreckte ihn nicht, konnte ihn nicht beeindrucken.

Eines Tages zog Leilani sich die Bettdecke über den Kopf und jaulte laut auf. Timoteo versuchte sie zu trösten, sagte, niemand könne Keo jetzt noch weh tun, der Krieg sei *pau*. Erklärte ihr, Keo müsse es einfach tun – Sunny Sung suchen gehen.

»Warum?« schrie Leilani. »Wegen ihr ist er beinahe im Lager umgekommen. Und jetzt will er zurück dorthin.«

Er stand an Deck des Ozeanriesen, spürte die Vibrationen der Maschine, das Beben von tausend Leben am Rande von tausend anderen Leben. Durch die Kaskaden der Luftschlangen hindurch schaute Malia zu ihm auf. Daß er dorthin zurückkehrte, schien heller Wahnsinn zu sein. Sie winkte ihm zum Abschied, als schriebe sie Flüche in die Luft.

Er beobachtete, wie der Ozean sich aufbäumte und nach Halt suchte, dann schwer in sich zusammenfiel. Nachts spielte er mit der Kreuzfahrt-Band, gab alles, was er hatte, schrie es in die Welt hinaus wie einer, der um Erlösung fleht. Wenn er nicht spielte, wankte er über die Decks und spürte die Zeit wie Peitschenhiebe auf dem Rücken. An dem Tag, an dem sie Schanghai erreichten, sah sein Gesicht aus, als gehörte es einem anderen Menschen.

Als sie den Whangpoo River hinauffuhren und sich dem Hafen näherten, spürte Keo, wie ihn panische Angst überfiel, als hätte er nur noch wenige Sekunden zu leben. Auf dem Tender zu den Docks überfluteten ihn Erinnerungen an den Wahnsinn der Ständegesellschaft. Kulis, die im Rinnstein verreckten. Die Leichen kleiner Mädchen, die in den Gassen aufgehäuft lagen. Konzentrationslager. Und doch war er zu zäh gewesen, hatten sie ihn nicht töten können. Letztlich hatte er überlebt.

Er stand am Dock, und nichts geschah. Er sah die tieftraurige Menschlichkeit Schanghais, den rußig schwarzen Wirbel der Nachkriegsmenschenmassen. Nichts Geheimnisvolles war heute mehr übrig. Von den ausgebombten Gebäuden einmal abgesehen, war die Stadt wieder aufgeblüht, laut, beinahe liebenswert. Amerikanische Matrosen schwärmten durch die Straßen, die Zuhälter folgten ihnen wie Wölfe den Viehherden. Europäer blafften livrierte Chauffeure an, die Spielhöllen florierten. Ein wenig schockiert sah er, wie japanische Soldaten den Verkehr regelten, die Sieger nun als Besiegte.

Er stieg in einem bescheidenen Hotel ab und nahm sich ein Taxi, das ihn so nah wie möglich zur alten Chinesischen Stadt brachte. Vieles war von den Bomben zerstört worden. Wo früher Hüttensiedlungen gestanden hatten, waren heute nur dreckige Abwasserkanäle und Schuttberge übrig geblieben ... *Ihr Gesicht beim Tee.* Er überquerte die Brücke der Neun Windungen, das alte Teehaus war unversehrt. Nun bedienten dort andere Kellner, die Besucher waren zumeist Europäer.

Er ging zu den Seidenwebereien zurück. Eines Tages blieb in der Dez Hen Weberei Nummer zwei eine Frau stehen und sprach ihn in stockendem Englisch an.

»Ich erinnere mich an dich. Hast dich immer nach zwei Schwestern erkundigt.«

Er lächelte entgeistert. »Sun-ja Sung. Ihre Schwester Lili ...«

»Gefunden?«

Er schüttelte den Kopf.

»Viele Mädchen verloren. Vielleicht Singsang-Mädchen geworden. Vielleicht entführt. Japsen-Soldaten sind mit Lastwagen gekommen, Mädchen zu Pompon-Häusern mitgenommen.«

»Pompon-Häuser?«

»Für Sex! Soldaten haben Mädchen viel genommen.«

»Ich – ich verstehe nicht.«

»Klar, klar verstehst du. Pompon-Mädchen wie Huren. Aber *gezwungen*. Pompon-Häuser wie Gefängnis.«

»Warum haben sie nicht richtige Prostituierte genommen? Es gab doch Tausende in der Stadt!«

»Krankheit«, flüsterte sie. »Soldaten wollen saubere, junge Jungfrauen. Eines Tages Japsen haben mich mitgenommen in Lastwagen, festgestellt, daß ich krank war, zurückgeworfen. Krieg zu Ende, Ärzte mich geheilt. Syphilis hat mir Leben gerettet.«

Keo zögerte. »Was ist mit den Mädchen passiert, die sie dort gefangengehalten haben?«

Sie schüttelte den Kopf. »Viele gestorben, völlig erschöpft. Soldaten Tag und Nacht auf sie gestiegen. Viele Selbstmord. Manche nur Kinder, zehn, elf Jahre alt, als entführt.«

Er dankte ihr leise, gab ihr Dollarscheine und ging weg.

Er ging in den Club Argentina. Neuer Besitzer, mittelmäßige Band, aber der Manager erinnerte sich. Keo saß einige Wochen in der Band und spielte mit, erkundigte sich regelmäßig nach den Pompon-Häusern während des Kriegs. Niemand konnte ihm weiterhelfen. Eines Abends setzte sich ein amerikanischer Oberst zu ihm an den Tisch.

»Ich habe Sie einmal spielen hören. In Honolulu. Sie suchen Informationen über ein Trostmädchen.«

Keo blickte ihn verwundert an.

»Pompon-Haus. Trosthaus. Das ist das gleiche.«

Seine Hand schoß über den Tisch. Er packte den Oberst beim Ärmel.

»Da gibt es nicht viel zu wissen. Mädchen, die im Krieg für Sex benutzt werden, was ist daran neu? Es laufen immer noch Kriegsprozesse. Da geht es um Kriegsgefangene. Um *wirkliche* Greueltaten. Was die Japsen euch Jungs angetan haben, ist zum Kotzen. Um die entführten Mädchen kümmert sich niemand weiter.«

Der Mann lehnte sich näher zu ihm herüber, versuchte zu erklären. »Offiziell nannten die Japsen sie *ianfu,* Trostfrauen. Sie wurden zusammen mit den Lebensmitteln und der Munition in die Lager an der Front verschickt – Nachschub zum Komfort der Truppen. Inoffiziell hießen sie P-Mädchen, ein Kürzel für *p'i,* das chinesische Slangwort für Scheide. Je nach Nationalität wurden sie dann gekoppelt Chom-P, koreanische Scheide, oder Chan-P, chinesische Scheide, genannt. Ihre Hütten und Baracken hießen P-Häuser oder schlicht ›Toiletten‹.«

Keo schloß die Augen, versuchte, diese Neuigkeit zu verdauen. »Meine Verlobte könnte eine dieser Frauen gewesen sein. Von den Straßen Schanghais entführt.«

»Ist sie Chinesin?«

»Eine Mischung aus Hawaiianerin, Chinesin und Koreanerin.«

»Wie um alles in der Welt ist sie ...«

»Sie hat versucht, ihre Schwester aus Schanghai herauszubekommen. Um die Zeit von Pearl Harbor herum. Ich war auch hier… ich habe sie aus den Augen verloren. Die Japsen haben sie vielleicht beide geschnappt.«

Der Mann pfiff durch die Zähne, schüttelte den Kopf. »In einigen dieser Lager haben sie Amerikanerinnen gefangengehalten. Holländerinnen, Australierinnen, gefangene Missionarinnen, Krankenschwestern. Es laufen immer noch neue Meldungen ein. Aber die überwiegende Zahl der Trostmädchen waren Asiatinnen.«

»Ich brauche Unterlagen«, sagte Keo. »Sie müssen doch Akten über sie geführt haben.«

»Es gibt keine Akten. Wissen Sie, das war eine geheime Sache. Durfte offiziell nicht existieren. Diese Mädchen sind *entführt* worden, man hat sie praktisch als Sklavinnen gehalten. Viele waren noch Kinder, die sie geradewegs aus den höheren Schulen geholt haben. Besonders die Koreanerinnen. Aber alle haben es geduldet, bis zum Kaiser hinauf.«

Keo schaute ihn entsetzt an. »Warum hat man die Anführer nicht vor Gericht gebracht und bestraft?«

Der Oberst runzelte die Stirn. »Na ja … inzwischen haben wir es mit dem russischen Kommunismus zu tun. Japan könnte in diesem Konflikt ein wichtiger Partner sein. Sehen Sie mal, ich weiß, daß es hier in Schanghai ein halbes Dutzend Trostlager gegeben hat. Zumeist für die japanische Marine, die war verdammt viel zivilisierter als das Heer. Drei- oder viertausend Frauen insgesamt …«

Er zeichnete ein paar Linien auf einen Zettel. »Die meisten der ganz jungen, die hübschesten, hat man hierher gebracht.« Eine Linie schlängelte sich den Whangpoo River entlang, südlich der Stadt am Flughafen Longhua vorbei.

»Sie müssen wissen – viele dieser Mädchen wurden später auf Truppentransporter verfrachtet, als Sex-Sklavinnen überall dorthin gebracht, wo die Japsen ihre Militärstützpunkte hatten. Java, Borneo, auf die Pazifikinseln. Sie waren direkt an der Front. Tausende von Mädchen wurden massakriert. Manche hat man sogar gezwungen, Waffen zu tragen, und sie mußten neben den gleichen Soldaten kämpfen und sterben, die sie vergewaltigt hatten.«

Keo senkte den Blick, ihm war speiübel.

Der Oberst tippte ihm auf den Arm. »Ich kann Ihnen einen Militärjeep und einen Fahrer besorgen, der sie dorthin fährt. Sie werden nicht viel zu sehen bekommen. Es war alles sehr primitiv.« Er zögerte. »Ich muß Ihnen noch etwas sagen. Die Mädchen, denen es gelungen ist, das alles zu überleben ... Die meisten von ihnen sind entstellt. Unglaublich gealtert. Manche waren drei, vier Jahre in diesen Lagern. Gefoltert. Krank. Dreißig, vierzig Mal am Tag vergewaltigt. Wenn Sie Ihre Liebste finden, erkennen Sie sie vielleicht nicht einmal wieder.«

In jener Nacht spazierte Keo durch die Schutthalde, die einmal das Hotel Jo-Jo gewesen war. Er hob Mörtelbrocken auf, ein Fetzchen dreckigen Lumpen, die geisterhaften Überreste ihrer gemeinsam hier verbrachten Nacht. Sunny war beinahe zum Skelett abgemagert gewesen, aber ihre Schönheit war trotzdem strahlend gewesen, Haut und Gliedmaßen und die Milch der Mutterschaft. Brüste, die sein Kind nährten. Sein *Kind*. Er wankte unter dem Gewicht dieser Gedanken.

Tage später fuhr er am Whangpoo River entlang, der Fahrer wich den Schlaglöchern aus, hinten im Jeep saß ein Militärpolizist. Sie rasten durch die Außenbezirke der Stadt, kilometerweit an schäbigen Hütten aus Pappe vorbei, neben jeder flackerte ein kleines Lagerfeuer. Es war, als markierten die Flüchtlinge die Stellen, wo das Leiden unerträglich geworden war.

Das Lager lag nun verlassen da – acht lange Baracken, von Stacheldrahtzäunen umgeben, leere Wachtürme. Im Inneren winzige Räume, Einzelbetten, jeder »Raum« mit Sperrholzwänden abgetrennt. Der Fahrer wußte nicht, was Keo hier suchte, und wiederholte, was er gehört hatte.

»Manche von den Mädchen da haben sie zwei Jahre hier festgehalten. Können Sie sich das vorstellen? Haben sie gezwungen, fünfzig, sechzig Typen am Tag zu machen. Wenn die Flotte vor Anker lag, haben sie ihnen nicht einmal zu essen gegeben. Haben ihnen einfach Reiskugeln in den Mund gestopft, während die Typen auf sie rauf und wieder runter gestiegen sind.«

Der Militärpolizist fügte hinzu, was er wußte. »Teufel nochmal, ich habe gehört, daß es nicht mal Huren waren – nichts als Kinder, die man wie Hunde angebunden hat.«

Keo mußte sich an einer Tür festhalten, von der die Farbe abblätterte, seine Eingeweide rebellierten, er verspürte den Drang, seine Gedärme zu entleeren.

Er trieb sich in den Nachtklubs und Kabaretts herum, suchte immer noch weiter. Eines Nachts wachte er auf, wußte auf einmal sicher, daß sie nicht mehr in Schanghai war, daß sie schon lange nicht mehr dort war. Er spürte plötzlich den Drang wegzugehen, denn noch immer war das hier die Stadt seiner Alpträume.

Im Dunkeln zündete er sich eine Zigarette an, der Rauch beschwor Parabeln herauf, die ihm in Erinnerung riefen, was er alles getan hatte, um überleben zu können. Um mit seinem Gewissen leben zu können. Jemanden umgebracht, weil er ein Verräter war. Jemanden umgebracht, weil er hungrige Frauen vergewaltigt hatte. Mit einer Frau geschlafen, die er nicht liebte, weil sie dem Tod geweiht war.

Vielleicht war das die Lektion, die der Krieg einen lehrte, die das Leben einen lehrte: daß alle Schaden gelitten hatten, weil sie zuviel wußten, zuviel gesehen hatten. Die Erfahrungen, die viel zu tief reichten, konnten einen in Stücke brechen. Er verließ Schanghai. Es war zu spät für ihn, einen Teil seiner selbst zu retten. Er hoffte nun, ein anderer Teil wäre gerettet worden.

Zu Hause in Honolulu spielte er in ein paar Klubs, machte eine Schallplattenaufnahme, und dann nach sechs Monaten, nach einem Jahr spürte er, wie das Chaos ihn wieder in einen Strudel riß. Er ließ sich treiben, ziellos und mit Absicht. Hongkong, Bangkok, Manila – wo immer es Cafés oder Nachtklubs gab, die ihm ein Engagement für eine Woche, für einen Monat gaben. Jede Stadt, die der Krieg berührt hatte, wo sich die Leute erinnerten. Wo er sie vielleicht finden würde.

Er kam gewöhnlich in einer Stadt an, fand Arbeit als Trompeter oder Klavierspieler, normalerweise in kleinen Kneipen, in denen sich Jazzfreunde herumtrieben, die vom Krieg hier in der Fremde übriggeblieben waren. Er kam immer voller Hoffnung an, spielte beinahe erwartungsvoll Trompete, als trete er in ein neues Zeitalter ein. Er verspürte Schüchternheit, Verwirrung, die sich verflüchtigte, wenn er sich erst einmal an dem neuen Ort zurechtfand. Mit der Zeit begriff er, daß dieses Gefühl aus Distanziertheit und Geheimnis der Wahrheit wohl am nächsten kam. Der Wahrheit von allem.

Zunächst fühlte er sich jedesmal genau wie damals, als er sich zum erstenmal an ein Klavier gesetzt oder die Trompete in die Hand genommen hatte. Allein und unwissend. Er wußte, daß Bescheidenheit die einzige Möglichkeit war, je irgend etwas zu verstehen. Wenn Sunny sich in der Stadt aufhielt, in der er spielte, dann mußte er darauf warten, daß sie zu ihm fand. Aber zuerst mußte sie einmal herausfinden, daß er überhaupt hier war. Er verlangte nur kleine Gagen, bat statt dessen die Klubs, für seine Engagements zu werben: KEO MEAHUNA, INTERNATIONAL BEKANNTER JAZZ-MUSIKER, JEDEN ABEND IM ...

Wo immer er auftrat, was immer er spielte – Trompete oder Klavier – er hatte jede Minute die Tür im Auge. Manchmal konnte er nicht anders: Er ging dorthin, wo die versehrten Frauen sich aufhielten. Bordelle. Opiumhöhlen. Kliniken, von denen er gehört hatte, daß sich die entstellten Frauen dort immer noch erholten. Krankenhäuser, in denen die Trostfrauen, die »geheilt« waren, als Schwesternhelferinnen arbeiteten. Er sprach mit Ärzten, bat darum, die Akten einsehen zu dürfen. Dann schüttelte er ihnen die Hand.

In jeder Stadt saß er auf Parkbänken und wartete. Denn vielleicht suchte sie ihn auch. Manchmal saß er die ganze Nacht hindurch unter dem geisterhaft gelben Schein der Straßenlaternen. Vielleicht war sie versehrt und wagte sich nur zögerlich in die Nachtluft hinaus. Ein weiteres Jahr verstrich. Keo kehrte nach Hause zurück, brach dann wieder auf, glitt in Städte hinein und wieder hinaus, reiste die Küsten Asiens auf und ab.

Auf einer Insel im Südchinesischen Meer stattete er einem buddhistischen Kloster namens Po Lin – Kostbarer Lotus – einen Besuch ab. Er hatte gehört, daß es dort Nonnen und Laienschwestern gab, von denen einige während des Krieges japanische Sex-Sklavinnen gewesen waren. Er saß im Tempel, während sie sangen. Er musterte jedes Gesicht. Er schälte im Winter eine Mandarine.

Einmal, in Nordthailand, beobachtete er in der Stadt Chiang Mai eine Frau, die ins Wasser stieg. Ihre Schultern waren wie die von Sunny, ihr Haar fächerte sich um sie, schwebte wie ein schwarzer Algenflor auf dem Fluß der Zeit. Danach stand sie im Sonnenlicht und warf ihr Haar zurück. Sie stützte eine Hand in die Hüfte und lächelte ihn an. Durch das Dreieck, das ihr Arm umrahmte, erblickte er die nächste Stadt, und wieder die nächste, die ihn zu sich lockte. Frauen näherten sich ihm. Er zog sich vor ihnen zurück, sehnte sich nach keiner, die er sehen oder berühren konnte.

In verschiedenen Städten durchlebten die Menschen in whiskygeschwängerten Gesprächen den Krieg noch einmal. Als Zuhörer fand er heraus, was man Hunderttausenden von Frauen angetan hatte. Entführt, gefoltert, geopfert. Weiße, Asiatinnen, Nonnen, Missionarinnen, Krankenschwestern. Kinder und Ehefrauen. Wo immer sie einfielen, hatten die Japsen ihre Sex-Sklavinnen in Scharen zusammengetrieben, *jugun ianfu*. Oder wie die Koreaner es nannten, *chongshindae*, Zwangsarbeiterinnen, eine geschönte Umschreibung für die P-Mädchen. Die meisten hatte man aus Korea entführt. Aber eines Abends in Djakarta fand Keo heraus, daß man viele Mädchen, vielleicht Tausende, aus den Seiden- und Baumwollwebereien von Schanghai entführt hatte.

Er wankte auf die Straße, irrte ziellos umher. Schließlich stand er hilflos schluchzend in einer müllübersäten Gasse. Er sackte in die Hocke, wiegte sich vor und zurück. Nach einer Weile öffnete er den Trompetenkasten, nahm das Instrument heraus, preßte die Handfläche gegen das kühle Messing. Dieses Ding war seine Stimme geworden, sein Gewissen. Er hämmerte gegen den goldenen Schalltrichter, dachte daran, wie er und seine Trompete mit den Jahren zu einem einzigen Wesen verschmolzen waren, das abseits von allen anderen stand, abseits von der Welt. Abseits von Sunny.

Er erinnerte sich, wie sie in den Pariser Nachtklubs allein dagestanden und zugeschaut hatte, während er dieser Trompete alles gab – sein Herz, seine Seele, seine Lebenssäfte. Alles für dieses Ding. Er hob den Arm, senkte ihn wieder, schmetterte die Trompete auf die Straße. Mühsam rappelte er sich auf, donnerte das Instrument gegen eine Mauer, holte noch einmal aus und schlug wieder zu. Der Aufprall schien seinen Arm zu zerschmettern.

Er wankte auf der Gasse hin und her, lehnte sich gegen Mauern, um einen Halt zu haben, hieb die Trompete voll gemeiner Wut immer wieder von neuem gegen Mauern, bis er den Überblick verlor, bis sich alle Grenzen auflösten und auf einmal er der Gegenstand war, der da gegen Backsteine geschmettert wurde. Seine Finger waren zerfetzt, die Handgelenke aufgeschürft, er fühlte sich wie in das Metall hineingeätzt. Nichts war mehr übrig. Er brach zusammen, sah und hörte nichts mehr. Neben ihm eine gespenstische Form aus plattgedrücktem Messing.

Eine andere Stadt, Kowloon, auf der gegenüberliegenden Seite des Hafens von Hongkong. Eines Tages sprang ihn mitten im Verkehrsgewühl Sunnys Gesicht an. Er folgte ihr zu einem schäbigen Gebäude an der Nathan Road, an einen Ort namens Chungking Mansions. Er trieb sich in Chungking herum, fuhr mit allen Aufzügen, stolperte über Katzen, die auf die Treppen kotzten. Eines Tages sah er sie von einer Gasse aus, wie sie auf einem winzigen Balkon ganz in der Nähe Wäsche aufhängte. Wie wahnwitzig schrie Keo ihren Namen.

Acht Etagen über ihm waren ihre Gesichtszüge ein wenig verschwommen, und doch verschob sich etwas in ihm, als sie sich zu ihm herunterbeugte. Es war nicht Sunny. Aber sie *hätte* es sein können, älter, schwer gezeichnet. Sie hätte es sein können, mit sechzig, siebzig Jahren ... *Nach einigen Jahren in diesen Lagern sind sie nicht wiederzuerkennen.* Tag für Tag stand er vor dem Gebäude, fragte die Händler in der Gasse nach der Frau aus dem achten Stock aus. Sie hielten ihn für verrückt und scheuchten ihn fort.

Damals spielte er bei Pimm's Klavier, in einem kleinen Klub an der Victoria Street, dessen Kunden nur sanft eingelullt werden wollten. Er bot ihnen Gershwin, Cole Porter und Melodien aus Broadway-Shows. Es war ihm gleichgültig, was er spielte. Er war nicht zum Spielen in diese Stadt gekommen. Eines Tages trat er in einen Jadeladen. Nach einer Stunde kaufte er ein kleines *netsuke* und lud dann den Besitzer zum Tee ein.

Der Mann war ein liebenswürdiger Chinese mittleren Alters. »Das ist nicht nötig. Obwohl ... ich habe das Gefühl, daß Sie etwas auf dem Herzen haben.«

Sie traten aus dem Laden, und Keo zeigte auf die Chungking Mansions, ein großes H-förmiges Gebäude.

»Kennen Sie jemanden, der dort wohnt?«

Der Jademann nickte: »Chungking besteht aus Hunderten von Wohnungen. Jeden Tag vermieten die Mieter die Räume an Touristen, die nicht viel Geld haben. Es ist ein wahnsinniges Hin und Her.«

In einem kleinen Café in der Gasse der Händler tranken sie ihren Tee. Links lag ein winziger Park, auf dem sich die Augen ausruhen konnten. Rechts kletterten die Balkone die Fassade hoch.

Keo schaute nach oben. »Im achten Stock lebt eine Frau...« Während er noch sprach, trat sie auf den Balkon und hängte Geschirrtücher auf. »Da! Mit dieser Frau muß ich unbedingt sprechen!«

Der Jademann starrte nach oben, hielt seine Zigarette wie ein Mandarin zwischen dem Mittel- und Ringfinger seiner Hand. Er atmete langsam aus. Ein Ring aus Rauch bebte und schwebte um ihn.

Er musterte Keo. »Sind Sie ... ein Spion?«

»Ein Spion! Ich bin von den Hawaii-Inseln, die zum Territorium der USA gehören.«

»Aha! Ein amerikanischer Spion. Im Augenblick ist die Situation in Kowloon sehr angespannt. Wichtige Leute sind aus Rotchina hierher geflüchtet. Kommunistische Agenten folgen ihnen. Vielleicht verfolgen Sie Ihrerseits diese Agenten? Vielleicht verbirgt die Frau einen Agenten in ihrem Zimmer. Warum sonst sollten Sie sich für eine arme, alte Chinesin interessieren?«

Die Frau verschwand wieder. Keo starrte in seinen Oolong-Tee und grübelte. »Wissen Sie, ich glaube, daß ich sie kenne.«

Der Jademann nahm seinen Schmerz wahr und wandte den Blick ab. Es gab so viel Unglück auf der Welt, es machte ihn traurig. Er wollte, daß der gutgekleidete, braune Fremde ihn zum Lachen brachte, ihm etwas Amüsantes erzählte.

Lässig lehnte er sich vor. »Sie haben schon oft in dieser Gasse gestanden, was? Sie hat Sie gesehen. Wenn Sie mit Ihnen sprechen wollte, dann hätte sie Ihnen ein Zeichen gegeben.«

»Sie rennt vielleicht vor mir weg ... aus Scham.«

Der Jademann lächelte. »In Kowloon rennt niemand. So frei ist hier keiner. Vielleicht muß sie sterben, wenn sie mit Ihnen redet.«

»Nein! Ich bin hierhergekommen, um ihr zu helfen.«

»Viele Dinge beginnen als Wohltätigkeit ... und enden tödlich.«

Keo rieb sich die Augen, versuchte geduldig zu sein. »Ich bin kein Spion. Ich suche meine Verlobte, sie ist vielleicht im Krieg entführt worden, gefangen gewesen ...«

Er erwähnte die Lager mit den Sex-Sklavinnen.

Der Jademann zerfetzte die jämmerlichen Überreste seiner Zigarette.

»Ich weiß von diesen Frauen. Viele sind tot.« Er blinzelte langsam. »Was wollen Sie, wenn diese Frau Ihre Geliebte ist? Ihr Leid auf sich nehmen?«

»Ganz gleich, was geschehen ist, ich liebe sie.«

»Und glauben Sie, daß sie *Sie* nach alledem noch lieben könnte, Sie oder irgendeinen anderen Mann? Die Nähe eines Mannes überhaupt nur ertragen kann? Denken Sie nach, Mann, denken Sie bloß mal nach. Ist es wirklich Liebe, was Sie da verspüren? Oder ist nur Ihr Stolz zu groß? Reicht Ihnen eine normale Frau nicht? Müssen Sie unbedingt Ihre Märtyrerin haben?«

Keo sah ihn an, erinnerte sich, was der Krieg seinem Volk angetan hatte. »Wie selbstverliebt Ihnen das alles erscheinen muß. Verzeihen Sie. Ich kann einfach nicht akzeptieren, daß sie tot sein soll. Ich weiß nicht, wie ich ohne sie leben soll.«

Der Jademann erhob sich und verbeugte sich leicht. Dann lächelte er unergründlich. »In der Regel gehe ich Gefühlen aus dem Weg. Ah, vielleicht sind wir Chinesen zu sehr in unser Schicksal ergeben. Die romantische Liebe ist für uns, ein Volk der arrangierten Ehen, etwas völlig Neues. Kommen Sie in einer Woche wieder zu mir.«

An jenem Abend fuhr Keo mit der Star Ferry über den Victoria-Hafen und zurück. Wie dicke Suppe hing der Nebel über dem Wasser, und doch konnte Keo die Laternen von Tausenden von chinesischen Dschunken sehen, die in der Dünung der Patrouillenboote der Küstenwache schaukelten. An den Docks, unter den Straßenlaternen, die von einem dicken Pelz aus Nachtfaltern überzogen waren, lagen Kulis wie tot hingestreckt und schnarchten. Sie hatten sich Schilder mit dem chinesischen Schriftzeichen für »Hunger« um den Hals gehängt. Der Geruch ihrer ausgemergelten Körper versetzte ihn nach Schanghai zurück. Eine andere Stadt. Und doch gleich.

Er lehnte sich über die Reling der Fähre, der Gestank des Abwassers und des verbrennenden Benzins versengte ihm die Nase. Der aufgedunsene Kadaver eines Schäferhundes trieb vorüber, leuchtend wie Phosphor. Ringsum bildeten schwebende Girlanden von Unrat eine tanzende, wäßrige Kalligraphie, die das Wort NIEDERLAGE zu buchstabieren schien. NIEDERLAGE. In jenem Augenblick fuhr ihm panischer Schrecken in die Eingeweide. Wenn Sunny überlebt hatte, wenn er sie fand, würde sie ihn dann ertragen können?

In jener Nacht ließ er sich in seinem bescheidenen Hotel in die nach Zimt duftenden Laken sinken, ließ die Ruhe über sich hinwegfluten. Er war müde, die rußige Welt, die auf ihn einstürzte, war einfach zuviel für ihn. Er drehte sich auf die Seite, erinnerte sich daran, daß sie immer so geschlafen hatte, weil ihr Rückgrat so empfindlich gewesen war.

... Schläft sie jetzt gerade? Hat sie Frieden gefunden? Gibt es irgendwo ein ruhiges Zimmer für sie? Und liegt sie dort und schaut zu, wie das Licht durch die halb geöffneten Fensterläden fällt? Können die Stunden sie trösten? Erinnert sie sich an den Winter in Paris, wie wir einander sanft mit Schnee einrieben, mit Schweiß, mit Schmerz ...

Er saß im King's Park, wohin ihn der Jademann bestellt hatte, und schnupperte das reife Aroma von Kowloon. Er hörte den Menschenlärm von den steil wie Treppen den Berg hinaufführenden Straßen – winzigen Gassen, in denen die Bettelmeister an Stümpfen Maß nahmen, wo Männer mit Zangen aus dem Nichts eine Zahnarztpraxis entstehen ließen, wo blinde Haarsammler im Gefolge der Wanderfrisöre mit ihren Fingern suchend über den Boden tasteten. Etwas weiter weg hingen drei Meter lange Platten aus Nudelteig zum Trocknen auf den Leinen, die jemand zwischen den jämmerlichen Hütten aufgespannt hatte. Das Klicken der *Mah-jongg*-Plättchen auf den Steintischen, das Zischen von Fischen, die im Wok gebraten wurden.

Ein großes blutendes Schwein mit Menschenbeinen trieb an ihm vorüber. Keo stutzte. Ein Lieferant hatte sich das ausgenommene Schwein über den Kopf gelegt, und nun troff das Blut aus dem Kadaver über seine rennenden Beine. In der Nähe wiegte ein alter Mann auf einer Parkbank etwas in einem Kinderwagen, das wie ein Tintenfisch aussah. Das Ding saß aufrecht, der knollige Kopf leuchtete, die Schlitzaugen mit den langen Wimpern blinzelten langsam. Ein glitschiger Krakenarm saugte sich in der Luft fest. Keo meinte, ihn winken zu sehen. Eine Frau mit zwei Holzbeinen, deren Schuhspitzen nach hinten zeigten, kam vorbeigehinkt. Keo fühlte sich wie in einem Alptraum.

Ein Gespenst setzte sich neben ihn, bat ihn um eine Zigarette. Der Mann war von Kopf bis Fuß weiß. Augenbrauen, Fingernägel, Kleidung, Sandalen, sogar die Zerklüftungen seiner Ohren, die Haare in der Nase. Nur das Weiße seiner Augäpfel war gelblich. Er schneuzte sich in die Finger, schnaubte weißes Pulver aus.

Keo hatte von den Mehlgeistern gehört, Flüchtlingen aus Rotchina. Geldgierige Hausherren von Kowloon hielten sie in Zwingern in der Ummauerten Stadt gefangen, und sie verdienten sich ihre Reismahlzeiten, indem sie Tag und Nacht Reisnudeln machten. Schon bei der Ankunft in Kowloon waren sie halb verhungert und krank gewesen, und innerhalb weniger Wochen verrotteten ihre Lungen, vom Mehl zersetzt. Die meisten erstickten jämmerlich. Keo gab dem Mehlgeist seine Zigaretten und ein paar Dollar. Der Mann verbeugte sich mehrmals und trottete davon, zurück blieb der Geruch einsetzender Verwesung.

Dann rückte alles in den Hintergrund. Keo erstarrte, als sich die Frau aus den Chungking Mansions neben ihn setzte.

Sie sprach in zaghaftem Englisch. »Mr. Ten, der Jademann, hat mich gebeten, hierherzukommen.«

»Verzeihen Sie mir«, erwiderte er. »Sie sahen meiner…«

»Es tut mir leid«, flüsterte sie. »Ich bin nicht Ihre Liebste. Aber ich finde es interessant. Ich war… eine von ihnen.«

Er schwieg, wollte sich ihr zu Füßen werfen. Dann sagte er: »Ich weiß, was geschehen ist. Was Ihnen allen widerfahren ist.«

»Das können Sie *niemals* wissen. Aber wieso haben Sie unter all den Menschen in Kowloon ausgerechnet mich ausgesucht?«

»Ich habe gesucht. Und ich ... habe etwas in Ihrem Gesicht gesehen. Es gibt so viel, was ich nicht verstehe.«

Sie seufzte. »... Ich war sechzehn und sehr arm. Die japanischen Kundschafter kamen in Südkorea in meine Schule, 1941. Ich habe mich freiwillig gemeldet, mit ihnen nach Osaka zu gehen. Dort wollte ich in einem Stahlwerk arbeiten und Geld nach Hause schicken. Sie haben vierzig von uns nach Okinawa verfrachtet, dann nach Saipan. Sie haben uns bis zur Kapitulation der Japaner als Sex-Sklavinnen mißbraucht. Ich habe zwei Jahre mit Syphilis und Tuberkulose im Krankenhaus gelegen, ehe ich endlich nach Hause konnte. Die Leute haben mich angespuckt. Mein Vater hat die Tür vor mir verschlossen. Jetzt lebe ich hier in Kowloon.«

»Wovon leben Sie?«

»Militärgelder von Ihrer Regierung. Nachts braue ich mir auf einer Kochplatte meine Heiltränke. Ich mahle meine Pulver, rühre meine Salben zusammen. Ohne Medikamente würde ich sterben.«

Im messerscharfen grellen Sonnenlicht sah ihr Haar aus wie weiße Spinnenbeine, war jegliche Farbe aus ihrer Haut gebleicht. Sie trug eine Sonnenbrille. Ihr Kleid und ihre Schuhe waren außergewöhnlich adrett. Hände und Füße waren am richtigen Platz. Und doch bewegte sie sich sehr vorsichtig, wie eine sorgfältig konstruierte mechanische Puppe. Nicht so sehr eine Frau wie die Erinnerung an eine Frau.

»Und leben Sie allein? Kein Ehemann? Kein Weggefährte?«

Ihr Gesicht verhärtete sich zu einem zerklüfteten Felsen. Irgend etwas loderte in ihr auf wie ein Feuerstrahl.

Sie atmete tief ein, rückte von ihm ab. »Ich bin um Ihrer Liebsten willen hierhergekommen. Ich hoffe, daß sie Frieden gefunden hat.«

Sorgfältig zog er ein zerknittertes Photo hervor. Sunny in Sportschuhen mit Söckchen.

»Haben Sie je den Namen Sun-ja Sung gehört?«

Sie schaute auf den Schnappschuß und schüttelte den Kopf. »Sie haben unsere Namen ausradiert, uns japanische Namen gegeben. Sie haben alles ausgelöscht. So blieben wir am Leben, waren aber vollkommen beseitigt.«

Keo lehnte sich leicht vor. »Ich verstehe nicht ganz.«

»Die Schande ist tödlicher als eine Gewehrkugel. Ein Soldat vergewaltigt. Die Frau spricht nicht darüber. Niemals. Deswegen reden wir nicht über die Gefängnisse für die P-Mädchen, über die ›Troststationen‹. So sind Hunderttausende von Frauen mißbraucht worden, vielleicht sogar Millionen. Wer wird die Zahl je kennen? Und doch laufen die japanischen Soldaten frei herum. Nicht ein einziger ist während der Kriegsverbrecherprozesse wegen Vergewaltigung verurteilt worden. Wo waren die Opfer? Wo die Zeugen? Wir haben uns zu sehr geschämt. Das war das Geniale daran, wissen Sie.«

»Es tut mir furchtbar leid. Kann ich irgend etwas für Sie tun?«

»Lassen Sie uns. Lassen Sie uns in Ruhe. Es ist nichts mehr für euch übrig.«

Sie schritt in den Tag, eine Frau, die noch keine dreißig Jahre alt war und wie sechzig aussah. Er wollte ihr noch hinterherrufen, sie sollte tapfer sein, den Mut nicht verlieren. Er wollte ihr versprechen, daß ihre Wunden mit der Zeit heilen würden. Und doch konnte er nur dasitzen und zu Gott beten, daß er ihr die kostbare Gabe des Vergessens gewähren würde.

In jener Nacht starrte er den Schnappschuß lange an, stellte sich vor, daß Sunny vor der Zeit gealtert war. Oder tot. Wenn sie gestorben war, dann mußte irgendwo ein Seelengesang erschallt sein, denn sie war so außergewöhnlich, so voller staunender Freude über das Leben gewesen. Sie war die hell auflodernde Flamme eines brennenden Streichholzes gewesen, das in seiner hohlen Hand leuchtete. Und als sich die Hand darum schloß, die Helligkeit eindämmte, die Flamme erstickte, war sie vor ihm zurückgewichen, ins Chaos geflohen.

Ke Kāne Jacaranda

Der Jakaranda-Mann

Wund kehrte Keo zurück. Er saß allein in DeSotos Kanu, überlegte, wie er sich das Leben nehmen könnte. Wochen verstrichen, ein Monat voller Alpträume, aus denen er in öligen Schweiß gebadet aufschrak. Und dann ein Summen um Mitternacht, ein Trommeln der Finger, ruhelos. Eine Geistertrompete wie ein elegantes, hartes Haustier. Er fand zum Trompetenspiel zurück. Für ihn die einzige Methode, überhaupt irgend etwas zu verstehen.

Anfang der fünfziger Jahre spielte er in den berühmten Bands mit, die auf dem Weg nach Asien in Honolulu Station machten – bei den Dorsey Brothers, Ellington, Count Basie. Wenn er Trompetern wie Harry »Sweets« Edison und Roy Eldridge zuhörte, wurde ihm wieder klar, daß er kein Genie war, eben nur sehr gut. Aber die Leute nannten ihn immer noch Hulamann, in ihren Augen war er immer noch weltmännisch. Es ging das Gerücht um, er habe seine Liebste im Krieg verloren. Manche sagten, er sei ein Spion gewesen.

Er war zweiundvierzig, wenn er auch jünger aussah. Aber er *schien* älter – langsamer in seinen Bewegungen, langsamer im Gespräch. Und doch schlossen die Leute die Augen und lauschten, wenn er Trompete spielte. Der Krieg steckte ihnen noch frisch in den Knochen, jeder kannte den Schmerz. Keo wußte noch, wie man auf diesen Schmerzwellen ritt, so daß sie etwas damit anfangen konnten, wenn auch seine Kritiker ihm vorwarfen, sein Spiel sei verweichlicht, er sei verweichlicht, sein Jazz sei keine Pioniermusik mehr.

Bebop entwickelte sich zum neuen Jazz, wurde von Musikern vorangetrieben, die den Kontrast und das Paradoxe liebten, selbst wenn es häßlich klang. Bebop war wahnsinnig und zerklüftet, eine schwindelerregende Alchimie aus Schock und Krach. Die Anhänger des Bebop betrachteten Keo und seine Generation als Männer, die man respektieren, aber bloß nicht nachahmen sollte. Wenn Keo den neuen Klängen lauschte, war er manchmal versucht, die Grenzen zum Bop hin zu überschreiten, aber er brachte es nicht über sich. Für ihn war die Trompete ein Sprungbrett, von dem er sich abstieß, um hoch hinaufzusteigen, um vorgegebene Formeln hinter sich zu lassen. Für wütendes Knurren war er einfach nicht gebaut, er spielte verzweifelte, kantige Weisen, die Oogh *Jazz du jour* nannte.

Manchmal ließ er sich beim Spielen auf eine geradezu gebieterische Weise gehen. Er brauchte keine großen Risiken einzugehen, brauchte nicht weit auszuholen. In seinem Trompetenspiel lag Schmerz und Verlorenheit, die Zuhörer wurden still, senkten den Blick. Er spielte weiter, den blutigen Pfad die Tonleitern hinauf bis in die höchsten Register. Eines Abends war sein Ton bei »There Are Such Things« so rein und klar, daß er das Publikum glatt auslöschte. Es war, als hebe ihn eine scharfe Klinge aus Licht empor, bis er hoch oben schwebte.

Obwohl er älter geworden war, war er immer noch besser als jeder andere, der zu jener Zeit in Honolulu spielte. Noch immer kamen die jungen Trompeter und wollten seine Geheimnisse erfahren, seine Abkürzungen herausfinden. Er gab ihnen nur Rätsel auf.

»Achtet sorgfältig darauf, wem ihr eure Musik gebt. Manche Dinge kann man nicht mehr zurücknehmen.«

An manchen Abenden starrte er in den Spiegel, schätzte die Jahre ab, maß den Verschleiß. Er war immer noch ein geheimnisvoller Mann, mit vollen Lippen und einer eindeutig polynesischen Nase, nicht ganz attraktiv, nicht ganz häßlich. Er hatte wieder mehr Fleisch angesetzt, und das Schwimmen hielt ihn körperlich fit, so daß er schlank und doch muskulös war. Seine dunkle Haut war noch faltenlos, das lockige schwarze Haar nun leicht mit Grau durchsetzt.

Und er war immer noch ein sanfter Mann, so höflich, daß es fast schon altväterlich wirkte. Immer noch achtete er auf makellose Kleidung, seine Anzüge und Hemden wurden ihm von »Malia Designs« auf den Leib geschneidert. Frauen fühlten sich zu ihm hingezogen, weil er etwas intensiv Körperliches ausstrahlte. Das lag nicht nur an seinen schwieligen, ein wenig an einen Gangster erinnernden Lippen, sondern auch an der Andeutung seines kaum gezähmten Temperaments, verführerisch und bedrohlich. Eine mächtige Energie, ein in der Flasche gefangener Orkan, der nur ausbrach, wenn er spielte.

Malia hatte das Gefühl, daß seine Distanziertheit die Frauen nur noch mehr anzog. Er entspannte sich nur, zeigte seine weichere Seite nur, wenn er bei ihrem Kind war.

»Außer der Familie hast du eigentlich keine Bindungen«, sagte sie.

»Ich versuche es.«

»Du *tust* so. Aber eigentlich versuchst du es nicht.«

Ab und zu ging er mit Frauen aus den Klubs, sogar mit Frauen, die er dafür bezahlte. Aber manchmal, wenn er sich zu ihnen legte, mußte er schon nach wenigen Minuten aufstehen, sich anziehen, machen, daß er fortkam. Er wollte schreien, die Frau schlagen, weil sie nicht Sunny war. Dann rannte er weg, reiste wieder, wußte nicht einmal mehr, durch welche Länder. Er suchte nicht mehr, er reiste nur.

Eines Abends im Jahre 1954 kam ein Fremder in den Swing Club und setzte sich hinten in den Schatten. Zuerst bemerkte ihn niemand, aber schließlich verdrehten die Leute die Köpfe nach ihm, denn Gesicht und Hände des Mannes waren auffällig blau gefärbt. Er starrte trotzig zurück, rote Flecken wie Tintenkleckse auf den Wangen, die Lippen schwach violett.

Obwohl er groß war, hatte er den Gesichtsausdruck eines alternden Jockeys, seine Augen waren ungeheuer konzentriert. Und da war etwas mit diesen Augen, sie waren rund, obwohl sie hätten mandelförmig sein sollen. Ein Asiat, der versuchte, wie ein Weißer auszusehen? Doch eigentlich waren die Augen viereckig, kastenförmig, von Narben offengehalten. Der Mann bewegte sich vorsichtig, wie jemand, den ein Chirurg gerade neu zusammengeflickt hatte.

Er lauschte aufmerksam der Band, fuhr hörbar zusammen, als der Saxophonspieler in »Thou Swell« ins Stolpern geriet, lächelte, als Keo zum Solo aufstand. Als er mit seiner donnernden, schlingernden Variante von »Muskrat Ramble« loslegte, taute die Menge auf. Keo blieb dran, brach in immer weitere Improvisationen aus, bis ihm beim neunzehnten Refrain die Luft ausging. Die Band spielte sich auf »Georgia« ein, besänftigte die tosende Menge wieder ein wenig. Der Mann mit dem blauen Gesicht lächelte nur.

»Hulamann ...« Und doch klang seine Stimme vertraut.

Keo stand langsam auf. »Die Stimme kenne ich doch.«

Beinahe schüchtern trat der Mann näher. »Endo Matsuharu. Paris, 1939. Du hast mir Saxophonunterricht gegeben.«

Keo konnte sich nicht erinnern. Er schüttelte den Kopf.

»Ich war an der Sorbonne. Mein Onkel war Konsul Yasunari Seiko. Er hat dir geholfen, aus Paris herauszukommen.«

Keo schrie auf, warf die Arme um Matsuharu, klopfte ihm immer wieder auf den Rücken.

»O Mann, er hat mir das Leben gerettet! Er...« Keo schob ihn auf einen Stuhl. »Jetzt erinnere ich mich wieder. Du und ich, wir haben immer im Morgengrauen in der Nähe von Sacré-Cœur geübt.«

Er schüttelte Matsuharu beide Hände, schraubte dann eine Flasche Rum auf und schenkte Drinks ein. »Auf Paris.«

Matsuharu trank, dann saß er nur da.

Keo schenkte ihm nach. »Wie ist es dir danach ergangen?«

»Der Krieg. Mein Onkel hätte es einrichten können, daß ich einen Schreibtischposten bekommen hätte. Aber... es war eine Frage der Ehre. Na ja, wir haben jedenfalls verloren.«

»Alle haben verloren«, sagte Keo.

Matsuharu lächelte. »Du hast dich nicht sehr verändert, Keo.«

»In fünfzehn Jahren? Ich habe mich verändert. Aber du, wo warst du all die Jahre? Spielst du noch?«

»Das Saxophon ist mein Leben. Es ist alles, was ich kann, wenn auch nicht sehr gut. Ich habe in kleinen Klubs in Portland und in San Francisco gespielt. Bißchen schwierig – die Leute reagieren noch ziemlich empfindlich, wenn sie Japaner sehen.«

Seine Stimme hatte einen so gebildeten Tonfall, daß Keo das Gefühl hatte, wenn er seine Augen schlösse, könnte er meinen, mit einem Universitätsprofessor zu sprechen. Er erinnerte sich, daß Endo sein Studium an der Sorbonne damals sehr ernst genommen hatte. Er wollte Rechtsanwalt werden.

»... und da habe ich gedacht, ich versuche es in Honolulu. Schau, ob ich dich finde. Du bist inzwischen ganz schön berühmt.«

Keo lachte leise. »Nur in Honolulu. Obwohl ich auch das Bedürfnis habe, mich ein wenig herumzutreiben – ich war in Hongkong, Bangkok – habe in zweitklassigen Klubs gespielt. Hast du heute abend den Typen am Saxophon gehört? Der hat überhaupt kein Gehör, das schwör ich dir. Ich muß endlich meine eigene Band zusammenstellen. Vielleicht hält mich das zu Hause.«

Matsuharus Augen wanderten durch den Raum.

Keo entschuldigte sich. »Mann, ich quatsche zuviel. Ich kann noch gar nicht glauben, daß du es wirklich bist. Sag mal, hast du Hunger? Laß uns was essen, dann können wir über die letzten Jahre plaudern.«

Als sie die Bishop Street entlanggingen, wies Keo auf alle Wahrzeichen hin, den Aloha-Turm, dessen Tarnfarbe man schließlich mit weißer Tünche übermalt hatte, den 'Iolani-Palast, inzwischen ohne Schützenpanzer. Sie ließen sich im Chico's gemütlich nieder, wo sich die nächtlichen Menschenmengen sammelten, bestellten *kimchee* und Bier und große, dampfende Schüsseln *saimin*. Keo rührte *shoyu* und Senf zusammen, in kleinen kreisenden Bewegungen, spürte, wie sich seine Poren über den aufsteigenden heißen Suppenschwaden öffneten. Durch den Dampf und das simmernde *char siu* hindurch erschien ihm das blaue Gesicht des Mannes wie im Traum.

»Und wie ist es *dir* ergangen?« fragte Matsuharu. »Ich meine, im Krieg?«

Er seufzte, legte seine Eßstäbchen zur Seite. »Ich habe überlebt. Dein Onkel hat mich ein paar Monate vor Pearl Harbor nach

Schanghai gebracht. Ich habe dort meine Liebste gesucht. Erinnerst du dich an Sunny?«

Der Name bedeutete ihm nichts. Er schüttelte den Kopf.

»Sun-ja Uanoe Sung. Eine hawaiisch-koreanische Frau aus Honolulu. Sie ist aus Paris weggegangen, um in Schanghai ihre Schwester zu suchen. Dort habe ich sie gefunden, konnte sie aber nicht rechtzeitig aus der Stadt wegbringen.«

Er senkte für eine Weile den Blick. »Ich habe dort in den Klubs gespielt, im Ciro's, im Argentina. Bin verhaftet und in einem Lager interniert worden. Das Rote Kreuz hat mich als Skelett nach Hause gebracht. Malaria und dies und das. Den restlichen Krieg über habe ich zu Hause für die Truppen gespielt. Genau wie in Korea.«

»Und deine Familie?« fragte Matsuharu.

»Wir haben meinen jüngeren Bruder verloren. In Italien.«

»Das tut mir leid.«

»Und was ist mit dir und *deiner* Familie?« erkundigte sich Keo.

Er war eine Weile wie abwesend, starrte ins Nichts. »Alle tot. Sogar Onkel Yasunari. Die Brandbomben in Tokio ... fünfzehn Meilen Staub.«

Keo ließ den Kopf hängen. »Gottverdammter Krieg.«

»Gott? Wenn es ihn gibt, dann ist er ein wütendes Kind.«

»Aber du.« Keo musterte ihn. »Du hast es doch einigermaßen überstanden?«

Matsuharu stürzte sich hinein, wollte es hinter sich bringen. »Ich war im Südpazifik stationiert. Leutnant in einer riesigen Versorgungsbasis für Armee, Marine und Luftwaffe. Dann kam die Kapitulation. Und die Kriegsverbrecherprozesse. Ich bin zu sechs Jahren verurteilt worden. Zwei auf Manus Island. Vier im Gefängnis von Tokio ...«

Keo wußte nicht, was er jetzt fragen sollte. Er hatte Angst, Fragen zu stellen.

»Wir hatten Krieg. Manchmal war ich freundlich. Manchmal sadistisch, denke ich. An lange Zeitabschnitte kann ich mich gar nicht erinnern. Wir hatten ein großes Kriegsgefangenenlager. Ein australischer Hauptmann sagte, ich hätte ihm Essen gegeben, sein Leben gerettet. Ich kann mich nicht daran erinnern. Ein Yankee-

Soldat hat ausgesagt, ich hätte ihm den Kopf eingetreten. Ich habe keinerlei Erinnerung daran. Normalerweise bin ich weggegangen, wenn die anderen Offiziere grausam wurden. Das ist auch ein Verbrechen gegen die Menschlichkeit.«

»Wann hast du gewußt, daß ihr den Krieg verliert?«

Matsuharu schloß die Augen. »Auf der Hälfte ... vielleicht nach Guadalcanal. Danach war kaum noch jemand richtig bei Verstand. Die Offiziere sind Amok gelaufen, haben furchtbare Greueltaten begangen, auch unter unseren eigenen Wehrpflichtigen. Bei den Kriegsverbrecherprozessen sind viele zum Tode verurteilt und hingerichtet worden. Ich bin nur wegen kleiner Brutalitäten verurteilt worden. Und doch kann ich mich an Blut erinnern, mein Schwert ...«

Er richtete sich auf und stieß einen lauten Seufzer aus. »Nach der japanischen Kapitulation haben die Alliierten unseren Stützpunkt überrannt, haben uns aus den unterirdischen Tunnel gezerrt, die sich über viele Kilometer erstreckten. Sie behaupten, wir hätten dort versteckt unter dem Erdboden vierzehn Monate lang gelebt. Ich erinnere mich an gar nichts. Irgendwo in meinem Kopf ist nach 1942 alles zu Ende.«

Keo lehnte sich vor und fragte leise: »Endo, weißt du, wie deine Haut so blau geworden ist?«

Er lächelte unmerklich. »Quälender Hunger. Und Wahnsinn, denke ich. Im Gefängnis habe ich angefangen, die Farbe von den Wänden zu fressen. Mit der Zeit habe ich mich durch meine ganze Zelle gefressen. Sie haben mich gezwungen, sie neu zu streichen. Dann habe ich die Farbe wieder ganz runtergeleckt. Sechs lange Jahre. Die Wachen haben mir zugeschaut und gelacht, ich war ihr Unterhaltungsprogramm. Niemand hat mir gesagt, was Bleifarbe mit dem menschlichen Körper anstellen kann.«

Er berührte seine Wange, dann seine Stirn. »Mein Nervensystem ist zerstört. Die Ärzte sagen, daß sich meine Hirnzellen mit atemberaubendem Tempo auflösen. Ich vergesse die Bedeutung von ganz einfachen Wörtern. Landkarte. Socke. Gabel. Manchmal habe ich Anfälle.«

»... und was ist mit deinen Augen?«

»Nach einer Weile wurde es den Wachen zu langweilig. Sie benutzten uns als Sandsäcke zum Boxen. Wahrscheinlich hatten sie zuviel vom Krieg mitbekommen. Monatelang waren meine Augen aufgeplatzt und verschwollen. Die Lider klebten zusammen und vereiterten. Schließlich haben sie mich zu einem Militärarzt gebracht, der viel herumgeschnitten und genäht hat. Er sagte, ich wäre ein Phänomen. Von Rechts wegen hätte ich blind sein müssen.«

Keo sah weg, erinnerte sich an Woosung, an die vielen Arten, dort zu sterben. Das Licht schimmerte auf Endos Jakaranda-Schattierungen. Sogar sein schwarzes Haar hatte einen bläulichen, mondähnlichen Schein.

»Wer hätte geglaubt, daß es nach dem Pazifik je wieder einen Krieg geben könnte? Und jetzt sind es in Korea schon wieder drei Millionen Tote. Sag mir, Keo. Nach alledem, woran glaubst du noch?«

Er überlegte lange. »Vielleicht ... nur an Musik.«

Sie begannen mit einer gemeinsamen abendlichen Jam Session in einem kleinen Studio, das Keo in der Nähe der Hotel Street gemietet hatte. Seit Paris, als Endo noch Student war, der Tenorsaxophon lernte, waren fünfzehn Jahre verstrichen. Jetzt spazierten sie mit vorsichtigen Schritten durch die Arrangements, im Hintergrund lief eine Schallplatte. Keo hörte zu, während Endo in zarte, messerscharfe Arpeggios hineinglitt. Dann schien er ohne erfindlichen Grund in jaulende Widersprüche abzuschwenken.

Er begann sauber und elegant, beinahe ohne Vibrato. Selbst die Art, wie er das Saxophon hielt, war elegant, seine blauen Finger berührten die Ventilklappen kaum, schwebten scheinbar darüber, als wäre das Instrument das einzige, was ihm im Leben noch geblieben war. Aber dann verlor er unweigerlich jegliches Taktgefühl, verlor beinahe die Kontrolle. Sein Einstieg in den Song war jedesmal wie ein Gebet, das plötzlich explodierte.

Er legte das Instrument weg. »Am Anfang ist immer alles in Ordnung, und dann gerät es völlig durcheinander.«

»Die Nerven«, meinte Keo. »Du brauchst einfach Übung.«

»Ich übe jeden Tag.«

»Hör zu. Nach dem Gefangenenlager habe ich meine Trompete

ein ganzes Jahr lang nicht angefaßt. Es war, als würde man mir die Mündung eines Gewehrs gegen den Mund pressen.«

Endo lächelte. »Du hast dich aber erholt. Dieser Luxus wird mir nicht vergönnt sein.«

»Wie meinst du das?«

»Verschleiß der Organe. Wie ich schon gesagt habe, meine Hirnzellen sterben ab.«

Keo verwarf die Bemerkung. »Wir üben, bis du ein Genie auf dem Saxophon bist.«

Doch irgend etwas fehlte Endos Musik, eine gefühlsmäßige Komponente, die so elementar wichtig für den Jazz ist. Der nackte Schmerz und die Verblüffung. Wenn er spielte, hörte Keo jemanden, der um Beherrschung rang, manchmal jemanden, der mit dem Wahnsinn kämpfte.

Allmählich scharte Keo einen neuen Bassisten, einen Schlagzeuger, einen Pianisten und einen Saxophonspieler um sich und setzte Endo als Ersatzmann ein. Der änderte seinen Namen in Arito, zu Ehren seines toten Vaters, und Keo nannte sein neues Quintett *Hana Hou*! Noch einmal! Ihre Premiere hatten sie im Swing Club, und es waren nur noch Stehplätze zu ergattern. Außer mit der Band übten Keo und Endo jeden Tag allein miteinander. Keo beobachtete, wie Endo um Präzision rang, hörte aber zumeist nur unendliche Rückschritte.

Honolulu

Geschützter Hafen

Honolulu, 1956

Die azurblauen Berge der Heimat, unaussprechlich zart. Luft wie Balsam. Menschen tragen ihr Gepäck über die Gangway, kleine Familienherden winken ihnen vom Dock aus zu, schnattern wie die Affen. Sie steht reglos da, beobachtet nur. Im Augenblick ist das alles, wozu ihre Kraft noch ausreicht. Sie hinkt ein wenig, stützt sich auf einen Stock. Ihre Schritte sind so gemessen, daß es nicht so aussieht, als ginge eine Frau vorüber, sondern als folge dem Stock ein Schatten. Es ist eine Heiterkeit um sie, wie um jemanden, den ständige Schmerzen in eine andere Welt versetzt haben.

Sie starrt auf den Hafen hinaus, die Wellen flüstern makai *und* makai *und* makai. *Sie blickt auf das Land, auf die Ko 'olau-Berge in der Ferne, schaut leer und geistesabwesend wie eine Person, die nicht genau weiß, wo sie sich befindet, oder die, obwohl sie weiß, wo sie ist, nicht weiß, ob das überhaupt von Belang ist. Ob überhaupt noch irgend etwas von Belang ist. Doch als sie die weichen, blumigen Düfte atmet, bricht etwas Gehetztes in ihr zusammen. Der Widerhall der Unschuld, der Jugend, strahlendes, ungestümes Lachen.*

Sie trägt ihren einzigen Koffer zum Dock herunter, überquert eine Straße und setzt sich auf eine Parkbank. Siebzehn Jahre. Sie kann die Veränderungen kaum begreifen. So viele Touristen, verbrannt von der Sonne und sich häutend wie Flüchtlinge aus versengten Städten. Hohe, ausgetrocknete Gebäude, die sich nach dem Licht strecken wie seltsame Riesenpflanzen, die versuchen miteinander zu verwachsen. Und doch weiß sie, daß irgendwo in den dunklen, feuchten Tälern, in den feuchten grünen Hainen alles noch so ist wie vor Urzeiten. Irgendwo trieft noch alles, rankt noch alles aus Humus und Nebel empor. Sie riecht es an dem nassen Erdboden, an der dampfigen Luft. Es gibt hier so viel Feuchtigkeit, daß das Sonnenlicht immer den kürzeren ziehen wird. Dieser Gedanke erregt sie sanft.

Nach den Tunnel von Rabaul war von ihr nur noch Durst übrig geblieben. Während der Quarantäne verlangte sie wochenlang nichts als Wasser. Priester kamen mit Weihwasser und wollten ihr die Beichte abnehmen. Sie beichtete ihre Sünde – das Überleben –, packte dann das Gefäß mit dem Weihwasser und trank es mit gierigen Schlucken leer.

Langsam ziehen die Menschenmengen vorüber, die Männer streifen sie mit flüchtigen Blicken. In panischer Angst senkt sie die Augen. Als wollten sie ihr blutiges Herz verschlingen. Sogar jetzt fühlt sie sich noch wie ein Opfertier. Wie eine Opfergabe, die bald dargebracht werden soll. Wenn die Männer zu nahe an ihr vorbeigehen, summt ihr Rückgrat, beißen die aufgefädelten kleinen Schädel die Zähne zusammen. Sie stöhnt auf, und die Leute rücken von ihr ab.

Irgendwann in der finsteren Vergangenheit hat sie ein US-Offizier während einer Befragung gebeten, über Rabaul zu sprechen, zu erzählen, was man ihnen dort angetan hat. Er war weißhäutig und wohlgenährt. Er hatte den Krieg hinter einem Schreibtisch verbracht. Sie erzählte ihm, was sie nur irgend über die Lippen brachte. Als sie fertig war, sagte der Mann ganz ruhig, die P-Mädchen wären wohl zu passiv gewesen, hätten sich zu leicht in ihr Schicksal gefügt. Sunny bebte vor Wut.

»Wir waren nie duldsam oder passiv! Wir waren Frauen mit Bambusstöcken. Die anderen waren Soldaten mit Maschinengewehren.«

Sie sprach nie wieder darüber. Sie war still. Sie war niemand. Zwischen dieser Vergangenheit und der Gegenwart tat sich ein Abgrund auf, und sie trat hinein. Jetzt ist das Leben nicht mehr Leben. Zeit ist keine Zeit mehr.

An manchen Tagen gelingt es ihr, sich für eine Stunde zu erholen. Die Vorhänge am Fenster aufzuziehen. Die Knoten der Arthritis mit Öl einzusalben. Sich die harmlose Ekstase eines Tees aus der Wurzel der Purpurwinde zu gönnen. Oder einen 'awa, *den Tee, mit dem man Kummer heilt, den sie in wohldosierten kleinen Schlucken zu sich nimmt. Seit mehreren Jahren geht sie nun schon, wenn sie sich stark genug fühlt, egal wo sie ist, ans Meer und taucht langsam in das Wasser ein, läßt die See ihre sterbliche Hülle durchspülen. Manchmal dringt die Botschaft jenes großen, feuchten denkenden Wesens zu ihr durch.*

»E hulihuli ho'i mai.« *Kehre um und komme zurück.*

In jenen Augenblicken ist sie für wenige flüchtige Sekunden wieder heil. Sie rollt sich zusammen wie ein Kind und denkt an zu Hause, an den Archipel ihrer Ursprünge. Einen Augenblick lang glaubt sie, was die Ärzte ihr gesagt haben.

»Das Schlimmste ist überstanden.«

Und doch hatten die Frauen, auch nachdem man ihnen das gesagt hatte, noch kranke Organe abgestoßen, brandige Finger und Zehen von sich geworfen. Sunny gab ihre Gebärmutter auf. Die Herzen einiger Mädchen, die durch die Auszehrung riesengroß angeschwollen waren, waren geborsten wie zu groß geratene Säuglinge, die ihre Wiegen sprengen.

»Das Schlimmste ist überstanden.«

Das menschliche Herz hat keine Knochen.

Jetzt sitzt sie in Honolulu, fragt sich, was sie hier macht. Was für einen Sinn das alles ergibt. Stundenlang sitzt sie da, fragt sich, ob sie hier einfach auf einer Parkbank sterben wird. Irgendeine wäßrige Stimme hatte ihr zugeraunt: »Komm nach Hause.« Nun wartet sie auf weitere Anweisungen. Neben ihr flattert auf einer Parkbank eine Zeitung: HAWAII ALS BUNDESSTAAT. TAUSENDE DEMONSTRIEREN DAFÜR. Die Wörter bedeuten ihr nichts. Gedruckte Wörter hat sie abgeschafft. Bücher, Zeitungen, das sind für sie mittelalterliche Dokumente, die gehören einer längst vergangenen Welt an.

Sie döst, stellt sich vor, daß sie eine Figur ist, die jemand auf einen alten Kimono gestickt hat, der noch nach der uralten Tradition mit einem Splitter aus dem Brustbein eines Kranichs genäht wurde. Auf dem Heimweg nach Honolulu träumte sie auf dem Schiff, sie sei Teil eines Traumes, den jemand anderer träumte, und sie bewege sich langsam wie eine Stickerei auf einen Ort zu, von dem aus sie alles wieder verstehen würde. Sie wacht auf und sitzt auf dieser Parkbank im geschützten Hafen, in Honolulu.

Sie steht auf, nimmt ihren Koffer, langsam bewegen sich ihre Lippen. Sie übt immer erst, ehe sie spricht.

»Wieviel kostet ein Kamm? Ein Unterrock? Wie weit ist es bis zum Krankenhaus?«

Weil sie alt und gebrechlich aussieht, nehmen die Leute an, sie sei auch taub, und schreien ihr die Antworten zu. Worte wie Gewehrkugeln. Nur ihre Haut schützt sie noch vor anderen Menschen. Sie winkt ein Taxi heran, dann einen Bus. Alle fahren vorbei, als sei sie durchsichtig. Sie geht zu Fuß, den Kopf gebeugt wie eine Schulschwänzerin, so dünn, daß das aufprallende Sonnenlicht sie zur Seite zu stoßen scheint. Auf einmal ist sie in Chinatown, in der Eingangshalle des Jade-Hare-Hotels, dessen Mobiliar ganz ordentlich, aber schmutzig und von einem leichten Fettfilm überzogen ist. In einem kahlen, mönchisch schlichten Zimmer öffnet sie die quietschenden Fensterläden.

Es ist beinahe Dämmerung, die Zeit, wenn eine unsichtbare Hand aus den Tiefen des Ostens schwere Vorhänge vorzieht. Der Tag ist ihr widerwärtig – das Messer des Erwachens, der gähnende Abgrund des Mittags, Stunden wie zerbrochenes Glas, die sich ständig wiederholen. Ihr ist die Nacht lieber, eine dunkle Landzunge, auf der sie steht und nach Heerscharen toter Frauen ruft.

Und doch wird sie in der Abenddämmerung manchmal krank. Das Zwielicht ruft die Wahnsinnigen auf den Plan. Es ist die Stunde, in der sie in Scharen in den Nissenhütten auftauchten. Jetzt legt sie sich hin, im Schutz der mondgrünen Jadehasen. Ihr Rückgrat summt und bebt, die winzigen Schädel singen im Chor. Die Vergangenheit schlängelt sich aus ihr hervor und wieder in sie hinein, ziellos treiben ihre Gedanken. Verhungernde Mädchen, an den Fußgelenken aufgehängt. Mädchen, die jemand nur zum Spaß erschießt. Abgehackte Brüste. Eine Granate, die in eine Scheide gestoßen wird.

Sie erinnert sich: Sogar als die Alliierten sich schon auf Rabaul zubewegten, sogar als er sie in die Tunnel zerrte, in jene Wabe der Alpträume, hatte Matsuharu versprochen: »Alles geht vorüber. Das alles hier wird nur ein Traum sein, der nie geträumt wurde.«

... und in den Tunnel aus rotem Lehm nahm er sie schließlich, riß sie auf wie ein müdes Auge. Er war nicht hart oder brutal, damals existierte sie schon überhaupt nicht mehr für ihn. Nichts existierte. Er ging glatt durch sie hindurch. Nur sein Schwert existierte, immer in der Nähe, glänzend im Hintergrund. Matsuharu hielt ihre Panik für Leidenschaft und versuchte es ihr gleich zu tun, ritt sie wie wahnsinnig Tag und Nacht, versuchte sie beide zu Tode zu erschöpfen.

Sie gewöhnte sich an ihn. Zuckte nicht mehr zusammen, fühlte sich nicht mehr besudelt. Sie träumte nur noch davon, ihn zu töten.

Manchmal ging er weg, tiefer in die Tunnel hinein, in die größeren, komfortableren Lehmkammern, deren Wände mit Sandsäcken abgestützt und mit Fallschirmseide ausgekleidet waren, wo sich die wahnsinnig gewordenen Offiziere trafen, vom Sake betrunken, und ihren Selbstmord planten. Tagelang lag sie im Dämmerlicht einer Kammer, einer Zelle aus rotem Lehm. Hörte Leute vor Hunger schreien. Atmete den Geruch des Schimmels.

Auf und ab durch das Zickzack der Gänge, durch den Gestank der völlig verbrauchten Luft, den die Gaslaternen, Kochstellen und der menschliche Unrat ausströmten. Luft aus rauchgeschwängerten Rohren. Immer wieder gelangte giftiges Gas in die Höhlen, Soldaten und P-Mädchen erstickten oder flogen bei Explosionen in die Luft. Matsuharu brachte ihr Delikatessen, gegrillte Ratte aus den Quartieren der Offiziere, wo sie im Schein des Generatorlichts aßen. Wo sie sich Filme ansahen und Gedichte lasen wie die Gelehrten. Wo sie sich auf seppuku *vorbereiteten ...*

In jenem unterirdischen Alptraum gab es Krankenkammern, Küchenkammern, kasernenähnliche Kammern, die Tausende von Männern beherbergten. Kammern, die so groß waren wie Fußballfelder, in denen Panzer, Flugzeuge, Flugabwehrgeschütze untergebracht waren. Kammern für P-Mädchen und für Latrinen.

Sogar provisorische Friedhöfe. Wenn die Totenkammern voll waren, begruben sie die Leichen in fötusartiger Stellung aufrecht sitzend entlang der Tunnelwände und deckten sie mit Lehm oder Flechtwerk ab. Wenn die Latrinengefäße erschöpft waren, mit Exkrementen vollgestopft und versiegelt, hockten sich die Leute einfach hin, gruben mit den Händen Löcher, häuften wie die Tiere Lehm über ihren Dreck.

Die Bombenangriffe der Alliierten wurden intensiver, ganze Tunnelabschnitte stürzten ein, begruben Soldaten und Frauen bei lebendigem Leibe. Das unaufhörliche Bombardement ließ Schutt herunterregnen, der allmählich die Luftschächte verstopfte. Menschen begannen in Scharen zu ersticken. Und in der unterirdischen Feuchtigkeit der schleichende Sieg der Infektionen. P-Mädchen starben und starben …

Immer kehrte er zurück, nahm sie, trunken vom Sake oder von Drogen, wie ein Wahnsinniger. Manchmal flehte sie ihn im Fieber an, sie doch zu töten: Tu es! Mit dem Schwert! Dann pflegte er sie, fütterte sie, spritzte ihr gestohlenes Morphium.

Eines Nachts pflanzte er ihr seinen Samen ein. Ein verkrümmtes Ding, knospend und zäh. Er verließ sie wieder. Es gab keine Möglichkeit, die Zeit einzuschätzen, sie lebten im Licht von Öllampen, von Streichhölzern, im Rhythmus ihrer Körper. Monate vergingen, vielleicht Jahre? Sie dachte, sie läge im Sterben, sei schon von der Zersetzung aufgedunsen. Dann fiel ein Wesen aus ihr heraus, unvollendet, mit weichem Schädel, blind. Sie spuckte darauf, drückte es dann an sich.

»Anahola? Kleine Anahola.«

Als Matsuharu sah, daß ihr Bauch wieder flach war, hob er die schmutzigen Matten an, suchte darunter nach ihrem Kind. Sie streckte ihm die Hände entgegen, so als könne er aus den tiefen schlammigen Klüften und Rissen ihrer Haut den Atem des Säuglings verspüren. Sie wischte sich den Nacken, wartete auf das Schwert. Er setzte sich hin und musterte sie.

»Moriko« – das war der japanische Name, den er ihr gegeben hatte –, »vielleicht hast du unser Kind nicht erstickt? Vielleicht hat es sich in einem Tunnel verlaufen, macht ganz allein seine ersten Schritte.«

Sie stürzte sich auf ihn. »Du bist wahnsinnig!«

»Es war unser Kind. Ein Kind der Liebe. Der Leidenschaft!« Sein Körper bebte. Seine Augen blickten irr.

»Wozu würdest du ein Kind haben wollen? Zum Spaß?« Sie deutete auf sein Schwert, die schimmernde Spitze. »Es war kein Mensch. Es war etwas anderes. Warum tötest du mich jetzt nicht? Ich bin so müde.«

Mit größter Anstrengung bewahrte er die Ruhe, legte den Arm um sie. »Bring mich zu unserem Kind. Dann schlafen wir. Alles wird nur ein Traum sein.«

Dankbar, weil man ihr endlich erlauben würde zu sterben, zeigte sie ihm die Stelle in der Tunnelwand. Mit bloßen Händen krallte sie noch einmal den Lehm fort, scharfe Splitter zerrissen ihr die Finger, bis sie die kindgroße Nische ausgegraben hatte. Dort stand es in seinem Grab, in dreckige Lappen gewickelt, eine kleine Ikone.

Matsuharu wickelte das Ding aus, drückte es an die Brust, lachte und weinte, sah es als etwas Kostbares und Vollkommenes an, von den blinden Augen, den unausgebildeten Gliedmaßen, dem weichen, paprikaförmigen Köpfchen einmal abgesehen. Sanft legte er es in die Nische zurück, packte den Lehm wieder darauf, preßte die Lippen an die Wand. Dann nahm er Sunnys Arm wie ein Kavalier und geleitete sie in die Kammer zurück. Er legte sie hin. Sie wartete. Die ganze Kammer schien zu warten …

Auf der schmutzigen Matte drang er in sie ein, lachte tonlos. Als er fertig war, brach er erschöpft zusammen. Sie zog sein Schwert rasselnd aus der Scheide. Sie sehnte sich so sehr danach, tot zu sein. Sie hatte nicht die Kraft, die Waffe zu heben. In der Ferne, auf und ab, im Zickzack der Tunnel, hörte man das Echo der Gnadentötungen. Selbstmorde. Die Truppen der Alliierten, die eindrangen …

Irgend etwas stank, ein neuer, schwerer, scheußlicher Geruch, der sie betäubte, ihre streichholzdünnen Gliedmaßen zu Stein erstarren ließ. Soldaten krochen an ihrer Kammer vorüber, preßten in Wein getunkte Lappen vor die Nase. Die Bomben hatten eine Leitung getroffen, Gas drang in das Tunnelsystem ein. Die Schreie weckten Matsuharu. Er hatte noch die Kraft, sie eng an sich zu ziehen, sie dazu zu zwingen, ganz langsam einzuatmen, die Luft einzusaugen, die noch als dünne Schicht am Boden unter dem einsickernden Gas übriggeblieben war.

»Der Tod wird ganz langsam kommen« – seine Stimme war weit weg – »... wir ersticken.«

In weiter Ferne hörte sie Männer kotzen. Dann nur noch die stinkende Schwärze feuchten Lehms.

Als die Alliierten in die tiefsten Tunnel vorgedrungen waren, vorsichtig, Zentimeter um Zentimeter – und dabei Minen und Ketten von Explosionen auslösten –, waren sie beide schon bewußtlos. Ein Mann aus Papua mit einem naturgefärbten Sarong und einer Gasmaske tippte ihr mit dem Speer auf die Schulter. Ein australischer Soldat mit Gasmaske fuchtelte mit dem Gewehr.

»Scheiße! Lebt die noch? Sieht nich mehr aus wie'n Mensch. He, du, sprichst du Englisch?«

Nur noch Knochen und verkrusteter Staub, so verschorft und dreckig, daß sie ganz schwarz war. Dann überschritt sie die Grenze vom Tod zum Leben, stolperte durch Gänge, deren Lehmwände tief von Bajonetten gezeichnet waren. MUTTER, ICH HABE HUNGER. MUTTER, BETE FÜR MICH. ICH BIN EHRENHAFT FÜR DEN KAISER GESTORBEN. Grabmäler verstummter Söhne. Manche Kammern waren zu Räumen des Verhungerns geworden. Zu Räumen der Exkremente. Ein Raum voller angenagter Leichname mit menschlichen Zahnabdrücken. Australische Soldaten lehnten sich an die Wände und kotzten.

Im Schneckentempo legten sie Kilometer um Kilometer zurück, quälten sich durch übelriechende, endlose Gänge – ihre Führer waren Eingeborene, alliierte Soldaten, die Lumpenbündel, halbtote Mädchen, trugen. Hinter ihnen noch mehr Soldaten, die mit ihren Bajonetten die Japsen vorwärtstrieben. Als sie nicht mehr gehen konnte, hob ein Eingeborener sie auf, mußte dazu nicht einmal seine Muskeln anspannen. Ihr Leben lang würde sie sich an seinen gesunden Panthergeruch erinnern, an den Schweiß, der wie Perlen auf dem krausen Haar stand, ein Diadem, das ihr auf die Schultern hinuntertropfte.

Stundenlang wanden sich die Tunnel, führten bergauf und im Kreis, wiederholten sich wie heilende Gesänge. Dann spürte sie den Wind, das Sakrament der Luft. Zerrissene Tümpel aus Mondlicht. Herrliche und ruinierte Sterne. Als sie erwachte – der Himmel war rot im Osten – schnitten ihr gerade Hände, die in Gummihandschuhen steckten, das läusebefallene Haar ab. Schabten Krankenschwestern mit Gesichtsmasken an verschorftem Fleisch. Inspizierten Ärzte mit Gesichtsmasken ihre Mikroben, ihre Parasiten. Als wären sie Vieh.

Röntgenaufnahmen, Spritzen, Impfungen. Momente der Benommenheit, dann Toben, Wut. Weil sie lange genug gelebt hatte. Weil sie wollte, daß es endlich vorbei wäre, und sie ihr einfach nicht zuhören wollten. Eines Tages reichte ihr jemand einen Spiegel. Wimpernlose Augen, verrottete Zähne. Die Gesichtsknochen glühende Knorpel, die unter gelbem Pergament hervorstachen. Kinderarme, von Spritzeneinstichen übersät. Voller blauer Flecke, als hätte man sie geschlagen. Rote Streifen um die Handgelenke, Spuren der Halteschlaufen. Man hatte sie festbinden müssen. Sie konnten nicht begreifen, daß sich der Kummer als wahnsinnige Wut seinen Weg suchte. Messerstechereien auf den Stationen. Selbstmorde.

»Eines Tages«, versprach ihr ein Arzt, »sind alle Wunden verheilt. Sie werden vergessen können.«

Wie kamen die darauf, daß sie vergessen wollte? Daß irgendein P-Mädchen vergessen wollte?

Nach dem, was die Ärzte »Genesung« nannten, hatte sie nur eines gelernt. Es war alles immer dasselbe. Nur die Gesichter waren anders. Jetzt waren es die Besatzungstruppen der Alliierten, die Tanzsäle, Nachtklubs und Sex brauchten …

Nun ist sie schon einige Wochen in Honolulu. Jetzt sitzt sie im A'ala Park, unmittelbar westlich der Innenstadt.

»Siehst du, Lili, auf unseren Inseln sind die Bäume voller Vögel, die Pidgin-Englisch sprechen. Wir nennen sie Minahs.«

Sie lauscht mit der Reglosigkeit einer Blinden. Sogar die Leute, die hier Englisch sprechen, sprechen es mit einem weichen, flinken Pidgin-Mund. Das tröstet sie so sehr, daß sie lächelt, dann zu dem glühendroten Schopf der Blumen hinüberblinzelt.

»Das ist flammendroter Ingwer, Lili. Und das hier Hibiskus.«

Siebzehn Jahre. Sie horcht in ihren Körper hinein, spürt seinen winzigsten Erschütterungen nach, ein Zurücklehnen, ein Wiedererkennen.

Sie blickt auf ihre Hände. Diese Hände haben einmal Bücher getragen, die Schultern junger Männer berührt. Sie weiß, daß es ihre Hände sind, weil sie unten an ihren Armen hängen. Aber plötzlich weiß sie nichts mehr von diesen Händen, was sie getan haben, was sie berührt haben. Sie kann nicht begreifen, wie sie so viele Adern und Leberflecke bekommen konnten, wie das Leben sie zu zugrunde gerichtet hat. Eine Minute lang schwindet ihr jegliche Erinnerung, ist sie von der Außenwelt abgeschlossen. Dann berührt sie ihren Stock, sieht die häßlichen orthopädischen Schuhe an ihren Füßen, sieht, wie die Leute sie anschauen. Sie erinnert sich wieder, wer sie ist, was sie ist.

Sie hebt den Kopf, schnuppert, erklärt ihrer Schwester: »Das ist Rauch von einem hulihuli-*Huhn von einem Grillstand. Und weit da oben brüten die majestätischen Ko 'olau-Berge.«*

Direkt hinter ihr, hinter Iwilei liegt das Meer, sein Anblick ist so wunderschön, daß es ihr beinahe die Tränen in die Augen treibt. Hier ist ein Ort, wo das Leben wieder rein werden könnte, vorausgesetzt man ist bereit dafür. Ringsum Trost und Hoffnung. Kniende Kinder, die lachen und ini quatro *spielen. Blumenfrauen, die* leis *auffädeln. Zarte damenhafte Chinesinnen und Japanerinnen, die sich zu freundlichen Schwesternschaften zusammengeschlossen haben und schwatzen. Untersetzte, dunkelhäutige Bauarbeiter mit Schutzhelmen, die ihren* bento-*Lunch verzehren; wenn sie lachen, blitzen weiße Zähne unter ihren Lippen hervor.*

»Und Lili, hörst du wie die Frauen in ihrer hawaiischen Muttersprache reden? In der Sprache, in der ich als Kind gedacht und geträumt habe, in der Sprache, die die Hälfte meiner Vorfahren gesprochen hat.«

Jetzt versucht sie sich zu erinnen, muß lange nach ganz gewöhnlichen Wörtern suchen. Großmutter... tūtū. *Mutter...* makuahine. *Lehrer... sie weiß es nicht mehr. Das Gespräch mit ihrer Schwester läßt sie an die Familie denken, die sie nicht mehr be-*

sitzt. Manchmal steht sie nachts vor dem Haus ihres Vaters, oben in den Alewa Heights.

»Mama, ich bin so müde. Papa, jetzt verstehe ich. Laß mich bei dir sitzen und mit dir reden. Oh, nehmt mich bei euch auf.«

Durch das Fenster sieht sie die beiden dasitzen, von ihren Kindern verwaist. Sie sieht, wie zart ihr Vater die Mutter berührt. Wie zärtlich er ihr das Haar kämmt. Der Schmerz hat ihn menschlich werden lassen. Auch die Eltern sind gebrechlich und alt geworden, genau wie sie. Ihr Anblick würde die beiden auf der Stelle umbringen.

Eines Tages sieht sie in der Innenstadt von Honolulu Leute bei einer Parade, in einem Demonstrationszug vorüberziehen. Sie tritt näher. Hunderte marschieren und schreien. Sie sieht die Transparente nicht. »HAWAII SOLL BUNDESSTAAT WERDEN.« Furcht, Instinkt, jenseits jeglicher Logik: Sie bildet sich ein, daß diese Menschenmassen marschieren, um sie aus Hawaii zu vertreiben. Um sie draußen zu halten. Diese Leute wissen, was sie ist, was sie war. Kennen ihre unaussprechliche, widerwärtige, schmutzige Vergangenheit.

Bald wird die Polizei kommen und sie in Fesseln legen. Wie angewurzelt steht sie da. Dann wendet sie sich in panischer Angst ab, ehe man sie fassen kann, schlägt mit ihrem Stock auf Blätter und Büsche ein, hinkt so schnell, daß sie strauchelt. Sie lehnt sich in einen Türrahmen, wischt sich mit dem Taschentuch das Gesicht ab, wischt den Schweiß vom Knauf ihres Stocks.

Als sie aufsieht, erblickt sie ein Plakat an der Wand und nimmt es doch nicht wahr. Dann scheint es, als würde das Plakat sie ansehen, es zieht ihre Blicke auf sich. Schweiß rinnt dem Mann über Wangen und Hals. Ein Scheinwerfer leuchtet die Oberfläche seiner Mahagonihaut aus, so daß sein Gesicht, seine Hände, sogar seine blitzende Trompete sie geradezu anspringen. Sie streckt die Hand aus, berührt das Gesicht. Ihre Hand scheint durch das Gesicht und durch das Plakat hindurchzudringen, durch die Tür, durch die Wand, immer weiter zurück in die Nebel der Vergangenheit.

»Keo.«

Sein Name steigt sanft in ihr auf, erinnert sie an Unschuld, an alltägliche Schätze. An ein unerforschtes, unbekanntes Leben.

Sie mustert das Plakat erneut. Sein Körper, die Biegung der dunklen Arme. Eine Erinnerung an Nächte, in denen er in einem Kanu saß, mit seiner Trompete wie ein Wahnsinniger aufs Meer hinausschmetterte, sich gar nicht bewußt, daß sie ihn beobachtete. Sie lehnt den Kopf an die Wand, erinnert sich an einen Schwarm Delphine, der aus dem Meer aufstieg, die hochschnellenden Körper schimmern vor salzigen Juwelen. Keo stand da und spielte für sie. Den glühenden Klang der Sehnsucht. Sie erinnert sich, daß die Delphine so aufmerksam waren wie die Menschen, die sein Spielen erfreute.

Wochenlang geht sie die Straße auf und ab. Sie beobachtet die Menschen, die herauskommen und eintreten, hört ihr Gelächter. Es ist so viele Jahre her, sie fragt sich, wie es wohl ist, einfach laut herauszulachen. Wie hört man dann bloß wieder auf? Eines Abends betritt sie den Swing Club, sehr spät, es ist dort schon sehr voll. Sie stemmt sich tapfer gegen ein Meer von Leibern, findet einen Platz an einer der Wände.

Die Leute streifen sie flüchtig mit ihren Blicken, halb amüsiert über die alte Frau mit Strickjacke und Schnürschuhen. Auf eine pedantische Art gepflegt. Die grauen Haare zu einem kurzen Pagenkopf geschnitten, bebrillte Augen, vergrößerte Pupillen. Vielleicht ein einstmals schönes Gesicht – Kinn und Wangenknochen sind von makelloser Form –, das mittlerweile jedoch von Fältchen und Narben und geplatzten Äderchen verwüstet ist. Die Lippen wie erstarrt im schiefen Lächeln einer Gelähmten.

Im Halbdunkel bietet ihr ein Kellner einen Stuhl an. Sie schüttelt den Kopf, will eine gestaltlose, stehende Figur bleiben. Zunächst ist sie ganz benommen von dem Ansturm auf ihre Sinne – dieses Destillat aus Rum, Tabak, tropischen Duftwässern. Der ätzende Geruch der Menschen, die fieberhafte Erwartung der Menge. Aber sie hat gelernt, alles auszuklammern, unsichtbar zu sein und zu beobachten.

Sie fällt nicht in Ohnmacht, als er auftritt. Ihr Atem verändert sich nicht. Und als er zu spielen beginnt, wird ihr nicht übel von der Erinnerung. Sie schließt die Augen, blättert zurück, durch die Jahre. Das Leben liegt vor ihr wie ein aufgeschlagener Foliant. Sie trauert nicht. Sie staunt nur. Sie geht weg und kommt an einem anderen Abend wieder, immer wieder von neuem, stets zu später Stunde. Und jedesmal steht sie hinten an der Wand.

Manchmal kommt sie wochenlang nicht. Manchmal spielt Keo in einem anderen Klub, aber Honolulu ist eine kleine Stadt, sie findet ihn immer. An manchen Abenden, wenn er seine Solos spielt und die Schuhe von den Füßen schleudert, steht er am Rand der Bühne und lehnt sich ins Publikum, versucht die Umrisse der Köpfe hinten im Raum auszumachen. Manchmal treffen sich im Dunkeln ihre Augen, bleiben aber nie aneinanderhängen. Sein Blick streift vorüber, seine Trompete schmettert weiter, fügt kleine beruhigende Tupfer hinzu, wenn die Band wieder einsetzt und die Gefahr besteht, daß sie es übertreiben, zu kommerziell oder zu sentimental werden. An den Namen erkennt sie, daß der Schlagzeuger ein Filipino ist, der Bassist und der Pianist portugiesische Hawaiianer. Der Saxophonspieler mit der merkwürdigen Hautfarbe ist, wie sein Name Arito vermuten läßt, Japaner.

Beim Lauschen hört sie, daß in Keo immer noch dieser Schmerz wohnt, der ihn stets zu überwältigen droht, die feurige Trauer seiner Trompete. An manchen Abenden ist sein Spiel wie die Hinrichtung geheimer Dämonen, die sich alle wütend gegen den Tod wehren. Er bezirzt sie, reißt ihnen die Eingeweide aus dem Leib oder schläfert sie mit beruhigenden Balladen ein. Sein Körper schlingt sich um die Trompete, knochenlos wie ein Handschuh.

Sie sieht, daß er immer noch adrett und fit ist, doch er wirkt ausgezehrt. An seiner Musik hört sie, daß er seine beste Zeit hinter sich hat. Und doch ist er immer noch ganz besessen vom Streben nach Vollkommenheit, denn wenn er spielt, imitiert er niemanden, ahmt niemandes Klänge nach.

Manchmal will sie ihm zurufen: »Mach langsamer! Mach langsamer!«

Sie erinnert sich an einen Mann namens Dew Baptiste, erinnert sich daran, wie er einmal erklärt hat, was Jazz ist. Das war keine Kalligraphie, bei der es nur auf Geschwindigkeit ankam. Jazz hatte mit Herumlungern zu tun. Mit Solos, bei denen man sich auf eine Reise begab und wieder nach Hause zurückkehrte, dabei den Widerhall anderer Blasinstrumente und Schlagzeuge und Streicher und Tasteninstrumente in sich aufnahm, so daß bei den Zuhörern der Eindruck entstand, als säßen sie alle in einer riesigen Uhr, die vor der ungeheuren Leibesfülle eines dunklen Gottes an einer Kette hin und her schwang, und daß in dieser Uhr Rädchen mit verschiedenen Geschwindigkeiten ineinandergriffen und quietschten und summten und doch alle miteinander verzahnt waren, alle dienten sie nur einem Zweck: die Seele der Menschen in ihrem Innersten zu berühren.

Manchmal fühlt sie sich wie neugeboren, spürt, daß Keos Trompete sie vernommen hat, als verstünde sie und sänge an ihrer statt alles heraus, was sie nicht selbst erzählen kann. Wenn sie bleibt, wenn sie lange genug in dieser Stadt bleibt, dann singt die Trompete vielleicht alles heraus. Sie wird geläutert sein, wird vergessen können. Aber Narben können auch sehr einfallsreich sein. Wenn sie sich in der Stadt umsieht, sieht sie Scharen von Touristen und Militär. Immer noch viel zu viele Männer. Und das läßt ihr Rückgrat immer wieder summen, läßt die kleinen Schädel die Zähne zusammenpressen. Eine Weile meidet sie die Jazzklubs, zieht sich in ihr kahles Hotelzimmer zurück, fragt sich, warum sie noch hierbleibt. Hier gibt es nichts mehr für sie. Nirgends gibt es noch etwas für sie. Die Frau, die sie einmal war, ist tot.

Es beschleicht sie das Gefühl, daß sie verfolgt wird, daß etwas hinter ihr herstolpert. Ein langsames, unsichtbares Ding, noch dazu ein Ding, das völlig außer Kontrolle geraten wird, wenn es einmal von der Leine gelassen wird. Sie keucht atemlos. Irgend etwas schnappt ihr den Sauerstoff weg, jeden ihrer Atemzüge, irgend etwas nagt an ihren pochenden Zellen. Sie kratzt sich mit den Fingernägeln die dürren Arme wund, flüstert ihrer Schwester zu:

»Lili, ich habe Angst.«

Jeden Morgen schaut sie sich die Delle in ihrem Kopfkissen an, um nachzusehen, ob nicht vielleicht ihr Gehirn darin liegt. Sie wartet auf den Satan, lauscht auf seine Schritte. Denn ganz gewiß lebt er in dieser Stadt.

Sie wird hier weggehen. Jede Gasse, jede Straße erinnert sie an das, was sie einmal war, was sie verloren hat. Was ihr nur zu offensichtlich zugestoßen ist. Was sie auch hierher zurückgerufen haben mag, es ist nicht stark genug, um sie hier zu halten. Sie packt ihren einzigen Koffer, geht noch ein letztes Mal Keo zuhören. In einer Zukunft, die vom Fieber und von Medikamenten verunstaltet sein wird, wird er ihr Balsam sein, ihr heimischer Ozean.

An jenem Abend spielt er schlecht. Seine Lippe ist vereitert, finster brütet er im Schatten vor sich hin. Vielleicht ist es die Menge, der Rauch, das Licht, irgend etwas lenkt ihre Aufmerksamkeit auf den Ersatzmann am Saxophon. Normalerweise spielt der nur mittelmäßig. Wenn er für sein Solo aufsteht, konzentriert sich Sunny stets auf die Finger auf den Ventilklappen, auf die stumpfen blauen Fingerspitzen. Sie hat seine Gesichtszüge nie richtig ausmachen können. Das Licht, das von seiner Jakarandahaut reflektiert wird, läßt seine Züge durch seinen grellen Glanz verschwimmen.

Aber jetzt, während seiner Überleitung zu »I Wished on the Moon«, als sein Kopf auf und ab zuckt, fällt das Scheinwerferlicht auf sein Ohr, bleibt am blauen Puzzlestein des Knorpels hängen. Er wendet ihr sein Profil zu. Sie tritt näher zur Bühne. Zwischen Hals und Kinn zuckt ihm ein Nerv, so aufgeregt und bebend wie eine Froschkehle. Ein Nerv, der all die langen Monate der rotlehmigen Nächte vor ihren Augen gebebt hat, als er sich in sie hineinzwang. Als er sie ritt, immer wieder ritt. Sie wendet sich um, taumelt nach draußen. Sie beugt sich nach vorn, übergibt sich, auf den Stock gestützt.

Sie irrt ausgetrocknete Straßen entlang, die kleinen Schädel ihres Rückgrats schnattern, zerren daran bis zum Zerreißen, rollen es auf. Im Schein der Jadehasen an den Wänden sitzt sie da und zittert so gewaltig, daß ihr Stuhl durch das Zimmer ruckt. Sie stopft sich Bündel von Papiertaschentüchern in den Mund, damit ihre Zähne beim Zähneklappern nicht splittern. Sie vergräbt ihr Gesicht und schreit. Nach einer Weile hebt sie den Kopf und streicht sich das Haar glatt. Sie zupft Kleid und Strickjacke zurecht. Sie greift nach dem Koffer und beginnt ihn langsam und sorgfältig auszupacken.

Ka 'Umeke Kā'eo

Die Kalebasse ist voll, die Gedanken auch

In ihrem kleinen Laden in der Nähe der Merchant Street paßte Malia einer smaragdbehängten Rothaarigen in den besten Jahren ein Kleid an. Vor fünfzehn Jahren im Moana Hotel hatte sie das Bett dieser Frau frisch bezogen.

Ich habe die Schiaparelli-Schilder aus deinen Kleidern geschnitten. Ich habe dein Guerlain-Parfüm geklaut.

Die Frau betrachtete ihr Spiegelbild, lächelte dann mit ihren Pferdezähnen und stellte einen Scheck aus, machte Malia Komplimente zu ihrem Laden.

Als sie wieder allein war, saß Malia an der Singer-Nähmaschine, kochte vor Wut, brachte sie auf solche Hochtouren, daß die Nadel zerbrach und ihr das gute Leinen ruinierte. Eine andere Frisur, ein paar Pfund weniger, aber ansonsten sah Malia noch ganz genauso aus wie vor fünfzehn Jahren.

Sie hat mich nicht wiedererkannt. Weil ich keine Uniform mehr trage! Weiß nicht, daß sie Kleider trägt, die von den gleichen Händen genäht wurden, die einmal ihre Toilette geschrubbt haben!

Schließlich beruhigte sie sich, besänftigt, weil sie wußte, daß sie in jeden Saum, in jeden Abnäher, in jedes Schulterpolster in den Kleidern dieser Frau – in jedes Kleid, das sie für Touristinnen nähte – Flüche stichelte, kleine Schlachtrufe. »*E Poko ke Ola*«. Möge dein Leben kurz sein. »*Ho'opī ka 'Amo.*« Möge dein Hintern krachen und jucken. »*E Hele 'Eku 'Eku*«. Geh und wühle wie ein Schwein.

Wie kleine Gespenster waren diese Sprüche plötzlich aufgetaucht. Eines Tages ratterte die Singer-Nähmaschine von selbst weiter, stichelte die Nadel wie verrückt, während Malia zuschaute. Erschrocken war sie zurückgewichen, die Maschine war auf einmal so heiß, daß sie rauchte. Der schwarze Emailkörper schimmerte. Malia dachte an Pono, deren Fingerabdrücke sich noch immer auf der Singer herumtrieben, deren Schweiß die Fugen und Schrauben eingeölt hatte. Sie spürte Ponos Gegenwart im zuckenden Tanz der Spulen, fühlte, wie die Nadel Flüche aus Ponos Gehirn ausspuckte.

Im Laufe der Jahre waren Malias Modelle bemerkenswert geworden, Kleider, die den Leuten auffielen. Sie warf die Schnittmuster mit kalligraphischer Geschwindigkeit aufs Papier, schnitt zu, ohne je etwas abzumessen, nähte ohne den Stoff vorher zu heften. Ihre typischen Rollsäume ließen die Kleider kostbarer aussehen. Sie perfektionierte ihre »Strandensembles«: aufeinander abgestimmte Badehosen und Hemden für Männer. Kopftücher für Frauen, die sich in rückenfreie Tops mit Nackenband verwandeln ließen. Sie schuf den Büstenhalter mit Taschen für Busenpolster. Unterhosen mit Täschchen für Duftkissen. Aber lieber nähte sie Kleider, Jacken, alles, was Abnäher und Säume hatte, in die sich ihre kleinen Flüche einsticheln ließen.

Eines Abends saß Malia da und zerschnitt alte Kimonos, um daraus Kummerbunde und Westen zu nähen. Ihre Schere raschelte und wisperte, als plötzlich etwas an ihre Rippen klopfte, etwas ihren Blick auf sich zog. Ein Muster in einem alten Kimono, der am Fenster hing – eine gestickte Gestalt – eine alte Frau mit einem Stock. Malia stand da, strich mit der Hand über den Kimono, versuchte sich daran zu erinnern, woher sie ihn hatte, überlegte, warum ihr diese Gestalt keine Ruhe ließ.

Sie drehte das Radio lauter, hörte sich eine Übertragung aus dem Reef Hotel an. Johnny Almeida, der blinde Mandolinenspieler, sang »Pua Sadinia«. Gardenienblüte. Danach Lena Machado, die alte Hawaii-Nachtigall. Malia schüttelte den Kopf, wünschte sich, Keo würde begreifen, daß der Jazz auf Hawaii im Sterben lag, daß jetzt etwas namens Rock and Roll Einzug hielt. Sie wollte ihm sagen, daß für ihn vielleicht eine Zeit der Umkehr angebrochen war, daß er zurückkommen und die Musik seines Volkes spielen sollte.

Sie beobachtete, wie sein Gesicht ganz weich und sanft wurde, wenn er die uralten, schwermütigen Gesänge hörte, die von Kalebassen und Klanghölzern begleitet wurden. Sogar wenn er hawaiische Melodien auf der Ukulele oder der Slack-Key-Gitarre hörte. Aber jedesmal, wenn sie mit ihm darüber sprach, begriff sie, daß Jazz für ihn wie Luftholen war. Ihn aufzugeben, würde für ihn den Tod bedeuten.

»Das wäre«, sagte er, »als begrübe ich die Erinnerung an Sunny Sung.«

Nach diesen Worten hätte ihn Malia ohrfeigen können.

»Weißt du, jahrelang habe ich dich immer als einen wahrhaftigen Künstler gesehen, der sich nicht besonders für die Welt interessiert. Jetzt begreife ich, daß du dich auch nicht besonders für die Menschen interessierst.«

Keo blickte sie schockiert an. »Wie meinst du das?«

»Daß du ein Egoist bist. Du träumst davon, Sunny zu finden, weil du sie brauchst, um glücklich zu sein. Es geht noch immer nur um *dich*. Was ist mit Mama und Papa? Oder mit DeSoto? Er hat jetzt Frau und Kinder. Du erkundigst dich nie nach ihnen. Hebst nie einmal den Kopf und schaust dich um.«

»Das stimmt nicht«, antwortete Keo. »Ich liebe euch alle. Ich mache mir ganz schön Sorgen um euch.«

Ihre Worte wirkten wie Gift. »Nein. Du machst dir Sorgen um dich. Du schleppst deine Trauer mit dir herum wie eine Krankheit, läßt sie blutig aus deiner Trompete triefen. Wir haben *alle* im Krieg zu leiden gehabt. Jeder hat seine Narben davongetragen.«

An jenem Abend betrachtete er seine Eltern genau. »Mama? Papa? Geht's euch gut?«

Timoteo nickte. »Ja, mein Sohn. Ziemlich gut. Und dir?«

Leilani seufzte. »Du mußt dir 'ne Frau suchen. Warst zu lang alleine.«

»Brüderchen vermißt Sunny Sung. Das wißt ihr doch.« Plötzlich hatte Malia ein schlechtes Gewissen und redete weiter. »Heute habe ich an Pono gedacht. Die hat ein *mana pālua*, ein doppeltes *mana*. Die Leute sagen, daß sie zur Hälfte *kahuna* ist. Keo, vielleicht kann sie dir sagen, was mit Sunny passiert ist.«

Leilani schüttelte den Kopf. »Dann schaut sie ihn mit ihrem Todesblick an, das war's. Mit der *wahine* ist nicht zu spaßen.«

Am nächsten Tag machte sich Malia über die Felder und durch die Gassen auf den Weg zu Pono und traf sie nicht zu Hause an. Die Nachbarn erzählten ihr, daß eine Tragödie stattgefunden habe. Alle vier Töchter hätten sie verlassen, wären mit Wildfremden fortgegangen. Sie selbst sei auf die Große Insel gezogen, wo ihr der *ma'i pākē*-Mann, der Vater dieser Mädchen, eine verfallene Kaffeeplantage hinterlassen habe.

Malia fuhr mit dem Dampfer zur Großen Insel. Noch ehe sie überhaupt Land erspähen konnte, brannte ihr schon der stechende Geruch aus Vulkanasche und Nebel in der Nase. Es war die Insel der brodelnden Vulkane, der launischen Vulkangöttin Pele, deren kochendheißer Atem ganze Wälder und Dörfer vernichtete. Malia fuhr in die nebelverhangenen Berge, durch kleine, nach Kaffee duftende Städte – Holualoa, Kainali'u, Kealakekua –, die kilometerweit von üppigen Sträuchern voller Kaffeebeeren umgeben waren. In der Stadt Captain Cook fragte sie nach einer Frau namens Pono. Die Leute traten einen Schritt zurück, zeigten dann die Napo'opo'o Road hinunter, die zu einer großen versteckten Einfahrt führte, zu einem großen weißen Spukhaus.

Sie stand auf dem Rasen, spürte, wie das Haus ihren Blick erwiderte. Ein Pfau breitete seine schimmernden Schwanzfedern aus und schluchzte. Dann kam eine kleine Frau mit schiefen Zähnen auf krummen Beinen auf das *lānai* herausgerannt. »Hallo. Was willste?«

Sie zögerte. »Kennst du eine Frau namens ... Pono?«

Die Frau krümmte sich vor Lachen. »Ha, wirklich komisch. Da steh ich den ganzen Tag in der Küche und nehme *pilau*-Fisch aus für sie. Schabe an blutigen Schweinebacken herum für sie. Koche und putze nur für sie. Warum das? Hat mir das Leben gerettet. Pono is wie meine *tita*.« Sie musterte Malia vom Scheitel bis zur Sohle. »Heiße Run Run. Was willste von Pono?«

»Das ist ... eine Privatsache.«

Die Frau stemmte die Hände in die Hüften, kniff die Augen zusammen wie ein Scharfschütze. »Na gut, ich bin hier die Privatsekretärin. Haste ne Nachricht für sie? Ich bin die Botenfrau!«

»Ich heiße Malia Meahuna. Pono hat mir das Nähen beigebracht ...«

Run Run musterte sie noch ein wenig, wies dann mit dem Finger auf die Vordertreppe. »Setz dich. Warte hier.«

Malia hockte sich auf die Treppe, die so ausgetreten war, daß die Stufen in der Mitte ganz dünn waren. Fast wäre sie eingeschlafen. Da spürte sie, wie alle Luft von den Feldern hinter ihrem Rücken auf die Veranda gesogen wurde. Sie fühlte den Wind wie ein Paar heiße Hände auf den Schultern. Sie wagte es kaum, sich umzudrehen, wußte, daß dort eine Frau stand wie ein Baum und nach Eukalyptus, Erde und Ozean duftete. Sie hörte, wie sich Pono bedächtig in einem großen, tiefen Sessel niederließ. Sie hörte sie seufzen.

Als Malia sich schließlich umdrehte, sah sie das ihr vertraute, vollkommene Gesicht, die goldene Haut, die vollen Lippen, das lavaschimmernde Haar, das auf dem Rücken zu einem Zopf geflochten war. Pono hatte sich ein wenig verändert. Ihre schräggeschnittenen schwarzen Augen schienen mehr Schmerz und Wissen widerzuspiegeln, als das bei einem einzelnen Menschen möglich sein sollte. Und doch war sie noch wunderschön, in der sinnlich leicht erschöpften Art einer Frau, die alles getan hat, um zu überleben.

Die leise Andeutung eines Lächelns. »Wie geht es dir, Malia? Immer noch Flausen im Kopf?«

Sie lachte leise. »Ja. Ich wage mich immer noch weit über meine Verhältnisse hinaus.«

»Man *muß* etwas wagen. Oder nur als Kopie leben. Geht es dir gut?«

»Sehr gut. Ich entwerfe Kleider und das Geschäft floriert.«

Sie ging die Stufen hinauf und reichte Pono ein weiches, viereckiges Päckchen, das in zartes Reispapier eingeschlagen war. Darin befand sich ein alter und sehr schöner Kimono.

»Das ist für dich, mit viel *aloha*. Ich habe so oft an dich gedacht.«

»Und dein Mädchen. Wie geht es ihr?«

»... Baby Jonah. Sie ist wunderschön. Inzwischen ist sie zwölf Jahre alt.«

Ponos Augen starrten in die Ferne. »Der Vater ist Rechtsanwalt geworden. Er weiß, daß sie sein Kind ist. Ihre Gesichtszüge sind völlig gleich.«

Malias Beine begannen zu zittern.

»Der Mann ist von Alpträumen geplagt. Er hat in seinem Leben immer nur eine Frau geliebt. Aber er ist dunkel, und du bist zu stolz. Du äffst immer noch die *haole* nach. Mit der Zeit wirst du über den Ekel zur Weisheit gelangen. Du wirst das *haole*-Hirngespinst aus deinen Träumen verbannen.«

Sie drehte sich wieder zu Malia um. »Das reicht, was dich anbelangt. Dein Bruder Keo – er geht jede Nacht über eine Brücke mit neun Windungen.«

Malia nickte. »Eine, die er nicht vergessen kann. Er hat gesucht und gesucht. Pono, kannst du es mir sagen? Lebt das Mädchen noch?«

Pono lehnte sich bedächtig zurück. Ihre Augen schlossen sich, und sie war völlig reglos. Dann bewegten sich ihre Lippen rasend schnell, beschworen ein Gesicht herauf. Ihr Einatmen glich einem gewaltigen Heulen.

»Sun-ja Uanoe Sung. Der wilde Faden, der sich durch den ganzen Teppich zieht. Er hat das Muster aus den Augen verloren.«

»Ich würde alles tun, egal worum du mich bittest, wenn du ihm nur helfen könntest«, flüsterte Malia. »Er ist so verloren ohne sie.«

Pono wiegte sich vor und zurück, so als betete sie. Schweiß rann ihr über die Arme, ihr Atem ging schwer. Wie ein scharfes Messer schnitt ihr Stöhnen in den weichen, blassen Bauch des Tages. Als sie die Augen wieder aufschlug, waren sie marmorweiß. Malia keuchte entsetzt. Dann durchzogen Adern den Marmor, er wurde sandig, dann braun, dann schwarz wie das rot-schwarze Herz der *aku*.

Was Pono sah, schreckte sie so sehr, daß sie mit größter Behutsamkeit sprach. »Manchmal wissen wir nicht, welche Konsequenzen so eine Suche mit sich bringen kann.«

»Was soll das heißen? Lebt sie noch?«

Sie log, weil sie lügen mußte. »Nichts ist klar.«

»Dann ist sie tot.«

Pono schüttelte den Kopf. »Sie ist irgendwo ... und beichtet.«

»Was soll Keo machen? Was soll ich ihm sagen?«

»Er soll weitersuchen.«

»Aber wie? Und wo?«

»In seiner Musik. So bleibt seine Musik rein.«

Malia hatte das Gefühl, eine ganze Meile gerannt zu sein. Sie war völlig erschöpft. »Darf ich wiederkommen? Eines Tages siehst du Sunny vielleicht. Die Hoffnung wird meinen Bruder bei Verstand halten.«

Pono nickte nachdenklich. »Eines Tages, wenn mich die Vision nicht verläßt, werde ich nach dir schicken.«

Die Frau stand mitten zwischen den Kundinnen und blickte sich ganz ruhig in Malias Laden um. Teurer Teppich, die Wände mit *kapa* geschmückt. Schöne Sessel aus *koa* mit Armlehnen. Spiegel in vergoldeten Rahmen, Topfpalmen. Ein kleiner Laden, aber nicht überladen, geschmackvoll. Sogar die Schneiderpuppen trugen elegante Gewänder. Sie musterte die Stoffballen, bis alle Kundinnen gegangen waren. Dann wandte sie sich wie beiläufig Malia zu.

Die Frau hatte ein wunderschönes Gesicht, dunkle, leicht schräggestellte Augen, ziemlich volle Lippen. Sie war nicht schlank, sondern eher das, was man üppig nennt, trug ein schlichtes Leinenkleid, zweifarbige Pumps aus gutem Leder. Malia hätte vor ihrem eigenen Spiegelbild stehen können, nur war die Frau eine Weiße.

»Ich heiße Vivian«, sagte sie. »Ich bin Krashs Frau.«

Instinktiv trat Malia einen Schritt zurück.

»Ich bin gekommen, um Ihnen zu sagen, daß ich ihn verlasse. Sie können ihn haben.«

»Was? Wie können Sie es wagen ...«

Die Frau setzte sich langsam, schlang ihre Arme um den Körper. »Nehmen Sie ihn, bitte. Er liebt Sie immer noch.«

Malia schüttelte ängstlich den Kopf. »Ich *will* ihn nicht.«

»Doch. Sie wollen ihn. Sie haben seine Rippen. Ich finde das so ... primitiv. Ich kann euch Leute einfach nicht verstehen.«

»Wie sollten Sie uns auch verstehen?« Malia zitterte am ganzen Leib. »Verständnis muß man sich *verdienen*.«

Vivan nickte und blickte hilflos um sich. »Ich wußte ja, daß ich ihn nur bekommen habe, weil er mit Ihnen so eine Enttäuschung erlebt hatte. Aber er sah so gut aus, er war so ehrgeizig. Sieben Jahre. Und jetzt weiß ich, daß ich ihn nie wirklich gekannt habe. Daß ich nie auch nur einen blassen Schimmer hatte.«

»Was hatten Sie denn erwartet?« fragte Malia. »Jemand, der immer vorhersehbar ist? Den Sie immer unter Kontrolle haben können?«

Sie schüttelte den Kopf. »Krash ist gescheit, er könnte es weit bringen. Aber er will nur Karriere machen, in Honolulu!«

Malia richtete sich ein wenig auf, ihr englischer Akzent wurde stärker. »Ja. Auch wir sprechen hier Englisch, wir praktizieren sogar als Anwälte. Hatten Sie erwartet, daß er seine Identität aufgeben würde? Auf dem Festland leben würde, mit neuem Gesicht?«

Fast schon trotzig richtete sich Vivian auf. »Mein Vater hat gute Verbindungen, er hätte ihm dabei geholfen, eine Kanzlei aufzubauen.«

Malia verschränkte die Arme, atmete hörbar aus, verspürte beinahe Mitleid mit dieser Vivian. Sie schien eine anständige, ja fast eine tragische Person zu sein. Dann fiel ihr ein, daß Krash während der letzten sieben Jahre mit dieser Frau geschlafen hatte, sie mit den Lippen am ganzen Körper berührt hatte. Plötzlich verspürte sie den Drang, sie zu ohrfeigen, ihr die Augen auszukratzen.

»Ich weiß, daß ich keine Ahnung von Ihrer Kultur habe«, sagte Vivian. »Ich bin einfach nicht für diese Inseln gemacht. Dieser Dialekt. Dieses Essen. Ich habe keine eigenen Freunde hier. Und alles, worüber seine Freunde reden, ist *'āina, 'āina*.«

»Um Land dreht sich in Hawaii alles.«

»Aber ihr denkt nicht an die Zukunft! Begreifen Sie das denn nicht? Sie können das kostbare Land doch nicht an Landwirtschaft und *taro*-Pflanzungen verschwenden. Sie brauchen mehr Entwicklung. Hotels. Das ist der Fortschritt.«

»Hotels! Damit meine Neffen als Pagen und Eintänzer arbeiten dürfen?« Malia wandte sich ab, weil sie Angst hatte, dieser Frau weh zu tun. »Bitte, gehen Sie.«

Vivian stand langsam auf. »Ich bin Ihnen auf der Straße gefolgt, habe mich gefragt, was Sie haben, das ich nicht habe. Vielleicht ist es Ihr Stolz. Ich habe nie um irgend etwas kämpfen müssen.«

Malia drehte sich wieder zu ihr um und starrte sie an, ihre Stimme wurde leise, klang beinahe müde. »Ihr privilegierten Frauen seid ja so naiv. Der Kampf lehrt einen nicht den Stolz. Er bringt einem bei, *zu nehmen, was kommt.*«

Sie streckte die Arme aus, drehte sie um. Sie waren über und über mit Tätowierungen und Narben übersät, die ihr die viel zu starken Desinfektionsmittel während all der Jahre als Zimmermädchen eingebracht hatten. Sie hielt der Frau ihre Hände unter die Nase. Handflächen und Fingerspitzen waren mit tiefen Rillen und einem Zickzack wulstiger Nadelnarben überzogen.

»Wären Sie stolz auf so was? Würden Sie das auch nur anschauen wollen?«

Die Frau hob den Blick und sah Malia in die Augen. »Er will Sie nicht um Ihrer Hände wegen. Er *liebt* Sie.« Sie deutete auf ihr Spiegelbild, wies auf die außerordentliche Ähnlichkeit zwischen ihnen beiden hin. »Warum, glauben Sie, hat er mich geheiratet?«

»Bitte, gehen Sie«, drängte Malia. »Ich möchte nichts damit zu tun haben.«

»Sie haben aber damit zu tun. Es geht *nur* um Sie. Ich kehre wieder dorthin zurück, wo ich hingehöre.« In der Tür wandte sich Vivian noch einmal zu ihr um. »Wissen Sie, ich denke dabei vor allem an Ihr Kind.«

Malia war wie benommen, als sie ihr hinterhersah, sah, wie sie die Straße entlangging. Sie schluckte langsam, versuchte sich wieder auf die alltäglichen Dinge zu konzentrieren. Das hier war ihr Hals, das hier ihre Zunge. Dann regte sich jemand hinter ihr. Es war Keo, der ihr durch die Hintertür das Mittagessen brachte.

Er redete nicht um den heißen Brei herum, fackelte nicht lang. »Ich habe alles mitangehört.«

Sie deckte den Tisch mit Tellern und Servietten. »Gut. Dann können wir ja essen.«

Sie saßen auf den Klappstühlen, fuchtelten mit den Eßstäbchen herum wie mit Fühlern. Das Sushi und der eingelegte Ingwer schmeckten wie Kreide.

»Wann sagst du es ihr?«

»Was?«

»Wer ihr Vater ist.«

Malia kippte ihr Mittagessen in den Mülleimer. »Das mußt du dir einmal vorstellen: Da kommt diese Landpomeranze in meinen Laden. Und will mir ihre Probleme aufhalsen.«

»Sogar einer Wildfremden tut dein Kind leid. Malia, glaubst du im Ernst, daß sie auch nur irgend jemand für Rosies Tochter hält? Für ein *hānai*-Kind? Sie sieht dir und Krash so ähnlich, daß es schon beinahe eine Tragödie ist. Das Ganze ist ein schlechter Witz.«

»Dieser Scheißkerl. Wie kann er es *wagen*, mit einer weißen Ehefrau nach Honolulu zurückzukommen!«

Keo lachte. »Du hast ihn zurückgewiesen. Du hast ihm sein Kind vorenthalten!«

»Sie ist nicht sein Kind.«

Er starrte sie an. »Wessen Kind ist sie denn dann?«

»Woher soll ich das wissen. Wir hatten Krieg. Irgendwie mußte ich ja Mama und Papa unterstützen, während du und DeSoto auf Abenteuer aus wart.«

»Was willst du damit sagen?«

»Ich will damit sagen, daß wir alle unsere Entscheidungen getroffen haben.« Ihre Stimme wurde bitter. »Du hast dich für Paris entschieden. Und ich für ... die Hotel Street. Und für alles, was damit zusammenhängt.«

Keo stand langsam auf und nahm sie in die Arme. »Mein Gott. Ich habe nie darüber nachgedacht, was du tun mußtest, um hier alles am Laufen zu halten.«

Sie ließ den Kopf hängen und löste sich von ihm. »Ich hatte auch so meine Träume. Weißt du noch? Ich hätte alles darum gegeben, auch in Paris zu leben, so wie du. Dann kam Pearl Harbor, und alles ging drunter und drüber. Frag nicht weiter.«

Er setzte sich wieder hin, hielt noch immer ihre Hand. »Ich werde immer höchsten Respekt vor dir haben. Wenn du nicht gewesen wärst, hätten unsere Eltern betteln gehen müssen. Aber erzähl mir nicht, daß Baby Jonah nicht von Krash ist. Du hast dir eingebildet, du wärst zu gut für ihn.«

Malia setzte sich ihm gegenüber hin und versuchte aufrichtig zu sein. »Keo, ich habe immer das Gefühl gehabt, daß da was bei ihm im Busch war. Er und seine Vettern aus Wai'anae. Wirklich primitive Typen vom Land. Kriminalität. Sozialhilfe. Wenn ich bei ihm geblieben wäre, wäre ich auch da gelandet.«

»Du hast ihn geliebt. Deine Briefe sprachen von nichts anderem.«

»So ist das eben, wenn man ein Kind erwartet. Ich bin ganz sentimental geworden. Ich habe gedacht, ich bin mit allem einverstanden, egal, was er mir vorschlägt. Dann kam er nach Hause, hatte den Kopf voller Pläne. Examen. Jurastudium. Nur, daß er mir nie gesagt hat, wo ich in diesen Plänen vorkam.«

Keo seufzte. »Er wollte dich heiraten, das schwöre ich dir. Er wollte mit dir als seiner Frau aufs Festland zurückkehren.«

»Er hat mich nie gefragt. Na gut ...«

Sie war inzwischen über vierzig, ihr Körper war noch immer straff und wunderschön, immer noch voll hawaiischer Anmut – all ihre Gesten und Bewegungen hatten diese fließende Eleganz –, und sie hätte beinahe jeden Mann haben können, Männer aller Hautschattierungen. Aber nun besaß sie Selbstbewußtsein aufgrund ihres bescheidenen Erfolgs, sie hatte es allein geschafft, ohne Kompromisse und ohne ihren Stolz dafür zu opfern.

»... jetzt habe ich für solchen Unsinn keine Zeit mehr.«

Keo schüttelte den Kopf. »Ich sag dir, was passiert ist. Zu guter Letzt hast du doch noch begriffen, daß du einen Mann mit dunkler Haut liebst. Du hast Baby Jonah heranwachsen sehen, und jeden Tag, wenn du sie anschaust, siehst du die Gesichtszüge ihres Vaters vor dir. Alle wissen es, nur sie nicht. Vielleicht sogar sie.«

»Was meinst du damit?«

»Ich meine damit, daß auch wenn sie dich *tita* nennt, Schwester, dann sagt sie das in einem ziemlich sarkastischen Ton. Malia, was tust du dem Mädchen an?«

Sie fuhr sich müde über die Stirn. »Ich versuche sie zu retten. Begreifst du denn nicht, daß, wenn ich zugebe, daß ich ihre Mutter bin, ich ihr auch sagen muß, wer ihr Vater ist.«

»Du würdest also aus purer Eitelkeit das Leben eines jungen Mädchens ruinieren? Zwölf Jahre hast du ihr schon gestohlen.« Er stand auf und blickte zu ihr herunter. »Malia, ich schäme mich für dich. Wenn du es ihr nicht sagst ... eines Tages sage ich es ihr. *Und zwar alles.*«

Eines Morgens, als sie Baby Jo im Laden ein Kleid anpaßte, fiel Malia eine kleine Wölbung auf, der Ansatz eines Busens.

»Du bekommst Brüste«, sagte sie leise.

Das Mädchen errötete so sehr, daß Malia die Hitze spürte. Sie atmete den Jungmädchenschweiß ein, den Duft der Haare, der schimmernden Schultern, die wie feuchter Ingwer rochen, und sie wich erschrocken zurück. *Dieses Kind ist das einzige, was ich nie bereuen werde.* Sie wollte es ihr sofort erzählen, gleich damit beginnen, ihr zu erzählen, wer sie war, woher sie kam. Aber zwischen ihnen war das Schweigen schon zu sehr zur Gewohnheit geworden.

Weiß sie es? fragte sich Malia. *Haßt sie mich dafür?* Manchmal hatte sie das Gefühl, daß das einzige, was sie wirklich von diesem Mädchen wußte, ihre Kleidergröße war. Ihr Brust- und Hüftumfang. Das Kind vertraute sich Malia kaum je an.

»Du solltest mehr mit mir reden«, sagte Malia. »Mich wichtige Sachen fragen.«

Baby Jo wandte sich ab. Malia hatte keinen Anspruch auf ihre Gedanken. Sogar wenn sie allein am Küchentisch saßen, blickte sie weg, konzentrierte sich auf etwas Ungefährlicheres. Sie kaute so langsam wie irgend möglich, weil sie wußte, daß sie mit vollem Mund nicht reden durfte.

Manchmal lauerte Malia ihr im Badezimmer oder in der Garage auf: »Was macht die Schule?«

»Okay... langweilig.«

»Es ist nicht langweilig, wenn man sein Hirn ein bißchen benutzt.«

»Was glaubst du denn, was ich benutze? Meine Füße?«

Malia mußte über die sarkastische Bemerkung lachen. Baby Jo wich zurück, weil sie glaubte, daß Malia sie auslachte.

Eines Tages stand sie neben Malia, lauschte dem metallischen Schnappen und Schneiden der Zickzackschere.

»Wieso hat Onkel Papa Alpträume?« Sie hatte gehört, wie Keo im Schlaf aufschrie.

»Der Krieg«, antwortete Malia leise. »Ein Mädchen, das er liebte, ist verschwunden.«

»Ist sie gestorben?«

»Ich bin mir nicht sicher. Weiß nicht, was wirklich geschehen ist.«

Baby Jo wandte sich langsam zu ihr um, schaute ihr geradewegs in die Augen. »Wenn man die Wahrheit nicht kennt, das bereitet einem jede Menge Kopfschmerzen, nicht?«

Malia wollte sie packen und schütteln. Ihr sagen, daß sie dankbar dafür sein sollte, daß sie lebte, daß Malia sie in ihrem Bauch verborgen, sie überhaupt auf die Welt gebracht hatte. In einem schweigenden, rhythmischen Tanz wichen sie einander mit äußerster Vorsicht aus, waren höchst angespannt, wenn sie einander berührten. Kaum je betrat Malia das Zimmer des Mädchens. Sie konnte sich nicht erinnern, daß Baby Jo je ihres betreten hätte. Manchmal gab Malia vor, auf dem Flur zu telefonieren, nur damit sie beobachten konnte, wie Baby Jo sich in ihrem kleinen Zimmer zwischen den Möbeln bewegte, wie sie Dinge mit zarter Hand berührte.

Ab und zu stand sie in diesem Zimmer, lauschte auf den leisen Atem ihrer Tochter. Sie hob Schnappschüsse auf, berührte ihre Kleider, ihre Talismane. Im Augenblick befand sich das Mädchen in einer pummeligen Phase, alles war besonders rund an ihr. Aber sie wuchs zu einem wunderschönen Mädchen heran, von heller Hautfarbe, doch mit starken Wangenknochen, großen *kanaka*-Händen und -Füßen – unverwechselbar eine Hawaiianerin. Und noch dazu war sie sehr gescheit. Außer wenn sie in Malias Nähe war; da wurde sie tolpatschig und mißgelaunt und flüchtete sich in ein Kauderwelsch aus Pidgin-Englisch, in eine wilde Mischung aus den verschiedensten Pidgin-Dialekten, die Malia manchmal beinahe überhaupt nicht mehr verstand. Alles war *da kine, da kine. w'addat? w'addat?*

Malia mußte mit ansehen, wie Baby Jo Keo vergötterte, während sie Malia völlig ignorierte, und sie begann, sie herumzukommandieren, sie zu Gesprächen zu zwingen.

»Gehen einige deiner Freundinnen schon mit Jungs?«

Baby Jo verkrampfte sich. »... Zwei. Vielleicht.«

»Haben schon welche ihre Regel?«

Das Mädchen wand sich verlegen.

»Kommt bei dir auch bald, Jo.«

»Igitt! Is irgendwie viel besser, wenn man als Junge geboren is.«

»Die Jungs, von denen mußt du dich ab jetzt immer schön fern halten.«

»Warum 'n das?«

»So macht man Babys, wenn man sich mit einem Jungen hinlegt. Nach und nach erklär ich dir das.«

Sie schaute Malia geradewegs in die Augen. »Was glaubst 'n du, *tita*? Glaubste, ich weiß gar nix? Daß 'n Junge mit 'nem Mädchen so was macht. Un das wird dann 'n Baby!«

»Sprich anständiges Englisch!« schrie Malia sie an.

»Wieso 'n das?« greinte Baby Jo. »Wofür hältste mich eigentlich? Wenn ich anfang un so red wie du, dann denken die, ich bin ganz schön *lōlō*!«

Und doch sagten die Lehrer alle, daß sie im Unterricht perfekt Englisch sprach. Ihre Noten waren hervorragend.

»Hör endlich auf, dich zu schämen, weil du gescheit bist!« Malia rüttelte sie ganz sanft. »Laß dir das Leben nicht durch die Finger gleiten.«

»Laß mich los!« Baby Jo riß sich los. »Warum machst du so viel Theater um mich? Du bist doch nicht meine Mama. Du bist meine *tita*, klar?«

»Ich schick sie auf die Sacred Heart Academy!« schwor sich Malia. »Hol sie von den Kindern aus den Siedlungen weg.«

»Krieg dich wieder ein«, erwiderte Keo. »Die testet dich so lange, bis du eines Tages ehrlich zu ihr bist.«

»Sacred Heart?« Leilani mußte sich setzen. »Wie willst du denn das Geld für eine Privatschule zusammenkriegen?«

»Wart's nur ab.«

Jetzt saß Malia die ganze Woche über bis Mitternacht in ihrem Laden und nähte. Von der anderen Straßenseite aus beobachtete sie eine alte Frau mit einem Stock, während sie sich wie eine Rennläuferin über die Nähmaschine beugte, die Singer anfeuerte und ihre Vorsätze in den Raum rief.

»Sie soll Kleider tragen, die ordentlich gebügelt sind, passend zu den Jahreszeiten. Mit den dazugehörigen Accessoires. Sie soll Lederschuhe haben, keine Gummilatschen. Sie soll Freunde haben, die an richtigen geteerten Straßen leben, nicht in schlammigen Gassen. In richtigen Häusern, nicht in termitenzerfressenen Bungalows. Sie soll einen ordentlichen Schulranzen haben und nachmittags alles mögliche unternehmen. Sie soll Sprachen lernen. Sie soll auf die Universität gehen.«

Manchmal richtete sie sich auf. Was für einen Sinn hatte es, wenn ihre Tochter eine gute Erziehung bekam und doch verhungerte? Sie beugte sich wieder über die Nähmaschine und rief weiter.

»Sie soll eine tüchtige Geschäftsfrau werden. Sie soll immer ein Bankkonto haben. Sie soll die Männer niemals ernst nehmen. Sie soll niemals Kompromisse machen. Die Männer sollen ihr Platz machen.«

Sie wollte ihrer Tochter die Erniedrigung und die Verletzungen ersparen, die Männer hinterließen, die Wunden, die einen ein ganzes Leben lang zeichnen konnten. Ihre Vorsätze wurden zu Sprechgesängen, die sie vor sich hinmurmelte, während sie nähte, in denen sie einen Lebensplan für ihre Tochter entwarf. In genauer Reihenfolge, Schritt für Schritt. Sie wußte, daß sie ihr eines Tages in einem längst überfälligen und schmerzlichen Dämmerlicht würde sagen müssen, wer ihr Vater war. Dann, das hoffte Malia, würde Baby Jonah so weit sein, daß sie ihr vergeben konnte.

'Awapuhi Lau Pala Wale

Die Ingwerblätter welken schnell; alles vergeht viel zu früh

Eines Tages kam Jonahs Uhr an, ein Geschenk aus Italien. Verrostet, seltsam nach Dung riechend. Keo saß im 'A'ala Park, stellte sich den Kampf vor, die Uhr, die mit der abgerissenen Hand seines Bruders in einen Graben geflogen war. Sie war um 15.15 Uhr stehengeblieben, in genau dem Moment, in dem man ihn aus dem Lager von Woosung befreit hatte. Dreizehn Jahre war das nun her, und er kehrte noch immer regelmäßig dorthin zurück. Wartete darauf, daß die Haupttriebfeder – die Erinnerung – endlich erschlaffen würde.

Nun hielt er Jonahs Uhr in der Hand, trauerte. Er taumelte in eine Kirche, wo in roten Gläsern kleine Stumpenkerzen wie Herzen pulsierten. Er kniete nieder und zündete eine Kerze an. Die alte Frau beobachtete ihn dabei, wie er die Kirche verließ, fit und wie aus dem Ei gepellt, immer noch äußerst attraktiv. Aber irgend etwas, das er plötzlich gesehen hatte, an das er sich erinnert hatte, hatte ihn zutiefst traurig gemacht. Sie ließ den Kopf hängen und begann ihn nach alter Gewohnheit zu trösten, ganz wie eine Ehefrau.

... Na, komm schon, Liebling. Wisch dir die Stirn. Kämm dich. Wir gehen ein Stück spazieren, essen an der Seine heiße Maroni. Oder wir ziehen uns die weichen Schlafanzüge an, setzen uns an das winzige Fenster mit dem Blick auf die rue *und trinken aus angeschlagenen Tassen Oolong-Tee. Ja. Langsam geht das Leben zur*

Neige. Aber nur so wie eine Teetasse zur Neige geht. Ihre runde hohle Form läßt immer noch auf Tee schließen. Der Teegeist schwebt noch um sie ...

Sie war zu seiner unsichtbaren Begleiterin geworden. Fingerknöchel wie Schneckenhäuser, die sich um den Griff ihres Stocks krümmten. Schuhe wie gestrandete Amphibien. Eine Frau wie ein alter, knorriger Stuhl. Und doch schimmerte etwas Freundliches in ihren Augen, wenn sie ihm nachblickte, ihm immer in einigem Abstand folgte. Sie kam ihm niemals wirklich nahe. Kam bewußt nichts und niemandem zu nahe.

Er ging die Kalihi Lane entlang, in einer seltsam friedfertigen Stimmung. Das geschah in letzter Zeit öfter. Ohne jeden Grund überfiel ihn diese Stimmung. Er fühlte sich sicher, behütet. Nun beobachtete er die Gezeiten seiner Familie, die in der Garage seines Vaters auf und ab wogten. Die Onkel tranken Bier und klatschten sich auf die Oberschenkel, spielten *hanafuda*. Die Tanten erzählten sich Geschichten, säuberten den frisch gefangenen Tintenfisch. Die beiden Söhne von DeSoto trainierten Judo, während die Vettern metallisch schimmernde Drachen wie aufgefädelt in den Himmel steigen ließen. Alles war miteinander verknotet und verwoben – Blut und Sehnen, die das Leben der anderen in leichten Blitzen erhellten.

Die Stunden verrannen in der Gasse. Die Leute plauderten in ihrer wilden Pidgin-Englisch-Mischung, nebenan übte Mrs. Silvas Enkelkind Französisch. »*... il fait beau, il fait chaud, il fait froid ...*« Und irgendwo hörte man aus einem kühlen, dunklen Zimmer Gabby Pahinui »Hi'ilawe« singen, dann Tante Genoa Keawe »Ke Kali Nei Au« trällern.

Keo setzte sich und ließ den Kopf nach hinten fallen, fand Trost in dieser uralten Melodie, dieser alten, ihm weitervererbten Sprache. Langsam dämmerte ihm, daß nichts, was er zustande gebracht hatte, so heldenhaft war wie das Bleiben, hier an Ort und Stelle. Seine Eltern wurden langsam alt. Plötzlich sah er ihre enge, schmucklose Welt als etwas ganz Kostbares. Als Leben, das einem lieb und teuer sein mußte.

An einigen Abenden, nachdem er im Klub gespielt hatte, stand er im Wohnzimmer und musterte die Gegenstände, als hätte er sie noch nie zuvor gesehen. Er zog Schubladen auf, die nur das Nötigste enthielten. Eine Flasche Leim, eine Rolle Bindfaden. Den bräunlich vergilbten Schnappschuß einer Anzeige für einen DeSoto. In diesem ihm so ans Herz gewachsenen Haus waren selbst die einfachsten Dinge irgendwie schäbig. Der steinharte Leim in der Flasche. Die brüchige Schnur. Und der Schnappschuß.

Das Zimmer seiner Eltern war genauso karg. Ein alter *koa*-Schrank, das Doppelbett mit den zerschlissenen Laken. Eine Kommode, auf der sich ein Rosenkranz befand, sowie die gerahmten Bilder der Kinder. Ein Kruzifix an der Wand. Die Fenster mit alten Häkelgardinen verhangen. Nichts Überflüssiges.

In diesem Haus redeten seine Eltern von »der Schüssel, in die der *poi* kommt«, vom »Topf für das Fleisch«, vom »Stuhl fürs Kartenspielen«. Es gab alle Gegenstände nur ein einziges Mal, wirklich nur das, was sie unbedingt brauchten. Erst draußen in der Welt hatte Keo gelernt, daß auch Gegenstände Eigennamen haben konnten. Eine T'ang-Vase, eine Hiroshige-Grafik. Bayerisches Porzellan. Hier war er aufgewachsen inmitten, nein, nicht inmitten von Armut, inmitten einer Bescheidenheit, die so nackt war wie ein Knöchel. Hier gab es nichts zu sehen, wenig, zu dem man sich hätte äußern können, so daß viel Raum für Gefühle blieb. Ein von vielen Menschen bevölkertes, zutiefst geliebtes Haus.

Und in diesem Haus lebten seine Eltern mit ihren kindlich verschwommenen Vorstellungen von Geschichte und Geographie. Sie wußten nur, daß sie auf einer Insel im Ozean lebten, daß auf der einen Seite Japan und China waren, auf der anderen die USA. An einem Ozean, den sie nie bereist hatten, dessen unermeßliche Weite sie sich nicht vorstellen konnten. Sie sprachen darüber, daß Hawaii ein Bundesstaat der USA werden sollte, wußten aber nicht, was das bedeutete. Sie waren sich nicht ganz sicher, was ein Bundesstaat war.

»Wie können wir denn ein Bundesstaat sein«, fragte Leilani. »Wir sin doch nich mit'm Festland verwachsen.«

Timoteo schälte in einer langen, feuchten Spirale eine Mango. »Macht nix. Politik, das is nur im Kopf.«

Sie starrte auf die Landkarte, zutiefst verblüfft über diese abgelegenen Pünktchen, die ihre Inseln darstellen sollten.

»Wenn wir ein Bundesstaat werden, dann schlucken uns die USA. Wie *pūpū*! Wie – wie heißt das doch gleich? – wie einen Leckerbissen.«

Keo lächelte. Früher einmal hatte er diesem »Unwissen« entfliehen müssen, diesem engen, hinterwäldlerischen Ort. Dann hatte ihn das Leben gepackt und ihn mit mehr schwermütiger Schönheit und mit mehr Bösem konfrontiert, als er je würde verarbeiten können. Und doch war ihm außer dieser Gasse nie etwas wirklich erschienen. Alles andere war nur Theater.

An manchen Abenden trat er auf die Gasse heraus und wanderte die Hügel hinauf, tief in den Regenwald. Der Geruch nach Sumpf, nach glühendheißem Ingwer, nach der Pisse röhrender Hirsche. Die Süße der *kiawe*-Blüten. Vorbei an zuckerrohrfeuchten und weidentrockenen Gerüchen, an nadeligen Zypressen wanderte er hinauf in die Nebelzone, wo ihn der Eukalyptus umfing.

Hier oben peitschte und heulte es in den Bäumen, als sei in ihnen alles Zittern der ganzen Insel gefangen, die seit Urzeiten jedes Beben des Ozeans in sich aufgenommen hatte. In den Rinden aller Bäume war die unerschütterliche Logik jeder einzelnen Welle des Ozeans aufgezeichnet, sowie sie auf den Sand aufprallte. Keo schlief ein, während er diese Riesen beobachtete, die sich in Krämpfen wanden, die großen Gebirgsmassive eines Planktonhimmels verdeckten. *Das berührt uns alle*, dachte er. *Die See hat jedem Ding auf der Insel ihr Wasserzeichen eingeprägt*. Er spürte, wie das Leben in seinen Lungen pulsierte, wie die See in den Lungen des Landes vibrierte. Er drückte sein Gesicht in die nasse Erde.

Tage später kehrte er dann wieder von den Berggipfeln zurück und tauchte in das glitzernde Leben der fünfziger Jahre und in die rasante Stadt Honolulu ein. Die ausgebleichten Rümpfe der Gebäude verbarrikadierten den Himmel, brachten immerwährenden Schatten, nördliche Finsternis. Bautrupps gruben ganze Täler in den Boden. Strände verschwanden allmählich.

Händeringend stand Leilani da und weinte, beobachtete, wie Bautrupps ein Kaufhaus in Chinatown abrissen. Es war das Geschäft, in dem sie immer am liebsten die Ente für ihr *char siu*, den frischesten Ingwer und *bok choy* eingekauft hatte. Alte Frauen standen laut jammernd neben ihr. Keo hielt seiner Mutter die Hand, erinnerte sich an die rostigen Deckenlampen, an die mit Fliegenleichen übersäten Ventilatoren, an die freiliegenden, rostenden Wasserrohre. Mr. Chock schlachtete glupschäugige Karpfen und las dabei in der chinesischen Zeitung. Seine Schürze war mit einer Kalligraphie aus Gedärmen und Schuppen beschrieben.

Keo erinnerte sich an das Schnurknäuel auf einer Spindel, die über der Theke hing, an das getupfte Packpapier, das Mr. Chock benutzte, um Fisch und Fleisch darin einzuwickeln. Er konnte immer noch das Ruck! Ruck! Rucken! der Spindel vor sich sehen, hörte immer noch den immerwährenden Rhythmus – Hacken! Ziehen! Einwickeln! – von Mr. Chocks großen Händen.

Er versuchte sie zu trösten. »Im Laden bestand ständig Feuergefahr. Das ist der Fortschritt, Mama.«

»Ich hasse diesen – wie nennst du das gleich – Fort-Schritt!«

In diesem Jahr fiel ihm auf, daß sie, die so wunderschön, so eindrucksvoll gewesen war, in sich zusammensackte, gebrechlich wurde. Als sei seine Mutter mit Schallgeschwindigkeit direkt von der Jugend ins Alter gerast. Er umarmte sie öfter, brachte sie zum Lachen, und ihr Lachen war immer noch wie die Fontänen aus farbigem Glas, die seine kindliche Blindheit erhellt hatten. Jede Woche ging er mit ihr spazieren – auf der King Street, durch Kalihi, Palama –, besuchte mit ihr die alten Orte – eine Lieblingsbäckerei, den *crackseed*-Laden –, den Abrißtrupps kaum einen Schritt voraus.

Als sie eines Tages nach Hause kamen, saß DeSoto bei seinem Vater, und die beiden Männer wirkten völlig verstört.

»Was is 'n los?« fragte Leilani.

Timoteo schüttelte nur den Kopf. »Sein Junge, Teodoro.«

Sie sank auf die Knie, von Panik ergriffen.

Endlich sprach DeSoto. »Dies Dingsda ... Polio. Kannste davon sterben?«

Keo legte ihm den Arm um die Schulter, drückte ihn fest an sich.

Sie schauten auf den Jungen herab, dessen Augen zernagt aussahen. Das Virus kritzelte ihm ein tödliches Gelb auf die Haut. Seine Eltern standen um das strahlend weiße Bett herum, in dem strahlend weißen Raum, tupften ihm den Schweiß ab, im vergeblichen Versuch, ihm wieder Leben einzuflößen. DeSoto summte, drückte seine Frau und seinen älteren Sohn eng an sich. In die Achselhöhle seines Vaters gepreßt, atmete der Junge den salzigen Vatergeruch.

Sonnenlicht fiel auf eine sprudelnde Flüssigkeit, die sich über einen Schlauch in Teodoros Körper hineinringelte. In Anfällen zuckte und blinzelte er, als versuche sein Herz von sich aus, das zu besiegen, was zwischen ihm und dem Leben stand. Als er die Augen wieder aufschlug, waren sie nach innen gerichtet. Er betrachtete bereits ein anderes Leben.

Auf dem Flur saß Malia mit Baby Jonah.

»Der Graben«, flüsterte Baby Jonah. »Wir sin da schwimmen gewesen. Oma hatte es uns verboten.«

In der Nähe des 'A'ala Parks verlief der Kapalama-Kanal, ein dünnes Rinnsal voll mit öligen Algen und Metall, der irgendwo im Regenwald der Ko'olaus seinen Ursprung hatte. Es sickerte durch Palama, wurde mit Dreck aus den Regenrinnen, den Pfützen und Grundwasserbrunnen aufgefüllt, bis es zu einem Fluß angeschwollen war, der jenseits der Konservenfabriken in der Nähe des Hafens von Honolulu in den Ozean mündete.

»Da hast du ihn mit hingenommen?« fragte Malia.

Sie nickte. »Wenn Teodoro stirbt ... dann bin ich schuld! Granny hat uns gewarnt, daß es in dem Graben 'n Haufen Polio gibt!«

Malia ging durch den Kopf, wie das Leben ohne dieses Mädchen sein würde. Das gähnend leere Loch. Sie hielt sie ganz fest umarmt.

»Nicht dein Fehler. Teodoro ist in jedem Graben in ganz Honolulu geschwommen. Sogar in dem schleimigen Ala-Wai-Kanal. Kleine Wasserratte, der. Wir haben es ihm hundertmal gesagt. Dieses Jahr liegen auf Maui vierzig Kinder mit Polio flach.«

Das Mädchen schluchzte. »Er is doch erst zehn. Darf nich sterben. Darf nich!«

In dem strahlend hellen Raum verkrampften sich seine Gliedmaßen und erstarrten vor ihren Augen, als durchliefe er mit

Hochgeschwindigkeit alle Stadien der Krankheit. Kontraktionen. Thrombose. Myokarditis. Atemversagen. Dann streckten sie alle ihre Hände aus und spürten, wie er durch sie hindurchging.

Sie standen an seinem Grab, der Priester bot ihnen eine Variante vom Tod eines kleinen Jungen an, mit der sie leben konnten. Niemand sah die alte Frau in der Ferne, die leise weinte, mit DeSoto trauerte. Malia blickte auf und bemerkte das alte Gesicht, und irgend etwas fiel ihr auf. Erst Tage später erinnerte sie sich an den antiken Kimono aus ihrem Laden, den sie Pono geschenkt hatte. Den Kimono, auf dem die Gestalt einer alten Frau eingestickt war, deren Blick ihr gespenstisch vertraut vorkam.

Nun überkam sie der durch Rituale nicht mehr einzudämmende Schmerz, nun suchten sie Alpträume heim. Leilani begann jeden neuen Morgen wie eine Frau, die gerade dem Sarg entsteigt.

»Sechzehn von meinen Babys sin gestorben. Un jetz hat mein Fluch auch Jonah umgebracht. Un Teodoro. Wen noch? Wen jetzt?«

Sie begann mit offenen Augen zu schlafen, immer auf der Hut vor dem, was kommen könnte.

»Sieht ganz so aus, als wär mein Leben zu nix gut, außer *make* zu bringen.« Den Tod. »Wär wohl besser, ich geh in 'nen *hiamoe loa.*« Ewigen Schlaf.

Nachts röchelte sie. Ihr Mund verzog sich zu einem gequälten O. Sie sog die Luft ein, saugte das ganze Haus leer. Sie röchelte so sehr, daß die Leute das Gefühl hatten, ihr Atem söge an ihrer Haut. Alle Feuchtigkeit verschwand. Über Nacht war die Gasse wie ausgedorrt, ein kränkliches Braun. Zweige zerbrachen, Blumen verdorrten, wurden ins Erdinnere gesogen.

Eines Nachts wandte sich Leilani Timoteo zu: »Un jeden Tag das Bett gut lüften. Ich bin immer da.«

Die Trauer trat an ihr Bett und stahl ihr das Herz. Sie schwebte zu Boden wie ein Blütenblatt.

'Ohana

Familie

Noch ein strahlend weißes Zimmer. Zuerst dachte sie, sie wäre schon tot. Dann hörte sie das Zischen, als jemand ein Bier aufmachte. DeSoto, den seine doppelte Trauer ganz glupschäugig gemacht hatte.

Wie lange ist es her, daß er Teodoro begraben hat? Wie lange bin ich schon hier?

Leilanis Augen waren geschlossen. Ihr Körper schlief, ihr Geist streifte umher. Er glitt heraus durch ihre *lua 'uhane*, ihren Geistergraben, den Tränenkanal im Augenwinkel, blickte sich im Raum um.

Heilige Muttergöttin. Schau dir nur diesen Haufen Menschen an. So viele. Oh, wie das stinkt! Maschinen. Ananas. Kochfett. Die Leute kommen direkt von der Arbeit. Ich muß wirklich im Sterben liegen. Seltsam, mein Körper, da regt sich nix. Vielleicht isses das, was die Leute Koma oder so nennen.

Sie wedelte mit den Armen, sagte ihnen allen, sie sollten nach Hause gehen, ihr eigenes Leben weiterleben. Sie tat dies im Geiste, ihr Körper war gelähmt, ihre Sinne rannen ihr an der Seite herunter. Die Leute saßen in kleinen Grüppchen um sie herum, flüsterten, nickten ein und wachten wieder auf. Die Ärzte sagten, das Ende ließe nicht mehr lange auf sich warten. Das sagten sie nun schon seit drei Tagen.

Pfarrer Gerard stand in der Tür, mit gerötetem Gesicht und

einem beinahe unmerklichem Schielen. Er lächelte, schüttelte ringsum Hände im Raum, beäugte den Bierkühler, die Pappteller mit *manapua* und Sushi, die Colaflaschen auf dem Boden.

»Na, tolle Party hier!«

Der alte Priester hatte die Meahunas schon immer bewundert. Ihre körperliche Schönheit, ihre robuste Unerschrockenheit. Der älteste Sohn DeSoto umsegelte Jahr für Jahr die ganze Welt. Und die kurvenreiche Malia zog die Blicke aller Männer auf sich. Schau einer an, wie sie so träge schlanker geworden war, daß es niemand bemerkte. Wie schick sie sich anzog, und dann hatte sie noch ihren eigenen Laden. Die blasse, pummelige Tochter an ihrer Seite, die immer ein wenig zornig war. Die sie als *hānai* ausgab. Irgendwann einmal würde er ihr die Beichte abnehmen müssen.

Und dann der Ehemann Timoteo, vom Kummer gebeugt, aber immer noch gutaussehend. Pfarrer Gerard musterte ihn, dachte daran, daß die Witwe Shirashi schon immer ein Auge auf ihn geworfen hatte. Seltsam, daß sich elegante Frauen immer zu den ungebildeten und ungezähmten Männern hingezogen fühlten.

Zuletzt fiel sein Blick auf Keo. Das Geheimnis. Irgendein Problem aus dem Krieg ... seine Liebste war verschwunden. Er suchte sie wohl immer noch.

Der Priester schlug das Kreuz, spendete Leilani die Letzte Ölung, führte ihr seinen Rosenkranz an die Lippen.

Die Nacht brach herein. Die Leute flüsterten Leilani letzte Botschaften zu, gingen dann in den Fluren auf und ab. Das Schlurfen von Schlappen. Jemand in hochhackigen Schuhen klippklapperte wie ein Pferd. Wieder schlüpfte Leilanis Geist durch den Tränenkanal nach draußen, blickte sich im Raum um.

Meine schöne Malia, sie schläft ein. Wie gut du dich entwickelt hast. Aber hör mir zu, eines Tages kommt das, was du tust, und das, was du nicht tust, und verfolgt dich. Höchste Zeit, daß du Baby Jonah sagst, wie die Dinge liegen. Gib dem Mädchen sein Geburtsrecht. Da wartet 'n Vater auf seine Tochter. Is genauso stolz wie du. Würd nie kommen un sie holen, wenn du's nich sagst. Ich finde, ihr seid beide eitle Kacker! Da wern wir einiges zu besprechen haben, wenn ich nachts bei dir spuken komm ...

Muttergöttin! Da kommt mein Keo. Mein liebster Sohn, so

begabt, so gescheit. Aber ruhig. Irgendwas an ihm macht mich ganz schüchtern. Eines Tages wird er 'n einsamer alter Mann mit puka-puka-*Socken. Und wenn er 'n berühmter Jazz-Mann is, was soll's? Kanner sich mit Jazz 'n Frühstück machen? Füße wärmen? Viele Kinder kriegen?* 'Auwē! *Ich glaube, der Sohn da ist am allermeisten für die Liebe gemacht. Sieh nur, wie er Baby Jonah hält. Wie er seinen Papa umarmt. DeSotos Jungen umarmt. Diese Sunny Sung, die hat Keo arg mitgespielt. Die würde ich zu gern noch sehen und ihr ordentlich die Meinung sagen, ehe ich sterbe.*

Keo saß stundenlang an ihrem Bett, flüsterte, verstummte wieder, flüsterte weiter. Die Menge lichtete sich, die Leute machten sich auf den Nachhauseweg. DeSoto weckte seinen Vater, der in einer Ecke eingenickt war.

»Papa. Zeit zu gehen. Morgen kommen wir ganz früh wieder.« Timoteo beugte sich herab, küßte Leilanis Gesicht immer und immer wieder. Im Geiste küßte sie ihn auch.

Allerkostbarster Timoteo. Von all den Männern, die mich angestarrt haben, hast nur du meine Blicke auf dich gezogen. Ich wußte, die großen Pranken sin gut, um mich vorm heißen Sonnenlicht abzuschirmen. Un die starken lū'au-*Füße sin gut, um mir 'n Pfad zu bahnen. Ich hab gewußt, die große, starke Brust ist breit genug, daß ich mich dran ausweinen kann. Ich hab gewußt, du würdst mir 'n Haufen Kinder geben. Nur hab ich nie gewußt, daß wir in einem fort gebären und beerdigen würden, Jahr für Jahr. Haben sogar unseren Stolz vergessen … in den Kriegsjahren, ohne Arbeit, nich mal 'ne Leichenhalle auszufegen, niemand als unsere Tochter, die für uns sorgte. Tochter mit der Tochter von Krash Kapakahi. Ja, mein Timoteo, all die Jahre habe ich gewußt, daß du's wußtest.*

Sie roch sein Haar an ihrem Gesicht, wollte es mit den Händen fühlen. Und im Geiste tat sie es. In Gedanken tanzten und hüpften sie und waren ewig jung, mußten nie rennen oder verhungern oder ein Kind beerdigen.

Dann kam die Stunde der Heilerin Hi'iaka, der jüngsten Schwester der Feuer- und Vulkangöttin Pele. Die Frauen aus Leilanis Familie, die die ganze Nacht hindurch bei ihr wachten, beschworen sie herauf. Kēhau Aho trat vor, eine statuenhafte *kumu hula,* Lehrerin des Tanzes und Sängerin der *mele.* Ihre Stimme, ihr Gesicht waren so wunderschön, wenn sie sang, daß die Leute sich von jeder Sünde reingewaschen fühlten.

»Jetzt machen wir *lā'au lapa'au,* Heilung mit Kräutern, aber erst singen wir *kāhea,* das Beschwörungsgebet.« Ihre Stimme erschallte:

»*O 'Hi'iaka ke kāula nui, nāna i hana, nāna i pala'au i nā ma'i apau.*« Hi'iaka, die große Priesterin, sie handelt, sie behandelt alle Krankheiten.

Sie sang leise und rieb Leilanis Hände mit *kukui*-Öl ein, rieb es ihr sanft auf die Wangen. Ihre Augen waren geschlossen. Ihr Geist schaute zu und lauschte.

Kēhau Aho flüsterte. »Das ist gut für *ho'oponopono,* das Gleichgewicht in Herz und Gedanken.«

Kauwealoha Ing träufelte vorsichtig Meerwasser in Leilanis Mund, dann in beide Ohren. Kauwealoha, die schöne Mutter von fünf Kindern, Meisterreiterin in Rodeos, früher der Spielsucht ergeben. Eines Nachts hatte sie in Las Vegas auf ein Kartenspiel gestarrt, das Gesicht der Muttergöttin gesehen und den ersten Heimflug nach Honolulu genommen.

»Seewasser, die puren Säfte der Mutter, rinnen durch deine Adern. Siebenundneunzig Elemente, die dein Blut reinigen sollen.« Sie tupfte ihr Meerwasser auf die Lippen. »Klärt all die schlechten Worte, die je gedacht oder gesprochen wurden.«

Lauwa'e Desanto zog die Bettdecke zurück und rieb mit sanften Bewegungen das rote Pulver der Chilischoten auf Leilanis Brust.

»Schockt das Herz«, flüsterte sie. »Bringt es auf der Heimreise zum Schlagen.«

Lauwa'e Desanto, die frühere Miss Hawaii, die Zweitplazierte im Wettbewerb um den Titel Miss Universum. Augen wie grüne Blätter, ein Gesicht wie von Gaugin. Sogar mit über vierzig war sie so schön, daß ihr Wildfremde wie verzaubert nachsahen. Sie nahm Leilanis kleine, kalte Füße und rieb sie mit dem Chilipulver ein.

»Wird im Blutstrom schwimmen«, erklärte Lauwa'e Desanto. »Hält ihr die Füße warm, wenn sie in die Fußstapfen der Ahnen tritt.«

Die Frauen waren durch Blut und Legenden miteinander verbunden, verständigten sich auf uralte Art miteinander. Das gab ihnen doppelte *mana,* elektrisierte ihre Schritte. Wenn sie zusammen durch die Straßen gingen, wich die Menschenmenge zurück. Als fürchteten sie eine Bemerkung, eine wilde, unerbittliche hawaiianische Wahrheit, die die moderne Welt in zwei Teile auseinanderbrechen lassen würde.

Malia hängte *maile*-Reben auf, die die Luft mit ihrem schweren Duft erfüllten. Um das Bett steckte sie Eukalyptuszweige, von Leilanis Lieblingsbäumen, von den Hochebenen des Tantalus. Schließlich setzte sie ihrer Mutter einen Kranz aus *ti*-Blättern auf, der ihr zu einer sicheren Reise ins nächste Leben verhelfen sollte.

Die Verwandten schlugen die Ukulele, sangen »'Ekolu Mea Nui« – Die drei größten Dinge –, und ihre Stimmen vermischten sich im hohen Gesang. Kēhau Aho, die hochgewachsen war, stand da und erhob ihre Stimme, so daß sich die Patienten sogar weiter unten auf dem Flur im Schlaf umwandten und lächelten. Malia erhob die Arme zum anmutigen Hulatanz der Alten, während sie alle den vielstimmigen Gesang anstimmten: »Ke Akua Mana E« – Wie groß du bist.

Stundenlang sangen sie ihre heiligen Lieder, und ihre Stimmen klangen so tief und schwermütig, daß die Krankenschwestern stehenblieben und zuhörten. Im ganzen Haus verlangsamten sich die Aufzüge, blieben Türen bebend halboffen stehen. Wasserfontänen verharrten reglos mitten in der Luft. Sogar die Sterbenden hielten inne.

Schließlich stimmte Kēhau Aho an: »*E mālama ia Kou makemake.*« Dein Wille geschehe.

Erschöpft setzten sie sich hin und schliefen ein.

In der schwärzesten Stunde der Nacht stand eine alte Frau mit einem Stock zitternd in der Tür. Sie schaute auf die Frauen, die im Chor schnarchten, ging dann an ihnen vorbei und legte ihren Stock neben Leilani. Sanft, sanfter als irgend etwas, was sie je getan hatte, tauchte sie ein Tuch ins Wasser und tupfte es auf Leilanis fieberheiße und aufgesprungene Lippen. Sie beugte sich herab und küßte die eingefallene Wange. Sie zog einen Stuhl zu sich heran.

Leilani wachte auf und spürte den sanften Druck, jemand streichelte sie, als sei sie ein kleines Kind. »*... ganz schön müde. Bald Zeit für 'n* hiamoe loa, *ewigen Schlaf. Timoteo, der Allerliebste, hier bei mir. Ist zum Abschiednehmen gekommen.*

Ihr Geist zögerte, lugte dann aus dem Tränenkanal hervor.

Heilige Muttergöttin!

Sunny hielt ihr die Hand, sprach leise mit ihr. Als täten sie das schon jahrhundertelang. Als würde sich mit der Zeit alles klären.

»*... Geliebte Leilani, dein Körper ist sehr müde. Bald gibst du auf und ruhst dich aus. Meine liebste Mama Butterfly hat mir beigebracht, daß unsere* 'uhane, *unsere Seelen, neun Tage brauchen, um die Erde zu verlassen. Also hast du Zeit, mir zuzuhören. Und ich habe so viel zu erzählen.*«

Im Geiste schrie Leilani auf. Sunny Sung, Keos wunderschöne Liebste, war als alte Vettel verkleidet zurückgekehrt. Leilanis Haut, all ihre Organe – jeder Nerv – wichen entsetzt vor ihr zurück.

»*Ich weiß, daß du mich verfluchst. Du glaubst, ich hätte dir den Sohn gestohlen, hätte ihn von diesen Inseln weggelockt. Aber ich habe ihm nur Türen geöffnet, ihm gezeigt, was es alles geben könnte ... Ich habe ihn mehr als mein Leben geliebt, aber ich habe ihm nicht genügt. Und so habe ich meinen eigenen Atem finden müssen. Mein Leben hat Bedeutung bekommen, als ich meiner Schwester das Leben gerettet habe ...*«

Sunny redete viele Minuten, viele Stunden, während hinter ihr die Frauen schliefen. Sie erzählte von Paris, davon, wie sie an der afrikanischen Küste entlanggefahren war, wie sie herausfand, daß sie Keos Kind unter dem Herzen trug. Sie erzählte, wie sie in

Schanghai angekommen war, ihre Schwester gefunden hatte, die ihr geholfen hatte, das Kind zur Welt zu bringen. Sie erzählte, wie sie versucht hatte, Lili und das Baby nach Honolulu, nach Hause zu bringen. Und wie erbärmlich sie gescheitert war.

»Keo wartete darauf, daß ich mit unserem Kind ins Hotel Jo-Jo zurückkehren würde. Ich bin nie zurückgegangen. Ich hatte Angst, daß ich mit ihm weggehen und Lili dem Tod überlassen würde. Durch meine Feigheit habe ich sie beide geopfert. Meine Schwester und die kleine Anahola.«

Sie zögerte und kam immer wieder ins Stocken, erzählte, wie japanische Soldaten Schanghai durchkämmt, Frauen auf Lastwagen verladen hatten. Wie sie den Müttern die Kinder entrissen, wie sie sie in die Luft geworfen hatten, mit ihren Bajonetten auf sie zielten.

»Ich habe gesehen, wie sie mein Baby in die Luft warfen. Ich habe geschrien und die Augen zugemacht, damit ich nicht mitbekommen mußte, was geschah. Damit ich sie nicht immer hoch in die Luft auffliegen sähe, wie einen Engel ...«

Während Sunny sprach, rollte eine Träne über Leilanis Wange. Fest wie ein Kristall lag sie da. Leise erzählte Sunny von ihrer ersten »Troststation« in Schanghai. Wie Männerkörper in sie eindrangen, Tag für Tag, Nacht für Nacht. Sie erzählte ihr, daß Lili und sie in getrennten Zimmern untergebracht waren. Und wie Lili eines Nachts erschossen wurde. Die Soldaten konnten den Anblick ihres Klumpfußes nicht ertragen.

»Siebenmal haben sie auf sie geschossen. Ich habe mitangehört, wie sie gestorben ist. Ich habe mich an die Wand gelehnt und ihr etwas vorgesungen, bis ihr der Atem ausging. Das war mein

zweiter Tod. Dann haben sie mich eines Tages von diesem Ort weggeschafft, mich und viele andere Mädchen in Lastwagen zu einem Truppenschiff gekarrt. Man hat uns mit Munition und Lebensmitteln weit hinaus auf den Pazifik geschickt. An einen Ort namens ... Rabaul.«

Sie zögerte lange, bevor sie das Wort aussprach.

Vielleicht war es Sunnys leise Stimme, vielleicht auch die unbequeme harte Lehne ihres Stuhls, jedenfalls wandte sich Malia im Schlaf zu Seite, verlagerte ihr Gewicht ein wenig. Sie hörte ein leises Murmeln und wachte auf, sah einen Hinterkopf, einen gealterten Körper, niemanden, den sie kannte. Aber die Stimme kam ihr vertraut vor. Malia beugte sich vor und hörte zu.

»... Wie ich nach all den Jahren wieder hierhergekommen bin? Eines Tages habe ich mich umgedreht und in Richtung Heimat geblickt. Irgend etwas hat mich gerufen. Ruft mich noch immer. Jetzt folge ich Keo, passe auf ihn auf. Obwohl er es nie erfahren wird. So wie du, Leilani, es nie erfahren hättest, wenn ich dich nicht eines Nachts hätte röcheln hören. Ich habe gespürt, wie dein Herz aus lauter Kummer erstickte. Woher ich das wußte? Solche Dinge fliegen mir zu. Woher ich wußte, daß sie dich hierhergebracht haben? Ich weiß nur, daß ich losgelaufen bin. Ich kannte den Weg.«

Sunny berührte Leilanis Wange, hielt das Tränenkristall in der Hand.

»Manchmal hält uns nur das ungläubige Staunen am Leben. Jetzt erzähle ich dir den Rest. Wenn du das weißt, kannst du mir vielleicht vergeben ...«

Ola Hou

Auferstehung

»Wer wird je erfahren, wie all dieses Grauen wirklich war? Es ist so lange her. Und war doch erst gestern. Jetzt bleibt nur noch die Erinnerung. Weißt du, nach dem Überleben ist mir nur das geblieben. Erinnerung. Die Einzelheiten in Ordnung bringen. Auf das Vergessen warten …

Als die alliierten Soldaten uns aus den Höhlen herausholten, sagten sie, der Krieg sei vorüber. Ich habe das nicht verstanden. Wenn alles vorüber war, warum lebte ich dann noch? Die Bomben hatten Rabaul zum größten Teil dem Erdboden gleichgemacht. In eilig errichteten Lazaretten haben uns die Ärzte entlaust, uns das Haar abgeschnitten und uns gebadet. Wir kamen in Quarantäne. Delegationen kamen und schauten uns hinter Glasscheiben an. Ich erinnere mich, daß ich an einen Zoo denken mußte – an die Geschichte, erzählt aus dem Blickwinkel des Affen.

Nachdem wir uns ein wenig erholt hatten und keine Gefahr mehr bestand, daß wir jemanden mit Typhus anstecken würden, setzten sich die Offiziere mit uns zusammen. Sie sprachen ganz leise, versuchten freundlich zu sein. Wir reagierten nicht. Weißt du, wir konnten einfach nicht. Wir dachten, wir würden erschossen, weil wir mit den Japsen kollaboriert hatten. Einige Mädchen wurden blind. Die Ärzte erklärten, es fehle ihnen nichts. Sie hörten einfach auf zu sehen. Hatten schon zuviel gesehen. Ein paar weiße Frauen, Holländerinnen und Australierinnen, brachen zu-

sammen. Ich habe sie weinen sehen. Wie verwundete Musik drang es an mein Ohr. Ich fragte mich, was ihnen geblieben war, daß ihnen alles noch so viel ausmachte …

Während wir genasen, sahen wir japanische Gefangene in der sengenden Sonne die Landebahnen des Flugplatzes mit dem Besen fegen. Manche fielen vor Durst in Ohnmacht. Um Wasser zu holen, mußten sie wegrennen, schnell trinken und dann zurückrennen. Langsames Gehen war ihnen nicht erlaubt. Viele starben am Hitzschlag, ihre Haut war mit Blasen übersät, mit riesigen Seifenblasen.

Die Japaner hatten Hunderte von alliierten Kriegsgefangenen in die unterirdischen Tunnel verschleppt und dort als Geiseln gefangengehalten, bis ihnen klar wurde, daß alles verloren war. Nun waren die Japsen in den gleichen Gefängniszellen eingesperrt, unter bestialischen, unmenschlichen Bedingungen. Man zwang sie, sich auf die gleichen verseuchten Lagerstätten zu legen, auf denen schon ihre Gefangenen dahingesiecht waren. Und man zog sie bis auf einen Lendenschurz nackt aus, ließ sie so Tag und Nacht auf und ab marschieren. Wir sahen zu, wie sie die Latrinen schrubbten. Wir beobachteten, wie sie von den alliierten Soldaten getreten und geschlagen wurden.

Nun hatten sich Amerikaner und Australier in den wenigen Offiziersquartieren, die noch stehengeblieben waren, häuslich eingerichtet. Die Offiziere kauten Kaugummi und starrten uns an. Manche von ihnen sahen gelangweilt drein. Sie hatten schon viel zuviel gesehen, was ging sie da ein Häuflein kranker Huren an? Weißt du, sie hatten noch nicht begriffen, daß man uns gegen unseren Willen dort festgehalten hatte, daß man einige Mädchen im Alter von elf, zwölf Jahren entführt hatte, noch vor der ersten Menstruation. Diese Männer dachten, wir hätten uns freiwillig gemeldet, wären Prostituierte …

Ein paar Offiziere begannen sogar mit den Mädchen zu schäkern, die langsam wieder zunahmen und menschliche Züge zeigten. Manche Mädchen fürchteten sich vor erneuten Vergewaltigungen und verloren den Verstand. Andere ließen die Köpfe hängen. Das verwirrte die Alliierten. Sie dachten, wir schämten uns, weil Japan den Krieg verloren hatte. Erst als die weißen Frauen zu reden begannen, als sie berichteten, was man uns angetan hatte, blickten die Offiziere verlegen drein. Sie befragten uns einzeln.

Als ich an der Reihe war, konnte ich die Lippen bewegen, aber kein Wort hervorbringen. Die Bilder lagen mir so schwer auf der Zunge wie Steine: Räume mit Haken an den Wänden, Mädchen, die wie geschlachtetes Wild am Hals aufgehängt waren. Ganze Boote voller Mädchen, die in die Luft gesprengt wurden, damit die Alliierten keine Zeuginnen befragen konnten.

Ich erinnerte mich an Eimer im Sonnenlicht, aus denen Wasser geschöpft und über die Klinge eines wunderbaren, ererbten Schwertes gegossen wurde. Das Schwert, das in einem schwungvollen Bogen durch die Luft geführt wurde, der strahlende, haarumwogte Planet eines Jungmädchenkopfes. Als ich versuchte, das zu beschreiben, das in Worte zu fassen, konnte ich nur sabbern. Jemand wischte mir sanft den Mund ab. Jemand anders reichte mir einen Spiegel und sagte: ›Schau nur, was sie dir angetan haben.‹ Ich war sechsundzwanzig, sah aus wie sechzig. Ich versuchte es noch einmal, erzählte alles. Denn jetzt war mir alles gleichgültig geworden …

Mit der Zeit begriffen die Alliierten, was wir gewesen waren. Man hatte uns benutzt, uns zerbrochen. Eines Tages, als einige von uns genug Kraft hatten, führte man uns in einen Speisesaal, den man eigens für uns hergerichtet hatte. Wir saßen an Tischen mit Tischtüchern. Es gab Fisch und Fleisch. Gemüse und Brot. Es gab Wein. Gabeln und Messer. Und Servietten. Sie servierten uns das Essen, als seien wir Menschen. Manche Frauen lachten dümmlich, planten bereits ihren Selbstmord …«

Sunny schüttelte den Kopf, starrte mit leerem Blick auf Leilanis Zimmer, höchst verwundert, daß sie sich erinnern konnte. Daß sie noch lebte, um sich erinnern zu können.

»… Lazarettschiffe liefen in Rabaul ein, mit Ärzten vom Roten Kreuz, die alliierte Kriegsgefangene versorgten. Es waren Tausende, viele wurden auf Tragbahren an Bord gebracht. Sie fühlten

sich so verloren, daß sie laut schrien. Manche Männer litten an feuchter Beriberi, ihre Gliedmaßen waren aufgebläht wie Ballons. Einige waren blind, andere humpelten auf einem Bein. Wir hatten diese Gefangenen nie zu Gesicht bekommen, sie hatten uns, die P-Mädchen, nie gesehen. Zwei Bilder des Grauens, die man voneinander getrennt hielt. Aber sie erzählten, manchmal hätten sie uns schreien hören. Und wir hatten ihre Folterungen mitangehört. Schiffe verließen den Hafen. Andere kamen, nahmen mehr Kriegsgefangene mit.

Die Rotkreuzschwestern badeten uns häufig. Wir wurden von oben bis unten mit DDT abgespritzt. Dann gab man uns richtige Kleider und verpaßte uns anständige Haarschnitte, teilte Ausweise aus. Immer wieder wurden wir befragt. Eines Tages saß ich mit einem Marineoffizier in einem Raum, und seine Sekretärin schrieb auf, was ich sagte. Ich redete stundenlang. Als ich aufhörte, wischte sich der Mann die Augen. Er ergriff meine Hand, als sei er mein Vater. ›Der Krieg ist vorbei‹, sagte er. ›Du hast überlebt. Jetzt kannst du das alles vergessen, zu deinem wirklichen Leben nach Hause zurückkehren.‹ Ich lachte. Das Leben erschien mir unerträglich, denn plötzlich war das einzig Wirkliche, *das mir geblieben war, Rabaul.*

Ich erinnerte mich an die kleine Kim, wie wir einander im Dunkeln umarmt gehalten hatten, in unserer Phantasiewelt gelebt hatten. Honolulu! Paris! Manchmal hörten wir von jenseits der Umzäunung traurige Klagelieder – eine Mundharmonika –, mit denen Augenblicke des Friedens zu uns hereinschwebten. Sogar heute noch höre ich manchmal eine unendlich zarte, zerbrechliche Melodie über den Dschungel streichen, über den Stacheldrahtzaun hinweg. Den Wind, der durch die Palmen raschelt. Ich höre, wie junge Kamikaze-Piloten in ihrer letzten Lebensnacht weinen, darum bitten, nur fest umarmt zu werden. Sie schrieben uns Gedichte und gingen in den Tod. Du mußt wissen, ich bin mit diesem Ort auf immer und ewig verbunden. Er hat mir seinen Stempel aufgedrückt.«

»In unserem Lager hörte ich nachts manchmal die Eisenbahn pfeifen. Dieser Klang rang mir ein Schluchzen ab, weil er mich an das Tuten der Zuckerrohrzüge erinnerte, die während der Erntezeit nach Honolulu hereingepoltert kamen. Ich fragte einen amerikanischen Offizier, wie das sein könne. Wie konnte es mitten im Dschungel Züge geben? Er meinte, es seien vielleicht vorüberfahrende Schiffe gewesen. Vielleicht hätte ich es mir auch nur eingebildet. Er erzählte von einem Mädchen, das zwei Jahre auf den Philippinen gefangen gewesen war und immer davon geträumt hatte, wie ihre Mutter gebacken hatte. Die Krankenschwestern berichteten, daß dieses Mädchen immer nach Kuchen gerochen hätte. Ein anderes Mädchen, das man in einem Bambuskäfig angekettet hatte, träumte von ihrem Sohn, einem Säugling, den sie auf ihre Bajonette gespießt hatten. Als die Alliierten sie befreiten, wog sie nur noch achtzig Pfund. Ihre Kniescheiben und Ellbogen hatten die Haut durchbohrt. Ihre Augen waren dahin. Und doch duftete sie sogar, als man sie begrub, noch nach Babypuder...«

Sunny redete langsamer, rieb Leilanis Hände, und diese Bewegung half ihrer Erinnerung auf die Sprünge. Leilanis Augen standen offen, das Weiße war so makellos, als sei es von innen heraus poliert worden. Was sie nun verspürte, war abgrundtiefe Trauer, die in Mutterliebe überging. In ihrem langen Leben hatte man sie viel rennen lassen, für zwanzig Kinder rennen lassen. Aber zumindest hatte man ihr die Füße gelassen, mit denen sie rennen konnte. Diesem Mädchen jedoch hatte man alles genommen, hatte ihr nicht einmal den Lebenswillen gelassen. Und dann tauchte sie wieder in Sunnys Erzählung ein.

»Eines Tages haben uns Militärpolizisten auf ein Schiff verfrachtet, das an einen Ort namens Okinawa fuhr. Wie trockene Stecken lagen wir an Deck, machten halt auf Guam, Saipan, Iwo Jima, sammelten noch Hunderte von weiteren stockdürren Mädchen ein. In ganz Asien und im Pazifik, wo immer die Japaner eingedrungen waren, hatten sie Frauen entführt. Ich begann das Ausmaß zu ah-

nen. Ich fragte mich, was mit uns geschehen würde. Was konnte uns schon noch zustoßen? In Okinawa bat man uns, einen Blick auf eine Gruppe japanischer Offiziere hinter einem Stacheldrahtzaun zu werfen. Sie zu identifizieren. Sie sagten mir, ich sei ohnmächtig geworden, und doch habe ich alles mit angehört. Nur mein Sehvermögen hat mich verlassen. Ich schämte mich, meine Henker zu benennen, schämte mich, ein Gesicht zu erkennen. So funktioniert die Scham, das war ja das Brillante daran …

Die Krankenhäuser in Okinawa waren riesengroß. Die Chirurgen hatten viel Erfahrung mit dem Desinfizieren, mit dem Herausschneiden alles Kranken und Beschädigten. Zum Beispiel meiner Gebärmutter. Danach fühlte ich mich leichter, luftiger. In meinem Zimmer lag ein chinesisches Mädchen aus Honolulu. Sie war in Peking auf der Universität gewesen, als die Japsen einmarschierten. Wir sprachen von unserer Gebärmutter wie von einer alten Handtasche, die wir aus lauter Zerstreutheit irgendwo vergessen hatten. Es waren noch andere Frauen aus Honolulu da – eine Missionarin, die Frau eines Arztes –, die man in Lagern in China versklavt hatte. Ich habe nicht versucht, sie zu finden. Was gab es schon zu erzählen?

Sie haben uns wieder untersucht, wie Mäuse im Labor. Röntgenaufnahmen, Herz, Lunge, Blut. Wir kamen wieder in Quarantäne. Die Ärzte waren freundlich, doch wir waren mißtrauisch, warteten immer noch darauf, daß man uns mitteilte, wir würden erschossen.

Dort, in Okinawa, habe ich auch mit angehört, wie ein Arzt meinte, die meisten von uns würden nicht überleben. Nicht einmal die Gesunden. Er beerdigte uns bereits im Geiste. ›Die meisten Frauen‹, sagte er, ›können nicht in ihre Dörfer zurück. Ihre Familien würden sie steinigen. Besonders diejenigen, die man in Korea gekidnappt hat, wo man von Frauen verlangt, daß sie Jungfrauen bleiben. Die Willenskraft hat ihre Grenzen‹, konstatierte er. ›Viele werden feststellen, daß das, wofür sie überlebt haben, es nicht wert war. Werden sich in neuen Städten, in neuen Ländern im Verborgenen aufhalten. Nichts ist ihnen geblieben, keine Familie, keine Würde. Nur ständige Krankheit, Verfall, körperlich und geistig. Und grauenhafte Erinnerungen. Viele werden fest-

stellen, daß sie lang genug gelebt haben. Sie werden keinen Geschmack mehr daran finden.‹

Für mich begann es in Okinawa. Du mußt wissen, daß mir das Tageslicht widerwärtig war. Ich war all das Licht nicht mehr gewöhnt. In Rabaul war es in den Nissenhütten immer dämmerig gewesen. Dämmerig in den Latrinen. Sogar an strahlend hellen Tagen umgab uns das Laubwerk des Dschungels. Und in jenem Höllenjahr in den Tunnel lebten wir beim Schein von Kerzen und Kerosinlampen. Jetzt mied ich das Tageslicht. Und doch brachte die Nacht Gespenster. Sie stiegen mir lachend die Kehle hinauf. Und mir dämmerte allmählich, daß nichts wirklich zählt. Alles war vorbei. Ich war so viele Tode gestorben …

Mein Körper schien das nicht zu verstehen. Ich setzte mich weiterhin zur Wehr. Ich humpelte ständig vor Schmerzen, aber meine offenen Geschwüre begannen abzuheilen, die Narben verblaßten. Ich nahm ein bißchen zu. Ich beschloß, wenn denn mein Körper unbedingt leben mußte, dann würde ich mich ganz neu erfinden. Wie konnte ich nach Honolulu zurückkehren? Ich erklärte den Behörden in Okinawa, ich sei Koreanerin, hätte in Schanghai in der alten chinesischen Stadt gelebt. Ich sprach genügend gebrochenes Chinesisch und Koreanisch, um sie davon zu überzeugen. Ich bat darum, nach Schanghai repatriiert zu werden. Viele Frauen machten das so. Wären sie nach Seoul oder Panmunjom zurückgegangen, man hätte sie dort als Prostituierte gesteinigt. Manche entschieden sich sogar dafür, sich ins besetzte Japan repatriieren zu lassen.

Während man unsere Papiere bearbeitete, stellte man Nachforschungen über uns an und brachte Hunderte von uns auf die Insel Tokashiki in der Okinawa-Kette. Man steckte uns in Kasernen unmittelbar neben den Lagern mit japanischen Kriegsgefangenen. Wir wurden zwar nicht als Gefangene bezeichnet, aber man bewachte uns. Manche Frauen wurden wiederholt verhört. Man verdächtigte sie, sie hätten mit den Japsen kollaboriert, sich von ihnen als Spioninnen anwerben lassen.

Beinahe ein Jahr lang wurden wir auf Tokashiki festgehalten. Sie nannten es Rehabilitation. Einige Frauen wurden zu Schwesternhelferinnen oder Stenotypistinnen ausgebildet. Viele waren in Behandlung – wegen Syphilis, Tuberkulose, wegen chemischer und chirurgischer Experimente, die japanische Ärzte und Forscher an ihnen durchgeführt hatten. Sechs Mädchen begingen Selbstmord. Da wir die einzigen Frauen dort waren, suchten sich die jungen alliierten Offiziere diejenigen aus, die am wenigsten häßlich und vernarbt waren. Sie gaben uns Nylonstrümpfe und Kosmetika. Sie boten uns Mitleid an, waren bereit, sich unsere Geschichten anzuhören. Sie boten uns Geld als Gegenleistung für Sex. Frauen, die sich weigerten, wurden gezwungen. Aber wie konnte eine Frau ihren Befreiern etwas abschlagen?

Da wir nun von den Besatzungsmächten untergebracht und verpflegt wurden, hielt man uns für Eigentum des US-Marinestützpunkts auf Okinawa. Sie waren die Sieger, wir Teil der Kriegsbeute. Nach einer Weile kamen die Wachen zu jeder Tages- und Nachtzeit durch unsere Baracken gewandert. Wenn Frauen sich ihnen widersetzten, schlug man sie. Die einfachen Soldaten kamen auch zu uns. Sie fragten uns immer zuerst, und sie bezahlten immer. Manche wollten Sex, andere wollten einfach nur reden. Es waren junge Kerle, die sich vor der Rückkehr in die USA fürchteten. Sie hatten zuviel vom Krieg gesehen und würden sich dort nicht mehr einfügen können. Ich schloß die Augen und hielt sie fest an mich gedrückt. Japaner, Amerikaner. Mir war inzwischen alles gleichgültig.«

Sunny blickte auf, und ihre Augen flackerten wie schwache Feuer, die jenseits des Zimmers, jenseits der Nacht, nach etwas suchten, nach der jungen Frau, die schon längst über jedes gefällte Urteil hinaus war, nach dem Mädchen, das sie nicht aus den Augen verlieren durfte.

»Eines Tages verschiffte man mich ins besetzte Japan, stellte mir dort Papiere aus, die mich berechtigten, ›nach Schanghai in meine Heimat‹ zu gehen. Dort wurden vor alliierten Gerichten Kriegsverbrecherprozesse geführt. Die wichtigsten waren die Prozesse gegen japanische Offiziere, die Kommandanten von Internierungs-

lagern und Kriegsgefangenenlagern außerhalb der Stadt gewesen waren. ›Trostfrauen‹, P-Mädchen, die die Japsen offiziell jugun ianfu nannten – die Tausenden von Frauen, die sie als Sexsklavinnen gefangengehalten hatten, rief man nie als Zeuginnen auf. Die Verbrechen gegen uns wurden einfach gelöscht.

In jedem Land, wo die Japsen einmarschiert waren, fanden Kriegsverbrecherprozesse statt. In China, Indonesien, Malaysia, auf den Pazifikinseln. Aber wir, die Überlebenden aus einem Heer von Hunderttausenden verstümmelter, ermordeter Frauen, wurden nie aufgerufen, Zeugnis abzulegen. Wir waren die Vergessenen, der Abfall des Krieges …

Wie durch ein Wunder hatte Schanghai wieder zu seinem Vorkriegsselbst zurückgefunden. Ausländer spazierten gemächlich über den Bund. Es gab Nachtklubs, Kabaretts. Glücksspiel, Opium. Die Gassen waren immer noch dreckig und wimmelten von Menschen. Das sollte so bleiben, bis die Kommunisten 1949 all dem ein Ende setzten. Dann zog ich nach Hongkong weiter, lebte dort in einem winzigen Zimmer, schlief den ganzen Tag und verbrachte meine Nächte damit, Englischunterricht zu geben und mit der Star Ferry auf dem Victoria Harbor hin und her zu fahren …

Einmal bin ich in Hongkong sogar Keo gefolgt. Ich saß auf der Fähre in seiner Nähe, dann in einem Park in Kowloon, wo er mit wildfremden Leuten redete. Er suchte nach dem Mädchen, das er als Sunny kannte. Nach dem längst begrabenen Mädchen …

Aber ich greife vor. Das war erst 1947, man hatte mich ›befreit‹ und von Okinawa nach Japan gebracht, meine Papiere bearbeitet, und dann war ich nach Schanghai gegangen. Tief in meinem Inneren hegte ich den Wunsch, meine Schwester und mein Kind zu finden. Die Hoffnung, daß sie entgegen aller Wahrscheinlichkeit überlebt hatten. Ich war siebenundzwanzig. Die Welt war neu. Ich würde mein Leben noch einmal von vorn beginnen. Nur: wie beginnt man ganz von vorn?

Eines Tages saß ich auf einer Terrasse in der Sonne und trank Tee. Vor einem Teehaus, das in der Nähe der Brücke der Neun Windungen mitten in einem kleinen See liegt. Ringsum saßen junge Frauen und Militärs. Es lag Zärtlichkeit in der Luft. Alle schienen ein wenig schüchtern, höchst verwundert darüber, daß *der Krieg tatsächlich zu Ende war und sie überlebt hatten. Sie sprachen verschiedene Sprachen, es wurde gelacht. Paare fuhren in Wagen mit offenem Verdeck davon. Ich trank meinen Tee, während mich das Sonnenlicht quälte.*

In jenem Augenblick war die Gewißheit darüber, was Leben bedeutet, in mir so scharf und deutlich und betäubend, daß mir klar wurde, daß ich nicht mehr genug Kraft dazu hatte. Alles, was mir blieb, war die Erinnerung. Rabaul. Die Nächte, die Jahre. Ich hatte Mädchen sterben sehen und sie beneidet. Sogar die enthaupteten. Ich nehme an, wir dachten, wir würden ohnehin alle irgendwann sterben müssen. Sonst hätte es viel mehr Selbstmorde gegeben. Schließlich hatten wir nicht einmal mehr dazu die Kraft …

In Schanghai schloß ich keine Freundschaften. Ich lebte von einem Augenblick zum nächsten, auf der Suche nach Gespenstern. Meine Existenz hatte die seltsame, abgehobene scharfe Klarheit eines Traums. Ich hängte mein Herz nicht an Dinge. Ich spazierte einfach aus Zimmern weg und ließ alles hinter mir zurück. So wanderte ich durch die Jahre, an nichts gebunden. Bis ich mich eines Tages umdrehte und in Richtung Heimat schaute.

Und doch gab es … trotz allem … trotz allem … einen Moment vollkommener Schönheit, der mich nie verlassen hat. Einen Talisman, den ich immer und immer wieder berühre.

Das war nach der Ankunft der Alliierten, nach den Höhlen, als wir in Rabaul begannen, uns allmählich zu erholen. Eines Tages duschten wir zum erstenmal wieder allein, ohne Ärzte, ohne Schwestern. Saubere, geräumige, desinfizierte Duschen. Wir zogen uns aus und traten langsam ein, wie Blinde. Wir berührten die weißen Kacheln, die weißen Wasserhähne. Ganze Stücke Seife. Uns wurde schwindlig, wir begannen zu spielen. Wir sangen sogar, mit jämmerlichen Krächzstimmen. Dort, unter diesen Duschen, ist die Liebe, die Fähigkeit zur Liebe auferstanden. Man konnte es in den Augen sehen, die aus unseren gebrochenen Gesichtern starrten. Jede Frau verspürte das stellvertretend für alle anderen.

Wir seiften einander ein, wuschen einander die Haare, spülten einander ab, vorsichtig wie Mütter. Einige Mädchen waren noch schwach und mußten sich hinsetzen. Wir badeten sie wie Kinder.

Wir hoben sie zu den Duschköpfen hinauf, hielten ihre Gesichter in den Strahl, ihre Handgelenke, ihre zarten Rippen und Rückenwirbel, die wie Zweige herausragten. Eine kleine Weile vergaßen wir die Welt da draußen. In jenem Augenblick – im Leiden vereint, voller Angst vor dem Zusammentreffen mit ›normalen‹ Menschen – waren wir Liebende im wahrsten Sinne.

Wir Frauen taumelten, lachten, schluchzten, umarmten einander und brauchten keine Worte, keine Gesten, wollten doch nicht loslassen. Wir klammerten uns aneinander in jenen Duschen, und das Wasser weichte die Leichname in unseren Herzen auf. Niemand würde uns je wieder so gut kennen, niemand würde diesen Ort je wieder betreten – jenen stillen Raum in uns, wo jede von uns das großartige Gefühl verwahrte, das wir für einander empfanden. In vieler Hinsicht würde keine von uns je wieder so lieben …

Danach betrachteten wir uns im Spiegel. Streichholzdürre Beine, muskellose Arme. Riesige Köpfe auf dem knochigen Stengel des Halses. Von hinten sahen wir aus wie Jungen ohne Hinterteile. Von vorne waren wir alte Frauen, unser Haar so dünn wie Spinnweben, grau. Die Schädeldecke schimmerte durch wie eine Glühbirne.

Nach dem Duschen legten wir uns auf saubere Laken. Die Befreiung hatte uns erschöpft. Irgendwo tief in mir hegte ich einen Wunsch, den ich nicht laut aussprechen konnte, nicht einmal vor mir selbst: ob der Bruch in unserem Leben nicht noch ein wenig hinausgezögert werden könnte. Könnten wir nicht noch ein Weilchen in unserer eigenen, unserer einzigen Welt weiterleben? Ein so großer Teil unseres Lebens, unserer Jugend, lag in Rabaul begraben. Die Welt hatte sich verändert, hatte sich ohne uns weitergedreht. Wir hatten nur einander. Alles, was wir kannten, war hier. Wie konnten wir diesen Ort so plötzlich verlassen?«

Sie lehnte den Kopf gegen das Bett und ging in Gedanken eine Weile fort. Eine Hand streckte sich nach ihr aus, verfärbt und zitternd. Leilani legte sie auf Sunnys Kopf.

»... ich träume von Rabaul. Ich bin süchtig danach. Kannst du das verstehen? Stacheldraht im Mondlicht. Wachtürme. Knarrende Tore, die ihren Schlund auftun, um uns zu verschlingen. Latrinen aus Planken, unter denen sich Berge dampfender Exkremente auftürmen. Ich kann all das im Schlaf riechen. Ich höre Füße laufen. Ich sehe Glühwürmchen, die sich im buschigen Haar der Eingeborenen verfangen, die durch den Zaun starren. Sie werfen uns Essen zu, halten ihre Babys hoch, damit wir sie sehen können ...

Sogar wenn ich nachts wach liege, höre ich manchmal, wie etwas wild um sich schlägt, und ich weiß, daß wieder eine Python einen Kasuar oder ein Kind erwischt hat. Ich höre jemanden Laken ausschlagen und weiß, daß die Flughunde wieder zum Nest zurückgekehrt sind. Ich rieche den Schimmel an den Wänden, die Kondensation in den Nissenhütten. Ich erinnere mich daran, wie ich diese Wände aus lauter Durst abgeleckt habe ...

Ich träume von der Äquatorhitze, die meine Haut Blasen werfen ließ. Ich wache mit sengendheißen Armen und Beinen auf. Träume können so realistisch sein. Ich träume vom Regen, von den endlosen Regengüssen im Dschungel. Ich weiß, daß sie aufhören werden. Sie haben immer aufgehört. Ich weiß, daß die Sterne wieder zum Vorschein kommen. Wenn ich nur ganz still liegen bleibe ...«

Ka Huliau

Wendepunkt

Er saß am Grab seiner Mutter, in ihm wütete immer noch der Schmerz. Es gab nichts mehr zu sagen, und doch bewegten sich seine Lippen rasend schnell, wiederholten und wiederholten immer wieder. Wochenlang war er jeden Tag hierhergekommen, bis ihm der Ort so selbstverständlich geworden war, daß seine Gedanken abschweiften. Er hätte genauso gut Karten spielen oder Trompete üben können. Er saß da und rupfte Grashalme aus, geistesabwesend, ein Mann ohne Pläne, ohne Ziel.

Zwischen den knallbunten Kränzen auf den Grabsteinen stand in der Ferne eine alte Frau, grau gekleidet. Aus dem Schatten eines Baumes beobachtete sie Keo, der das Gesicht gegen die Sonne abschirmte, die störrisch mit ihm Schritt hielt. Eine Stunde verging, vielleicht auch zwei. Er seufzte und tastete sich durch seine eigene Finsternis.

»Mama. Ich hatte solche Träume. Du hast mir nie gesagt, daß auch Träume alt werden. Jetzt frage ich mich … was nun?« Er schüttelte den Kopf. »Ich spiele, aber da ist eine Stille, die ich nicht ausfüllen kann. In mir ist aller Klang abgestorben.«

Langsam kam sie mit ihrem Stock näher, starrte auf die geduldigen Falten seines Nackens, auf das Haar, das inzwischen von Silber durchzogen war, ihm mit der Zeit ein sehr würdevolles Aussehen verleihen würde. Beinahe zwanzig Jahre lang war sie ihm nicht so nah gewesen. Seine dunkle Haut war immer noch faltenlos, die Gestalt mager, ziemlich muskulös. Er kleidete sich noch immer sehr schick, Seidenhemden, Leinenhosen. Er verachtete Gummischlappen, zog Lederschuhe vor. Und immer noch umgab ihn etwas Elektrisierendes, eine Spannung.

Er nahm nicht wahr, daß sie näher kam, sich unweit von ihm im Gras niederließ.

Er lag mit dem Gesicht nach unten auf dem Grab seiner Mutter und döste, hörte auch ihre Stimme nicht, die lange Zeit sanft auf ihn einredete.

»Keo, Liebster, erinnere dich an die Teetasse. Auch wenn sie leer ist, ihre runde hohle Form läßt immer noch auf Tee schließen. Der Teegeist schwebt noch um sie … Solange du dich an sie erinnerst, lebt sie.

Es wird Tage geben, an denen du unbewußt all deine schweifenden Gedanken bündelst, und die werden deiner Mama neues Leben einhauchen. Du wirst dich an den Tag erinnern, als du und dein Papa dies und das mit ihr unternommen habt. An das erste Mal, als du mit ihr allein zur Kirche gegangen bist. An die Nächte, in denen sie dir dabei zugeschaut hat, wie du die neuen hölzernen Hämmer in deinen Steinway eingebaut hast, und sie sich so bemüht hat, dich zu verstehen. An das erste Mal, als sie dich Trompete spielen hörte. An ihren wilden Stolz. All diese Erinnerungen werden heimkehren wie verlorene Söhne und Töchter.

Eines Tages wirst du dich daran erinnern, wie du immer auf die Garage zugegangen bist, die Gasse entlang, über einen Pfad zwischen aufragenden Bäumen und trunken machenden Blüten. Du wirst dich an das Wachstuch auf dem Tisch erinnern und an die Gesichter der liebgewordenen Nachbarn, die unter diesem zitternden Laub die freudigen Tage des Lichtes und des Schattens miteinander teilten. Du wirst die Welt deiner Erinnerungen immer über diese Gasse betreten. Denn du wirst immer von ganz weit her nach Hause kommen …

Die Zeit wird das Prisma sein, durch das du die Gesichtszüge von Verwandten und Freunden erkennst, Lippen, die heiter eine längst vergessene Sprache sprechen, Pidgin-Englisch. Du wirst dich an

Nächte in der Garage erinnern, an den hölzernen Picknicktisch, an dem ihr Geburtstage und Namenstage und Konfirmationen gefeiert habt. An den Tisch, der für bescheidene Mahlzeiten gedeckt wurde. Du wirst das Essen deiner Mutter riechen, den Tabak deines Vaters, den Fischgeruch von DeSotos Netzen, Malias französische Parfüms.

Dir wird das leise Kneifen der kleinen grünen Geckos auffallen, die dein Haar streifen, einer plumpst deiner Schwester auf den Kopf, sie springt auf, die Nachbarn biegen sich vor Lachen. Und auf dem Tisch wird der Arm deines Vaters liegen, muskulös, von blauen Adern durchzogen, die Innenseite in das Licht der nackten Glühbirne gedreht. Er wird Essen auf einen Teller häufen, sich emsig zu schaffen machen, damit niemand seine Augen sieht. Du, sein Lieblingssohn, bist wieder zu Hause. Du wirst deine Mutter umarmen, deine Brüder, deine Schwester, und dann mit beinahe träger Geste die Hand nach dem vollen Teller ausstrecken, den dir dein Vater hinhält. Niemand wird den Blick bemerken, den ihr austauscht, beobachten, wie euch die Tränen in die Augen steigen, wie eure Kiefer sich im Aufruhr eurer Gefühle verkrampfen.

Und im Mittelpunkt wird stets deine Mama stehen, mit ihren gemessenen Bewegungen und ihrer Schönheit. An der Stelle, wo die Nachbarn sitzen, wird es ein ständiges Kommen und Gehen geben. Mary Chang wird sich in Rosie Perez verwandeln, die ihrerseits durch Mrs. Palama ersetzt wird. Aus Mr. Kimuro wird Mr. Silva, dann Johnny Huli. Tacky Cruz, der Hahn, wird sich in jemandes Mungo verwandeln, der wiederum in einen Hund namens Gott, der immer rückwärts rannte. Einer von DeSotos Söhnen wird zu deinem Bruder Jonah werden, und der wird sich in seine Namensvetterin Baby Jonah verwandeln, die vom Kind zur jungen Frau heranreift. Und der ganze bebende Reigen der Verwandlungen wird sich wiederholen, ohne jede Ordnung und mit unzähligen Überschneidungen, denn so sind Erinnerungen.

Aber immer wird deine Mama da sein, im Mittelpunkt deines Musters. Und ausgerechnet dann, wenn sich alle Farben und Umrisse und Gesichter auf eine Formel bringen lassen, die du verstehen kannst, dann dreht jemand an einem Knopf, und ein Schwall von Geräuschen bricht über dich herein, Stimmen in Pidgin, Ge-

sang. Eis, das in DeSotos Bierkühler klirrt, irgend jemand, der auf einer Slack-Key-Gitarre herumklimpert. Die Klänge werden abebben, dann als andere Töne wiederkehren. Nun sind die Leute älter, tauschen Erinnerungen an andere Menschen aus, lachen, weinen. Hundert Türen stehen weit offen, das Rauschen und Raunen des Lebens.

Und draußen, jenseits deiner Gasse, Keo, wird es andere Gassen geben. Und Straßen und Avenuen. Und darüber und dahinter und rundherum die Mutter Meer, krachend und störrisch, zerstörerisch und wieder gebärend. Allem, was wir Leben nennen, Beifall spendend ...«

Er döste immer noch, hörte nur mit halbem Ohr auf die sanfte, feierliche Stimme. Später, viel später würde er glauben, daß ihre Worte seine eigenen waren, ihre Gedanken seine Erkenntnisse, und das würde ihm einen gewissen Frieden schenken. Sie saß noch eine Weile da, lächelte leise. Ihre Hand schwebte über seinem schlafenden Kopf, nur eine Sekunde lang, nur nah genug, um sich zu erinnern. Sie humpelte weg.

In Waikiki imitierten die Bands Elvis Presley. Chubby Checker war angekommen, und die Leute tanzten zu einer hektischen Musik namens Twist. In den Swing Club kamen die Zuschauer in Wellen: An einem Abend war er gerammelt voll, am nächsten waren nur vier Tische besetzt. An so manchem Abend ersäuften Keo und Endo ihren Frust in Rum.

»Man könnte abwechseln«, meinte Endo. »Ein Set mit Jazz, eines mit Rock and Roll.«

Keo schüttelte den Kopf. »Ich hab keinen Bezug zu diesem Zeug. Und auch keine Lust dazu.« Er schenkte die Gläser noch einmal voll. »Vielleicht ist es das. Melancholie. Vielleicht sind wir nur für den Jazz gemacht.«

Während sie sich unterhielten, betrachtete er Endo, das traurige blaue Gesicht, die seltsam geformten Augen eines Mannes, der ständig ein Schluchzen unterdrückt. Im letzten Jahr hatte er zu zittern begonnen und klagte über schreckliche Kopfschmerzen. An manchen Tagen wirkte er wie betrunken, obwohl er es nicht war. Seine Koordination versagte. Keo kamen Zweifel, was sein Gehör betraf. An manchen Abenden, wenn Endo in der Band aushalf, wußte keiner, was er da eigentlich spielte. Es hörte sich nicht an wie Jazz. Es hörte sich nicht an wie irgend etwas. Seine Haut hatte mittlerweile einen tiefblauen Ton, die Fingernägel waren beinahe schwarz.

Schon seit Wochen hatte Keo keine Zeit mehr mit ihm verbracht. Der Tod seines Neffen, dann der seiner Mutter. Zeit, die er mit dem Vater und DeSoto geteilt hatte.

»Es tut mir leid, Mann. Diese Familiensachen. Die Trauer macht die Leute völlig verrückt.«

»Ich verstehe.« Endos Stimme hatte sich verändert, war nun heiser und rauh. »Als ich herausfand, daß meine Familie ... Tokio nur noch ein Aschenhaufen ... Ich glaube, ich habe völlig den Verstand verloren.«

Sie hatten dieses Thema vorher schon einmal gestreift, und Keo hoffte, es würde Endo helfen, wenn er darüber spräche. »Erinnerst du dich an die Kapitulation? An VJ Day?«

Endo schüttelte den Kopf. »Ich erinnere mich an den Dschungel ...«

»Vielleicht sollen wir uns nicht erinnern. Ich vergesse es oft monatelang, und dann schrecke ich eines Nachts schreiend aus dem Schlaf, und meine Finger legen jemandem einen Draht um den Hals. Einen anderen Kerl habe ich erstickt, habe mich mit einem Kissen auf ihn gesetzt – ich kann sein Zucken noch heute unter meinem Hintern spüren.«

Er schauderte, kippte seinen Rum.

»Zumindest hast du Erinnerungen«, meinte Endo.

»Wenn ich nur herausbekommen könnte, was mit Sunny geschehen ist. Selbst wenn sie tot ist. Erinnerst du dich nicht mehr an sie, damals in Paris?«

»Tut mir leid.« Er schüttelte den Kopf. »Ich kann mich jetzt nur noch an so wenig erinnern.«

»Vor ein paar Jahren habe ich erfahren, daß sie vielleicht in Schanghai gekidnappt wurde. Von japanischen Soldaten.«

Endo nickte bedächtig. »In jedem Krieg, für jede Armee – für die Alliierten, für die Japaner, vor tausend Jahren für die Mongolen –, immer haben sie Frauen benutzt.«

»Hattet ihr im Dschungel Frauen, die gekidnappt worden waren?«

»O ... ja. Wir hatten Tausende und Abertausende von Männern, außerordentliche Anforderungen. Es wurden Frauen in Kasernen, in Hütten, sogar in Hotels festgehalten.«

»Erinnerst du dich an Namen? Nationalitäten?«

Endo blickte durch ihn hindurch. »Wir haben ihnen japanische Namen gegeben. Nationalitäten? So viele. Ich werde auch Zeit mit einer oder zwei verbracht haben. Um mich zu erleichtern, weißt du. Ich wußte bereits, daß wir den Krieg verlieren würden. Nach Midway waren wir am Ende. Das hat mich beinahe umgebracht.«

Er verbarg sein Gesicht in den Händen. »Ich habe meine Befehle ausgeführt, Tausende von jungen Männern in den Tod geschickt. Schlachtopfer, alle! Die Schakale, die unseren Krieg führten, wollten uns nicht gestatten, uns zu ergeben. Sie haben Hirohito, unseren Kaiser, angelogen. Er dachte, wir stünden kurz vor dem Sieg. Sie haben Millionen junger Kerle in ganz Asien, im Pazifik geopfert. Sie haben meine Eltern umgebracht, sie haben alle umgebracht!«

Er schwankte hin und her, als versuche er sich zu zerreißen, damit eine menschliche Stimme sein Leid herausschreien könne.

Ein wenig betrunken legte Keo Endo den Arm um die Schultern.

»He, laß gut sein. Wir nehmen uns eine Weile frei. Gehen in DeSotos Kanu fischen ...«

Endo riß sich los. »Bloß nicht aufs Meer! Das macht mir panische Angst. Ich sehe bombardierte Schiffe. Leichen, die in ihrem Blut brodeln.«

Keo dachte nach. »Und wie wäre es, wenn wir in den Ko'olaus jagen gehen? Gutes *pua'a,* Wildschwein, es ist Jagdsaison. Kein Regen, keine Schlammlawinen. Deswegen sieht man jetzt so viele Lastwagen mit Schweinsköpfen auf der Motorhaube.«

Endo riß sich zusammen. »Onkel Yasunari und ich sind immer Enten und Fasane jagen gegangen. Im Morgengrauen aufgebrochen, der Geruch von Leder, von gut geölten Gewehrläufen. Das würde ich gern machen, Keo, wenn du Zeit hast.«

Eines Tages, noch vor der Morgendämmerung, machten sie sich im Pickup eines Vetters und mit zwei Jagdhunden auf den Weg in den Dschungel der schartigen Ko'olau-Berge, die Honolulu von der Windseite der Insel O'ahu trennten. Die Pali-Straße war trügerisch, zwei schmale Spuren, die sich in Haarnadelkurven die zweitausend Fuß hohen Klippen hinaufschlängelten. Die Ingenieure hatten bereits mit dem Pali-Tunnel-Projekt begonnen, das mitten durch das Herz der Ko'olaus schnitt und die Klippenstraße überflüssig machen würde. Aber selbst jetzt kam es noch manchmal vor, daß herabstürzende Felsbrocken die Dächer vorüberfahrender Wagen unter sich begruben.

Während er in vielen Windungen und Kurven den Berg hinauffuhr, fand Keo die Abzweigung, die sie eine halbe Meile weit in den Dschungel hineinführte. Er parkte den Wagen, und dann gingen sie zu Fuß tief ins Gebiet der *pua'a* hinein. Nach einer weiteren Meile betraten sie den dichten Regenwald, standen unter einem Dach aus riesigen Eisenbäumen und Trompetenbäumen. Keo deutete auf die Bäume, die für die alten Hawaiianer so lebenswichtig gewesen waren – die *koa*, aus deren Holz die Körper der großen seetüchtigen Kanus gefertigt wurden. *Hau*, das Holz, das traditionsgemäß für die Ausleger verwendet wurde. Brotfrucht, deren Saft man als Bindemittel für die Kokosfasern benutzte, mit denen man die Kanus kalfaterte.

Als sie tiefer in den Dschungel eindrangen, wirbelte Endo herum, meinte zu spüren, wie ihm etwas auf den Rücken tippte.

Keo grinste. »Verspielte *akua*. Geister.«

Zwei Meilen weiter bergauf sahen sie die andere Seite der Ko'olaus als fernes Panorama daliegen. Schluchten, von regengeschwollenen Wasserfällen ausgehöhlt, prägten die Wand des Pali, die große Jadeklippe erstreckte sich über zweiundzwanzige Meilen entlang der Windseite von O'ahu. Vor Urzeiten hatten tosende Wellen den beinahe vertikalen Schutzwall herausgebrochen, während das Meer immer weiter anstieg. Als sich die Wasser verliefen, verwitterte das vulkanische Gestein am Talboden zu fruchtbarer Erde. Im Laufe der Jahrhunderte breitete sich das Tal wie ein üppiger grüner Teppich immer weiter aus, setzte sich über viele Meilen hinweg fort, ein riesiges Amphitheater für die zerklüfteten Wirbel der Ko'olaus. Und dahinter die wogende See.

Endo rang nach Luft. »Was für eine überwältigende Schönheit.«

Von irgendwoher das Quieken eines Schweins. Sie kamen nur langsam voran. Der Dunst verhüllte alles mit einem Schleier, ließ die dunklen Silhouetten der Bäume verschwimmen, weichte die scharfen Kanten der Felsbrocken in den Bächen auf. Im gespenstischen Zwielicht flogen Eulen von den Bäumen auf und glitten lautlos vorüber. Das Licht verfärbte sich von Indigo zu Violett, schmückte die Bäume mit den feurigen Farben des Sonnenaufgangs.

Die Hunde waren verschwunden, jagten lautlos. Erst wenn sie ein *pua'a* in die Enge getrieben hatten, würde das Gebell beginnen.

»Dann rennst du«, sagte Keo. »Und rennst immer weiter, bis du da bist. Wenn es eine Bache ist, ist es nicht sehr gefährlich. Aber bei einem Keiler reicht eine einzige Kopfbewegung, und er kann einen Hund mit seinen Hauern aufschlitzen. Und die anderen kommen alle dazu, sind völlig außer sich vor Wut. Schau her. Siehst du, was ihre Hauer anrichten können?«

Die unteren Bereiche der Bäume wiesen tiefe Einkerbungen auf, Teile des Waldbodens waren aufgewühlt, dort wo die Wildschweine besonders schmackhafte Wurzeln gefunden hatten. Kurz hinter einer dieser Kuhlen begann Keo zu rennen. Endo folgte ihm, hörte die Geräusche des Dschungels, die ihn verwirrten, ins Jahr 1942 zurückversetzten.

Er drehte sich im Kreis. *Mein Schwert. Wo ist mein Schwert? Es muß ganz in der Nähe sein.*

Die Hunde hatten in einem sich schlängelnden Bachbett ein Wildschwein in die Enge getrieben. Mit berstenden Lungen, auf Beinen, die ihm beinahe den Dienst versagt hätten, erreichte Endo das Gebiet wenige Minuten später als Keo. Der Wind hatte sich gedreht, ein Riesenblatt hing herab, und in jenem Augenblick erschien ihm Keo kopflos zu sein. Endo schrie auf. Das Blatt wehte davon, und Endo sah, daß der Kopf noch mit dem Körper verbunden war.

Aber aus weiter Ferne trieben Dinge auf ihn zu, kehrten zu ihm zurück. *Sonne, die auf einem Metalleimer glitzert, aus dem ich Wasser schöpfe und über beide Seiten meiner Schwertklinge gieße. Das Schwert, das sich in einem anmutigen Bogen hebt. Der Geruch sprudelnden Blutes. Jemand, der meine Schwertklinge sauberwischt ...* Nun erinnerte er sich, kam ins Straucheln.

Die grunzende Sau hatte sich rückwärts in einen Graben zurückgezogen, hielt die wildgewordenen Hunde in Schach. Keo kletterte auf einen Baum und schoß ihr unmittelbar hinter das Ohr. Sie zitterte, versprühte noch Exkremente und brach zusammen. Endo lief es eiskalt den Rücken hinunter, er war leicht erregt. Er kniete nieder, starrte auf den mächtigen Nacken der Bache. Wie sauber, wie leicht sich der Kopf mit einem einzigen anmutigen Schwung vom Körper trennen ließ. Seine Augen schnellten zu den Hunden. Sie hatten kurze, häßliche Hälse, es würde schwierig sein, sie dazu zu bringen, sie ruhig zu halten. *Aber mit meinem Schwert wäre die Hinrichtung makellos ...* Er sträubte sich dagegen, auf Keos Hals zu blicken.

Mit einer beinahe förmlichen Geste stand er auf. »Gut gemacht. Eine einzige Kugel. Genau wie es sein soll.«

Die Hunde schwärmten aus, auf der Suche nach einem weiteren Wildschwein. Die beiden Männer machten Rast, und Keo beschrieb den gefährlichen gespaltenen Huf des *pua'a*, aber Endo hörte ihm nicht zu.

... Ich war ein wahrer Meister. Sie sagten, ich hätte eine reine Kunstform daraus gemacht. Ich brauchte eine Menschenmenge nur kurz zu überfliegen und wußte in fünf Sekunden, wessen Hals der beste wäre. Wessen fleischiger Nacken die Sache unschön aussehen lassen würde ...

Später hielt er den Kadaver fest, während Keo ihn säuberte und zerteilte. Das Blut und die Gedärme erregten ihn nicht. Das Töten war vorüber. Während er neben der Bache kniete, schweiften seine Gedanken ab, erinnerte er sich an Dinge. Erinnerten sich die Dinge an ihn.

Danach war ich immer stundenlang wie benommen. Ich konnte brennende Streichhölzer an meinen Armen entlangführen. Einmal, nachdem ich einen Kopf abgeschlagen hatte, fielen Bomben.

Ich wurde von einem Schrapnell getroffen und merkte nichts davon. Als ich einmal sechs Eingeborene nacheinander enthauptete, war das wie ein Ballett. Kurz darauf trat ich mit nackten Füßen in ein Skorpionennest. Die Tiere gerieten völlig außer sich und stachen mich, und ich spürte nichts. Nichts! Ich war so überdreht, daß ich gegen das Gift immun war. Sie krümmten sich und starben an meinem Adrenalin. Elf Jahre? Zwölf? Warum erinnere ich mich jetzt?

Sie hörten die Hunde wieder heulen. Sie ließen das weibliche Beutetier in einem Baum hängen und rannten zwischen den dornigen *kiawe*-Sträuchern hindurch, die ihnen Arme und Beine zerfetzten. Diesmal hatten die Hunde einen mächtigen jungen Keiler gestellt, der an die dreihundert Pfund wog und nur aus blitzenden Hauern und Hufen zu bestehen schien. Nur Keos rasches Handeln rettete sie davor, von dem Keiler aufgeschlitzt zu werden. Er feuerte Schüsse in die Luft ab, bis die Hunde zurückwichen.

»Der Geruch des Blutes macht sie wild. Sie sind so erregt, daß sie es gar nicht merken würden, wenn er sie aufschlitzte.«

Die Zeit stand still, der Keiler stand still. Eine Sekunde lang verdrehte er wie wahnsinnig den Kopf, und Endo sah, wie sich die rasiermesserscharfen Borsten an seinem Hals teilten, sah das rosige Fleisch darunter. *Ein guter Hals. Es wäre ganz einfach. Ein rascher Schnitt ...*

Der Schuß schleuderte das Wildschwein in die Luft. Es landete grunzend, war an der Schulter verwundet. Keo fluchte, schoß ihm noch einmal zwischen die Augen. Ein unsauberer Schuß, der den Kopf so zerstörte, daß man ihn nicht würde präparieren können. Erschöpft ließen sich die Männer fallen, während die Hunde das Blut aufleckten. Keo bemerkte, daß ihre Penisse steif waren, gespenstisch. Warum reagierten Lebewesen so angesichts des Todes? Waren ihre Sinne so geschärft und wach, daß Blut in den Penis strömte? Seine Gedanken schweiften ab, und er überlegte, wie lang es her war, daß er so erregt gewesen war, daß ihm Leidenschaft und Begierde in Mark und Bein gedrungen waren.

Verlegen blickte er auf, so als könne der andere Mann seine Gedanken lesen. Dann erinnerte er sich, daß der andere Endo war, der Mann mit dem blauen Gesicht, den so schnell vermutlich nichts mehr schockieren konnte. Wahrscheinlich hatte Endo so viel Fleisch in allen möglichen Positionen gesehen – gefoltert, sterbend, tot –, daß seine Reaktion auf menschliche Leichname nur noch Langeweile war. Er erinnerte sich an den Endo mit den wunderschönen Mädchen in Paris, die seine Höflichkeit geliebt hatten. Nun schien er Frauen kaum noch wahrzunehmen.

Wer hat uns das angetan? fragte sich Keo. *Wer hat uns tot am Wegesrand liegenlassen?*

»Endo, hast du eine Frau? Hier in Honolulu?«

Endo blickte schüchtern zu Boden. »Manchmal gehe ich zu Prostituierten. Nur um mich zu erleichtern. Ich versuche es, aber ich fühle nichts. Ich fühle nur etwas, wenn ich Saxophon spiele. Jazz, so wie wir ihn spielen – auf die alte, reine, forschende Art –, der gibt mir meine Unschuld zurück.« Er schüttelte den Kopf. »Was immer ich einmal gespielt habe, es geht mir allmählich verloren.«

Sie beobachteten die Hunde, die sich im Blut wälzten, redeten, bis es schien, als seien sie den Dingen auf den Grund gekommen. Doch dieser Eindruck war falsch, denn bestimmte Dinge hatten sie gar nicht berührt. Die Tatsache, daß Endo auf den Tod wartete. Obwohl er einmal der Feind gewesen war, sah Keo in seinem Schmerz nun etwas Erhabenes, Strenges.

Wir sind beide leere Hülsen. Lieblos, kinderlos. Nur, daß man ihn aus seiner Jugend herausgerissen hatte, damit er seinem Kaiser diente. Und ich habe nur nach einem Mädchen gesucht.

»Endo … denkst du manchmal an Selbstmord?«

Er lachte leise. »Das ist gar nicht nötig. Ich muß einfach nur abwarten.« Er deutete auf sein bläuliches Gesicht, seine beinahe schwarzen Fingernägel. »Es ist eigentlich ziemlich langweilig, das Sterben. Man muß nur ganz langsam darauf zugehen.«

»Du warst doch bei Spezialisten. Können die dir nicht helfen?«

»Die wollen mich hinter Glas sperren wie ein Versuchskaninchen. Ich habe für die Wissenschaft nichts übrig. Meine einzige Angst ist, daß mich der Wahnsinn zuerst erwischt.«

Sie standen gebeugt da und widmeten sich der anstrengenden Aufgabe, den Keiler auszunehmen und zu zerteilen. Sie ließen den weiblichen Kadaver für die Vettern im Baum hängen und zerrten den erlegten Keiler die guavenbehangenen Hänge hinunter, rutschen auf dem Hinterteil die glatten Schluchten hinab. In der Dämmerung erreichten sie den Lastwagen, wickelten den Kadaver in Lumpen und Planen und banden ihn mit Seilen fest. Keo tippte den beiden Hunden mit dem Gewehrlauf auf die Nase, um sie daran zu erinnern, daß der Keiler *kapu* war. Er setzte ihnen Schüsseln mit Wasser aus dem Bach vor und zerzauste ihnen liebevoll das Fell, weil sie prima Jagdhunde gewesen waren.

Mit der hereinbrechenden Dunkelheit senkte sich auch der Nebel wieder. Es war, als müsse man schneeblind Auto fahren. Zweimal bremste Keo, hupte etwas an, das wie Gespenster aussah, die in ihrem Scheinwerferlicht tanzten. Ein flammender weißer Busch warf sich auf die Motorhaube, zerbrach beinahe die Windschutzscheibe.

»Iiih! Was ist denn das?« schrie Endo.

»Wütende *akua*. Wir fahren mit einem Wildschwein im Wagen auf der Straße nach Palu. Das ist *kapu*!«

Draußen schrille Schreie. Sogar die Hunde jaulten in Panik. Keo hielt den Wagen an, stieg aus, warf die Hände in die Luft, hob den Kopf zum Himmel, stimmte einen hawaiischen Sprechgesang an.

»*Noi e kala'ia!... Ho'okāmakamaka!... Kala mai!... Kala mai!*«

Er wiederholte diesen Sprechgesang immer wieder von neuem, bis sich die Gespenster zurückzogen, bis die Straße wieder zu sehen war.

»*Kala mai!*« fragte Endo. »Was bedeutet das?«

»Um Vergebung bitten.«

Nun wurde Endo in seinen Träumen von unendlich vielen kopflosen Gestalten verfolgt. Papuas in Eingeborenenkleidung, P-Mädchen in dreckigen Lumpen. Seine Schaftstiefel waren bespritzt. Sein Schwert rot befleckt. Er begann sich vor dem Schlaf zu fürchten, sogar schon vor der Dämmerung.

Manchmal wachte er auf und fand sich mitten im Raum wieder, hatte die Hände zum *coup de grâce* über einem vor ihm knienden Opfer erhoben. Er suchte festen Halt, stand breitbeinig da. Er erhob das Schwert. Der anmutige Bogen, beinahe ... Ekstase. Aber manchmal entglitt ihm die Vision. Es traf daneben. Ein Schulterblatt, herausgeschnitten wie ein Viertelmond. Eine Lunge schwebte fort wie eine Wolke. Längst abgetrennte Köpfe kamen nun zu ihm zurückgerollt. Ein grinsender Mund. Ein zwinkerndes Auge. Er fuhr schreiend aus dem Schlaf hoch. Sogar der Vollmond grinste.

Hotels setzten ihn vor die Tür. Jedesmal, wenn wieder ein brüllender Geschäftsführer im Dämmerlicht eines getünchten Hotelflurs vor ihm auftauchte, musterte Endo dessen Hals. Er begann sich in Menschenmengen herumzutreiben, betrachtete den Zwischenraum zwischen dem Haaransatz und den Schultern wildfremder Leute.

... Dieser Hals wäre ein Kinderspiel. Pah! Pah! Mühelos. Dieser Hals ist zu dünn, ein echter shakuhachi-*Hals, wie eine Bambusklarinette. Und dieser hier ist* zenzen dame, *wirklich furchtbar, viel zu fett. Das gäbe keinen sauberen Schnitt, ich würde mich in den Falten des Doppelkinns verfangen ...*

In so mancher Nacht kauerte er am Fenster, hörte die Bomber der Alliierten, die sich Rabaul näherten. Er versteckte sich in einem Schrank. Wenn er wieder hervorkam, stand er wegen Kriegsverbrechen vor einem Militärgericht. Verlorene Jahre, verlorene Verfehlungen. Eines Nachts wachte er auf und fand sich auf allen vieren wieder, scharrend. Er hatte von den Tunnel geträumt. Von einer Zeit, an die er sich nicht mehr hatte erinnern können.

... Vom Schrapnell zerfetzte Körper. Kein Ort, an den man sie hätte bringen können. Hohlräume, in Lehmwände gegraben. Nischen voller lebender Leichname. Offiziere, die ihren Selbstmord planten. Wahnwitziger Sex mit am Boden kauernden Mädchen, die sie sich wie Vieh hielten. Gemeine Soldaten, die andere gemeine Soldaten vergewaltigten ...

Die ganze Zeit über neben mir, an mich gefesselt, ein Talisman, ein zerlumptes Mädchen. Weichheit, Gestank, Krankheit. Wer war das, die da an mich gebunden war? Wie zwei Häufchen Staub, die man zusammengefegt hat. Vielleicht ist das die einzige Art, aus dem Krieg herauszufinden. Eine, an die man sich klam-

mern konnte, an der man festhalten konnte, auch wenn sie nur noch aus Knochen besteht. Knochen können so sauber sein, so stabil.

Und tief in meinem Inneren immer diese Anweisungen im Morsecode. Lege das glänzende Schwert an ihren Nacken. Aber wir waren beide so geschwächt von dem eindringenden Gas, daß wir nur einfach dalagen, unantastbar. Und doch, wie sehr hat sie sich darum bemüht zu sterben. Hat mit ihren vogelknochigen Händen versucht, mein Schwert zu erheben. Wer? Wer war das? Sie hatte einen Namen…

All die Jahre über hatte er gehofft, der Tod würde diesen wahnsinnigen Erinnerungen vorauseilen. Nun erwachte er jeden Tag aus Träumen, so als habe man ihm die Haut abgezogen, mit bebenden Muskeln und Sehnen, mit aufs äußerste angespannten, glühenden Nerven. Seine Haut färbte sich so blau wie eine Jakarandablüte.

Seitwärts, immer mit dem Rücken zur Wand, schob er sich durch die Straßen von Honolulu. Eines Tages verfiel er vor einem Frisörladen in Zuckungen. Wie von Sinnen schlug er um sich, stieß seltsame Laute aus, wurde dann brettsteif und verlor das Bewußtsein. Wildfremde betteten ihn ins Gras, hielten ihn für einen Epileptiker. Völlig erschöpft und außerordentlich verwirrt wachte er auf.

Nach einer Weile ging er langsam nach Hause. Er hatte das Gefühl, als werde er verfolgt. Er glaubte, das Tappen eines Stocks hinter sich zu hören. Er meinte einen Geruch wiederzuerkennen. Er drehte sich um, doch da war niemand. Nur der Geruch – extrem, obszön, wie nasser Rost. Wie eine Lehmader.

Ho'oikaika

Kraft sammeln

Sie stand da im blassen Morgenlicht, zog dann mit einem Ruck die Jalousie hoch, und urplötzlich war das Zimmer vom Licht wie betäubt. Das faszinierte sie immer: diese Fähigkeit, Dinge völlig zu verändern. Stoffe. Umgebungen. Sie stöpselte den Stecker der Singer-Nähmaschine ein, spürte, wie sie zum Leben erwachte. Bald würde sie rattern, Stiche miteinander verbinden wie ein Lauffeuer.

In letzter Zeit schien es, als hätten sie und die Nähmaschine die Köpfe zusammengesteckt und überboten sich gegenseitig in ihrer Wut. Ihre Gedanken, das Surren der Maschine. Manchmal stach die Singer sie in den Finger, daß er blutete. Ein wenig Öl aufs Feuer, so daß der Stoff beinahe zu brutzeln schien. Jetzt fuhr Malia zurück, packte die Maschine am Hals, als müsse sie ein Tier bändigen. Die Nadel hatte sich selbständig gemacht und ein Wort in einen Saum gestichelt. KAPAKAHI.

»Ich *kenne* seinen Namen. Den vergesse ich schon nicht.«

Osborn Kuahi »Krash« Kapakahi. Sie erinnerte sich, wie er, den Kopf voller Pläne, aus dem Krieg zurückgekehrt war. Er würde einen Abschluß machen. Er würde Jura studieren. Er würde dies und das werden. Er. Er. Er. Seine Worte hatten ihr Blut laut auflachen lassen. Typisch Mann. Typisch ER. Nun, sie hatte auch etwas erreicht. Hatte sein Bestes behalten, sein Kind. Und war keinen Zentimeter zurückgewichen.

Was machte es da schon aus, daß ihr Bett nun seit Jahr und Tag von niemandem und nichts anderem beschwert wurde als von seinen Rippen, die in ein weiches, weißes Leintuch gewickelt waren? Was machte es da schon, daß die Einsamkeit sie manchmal dazu brachte, diese Rippen zu streicheln, sie mit *kukui*-Öl und Jasminöl einzureiben, sanft mit ihnen über ihre Hüften zu streichen? Und was machte es da schon, daß das Verlangen ihr manchmal die eigenen Finger tief in den Leib trieb und sie diese Rippen dann gegen die abebbenden Schauder ihres Körpers preßte? Daß sie schluchzte, wenn sie kam. Rippen waren Knochen, und Knochen blieben bestehen. Man konnte sich auf sie verlassen.

Jetzt wurde sie manchmal nachts aus dem Schlaf gerissen, spürte, daß Krash von ihr träumte, sie in seinen Schlaf zerrte. Sie richtete sich im Dunkeln auf, roch seine salzige Meerhaut, spürte, wie seine Lippen ihre Schenkel befeuchteten, seine Finger sich wie Seesterne auf ihr ausbreiteten. Sie hielt eine Mango in der Hand, erinnerte sich daran, wie er die Frucht geschält hatte, die zähe Schale eine lange, glitschige Spirale, wie ein Finger, der einem bedeutete: *Komm her zu mir.* Wie seine Finger ihr in den Mund geglitten waren, wenn er sie mit Zwei-Finger-*poi* fütterte. Wie reife, saftige Pflaumen sie stets an die tiefblau pflaumige Farbe seines Geschlechts erinnerten. Sogar Bücher ließen sie innehalten. Das Seufzen umgeblätterter Seiten, die Art wie er ihr erlaubt hatte, ihm beim Lesen zuzuschauen. Bei einer derart intimen Beschäftigung.

Als er aufs Festland gegangen war, um Jura zu studieren, war Malia zugeschnappt wie ein Auge. Und als die Nachricht kam, daß er eine *haole* geheiratet hatte, stand sie da in der Dunkelheit, am Boden zerstört. Nur Keo kannte ihren Schmerz: Eines Tages hatte er sie in der Innenstadt gesehen, sehr elegant gekleidet, aber mit zwei verschiedenen Schuhen an den Füßen. Jahre vergingen. Ihre Tochter wuchs heran. Und sie wurde älter, lebte nur halb, die andere Hälfte schaute zu. Jetzt war Krash wieder da, und Malia schwor sich, daß er nicht wieder einfach so in ihrem Leben Einzug halten dürfe.

Dann trat eine alte Frau mit einem Stock aus der Asche und stand neben Leilanis Bett. Was Malia in jener Nacht gesehen und gehört hatte, ließ sie nicht mehr los. Sie redete sich ein, sie hätte das alles nur geträumt, doch das Bild der alten Frau stand noch im Schatten und hustete. Nachts schaute sie auf den schlafenden Keo, wollte ihn wecken und ihm alles erzählen. Jedesmal, wenn sie sich neben ihn kniete und anfangen wollte zu reden, wurde ihr die Zunge ganz schwer, und sie konnte nicht sprechen.

Sie ging in einen Laden und schaute sich Landkarten an. Dort, tief im Pazifik, nördlich von Guadalcanal: RABAUL. Ihr liefen kalte Schauer über den Rücken. Winzige Haare richteten sich in ihrem Nacken auf. Eines Tages ging ihr die Singer durch und stichelte einen Namen in einen Abnäher. SUNNY SUNG. Malia schauderte. Sie erinnerte sich an den zarten antiken Kimono, den sie Pono geschenkt hatte. Sie erinnerte sich an das alte, gespenstisch vertraute Gesicht, das auf seinen Rücken gestickt war. Es war das Gesicht von SUNNY SUNG gewesen.

In jener Nacht in Leilanis Sterbezimmer hatte Sunny stundenlang geredet. Was Malia in jener schrecklichen Nacht herausgefunden hatte, war, was das Leben einer Frau antun konnte, sogar einer behüteten, privilegierten Frau. Sie begriff, wie dringend Frauen Bewacher, Beschützer brauchten. Sie begriff, wie verzweifelt nötig Baby Jonah ihren Vater hatte.

Sie saß da und lauschte dem Jungmädchenschnarchen ihrer Tochter. Sie lächelte. Ihre kleine *kanaka*, die das Menstruationsblut bereits ins Frausein schwemmte. Jetzt berührte sie das Mädchen am Fuß, fuhr den säuberlichen Spann des Wesens nach, das die Macht hatte, sie völlig zu zerstören. Sie war noch immer ungelenk, ein bißchen pummelig, und doch wirkte ihr Mund im Schlaf fest entschlossen, trotzig. Malia drückte den Zeh ihrer Tochter.

»Was ist ...?« Baby Jonah setzte sich auf, halb erschreckt.

»Hör mal, Baby Jo.« Malia begann zu weinen. »Du wirst mich dafür hassen. Aber eines Tages wirst du mich vielleicht auch lieben.«

Ängstlich zog sich das Mädchen die Decke um die Schultern.

»Ich bin ... deine Mutter. Ja. Ich habe dich auf die Welt gebracht. Und jetzt erhebe ich Anspruch auf dich. Bestrafe mich ruhig ein bißchen, aber bitte nicht zu sehr. Das hat das Leben schon erledigt.«

Auf der anderen Seite des Flurs wälzte sich Keo im Schlaf. Er runzelte die Stirn, träumte von Baby Jonah.

Er träumte, daß sie in der Dunkelheit aufschluchzte. »Sag mir, wer mein Vater ist.«

Er träumte, daß die Dunkelheit antwortete: »Zeit ... Gib mir ein bißchen Zeit.«

Keo beobachtete seinen alten Freund Krash dabei, wie er über die Insel fuhr und vor Tausenden von Leuten Reden hielt, die darauf warteten, ihr Land wiederzubekommen. Land, das man ihnen gestohlen hatte, als die Inseln in den 90er Jahren des letzten Jahrhunderts von den USA annektiert worden waren. Er mußte dann immer an Baby Jonah denken und fragte sich, wann Krash Ansprüche auf seine Tochter geltend machen würde. Sie hatten nie darüber gesprochen, immer um den heißen Brei herumgeredet, bis seine Ehe am Ende war.

»Wann wirst du dem Mädchen endlich gegenübertreten?« fragte Keo. »Den Mut aufbringen, den ich sonst von dir kenne.«

Krashs Augen waren voller Stolz. »Hast du mich je betteln sehen?«

»Verdammt. Wenn hier einer bettelt, dann ich. Du und Malia, ihr seid wirklich *mākonā*! Grausam. Spielt eure Ego-Spielchen, während eure Tochter ohne Vater aufwächst.«

»Was kann ich denn machen? Diese *wahine* ist verdammt nochmal zu stolz. Sie will noch immer einen *haole* heiraten.«

»Nö, nö«, rief Keo. »Das hätte sie zwanzigmal und öfter tun können. Ein *haole*-Immobilien-Hai wollte ihr den Hof machen, mit allem Drum und Dran, wie es sich gehört. Sie hat ihm gesagt, er soll sich verkrümeln, sie würde ihn erst heiraten, wenn er den Hawaiianern ihr Land zurückgäbe.«

Krash lächelte. »Sie ist immer noch die alte. Aber erzähl mir nicht, daß sie allein geblieben ist.«

»Es gibt niemanden, das schwör ich dir. Sie hat Baby Jonah aufwachsen sehen, und da ist ihr wohl klargeworden, daß das, was sie mit dir hatte, wahrscheinlich das beste war. So etwas passiert einem nur einmal im Leben. Glaub mir.«

Krash spürte, wie der alte Groll wieder in ihm hochkam. »Ich bin aus dem Krieg zurückgekommen, und man hat mir gesagt, das Mädchen sei Malias *hānai*-Schwester. O Mann! Was glaubst du, wie ich mich da gefühlt habe? Sie ist mir doch wie aus dem Gesicht geschnitten! Sie geht sogar wie ich. Tatsache ist doch, daß Malia niemals zugeben wollte, daß sie ein Kind von einem *kanaka* hatte.«

»Und du bist abgehauen und hast eine *haole* geheiratet.«

»Ich habe getan, was ich getan habe.«

Keo schüttelte den Kopf. »Seltsam, du bist wahrscheinlich der einzige Kerl, der meine Schwester glücklich machen könnte. Du hast sie immer auf Trab gehalten.«

»Manche Frauen sind nicht auf Glück aus, Keo. Die jagen hinter was anderem her.«

»Und das wäre?«

»Ich bin mir nicht sicher. Ein Mann, der genügend Stolz besitzt, der will etwas schaffen, Dinge bewegen. Eine wirklich stolze Frau, die will den Dingen unter die Haut gehen. Herausfinden, was funktioniert und was nicht, was sie braucht, um die darauffolgenden Generationen am Leben zu halten.«

»Ich weiß nur eines: Du könntest diesem Mädchen ein vollständiges Leben geben. Diese Sache mit dem Stolz ... Ich finde euch wirklich zum Kotzen.«

Manchmal saß Krash nachts allein da, fragte sich, wieviel Stolz man brauchte. Und wann es einfach zuviel des Guten war. Als er in Übersee kämpfte, hatte er weiße Soldaten gesehen, die vor Arroganz und Stolz völlig aufgebläht waren. Und er hatte Weiße kennengelernt, die nicht den geringsten Funken Stolz hatten. Sie verrichteten niedere Arbeiten und katzbuckelten vor ihren Vorgesetzten. Auf diese Weise hatte er gelernt, daß Weiße nicht immer überlegen waren. Er war genauso ängstlich oder so mutig wie sie. Genauso gescheit, oft gescheiter.

In den späten vierziger Jahren, während er an seinem Collegeabschluß arbeitete, hatte er sich bei juristischen Fakultäten auf dem Festland beworben, bei einer nach der anderen, bis ihn die University of Chicago aufgrund einer Ausländerquote akzeptierte, obwohl Hawaii offiziell Territorium der USA war und nicht

»Ausland«. Das Studium war schrecklich anstrengend. Nachts dachte er manchmal, er könne es niemals schaffen, er müsse gegen Denker antreten, die ihm überlegen waren. Dann dachte er: *Mir überlegen? Wieso?* Das trieb ihn an, sich noch mehr anzustrengen, für sich selbst und für sein Volk.

Professoren, die sich auf Arbeitsrecht spezialisiert hatten, ermutigten ihn. Es war ihnen bewußt, daß der Arbeitskampf auf Hawaii eskalierte, daß in den Zuckerrohr- und Ananasplantagen Gewerkschaften entstanden. Diese Männer brachten ihm bei, wie man sich gegen scharfe Denker wappnete, wann man vorrücken, wann man sich besser zurückziehen sollte. Inmitten brillanter Studenten lernte Krash ruhig zu sein, zuzuhören und alles in sich aufzunehmen.

Die Schwester eines Kommilitonen verliebte sich in ihn, fühlte sich von seinem athletischen Körper angezogen, von seinem attraktiven polynesischen Gesicht und von etwas anderem, tiefergehendem, zwingenderem – von seinem ungebrochenen Willen zum Erfolg. Ihre feucht schimmernden, braunen Augen, ihr voller Schmollmund, ihre fließenden Bewegungen zogen ihn an, erinnerten ihn an Malia Meahuna. Sie hieß Vivian. Sie trug sogar eine Gardenie im Haar, als sie einander kennenlernten.

Sie heirateten und lebten in gemütlicher, leicht ärmlicher Unordnung, während er sein Jurastudium beendete. Wenn er jetzt daran zurückdachte, hatte Krash das Gefühl, als habe ihre gesamte Ehe nur im Dunkeln stattgefunden. Er konnte sich nicht erinnern, was sie gemacht, was sie gesagt hatten. Die schiere Ungeheuerlichkeit seines Ehrgeizes überschattete alles. 1953, als er nach Honolulu zurückkehrte, waren sie bereits ständig am Streiten, tranken, bewegten sich in verschiedene Richtungen. Die Ehe wogte auf und ab, bis ihnen endlich dämmerte, daß sie am Ende war.

Krash, den man in Hawaii als Rechtsanwalt zugelassen hatte, eröffnete seine eigene Kanzlei *Osborn Kuahi Kapakahi, Rechtsanwalt,* in der Innenstadt von Honolulu, in einem Büro, das kaum größer war als ein Wandschrank. Er verdiente sich etwas zu seinem mageren Einkommen hinzu, indem er in Fällen, von denen seine Kollegen lieber die Finger ließen, die Zwangsverteidigung übernahm: bei Kriminalfällen, Scheidungen. Hier sah er, wie sich die Menschen seines Volkes gegeneinander gewandt hatten. Er sah es in den überfüllten Gerichtssälen: am Tag der Vaterschaftsklagen, am Tag für Verhandlungen gegen jugendliche Straftäter, am Tag für Fälle von Kindesmißhandlungen. Hawaiianer prügelten sich, schlugen ihre Kinder, waren vom Alkohol abhängig, von der Wohlfahrt abhängig, ständig auf der Flucht.

Er übernahm Fälle, in denen es um die Rückerstattung von Eigentum ging, vertrat kleine Landbesitzer gegen die großen Plantagen. So lernte er die juristischen Regeln, nach denen das Grundeigentum verteilt wurde. Dieses Recht war auf Hawaii einzigartig: Man mußte sich mit Hawaiisch, Pidgin, Chinesisch, Japanisch, Portugiesisch, Philippinisch und einem halben Dutzend anderer Sprachen herumschlagen. Es war auch insofern einzigartig, weil Hawaii in weniger als siebzig Jahren den Übergang von der Monarchie zur Republik auf US-Territorium vollzogen hatte. Und jetzt stand es kurz davor, ein unabhängiger US-Bundesstaat zu werden.

Wie viele Kriegsheimkehrer trat Krash in den Klub der Jungdemokraten ein. Er bewarb sich um ein Mandat in der Volksvertretung des Territoriums, erlitt aber eine Niederlage. Sogar unter den Jungdemokraten galt er als »nicht wählbar«. Er war ein Hawaiianer ohne politische Beziehungen. Die Opposition nannte ihn den *lū'au*-Rechtsanwalt. Und doch hatte er es 1956 als dramatischer Redner, der einen ganzen Gerichtssaal in Bann halten konnte, allmählich geschafft, allgemeine Aufmerksamkeit zu erregen.

Er zog in ein größeres Büro um und stellte eine Sekretärin und einen Anwaltsgehilfen ein, vertrat ältere Leute, Kriegsveteranen, Plantagenarbeiter, die man verhaftet hatte, weil sie die Gewerkschaft ILWU unterstützten. Nicht einmal die Ärmsten der Armen wurden abgewiesen. Zum erstenmal in der Geschichte Hawaiis hatten die Vertragsarbeiter eine eigene Stimme bekommen.

»Nur Wohlfahrtsfälle, davon wirst du nie reich«, warnte ihn Keo.

»Ich will ja gar nicht reich werden.«

»Und wie willst du dann ein Vorbild sein? Ein armer *kanaka*-Rechtsanwalt, das ist doch nur ein armer *kanaka* mehr, oder nicht?«

Krash musterte ihn, seine Stimme war außerordentlich ruhig und leise geworden.

»Keo, wir sind beide in die Welt hinausgegangen. Du hast mehr erlebt als ich. Ich habe nur Gefechte gesehen. Schon vor Jahren hörte ich dich erzählen, von Louisiana, von Alabama, von Negern, die man an Bäumen aufgehängt hat. Verdammt, dich haben sie doch auch mit einem Baseballschläger zusammengedroschen. Du hast von den Zigeunern in Frankreich erzählt, die von den Nazis umgebracht wurden. Manchmal, wenn wir betrunken sind, dann weinst du, erinnerst dich an die Kulis in Schanghai, an die Kinder, die Abfall fressen ...«

Keos Augen wurden unruhig, er wußte nicht, was nun kommen würde.

»Du bist schon lange wieder zu Hause. Hast du dich je umgeschaut?« Krash lehnte sich vor. »Mann, *hier* spielt sich die Tragödie ab! Unser Volk wird gerade ausradiert. Sie machen es, indem sie uns das Land stehlen, dann unsere Kultur auslöschen, schließlich unsere Muttersprache.«

»Das sehe ich auch. Ich bin ja nicht blind.«

»Aber du *sagst* nie etwas, du *tust* nie etwas. Was hast du auf all deinen Reisen gelernt? Wie wendest du das nun auf Hawaii an?«

»Teufel nochmal, Krash, ich kann nicht so reden wie du.«

»He! Trompeten können auch sprechen, können weinen. Weißt du, ich habe mich immer gefragt, ob du richtig großartig bist. Ich meine, man hat dich nie als einen der ganz Großen anerkannt. Und schließlich habe ich es begriffen. Keo, du hast mit deiner Musik nie dein Volk vertreten.«

Keo hob langsam seinen Blick. »Mann, Jazz ist eine persönliche Sache, nicht Sache einer Rasse oder eines Volkes.«

»Quatsch. Jazz ist alles. Er ist Sklaverei. Er ist Massaker. Er ist rote Haut, schwarze Haut. Er ist die Trauer um deine Mutter. Dein Vaterland.« Krash schüttelte den Kopf, und seine Stimme wurde ganz sanft. »Ich habe dich nur noch nie um dein Volk weinen hören.«

In der Stille tastete Keo nach seiner Wange, um zu sehen, ob sie noch da war. Er fühlte sich, als habe ihm jemand das Gesicht abgeschnitten. Nach einer Weile – weil er Keo liebte – sprach Krash weiter.

»Du bist mit diesem verrückten, genialen Talent geboren worden. Aber ich habe noch nie gesehen, daß du es für irgend jemanden außer für dich selbst eingesetzt hast. Warst immer auf der Suche. Jazz. Klar, du hast die Grenzen verschoben, hast neues Terrain erobert. Wenn du tot bist, werden sie sagen: ›Hulamann! Ein genialer Trompeter!‹ Die eigentliche Frage ist jedoch, wie hast du dieses Talent eingesetzt? Wem hast du damit geholfen?«

In dieser zweiten Gesprächspause blickten sie auf das Meer hinaus, dessen Bewegungen so rhythmisch, so intelligent schienen, ein riesiges, ungeduldiges Gehirn. Als sich Krash endlich wieder umdrehte, war Keo gegangen. Er sah die dunkle Gestalt, die von einer Welle aufgenommen wurde, sah, wie Keo beinahe zum Riff hinausgetragen wurde. Nachdem ein Dutzend Wellen ihn wie eine Wurzel herumgeschleudert hatten, brachte ihn der Ozean zurück, gab ihn so leicht wieder her, daß er aus dem Wasser spaziert kam wie ein Mann, der über einen Rasen schlendert. Seine Haut war bronzenaß, er schüttelte sich trocken.

Dann setzte er sich hin und drückte den Arm seines Freundes.

Im Rausch dieser Jahre hielt Krash nie auch nur kurz inne, um an seine Tochter Baby Jonah zu denken. Er wahrte meist Abstand, wußte von Keo, daß sie auf die Sacred Heart Schule ging, kannte ihre Schulnoten, wußte, wer ihre Freundinnen waren. Manchmal parkte er in der Nähe der Schule, nur um sie kommen und gehen zu sehen. Inzwischen ging sie in die erste Klasse der Oberstufe, pummelig und hübsch, schlehenäugig wie ihre Mutter. Mit den Schulfreundinnen sprach sie perfektes Englisch, aber am Eingang zur Gasse schleuderte sie die Schuhe von den Füßen und war nur noch »Baby Jo«, die mit ihren großen *lū'au*-Füßen herumlatschte und in Pidgin herumfluchte und brüllte.

Er ging nie in die Nähe von Malias Laden. Sie hielt sich immer mindestens drei Häuserblocks von seinem Büro fern. Sie kannten ihre Grenzen. Aber manchmal fuhr Krash langsam an der Kalihi Lane vorüber. Nachts ging er zu Fuß die Gasse hinauf, in den Hof hinein und stand draußen vor ihrem Fenster. *Ich will meine Tochter. Ich will dich.*

Und manchmal erwachte Malia halb aus dem Schlummer, ließ ihre Hände über die Brüste gleiten und machte sich vor, es seien seine Hände. Erinnerte sich an ihre Hände auf *seinem Körper*, seine harte, trotzige Erektion, wie ritterlich er mit seinem Körper in sie eingedrungen war. So langsam, so fürsorglich. Wie viele Jahre war das jetzt her? Konnte Verlangen so lang anhalten? Vielleicht war es gealtert wie alles andere auch. Vielleicht sehnte sie sich nur danach, in sein Bett zu kriechen und ihn um Vergebung zu bitten.

Ka 'Āina Hānau

Land deiner Geburt

Die Tage waren so feucht, daß sie Spiegelungen in ihren Gesichtern und auf ihren Unterarmen sahen. Barfuß kampierten sie auf Krashs Flur – große, süß duftende Hawaiianer, die Schweißflecken auf dem Boden hinterließen, geistergleiche Schweißschatten von Köpfen und Schultern an den Wänden. Sie flüsterten in Pidgin und Hawaiisch, sie lehnten die feuchten Wangen an eine Tür, nur um den kühlen Kuß des Türknaufs zu spüren. Tagelang, manchmal wochenlang warteten sie, bis die Reihe an ihnen war.

In Krashs Büro standen sie sprachlos da, schauten ehrfürchtig auf die Reihen dicker, verschossener Rechtsbücher, Wände voller vergilbter Aktenordner. Sie starrten auf die Deckenventilatoren, die den Klang ihrer ungeübten Zungen immer wieder aufs neue zurückwarfen, während sie zu erklären versuchten, daß für sie alles zusammenbrach, daß das Leben eine harte und kaum zu lösende Aufgabe geworden war.

Da sie kein Geld hatten, brachten sie ihm Schalen aus *koa*-Holz, Schweinehälften. Er saß mit ihnen im Schneidersitz auf *lau hala*-Matten, trank aus Pappbechern Guavensaft. Sie brachten ihre Beschwerden vor, sprachen von ihrer Wut, ihrer tiefen Demütigung, und die hawaiischen Stimmen ebbten auf und ab. Die Arme flatterten rhythmisch umher wie im Tanz, und dann und wann krachte zur Bestätigung eine Faust nieder. Sie benutzten ihre Köpfe, ihre Beine, ihre Füße für ihre Schilderungen, derb und lebendig, und Krash wurde unweigerlich in das Drama ihres Lebens mit hineingezogen.

Sie waren die Älteren, die Geschichten erzählten, und er war wieder der kleine Junge, der gebannt lauschte. Manchmal mußte er lachen, oft mußte er weinen. Wenn er sich vorbeugte und die Tränen aus den Augen wischte, schlangen sie ihre stämmigen Arme um ihn und gurrten. Ihre überschwengliche, mitfühlende Natur ließ sie vergessen, wer hier Rechtsbeistand suchte, wer hier wen tröstete.

»Nein, Krash, Junge, nich mehr weinen. Is *pau* mit 'm Weinen!« Sie umarmten ihn wie ein Kind. »So traurig, daß du ganz allein bist, traurig, daß deine Frau weg is. Komm doch un zieh zu uns. Ich mach' dir dann *'ono*-Schwein und *poi*. Un mit der Zeit geht's dir dann wieder richtig gut.«

Aber als er Tag für Tag die gleichen Geschichten zu Ohren bekam, begriff er, daß man die eingeborenen Hawaiianer in Ghettos trieb, sie langsam aber sicher auslöschte. Jetzt, da Aussicht auf einen Bundesstaat Hawaii bestand, fragten ihn die Leute nach der Bedeutung des Ausdrucks »gleichberechtigte Amerikaner«. In einer Abstimmung nach der anderen stimmten Fremde – die sich auf den Inseln angesiedelt hatten – für Hawaii als US-Staat. Die meisten der eingeborenen Hawaiianer, die inzwischen eine Minderheit in ihrem eigenen Land waren, stimmten dagegen.

Woche für Woche stand Krash vor Menschenmengen und beschwor seine Landsleute, sich nicht umstimmen zu lassen, weiterhin NEIN zu stimmen, gegen den Bundesstaat.

»Sie wollen den Ozean in unseren Adern austrocknen, unser Blut zu Stein erstarren lassen, damit wir vergessen, was man uns angetan hat!«

Eine Frau stand auf und rief ihm zu: »Ich denk da nich wie du! Bundesstaat is viel besser, gibt uns 'ne Stimme. Sonst, wie soll'n wir sonst gute Jobs kriegen, unsere Kinder anständig erziehen? Willste, daß wir für immer von der Wohlfahrt leben?«

Er rang um Geduld. »Habt ihr unsere Geschichte vergessen? 1893 haben die weißen Zuckerbarone unsere Königin gestürzt, uns all unser Land gestohlen ... ohne daß der amerikanische Kongreß davon wußte. Fünf Jahre später hat der amerikanische Präsident ganz Hawaii unrechtmäßig annektiert. Wenn wir ein Bundesstaat sind, bekommen wir doch nicht automatisch bessere Jobs. Oder Bildung für unsere Kinder. Die kriegen dann nur *völlige Macht* über uns.«

Während die Leute dastanden und durcheinanderschrien, kletterte ein großer, stämmiger Mann in Arbeitsstiefeln auf die Bühne, riß Krash das Mikrophon aus der Hand und begann zu schreien.

»Seid ihr Leute *lōlō*, oder was is? Wenn ihr für 'n Bundesstaat stimmen wollt, dann macht das. Vergeßt den Typen hier mit seiner aalglatten Rechtsanwaltszunge. Nix bringt euch eure Königin Lili'uokalani wieder zurück. Zeit, daß neue Saiten aufgezogen werden! Leute, freut euch auf den Bundesstaat!«

Ein alter Chinese brüllte etwas zu ihm herauf. »Du bist 'n bekloppter Arsch, du! Wenn se das Land gestohlen ham, wie kann da der Staat *rechtmäßig* sein? Der Staat hier, der wird nur 'n Reichen was nutzen und die *kānaka* einfach zugrunde richten. Un uns andere, uns arme Leute, gleich mit dazu!«

Der Bauarbeiter tanzte über die Bühne, wand sich und predigte. Krash gab ihm fünf Minuten, dann versuchte er das Mikrophon zurückzubekommen. Als ihn der Mann wegschubste, seufzte Krash leise, trat einen Schritt zurück und durchschnitt dann die Luft mit seiner Handkante, hackte ihm einen Karateschlag in den Nacken. Der Mann klappte zusammen wie eine Papierpuppe. Krash verbeugte sich vor der jubelnden, johlenden Menge und fuhr mit seiner Rede fort.

»Mein Bruder hier hat nicht vollkommen unrecht. Wir können die Uhr nicht zurückdrehen. Aber wir können Entschuldigungen verlangen und Wiedergutmachung. Die USA sagen, daß unser Leben besser wird, wenn wir erst ein Bundesstaat sind. Wenn sie unser Leben verbessern wollen, dann sollen sie uns unser Land zurückgeben! Und ein paar Millionen Dollar *in bar* dazu, für all die Jahre, in denen sie mit diesem Land ihren Profit gemacht haben! Dann reden wir weiter über Bundesstaaten!«

Während er dem taumelnden Mann wieder auf die Füße half und ihn von der Bühne geleitete, trat ein Priester vor.

»Krash, ich bin nicht deiner Meinung. Ein US-Bürger hat

Rechte. Die Leute müssen uns *zuhören*. Der Kongreß muß uns zuhören. Wenn wir Bundesstaat werden, dann können wir Hawaiianer in Machtpositionen wählen. Es steht uns eine Vertretung zu, laut Staatsgesetzen und Bundesgesetzen.«

Krash blickte zu dem Mann hinunter und schüttelte den Kopf. »Herr Pfarrer, ich garantiere Ihnen, daß es, auch wenn wir ein Bundesstaat sind, in vierzig, fünfzig Jahren immer noch keinen einzigen Hawaiianer oder Halbhawaiianer im Kongreß oder im Repräsentantenhaus geben wird. Keinen einzigen.«

Keo stand mitten in der Menge, war nur zur Hälfte davon überzeugt, daß Krash recht hatte. Was immer die Nachteile sein mochten, als Bundesstaat würde Hawaii an Würde gewinnen, eine Stimme in der Politik der USA haben. Manche Hawaiianer waren der Meinung, dies sei wichtig. Sie spuckten Krash auf der Straße ins Gesicht. Man hatte ihm sogar mit einem Stein das Fenster eingeworfen.

Nun schrien sie ihn an. »He, Bruder! Wie kommt's, daß de plötzlich so gegen Fortschritt kämpfst? Tolle Ausbildung, un jetzt denkste, du bis zu gut für 'nen Bundesstaat. Willste wohl wieder 'nen König? Willste wohl selber König werden?«

Er lachte, war völlig verausgabt. Ihr Vertrauen zu gewinnen, das war ein beinahe unmögliches Unterfangen, dazu brauchte es unendlich viel Geduld. Er trat an den Bühnenrand, halb kniete er, halb lehnte er sich der Menge entgegen.

»Erinnert ihr euch noch an mich, Leute? Ich hab mit nichts angefangen, war ein fauler Strandjunge aus Wai'anae. Dann hat mich die US-Armee nach Übersee geschickt. Haben mir gesagt, daß ich dort für die *Freiheit* kämpfe. Ich hab so gut gekämpft, daß ich eine Lunge verloren hab dabei. Und dann bin ich nach Hause gekommen und habe mich hier umgeschaut ...«

Er breitete in dramatischer Geste die Arme aus. »Nennt ihr das hier Freiheit? Wollt ihr noch fünfzig Jahre in klapprigen Hütten wohnen? Ich kenne ältere Leute – in meiner Familie und unter meinen Freunden –, die haben vor fünfunddreißig Jahren allesamt einen Antrag an das Department of Hawai'ian Homelands gestellt, einen Antrag auf ein Stück Land. Land, das angeblich für eingeborene Hawaiianer reserviert war, für einen Dollar pro Stück jedes Jahr. Statt dessen wurde das aber an ausländische Unternehmen verpachtet, an das US-Militär. Viele Jahre sind vergangen, und diese Leute stehen immer noch auf der Warteliste für Land!«

Seine Stimme schallte über das ganze Gelände. »Ich garantiere euch, sogar wenn wir Bundesstaat sind, dann stehen *in dreißig Jahren,* wenn die Leute alle um die neunzig sind, einige immer noch auf dieser Liste und warten auf ihr Land. Deswegen nennen sie es die *Hitliste.*«

Die Leute standen verwirrt in kleinen Grüppchen beieinander. Sie hatten es bitter nötig, an etwas zu glauben. Etwas zu haben, woran sie glauben konnten. Sie sahen bereits mit an, wie ihre Täler für Straßen aufgeschlitzt wurden, wie sich die Ferienorte an den schwindenden Küsten ausbreiteten und alte Fischerdörfer erstickten. In der Stadt wuchsen die Ghettos.

Sie glaubten, wenn Hawaii ein Bundesstaat würde, würde sie das entweder retten oder ganz auslöschen. Freunde, sogar Familien entzweiten sich bitter über diese Frage. In Palolo biß eine wütende Frau ihrem Mann eine Backe ab. In Nanakuli schor ein Mann den Jagdhund seines Nachbarn völlig kahl. In der Nähe des 'A'ala-Parks mußte der Besitzer der Mango-Imbißstube, der sich lautstark für den Bundesstaat aussprach, mitansehen, wie sein Vetter auf der anderen Straßenseite eine neue Imbißstube eröffnete. Die Anti-Mango-Imbißstube. Tag für Tag brüllten die Menschenmengen einander von den gegenüberliegenden Straßenseiten lautstark zu: »STIMMT DAFÜR! ... STIMMT DAGEGEN! ...«

Zwei Straßen von der Anti-Mango-Imbißstube entfernt beobachtete Sunny eine alte *kahuna lapa'au,* eine Kräuterheilerin, wie sie Windenwurzel mit Meersalz stampfte. Dann wickelte die Frau unter leisen Gesängen ein *ti*-Blatt um Sunnys Bein und strich es mit der Windenpaste ein. Das *ti*-Blatt verhinderte, daß die Wurzel ihr Bein verbrannte. Schließlich bedeckte sie das Blatt noch mit *kapa,* einem Lappen aus Borke.

Die *kahuna* roch nach Kampfer, und dieser Duft versetzte Sunny immer nach Schanghai zurück. Dann war da noch ein anderer Geruch, der sie an Rabaul erinnerte. Der süße, feuchte Geruch der Verwesung. In Rabaul hatten Maden das infizierte Fleisch um ihre Schrapnellwunde herum weggefressen. Die Wunde war verheilt, aber es war auch der Knochen infiziert. Jedes Jahr, wenn die Flaschenkürbisse reiften – wenn in der windigen Jahreszeit, die den Winterstürmen voranging, die getrockneten Kürbisse in den Netzen rasselten –, wurde der Schmerz in ihrem Bein so stark, daß Sunny am ganzen Körper bebte, daß sogar ihre Haarspitzen zitterten.

»Ich warte auf den Tod«, flüsterte sie. »Was für einen Sinn hat solches Leid, wenn es einem nicht einmal den Tod bringt? Aber den Gefallen tut mir das Leben nicht.«

»Leben!« Die alte *kahuna* seufzte. »So kurz, kaum genug Zeit zum Lachen.«

Sunny lauschte den Menschenmengen draußen auf den Straßen. Wenn man zu lachen begann, wie konnte man dann je wieder aufhören?

Die Frau tätschelte ihr die Schulter. »Jetzt geb ich dir die beste Arznei für Knochen.« Sie kam mit einer Schüssel *poi* zurück. »Iß. So dürr, beinahe ein Nebel.«

»Das ist mein hawaiischer Name. *Uanoe*. Aufziehender Nebel.«

Sie tauchte ihren Haupt-*poi*-Finger in die Schale, rührte darin herum und führte ihn an die Lippen. Die lindernde Paste aus gestoßenem *taro* glitt durch ihren Hals, der so dünn war, daß die Frau sehen konnte, wie sie schluckte. Als Sunny satt war, brachte die Frau ihr *'awa*-Tee. Sunny trank in kleinen Großmutterschlückchen, verspürte milde Betäubung, während ihr Schmerz in den Raum hinausglitt.

»Jetzt ruh dich aus. Siehst du die Kokospalme da draußen? Wenn Schatten der Kokospalme länger als Baum, ich dich wecken.«

Ihr fielen die Augen zu. Draußen schaukelte ein Mädchen an einem Seil aus Borke, das an einem Baum festgebunden war, fortwährend vor und zurück. Sie saß auf einer Querstange am Ende des Seils, hielt sich mit Händen und Knien fest, während ihr Bruder sie von hinten anschubste. Zusammen sangen sie: *»Pūhenehene no'a no'a.«* Komm und spiel das Steinspiel mit.

Sie nickte ein und war wieder ein kleines Kind, sang mit ihrem Bruder Parker.

Wie furchtlos wir waren. Ließen kapa-*Drachen steigen, beteten darum, daß uns der Wind von den Klippen wegschnappte!*

Er war mit einem Kriegsschiff östlich von Okinawa untergegangen. In der gleichen Woche, in der sie ihr die Gebärmutter herausschnitten, zeigte ihr ein Offizier Parkers Namen auf einer Mitteilung. Sie las seinen Namen und blinzelte. Nun tauchte sie tief hinab und träumte, sie fände seinen Leichnam auf dem versunkenen Deck. Sie wickelte ihn in *ti*-Blätter, packte heißes Meersalz um ihn, damit er den Tod herausschwitzte. Sie führte ihm einen vollen Flaschenkürbis an die Lippen.

»Bruder, hier ist limu-*Saft, Saft aus Seetang. Um dir Kraft zu schenken, dich wieder ins Leben zu spülen. Damit du deine Schwester Lili kennenlernen kannst. Und die kleine Anahola. Ich habe sie mit nach Hause gebracht ...«*

Er schob den Flaschenkürbis von sich. »Geh! Ich habe meinen Frieden gefunden. Hier unter den aku.*«*

Sie wachte weinend auf.

»Weinen sehr gut«, flüsterte die alte *kahuna*. »Wie viele Jahre du nie geweint? Vielleicht trinkt die Regenfänger-Spinne deine Tränen? Webt Kathedralen aus deiner Trauer!«

Als Sunny den Kopf drehte, sah sie eine anmutige, rubinrote Spinne, die das zarte Gewebe ihres Netzes flickte. Sie beugte sich dicht zu ihr. Die Spinne, die ihre Tränen roch, hielt inne und kam vorsichtig näher, ihre Augen waren winzige goldene Kugeln. Dann sprang sie mit dem sicheren Gespür der Juwelierin von ihrem Netz herab, rannte über Sunnys Wange und beschnupperte einen Tränentropfen. Sie glitzerte und ihr Rot vertiefte sich, während sie die Träne aufsaugte. Ein wenig betrunken und traumverloren rannte sie in ihr Netz zurück, webte die Menschentrauer in die Bögen und Balkone ihres Universums ein. Sunny berührte ihre Wange und schaute ihr zu.

Wie still sie webt. Wie geduldig sie ihre Zeit verbringt.

Krash und Keo fuhren zwanzig Meilen westlich von Honolulu durch eine Landschaft von erstaunlicher, natürlicher Schönheit. Meilen von Zuckerrohrfeldern, in der Hitze brütende smaragdgrüne Täler. Hoch oben in den zerklüfteten, kühnen Bergen der Wai'anae-Kette – die parallel zu den Ko'olau-Bergen im Osten verlief –, steile Grate, Regenwälder in doppelten Baldachinen. Hier lagen die geheiligten *heiau,* die uralten Tempel und die Höhlen, die Geisterwohnungen der toten Häuptlinge. Hier gab es auch einen Bezirk, in dem das Leben der in verfallenden Häusern wohnenden Menschen in Gefahr war. Das veranlaßte Krash dazu, immer wieder von neuem nach Wai'anae, in seinen Geburtsort an der ausgedörrten, windabgewandten Seite der Insel zu fahren.

Er sprach leise, erinnerte Keo daran, daß man in den frühen zwanziger Jahren, als das Land an Wert gewann, die eingeborenen Hawaiianer aus Honolulu und Waikiki vertrieben hatte. Viele waren in die Ebenen und Täler dieser ländlichen Küste zurückgezogen. Hier lag eine Reihe von Orten mit Namen wie Nanakuli, Lualualei, Ma'ili, Wai'anae, Makaha, Mākua, hier gab es einen sicheren Hafen, in dem die Berge und das Meer die Fischer und Bauern vor Fremden schützten. Aber es war kein leicht zu bearbeitendes Land gewesen. Ein großer Teil war unfruchtbar, mit *kiawe* und Korallenfelsen übersät. Es gab nur wenig Wasser.

Mit den Jahrzehnten hatte die Liebe zu *'āina,* dem Land, die Küste von Wai'anae langsam fruchtbar gemacht. Gärten und Obstbäume gediehen, die Täler waren mit Feldern voller herzförmiger *taro*-Blätter ausgekleidet. Tag für Tag wateten die Bauern knietief durch den saftigen, soßigen Schlamm der bewässerten Felder, jäteten und düngten, sprachen ihre Gebete über den zarten jungen *lū'au,* den *taro*-Spitzen.

Wieder einmal gründete sich das Leben auf der alten Tradition des Tauschens und Teilens. Das Land war immer noch hart und fordernd. Es machte auch die Menschen hart, mißtrauisch gegenüber Fremden. *Haole* betrachteten die Küsten von Wai'anae als primitiv und gefährlich, rebellische *kānaka* lebten dort in Hütten aus verwittertem Holz und verrostetem Blech. Aber diese Küste besaß etwas, das begehrliche Blicke auf sich zog: breite weiße Strände, die reine, unverfälschte See.

Während der Fahrt erzählte Krash von Spionen, die herkamen und sich heimlich umsahen – im Auftrag von Planern von Ferienorten und von Landspekulanten.

»Wenn die Anwohner sie erwischen, dann werfen sie ihnen die Wagen um und zünden sie an. Als einer von den Kerlen einmal versuchte, per Anhalter in die Stadt zurückzukommen, nahm ihn ein freundlich aussehendes Paar mit. Die haben ihn splitternackt auf dem Farrington Highway ausgesetzt!«

Er zeigte *mauka,* auf die Berge. »Immer noch reichlich Schwierigkeiten da. Siehst du die üppigen Felder dort, Keo? *taro* ist durstig, muß bewässert werden. Die Bauern brauchen jeden Tag Hunderttausende von Litern, sonst verfaulen die *taro*-Wurzeln. Es gibt schon erste bedrohliche Anzeichen. Eines Tages wird das Wasser rationiert werden müssen. Und *taro,* unsere Lebensgrundlage, ist gefährdet.«

In jener Nacht saßen sie mit Krashs Familie zusammen, und die Vettern erzählten, daß sie fünfzehn Jahre auf 80 Ar Siedlungsland gewartet hatten. Dann noch einmal fünf Jahre, ehe man ihnen Hypotheken genehmigte, um ihr Haus zu errichten – mit windigen Bauunternehmern, die Verträge mit dem Hawaiischen Siedlungswerk hatten. Die Bauten waren so schlecht, daß sich das Abwasser innerhalb eines Jahres rückstaute. Das Haus roch so furchtbar, daß man draußen in Zelten schlief. Sie erzählten, daß man andere Siedler gezwungen hatte, die gleichen Bauunternehmer zu beschäftigen. Fehlerhafte Elektroleitungen machten aus den Häusern gefährliche Fallen. Ein Hund wurde von einem Stromschlag getötet. Ein Junge schaltete ein Radio ein, das ihm um die Ohren flog.

»Das passiert überall auf diesen verdammten Siedlungsländereien«, sagte ein Vetter. »Die Leute betätigen die Klospülung, und schon fliegt das Haus in die Luft.«

Krashs Mutter sprach mit matter Stimme. »Ich und Krashs Papa zehn Jahre auf der Warteliste für Siedler. Schließlich unser Land 1931 bekommen, dann unser Haus gebaut gekriegt ...«

Sie ließ den Kopf hängen, und Krash erzählte für sie weiter.

»In der ersten Nacht, kaum daß wir eingezogen waren, ist eine Wand in meinem Zimmer eingestürzt. Dann ist das Licht ausgefallen. Monatelang sind wir wie Bergleute mit Grubenlampen durchs Haus gegangen. Und jetzt, achtundzwanzig Jahre später, haben Mama und Papa immer noch Pusteln im Mund vom rostigen Wasser. Sie leben in diesem Haus und sind das ganze Jahr über erkältet.«

Jedes Jahr mußten seine Eltern während der schweren Regenfälle Gummistiefel tragen und durch das Wasser waten, das durch die Decke und durch die offenen Stellen in den Wänden einsickerte. In jedem Zimmer bildete das Wasser wirbelnde Stauseen.

»Wie 'n Fluß im Haus«, ergänzte sein Vater. »Manchmal, Mannomann, kriegste solche Würmer zu sehen. Haufenweise gute Fischköder!«

Manche Siedler hatten zehn Jahre auf einen Brunnen und einen Stromanschluß gewartet. Jetzt bangten sie um ihr Leben, schliefen in Lastwagen neben einstürzenden Häusern. Wenn sie Protestmärsche abhielten, wurden sie von Sheriffs und bewaffneten Hilfssheriffs vom Land vertrieben. Ohne Land, ohne Hoffnung begannen die Hawaiianer sich »illegal« an den Stränden, unter Brükken anzusiedeln. Lebten in Kartons, verlassenen Autos.

In jener Nacht saßen die beiden Männer schweigend da.

»Ich weiß, was du denkst«, sagte Krash. »Wenn ich Malia geheiratet hätte, wäre sie hier gelandet, mit einer Grubenlampe und Gummistiefeln.«

Keo schüttelte den Kopf. »Nein, das wäre sie nicht. Und das habe ich auch nicht gedacht.«

»Nun ...?«

»Ich habe mich gefragt, was ich tun kann, um dir zu helfen ... um unserem Volk zu helfen.«

Am nächsten Morgen wanderten sie weit hinaus, zu einem *lo'i kalo*, einem *taro*-Feld.

»Mach schon, Mann.« Krash krempelte seine Hosenbeine hoch. »Das ist das geheiligte Essen, das unsere ersten Urahnen mitgebracht haben. Du kannst unser Landrecht, unser Wasserrecht nicht verstehen, nichts, wofür wir kämpfen, wenn du nicht einmal im Schlamm gehockt bist und *taro* gepflanzt, gedüngt und gejätet hast.«

Keo stieß einen Schrei aus, schleuderte sich die Schuhe von den Füßen, zerrte sich Hemd und Hose vom Leib. Er machte sich allein auf und watete bis zu den Knien durch den saftigen schwarzen Schlamm. Wie viele Jahre war es her, daß er durch ein *lo'i*-Feld gewatet war, gespürt hatte, wie die nasse Erde all seine Gliedmaßen überzog? Seit seiner Kindheit nicht mehr. Jetzt beugte er sich tief hinunter, den Ellbogen auf ein Knie gestützt, und zerrte mit dem anderen ausgestreckten Arm Unkraut zwischen den Pflanzen heraus, erinnerte sich, wie seine Mutter »Geschichten erzählt« hatte, davon gesprochen hatte, wie ihre Vorfahren nur mit starken Händen und Grabstöcken ein riesiges Bewässerungssystem für ihre Ernte angelegt hatten. Sogar heute noch konnte man in bestimmten Tälern noch viele, viele Terrassen der uralten *kalo* sehen.

Stunden vergingen, auch wenn Keo nicht bemerkte, daß es Stunden waren. Er verspürte keinen Schmerz, obwohl er sich angestrengt vornüberbeugte und Unkraut jätete, er verspürte keinen Durst, obwohl die Sonne vom Himmel herabbrannte. Nach einer Weile spürte er überhaupt nichts mehr, er existierte nicht mehr als Einzelwesen. Er und das Land und das Unkraut, das er jätete, und die herzförmigen, glitzernden *taro*-Blätter und der Schlamm und die Luft schienen eins geworden zu sein. Er blickte auf seine Hand und spürte sie nicht mehr, er konnte sie nicht mehr benennen. Seine Hand ging in das Blatt über, das in die Erde überging, die in das Lavaherz der Insel hinüberfloß, das sich in den Ozean ergoß.

Langsam setzte er sich in den üppigen Schlamm, die Hände voller triefender Erde. Er hatte es vergessen. Aber vielleicht wartete es schon all die Jahre in ihm. *'Āina*. Land. Er hatte es der Erde überlassen müssen, wann sie ihn wieder für sich beanspruchte, hatte sich von ihr abholen lassen müssen, sobald sie wußte, daß er bereit war. Er saß lange so da, die Sonne brannte auf seine dunklen Schultern herab, der Schlamm trocknete auf ihm zu langen Handschuhen, der Rest, von der Taille abwärts, stak tief in der nassen schwarzen Erde. Die Berge hinter ihm, das Meer vor ihm waren seine Wiege. So fand Krash ihn am Ende des Tages. Ein Kind, das in einer Wiege aus *taro*-Feldern schaukelte.

Ihu Pani

Die Nase zuhalten: Tief ins Wissen eintauchen

Als Hawaii ein Bundesstaat der USA zu werden drohte, schien es, als setze sich sogar die Natur dagegen zur Wehr. Das Meer wurde aggressiver. Jede Nacht wurden die von Menschenhand geschaffenen Strände von Waikiki ins Meer zurückgespült, so daß die Wellen im Morgengrauen an die Terrassen der eleganten Hotels schwappten. Während die Touristen in ihren teuren Zimmern schlummerten, brachten Kipper neuen Sand, den das Meer schnell wieder verschlang.

Die Leute, die den Sand harkten, liefen davon, schworen, sie hätten riesige Nachtkraken an Land kommen sehen, die den Sand aufsogen, einen halben Deich mit aufschlürften. Im Licht des Vollmonds sahen drei Filipino-Kellner das zehnstöckige Reef Hotel schwanken wie einen müden Tänzer, als sei es vom Ozean erschüttert. Alles Warnzeichen, daß Waikiki am bebenden Abgrund eines Zusammenbruchs stand. Die Zahl der Kämpfer gegen den Bundesstaat wuchs langsam aber sicher.

Obwohl ihn immer wieder die Ungewißheit beutelte, redete Keo vor Gymnasiasten und Collegestudenten. Er sprach sogar vor Blaskapellen, Kirchenchören, drängte sie, ihre Kirchenältesten dazu zu bewegen, mit NEIN zu stimmen. Die jüngere Generation stellte seine Worte ständig in Frage, Hawaiianer und auch andere Anwohner.

»Onkel, warum willste uns dran hindern, daß wir erste Klasse

Amerikaner werden? Unsere Leutchen zahlen 'n Haufen Steuern. Haben im zweiten Weltkrieg mitgekämpft, in Korea.«

Ein junger Chinese stand auf. »Wir sollten unsere Regierung *wählen* und nicht eine von Washington, D.C. aus vorgesetzt bekommen. Wir sollten das Recht haben, den Präsidenten der USA mitzuwählen. Sonst bleiben wir immer Menschen zweiter Klasse.«

Und dann ein Portugiese. »Onkel, wir wollen Würde und Ansehen. Wenn wir auf dem Festland aufs College gehen, dann wollen wir dort als gleichrangige Bürger akzeptiert werden und nicht als Leute aus den Territorien.«

Als Keo dagegen zu argumentieren versuchte, brüllten sie ihn nieder.

»Willst du, daß wir zur Monarchie zurückkehren? Zum Klassensystem und *kapu?*«

Manchmal wurde ihm, wenn er vor ihnen sprechen sollte, ganz flau im Magen, und er spürte sein Herz schlagen bis zum Hals. Er hatte keine Ahnung, was er alles sagte, er wollte ihnen nur das Leben retten.

»Begreift ihr denn nicht, daß Hawaii auf diese Weise nur illegal zum Bundesstaat werden kann? Denn man hat uns mit illegalen Methoden zum Territorium gemacht. Die US-Regierung sollte uns offiziell erst unser Land zurückgeben. Und uns dann das Recht geben, unseren Status als Bundesstaat zu *wählen*.«

Seine Zuhörer waren so jung, daß sich sogar deren Eltern nicht mehr an die Monarchie und an die gewaltsame Annexion des Landes durch die USA erinnerten. Die Vergangenheit war vergangen. Sie wollten nichts als eine bessere Schulbildung, bessere Jobs.

»Nicht nachlassen«, sagte Krash. »Rede weiter, bis ihnen so langweilig ist, daß sie anfangen, dir zuzuhören.«

Also redete er weiter, auf Sportplätzen, Parkplätzen, wo immer sich junge Leute zusammenfanden. Seine Stimme war ehrlich, unpathetisch. Er erklärte, was er gelernt hatte, was er gesehen hatte, was er für Fortschritt hielt und was nicht. Manchmal waren Kriegsveteranen in der Menge. Ein Veteran, der seine Plastikhand als Aschenbecher benutzte, schleuderte Keo seine Kippen ins Gesicht.

»Willst du mir sagen, ich darf kein amerikanischer Staatsbürger mit Stimmrecht werden? Wofür hab ich denn meine verdammte Scheißhand verloren? Wenn ich mit NEIN stimme, wie du's sagst, was tust du dann für mich? Gibste mir meine Hand zurück?«

Keo wischte sich die Asche aus dem Haar. »Nein. Aber als unabhängige Nation können wir dir vielleicht deinen Stolz wiedergeben, damit du dir den Hintern wieder selbst abwischen kannst.«

Eines Tages stand eine junge Hawaiianerin auf. »Onkel, was macht es schon aus, wie unsere Familien abstimmen? Wir sind nur so wenige, daß die anderen uns ohnehin prozentual überlegen sind. Fast alle außer uns wollen doch den Bundesstaat.«

Sie war schmal und wunderschön. Sie war etwa so alt, wie seine Tochter jetzt wäre. Irgend etwas spielte sich vor seinem inneren Auge ab: Bilder, die auf seine Netzhaut gekritzelt wurden. Er wollte nicht hinsehen. Denn sie nährte sich ja vom Hinschauen, die Vergangenheit, die immer auf ihn lauerte. Mit einem Ruck kehrte er in die Gegenwart zurück, beugte sich zu dem Mädchen vor.

»Kind, ich kann dir nur eine Antwort aus dem Bauch heraus geben. Die US-Regierung schert sich einen feuchten Kehricht um die Hawaiianer. Wir sind ihnen peinlich. Sie wären froh, wenn wir ganz verschwänden. Wenn wir dem Bundesstaat jetzt zustimmen, dann ermutigen wir die Politiker und die Reichen dazu, uns völlig auszulöschen. Davon bin ich in meinem tiefsten Herzen überzeugt.«

Mit der Zeit summierten sich diese vielen kleinen Aktionen, die wohlformulierten Argumente, der Glaube an diese Worte, und die Splitter in seinem Inneren begannen miteinander zu verschmelzen. Er fing an, sich mit den Augen der anderen zu sehen. Er war älter als sie, vielleicht sogar weise. Besonders bei den jungen Leuten, die nach Ratschlägen dürsteten, war das offensichtlich. Obwohl die meisten, was den Bundesstaat anbelangte, nicht mit ihm übereinstimmten, kamen sie ihm doch langsam und vorsichtig näher und fragten ihn alles mögliche.

Sollten sie klassische *haole*-Musik studieren? Oder authentische Hawaii-Musik – die uralten Gesänge, die von Flaschenkürbissen und Trommeln begleitet wurden? Sollten sie sich auf die beliebte Slack-Key-Gitarre und auf das Singen in Fistelstimme konzentrieren? Sollten sie Rock and Roll machen? Sollten sie überhaupt Musik studieren? Oder in die Welt hinausziehen und vom Leben lernen?

Er schloß einen Pakt mit ihnen. Wenn sie ihm versprachen, sich mit ihren Leuten zusammenzusetzen und die Vor- und Nachteile des Bundesstaates zu diskutieren – wenn sie versprachen, sich zu informieren und die Vor- und Nachteile gegeneinander abzuwägen –, dann würde er ihnen alles beibringen, was er über Musik wußte. Die meisten Studenten stimmten zu, und schon bald befanden sie sich in einem festen Rhythmus des Gebens und Nehmens.

Er spürte ein seltsames Gefühl der Erneuerung, ein Wiedererwachen seiner Liebe zur Musik, zu den Instrumenten, der Beziehung der Menschen zu diesen Klängen. Er versuchte den Studenten zu vermitteln, daß jede Eigenschaft, die ein Mensch besaß, jede böse oder edle Regung sich in allen gespielten Tönen niederschlug.

Manchmal kamen, während er redete, auch ältere Leute hinten in die Säle oder Kirchen geschlendert. Die Tage wurden ihnen lang. Nun, nachdem das Mittagessen *pau* war, war die Zeit für ein Mittagsschläfchen gekommen. Sie hockten sich auf Klappstühle, und schon bald sackten ihnen die Köpfe auf die Brust. Ein alter Mann schrie im Traum auf, setzte sich etwas anders hin und schnarchte weiter. Eine alte Frau saß abseits von den anderen. Ihre Hände waren von der Arthritis und von Narben gezeichnet, ihre Ellbogen wie Kegel aus schrumpeliger Bohnenpaste. Wenn Keo sprach, lehnte sie sich auf ihren Stock gestützt vor und hörte aufmerksam zu.

»Wir verlieren.« Krash stand neben einer Bühne, während die Menschenmenge zusammenströmte. »Achtzig Prozent von ihnen werden mit JA stimmen.« Er schüttelte den Kopf, völlig erschöpft. »Vielleicht haben sie recht. Wenn wir schon in Armut leben müssen, dann können wir genausogut ein *Bundesstaat* sein, der von der Wohlfahrt lebt.«

Er deutete auf eine Gruppe rennender, hüpfender Kinder, deren

Lächeln schwermütig schien. Ihre Zähne waren durch die schlechte Ernährung bis aufs Zahnfleisch zurückgefault. Ihre Beine waren von offenen Geschwüren bedeckt.

»Kool-Aid-Limonade. Frühstücksfleisch aus der Dose. Das ist alles, was die noch kennen.«

Er hatte abgenommen. Sein attraktives Gesicht war hager geworden. Die Zeitungen hatten seinen Namen aus dem Wahlkampf wieder auferstehen lassen – *lū'au*-Rechtsanwalt – und beschuldigten ihn, er versuche sein Volk ungebildet und arm zu halten. Jetzt hatte er in Wai'anae ein Festival für die Kampagne gegen den Bundesstaat organisiert. Ein halbes Dutzend Bands meldeten sich freiwillig. Die Nachricht verbreitete sich an der gesamten Küste von Wai'anae wie ein Lauffeuer. Nicht einmal diejenigen, die für Hawaii als Bundesstaat waren, blieben fern.

Das Schulgelände war wie ein Jahrmarkt hergerichtet. Buden mit Essen und Spielen, eine Bühne. Keo zählte zwanzig verschiedene Gruppen, die auftreten sollten. Blues- und Rockmusiker. Slack-Key-Gitarren. *Kahiko*-Sänger und *ha'a*-Tänzer, deren Tanz schon vor dem Hula existiert hatte. Tanzgruppen in japanischer, koreanischer und philippinischer Tracht. Sogar Gruppen, die den japanischen Kreistanz, den *tanko bushi*, aufführen würden. Die Stimmung war angespannt. Ob sie wollten oder nicht, die Leute spürten, daß ihr Schicksal eine Wendung nehmen würde.

Um die Mittagszeit waren schon Hunderte gekommen. Sie schlenderten über das Gelände, hörten den Oldtimern zu, die im süßen Falsett zur Ukulele oder Gitarre sangen. Sie musterten ihre Nachbarn, fragten sich, wie die wohl abstimmen würden. Denn niemand war sich sicher, ob man wirklich ein Bundesstaat werden wollte, oder ob man sich eigentlich nur wünschte, daß das Neue mindestens so gut wie das Alte werden würde.

Keo starrte auf die tosende Menge, auf das Gedränge und Geschubse und fühlte sich unvermittelt in eine ganz andere Landschaft versetzt – Wachen, Wachtürme, verhungernde, an Leib und Seele gebrochene Lagerinsassen. Das Gurgeln der Latrinen. So würde es ihm bei Menschenmengen immer ergehen: beim Blindekuhspiel seiner Sinne würde stets die Erinnerung an Woosung hochkommen. Er setzte sich, streichelte zärtlich seine Trompete, bis er wieder in der Gegenwart angekommen war, in der er ständig über sich hinauswachsen mußte.

Ein Radiosprecher bat die Leute, näher an die Bühne heranzutreten. Nach reichlichem Essen und Trinken ließen sie sich auf Matten und Decken nieder, die Wangen der Kinder an ihrer Seite waren vom geschabten Wassereis blau und violett gefärbt. Der Ruf einer Trompetenschnecke erklang. Eine uralte Sängerin trat auf die Bühne, schlug die Kalebassen-Trommel, während sich vor ihr zwanzig Tänzerinnen auffächerten.

Sie begann zu singen und die Trommel zu schlagen, und die Tänzerinnen beugten die Knie, tanzten in völligem Einklang miteinander. Mit leisen, kontrollierten Tönen erzählte die Frau von den Feldern und Tälern, die sie alle umgaben, die einmal unfruchtbar gewesen und nun mit *taro* gesegnet waren. Sie berichtete, das heilige Wort *'āina,* Land, sei aus der Wurzel *'ai,* ernähren, entstanden, und das heilige Wort *'ohana,* Familie, stamme von der Wurzel *'oha,* dem Wort für die Sprossen der herzförmigen *taro*-Pflanze, Grundnahrungsmittel und Herzschlag der Hawaiianer, jede Familie eine neue Sprosse eines stetig wachsenden Wurzelstocks. So nährte *'āina* die *'ohana.*

Sie sang Loblieder auf die *akua,* die Götter, die in den Steinen lebten, die alles beobachteten, die in Bäumen lebten, die alles mit anhörten. Sie waren die Beschützer des harten, trockenen Bodens von Wai'anae, halfen, ihn mit Regen zu erweichen, damit er unter den Händen der *kānaka maoli,* der eingeborenen Hawaiianer, nachgab. Mit monotoner Stimme pries sie die Hände und gekrümmten Rücken der *kānaka,* die viele Generationen lang geschuftet hatten, um die Terrassen für den *taro* zu bauen. Sie pries den Fisch, den man gefangen hatte, die *'ōpihi,* die man gesammelt hatte, die die Körper der Pflanzer gestärkt hatten.

Die Tänzerinnen folgten ihren Worten, bewegten sich im Stil des neunzehnten Jahrhunderts, mit gebeugten Knien und angehobenen Fersen. Dies waren nicht die trägen, wogenden Bewegungen des Hula aus dem zwanzigsten Jahrhundert, dies war *hula 'olapa,* Hula mit Gesängen, mit eindringlichen Bewegungen, die alle eine tiefere Bedeutung hatten. Schließlich faltete die Sängerin die Hände und bereitete so dem Tanz ein Ende.

Dann kamen die *kachi-kachi*-Bands, die *banduria*-Bands. Als Keo mit seiner Band *Hana Hou!* auf die Bühne ging, hielt er einen Augenblick inne, blickte auf die jungen und uralten Gesichter herab, auf viele, die von der Wohlfahrt lebten, auf einige, die am Strand lebten, in den Parks.

Er beugte sich in Richtung des Mikrophons und verfiel in Pidgin.

»Eh ... wie geht's 'n so?«

Pfeifen, Applaus, Menschen, die schreien: »Hulamann!«

»Bin mächtig stolz, daß ich heute bei euch bin, Leute«, brüllte er. »Aber erst will ich euch mal was sagen. Ich möchte, daß ihr Leutchen wirklich gut überlegt, wenn ihr über den Bundesstaat abstimmt, ja? Wenn ihr mit JA stimmt, dann stimmt ihr vielleicht für 'ne richtig miese Zukunft. Okay! *Pau* Politik!«

Er entspannte sich und nahm seine Trompete. »Nun, ein paar von euch Leuten kennen mich ja als Jazz-Typen. Aber jetzt versuch ich mal, euch mit dieser Trompete was zu erzählen, so wie wir das in Hawaii machen!«

Sie johlten ein bißchen, wurden dann aber ganz still, als er zu spielen begann, ganz sanft: Lieder, die an die alten Zeiten erinnerten, an Klappersteine, an Nasenflöten aus Bambus, Klänge wie der Wind, der durch die Kokospalmen streicht, durch Haine mit wisperndem Jadegras. Dann spielte er »Papakolea«, ein Stück, das der blinde Johnny Almeida zu Ehren einer verarmten Gemeinde in Honolulu komponiert hatte. Er spielte »E Hulihuli Ho'i Mai« – Kehre um und komm zurück. Ein Lied voller Sehnsucht und Romantik, das die hawaiische Nachtigall Lena Machado populär gemacht hatte.

Er hörte, wie die Menge reagierte, die Texte mitsang, während er spielte. Er spürte ihre Emotionen, die alte hawaiische Traurigkeit, die Stimmen schwollen immer gewaltiger an, so als wollten sie die Feuer der Todesjahre auslöschen. Als er fertig war, verstummte die Menge.

Er holte tief Luft, beugte sich wieder zum Mikrophon vor. »Und jetzt was ganz Besonderes. Schwer zu spielen. Ist aus 'ner Oper, ›Turandot‹, von 'nem Kerl, der Puccini hieß.«

Oper? Laute Buhrufe aus der Menge.

»Ja, ja, ich weiß schon. Aber hört mal zu, das Stück heißt ›Nessun dorma‹. Un was der da sagt is: ... VINCIRÀ! ICH WERDE SIEGEN! Gutes Thema für Hawaii, oder nicht?«

Dann begann seine Trompete sich in die Lüfte zu schwingen, begann über dem ganzen Gelände, den Feldern und Ebenen widerzuhallen, in die Täler und zu den Graten der Wai'anae-Berge hinauf. Er kletterte immer weiter die Tonleiter hinauf, bis seine Klänge so verirrt und suchend klangen, daß die Leute weinten und nicht wußten, warum. Er hörte ganz langsam auf, wie jemand, dem allmählich etwas dämmert. Dann, zusammen mit der Band, spielte er zum Abschluß leichtere Musik – Pop Songs und Rock and Roll.

Während eine Band nach der anderen spielte, wanderte Malias Blick wie von einem Magneten angezogen immer wieder zu einem ganz bestimmten Stand. In der Pause wurde Krash ausgerufen: Sie brauchten ihn auf der Bühne, damit er den Leuten erzählen konnte, wie und warum sie abstimmen sollten. Er tauchte hinter dem Stand auf, grinste übers ganze Gesicht. Über seinen breiten Schultern spannte sich der Stoff seines Hemds. Er lief mit großen Schritten, bahnte sich einen Weg zur Bühne. Als er Bruder und Schwester beieinanderstehen sah, machte er einen kleinen Schlenker und baute sich vor ihnen auf.

»Eh, tolle Show, Keo ... Hallo, Malia.«

Unter ihrem Auge zuckte ein Nerv. Sie stellte sich vor, daß die Haut dort so dunkel wurde wie eine blaue Schlucht. Irgend etwas in ihr verlangsamte sich und schmerzte. Sie nickte stumm, sah dann weg. Besiegt schüttelte er den Kopf, schritt in die Menge. Als sie ihm hinterhersah, glaubte sie sich nur einzubilden, daß sich sein Rücken aufbäumte, daß seine Hände in die Luft geschleudert wurden. Sie dachte, sie bilde sich nur ein, daß er in Zeitlupe zusammensackte. Der Schuß schien erst wie ein nachträglicher Gedanke in ihr widerzuhallen.

Sofort drückte sie Baby Jonah zu Boden, deckte den Körper des Mädchens mit ihrem eigenen zu. Keo warf sich auf sie beide, dann rappelte sich Malia hoch.

»Bleib bei ihr!« schrie sie.

Wie in Trance drängelte sie sich bis zu Krash durch. Als sie sah, daß er am Kopf blutete, kniete sie nieder und begriff, was sie alles verschwendet hatten. Wieviel Leben sie beide hätten gegenübertreten sollen. *Wir sind nicht achtsam gewesen. Wir haben nicht verstanden, jeden Tag, der in uns wuchs, in seiner ganzen Fülle zu leben.*

Sie blickte zum Himmel hinauf, flehte um Gnade für den Vater ihres Kindes. In jenem Augenblick hörte sie seine Uhr Lügen ticken, so als hätten sie doch noch Zeit für Liebeswerbung und Wiedergutmachung. Er lag mit dem Gesicht im Staub. Sie sah, wie sich die Blutlache zwischen seinen Beinen ausbreitete. *Es mußten zwei Schüsse gewesen sein. In den Kopf und in den Rücken.* Sie hörte das schrille Jaulen von Sirenen. Polizeiwagen umstellten das Gelände.

Dann roch sie etwas, das kein Blut war. Im Schock hatte sein Körper alles losgelassen. Zart zog Malia seinen Arm von der Lache fort, bettete sein Gesicht in ihren Schoß. Sie schob ihm eine Hand unter die Brust, versuchte sein Herz zu massieren und ihn so am Leben zu halten. Inzwischen lagen überall auf dem Gelände Menschen flach auf dem Bauch, und niemand rührte sich.

Die Polizei hatte einen dünnen Hawaiianer umzingelt, zwang ihn zu Boden.

»Scheißkommunist!« brüllte er. »Will nicht, daß wir Bundesstaat werden. Wir sollen Dreckspack aus den Territorien bleiben.«

Eine Frau richtete sich halb auf und schrie: »Schaut euch den Kerl an! Hat Krash böse angeschossen.«

Malia riß einen Streifen von ihrem Rock, versuchte Krash den Kopf zu bandagieren. Sie hatte ihn inzwischen umgedreht, in ihren Schoß gebettet. Sie war sich nicht sicher, was sie da auf dem Schoß hielt. Knochen, Blut, einen toten Mann. Er stöhnte, und sein Stöhnen hallte in ihren Rippen wider. Irgendwie war sein Körper der Drehung des Kopfes gefolgt, und nun lag er mit dem Gesicht nach oben da. Feuchte Exkremente färbten ihren Rock.

Sie zog seinen Körper dicht an sich heran, spürte, wie seine Körpersäfte ihr über Hand und Handgelenk rannen, den Arm entlang bis zum Ellbogen. Blut von seinem Kopf troff ihr auf den Handteller. Sie rieb seine schmutzigen Wangen mit Spucke sauber.

Er blickte auf, und sein Körper zitterte. »Malia ... ist es schlimm?«

»Bitte«, schluchzte sie, »stirb nicht.«

Langsam rappelten sich die Menschen wieder auf. Die Polizisten schleiften den Attentäter zu einem Streifenwagen, während andere Patrouille liefen und die Leute anwiesen, sie sollten zurücktreten, zurücktreten. Medizinisches Personal kam mit einer Trage angerannt.

»Immer mit der Ruhe. Vielleicht hat er 'ne Gehirnerschütterung. Es war 'n verdammt großer Scheißbrocken von einem Stein.«

»Ein großer ... was?« flüsterte sie.

»Da. Schau nur, wie groß der ist. Der Mann muß völlig durchgedreht sein.«

Sie schüttelte den Kopf. »Ich habe doch ein Gewehr gehört. Ich hab' gesehen, wie ihn die Kugeln zu Boden gestreckt haben.«

Hinter ihr tauchte Keo auf. »Malia, das war ein Lastwagen. Mit Fehlzündungen.«

Sie wußte, daß sie ihn nun nie wieder loswerden würde. Sie konnte sich nicht von den Exkrementen und dem Blut eines Mannes besudeln lassen und danach nicht ständig von ihm heimgesucht werden. Sie beugte sich so nah zu ihm herunter, daß sie die Wärme seiner Stirn spüren konnte.

»Krash. Es war ein Stein. Nur ein Stein ...«

Er starrte sie an, rang um Verständnis.

Die Leute drängten nach vorne und wurden zurückgeschoben. Nach einer Weile stand er vorsichtig auf. Einen Augenblick lang stand er einfach nur da, höchst verwundert, daß er noch am Leben war. Er wies die Tragbahre zurück, stützte sich auf seinen Vater und ging langsam zum Erste-Hilfe-Wagen. Frauen geleiteten Malia hinter einen Stand, wuschen sie mit einem Schwamm ab und gaben ihr saubere Kleidung.

Beinahe eine Stunde lang stand die Menge in kleinen Grüppchen beisammen. Ehemänner hielten ihre Frauen umschlungen, Eltern umarmten ihre Kinder. Ein Mann verkündete, es gehe Krash gut, die Worte schallten aus dem Lautsprecher.

... ein Stein. Ein Lastwagen hatte eine Fehlzündung-ung-

ung ... Keine Schwerverletzten. Furchtbarer Augenblick pau-pau-pau. *Jetzt spielt gleich wieder die Musik für eine fröhliche Feier. Krash kommt bald und spricht zur Menge-enge-enge ...*

Sie beobachtete ihn, wie er in sauberen Kleidern aus dem Wagen trat. Am Hinterkopf hatte er einen Verband. Auf leicht wackeligen Beinen machte er sich auf den Weg zur Bühne, streckte seine Arme in Richtung Menge aus. Dann sah er Malia, machte einen Schritt von den beiden Polizisten weg, die ihn eskortierten.

Er stand vor ihr. »Danke.«

Sie hielt ihre Tochter an der Hand. Sie blickte auf diese Hand hinunter. Wenn sie jetzt aufschaute, dann war das die endgültige Kapitulation. Noch roch sie, was ihr angehaftet hatte: sein Blut und andere Säfte. Sie roch die Biegung seines Rückens, seine zarten, herzförmigen Ohrläppchen. Sie spürte sein Blut, wie es unter ihren Fingernägeln gerann.

Er seufzte, wandte sich wieder der wartenden Menschenmenge zu. Dann hörte sie einen Ruf. In weiter Ferne, doch nicht zu überhören. In jenem Augenblick spürte Malia, wie ihr Leben in Ordnung kam. Sie packte ihre Tochter so fest bei der Hand, daß Baby Jonah aufschrie.

»Geh. Geh neben ihm.«

Das Mädchen schaute sie verwirrt an.

»Geh!«

Baby Jonah wandte sich an Keo. »Warum? Warum sollte ich mit Onkel Krash gehen?«

Keo nahm sie beim Arm und schob sie vor sich her. »Geh. Geh zu deinem *Vater*. Ja! Er.«

Sie drehte sich um und schaute Malia an, auf ihrem Gesicht spiegelten sich alle Schattierungen des Schocks. Ihr Mund hing offen, stumm. Dann ging sie wie in Trance nach vorn, fiel mit ihm in Gleichschritt. Er blieb stehen, starrte sie an. Er richtete sich ein wenig mehr auf.

Er stieg die Stufen zur Bühne hinauf, blickte in die Gesichter, wußte, daß er verloren hatte, daß sein Volk verloren hatte. Die meisten Leute in Hawaii würden für den Bundesstaat stimmen. Und trotzdem packte er das Mikrophon und redete. Von künftigen

Jahrzehnten. Von der nächsten Generation, die die Hawaiianer wiederauferstehen lassen und einigen würde.

»Die Leute glauben, wir sterben. Aber nein! Wir ruhen uns nur aus!«

Er stellte sie dem Publikum nicht vor, aber während er redete, hielt Krash Baby Jonahs Hand ganz fest. Seine Hand war riesengroß und warm. Sie spürte, wie er schwitzte, spürte die Polster und Falten seiner Hand. Sie entspannte sich, vertraute das ganze Gewicht ihrer Hand, ihrer Person, der Hand ihres Vaters an. Er ließ nicht los. Da stand er am hellichten Tag vor einer Menschenmenge und hielt die Hand seiner Tochter.

Anahola

Zeit im Glas

Das Starren ihrer Tochter, so als huste ihr jemand mitten ins Gesicht. Malia schauderte, stellte sich die ungezähmte Wildheit vor, die nun folgen würde. Das Mädchen würde versuchen, sie im Schlaf umzubringen. Oder schlimmer noch, sie würde sie ignorieren, völlig ignorieren.

Jetzt weiß sie, wer ich bin und wer er ist, und nun muß ich dafür bezahlen. Ich habe sie großgezogen, dafür gesorgt, daß sie nie frieren mußte, daß sie immer etwas zu essen hatte. Sie wurde umarmt, angebetet von mir, vielleicht nicht genug, aber ich war immer bei ihr, habe sie aus dem Schatten heraus beobachtet wie ein Wachhund. Während ihrer Kinderkrankheiten habe ich Nächte hindurch gebetet, die Muttergöttin angefleht, mir die Schmerzen, das Fieber zu geben. Ich habe Opfer gebracht, habe ihr die Schulbildung verschafft. Jetzt kann sie den Glanz und das schöne Leben mit ihm genießen. Und mich mein Leben lang hassen.

Es folgten lange Nächte des Weinens. Irgendwie hatte sie sich an diesem Mädchen verausgabt. Sie war seine Mutter geworden. Jetzt war sie Publikum, diejenige, die zur Seite trat und unbeteiligt zuschaute, wenn Vater und Tochter zusammen wegfuhren. Ohne sie unterhielten sich die beiden über Bücher und das Leben und darüber, ob Baby Jo Chirurgin werden sollte. Richterin. Sie wollte ihn so gerne beeindrucken.

Sie kannte die Geschichte über seine Rippen, über seine fehlende Lunge, und sie wollte ihren Vater pflegen, wenn sie seinen röchelnden Atem hörte, wollte ihn an sich drücken und ihm über die Stirn streichen. Und wenn er sie nach Hause brachte und am Anfang der Gasse verließ, dann ging sie ein wenig aufrechter, weil er sie dabei beobachtete, sie mit den Augen nach Hause begleitete. Da verbarg Baby Jo ihren Stolz nicht, konnte sich gerade noch beherrschen, nicht auf und ab zu rennen und zu schreien: Schaut her, das ist mein Papa! Im Haus war sie ganz still, liebevoller, jetzt, da sie wußte, daß nun alle, die wichtig waren, wußten, wer sie war, und sie liebten.

Nun dämpfte sie ein wenig ihre Stimme, damit sie nicht mehr so schrill klang. Ihr Pidgin-Englisch wurde weicher, singend, folgte dem Vorbild der anmutigen Inselsprache. Keo nannte sie noch »Onkel Papa«. Timoteo blieb das, was er schon seit eh und je gewesen war: »Opa«. Ihr Onkel DeSoto flößte ihr nach wie vor Ehrfurcht ein und beeindruckte sie mit seiner stillen Art, mit seinem selbstverständlichen Wissen von den seltsamsten Dingen – daß der Tintenfisch eng mit dem Kamel verwandt ist, daß Tausendfüßler schneller rennen können als Geparden.

Nur ihrer Mutter gegenüber verhielt sie sich boshaft, da war jede Geste kalt und leer. Ihre Augen drangen geradewegs bis in ihr Innerstes vor, wie Pfeile, die nur darauf warteten, Malia mitten ins Herz zu treffen. Seit dem Tag, als sie die Hand ihres Vaters ergriffen hatte, hatte sich Baby Jo nicht nur von ihrer Mutter zurückgezogen, sie schien sich aus Malias Leben völlig ausgelöscht zu haben.

Eines Tages trat Malia in das Zimmer ihrer Tochter und überquerte den gefährlichen Abgrund, der sich zwischen ihnen auftat.

»Hasse mich ruhig weiter. Dafür, daß ich sechzehn Jahre gewartet habe, ehe ich es dir erzählt habe. Hasse mich dafür, daß ich zu stolz war. Daß ich dich auch zu einer stolzen Frau erzogen habe. Dafür, daß ich dir anständige Kleider gegeben habe, hasse mich für deinen Unterricht auf der Privatschule. Hasse mich dafür, daß ich an allen Ecken geknapst und gespart habe, damit du zur Universität gehen kannst und nicht auf der Straße oder im Gefängnis landen mußt.«

Sie trat näher.

»Es ist völlig gleichgültig, daß meine Jugend vorüber ist. Oder daß du mich haßt. Wenn du nur nicht in der Konservenfabrik arbeiten oder dir die Arme auf den Zuckerrohrfeldern blutig schuften mußt. Ich habe dafür gesorgt, daß du bestimmte Sachen niemals tun mußt! Geh! Geh zu deinem Vater. Vielleicht kann er dir noch ein paar Möglichkeiten zeigen, wie du mich hassen kannst.«

Baby Jonah fuhr zu ihr herum. »Du hast *gelogen.*«

»Ich habe nie gelogen. Ich habe nur Dinge verschwiegen. Das ist etwas völlig anderes.«

Das Mädchen verschloß sich, das Zimmer verschloß sich. Genausogut hätte man zu einem Leichnam sprechen können.

Nachts strich sie unruhig durchs Haus, stand vor der Zimmertür dieser Tochter, die ihre Verachtung so offen zeigte, die auf sie herabschaute. Wie eine Hinterbliebene wanderte sie durch die Gasse, erinnerte sich daran, warum sie Baby Jonah auch zu ihrem Vater geführt hatte. Damit sie einen Fürsprecher, einen Beschützer haben würde. Damit niemand sie zu einer alten Frau mit einem Stock verstümmeln konnte.

Eines Nachts schreckte sie aus dem Schlaf hoch und schrie: »Sunny!« Sie hätte immer noch gern geglaubt, daß die Frau mit dem Stock nur ein Traum gewesen war.

Am nächsten Tag konnte sie in ihrem Laden nicht weiterarbeiten. Die Nähte im Stoff trennten sich wie von selbst wieder auf, die Scheren schnappten, griffen mit weit aufgerissenem Rachen die Luft an. Malia dachte das Wort PONO, noch ehe die Nähmaschine den Namen stichelte. Als sie die Buchstaben sah, lehnte sie den Kopf gegen die kühle Email-Oberfläche der Maschine, so als lehnte sie sich gegen harte schwarze Lava. Sie roch den Rauch und den Schwefel der Großen Vulkaninsel, wo Pono auf sie wartete.

Wieder nahm Malia die Fähre, beobachtete, wie Honolulu in der Ferne verschwand, war ungeheuer erleichtert, daß sie diese Stadt hinter sich lassen konnte, die ihr Gefängnis war, ihr Stillstand. Dann überkam sie Panik: wie es wohl wäre, Honolulu für immer hinter sich verblassen zu sehen. Nie wieder die Silberquasten der Zuckerrohrfelder zu sehen, nie wieder den süßlich-klebrigen Duft der Ananas aus den Konservenfabriken zu riechen, nie wieder über den Ko'olau-Bergen Wolken bersten und zerreißen zu sehen. Nie wieder das leise schnurrende Schnarchen ihrer Tochter zu hören, nie wieder den Rost auf der alten Gittertür zu riechen, die der Vater jeden Abend verriegelte, damit sie alle in Sicherheit waren.

Ein rostiger kleiner Riegel. O Papa! Das reichte nicht aus. Die Welt brach so oder so über einen herein.

Als sie auf der Großen Insel anlegten, war Malia wie immer beeindruckt von der schwarzen Lavalandschaft, wo die Erdkruste noch rülpste und riß, wo das Fleisch der Erde überquoll, noch gebar. Dann spürte sie, wie Pono sie berührte, wie ihre Hände den ganzen Weg bis zur Küste hinunter reichten, Finger, die nach Eukalyptus dufteten, nach Erde, Gardenien, Kaffeeblüten. Es war sogar Ponowetter – ein launischer, stürmischer und grollender Himmel. Dann rissen die Wolken auf, und die Sonne stand in ihrer ganzen piratenhaften Majestät da, blendete, plünderte.

Malia blickte zu den dunstigen blauen Hügeln des Kaffeegürtels auf, zu den alten Bergstädten Holualoa, Kainali'u, Kealakekua. Und nach Captain Cook, wo Pono sie erwartete – eine Frau, die zu keinem Kompromiß bereit war, die es der Welt nicht erlauben würde, einfach durch sie hindurchzugehen. Während sie höher und immer höher hinauf in die Berge einer anderen Zeitrechnung vordrang, war Malia beinahe wie betäubt: So schwer lag der Duft der Ingwerblüten in der Luft, daß er die Pferde beinahe vom Weg abbrachte. Malia spürte, wie sich die Anspannung in ihr zusammenfaltete wie ein Fächer, fühlte sich wieder wie ein Kind, ganz ruhig.

Dann drang ein leichtes Brennen in ihre Nase, der Geruch der Großen Insel – Nebel und Vulkanasche, der schwefelige Duft aus einer anderen Welt. Irgendwo auf dieser Insel bebten und spuckten die Berge; irgendwo platzte die Erde aus allen Nähten, wurden kochende Lavaadern freigelegt. Nun stand Malia am Ende der steinigen Einfahrt, die von der Napo'opo'o Road abzweigte. Durch den stummen Baumkorridor betrat sie wieder einmal Ponos Welt jenseits des Rasens, die düstere Pflanzervilla.

Die kleine, drahtige Frau namens Run Run mit ihrem fröhlichen Kindergesicht stand in der kühlen Schlucht einer Tür. Sie trat auf den *lānai*, inhalierte mit tiefen Zügen den Rauch einer Zigarette, schürzte dann den Mund, atmete vollkommene Rauchringe aus.

»Wer bist 'n du?«

»Malia. Ich war schon einmal hier.«

»So? Was willste 'n jetzt?«

»Das letztemal, als ich da war, habe ich Pono einen uralten Seidenkimono geschenkt ...«

Die Augen der Frau tanzten, sprühten vor Schalk. »Was – schlechtes Geschenk? Willste 's wiederhaben?«

»Nein, nein«, rief Malia. »Ich muß sie bitten, mir das Gesicht zu erklären, da war ein Gesicht ...«

Plötzlich beugte sich Run Run vor und wackelte mit dem Finger.

»Du bist das also! Dieser Kimono hat Pono ganz schön *pupule* gemacht. Jede Nacht Fluchen, Schluchzen, Fäden von altem Gesicht aufgetrennt, neues Gesicht reingestickt. Dann hat sie sich's noch mal überlegt, immer wieder von vorn und hat alles wieder aufgetrennt. Hab sie noch nie so gesehen. Pono is nicht der Typ, der ruhig inner Ecke sitzt und stickt. Die gehört zum Meer und zum Himmel. Die ist eine echte NIMM-DICH-BLOSS-IN-ACHT-*wahine*!«

Malia trat näher. »Run Run, ich muß sie sehen. Ich muß ihr erzählen, daß ich das lebendige Gesicht gesehen habe ... Es ist Sunny Sung.«

Die Frau blickte die Straße entlang aufs Meer, auf einen Teppich aus lebendigem Indigo und aus Jade.

»Straße lang. Stell dich auf die Klippe. Wenn sie dich sehen will, merkste das schon.«

Malia ging die Napo'opo'o Road entlang, bog dann in den Wald ab, ging auf eine Klippe zu, von der sie einen Blick auf das Meer hatte. Sie suchte mit den Augen das Wasser ab, sah niemanden. Dann tauchte Pono aus dem zerrissenen Wandbild aus Blau- und Grüntönen auf, löste sich von der Lippe einer Welle. Sie schritt über den Sand, schickte dabei einen Gesang zum Himmel. Sie warf ihr langes, schwarzes Haar nach hinten, wickelte den nassen Sarong auf, entblößte ihren goldenen Körper in der Sonne.

Sie kniete nieder, schrubbte sich Arme, Brüste und Hüften mit

Meersalz ab, das sie in einer Lavaschüssel gesammelt hatte. Das Salz glättete die Haut, hielt sie straff und sorgte dafür, daß ihr ewiger Durst nach dem Ozean nie versiegte. Malia stockte der Atem, als Pono jetzt wieder ins Meer zurückrannte. Sie neigte den Kopf, schöpfte Meerwasser mit ihren Händen und trank, wie die Urahnen getrunken hatten, um ihre Kriegswunden zu heilen, wie es die Älteren sogar heute noch taten, um ihre Gesundheit mit täglichem Trunk wiederherzustellen. Sie schwamm erneut in tiefere Gewässer, tauchte ab, schnellte empor, anmutig und hypnotisch.

Malia verlor jegliches Zeitgefühl. Einmal meinte sie, Pono nahe der Wasseroberfläche zu sehen, mit Flossen und einem Fischmaul. Nach einer Stunde, vielleicht auch erst nach vielen Stunden tauchte Pono auf, stand wieder auf dem Sand. Dann wandte sie sich ganz langsam um, mit einer uralten Geste, blickte zu Malia hinüber, ihre Augen lagen in ihrem Kopf wie schwarze Steine. Malia verfiel wieder in einen Traum.

Es war um die Mittagszeit, wenn die Menschen am stärksten überschattet sind, wenn das *mana* am stärksten ist. In Malias Traum ging Pono zur Klippe, schien dabei jeglicher Schwerkraft zu trotzen und beugte sich dann über sie, einen jahrtausendealten, einen kalkig fossilen Geruch verströmend. Und doch strahlte auch menschliche Wärme von ihren sandgezuckerten Waden auf sie ab, von ihren Schenkeln und sonnengestreiften Schultern.

Malia setzte sich auf. Sie schaute sich vielmehr selbst dabei zu, wie sie sich aufsetzte, in den spiraligen Spiegelungen ihres Traums. Pono hielt den Kimono, den Malia ihr gegeben hatte, in die Höhe, den Kimono mit dem Gesicht der alten Frau.

»Sieh genau hin, das schmerzverzerrte Gesicht ist ausgelöscht. Da, wo die Stiche waren, kannst du noch die winzigen Löcher in der Seide sehen. Die Zeit wird heilen, was aufgetrennt ist.«

Malia sah genau hin, verstand aber nicht. Das Gesicht der Frau war von dem Kimono verschwunden, verdaut. Was nun hier eingestickt war, war ihr Hinterkopf, ihr schlanker Hals, anmutig wie der einer Geisha. Sie schien auf das Meer hinauszublicken. Die Landschaft war so schlicht, daß sie sie verwirrte.

»Und was ist mit Sunnys Alpträumen?« fragte sie. »Wie wird sie weiterleben?«

Pono antwortete langsam, denn sie hatte für diese Frau gelitten, gestickt und immer wieder neu gestickt, bis die Geschichte und die Zukunft der Sunny Sung übereinstimmten.

»Geduld! Die Zeit ist noch nicht fertig mit ihr. Sie hat auch noch ein Wörtchen mitzureden.«

Wieder schlief Malia, wachte in der alten Pflanzervilla wieder auf, in einem Raum voll schweren Fließens, in dem nichts stillstand. Die sepiabraunen Wände bebten, als werde das Holz vom Fieber geschüttelt. Sie lag in einem Himmelbett, spürte das Glühen der pulsierenden Hitze, fühlte sich dem Tosen, der Menge ausgeliefert. Der Raum besaß tausend Zungen.

Wieder hielt Pono den gleichen Kimono in die Höhe, und Malia nahm das Gespräch wieder auf, als sei sie in den Traum zurückgesunken.

»Und was ist mit dem Bösen, das Sunny so zerstört hat?«

Pono starrte aus dem Fenster auf den Ozean. »Es wird eine Abrechnung geben.«

»Ich habe sie gesehen«, flüsterte Malia. »Ich war dabei. Sie hat meiner sterbenden Mama alles erzählt. Wie kann ich ihr nur helfen? Was soll ich machen?«

Pono setzte sich langsam vor sie hin, und ihrem Gesicht fehlte jegliche Ehrfurcht. Sie wirkte größer, weiser. Malia hatte das Gefühl, als schaue sie in das Gesicht einer Höhlenzeichnung, als atme sie den Hautduft der Urahnen.

»Hör mir jetzt gut zu, Malia. Du wirst Sunny Sung auf eine Art und Weise helfen, wie du sie dir gar nicht vorstellen kannst. Indem du Luft zu Luft werden läßt. Indem du nicht jeden Tag in Ketten legst, jeden Augenblick auspeitschst. Indem du nicht mehr von einer Leere zur nächsten rennst.«

Malia richtete sich im Bett auf, als sich Pono zu ihr herunterbeugte.

»Ich hatte vier Töchter. Sie sind nicht mehr da. Ich hatte einen Ehemann. Er ist nicht mehr da. Oder vielmehr, das Leben hat ihn mir nicht gegönnt. Ich habe meine Töchter bestraft, sehnte mich statt dessen nach ihrem Vater. Ich liebte sie mit einer Liebe, die so stark war, daß ich sie für Haß hielt. Ich habe furchtbare Fehler gemacht. Fehler machen uns erst klar, wer wir eigentlich sind...

Jetzt sind mir nur noch meine Träume geblieben. Und ab und zu ein Mann, den mir das Leben wieder wegnimmt, weil er *ma'i pākē* ist. Ich habe ihn zutiefst verletzt, weil ich unsere Töchter vertrieben habe. Indem ich jeden Tag in Ketten legte, jeden Augenblick auspeitschte. Durch meine Bitterkeit und meinen Stolz. Ich habe die Samen zerstört, die wir miteinander gesät haben. Vielleicht können mir die *Töchter* dieser Töchter eines Tages vergeben. Wenn ich bereit bin, Mensch zu sein.«

Sie berührte Malias Haar, berührte ihre Wangen. Nie zuvor hatte sie mit einer anderen Frau solche Geduld gehabt, ihre Freundin und Beschützerin ausgenommen, die kleine Run Run.

»Schau dir dein Leben an, Malia. Es ist leer. Dein Stolz hat die Leidenschaft in das Verlies deiner Mitternachtsstunden gesperrt.«

»Aber was hat das mit Sunny Sung zu tun?«

»In deiner Jugend bist du ihr aus dem Weg gegangen. Sie wäre eine kostbare Freundin für dich gewesen.«

»Aber ich habe meinen Stolz überwunden. Ich habe meiner Tochter sogar ihren Vater zurückgegeben.«

»Du hast nur *halb* gegeben. Dich selbst enthältst du dem Vater vor. Und so zerreißt du, was dich bindet.«

Pono richtete sich ganz auf. »Ich will es dir jetzt und hier sagen. Nimm deinen Stolz und schlucke ihn herunter. Verdaue ihn ganz und gar. Und scheide ihn aus. Nimm die Rippen, die dir so lieb sind. Poliere sie mit dem Öl der Entschlossenheit. Bitte ihn um Verzeihung. Wenn du diesen Mann abweist, dann verlierst du Vater und Tochter für alle Zeiten. Und ich werde dich verfluchen.«

Malia schüttelte den Kopf. »Ich kann nicht. Er hat mich so gedemütigt.«

»Mädchen, du hast doch gelebt! Hast du ernsthaft geglaubt, daß man im Leben nur mit ein paar Kratzern davonkommt? Das wäre kein Leben. Das wäre ein Versteckspiel.«

»Dann verstecke ich mich eben. Ich traue der Liebe nicht. Man öffnet sich jemandem, und dann bringt er einen um.«

»Jetzt hör mir gut zu. Jede Entscheidung, die wir fällen – ob wir lieben oder nicht lieben –, ist wie Sterben. Die Liebe tötet nicht, sie kastriert nicht. Dafür sorgen wir. Wir denken zuviel. Reden zuviel. *Fühle*, Malia, *fühle*. Wir sind Frauen – gottlos und furchtlos. Das Leben läßt uns dafür bezahlen. Also, du hast bezahlt. Jetzt nimmst du dein Leben wieder in die Hand, Stück für Stück. Erinnere dich an das, was ich dir beigebracht habe. Achte darauf, daß die Muster zusammenpassen, füge die Nähte zusammen. Dann kommen herrliche Entwürfe dabei heraus.«

Ponos Stimme wurde ganz weich. »Hast du vergessen? Der Vater deines Kindes hat auch gelitten. Wer weiß denn, was Männer erleiden, das sie nicht in Worte fassen können? Zwischen euch ist noch so viel lebendiges Gefühl. Selten. Das ist so selten. Ich sage dir, nimm ihn wieder an. Laß dein Leben neu beginnen.«

Malia rang mit sich, wollte erzählen, konnte aber nicht. Wie sehr sie versucht hatte, anständig zu bleiben. Sich zu kümmern. Die zu umsorgen und zu ernähren, die ihr das Leben geschenkt hatten. Und denen sie das Leben geschenkt hatte.

»Ich weiß alles«, sagte Pono. »Deine Eltern konnten in Würde leben, nur wegen dir. Sie mußten nie betteln gehen. Eines Tages wird deine Tochter das erfahren. Ihr Vater wird es ihr nach und nach erzählen. Kannst du mir glauben, daß sie sogar heute schon weint, weil sie denkt, du bist fortgegangen? Dein Bett ist gemacht. Dein Laden ist geschlossen. Sie beginnt zu begreifen, daß du das Beste bist, was ihr je im Leben widerfahren konnte.

Und der Vater, der ist müde, Malia, körperlich erschöpft. Er ist vielleicht nicht mehr so ein feuriger Liebhaber wie früher. Trotzdem ist er ein Mann von Wert, der für unser Volk kämpft. Wenn du ihn wegwirfst, dann gehst du als völlig leere Frau durchs Leben. Ich sage dir, spring über deinen eigenen Schatten. Trau dich!«

Malia dachte wieder an Sunny Sung. »Wie kann ich ihr helfen? Wie kann ich die Jahre ungeschehen machen, in denen ich zu stolz war?«

»Es ist nicht notwendig, irgend etwas geschehen zu lassen oder ungeschehen zu machen. Die Welt verändert uns weitaus mehr, als wir die Welt verändern. Bleib einfach mal still stehen. Dann entwickelt sich alles wie von selbst.«

Malia lag da und dachte nach. Als sie redete, klang ihre Stimme fest.

»Pono, meine Tochter ist mittlerweile eine junge Frau. Sie ist aus ihrem ›Baby‹-Namen herausgewachsen. Ich habe sie nie mit einem Geburtsnamen gesegnet. Ihre *piko* liegt immer noch in Leinen gewickelt.«

Pono lächelte, ahnte, was ihre nächsten Worte sein würden.

»Ich möchte sie ... *Anahola* nennen. Nach Sunnys und meines Bruders Kind. Das Blut meiner Tochter fließt in seinen Adern. Keo ist auch ihr Vater. Er hat sie mit großgezogen. Ihn liebt sie vielleicht sogar am meisten.«

Pono ergriff Malias Hand. »Siehst du? Du wirst schon viel menschlicher. Dieser Name wird deinem Bruder große Freude bereiten. Und du wirst das, was von Sunny Sungs Herz noch übrig ist, zutiefst anrühren.«

Sie stand auf, blickte wieder auf die See hinaus. »*Anahola* ... Zeit im Glas. Sie wird eine rastlose Frau werden. Immer auf der Suche. Sie wird euch allen gehören. Und keinem.«

Malia schien noch einmal fragen zu müssen. »Und was ist mit denen, die Sunny so verstümmelt haben?«

»Ich habe es dir doch gesagt. Es wird eine Abrechnung geben.«

»Und was ist mit ... Rabaul, dort wo sie gefangengehalten wurde. Das gibt es doch noch.«

Ponos Stimme war völlig mitleidslos. »Das steht für zuviel Böses, als daß es weiter existieren dürfte. Eines Tages wird Pele es zurückfordern.«

Nun legte sie Malia mit sanfter Hand das Laken um die Schultern und steckte es ringsum fest, so als wäre sie noch ein kleines Kind.

»Ruh dich aus. Ich war heute sehr großzügig zu dir. Denk gründlich nach, Malia. Leg die Peitsche aus der Hand. Laß das Leben anfangen.«

Eine Brise berührte Malias Gesicht wie ein scheues, duftendes Tier, liebkoste sie, so daß sie einschlief.

Schläfrig flüsterte sie: »Pono! Wann wird mir meine Tochter vergeben?«

Pono lächelte. »Wann wirst du dir selbst vergeben?«

Maka Hakahaka

Eingesunkene Augen

Mit einem heftigen Geräusch fuhr er aus dem Schlaf hoch. Er krümmte sich am Fenster, bemühte sich verzweifelt herauszufinden, wo er war. Er versuchte seine zitternden Beine zu beruhigen, ging zum Spiegel. Jeden Tag sah er nun blauer aus, bestand nur noch aus Fassade. Er setzte sich auf einen Stuhl, berührte sein Saxophon, das einzige, was ihm von der Wirklichkeit noch geblieben war. Er goß Tee auf, hielt die Kanne mit beiden Händen, versuchte sich einzugießen. Seine Hände zitterten so heftig, daß er kaum das Saxophon halten, kaum den Atem kontrollieren konnte.

Das einzige, was ihn jetzt noch beruhigen konnte, war der Gang durch eine Menschenmenge. Wo er Hälse musterte. So wenige waren begehrenswert. Ab und an war einmal ein Hals so vollkommen, so köstlich, daß ihm der Schweiß auf den Handgelenken stand. Er verspürte eine schwache Erektion. Manche Tage waren nur voller Ekel und Härte, die Menschenmenge unvollkommen. *Zenzen dame*-Hälse. Wirklich furchtbar, gelbe und braune Fettbrocken. Oder Hälse wie Bambusklarinetten, klapperdürre Knochenstengel. An solchen Tagen taumelte er schwach und wie verhungert nach Hause.

Jetzt waren riesige Menschenmassen auf den Straßen, grölten idiotische Sprechgesänge! Paraden, Transparente, Reden. Die Stadt befand sich im Fieberwahn wegen der Abstimmung – Hawaii als Bundesstaat. Keo meinte, das Gesetz könnte nun jede Woche in Washington verabschiedet werden. In seinem tiefsten Inneren verspürte Endo Ekel. Diese Leute hier, sie hatten Häuser, Familien, die sie lieben konnten, Essen. Und doch waren sie gierig, wollten mehr. Was wußten die schon von echter Not? Von Leid? Was wußten die schon von eingeäscherten Städten? Von eingeäscherten Wurzeln? ... *Mutter! Vater!*

Er ging im Mondlicht spazieren, wenn Chinatown ganz zur Ruhe gekommen war. Er blickte hinauf zu den Sternen, versuchte sich zu erinnern, wie es gewesen war, normal zu sein. Dann war da wieder dieses Gefühl, verfolgt zu werden, der Geruch nach Rost und feuchtem Lehm. Eines Abends verirrte er sich, fragte in einem Laden nach dem Weg. Im gleißenden Licht hob ein Metzger sein Beil: *Pah! Pah! Pah!* Dreizehn aufgereihte Entenköpfe. Zuckende, flatternde Körper. Endo starrte auf die Pyramide aus Köpfen und schrie. Der Mann wischte sich die Hände sauber und schob ihn aus dem Laden.

Vielleicht bildete er sich das alles nur ein. Nur wenn er mit Keo zusammen war, fühlte er sich nicht vom Geruch feuchten Lehms verfolgt. So als wäre Keo ein Schutzschild, etwas, das diesen Geruch in Schach hielt. Im Swing Club hatte sich Endos Spiel im wesentlichen nur noch auf eine Pantomime reduziert. Er spielte keine Solos mehr. Und doch kam er jeden Abend, hielt sein Saxophon in Händen und hörte gewissenhaft zu. Die Musik war alles, was ihm noch geblieben war. Es graute ihm vor dem Tag, an dem seine Sinne verschwimmen würden, an dem Jazz für ihn nur noch ein Geräusch sein würde.

Immer mehr schwand sein Sehvermögen, die Sonne marterte ihn. Er spazierte mit der Sonnenbrille durch Chinatown, erinnerte mit seiner blauen Haut an eine große, gruselige Fliege. Die Bleiverbindungen gewannen die Oberhand, verwüsteten sein Nervensystem. Essen glitt seine Speiseröhre hinab und wurde grausig verfärbt wieder aufgestoßen. Seine Gliedmaßen zuckten völlig unkontrollierbar. Er wand sich in Krämpfen. Die Ladenbesitzer hatten stets einen Bleistift zur Hand, um zu verhindern, daß er sich die Zunge abbiß. Sie schimpften die Kinder aus, die ihn anstarrten.

Eines Tages machte er kurz Rast in einer Teestube, in der es dunkel und kühl war – Lampenschirme mit Fransen, Tageszeitungen befestigt an Bambusstäben. Er trank Tee durch einen Strohhalm, las die Zeitung, indem er sie auf dem Tisch flach vor sich ausbreitete, damit sie ihm nicht in den Händen zitterte. Überall im Laden nahm er durch schwache Staubwirbel hindurch Menschen wahr, die Tee aus Porzellantassen nippten und lasen. Hinter ihm kam jemand herein. Trotz der glühenden Hitze des Tages überliefen ihn auf einmal kalte Schauer, so als hätten kleine Hände sein Rückgrat berührt. An einem weit von ihm entfernten Tisch bestellte sich eine alte Frau mit einem Stock und häßlichen orthopädischen Schuhen einen Jasmintee.

Eine Weile war es ganz still, die Teestube lag abseits der lärmenden Straßen, nur ein gelegentliches Hüsteln wirbelte ein wenig Staub auf. Ein Kind kam zur Tür herein, bot getrocknete Java-Pflaumen zum Kauf an. Der Besitzer verscheuchte das Mädchen sanft. Er lächelte, seine Zähne waren große gelbe Hauer. Er starrte auf Endos Haut, schenkte ihm Tee nach. Am anderen Ende des Raumes verschob eine verdorrte Hand einen Stock.

Alle dreißig Sekunden ließ ein Neonlicht vor dem Fenster Endos Haut rosig aufschimmern. Sein periodisches Aufleuchten erboste einen Ara, der in einem rostigen Käfig von der Decke hing. Vielleicht erinnerte es den Vogel an den Aquarelldschungel seiner Urheimat, an frei ausgebreitete Schwingen. Jedenfalls begann der Vogel zu toben, warf mit Körnern um sich, kippte seine Wasserschale um, und der Käfig schwankte vor und zurück wie ein Pendel.

Die Kunden blickten auf, wandten sich dann wieder ihren Zeitungen zu. Wasser aus dem Vogelkäfig tropfte neben Sunnys Stock auf den Boden. Sie spürte einen Tropfen am Fußgelenk. Sie schlürfte ihren Tee, ihre Bewegungen waren klein und bedacht. Aber irgend etwas in ihren Gesten veränderte die Luft, die Elemente. Der Vogel beruhigte sich. Am anderen Ende des Raums ließ Endo den Kopf sinken und stöhnte, ein blauer Mann in einem periodisch pulsierendem rosa Lichtschein. Er spürte, wie ein Aroma im Laden aufstieg – der rostartige Geruch feuchten roten Lehms.

Die Leute liefen zusammen, fragten sich, wie man ihn wohl wieder beruhigen könnte. Seine Schreie ließen auch den Vogel wieder loszetern. Sein Körper zuckte und bebte. Irgend jemand bot ihm einen Bleistift zum Schutz seiner Zunge an. Er versuchte zu erklären, daß er keine Krämpfe hatte, daß ihn ein Geruch in den Wahnsinn trieb. Konnten sie es denn nicht riechen? Dann kam es näher. Es legte Endo die Hände auf die Schultern. Es stützte sich auf einen Stock. Endo sprang auf, taumelte aus dem Laden.

Neben ihm die Erinnerung, wie ein böser Geist lief sie neben ihm her.

... Kilometerweit Kammern in den Lehm gegraben. Kammern zum Verhungern. Zum Ersticken. Kammern voller Malariamükken, sirrend und erbarmungslos. Wie Kamikazepiloten, die in den Tod flogen. Millionen junger Männer geopfert ...

Er rannte in den Verkehr hinaus. »DER KAISER HAT ES BEFOHLEN!«

Nun, da es seinem Freund immer schlechter ging, verbrachte Keo mehr Zeit mit ihm, schaute ihm zu, wie er durch einen Strohhalm trank, sein Essen wie ein Hund vom Teller schlabberte, weil er seinen Händen kein Messer und keine Gabel mehr anvertrauen wollte. Woche für Woche wurde seine Haut blauer. Seine Augen zogen sich ganz in tiefe, dunkle Höhlen zurück. Für Keo begann sein Schädel auszusehen wie etwas, in das Gelehrte ihre Schreibfedern tunkten.

»Wir müssen einen Spezialisten finden.«

Endo schüttelte den Kopf. »Ich habe es dir doch gesagt. Ich will nicht als Mikrobe enden, als ein Ding hinter Glas, das sie nach Belieben zwicken und anbohren können.«

»Aber, schau doch. Es geht dir schlechter.«

»Es geht mir nicht schlechter. Ich sterbe.«

Er musterte Keo, seinen Hals, ein guter Hals. Er verspürte große Zuneigung zu ihm. »Sei nicht traurig. Ich habe lang genug gelebt. Du bist ein guter Freund. Du hast meine Launen ertragen.«

Dann schaute er Keo richtig an, sah ihm in die Augen. »Du bist ein erstklassiger Trompeter. Richtig gut. Ich wünschte, du bekämst die Anerkennung, die du verdienst.«

Keo senkte verlegen den Blick. »Daran denke ich heute nicht mehr. Diese Träume sind vorbei. Hier ist so viel los, es gibt so viel zu tun. Krash hat einmal zu mir gesagt, daß ich den Kontakt zur Wirklichkeit verloren habe, daß meiner Musik der *Schrei* unseres Volkes fehlt. Inzwischen scheint es mir wichtiger, meine Leute zu unterstützen als Anerkennung zu finden.«

Endo seufzte. »Aber es rufen doch immer noch Stimmen aus deiner Musik.«

»Vielleicht. Ich weiß nur, daß ich Muskeln und Nerven hatte und daß sie jahrelang wie tot waren. Jetzt schmerzen sie, prickeln, ich fühle mich lebendig. Wenn ich den jungen Leuten etwas beibringe, fühle ich mich ihnen zugehörig. Als Mama gestorben ist, habe ich gemeint, das Leben würde immer schneller, die Älteren begannen alle zu verschwinden. Auf einmal waren wir die Generation der Älteren. Aber ich lebte immer noch in der Vergangenheit, und die Gegenwart flitzte einfach an mir vorbei. Ich habe das Bedürfnis nach bestimmten Dingen verloren. Sogar das Bedürfnis nach Reisen.«

»Und ... was ist mit dem Mädchen, das du finden wolltest?«

»Ein weiser Freund hat mir gesagt, das Leben würde sie finden. Wenn ich jetzt an sie denke, spüre ich die *Erinnerung*, aber nicht mehr den Schmerz.« Er schaute eine Weile aufs Meer hinaus. »Manchmal ist sie für mich so lebendig, daß ich meine, ihren Herzschlag zu hören.«

»Ich habe auch einmal eine solche Liebe gekannt. Nun ja, Leidenschaft. Eine kleine Mongolin namens Udbal.« Endo lächelte. »Sie hat mir die Lüsternheit beigebracht. Ehe ich sie kennenlernte, war ich noch Jungfrau.«

Keo runzelte die Stirn. »Du warst doch keine Jungfrau. Nach all den Mädchen in Paris?«

»Kindereien. Im Grunde genommen war ich wirklich noch ein kleiner Junge, bis der Krieg kam. Udbal hat mir die Unschuld geraubt, wie man so sagt. Sie hat mir eine ... ganz besondere Sucht ... nahegebracht.«

Er schloß die Augen, erinnerte sich an seine erste kurze Rundfahrt durch die besetzte Mandschurei.

... der Winter so kalt, daß einem die Zähne im Mund splitter-

ten. Wölfe balgten sich um Leichen. Die kleine mongolische Schönheit Udbal. Mit vierzehn in Gefangenschaft geraten, als seine Soldaten in ihrem Dorf ein Massaker verübten. Bevor er sie vergewaltigte, hatte er sie jedesmal für sich singen lassen. Eine traurige Musik, aus der Mongolei. Manchmal, wenn er in sie eindrang, hörte er Schreie. Kriegsgefangene, die man für Experimente am lebenden Menschen benutzte – deren Körper aufgeschlitzt, mit Bazillen infiziert wurden, mit Cholera und Beulenpest.

Eines Tages entdeckte er an ihr die Schwären der Syphilis. Er blickte auf seinen Penis herab, stellte sich vor, er sei von Pusteln überzogen. Er weinte, liebte sie ein wenig. Dann führte er sie nach draußen, hieß sie im Schnee niederknien. Der Bogen seines Schwertes. Ihr junger Kopf, der durch die Luft segelte. Danach nichts mehr, nur Wolfsspuren. Wie silberne Blitze kamen sie.

Udbal, seine erste Ekstase. Innerhalb von zwei Monaten mähte er noch fünf andere syphiliskranke Mädchen nieder. Er begann damit, Hälse eingehend zu mustern, sogar die seiner Mitoffiziere, deren Köpfe in Meditation über das Schachbrett gebeugt waren. Ein Hauptmann wurde unruhig. Endos Blick war zu durchdringend, zu scharf gewesen. Er wurde nach Rabaul versetzt, mitten in den Pazifik.

Jetzt schlug er die Augen wieder auf. »Ich denke, wenn wir uns an unsere erste Liebe erinnern, wollen wir uns so unsere Unschuld bewahren. Sie darf nicht eher verrotten als wir.«

Keo hatte Probleme, sich Endo von Leidenschaft und Sucht getrieben vorzustellen. Sein Körper war so sehr geschädigt, daß sogar sein Atem wie brennendes Metall roch.

»Was ist mit dem Mädchen Udbal geschehen?«

Endo wandte den Blick ab, seine Lippen bewegten sich zu einem kleinen Flüstern. »*Gomen nasai. Gomen nasai.*«

»Was sagst du?«

»Ein schlichter Satz. Das gleiche wie euer *kala mai*. Vergib.«

Keo tätschelte Endos Arm und seufzte. »Dieser Krieg wird uns nie zur Ruhe kommen lassen. Doch mir scheint, du hast genug gelitten. Sobald diese Geschichte mit dem Bundesstaat endlich vorbei ist, bringen wir dich zu einem Facharzt. Vielleicht brauchst du nur ein paar Vitamine, sonst nichts.«

Endo warf den Kopf in den Nacken und lachte hysterisch. »Vitamine! Ah, mein lieber Freund – du bist wirklich originell!«

Dann änderte sich sein Gesichtsausdruck. Er beugte sich zu Keo.

»Du solltest anfangen, dir Gedanken über meine sterblichen Überreste zu machen. Verbrenne sie. Und dann, wenn du willst, vergrabe meine Asche in den Ko'olau-Bergen, wo die Erde ruhig ist. Keo, *ich flehe dich an!* Wirf mich nicht in den Ozean! Ich habe eine solche Todesangst davor, ich habe so schreckliche Erinnerungen daran. Sogar meine Asche würde das noch wissen. Es wäre, als müßte ich auf immer und ewig in einer nassen roten Hölle brodeln.«

Hānau Hou

Wiedergeburt

An einem lauen Märztag hörte Malia auf der Merchant Street Sirenen. Sie sah Frauen die Hände in den Himmel recken. Der Radiosprecher schien gleichzeitig zu lachen und zu weinen. Beide Häuser des Kongresses hatten für das Gesetz gestimmt: Das Gesetz, das Hawaii den Status eines Bundesstaates ermöglichte, war verabschiedet.

Augenblicke später erklangen überall in der Stadt die Kirchenglocken, ein Läuten, das vierundzwanzig Stunden anhalten sollte. Der Verkehr kam zum Erliegen, als Menschen vor die Autos sprangen, jubelnd, einander umarmend. Männer rannten durch die Straßen, rissen sich die Hemden vom Leib. Malia starrte auf die Singer-Nähmaschine, stellte sich die überfüllten Mietwohnungen und die Hütten auf dem Siedlungsland vor, in denen die Menschen nur schweigend dasaßen.

Sie tätschelte die Maschine, wünschte, die Singer könnte ihr erzählen, was nun kommen würde. Sie seufzte, schaute sich in ihrem Laden um. Manchmal war sie müde, nichts als Arbeit, das Leben. Und doch erlöste die Arbeit sie von der Freiheit, mit der sie nichts anzufangen wußte. Sie hielt sie davon ab, sich einzugestehen, daß da nichts anderes war, dem sie sich hätte hingeben können.

Sie dachte an Sunny Sung, fragte sich, wo sie wohl sein mochte, wünschte sich, sie könnte zu ihr gehen. Sie dachte an Leilani, die gesagt hatte, wenn Hawaii Bundesstaat würde, dann würden die

USA die Inseln verschlingen. *Mama. Die nie lesen oder schreiben gelernt hat. Die mir meinen Stolz mitgab, meine Arroganz, damit mir niemand das Rückgrat brechen konnte. Mama. Was nun? Was nun?...*

Sie schloß den Laden ab und machte sich auf den Nachhauseweg. Menschenströme wälzten sich durch die Straßen, Autos und Busse standen verlassen da. Sie brauchte vier Stunden, bis sie in Kalihi war, das doch nur anderthalb Kilometer von der Stadtmitte Honolulus entfernt lag. Die Gasse war eine einzige große Feier, die Leute umarmten einander und tanzten. Die Silvas und die Changs. Die Manlapits. Rosie Perez und ihre Brut. Mr. Kimuro, der sein Bett verkauft hatte. Vierzehn Jahre nach dem zweiten Weltkrieg schlief er immer noch auf Knien, betete darum, daß sein Sohn aus der Schlacht heimkehren würde. Nur die Palamas, die gegen den Bundesstaat waren, hatten die Jalousien heruntergelassen und blieben im Haus.

»Kommt, kommt feiern«, riefen die Nachbarn. »Massig zu essen und zu trinken.«

Es wurde sogar eine kleine Band aus der Gasse zusammengewürfelt. Malia schleuderte die Schuhe von den Füßen und trank mit ihrem Vater ein Bier. Er war sich nicht ganz schlüssig, was den Bundesstaat betraf, und wirkte auf eine verwirrte Art freudig erregt.

»Wenn eure Mama nur hier wär'! Wüßt gern, was sie dazu zu sagen hätte. Jetzt sind wir so viele Jahre vor den *haole* davongerannt, und jetzt ha'm sie uns beim Wickel.«

Malia tätschelte ihm den Rücken. »Papa, der Bundesstaat bringt doch auch Gutes. Ich mag es nur nicht, wie die weißen Leute es wie einen *Sieg* feiern.«

Immer wieder schaute sie die Gasse hinunter und hielt nach Baby Jo Ausschau. Es könnte Stunden dauern. Sie ging ins Haus und duschte. Sie wusch sich die Haare, schrubbte sich die Fingernägel, alles war so staubig. Dann schlüpfte sie in ein limonengrünes Etuikleid und lief barfuß.

Stunden vergingen. Sie bürstete sich die Haare, stellte das Radio lauter. Bands aus Waikiki wurden gesendet. Sie tanzte allein. Inzwischen war es später Nachmittag, der Vater und die Nachbarn sangen zu Keos altem Klavier mehrstimmige Lieder. Von der Gasse wehten die üppigen Düfte von Barbecue, *chow fun*, der scharfe Geruch von *bagoong* zu ihr herüber.

Jenseits der King Street, hinter Kalihi färbte sich der Himmel flammend rot und violett. Bald hielt die Dämmerung Einzug, die richtigen Feiern, Feuerwerk und Kanonen. Malia dachte an Baby Jonah, die irgendwo mitten unter diesen Menschenmassen war. Sie begann zu schwitzen. Mit mutterlosen Schritten bewegte sich ihre Tochter durch das Getümmel, ein Fremder folgte ihr. Malia schwitzte so sehr, daß ihr eine Brise den Schweiß zu salzigen Tätowierungen trocknete. Sie hielt Ausschau nach einer Waffe.

... Nadeln. Schere. Was eine Frau so braucht ...

Diese lebenswichtigen Dinge hatte sie ihrer Tochter nicht beigebracht. Baby Jo war dort draußen, unvorbereitet. Malia dachte an alles, was ihr dort passieren konnte. Sie war völlig durchnäßt, als sei sie leckgeschlagen. Sie trank noch ein Bier, versuchte sich zu beruhigen. Sie schaute in den Spiegel. Schimmernde Haut, dickes, dunkles Haar, das auf einer Seite mit einer roten Jasminblüte zurückgehalten wurde. Ihr nicht ganz schlanker Körper, in das lange grüne Kleid gegossen.

Ich habe noch nie so gut ausgesehen. Während meine Tochter irgendwo verstümmelt wird ...

Sie rannte zum Fenster, rief ihrem Vater zu: »Papa, da draußen ist es nicht sicher für sie! Nicht sicher!«

Er winkte, hatte sie in dem anschwellenden Lärm falsch verstanden. Sie trat auf die Treppe, suchte im Gedränge auf der Gasse, ging dann wieder nach drinnen zu ihren Alpträumen ...

... Er streicht sich mit der Hand über den Penis. Verfolgt sie. Wie Schlangen, die bei der Jagd nur ihrem Geruchssinn folgen. Riecht ihren jungfräulichen Geruch. Sie stellte sich die strahlend weiße Unterhose ihrer Tochter vor, ihr um den Hals geschlungen ... *Mit der sie erwürgt worden ist.*

Malia schrie. Die Leute auf der Gasse schrien zurück, dachten, sie sänge.

Vielleicht war es die Menge, das Chaos – irgend etwas in ihr hatte sich aufgebäumt. Furcht, die nun die Geschichte der Sunny Sung heraufbeschwor.

»Wo ist ihr Vater? Bitte. Bitte mach, daß er sie noch rechtzeitig erreicht.«

Sie dachte an ihn, ohne sich dabei zu gestatten, an seinen Namen zu denken. In diesem Moment würde er mitten in der Menge stehen, eine Berühmtheit. Und völlig nutzlos. Malia packte eine große, tödliche Schere. Sie würde ihre Tochter selbst retten. Sie würde sich einen Weg durch die Menge schneiden und schlitzen, würde die ganze Erde absuchen, um ihr Kind zu rächen. Wie eine scharfe Klinge würde sie durchs Leben gehen.

Sie rief noch einmal durchs Fenster. »Papa! Ich gehe noch weg. Sie suchen.«

So würde sie jenen Augenblick in Erinnerung behalten. Sie würde sich an ihren Vater in der Garage erinnern, der plötzlich in die Gasse starrte. An ihren Vater, der aufstand und loslief. Sie würde sich daran erinnern, wie sie selbst sich umwandte, zur Gittertür ging, würde sich an die beiden erinnern, wie sie durch die von Menschen überquellende Gasse kamen. Baby Jonah und ihr Vater. Sie gingen vorsichtig, so als schritten sie über Glas, sahen sie in der Tür stehen. Sie hörte das Blut in ihren Adern rauschen. Sie trat nach draußen, spürte, wie ihr Vater sich neben ihr bewegte. Sie hörte sein Herz, oder war es ihres?

Die Leute sangen und feierten weiter, aber sie waren höchst aufmerksam. Gesichter wandten sich Malia zu, warteten ab, ob sie nachgeben würde. Baby Jo sah völlig verängstigt aus, Augen so groß wie Untertassen. Sie schien Krash hinter sich her zu ziehen, aber dann sah er Malia im Licht der Tür. Ihr üppiges schwarzes Haar und die leuchtende Haut, ihre üppigen nackten Arme. Auf halbem Weg blieben er und seine Tochter auf der Gasse stehen und warteten.

»Nich stolz sein!« flüsterte Timoteo Malia ins Haar. »Geh, geh ihnen den halben Weg entgegen!«

Es schien, als warte die ganze Gasse.

Timoteo zwickte sie in den Arm. »Im Namen von deiner Mama, geh!«

Sie zögerte, dann bewegte sie sich, als gleite sie auf Rollen, floß in ihrem limonengrünen Kleid über den grünen Rasen, sah nichts als die Augen ihrer Tochter. Der Mann neben ihrer Tochter wirkte ein wenig zerknittert, aber hellwach, wie jemand, der zwar Hunger hat, aber auch sehr stolz ist. Sie ging die Gasse hinunter, hielt die Schere fest umklammert.

Zu beiden Seiten wichen die Leute einen Schritt zurück, starrten. Sie schritt zu dem Vater. Er bemerkte, was sie in der Hand hielt. Sie blickte auf ihre Tochter, berührte ihr Gesicht, ihre Schultern, alles unversehrt. Sie warf die Schere ins Gras, wandte sich dann Krash zu. Später würde sie sich nicht mehr daran erinnern, ob sie gesprochen hatten. Sie mußten gesprochen haben. Sie würde sich nur daran erinnern, wie Baby Jonah zwischen ihnen ging, sie bei der Hand hielt wie Kinder, während sie durch die Gasse schritten.

Kilometerweit nichts als Menschen in Bewegung. Sie schwebten durch die Menge, über sie hinweg, so als hätten sie alle drei Flügel. Die Schiffe im Hafen schossen Salut, ließen den Boden unter ihren Füßen erbeben. Malia würde sich daran erinnern, daß sie an sich herunterblickte, über ihre nackten Füße lachte, daß sie irgendwo Rast machten, etwas Kaltes tranken.

Jahre später, zwischen ihren rasanten Ausflügen in die weite Welt und der eiligen Rückkehr, nur um dann gleich wieder loszurasen – eine Frau, die ständig *makai* und *makai* und *makai* ging –, würde Baby Jo die Geschichte erzählen. Sie fing immer damit an, daß sie erklärte, in jedem Leben gebe es Augenblicke, die ganz rein seien. Augenblicke, die so präzise geschnitzt sind, daß sie sich einem in die Hand schmiegen, so daß man sie immer mit sich herumtragen kann. Sie sagte, solche Augenblicke seien wie der erste kurze Blick auf etwas Außergewöhnliches, wenn der Vorhang weggezogen wird.

Der Augenblick, in dem ihr zum erstenmal klar wurde, daß ihre Schwester ihre Mutter war. Das erstemal, daß sie in das Gesicht ihres Vaters blickte und begriff, wer er war. Die Polster und Falten in der Hand ihres Vaters. Daß er wirklich da war, mit Worten war das nicht zu beschreiben. Diese Augenblicke würde sie immer mit sich herumtragen wie seltene Edelsteine.

Und zu diesen Augenblicken gehörte auch diese erste Nacht als Bundesstaat, als sie zwischen ihren Eltern ging, sie bei den Händen hielt. Der schwere Atem ihres Vaters, die nadelvernarbten

Finger ihrer Mutter. Sie würde sich daran erinnern, daß sie die beiden wie Kinder ganz fest hielt, damit sie sich nicht in Luft auflösten.

Während sie sich nach Waikiki durchzuschlagen versuchten, nahmen Polizisten, die Krash erkannten, sie im Streifenwagen mit. Die Sirene jaulte, die Menschen warfen Blumen, weil sie dachten, sie seien berühmt. Obwohl der Kongreß das Gesetz über den Bundesstaat Hawaii verabschiedet hatte, mußten die Menschen von Hawaii immer noch dafür stimmen – oder dagegen.

Einer der Polizisten drehte sich zu ihnen um und fragte: »Hey, Krash, die Hawaiianer werden bei dieser Sache mit dem Bundesstaat verlieren. Die meisten Leuten stimmen mit JA. Was machen wir jetzt?«

Seine Stimme klang tief und klar. »Wir marschieren weiter. Wir schreien weiter. *Ha'in mai ka puana!*« Die Geschichte soll erzählt werden!

Kurz nach der McCully-Brücke fuhren sie in die Kalakaua Avenue in Waikiki, die Straße war abgesperrt. Um Mitternacht würden hier mehr als hunderttausend Menschen versammelt sein und die Avenue in einen wirbelnden Ballsaal verwandeln, wo die Paare bis in den Morgen hinein tanzten.

Baby Jo nahm sie wieder bei der Hand und ging zwischen ihnen, schaute zum Gesicht ihrer goldenen, vollippigen Mutter auf, deren Haar sich in der feuchten Luft widerborstig krauste, zu ihrem großen, braungebrannten, rauhhäutigen Vater, der so stark schwitzte, daß seine Haut eine Rüstung aus lauter kleinen Spiegeln zu sein schien. Die Abenddämmerung ließ sie beide ein wenig dunkler aussehen. Im Schein der Fackeln und der chinesischen Laternen, die überall in Waikiki leuchteten, im Mondlicht und in den Scheinwerfern von einem Dutzend von Musikerbühnen, durch Luftschlangen und Konfetti hindurch, stachen doch ihre leuchtenden Zähne und Augen hervor, wirkten die beiden so groß und königlich, daß die Leute sie anstarrten.

Sie entdeckten Keo auf einer Bühne vor dem Royal. Er stand da oben und führte seine Band *Hana Hou!* an, schnipste mit den Fingern, während ein Saxophon und eine Klarinette verrückt spielten. Baby Jonah schloß die Augen, holte tief Luft, nahm die

Hand ihrer Mutter und legte sie vorsichtig in die ihres Vaters. Dann kletterte sie auf die Bühne. Die Band wechselte ab zwischen Insel-Liedern, Rock and Roll, Zeug aus dem zweiten Weltkrieg, was immer die Menge ihnen zurief. Gerade spielten sie die ersten Töne von »Moonlight Serenade«.

Baby Jonah glitt in die Arme ihres Onkels, zeigte dann nach unten in die Menge, beide Eltern hier, zusammen. Sie redeten nicht, sie schauten in entgegengesetzte Richtungen. Aber sie hielten einander, tanzten. Keo sah sie verdattert an, wandte dann dem Publikum und Baby Jo den Rücken zu und machte sich mit den Fingern an den Augen zu schaffen. Nach einer Weile drehte er sich wieder zu seiner Nichte um, die ihre Eltern betrachtete.

»Erinnere dich immer daran«, sagte er. »Erinnere dich.«

Die ganze Nacht hindurch hüpften und schwebten chinesische Drachen die Kalakaua Avenue entlang. Zehntausende Knallfrösche wurden gezündet. Alle halbe Stunde zerrissen Marinezerstörer die Nacht mit ihrem Raketenfeuer und den donnernden Geschützen, so daß die Häuser zu schwanken schienen. Eine Artilleriedivision der Armee feuerte mit ihren Geschützen fünfzig Schuß Salut. Auf Sand Island jenseits des Hafens von Honolulu wurde eine riesige Siegesfackel entzündet, ein Freudenfeuer, das seine Flammen dreißig Meter hoch in die Luft lodern ließ, das schon von weitem auf dem Meer zu sehen war. Jede Stunde trugen Hubschrauber neues Feuerholz herbei, das Länder aus der ganzen Welt geschickt hatten.

Baby Jonah würde sich an all das erinnern. Sie würde sich an ihre Eltern erinnern, die miteinander tanzten, an ihren Onkel, der sie betrachtete. Jahre später, in den Armen eines Geliebten, würde sie erzählen, daß ihr Vater und ihre Mutter nie geheiratet hatten. Ihre Mutter weigerte sich, weil sie wußte, daß sie als Eheleute stets miteinander wetteifern würden, daß sie versuchen würden, einander auszustechen. Und vielleicht weigerte sie sich auch, weil sie ihm die *haole*-Frau nie verzeihen würde.

Und doch würden sie mehr für einander sein als Mann und Frau. Sie würden für einander Leidenschaft und Hingabe empfinden. Gewissen zeigen und ein aufrichtiges Herz. Und mit der Zeit würde es sich ergeben, daß Baby Jos Vater mehrmals in der Woche auf Zehenspitzen in ihre Gasse kam und in das Zimmer ihrer Mutter schlich. Sie würde hören, wie er durch den Flur rannte und die Tür hinter sich schloß, während sie lächelnd im Dunkeln lag.

Mit den Jahren führte Baby Jo die lange Geschichte ihrer Eltern fort, berichtete, wie die Mutter eines Abends mit ihrer *piko,* ihrer Nabelschnur, zu ihr gekommen war, die aussah wie ein ausgetrockneter Schweineschwanz, und ihr erklärt hatte, daß Baby Jonah zwar verschiedene Namen bekommen hatte, daß sie aber, bevor ihre Mutter nicht mit der *piko* zum Riff hinausgeschwommen war, von den *'aumākua,* den Ahnengöttern, nicht angenommen und gesegnet sei.

Eines Tages schwamm Malia dann zu deren Ruhestätte hinaus, sang laut Sprechgesänge, fragte, ob Anahola ein passender Name für Baby Jo war. Ihr Vater wünschte sich diesen Namen, zu Ehren der sechzehn Jahre, die sie ihn nicht gekannt hatte, der Lebensjahre, die beiseite gelegt worden waren, darauf gewartet hatten, gelebt zu werden. Und Malia wünschte sich den Namen, zu Ehren von Keos und Sunny Sungs Kind. Baby Jo würde erzählen, wie sie ihre Mutter dabei beobachtet hatte, wie sie hinausschwamm, die *piko* zwischen den Zähnen, während ihr Vater im Kanu neben ihr herpaddelte und über sie wachte. Und wie Baby Jo in jenem Augenblick – ihre Nabelschnur zwischen den Zähnen ihrer Mutter – ein schmerzhaftes Zerren am Nabel verspürte, die Wehen der Wiedergeburt.

Sie würde erzählen, wie ihre Mutter die *'aumākua* anrief und dann ihre Nabelschnur in die Wellen entließ, die sie nach unten rissen, und ihr Blut und ihre Zellen vermischten sich mit den Wellen. Sie würde sich daran erinnern, daß ihre Eltern auf ein Zeichen warteten, daß die Sonne auf den Nacken ihres Vaters herabbrannte, seine Einschußnarbe reizte. Und dann der Klang der *'aumākua,* die von jenseits des Riffes her sangen, und ihre geheiligte *mana* floß zurück in Baby Jo.

Sie würde auch erzählen, daß ihr Vater sie halb adoptierte, weil sie halb zu ihm gehörte. Und daß ihr offizieller Name nun Anahola Meahuna Kapakahi war, was übersetzt ungefähr hieß: Zeit im Glas – im Geheimen verborgen – ganz schräg. Und was vielleicht erklärte, warum sie ein ruheloses und unstetes Wanderleben führte, das einigen Leuten völlig sinnlos und schräg erschien.

Mit den Jahren würde Anahola des weiteren erzählen, daß sie hörte, wie ihr Vater kurz vor der Morgendämmerung aus dem Haus schlich. Und wie sie, wenn sie sich beeilte, über den Flur flitzen und ihn gerade noch durch ein Fenster beobachten konnte, ihren großen, schönen Vater, der die Straße hinunterrannte, der versuchte, die Dämmerung einzuholen. Er war Politiker, sagte sie dann, und es war ihm an seinem guten Ruf gelegen.

Sie würde sich daran erinnern, daß er manchmal zu spät aufwachte, wenn das Licht schon über die Ko'olau-Berge rieselte, und daß er dann über die Gasse flitzte und mit der Hose kämpfte, während die Arbeiter schon mit den kleinen Henkelmännern mit dem Mittagessen vorübergingen. An einen ganz bestimmten Morgen würde sie sich erinnern, als sie noch auf der Universität war: Wie sie auf Zehenspitzen in Malias Zimmer ging, den Arm um die Mutter legte, und wie sie beide lachend am Fenster lehnten, während ihr Vater mit halb zugeknöpfter Hose die Gasse hinuntersprintete.

Sie würde erzählen, daß ihr Vater sich jahrelang um ein politisches Mandat bemühte, als der *lū'au*-Rechtsanwalt immer wieder Niederlagen erlitt, bis eine neue Generation von Hawaiianern heranwuchs, die ihn in den Bezirksrat und dann in den höchsten Gerichtshof des Staates wählten – junge Rechtsanwälte, die er inspiriert und als Schüler angenommen hatte. Er würde radikale Reformen der Regierungsform und der Landzuteilung durchsetzen. Aber am besten würde er allen als der Redner in Erinnerung bleiben, der mit seinem Feuer die Gerichtssäle entzündete, der sein Volk verteidigte.

Mit der Zeit würde Anahola dann auch erzählen, daß ihre Eltern ihren zehnten, dann ihren zwanzigsten Nicht-Hochzeitstag feierten. Und dann ihre Silber-Nichthochzeit, mit einem *lū'au* in der Kalihi Lane. Beide waren noch so verliebt, beäugten einander so argwöhnisch, daß sie seine Kleider noch immer nach dem Geruch anderer Frauen abschnüffelte, er ihren Körper noch immer nach den Spuren fremder Hände absuchte.

Und irgendwo in Hongkong, Sydney oder Neu Delhi, immer noch *makai* und *makai* und *makai*, fuhr Anahola dann mit ihrer Geschichte fort, als die beiden sich ihrem vierzigsten und ihrem fünfzigsten Nicht-Hochzeitstag näherten. Es würde viel Hin und Her, Trennungen und Liebeskummer geben zwischen den beiden, denn sie waren beide aus dem gleichen starken *kapa*-Stoff gemacht, beide stolze *kānaka*.

Mit der Zeit würde sie ihre Liebhaber zu aufmerksamen Zuhörern machen. Sie würde sie mit ihren Worten fesseln, wie ihr Onkel sie mit seiner Trompete gefesselt hatte. Männer würden wie Kinder neben ihr liegen, verzaubert. Sie würden sich an sie als eine Frau erinnern, die »Geschichten erzählte«. Aber manchmal würden ihre Erzählungen ganz finster werden, sich ihre Augen zu Schlitzen verengen. Aber dann war sie schon bereit, von ihnen Abschied zu nehmen. Und wenn sie ging, dröhnten die Betten noch vom Widerhall ihrer Geschichten.

Ihre Liebhaber würden schlafen und von ihren Inseln träumen. Von blauen Klippen, den *pali* der Ko'olau-Berge, und von riesigen *ti*-Blättern, deren Tau auf den schlafenden Keiler tröpfelte. Sie würden auch von den *taro*-Feldern träumen, die verdursteten, von klaren Bächen, die zu Schlamm versickerten. Von Kindern, die in explodierenden Häusern schliefen, von Menschen, die in Kartons alt werden mußten. Menschen, die sich dann irgendwann stolz auflehnen und zornig werden würden, in Städten namens Wai'anae, Nanakuli, Lualualei, Makaha, Mākua, Papakolea.

Und wenn ihre Liebhaber dann aufwachten, betasteten sie die Mulde im Kopfkissen und spürten immer noch ihre Körperwärme. Und sie wußten, daß ihre Geschichten keine Fabeln gewesen waren.

Ho'opa'i

Rache

Sie träumte von Frauen, die mit dem Gesicht nach unten auf dem Meer schaukelten, im Kielwasser explodierter Boote tanzten. Sie träumte von hängenden Leichnamen, schimmernd wie Ohrgehänge. Dann träumte sie auch von den Alliierten mit der rosigen Haut, die Essen und Penizillin und später auch zweideutige Bemerkungen und neue Schrecken brachten. Sie waren die Sieger, ihnen gehörte die Kriegsbeute. Sie erwachte von ihren eigenen schrillen Schreien und saß dann die ganze Nacht über da und versuchte diese Träume mit ihrem Stock zu Tode zu prügeln.

Sie stand auf, schaute in die Morgendämmerung hinaus. Die schien, wie so oft, einen Neubeginn zu versprechen, bevor das Licht des Tages den Lärm der Menschen wieder anschwellen ließ. Sie schaute sich in ihrem schlichten Zimmer um, betrachtete die kittfarbenen Wände im Hotel der Jadehasen. Von außen wirkte das Jade-Hare-Hotel baufällig, das Sonnenlicht fing sich in der mit Rissen übersäten Fassade. Und doch hatte sie sich hier gemütlich eingerichtet.

Der Tag war bereits atmosphärisch aufgeladen. Irgend etwas hatte sie geweckt, hatte sie dazu gebracht, ihr Bett zu verlassen, so als würde sie zu einer Art Aufführung gerufen, wisse aber nicht, was es dort zu sehen geben würde. Sie blieb noch ein wenig am Fenster stehen. Irgend jemand in einem anderen Zimmer las; sie hörte wie jemand mit einem braunen Ärmel eine Seite umblätterte. Inzwischen stellte sie sich ihre Nachbarin als eine uralte, zungenlose Frau vor. Ihr Schweigen verbrachte viel Zeit mit dem Schweigen der anderen Frau. Manchmal sank die andere in den Schlaf. Sunny hörte, wie das Buch noch verzweifelt nach ihrer Hand griff, hörte, wie es auf dem Boden aufschlug. Sie stellte sich vor, daß nur ein Auge schlief, während das andere die ungelesenen Seiten auf dem Fußboden überflog.

Aus den kleinen Geschäften drang der starke Duft aufgebrühten Kaffees zu ihr herauf, der Duft süßer *mochi*-Brötchen, die gleich neben den Schweinebacken aufgetürmt waren. An manchen Tagen vergaß sie, wie lange sie schon wieder in Honolulu war. Zeit war kein Bestandteil ihres Lebens mehr. Draußen wuchs das Licht über der Stadt, die Dächer bebten, die Palmen zitterten, flammten auf. Dann erstrahlte alles in gleißender Helligkeit, die Alchimie der Sonne. Sie zog die Jalousien zu.

Sie hatte gedacht, es würde wieder einmal ein Kirchentag werden, den sie auf harten Kirchenbänken im Schatten verbringen würde, während sie Keo dabei zuhörte, wie er den Jugendlichen Trompeten- und Klavierunterricht gab. Vielleicht würde er Ellington spielen, ein bißchen Chopin. Manchmal machte ihr dieser im Raum hängende teerige Geruch – der Weihrauch von all den Messen – Kopfschmerzen. Dann mußte sie gehen, noch bevor Keo zu Ende gespielt hatte. Aber immer wenn der Jakaranda-Mann da war, wartete sie. Geduldig, aufmerksam.

Und wenn sie sterbenskrank wäre, wenn sie keine Füße mehr hätte. Sie würde ihm immer folgen. In die Restaurants, in die Teestuben. Bis die Zeit reif war. Eines Nachts stand sie so nah bei ihm, daß sie seinen Atem riechen konnte, das Knistern tief in seinem Innern vernahm. Sie würde es nicht zulassen, daß das Leben ihn aufzehrte. Würde es nicht zulassen, daß seine Asche einfach um die Ecke geweht wurde. Das genügte ihr nicht.

Ab und zu, wenn ihr die Menschenmenge im Swing Club zuviel wurde, spazierte sie durch die Straßen von Honolulu. In den kleinen Läden bot sich ihr das Bild der Menschheit: der Metzger, der sorgfältig Geflügel tranchierte, Bäcker, die Reisteig kneteten. Im Hintergrund gurrende Mütter, die ihre Säuglinge stillten. Sie berührte die traurige, schrumpelige Haut ihrer Brüste.

An manchen Abenden stand sie vor einem Laden namens Malia Designs, auf der gegenüberliegenden Straßenseite. Drinnen trieb eine Frau ihre Nähmaschine an wie ein Rennpferd, der Stoff flatterte wie ein Wimpel im Wind. Fast konnte Sunny das rotglühende Summen der Nadel spüren, während Malia die Singer anfeuerte, sie manchmal sogar anschrie. Sie zu beobachten, schenkte Sunny Augenblicke des Lachens, des Friedens. Sie berührte das Etikett in ihrem Kleid, und im Laden blickte Malia auf, als hätte jemand ihren Nacken gestreift.

Eines Abends schrak Malia auf, es lief ihr kalt den Rücken hinunter. Hinter ihr war jemand im Laden.

»Vergib mir ... daß ich hier eingedrungen bin ...«

Sie schrie auf, wußte genau, wer es war.

»Bitte, dreh dich nicht um.«

Malia wartete, sie wußte nicht, auf was. Schließlich sprach sie: »Ich habe meine Tochter Anahola genannt, zum Gedenken an euer Kind.«

»Ich weiß ...«

»Sie liebt Keo wie einen Vater. Er wird niemals allein sein.«

»Ich bin gekommen, um dir zu danken, Malia.«

Sie hielt den Kopf gesenkt, in panischer Angst. »Sunny, laß mich deine Freundin sein. Laß mich dir helfen!«

Sunny antwortete ihr mit tiefster Zärtlichkeit. »Nur eines ... vergiß niemals!«

Dann war es wieder still im Laden. Sunny wanderte weiter durch die Straßen, bis sie schließlich in Chinatown war. Sie spukte durch Dutzende von kleinen Läden, die voller Gläser mit vom Aussterben bedrohten, seltenen Dingen waren. Der Kopf einer Albinokönigskobra. Der getupfte Penis eines Rhinozeros'. Gebundene Füße wie kleine Hufe. Ein Pygmäenfötus. Unter schwankenden Papierlampions Fläschchen mit tödlich giftigen Ölen. *'Oliana,* Oleander. *Nānā honua,* Engelstrompetenblüte. Schlangengifte. Gegengifte. Und in den ruhigen Höfen zwischen den Läden Tempel, Gongs, der Anblick und Duft von Safran.

Ladenbesitzer erzählten ihr, daß vor zweihundert Jahren die Kapitäne der Opium- und Teeschiffe, denen der Wert der Jade unbekannt war, den Stein als Ballast mitnahmen, wenn sie vom

Orient heimwärts segelten. Und daß des Nachts Kulis die Jade forttrugen, über Jahrzehnte hinweg vergruben, damit ihre Kindeskinder nicht verhungern müßten. Verhutzelte alte Männer und Frauen erzählten ihr solche Geschichten, die Onkel und Tanten der Ladenbesitzer, in deren Mitte sie einst in Schanghai gelebt hatte. Wenn Sunny ihre Stimmen hörte, mußte sie an ihre Schwester Lili denken, wurde ganz still. Sie trösteten sie, tätschelten ihr mit ihren aufgesprungenen, rissigen Händen, die die jahrhundertelange Schufterei veredelt hatte, sanft den Arm.

An so manchem Abend standen Lili und sie draußen vor dem Haus ihres Vaters und schauten durch die Fenster hinein.

»Er war einmal voller Energie«, flüsterte Sunny. »Schau nur, wie faul und träge er jetzt ist.«

Die beiden schauten zu, wie ihre Mutter Butterfly ihm das Haar schnitt, ihm das Kinn einseifte und ihn rasierte. Manchmal spielten sie Karten wie gleichberechtigte Partner, tätschelten einander zärtlich die Hand. Und manchmal, wenn er schlief, traten seine Töchter in seine Träume, vergaben ihm doppelt.

Und immer kehrte Sunny nach Chinatown zurück, saß in den Kräutergeschäften und Samenhandlungen mit Gläsern voller getrockneter Früchte in vierzehn verschiedenen Farben – *li hing mui, si mui, hum lum,* Mangokerne, süßsaurer und salziger *crackseed*. Die Ladenbesitzer lächelten, hatten sich an ihre Gegenwart gewöhnt, lasen weiter Zeitung. Manche luden sie auf einen Tee ein und redeten in ihrer gelehrten Art von Heilkräutern und Heilwurzeln, von Giften und Balsamen. Am häufigsten saß sie in der Anti-Mango-Imbißstube, genau gegenüber von einem gewissen kleinen Hotel, von wo aus sie das Kommen und Gehen eines blauen Mannes beobachtete.

Nun saß sie in ihrem Zimmer im Jade-Hare-Hotel, und die aufgeladene Atmosphäre ließ sie frösteln. Es war heller Morgen, als sie die Glocken und den Jubel hörte. Ihre Nachbarin vom Nebenzimmer stand da und starrte einfach vor sich hin. Sunny schob die Gardinen zur Seite und schauderte.

Er träumte, er sei zu Hause in Tokio, hätte gerade eben seine Offiziersausbildung abgeschlossen. Er trug einen Gürtel mit tausend kleinen Stichen, den ihm seine Mutter und seine Schwestern bestickt hatten, und tanzte im britischen Stil mit einer wunderschönen Japanerin, die drei westliche Sprachen sprach.

Er prahlte mit seinem Training: »... Judo, Bajonettkampf, Schwertfechten, Reiten ...«

Sie lachte ihm ins Gesicht: »Du gehst in den Krieg, nicht in den Urlaub!«

In seinem Traum überrollten plötzlich Panzer den Ballsaal, behängt mit Netzen, die ihn an die Haarnetze der Glamour-Mädchen erinnerten. Alliierte richteten von den Türmen herab Maschinengewehre auf ihn. Endo ließ sein Schwert hochschnellen und schlug einem den Kopf ab. Seine Tanzpartnerin kreischte. Er wandte sich ihr zu, musterte ihren Hals, spürte, wie sein Schwertarm bebte. Das Brummen von Militärflugzeugen, heruntersirrende Bomben verwandelten die Stadt in eine tosende Hölle.

Er wachte schreiend auf: »Mutter! Vater!« Seine blauen Wangen waren rotzverschmiert.

Nun war er hellwach, hörte immer noch Flugzeuge, dann Sirenen, Glockenläuten. Er zitterte so sehr, daß sein Bett bebte. Er vergrub sich unter den Laken, zählte die Explosionen. Er versteckte sich stundenlang. Die Glocken wurden lauter, die Sirenen wurden lauter, draußen strömten die Menschen vorbei wie reißende Flüsse.

Sie werden uns alle in Asche verwandeln. Die Stadt, alles im Umkreis von fünfzehn Meilen wird brennen. Ich muß meine Eltern retten.

Er stand auf, griff nach seinem Schwert. Nichts war mehr da, nicht einmal seine Uniform. Nun schrien die Leute auf den Fluren. Draußen auf den Straßen war es Spätnachmittag geworden, es gab so viele Feuer in den Bergen, so viele Explosionen, daß die Stadt völlig eingenebelt und dämmerig war. Er hörte die Geschütze von den Kriegsschiffen auf See, er sah die Gebäude wanken. Draußen begann er gegen einen Strom Tausender von Menschen anzurennen. Versuchte seine Eltern zu erreichen, ehe die Alliierten sie fanden.

Er machte sich auf nach Westen, in ihre Richtung, aber nichts kam ihm vertraut vor, niemand war verletzt oder verwundet, nur Wahnsinn spiegelte sich auf allen Gesichtern. So sehr standen sie unter Schock, daß sie grinsten, ja tanzten. Jede Explosion ließ ihn gegen Gebäude taumeln. Und immer noch läuteten die Kirchenglocken. In weiter Ferne sah er Flugzeuge näher kommen, Lastwagen mit Soldaten.

Tokio ist verloren. Bereits besetzt.

Endo schaute zwischen den Gebäuden hindurch auf das Meer: Zerstörer, Flugzeugträger, riesige Geschütze, die sich auf seine Stadt richteten. Ab und zu ein BOOOOM!, das die Straßen erschütterte, die Menschen in der Menge gegeneinanderwarf. Und doch flossen die Menschenströme weiter, überall Rauch, das Knallen von Gewehren. Ein Auto flog in die Luft. Das Todesröcheln einer Stadt.

Endo rannte weiter, versuchte, dem Feuer zu entkommen, das sich über alles hinwegwälzen würde. Er schrie nach seinem Vater und seiner Mutter, nach seinen Schwestern, wußte, daß er sie niemals erreichen würde. Für einen Augenblick wichen die Leute vor ihm zurück, erschrocken über sein Gesicht, seine Schreie. Fluoreszierende Lichter über ihm, Lichter, die blitzten wie zerborstene Juwelen. Eine Sonne, die einen häßlichen Tod starb.

In der Dämmerung sah er, wie in der Ferne über einem Ort namens Sand Island Flugzeuge baumstammförmige Bomben abwarfen. Dann explodierte die Insel plötzlich, Flammen schossen gen Himmel auf. Von irgendwo feuerten Infanteriedivisionen unzählige Gewehrsalven ab. Er warf sich auf den Gehsteig, spürte nicht, wie die Menge über ihn hinwegtrampelte. An einer Hauswand rappelte er sich wieder auf.

Die Zeit stand still. Er stand still, die Menschenmenge brandete gegen ihn. Dann befand er sich auf einer Brücke, blickte voller Grauen auf Sand Island, ein flammendes Inferno, das dreißig und mehr Meter in den Himmel aufloderte. Es sah aus, als sei es unter Kontrolle, aber wahrscheinlich würden sie es mit Benzin so anfachen, daß es immer wütender tosen würde, um es dann zusammen mit den Bomben gegen die Stadt zu richten. Wo waren seine Leute, wo ihre Truppen? Er sah, wie sich Zerstörer und Flugzeugträger formierten, sich dem Festland näherten, sah wie ihr Mündungsfeuer die Dämmerung zerriß. Er rannte weiter, immer weiter nach Westen.

Mutter. Vater. Ich sterbe mit euch. Der Kaiser hat es angeordnet!

Eine Straße hinauf, die *mauka,* zu den Bergen führte, sah er hinter einem Zaun eine freie Fläche, einen Berghang, und an dessen Fuß einen Bach. Er würde etwas trinken und dann weiterlaufen. Hinter ihm Alliierte auf den Straßen, sie rückten vor. Schon bald würden die Leute zu Tausenden sterben. Wenn er es nur bis nach Hause schaffte!

Er taumelte bis zu dem Zaun, riß sich die Schulter auf, als er durch den Stacheldraht kroch. Er überquerte das Feld, blickte auf ein felsiges Bachufer hinab. Jäh fuhr sein Körper zurück, von einem Geruch getroffen wie von einem Schlag, von dem Geruch, der ihn verfolgt hatte. Die Stadt war von einem Netz kleiner Bäche durchzogen, die aus den Bergen kamen und Algen, Staub und Abwässer aufnahmen, während sie sich auf dem Weg zum Hafen von Honolulu zu rasch dahinfließenden Strömen verbreiterten. Neben all dem Gestank roch er den roten Lehm.

Er rutschte den steinigen Hang hinunter, kniete vor dem schmutzigen Bach nieder, wölbte die Hände und trank. Dann blickte er auf. Vor ihm öffnete sich ein Tunneleingang. Eine rostige, mit Lehm ausgekleidete Röhre von drei Metern Durchmesser, durch die in der nassen Jahreszeit das Wasser von den Bergen herabrauschte, um sich von dort in den Hafen und ins Meer zu ergießen. Er stand da, trat näher heran, blickte in die Öffnung.

... Wir gehen unter die Erde. Die Tunnel von Rabaul, unsere letzte Zufluchtsstätte.

Er trat noch zwei Schritte näher. Ein Ort des Rostes und des Verfalls: die Wände sahen blutigrot aus, das Wasser war nichts als schmutziger Schaum.

Darin wurde der Bach schmaler, im Hochland ging im Augenblick kein Regen nieder. Im Inneren der Röhre war er nur noch ein leises Rinnsal. Im dämmerigen Licht sah Endo überall abgelagerten Schlamm, der sich an Unrat und Unkraut verfangen hatte. Er hörte Stimmen, Echos, Wände hinter Wänden. Große Ratten schlitterten neben ihm über die Wandvorsprünge, starrten ihm in die Augen. Er dachte: Wenn ich ihnen die Zunge herausstreckte, reißen sie sie mir aus dem Kopf.

Hinter sich hörte er Schritte. Jemand atmete. Er tauchte weiter in den Tunnel hinein. Da waren Soldaten, die er zu retten hatte, Offiziere, die er warnen mußte. Die Alliierten waren hier, schon bald würden sie sich mit Minen einen Weg durch die Tunnel sprengen. Er stolperte über einen großen, völlig zerfetzten Hund. Er sah Knochen in Form einer menschlichen Puppe. Es würgte ihn, dann tappte er weiter. Als er um eine Ecke bog, sah er eine Art Abzweigung.

Dort unten beginnt unsere Festung. Dreihundert Meilen verborgene Tunnel!

»Sie kommen!« schrie er. »Alle Posten anweisen! Munition bereitstellen!« Seine Stimme hallte von den Wänden wider.

Erneut hörte er Schritte. Und Atmen. Er wandte sich um. Ein Lichtstrahl fiel auf sein Gesicht.

»Wer ist da? Der Feind?«

Sie schwenkte ihre Taschenlampe. Ihre Hände waren schlammverkrustet, weil sie hinter ihm den Abhang hinuntergerutscht war. Sie wischte sie am Kleid ab. Draußen gingen Bomben hoch, explodierten die Geschütze der Schiffe. Die Wände des Tunnels bebten, so daß der Rost ihnen die Gesichter überpuderte. Über ihnen Tausende von rennenden Füßen. Nun roch er das Feuer aus der Stadt. Die Glocken läuteten in einem fort.

»Wer ist da?« schrie er noch einmal.

Sie trat näher, richtete den Lichtstrahl auf ihr Gesicht. »Schau mich an. Erinnerst du dich an mich?«

Er beugte sich vor, musterte sie, musterte dann die Wände, Lehmwände. Er musterte sie noch einmal. Die Vergangenheit bäumte sich auf, schnaufte.

»Moriko!« Denn so hatte er sie genannt.

»Mein Name ist Sun-ja. Moriko war deine Hure.«

»Wo ist sie?«

»Tot. Wie ich auch.«

Sie richtete die Taschenlampe wieder auf sein Gesicht. »Ich folge dir schon lange. Fragst du dich gar nicht, warum?«

Er war wahnsinnig, und doch begriff irgend etwas in ihm. »Ich habe die Neugier längst überlebt.«

Noch eine Explosion, kreischende Menschenmengen. Ein heißer Wind fegte durch den Tunnel, so daß sich ihre Haut ganz versengt anfühlte. Die Hitze des Feuers über ihnen.

Plötzlich packte er ihre Hand. »Rabaul ist erledigt! Sie werden uns gefangennehmen. Wir müssen uns zurückziehen. Schau, da wo dieser Gang in einen tieferen Tunnel abzweigt, dann in die verborgenen Kammern. Dort finden uns die Alliierten nie.«

Spielte er Theater? Oder verlor er wirklich den Verstand? Sie stieß seine Hand heftig von sich. Ihre Taschenlampe wirbelte herum, erhellte die Augen der Nager, die alles beobachteten. Draußen Geräusche wie von Soldatentrupps. Flugzeuge, Bomben. Das Sterben. Ihr Mund war so trocken, daß sie nicht schlucken konnte. Ihre Zunge wie Rinde, die Lippen aufgesprungen, alle Körpersäfte verdunstet. Sie spürte Tropfen. Kondensation an den Wänden. Sie war wieder eine Hure in einer Wellblechbaracke.

... ganz vorsichtig steht sie auf, gleitet algengleich durch die feuchte Luft. Sie beugt sich vor, leckt das Kondenswasser von der Wand, dann stöhnt sie, lauscht auf das Meer. Denn danach verlangt es sie – nach den schnellenden Wellen, die sie zu Kristallen verrotten lassen ...

Sie lehnte sich an, berührte mit der Zunge die schmutzige Wand. Die Wände zitterten und wölbten sich ihr entgegen, es war ihr, als leckte sie an einem Mann. Endo hatte sein Gesicht in den Händen verborgen. Schluchzte er? War er gerührt, bei ihr zu sein? Geschütze im Hafen, sie rissen die Stadt entzwei.

»Wir werden hier lebendig begraben sein. Gas wird einströmen wie früher schon einmal. Mein Schwert. Wo ist mein Schwert?«

Wieder der Schock einer Hitzewelle. Dann hörte auch sie Stimmen aus den Wänden. Schreiende japanische Soldaten, stöhnende P-Mädchen, eingeschlossen, tief unten in den luftlosen Kammern aus rotem Lehm. Jede Wunde, jede Narbe in ihrem Körper schrie erneut auf. Jedes längst herausgeschnittene Organ, jede kranke, jede tote Zelle, jeder längst beerdigte Teil von ihr.

Er ging auf die Knie. »Moriko, nimm meine Hand. Schnell! Wir müssen weiter in die Tiefe gehen, wo sie uns nicht finden!«

Er blickte an sich hinunter, schockiert über seine Erektion. Er erinnerte sich, wie er in ihr gezuckt, wie er sie gestoßen, wie er gebrüllt hatte.

Bereits halb verhungert, aber immer noch genug, wonach man Verlangen spüren konnte. Immer noch warm und feucht, eine saugende Frucht, die sich über mich stülpte, mich packte. Und ich ertrank in Fluten, nicht beim Höhepunkt, sondern aus Vorfreude. Dachte daran, daß danach … ahhh! danach, daß es danach immer noch ihren Hals gab …

Ich bin so müde, dachte sie. *Vielleicht bin ich schon weit genug gegangen.*

Sie spürte, wie ihre großen Schuhe versanken. Langsam setzte sie sich in den Dreck und Schlamm, durstig und erschöpft. Sie lehnte eine Wange gegen die Wand und dachte an kühlen, feuchten Lehm. In weiter Ferne hörte sie Menschen singen. Sie dachte an die ausgezehrten, hageren Mädchen, die zum erstenmal seit Jahren wieder eine Dusche betraten. Sie dachte daran, wie sie die sauberen, glänzenden weißen Kacheln berührten, sie wie Blinde abtasteten.

Sie dachte daran, wie sie die Seifenstücke anfaßten, wie kostbare Stücke Elfenbein. Wie sie sich einseiften und abspülten und wieder einseiften und leise, ganz leise sangen. Einander wie Mütter umarmt hielten, wie Kinder, wie sie das sprudelnde Wasser anbeteten, das ihre Gesichter taufte, ihre zerschundenen Körper, so als könne es sie wieder jung und rein waschen. Alles abwaschen. Manche würden überleben, manche würden feststellen, daß sie lang genug gelebt hatten. Sie weinte. Nur ein wenig, es war nur noch so wenig übrig.

Der Mann vor ihr bettelte, blau und brabbelnd.

»Moriko! Komm. Wenn sie uns finden, bringen sie uns um. Bring mir mein Schwert!«

Er war bereits hinüber. Es ergab keinen Sinn mehr, daß sie noch hierblieb. Und doch. Manche Dinge durfte man nicht ungesühnt lassen. Sie dachte wieder an die Nissenhütten im Pazifik. An die Typhus-Barracken in Djakarta, Manila. An die steifgefrorenen Zelte und Güterwagen in der Mandschurei, in Nanking. An gekidnappte P-Mädchen, die man zwang, in Schneestürme hineinzumarschieren, in Sümpfe, in die Schlacht, um dort ihre Henker zu verteidigen. Und nachdem man sie zu Tode vergewaltigt hatte, schlitzte man noch ihre geschundenen Körper auf, um sich an ihren warmen Organen die erfrorenen Füße aufzuwärmen, fütterte das Vieh der Armee damit. Tausende von jungen Mädchen. Hunderttausende.

Sunny ließ den Kopf hängen, erinnerte sich daran, wie ihre Mutter Butterfly ihr vor langer Zeit von den uralten *koa wahine*, den Kriegerinnen von Hawaii, erzählt hatte. Sie hatte ihr berichtet, daß diese jungen Frauen ihren Männern in die Schlacht gefolgt waren, Kalebassen mit Essen und Wasser gefüllt bei sich getragen hatten, um ihre Männer zu stärken, daß sie mit ihren Schreien und Gesängen die Krieger vorangetrieben hatten. Sie erzählte, daß die Frau, wenn der Mann oder Vater in der Schlacht getötet wurde, seinen Knüppel, seine Streitaxt oder seinen Speer übernahm. Mit wildem Kriegsgeschrei stürzten sich dann die *koa wāhine* ins Gefecht, um den Feind zu vernichten.

»So wurde aus einem Mädchen eine Frau«, erklärte Butterfly. »Wenn sie *ho'opa'i* gelernt hatte. Rache.«

Nun marschierten die Worte ihrer Mutter wie eine Streitmacht hinter ihr. Sunny legte die Taschenlampe ab, öffnete den Beutel, den sie um die Taille trug. Das Fläschchen, die Spritze. Der chinesische Kräutermann hatte sie so geduldig, so gründlich unterwiesen, daß sie es im Dunkeln tun konnte. Als die Nadel bereit war, richtete sie die Taschenlampe auf ihn und kam näher. Er sah die Nadel, und seine Augen weiteten sich entsetzt.

Sie stach sie ihm tief in den Hals, sah, wie das blaue Fleisch die tödlichen Säfte der *nānā honua* in sich aufsog, der Engelstrompetenblume. Sie sah, wie er erstarrte, vom Schmettern der Trompete ertaubt. Es würde lange dauern. Der Tod würde in langsamen Staccato-Klängen kommen, eine Zelle nach der anderen durchdringen, ein Glied nach dem anderen lähmen. Er würde zusehen können, wie sein Körper Stück für Stück starb wie ein Wurm.

Er lag vollkommen reglos da. Er sah sie dasitzen. Sie wartete auf etwas. Das Rinnsal unter ihm nagte an seiner Haut. Während draußen die Straßen explodierten, während die Menschen in Wellen brandeten, begann es hoch oben in den Ko'olau-Bergen zu nieseln. Tropfen sammelten sich zu Rinnsalen, die sich zu langsam fließenden Bächen zusammenfanden. Mit der Zeit würde der Bach unter ihm ansteigen, unmerklich und heimtückisch. Mit der Zeit würden seine Fersen und Schenkel und Schultern zu versinken beginnen.

Aufmerksam saß sie da, Stunde um Stunde. In der Morgendämmerung verglühten die Feuer in der Stadt, zogen sich die erschöpften Menschenmengen nach Hause zurück, war das Donnern der Geschütze verklungen. In der Stille ließ ein viel älterer Donner die Erde erbeben. Endo sah, wie sie zu diesem Geräusch aufblickte. Er sah sie lächeln. Dieser Donner würde Regen bringen, nicht enden wollenden Regen. Und schon ging es los. Es regnete einen ganzen Tag und eine ganze Nacht lang. Die Gräben waren überflutet, Bäche begannen anzusteigen.

Er starb von unten nach oben. Seine Beine waren wie Stein: Die Engelstrompeten bliesen ihre tödlichen Säfte in ihn hinein. Er konnte kaum noch die Arme bewegen.

Sunny kletterte die Tunnelwand ein wenig weiter hinauf. Allmählich dämmerte ihm, worauf sie wartete. In panischer Angst schrie er auf, meinte zu schreien, aber es kam etwas anderes heraus. Das Wasser stieg an, war nun tief genug, um ihn davonzutragen. Die Fluten schaukelten seinen Körper von einer Seite zur anderen. Er schrie erneut auf, versuchte sich mit absterbenden Armen an den Tunnelwänden festzuhalten.

Plötzlich schnellten Wassergüsse herein, wirbelten seinen Körper herum, ließen sein Gesicht ganz nah vor dem ihren vorbeischwimmen, eine blaue, grausige, grinsende Maske. Seine Schreie beinahe wie Todesschreie in seiner höchsten Not. Dann riß die Strömung seinen Körper mit, so daß der lebendige Teil von Endo Matsuharus Gehirn gerade noch den Ozean wahrnehmen konnte, der in der Ferne auf ihn wartete. Rot, brodelnd und geduldig.

Ein weiterer Tag verging. Allmählich ließ der Regen nach. Aus einem Tunnel trat eine alte Frau, schlammverschmiert und dampfend. Sie hockte sich hin, kaute auf ein paar Grashalmen, die so frisch und knackig waren, daß sie vor Wonne schmatzte. Sie wandte ihr Gesicht dem Regen zu. Sie klammerte sich an die Banyan-Wurzeln, die wie Orgelpfeifen durch die Erde stießen, und hangelte sich langsam die Böschung hinauf. Ab und zu hielt sie inne, lehnte den Kopf an einen Baum. Sie atmete tief ein. Die Rinde roch sauber, und die Erde roch sauber.

'Īnana

Leben, ganz von vorn

Im Juni 1959 stimmte man für Hawaii als Bundesstaat, und im Juli wurde ein Hawaiianer der erste gewählte Vizegouverneur. An jenem Tag schritten die Menschen voller Stolz einher, aber in den darauffolgenden Jahren würden sie sich wieder ins Schweigen zurückziehen, in den Dialekt der Armen, der Unsichtbaren. Im August wurde Hawaii offiziell zum fünfzigsten Staat der Union, und während einer kurzen euphorischen Phase hielten die Lokalpolitiker ihre Versprechen.

Elektrische Sägen fällten die verrotteten Bäume an den Straßen von Kalihi. Mit krankhafter Eile schien die Gasse plötzlich zu atmen und sich auszudehnen. Arbeiter kamen mit Fässern voll von kochendem Pech und mit Lastwagen voller Kies, und die Menschen liefen auf Zehenspitzen über die Bretter neben dem bitteren, nach Kohle riechenden Teer. Keo schockierte der sich plötzlich über ihm auftuende Himmel, er vermißte den Baldachin der Palmen und Riesenfarne, der sie vor der Welt verborgen hatte.

Nun lag die Gasse da, schwarz und schnurgerade wie ein Keilerhaar. Plötzlich besaßen Familien Autos, große schillernde Skarabäen, deren blitzende Chromleisten im Vorbeifahren die Umrisse von Kindern einfingen. Über Nacht waren die lässigen Schritte spazierengehender Paare verschwunden. Jetzt saßen die Leute zwischen den vergammelten Bungalows in ihren Autos, tranken, »erzählten sich Geschichten«.

Und die Alchimie der Zeit, das schnellere Tempo des Lebens, führte dazu, daß die Nachbarn nun nicht mehr an Zäune gelehnt dastanden und das Auf und Ab der Familie Meahuna aufzeichneten. Sie hatten keine Zeit, über Timoteo und Kiko Shirashi, die elegante Witwe des Bestatters, zu klatschen, darüber, daß er mitten in der Nacht müden Schrittes nach Hause kam. Sie bemerkten kaum noch, wenn sie mit diesem Politiker zusammenstießen, diesem Krash Kapakahi, der im Morgengrauen auf der Gasse mit seiner Hose kämpfte.

Jeden Abend sprangen von den flimmernden Fernsehschirmen fremde Gesichter in ihre Wohnzimmer und bombardierten sie mit überaus seltsamen Mitteilungen. Wie benommen saßen die Leute da, verloren den Überblick über die Beerdigungen, die Eheschließungen, die Baby-*lū'aus*. Und weil jede Generation immer unabhängiger und freimütiger zu werden schien, dachten sich die Leute auch nichts dabei, als Baby Jo ihren Kindernamen ablegte und sich Anahola nannte. Oder als sie sich nach der Universität nicht für Medizin oder Jura entschied, sondern auf einem Frachter in die weite Welt hinaus reiste. Ich lebe für zwei, sagte sie immer, verwirklichte die Träume ihrer Mama.

Die Nachbarn waren so beschäftigt, daß sie kaum bemerkten, daß Anahola jedes zweite Jahr zurückkehrte und durch die Gasse flitzte, denn eine Woche später kam schon wieder ein anderer Sohn, eine andere Tochter nach Hause, mit Gepäck, einem Examen, einer Ehefrau oder einem Ehemann vom Festland im Schlepptau. Die Älteren würden den Überblick verlieren, welches Kind gerade auf der Universität war, welches mit dem Rucksack durch Honshu, Fujian oder die Azoren wanderte und nach den Wurzeln der Ahnen suchte.

Die Jahre, in denen Hawaii noch Territorium gewesen war, waren vorüber. Die Leute achteten nicht mehr so auf das Kommen und Gehen von Keo, der immer noch mit seiner Trompete in See stach, immer noch sein mitternächtliches Klavier spielte. An so manchem Abend saß er mit Anahola zusammen, lachte und redete wie ein Buch. An anderen Abenden meinten die Nachbarn zu sehen, wie er mit einem leeren Stuhl sprach. Niemand wunderte sich darüber. Die Welt war so *huikau*, so verwirrend geworden, daß viele Leute die ganze Nacht über aufsaßen und mit ihrem eigenen Schatten stritten, den Poi-Finger warnend vor dem Mond hin und her schwenkten.

Eines Abends, als Keo dasaß und über die Dissonanzen und das Tempo eines Klavierstücks nachgrübelte, kam jemand die Gasse hinaufstolziert.

»Hulamann! Wie geht's 'n so? Lange nicht gesehen.« Da stand Oogh mit Cowboyhut, kleinen Stiefeln und Levis-Jeans.

»Großer Gott!« Keo stand lachend auf. »Sag bloß, du bist jetzt ein *paniolo*!«

Oogh spazierte in die Garage und kletterte auf einen Stuhl, umarmte Keo. »Ne, ne. Dieser Aufzug ist nur Show. Ich verkaufe beim Rodeo drüben bei Wahiawa Eintrittskarten. *Mon ami*, ich habe gehört, daß du wirklich tolle Sachen machst. Den Schülern ernsthaft Musik beibringst.«

Keo griff mit der Hand in den Kühler, zog zwei Bier heraus.

»Na ja, ist irgendwie passiert im Laufe dieser Bundesstaat-Geschichte. Krash hat mich drauf gebracht. Weißt du, ich finde das sehr aufregend, den Kindern was beizubringen. Hält mich auf Trab.«

Der kleine Mann nahm seinen Hut ab und starrte seinen Freund an. »Und außerdem bist du ja ein super Trompeter.«

»Ich spiele noch. Aber der Jazz tritt langsam in den Hintergrund. Bei den meisten Shows spiele ich nur noch zur Begleitung Klavier. Jetzt will ich aber was von dir erfahren.«

Oogh nippte an seinem Bier, ließ die spitzen Kappen seiner Cowboystiefel aneinanderkrachen. »Ich habe einen echten Traumjob, Keo. Ich reise mit den Jungs vom Rodeo rum. Denen gefällt mein Stil, die setzen mich in einen Kiosk, und ich verkaufe den Menschenmassen die Karten.«

Keo schüttelte ungeduldig den Kopf. »Wann suchst du dir endlich einen Job, der zu dem Superhirn paßt, das dir der liebe Gott geschenkt hat?«

»He! Du vergißt nur eins«, antwortete Oogh. »Ich wollte doch immer, daß die Leute zu mir aufschauen, weißt du noch? Wie zu 'nem Richter. Der ihnen mächtig angst macht mit seinem Hammer.«

Er stand auf, führte eine kleine Pantomime auf, erklärte die Dramaturgie der Einschüchterung.

»Bei dem Job jetzt, weißt du, da sitz ich im Kiosk auf 'nem riesenhohen Stuhl, seh aus wie 'n Zweimetermann! Die Leute kommen angefahren und müssen zu mir *hinauf*schauen. Und ich sage zu ihnen: ›O. k., Leute, ist noch Platz für euch.‹ Oder: ›Sorry, Leute, ausverkauft.‹ Und dann fangen sie an zu betteln! Manchmal hab ich auch 'nen richtig bösen Blick drauf, guck mir an, wie viele da auf den Rücksitz gequetscht sind, manchmal sogar in den Kofferraum. Dann sag ich denen: ›He, ihr zahlt zwanzig Dollar extra, zu viele Leute für einen Wagen.‹ Manchmal zieh' ich sie auch auf. ›Wenn ihr nicht zahlt, schmeiß ich euch zum Stier auf die Koppel.‹ Oh, schauen die da komisch! Keo, du mußt mal kommen und mir bei der Arbeit zusehen. Riesengroß und 'ne echte Autorität! Spitze!«

Keo lachte und schüttelte den Kopf. »Ich versprech's dir. Jetzt erzähl mal, wie geht's deinem Papa?«

Oogh verfiel vom Pidgin ins Englische, seine Stimme wurde ganz weich und nachdenklich.

»Papa. Was für ein Kerl! Er bringt mir bei, wie man Netze knüpft, wie man *poi* stampft. Wie man hinhören muß, wenn die Flaschenkürbisse rufen. Wenn so ein Wind durch die leeren Flaschenkürbisse pfeift, dann heißt das, daß die Zeit zum Tiefseefischen gekommen ist. Und er bringt mir auch alles über unsere geheimen Wandersterne bei, über den Folge-dem-Häuptling-Stern, den Roten Stern, den Tropfendes-Wasser-Stern, und was ihre Reisen am Himmel bedeuten.«

»Und was machst *du* für ihn?«

Oogh blickte auf und lächelte. »Eines Tages hat er gesehen, wie ich einen Brief an *ma mère* in Schanghai geschrieben habe. Papa begann zu weinen. Er erzählte mir ihre Geschichte. Sie kam hier an als Braut aus einem Photokatalog, war bereits an einen anderen Mann verkauft. Aber als das Schiff anlegte, sah sie in der ganzen Menge nur Papas breite, braune Schultern, seine goldenen Wangen und seine tarozähen Zähne. Einer kannte des anderen Sprache nicht. Aber als er seine Hand ausstreckte, legte sie ihre hinein, und als er von der Menge wegging, folgte sie ihm ...

Sie liebten einander sehr. Aber irgendwann lief sie weg, schanghaite mich nach China. Warum? Weil sie geldgierig war, weil sie mehr sein wollte, als nur eine Landfrau. Und er war zu stolz, um Lesen und Schreiben zu lernen. Und das bringe ich meinem Papa bei. Lesen. Schreiben. Sogar ein bißchen Französisch. Vielleicht mache ich aus ihm noch einen gelehrten *taro*-Bauern! Und er macht aus mir seinen *kua'āina*-Sohn – einen richtigen Jungen vom Land.«

Keo schüttelte den Kopf. »Du bist unglaublich. Selbst wenn du dich nicht von der Stelle rührst, erlebst du noch Abenteuer.«

»Dieses hier ist das alleraufregendste«, sagte Oogh. »Familie. Geheimnis. Entwirren. Ich liebe diesen *kanaka* mehr als mein Leben. Er bringt mir sogar bei, *ma mère* zu lieben, diese alte, profitgeile Ziege!«

Keo warf den Kopf in den Nacken und lachte schallend. Von der anderen Straßenseite schaute Noah Palama, der Nachbar mit den zwölf Fingern, aus dem Schlafzimmerfenster herüber. Keo schien sich mit einem Hut zu unterhalten.

Oogh richtete sich mit einer wichtigen Miene auf. »Außerdem lerne ich Flaschenkürbistrommel spielen und Bambusnasenflöte.«

»He, am Ende bist du noch mehr *kanaka* als ich!«

»Ich glaube, das schaffe ich nie, *mon ami*. Du bist mehr Hawaianer, als du denkst. Zu guter Letzt sind wir das, was wir sein sollten.«

Oogh lächelte wieder und dachte an seine Mutter.

»Jetzt helfe ich Papa, Briefe an *ma mère* zu schreiben. Er ist immer noch *kanaka*-stolz, aber auf eine viel bessere Art. Ich weiß, daß sie die Zeit nicht zurückdrehen können, aber vielleicht bauen sie etwas Neues auf. Ich glaube, in Schanghai entsteht ein bißchen Wai'anae, und auf den *taro*-Feldern von Wai'anae hört man das Gelächter eines viel zu jungen Mädchens, dessen Papa sie für eine Kanne Tee verkauft hat ...

Sie ist immer noch gerissen. Aber ich sehe auf den Briefen aus Schanghai auch Tränenflecken. Ich sehe Papa weinen, wenn ich sie ihm vorlese. Dann lege ich den Brief hin, hauche ihm Luftküsse zu, trockne damit seine Tränen. Wenn die Wangen naß sind, fühlen sich Luftküsse kühl an. Er schaudert, und wir kichern. Er sagt, *ma mère* hat ihm auch immer Luftküsse zugehaucht. Wer weiß? Vielleicht bin ich eine Brücke zwischen den beiden. Papas Gefühle, Mamas Energie.«

Keo beugte sich vor. »Oogh, ich glaube, jetzt wirst du sentimental.«

»Ah, ja. Vielleicht sind wir ja alle Zwerge, wir, die wir sentimental sind auf dieser Welt. Ich lerne gerade, wie gut es ist, Dinge zu *fühlen*, nicht immer nur zynisch zu sein und gescheit. Ich habe sogar meine Alpträume hinter mir gelassen. Ich wache nicht mehr auf und glaube, in einem Käfig zu sitzen, als Reiseandenken von irgendwem. Papa bringt mir auch bei, wie gut es ist, allein zu sein. Es gibt soviel Leben, das wir *leben*, aber worüber wir uns niemals Gedanken machen. Dazu brauchen wir die Einsamkeit. Die wir dann still mit uns selbst anfüllen.

Aber da ist noch mehr. Nicht alles ist, wie sagt man doch gleich, nur rosarot. *Ma mère* ist immer noch eine profitgeile Ziege, o ja! Ihre Briefe haben Tränenflecken, aber sie stellen auch Forderungen. Schick dies, schick das. Stangen Zigaretten. Jack Daniels. Als Gegengabe schickt sie uns leere Pralinenschachteln von vor dem Krieg, angefüllt mit löchrigen, blutbefleckten Häkeldeckchen. Was sollen wir bloß damit anfangen? Wahrscheinlich hat sie die aus ihren ausgebombten Bordellen ausgegraben. Ein völlig verdrecktes Platzdeckchen aus dem alten Cathay. Tote Heuschrecken. Großer Gott! Während sie immer noch ganz mit Seide und Jade behängt rumrennt.

Also haben Papa und ich uns untereinander verschworen. Wir haben riesige Tausendfüßler gesammelt, so vier, fünf Zoll lang. Wir haben sie per Luftpost geschickt. Zwei Dutzend häßliche, giftige Teufel. Man muß diese Frau einfach lieben und bewundern! Jetzt lebt sie im kommunistischen Schanghai, aber sie ist immer noch so geldgeil wie ein Pharao. Was hat sie gemacht? War sie beleidigt? O nein!

Sie hat die Tausendfüßler getrocknet, bemalt und lackiert. Hat daraus wunderschöne *objets* gestaltet, die man als Schmuck tragen kann. Broschen, Armreifen, Amulette. Sie hat sie für ungeheure Summen verkauft. Jetzt schickt sie uns riesige Bestellungen für immer mehr Schachteln mit ... jawohl, Tausendfüßlern! Was willst du machen? Sogar Papa sagt voller Stolz, sie ist immer noch eine *akamai*, eine sehr gescheite, *wahine!*«

Oogh senkte ein wenig schüchtern den Blick. »Hulamann, ohne dich hätte ich die Strände meiner Heimat wohl nie mehr wiedergesehen. Du hast versucht, nach Hause zu kommen, und indem ich dir geholfen habe, habe ich auch meinen eigenen Heimweg angetreten. Schlimm nur, daß dazu ein Krieg nötig war.«

Keo seufzte und dachte an die Verluste. »Ein Freund von mir, ein Zigeuner, glaubte, daß die Menschheit durch und durch erbärmlich ist. Er meinte, nur der Krieg mache uns wieder menschlich. Er mache die Menschen gütiger, hilfsbereiter.«

»Und du, *mon ami*, warst du gütig?«

»Ein wenig. Für kurze Zeit.«

Oogh rüttelte ihn am Arm. »Mein Gott! Red doch nicht so, als wäre alles schon vorbei! Wir sind noch jung, noch nicht einmal fünfzig. Mensch, allein um einen Schritt zurückzutreten und richtig Anlauf zu nehmen, braucht man schon fünfzig Jahre.«

Keo schüttelte langsam den Kopf. »Ich denke nicht ...«

»He! *Denk* dich nicht zu Tode! Laß mal locker! Laß dich vom Leben auf Hochglanz polieren. Es wird herrliche Anblicke geben, Augenblicke, die dir mit ihrer Schönheit den Atem rauben. Und es wird das langsame Tröpfeln des Alltäglichen geben. Laß es auf dich zukommen. Breite die Arme weit aus. Ab und zu wird es sogar eine Frau geben, die in deine Richtung blickt. Spiel Trompete für sie.«

»Manchmal denke ich, das Trompetespielen ist nur meine Art, um Hilfe zu rufen.«

»Hulamann, wenn du schreien willst, dann sei ganz leise. Sei leise. Tief in dir da ist ein Ort, an dem alles in Ordnung ist. Und was deine Musik angeht ... die drückt Leben aus. Macht das Leben erträglich.«

Er tätschelte Keos Arm. »Und du mußt auf Anahola aufpassen. Wie deine Liebste Sun-ja ist sie immer auf der Suche, neigt stets zum Extremen. Vielleicht waren es die vaterlosen Jahre. Immer wieder wird sie sich ins Leben stürzen, von der Eingebung des Augenblicks zehren, blindlings bis ins eisige Herz der Dinge vordringen wollen.«

»Sie hat jetzt Eltern. Sie wird zu ihnen gehen.«

»Niemals! Dazu ist sie viel zu stolz. Und vielleicht liebt sie ja auch *dich* am meisten. Eines Tages wirst du ihr das Leben retten. Ist das kein Grund zu leben?«

Keo senkte den Blick. »Seltsam. Jedesmal, wenn ich mit ihr zusammen bin, fallen mir ... Ähnlichkeiten auf. Sie ähnelt Sunny so sehr, daß ich glauben könnte, Sunny sei zu mir zurückgekommen.«

Oogh nickte bedächtig. »Es gibt so viele Stimmen, die wir nie hören. So viele Bedeutungen, die wir nie verstehen. Vielleicht gehen wir alle verloren, werden wiedergefunden, gehen wieder verloren. Vielleicht hält uns nur das ungläubige Staunen am Leben.«

Er sah auf die Uhr und sprang auf, umarmte Keo.

»Komm mich mal beim Rodeo besuchen. Und, Hulamann, sei *ikaika*, stark. Vergiß nicht, schließlich gibt es immer noch *'ohana*, Familie. Und all dies hier!«

Er schleuderte seine Hand in die Nacht, rannte dann die Gasse entlang, sang *»Hi'ipoi ka 'āina aloha!«* Trage das geliebte Land stets in deinem Herzen.

Noah Palama mit den zwölf Fingern schrak wieder in seinem Bett hoch, blinzelte aus dem Fenster. Er sah eine Gestalt vorbeirennen, die aussah wie ein Miniatur-Cowboy, wie ein winziger singender Cowboy. Aber vielleicht träumte er auch nur.

Ha'ina Mai ka Puana

Die Geschichte soll erzählt werden

An manchen Tagen kommt der Ozean ihn holen, mit Wellen so aufgepeitscht und wild, daß er seine Trompete kaum noch hören kann. An diesen Tagen »spürt« er die Töne nur noch durch die Schwingung in den Fingerspitzen, so als wäre er taub geworden. Heute ist die See ruhig. Er fühlt die leise wiegenden Wellen, wie sie einatmen, ausatmen. Die feuchte Luft hebt seine Haut, läßt ihn von innen heraus leuchten. Er fühlt sich wohl, spürt, daß zwar manches in seinem Leben fehlt, daß aber das, was er hat, doch genug sein könnte.

Er hebt seine Trompete an den Mund, drückt sie an die feuchten, vernarbten Lippen, nähert sich ganz leise der »Nessun Dorma«-Arie aus »Turandot«. Er spielt sie langsam, sorgfältig, als grabe er die Sinnsprüche und den zu Kristallen verhärteten Kummer seines Lebens aus. In stillem Jubel spielt er wie ein Mann, der endlich geheilt ist, der die Welt so stehenlassen kann, wie sie ist. Beinahe würdevoll, zurückhaltend. Aber da ist auch etwas Wildes und Gequältes in seinem Spiel. Etwas, das vor langer Zeit beinahe von den Schwingen des Genies gestreift worden wäre.

Vom Strand aus beobachtet ihn aus dem Schatten uralter Palmen eine alte Frau und erinnert sich. Früher einmal, in Paris, lauschten sie Puccinis Oper, während ihnen ein Zigeuner die Geschichte von »Turandot« erzählte. Wie in sagenumwobenen Zeiten in Peking ein Prinz die Hand einer hochmütigen Prinzessin gewann, indem er ihr die drei großen Rätsel aufgab: Hoffnung, Blut, Liebe. Damals hatte Keo sich geschworen, daß er die Arie eines Tages mit größter Vollkommenheit spielen würde.

Die alte Frau hat den Verdacht, daß er diese Vollkommenheit nicht mehr sucht. Jetzt nähert er sich der Arie aus alter Gewohnheit, wie ein Mann, der sich mit einem tröstenden Freund zusammensetzt. Schließlich verweilt er, läßt dann die Trompete sinken. Sie sieht, wie seine Schultern sich in einer Art Meditation runden, die Arie in seinem Inneren widerhallen lassen. Dann hebt er die Trompete wieder an die Lippen, um die süßen, verschlungenen Muster eines alten hawaiischen Liedes einzufangen.

Sie wischt sich die Stirn. Seit Wochen ist es schon heiß und trocken. Die Felder sind zu einem verschossenen Braun versengt. In den *pali* der Ko'olau-Berge sind sogar die Wasserfälle verstummt. Die Hitze hat ihr den Schlaf geraubt. Überall spröde Klänge – rasselnde Palmen, Steine, die in der Sonne bersten, das Prasseln großer Insekten, wie Menschen, die ledrige Flügel ausbreiten.

Jetzt, da sie Keos Spiel lauscht, spürt sie, wie der Nebel aufsteigt, der sich in sanften Regen verwandeln wird. Regen, der zu Sturzbächen heranreifen wird, die alles zum Schweigen bringen. Alles wird reglos daliegen und lauschen müssen. Denn bald werden sie in den Inselherbst eintreten, eine *kōkō,* die zwischen zwei Jahreszeiten ausgespannt ist. Dann wird der *'iwa*-Vogel aufsteigen. Die Wolken werden wie königliche Hoheiten an der Küste entlangspazieren. Das Meer wird tiefer werden, das Land weicher. Der Winter wird die Hurrikane mitbringen.

Sie spürt, daß sie ewig schlafen könnte. Sie rafft sich auf und geht zurück in ihr Zimmer im Jade-Hare-Hotel, kommt an einem Teich vorbei, in dem herrlich gemusterte Karpfen, Leiber aus Brokat, an der Oberfläche treiben. Lange Nächte erwarten sie, Träume. Manche von ihnen werden unerträglich sein. Aber es wird auch andere Träume geben, rettende.

Die heilenden Hände der Mütter ihrer Mutter, die uralten *mele*-Sängerinnen und Geschichten-Spinnerinnen, die in der Muttersprache aller Hawaiianer singen. Sie werden sie sanft baden, die Schmerzen in ihren Knochen lindern. Sie werden ihre Leere ausspülen. Auf dem Meeresboden tanzend und schwebend werden sie sich zu ihr umwenden, ihre Alpträume von Hand zu Hand weiterreichen wie kostbare Erbstücke. Ihr Schmerz wird erträglich werden; sie werden ihn gemeinsam mit ihr tragen.

Wenn sie in diesen Träumen genau hinhört, hört sie die Mutter ihrer Mutter und die Mutter dieser Frau singen, davon, wie Sunny Sung zur Frau wurde, wie sie *ho'opa'i*, Rache nahm. Und die zerbrochenen Mädchen, jenes Heer von Frauen, das in ihrem Blut strömt, auch sie werden sich neben den Älteren erheben. In den Nächten der Schlaflosigkeit werden sie über ihr wachen, die Dunkelheit fraulich machen.

Eines Tages, wenn die Regenfälle des Winters *pau* sind, wird sie erwachen und das Grünen und Sprießen ringsum sehen. Den grünen Schleier des wurzellosen Planktons, Meeresweiden auf dem Antlitz der See. Grüne Juwelen, die die Felder und Hochebenen durchziehen und sie mit Sauerstoff speisen. Der sonnengebräunte, grüne Dunst über Fels und Sand. Das unauslöschliche Grün ihrer Inseln. Sie hatte es in ihrer Jugend gesehen und doch nicht wahrgenommen. Nun wird es vor ihrem zweiten Gesicht auftauchen. Und in diesem wiedergeborenen grünen Sprießen wird sie ihren Stock wieder in die Hand nehmen, ihm wieder in einigem Abstand folgen.

Sie wird ihn zusammen mit Anahola sehen, die einmal Baby Jo genannt wurde. Wie ruhig er dasitzen und ihr die Geschichte von Sunny Sung erzählen wird. Von seiner kleinen Tochter, die er nie in den Armen hielt. Sie wird sehen, wie Anahola in ihre Hände weint. Ihre Geschichte wird Anaholas Bürde sein und ihre Erlösung: Danach wird sie immer hinter sich schauen. Sie wird ihrem Onkel noch näherkommen, über ihn wachen. Die Zeit wird ihr Prisma sein.

Auf der Großen Insel, auf der Insel der Vulkane, wird Pono ganz langsam einen verschlissenen Kimono auftrennen, die alte Frau auslöschen. Es wird nichts mehr von ihr übrig sein, außer der Hingabe. Das Leben wird loslassen mit vergeßlichen Händen.

... Eines Nachts hört sie sie rufen. E ho'i mai! E ho'i mai! *Komm zurück. Komm zurück. Frauen, die sich zusammenbrauen wie ein Wetter. Frauen, deren Narben Licht ausstrahlen. Sie kommen sie holen – Lili mit dem Klumpfuß, verhutzelt und fest entschlossen, und die kleine Kim, Handgelenke und Rippen wie kleine Ästchen. Sie stehen neben ihrer schlafenden Gestalt und nehmen sie bei der Hand. Sie erhebt sich wie ein Nebel. Sie dringen durch Wände wie durch Haine murmelnden Jadegrases, und einen Augenblick lang wenden sich die Jadehasen um und starren sie an.*

Sie führen sie ins Hochland, laufen in den Fußstapfen ihrer Urahnen, damit sie sehen und nie mehr vergessen kann, daß ihre Insel sicher und geborgen ist, so wie ein ganz besonderer Leckerbissen in einer großen, feuchten Backe. Sie steigen höher und immer höher, an Eisenbäumen und Zypressen vorbei, dann in die Nebelzone, wo sie der Eukalyptus umfängt. Die Bäume gähnen und schwanken, tragen in sich all das Beben der Insel, das über Jahrtausende alles Beben der See aufgefangen hat.

Als sie hinunterblickt, sieht sie, wie die Insel ins Wasser geschmiegt ist, wie alles vom Wasser gezeichnet ist. Sie kniet nieder, preßt ihr Gesicht in den Boden und trinkt, denn er ist die See und nur zeitweilig Land geworden. Etwas stirbt, etwas wird geboren. Jetzt löst sich Sun-ja Uanoe Sung in einen Dunst auf, der sich im Tiefland niederläßt, bis zu den Stränden wallt. In einen Dunst, der die grünen Schleier des wurzellosen Planktons mit Juwelen besetzt, wie Meeresweiden auf dem Antlitz der See ...

Und in diese See ergießt sie sich. Hinunter, hinunter in die Arme der mele-*Sängerinnen und Geschichtenspinnerinnen. Zu jenem Heer junger Frauen, die auf dem Meeresboden tanzen. Frauen, die ohne Stimme starben und nie aufhören werden zu erzählen. Frauen, deren Erinnerung den Soldaten in ihren Träumen Gänsehaut macht. Frauen, die in unseren Nervenenden flüstern. Eine Hand auf die Schulter der anderen gelegt, so schreiten sie fort aus der Zeit.*

Glossar

'Ahi	eine Art Thunfisch (mit gelben Flossen)
'Ai pōhaku	buchstäblich: Steinfresser
'Āina	Land, Erde
Akamai	gescheit, klug
Aku	Blaufisch (makrelenartiger Fisch)
Akua	Geist, Gespenst
Aloha shirt	Hawaiihemd
Amah	Kindermädchen, Hausmädchen
Anahola	Stundenglas
'Aumākua	Familiengötter, Ahnengötter
'Auwē!	O weh!
'Awa	Tee, mildes Narkotikum
Bango	japanisch: abzählen
Banyan	indischer Feigenbaum, *ficus indica*
Bento	japanisch: im Gefäß mitgenommenes Mittagessen
Beriberi	Mangelkrankheit, insbesondere nach ausschließlicher Ernährung mit geschältem Reis
Bo gum	kostbares Gold
Bok choy	Chinakohl
Bund	Promenade am Flußufer in Schanghai

Bushido	japanisch: Weg des Kriegers, Verhaltenscode der Samurai
Char siu	chinesisch: besondere Zubereitungsart, z.B. für gebratene Ente
Chenille	Katzenschwanz oder rauhes Nesselblatt, Busch mit langen roten Blüten, *acalpypha hispida burm*
Cheongsam	chinesisch: »langes Kleid«; traditionelles Frauengewand, hochgeschlossen mit kleinem Stehkragen, figurbetont, mit Seitenschlitzen
Chinese City	chinesischer Bezirk in Schanghai
Chinese parsley	Korianderart
Choctaw	nordamerikanischer Indianerstamm im Staat Mississippi
Congee rice	langsam gedünsteter Reis
Conkolene	Haarwachs, Brillantine
Crackseed	Süßigkeit aus Obst, Zucker, Lakritz und Gewürzen
Crown Flower	Madarstrauch, *calotropis gigantea*
Da kine	Du weißt, was ich meine!
E ho'i mai!	Komm zurück
E kipa mai!	Komm und sei unser Gast!
Fan-tan	chinesisches Spiel
French Concession	französischer Bezirk in Schanghai
Gaje	Nicht-Zigeuner/-Zigeunerin
Golden Trumpet	Goldtrompete, Dschungelglocke, Blütenstrauch mit großen gelben Blüten, *allamanda cathattica*
Gomen nasai	japanisch: Verzeihung
Guave	kleiner, weiß blühender Baum mit aromatischen Früchten, die zu Marmelade oder Saft verarbeitet werden
Hanafuda	japanisches Kartenspiel
Hānai	adoptiert
Hanohano	würdevoll
Haole	weiß(häutig), eigentlich: ohne Atem

Hapa-haole	halbweiß; auch: touristisch
Hilahila	verschämt, schüchtern
Hōhē	Feigling
ho'okano	eitel
Ho'o ponopono	das Gleichgewicht des Herzens/der Gedanken wiederherstellen
Huhū	wütend
Huikau	verwirrt, durcheinander
Hukilau	Gruppe, die mit Netzen fischt
Hūpō	dumm; Narr
Ianfu	japanisch: Trostfrauen
International Settlement	internationaler Bezirk in Schanghai
'Iolani-Palast	Königspalast von Hawaii
Ironwood	Eisenbaum
'Iwa	Fregattvogel
Jacaranda	tropischer Baum, mit blauen glockenförmigen Blüten; auch: Palisanderbaum
Jook	sämige chinesische Reissuppe
Kahiki	Tahiti
Kahiko	uralt, längst vergangen; auch: Vorfahren
Kahuna	Seher(in), Zauber(in)
Kala mai	vergib, Verzeihung
Kalahala	Um Vergebung bitten
Kalihi	Stadtteil von Honolulu
Kalo	auch *taro* (siehe dort)
Kālua	im Erdofen gebraten/gebacken
Kampong	malaiisch: Dorf oder Ansiedlung
Kanaka maoli	eingeborene Hawaiianer(in). Hawaiianer sind Stolz auf diesen Namen.
Kanaka pākē	hawaiisch-chinesisch
Kanaka	Hawaiianer(in); Mensch (plural: *kānaka*)
Kāne	männlich; Ehemann
Kapa	Tuch, das aus gestampfter Maulbeerborke hergestellt wird

Kapakahi	parteiisch; schief, krumm
Kapu	tabu
Keiki make	Leichen-Junge (Spottname für Keo)
Keiki	Kind, Nachkomme
Kikepa	Sarong
Kimsche	japanisch: Sauerkraut
Kinipōpō	Baseball
Klong	Wasserstraße, Kanal
Koa	tapfer, furchtlos; auch: hoher Hawaiischer Baum
Kōkō	Hängematte
Ko 'olau	gezackte Bergkette zwischen der windigen und der windgeschützten Seite der Insel Oahu
Kua 'āina	Land, ländlich
Kūkae	Exkrement
Kukui	Kerzenruß; auch: Lampe, Fackel
Kulikuli!	Sei ruhig!
Kupuna	Großvater/-mutter; Ahne/Ahnin
Lānai	Veranda, Balkon
Lauhala	Blatt des Hala-Baums (Schraubenbaum, Schraubenpalme)
Laulau	Fisch/Fleisch, in gedünstete *ti*-Blätter gewickelt
Lei	typisch hawaiischer Blumenkranz
Liliko'i	Passionsfrucht
Lily Daché	französische Hutmacherin, die später in den USA Hutkreationen entwarf
Limu	Seetang
Lo'i	*taro*-Feld
Lōlō	dumm, schwachköpfig
Lua 'Uhane	Tränenkanal, in dem der Geist wohnt
Lū'au	herzförmige *taro*-Blätter; auch: Fest
Mah-jongg	chinesisches Spiel mit Zahlen- und Bildplättchen
Ma'i pākē	Lepra; buchstäblich: chinesische Krankheit

Makahiki	altes hawaiisches Herbstfest
Makai	in Richtung Meer
Maka-maka	hochnäsig, arrogant
Māke	Tod
Makuahine	Mutter
Mana	Seele, »Gesicht«
Mana pālua	mit doppelter *mana*
Manaka	langweilig, eintönig
Manapua	Brötchen mit Schweinefleisch, beliebtes Inselessen
Manō	Hai
Meahuna	Geheimnis
Mele kahiko	altes, traditionelles Lied
Mele	Lied
Mochi	japanisches Reisdessert mit Kokosnuß
Moe moe	Schlaf
Moloā	faul, träge
Mynah	tropischer Vogel
Nānā honua	große weiße Blüte der Engelstrompete, giftig.
Netsuke	japanischer Gürtelschmuck
Nu'uanu pali	buchstäblich: die Klippen zur Abkühlung
Obasan	japanisch: Tante
'Ohana	Familie
Oia Nō	So geht es eben
'Okole	Hinterbacken
'Okolehao	selbstgemachter Reiswein oder Ananaswein
'Ono	köstlich, lecker
'Opakapaka	Blaufisch
'Opihi	Napfschnecken, Mollusken (eine Delikatesse)
Pakalana	chinesisches Veilchen
Pākē	chinesisch; Chinese
Pali	Klippe
Paniolo	hawaiischer Cowboy

Patois	karibisches Französich
Pau	zu Ende, vorbei
Pehea 'oe	Wie geht es dir?
Pele	Göttin des Feuers und der Vulkane
Pidgin	Mischdialekt aus Englisch und Hawaiisch
Piko	Nabelschnur
Pilau	Fäulnis; stinken
Pilikia	Ärger, Sorgen
Pit-pijun	Instrument
Plumeria	roter Jasmin
Pōhaku	Fels, Stein
Poi	Paste aus gestampften und gekochten *taro*-Wurzeln
Pono	Güte; Gleichgewicht; Moral
Pua'a	Schwein
Pua sadinia	Gardenienblüte
Puka	Loch
Pūpū	Snacks, leckere Kleinigkeiten
Pupule	verrückt
Saimin	japanische Nudelsuppe
Sampan	kleines chinesisches Segelboot
Seppuku	japanisch: ritueller Selbstmord durch den waagerechten Schnitt in die Bauchdecke
Shell ginger	Ingwersorte, *alpinia nutans*
Shoyu	japanisch: Sojasoße
Souk	Basar, Markt
Storyville	Stadtteil von New Orleans, um die Jahrhundertwende berüchtigtes Rotlichtviertel
Stride	Jazzstil auf dem Klavier, bei dem die rechte Hand die Melodie spielt und die linke zwischen einer einzelnen Note und einem Akkord abwechselt, der eine Oktave oder mehr darüber liegt

taro	Wurzelpflanze, dem Yam ähnlich, mit großen grünen, herzförmigen Blättern. Das Grundnahrungsmittel der Hawaianer, Hauptbestandteil des Nationalgerichtes *poi.* Wird auch *kalo* genannt.
Tarte Tatin	gestürzter Apfelkuchen
Ti	Strauch aus der Familie der Liliengewächse (*terminalis cordyline*). Aus den Blättern werden die Röcke der Tänzer des traditionellen Hula und auch einige *leis,* vor allem für Männer, gefertigt. *ti* galt als heilig und gehörte dem Gott Lono Hawaii und der Göttin des Hula, Laka.
Tita	Schwester
Trumpet Vine	Klettertrompete
Tūtū	Oma
Uanoe	Nieselregen; Nebel
'Uhane	Geist, Seele, Gespenst
Ukulele	hawaiische Gitarre; buchstäblich: springender Floh
'Uli 'Uli	Rasselkürbisse, die beim Hulatanz benutzt werden
Vanda orchid	Orchideenart
Wahine u'i	schöne Frau
Wahine	Frau; auch Ehefrau
Water mocassin	Wassermokassinotter, Giftschlange, *agistrodon piscivorus*
Wiki wiki!	Beeil dich!
Yobo	koreanisch: He, du!
Yosenabe	japanisch: »ein Gericht aus Vielerlei«, Meerestiere und Gemüse in Brühe

Danksagung

Viele Bücher haben mir bei meinen Recherchen geholfen, ganz besonders »Native Lands and Foreign Desires, Pehea Lā E Pano Ai?« von Lilikala Kame'eleihiwa, »Sisters and Strangers, Women in the Shanghai Cotton Mills, 1919–1949« von Emily Honig und »Japan at War, An Oral History« von Haruko Taya Cook und Theodore Cook.

Für die Inspiration zu diesem Buch, für ihr brillantes Slack-Key-Gitarrenspiel und dafür, dass sie unsere Musik in die Welt hinaus getragen haben, *mahalo* an: Ray Kane, Keola Beamer, Cyril Pahinui, Ledward Ka'apana, George Kahumoku, Dennis Pavao, Loyal Garner mit der goldenen Stimme und Robi Kahakalau. *Hana Hou!* an Gabe Baltazar, Altsaxophonist ohnegleichen. Und Dank an Mick Mason für Trompetenstunden von frühmorgens bis spätabends.

Mein wichtigster, tief empfundener Dank und meine Liebe gilt all den Frauen, die im Zweiten Weltkrieg Gefangene waren und die überlebt haben, um Zeugnis abzulegen. Ich danke ihnen für ihre Zeit und ihren Mut, die schmerzlichen Erinnerungen wieder zum Leben zu erwecken. Obwohl die meisten namenlos bleiben wollten, hätte dieses Buch doch ohne ihre Worte nicht geschrieben werden können.

E. Pūpūkahi

[illegible]

[illegible]

[illegible]

[illegible]

[illegible]